EN CES TEMPS DE TEMPÊTES

DU MÊME AUTEUR, CHEZ LE MÊME ÉDITEUR

Conte d'automne, totem n°240

Refaire le monde, totem n°212

Jours de juin, totem n°191

La nuit des lucioles, totem n°125

Une maison parmi les arbres, 2018 ; totem n°157

Julia Glass

en ces temps de tempêtes

Roman

Traduit de l'américain
par Sophie Aslanides

Gallmeister

FICTION

Titre original: VIGIL HARBOR

ISBN 978-2-35178-294-1
ISBN 1956-0982

Photo de l'auteur : Dennis Cowley
Illustration de couverture © Lili Wood
Conception graphique : Aurélie Bert

À Dennis, Alec et Oliver :
ma famille, mon port d'attache, mon foyer

Cet apparent quelque part que vous habitez est toujours à la merci d'un partout impitoyable et omnivore.

E.E. CUMMINGS

Imaginons que la géographie décide de nos destinées, que les lieux façonnent nos personnalités. Alors, à vivre sur une péninsule – un promontoire, un cap, une falaise – devient-on péninsulaire par nature ? Du genre qui, plutôt que de chercher à se mettre en avant, aimerait vivre retiré au bord d'une vaste étendue d'eau, pour qui les impasses sont rassurantes, pas oppressantes. Ces gens sont privés des rencontres fortuites, imprévisibles avec des voyageurs de passage, parce que leur ville est un lieu de commencements et de fins, un havre de paix ou d'immobilisme, et avec le temps, ils remarquent très probablement qu'ils ressemblent étrangement à leurs voisins. Péninsulaires et fiers de l'être, ils forment une communauté privilégiée, mais aussi myope.

Telle est l'image que l'on se fait parfois des habitants de Vigil Harbor, une bourgade qui semble s'avancer dans l'océan Atlantique ; presque complètement cernée par des eaux agitées, elle dessine comme un pied tordu qui dévie les courants côtiers, tendu vers le soleil levant. Sur la carte, la rade ressemble à un long paquet bleu niché au creux d'un bras musclé rattaché à la côte du Massachussetts. Au niveau du gros orteil, deux des plus anciennes routes de la ville montent vers un parc qui, depuis ses hautes falaises de granit, offre une vue dégagée sur le littoral rocheux et déchiqueté très différent des nappes de sable soyeux qui autrefois, l'été, transformaient les agglomérations voisines en aires de jeux ; une grande partie de ce sable récemment érodé par des pluies implacables a été emportée par des tempêtes qui ne rendent plus à la terre ce qu'elles lui prennent.

C'est dans ce parc que se rassemblent chaque année les habitants pour admirer leur feu d'artifice d'un 4 Juillet qui dure des jours. Dans l'esprit, rien n'a vraiment changé depuis deux cents ans – malgré les crises, les récessions, les pandémies, et surtout les guerres. En temps de guerre, le cœur fier des habitants gonfle comme le spinnaker d'un voilier à la régate du Yacht Club.

Les festivités commencent à l'aube. Pendant deux heures, les cloches des trois églises encore debout sonnent à toute volée. À huit heures – honte à ceux qui tardent à se lever – les anciens combattants de tous les conflits, de la guerre du Vietnam à l'invasion du Venezuela, défilent dans les rues tortueuses de l'ancienne colonie ou saluent la foule depuis un antique chariot, la fanfare du lycée les précédant avec force tambours et cuivres dissonants. La troupe hétéroclite des Girl et Boy Scouts suit, et derrière eux, une flottille de voitures de collection aux couleurs de pierres précieuses avance au pas, en donnant du klaxon ; en queue de cortège, une Volkswagen décapotable bleu pastel de 1969, conduite par sa propriétaire, June Smithson, une Harborite de quatrième génération, également la plus ancienne élue de la ville.

La parade se termine au Vieux Cimetière, où quatre cents patriotes de la Guerre d'indépendance – la plupart sont des pêcheurs qui ont délaissé leurs filets pour constituer la marine de George Washington – gisent sous des pierres tombales à moitié avalées par la terre, aux épitaphes usées, fines comme un murmure. Chaque année, June dépose une couronne sur la tombe d'un soldat différent dont le nom est tiré au sort dans un grand bocal par l'historien de la ville.

Les commerces – le chowder café, le glacier, le marchand de laine, et les petites boutiques que possèdent des femmes assez riches pour se permettre d'y laisser quelques plumes – installent leur étal sur le trottoir. Ils offrent de la limonade dans des gobelets compostables, et des cookies à la mélasse dont la recette a été inventée par le premier aubergiste de la ville.

L'Église épiscopale expose des œuvres d'artistes locaux qu'elle vend au bénéfice d'une campagne de vaccination ou d'un camp de réfugiés dans un pays lointain, bien moins privilégié, que peu d'artistes ou donateurs seraient capables de situer sur une carte. Des groupes itinérants d'acteurs en costume d'époque, la chope brandie à bout de bras, chantent des chansons de marins et justifient leur consommation excessive de rhum par leur engagement dans leur rôle. Le soleil éclatant accentue encore leur ivresse.

Si les prises de la saison estivale sont assez bonnes, quelqu'un organise la Grande Tombola du homard pour doter des bourses d'études. Des voiliers à haut mât voguent paisiblement dans la rade, on allume les barbecues dans les jardins, et les familles troquent leurs querelles pour le lancer de fer à cheval et le croquet. Tandis que la nuit commence à aspirer les dernières lueurs du jour, les habitants en nombre, brûlés par le soleil, montent à pied à Emmons Head où ils étalent leurs couvertures – bord à bord ou éparpillées comme de minuscules îlots, selon les années – et ouvrent leurs bouteilles de vin. Avant le début du feu d'artifice, ils se mettent péniblement debout, les plus âgés perclus de douleurs, et entonnent l'hymne de Vigil Harbor (la première strophe seulement).

Prenez vos bateaux, ô marins, prenez la mer !
Remontez l'ancre, hissez la voile, comme avant vous vos pères !
Laissez vos foyers, laissez vos femmes ;
Nous sommes voués à l'océan, nos destins portés par ses lames.

Qu'il soit notre fortune, l'abondance sous ses eaux.
Laissez les baleines à New Bedford ; à nous le cabillaud.
Femmes et enfants, que votre vigilance tienne
Jusqu'à ce qu'au port vos matelots reviennent !

Ces gens qui aujourd'hui gagnent leur vie avec des forces invisibles – puces, codes, chromosomes, neutrinos – sont émus aux larmes par cette chanson mièvre d'un autre temps, d'une époque qu'ils remercient leur bonne étoile de ne pas avoir connue. Dans le crépuscule pittoresque, debout ils chantent, repoussant délibérément toute ironie, tout scepticisme, toute menace de désespoir. L'intimité de l'instant est à la fois sincère et artificielle.

Par sa nature presque insulaire, Vigil Harbor n'a pas souffert, pendant les vagues de contamination, autant que d'autres villes enclavées dans les terres. Jusqu'à aujourd'hui, elle est restée obstinément, pourrait-on dire, à distance des extrêmes politiques. Aux réunions municipales les débats demeurent bipartisans et âpres, mais les décisions sont finalement prises d'une manière collégiale qui serait considérée comme ésotérique dans la plupart des régions du pays. Lors de la dernière élection, seuls dix-sept habitants ont adhéré au EndTimer Party, créé dans la colère après l'échec retentissant de la campagne visant à élire Kip Kittredge à la Maison-Blanche.

Mais les temps perturbés perturbent forcément tout le monde. Frappée par une récente vague de divorces, à commencer par ceux de deux membres bien connus du Club qui ont troqué leurs mariages respectifs pour la vie ensemble au sein d'une communauté survivaliste, Vigil Harbor est un peu moins sûre de sa capacité de résilience. Parce que l'amour, aussi fermement que la guerre, est profondément ancré dans la tradition de la ville. Si vous approchez par l'océan, à l'entrée du port, vous devrez contourner Ruby Rock, autrefois appelé Arabella's Rock. Arabella était la veuve de

Samuel Thesper. Ils étaient mariés depuis un mois à peine quand Samuel, avec son doris et son petit équipage de pêcheurs, alla défier un navire britannique qui approchait, à la recherche de rebelles indépendantistes. Son projet était de le retenir assez longtemps pour que les hors-la-loi réunis dans une voilerie puissent se disperser et se cacher. Mais il fut tué d'une balle dans la poitrine par un simple marin impétueux, impatient de pénétrer dans la rade. Samuel tomba à l'eau et son corps fut rejeté sur l'île, à un endroit utilisé pour faire sécher le cabillaud sur de grandes claies en bois. Deux jours après son enterrement, Arabella partit à la nage et se jeta dans l'eau depuis une corniche de l'île côté océan. Les trois femmes qui s'étaient lancées à sa poursuite dans un bateau à rames n'eurent que le temps de récupérer son corps. Elle fut enterrée à côté de Samuel, près du point culminant du cimetière.

Ces histoires, avec leur pathos de conte de fées, certes toujours un peu suspect, sont innombrables dans une ville comme celle-ci. Ces villes sont, après tout, essentiellement la somme de leurs histoires, ou des voix qui les racontent. À ces histoires vous pouvez ajouter celle qui suit.

BRECHT

COMME pratiquement tous les samedis soir, les vitres de ma chambre tremblent dans leur encadrement. Pas à cause d'un séisme mais de la musique de mon beau-père. Il veille super tard et la met tellement fort, basso profundo, que les vibrations des murs du salon se propagent jusqu'au deuxième étage. Ça me pulse dans les veines, ça me hérisse les nerfs. Il enclenche une compilation diluvienne de vieux morceaux, *boum boum boum*, tout y passe, de Nina Simone à Code Dread, et qu'il y ait des invités, ou seulement maman et lui, ou lui tout seul, il danse. Austin est accro à la danse. Il dit que la danse est sa drogue préférée. Mais parfois, il sort aussi une herbe zarbi qu'il se procure quelque part sans dire où. Il promet à maman que c'est juste un moment régressif, qui soi-disant ne dénature pas le jugement, et effectivement, à l'odeur, ça ressemble plus à un thé exotique qu'à de l'herbe, de la vraie. Il fume seulement s'il est tout seul ou s'il n'y a que maman, mais je crois qu'elle ne fume pas. Austin ne ferait jamais ça en présence de clients; et tous ses amis, affirme-t-il, et même les étrangers croisés dans la rue, sont des clients futurs, s'ils ne l'étaient pas déjà avant ou ne le sont pas encore. Donc, en gros, le monde entier est son client.

Parfois je lui demande par message vocal de baisser le son. Peut-être qu'il le fait, mais si peu que ça ne change pas grand-chose.

Il braille depuis le pied de l'escalier: "Boules quies, mec!" de ce ton qu'est-ce-qu'on-s'en-fout, et là, j'me dis, et si je manquais un événement astéroïdal pendant mon sommeil? Austin me dit sois pas mélodramatique. Il dit que je suis un indécrottable pessimiste, tellement typique de ma génération. Il le dit sur un ton léger, genre blagueur qui sonne faux, mais quand il croit que je ne peux pas l'entendre, je l'ai déjà surpris à parler de la Génération F: faillite, foireux, fataliste, y a le choix. Si vous voulez un truc plus poétique: freinte. D'autres nous appellent la Génération NL (prononcé *nil*): No Life, comme dans notre-vie-vaut-pas-la-peine-d'être-vécue, ou peut-être comme fais-ta-vie, ce dont on est apparemment pour beaucoup incapables, ou incapables selon la définition fossilisée du mot *adult*, à savoir se prendre en main pour Devenir Quelque chose. Les gens qui nous persécutent avec ça nous disent de regarder les jeunes qui sont devenus adultes pendant les années de la pandémie, ceux qui ont survécu et qui ont même réussi à faire leur vie tout en étant régulièrement confinés pendant les pics de contagion.

Austin, qui n'a pas d'enfant biologique, prétend que notre allergie à l'indépendance (c'est comme ça qu'il l'appelle) est la faute de nos parents, mais collectivement, pas individuellement – parce qu'il ne voudrait pas trop démoraliser maman. J'avais douze ans quand elle a épousé Austin, alors il ne pouvait pas faire grand-chose, dit-il, à part nous encourager depuis le banc des remplaçants. Comme si maman et moi, on était un genre d'événement sportif.

C'est tellement pas la faute de maman si je suis revenu vivre à la maison, si je suis dans cet état qu'elle voit comme des limbes profonds, mais depuis toujours, elle se sent responsable de la personne que je suis. Elle ne peut pas s'empêcher de se sentir coupable qu'on ait perdu papa – ce qui est délirant, mais je peux comprendre. Peut-être que c'est aussi une histoire d'âge, de la perception de sa mortalité, tout ça, mais là tout de suite, elle est dans un moment de fragilité.

Nous sommes peut-être bien des pessimistes indécrottables, Noam, moi, et les autres, mais pourquoi on n'en serait pas ? Nous ne sommes pas des Timers, on n'est pas pigeons à ce point. On ne pourrait pas aller se planquer au fond des bois juste parce qu'on a peur que la prochaine bombe fasse péter la place centrale, que le prochain virus transforme la place en question en un cimetière improvisé. Et on n'est pas assez désespérés pour s'enrôler dans la Brigade de Restitution des Corps, et encore moins dans l'armée ! Mais on voit bien que la barre est de plus en plus haut quant à notre survie aux événements à venir, dont certains sont sûrs, d'autres moins. Comme la liste des Zones Sensibles de l'Observatoire mondial du climat, qui n'arrête pas de s'allonger. (Imaginez une carte trouée de brûlures de cigarette.) J'ai entendu un des clients d'Austin dire que dans l'université de son fils, il y a un cursus intitulé Études de survie.

Noam et moi, on a fait un pari. À propos du prochain tsunami, qui se déclenchera bientôt, d'après certains sismologues, peut-être même demain, causé par un mouvement des plaques tectoniques qui se rejoignent au large des côtes de l'Espagne. Les projections montrent qu'il se dirigera vers nous. Alors, on a chacun établi la date exacte où la grande vague commencera, le temps qu'il lui faudra pour traverser l'océan, la longueur de côte sur laquelle elle déferlera avec sa force maximale, le nombre de victimes. On a le droit de changer d'avis autant de fois qu'on veut. C'est un sujet sur lequel on aime bien échanger des *et-si* à l'infini.

On sait qu'à moins que soit mis en place un système d'alerte carrément futuriste, on risque de ne pas vivre assez longtemps pour savoir qui gagnera le pari. Dans les projections, notre ville se trouve pile sur la trajectoire de la vague. (Adieu Cape Cod, ou ce qu'il en reste.) Tous ceux qui pensent qu'on sera protégés parce qu'on est sur une falaise, que la vague se contentera de s'écraser poliment sur la corniche de granit avant de se retirer tranquillement sont *complètement* des pigeons. Elle montera en rugissant jusqu'à Emmonds Head puis déploiera sa fureur de King Kong à l'horizontale, et arrachera même des bouts de la corniche. Toutes les belles demeures anciennes de la ville ? Elles seront laminées, en un clin d'œil transformées en bois flotté de quatre cents ans d'âge. Les nouvelles maisons des clients de mon beau-père ? Des fragments meurtriers d'acier et de verre pulvérisés.

Face à Big T, comme on l'appelle, Cunégonde, la tempête monstrueuse qu'on a eue il y a trois ans, passera pour une princesse de conte de fées. À Back Harbor, Cunégonde a arraché tous les pontons de Harrow Point, a fracassé presque toutes les fenêtres, déraciné une douzaine de poteaux électriques, envoyé trois toitures voler dans l'océan, et a aplati deux nouvelles maisons comme des crêpes (elles n'avaient pas été bâties par lui, Austin s'empressera de commenter). Sur Ruby Rock, les dortoirs ont été littéralement pulvérisés ; il ne restait même plus les toilettes des gamins. Le camp de vacances était foutu et a été lâché par son assurance. Ils ont mis un panneau À VENDRE sur l'île, mais la pancarte est maintenant couverte de chiures d'oiseaux. Noam et moi, on y est allés l'été dernier avec le petit bateau d'Austin ; un vrai terrain vague. Je n'ai jamais passé de vacances là-bas – quand on s'est installés ici, j'étais déjà trop grand pour ça – mais Noam dit que c'était cool pour les gamins qui aimaient l'aventure : des arcs et des flèches, dormir à la belle étoile, les histoires de fantômes autour du feu de camp, disséquer des poissons morts, des activités à la Huckleberry Finn. Maintenant, l'île est occupée par des phoques, venus se réfugier ici après avoir quitté Cape Cod, qui a perdu des kilomètres de plage, des mégatonnes de sable. Certains après-midi, ils font un boucan d'enfer, à aboyer, se chamailler, yodler, on les entend partout dans la ville. Les uns trouvent qu'ils sont pénibles, d'autres disent qu'ils nous “rapprochent de la nature”. De toute façon, les règlements de protection de l'habitat sauvage leur donnent le droit de squatter.

On est prévenus : là où il y a des phoques, il y a forcément des requins. Des gros. Noam prétend que là où il y a des phoques, il y a forcément des selkies*. Il dit que si tu te caches, et que tu guettes très attentivement, et si c'est un des rares jours où elles enlèvent leur peau de phoque soyeuse, tout ce que tu as à faire, c'est la piquer en douce, et jackpot ! tu gagnes la jeune fille nue qui la portait. Elle est à toi, tant que tu gardes sa peau et que tu en prends bien soin. Elle se soumettra totalement à ton bon vouloir (je ne suis pas certain d'aimer la résonance médiévale de cette expression). Et imaginez, Noam et moi faisant monter en catimini deux jeunes créatures sauvages jusqu'au deuxième étage de la maison. On pourrait le faire quand Austin serait défoncé, mais maman nous surprendrait forcément.

J'ai dit à Noam que cette histoire devait sortir d'un livre pour enfants, et il a confirmé, OK, d'accord, mais l'histoire du livre est basée sur un million de récits qui existent dans les archives, des *faits* notés dans les journaux de bord des bateaux. Je lui ai demandé quand est-ce qu'il a eu entre les mains le journal de bord d'un bateau, et il a répondu carrément, en fait, il en avait lu *plusieurs*, la fois où il avait eu à faire un devoir

* Créatures issues du folklore de l'Atlantique nord européen.

pour le cours d'histoire américaine de Mlle McCarthy. Il était allé aux archives municipales et il y avait déniché ces histoires incroyables. Impossible, j'avais dit, Mlle McCarthy n'aurait jamais laissé passer un devoir sur des sirènes. D'abord, m'a dit Noam, les selkies ne sont pas des sirènes (qui sont imaginaires, *elles*), ensuite, son devoir portait sur les livres de bord d'expéditions de pêche au cabillaud qui remontaient à genre quatre cents ans. Ces gars-là étaient en mer pendant des mois, je lui ai dit : à toujours naviguer et jamais coucher, on y perd sa santé mentale ! Mais bon, d'accord, j'ai concédé, admettons. En plus, quel mal y a-t-il à chercher à voir des filles nues sur Ruby Rock ? Et si on a de la chance, on s'empressera de la saisir. J'aime vraiment bien les délires façon Noam.

Noam a un an de plus que moi. Nous sommes tous les deux allés au lycée, et nous avons eu la chance d'être suffisamment jeunes pour ne pas avoir à suivre les cours tantôt en présentiel tantôt en distanciel pendant ces années-là, mais on ne traînait pas ensemble. Peut-être qu'on avait un cours de maths en commun, on ne se rappelle pas exactement. Les après-midi, je faisais de la course à pied, du cross ou sur piste, même si je n'étais pas super fort ; lui, il jouait au basket en hiver (*lui*, il était super fort), et au printemps, il suivait des cours du soir de technologie marine. Il avait envisagé de faire des études d'électrotechnique marine, pour peut-être devenir mécanicien sur un bateau, mais il a foiré ses examens finaux. J'ai découvert ça beaucoup plus tard, quand on est devenus amis.

Je suis allé à la fac pendant presque trois semestres, mais maintenant je me demande vraiment, quel est l'intérêt ? C'était une fac qui coûtait un bras, et Austin a fait une plaisanterie de trop sur le "potentiel retour sur investissement". En plus, j'étais à New York, en deuxième année, lorsqu'a eu lieu l'attentat d'Union Square. Tous ces gens innocents qui achetaient des roses, des citrouilles et des jolies bougies en cire d'abeille, ou qui jouaient au parc avec leurs enfants ; j'ai entendu les explosions depuis ma chambre d'internat. Quand j'ai décidé de faire une pause, de rentrer à la maison pour un temps, maman n'a pas discuté. Elle a dit que je retournerais en cours dès lors que je me sentirais prêt, mais cela fait un an et demi, et je suis presque sûr que j'ai perdu ma place.

Ce qui nous lie maintenant, Noam et moi, c'est que Noam est rentré à la maison aussi, mais sa mère avait transformé sa chambre en bureau. Alors maman a proposé de l'héberger ici. Elle ne lui fait même pas payer de loyer, et ce n'est pas difficile de deviner pourquoi. Elle n'aime pas que je passe trop de temps seul. Maintenant, je suis pratiquement le contraire de seul, parce que Noam ne quitte presque jamais la maison. Il lit beaucoup, et il dit qu'il bosse pour se préparer aux tests qui lui permettront d'entrer à l'université d'études marines, à l'école des garde-côtes, n'importe quelle formation qui lui donnera un boulot en mer. C'est là qu'il est le plus heureux, dit-il, sur l'eau, ce qui expliquerait aussi pourquoi il a ces fantasmes de se taper une selkie.

Il me rendrait dingue, sauf que la plupart du temps, je suis dehors en train de travailler – il n'était pas question qu'Austin me laisse rentrer à la maison sans que j'aie un boulot, alors il s'est assuré que j'en trouve un. Je bosse pour le gars qui fait des aménagements paysagers et des plantations, beaucoup pour le cabinet d'Austin. Je sais que mon beau-père espère que je vais péter un plomb tellement je m'ennuie et que je déciderai d'aller finir mes études, peut-être dans une fac plus proche, peut-être seulement en distanciel, et même si le boulot est parfois rasoir, et qu'il n'offre pas ce qu'Austin appelle des *perspectives*, il a un vrai sens, voire une "bonté" intrinsèque. On plante et on transplante des trucs. On empêche des trucs vivants de mourir, on lutte contre les fléaux. (En termes bibliques, les fléaux sont légion : les coléoptères, les papillons, les saloperies fongiques, les bactéries et les vers microscopiques transportés par des oiseaux d'espèces non locales qui ont dévié de leur trajectoire migratoire.) On dispose des pierres en murets – pour diviser les jardins, délimiter les propriétés, retenir l'eau. (On dort comme une masse après une journée de murets, même avec la musique d'Austin qui fait trembler la maison.) On "ne fait pas de mal", pourriez-vous dire. Et il y a plein de mal partout, là, dehors. Plein.

Celestino, comme patron, il est zen. J'ai dit à Noam un jour : "Cet homme a la patience du lichen." Noam a failli s'étouffer avec sa bière. Nous étions en train de claquer mon salaire au Jetty. Il a lancé que peut-être je devrais recommencer à écrire de la poésie, comme je faisais au lycée quand je suivais le cours de Mme Tattersall en écriture créative. J'ai dit que je m'y remettrais peut-être bien, oui ! Je continue à écrire dans mon carnet de mots, à noter les trucs qui me passent par la tête sur les bizarreries de malade dont ma langue est capable. Prenez le mot anglais *match* : comment est-il possible qu'il signifie tout à la fois une compétition sportive, une allumette et le partenaire parfait, l'âme sœur avec qui ça "matche" ? Et le mot *tender* – comme le petit bateau d'Austin, un ravitailleur – qui peut aussi renvoyer à la tendresse et à un appel d'offres, dans *public tender* ?

Mais pour l'instant, je ne suis qu'un apprenti d'une activité plus ou moins impossible à mettre en mots.

Celestino aime bien enseigner ce qu'il sait à d'autres personnes, ce qui n'est pas forcément inné chez un patron. Il est peut-être plus sérieux qu'il ne le faudrait : il ne plaisante pas beaucoup et ne s'arrête presque jamais de travailler. Il n'a pas l'air de croire aux vertus de la conversation (jamais de jeux de mots avec lui), et cela n'a rien à voir avec son anglais, qui est pratiquement parfait si on fait abstraction de son accent. En même temps, il ne parle pas beaucoup. Mais si quelque chose le défrise, il t'en parle, même calmement. L'atmosphère est toujours limpide.

Il a l'air d'être un papa super, aussi. Parfois, quand on a un temps mort dans la journée, on passe chez lui. Sa femme, Connie, fait l'école à la maison avec quelques autres familles. Celestino vient jeter un coup d'œil à son fils, Raul, qui serait en troisième année de primaire s'il allait dans une vraie école. La maison est assez petite, et avec huit ou neuf gamins, elle est vite pleine, on dirait une flottille de canetons. Il y a une grande véranda installée comme une salle de classe, avec un vrai tableau noir comme autrefois, des paniers pleins de livres et de puzzles en bois. Ah, l'odeur de renfermé de la craie ! La plupart du temps, tous les *tronics* sont interdits. L'idée est soit géniale, soit totalement pas géniale.

La femme de Celestino appelle ça "la vie rétro". Les lundis et mercredis, les gamins travaillent sur écran, parce qu'autrement, comment pourraient-ils grandir en s'intégrant dans le monde *connecté*? Mais les autres jours, ils déposent tous leurs *tronics* dans une vieille caisse à vin à côté de la porte de la maison. Ils lisent des livres en papier, écrivent et dessinent sur des feuilles de papier. Ils font de la musique avec des vrais instruments, pas des logiciels de son. Ils construisent des vraies choses dans le vrai espace.

Pendant que Celestino passe un peu de temps avec Raul, qu'il remplit sa thermos ou discute de trucs de couples qui ne nous regardent pas, Connie nous donne, à Finn et moi, de la limonade ou du thé glacé, et une part d'un goûter sucré qu'elle a préparé pour les enfants. Finn, c'est celui qui fait les basses besognes avec moi. Même avec ce chaos de canetons, on sent que c'est une maison où on est bien, où on est heureux. Je suis parfois un peu jaloux, mais c'est seulement quand j'imagine comment serait la vie avec des parents qui ne se demandent pas pourquoi je n'ai pas d'ambition. Et je ne parle même pas de ce que serait la vie avec des parents qui seraient tous les deux mes parents biologiques. *Quelle est votre passion signature ?* C'était une des questions sur la feuille distribuée par mon professeur d'écriture en première année de fac. J'avais envie de répondre *Je ne l'ai pas encore rencontrée*, mais je me suis ravisé et j'ai écrit : *Fabriquer des trucs qui ne s'écroulent pas*. Tout de suite après, je me suis rendu compte que putain, j'étais tombé sur une maxime de sagesse. Ou peut-être que j'ai piqué cette phrase à Austin, inconsciemment. Mais elle sonnait vraiment juste.

Il y a un autre truc à propos de Celestino, dont personne ne parlerait jamais, ou plus jamais, depuis les descentes de la police de l'immigration : il est l'un des très rares non-Blancs qui vivent et travaillent à Vigil Harbor. Ce qui forcément devrait provoquer une certaine gêne, en particulier si on voyait comment les saloperies fascistes prennent de l'ampleur. J'imagine qu'il a eu un sponsor, comme Samson et Ayeh, le couple qui gère le bowling – mais même eux, ils n'habitent pas ici. Ils viennent en bus de quelque part près de Boston ; honnêtement, d'un endroit bien plus réel que cette ville.

Ça ne me regarde pas, mais quand je vois à quel point il est repérable, j'espère qu'il ne risque rien. Cette ville, où on rencontre plein de gens qui prétendent être de la *treizième* génération – comme s'il y avait de quoi se vanter quand on traîne depuis toujours à l'endroit où ses ancêtres diluviens se sont installés par le plus grand désespoir – cette ville donne l'impression d'être entourée d'isolant, ou plutôt d'un halo de protection, bien qu'on ne soit qu'à quarante-cinq kilomètres de la grande ville. Les gens qui habitent ici ont tendance à ne jamais vraiment partir – ou ils reviennent, même après avoir juré qu'ils ne le feraient jamais. (Connie par exemple.) Mes parents sont un cas inhabituel : ni l'un ni l'autre n'a grandi ici. Elle est un peu comme un ruban de Moebius, cette ville.

Quand on est quelque part, ailleurs, et que quelqu'un vous demande d'où vous venez (comme quand j'étais à New York) et que vous répondez Vigil Harbor, soit ça ne leur dit rien du tout, soit leur visage s'éclaire, comme si vous aviez annoncé que vous veniez de Camelot ou de Palm Springs ou Blue Hill : pour eux, c'est un endroit de conte de fées, un endroit difficile ou impossible à trouver. Ou disparu. "C'est Apocalypto ici", dit maman ; je ne sais pas bien ce que ça signifie. Noam et moi, on se dit qu'après le tsunami, on deviendra peut-être la prochaine Atlantide. Vigil Harbor est genre un endroit obsolète, sans que personne n'en ait encore conscience. L'obsolète ne me dérange pas. Ça ne veut pas dire mort, bien sûr, juste démodé. Je me fiche de la mode. Quand on est à la mode, on se retrouve en ligne de mire.

Contrairement à ce qu'on pensait, peut-être que le fait que Noam s'installe chez nous était une mauvaise idée. Ensemble, nous sommes dans un état d'équilibre. On dirait un problème de physique tiré du cours de M. Clevenson : Brecht + Noam X (sensibilité politique identique + salle de bains commune) = Inertie. Nous colonisons le deuxième étage de cette maison, comme les phoques de Ruby Rock, et malgré les plafonds bas et les poutres débiles où on se cogne la tête, on a une vue imprenable sur le port. On arrive même à mater le Yacht Club sur l'autre côte, ses terrasses chics, ses petites banderoles pleines de frous-frous qui expriment toute une série de messages codés pour dire aux membres d'autres yacht-clubs qu'ils sont les bienvenus. (Tiens, prenez *burgee,* le mot anglais pour la cornette, le fanion, il n'a qu'un seul sens.) Et tout l'été, quand il y a des fêtes, j'ai droit aux pires orchestres de la terre. (Austin : "Et tu te plains de *ma* musique ?")

Noam et moi, on a aussi passé un accord : fini les jeux vidéo. On lit, on écoute de la musique, on parle de la vie, on suit les informations juste assez pour ne pas être complètement largués. J'ai arrêté les jeux après que le thérapeute que ma mère m'a obligé à consulter l'an dernier m'a infligé ce machin situationnel en Réalité virtuelle appelé la Moodroom, la Maison aux humeurs. Debout au milieu de son bureau, je parcourais un manoir d'émotions, une par pièce, et je lui rapportais quelles images me venaient à l'esprit au fur et à mesure que je visitais les ressentis. N'importe quoi. En fait, ça me rappelait ce que j'éprouve quand la musique d'Austin est trop forte.

La compagnie de Noam me suffit, comme thérapie.

Si je regarde l'essentiel, pourquoi j'irais ailleurs ? Et est-ce que je vous ai dit que ma mère est une très bonne cuisinière ?

J'ai dit qu'elle était fragile, et c'est quelque chose que je ne peux que deviner. Fragilité dans le sens de solitude, même quand elle est dans une soirée. (Je sais décoder son regard, ses expressions, la gestuelle de ses mains.) Ce qui n'est pas étonnant, pas très étonnant en tous cas, vu qu'Austin travaille beaucoup en ce moment, et donc que Celestino travaille beaucoup, et donc que je travaille beaucoup, et donc que Maman est très souvent seule puisqu'elle travaille essentiellement de la maison. Parfois, elle prépare le dîner pour qu'on le trouve en rentrant et elle va se coucher.

Je la connais mieux que la plupart des enfants connaissent leur mère parce qu'on a vécu ensemble, tous les deux seuls, pendant quatre ans, dans un tout petit appartement en ville, avant qu'elle épouse Austin et qu'on déménage. Malgré tout ce que je reproche à mon beau-père, je pense qu'elle a bien choisi. Elle est intelligente ; c'est juste qu'elle a manqué de chance dans sa vie. Mon vrai père, dont je ne me souviens plus bien, est décédé lors de la première vague de coronavirus. Il était jeune mais souffrait d'asthme. (Maman prétend que c'est la situation chaotique de l'hôpital qui l'a tué. Elle a dû attendre des mois pour récupérer son corps.) Sur les photos où il me porte sur ses épaules, où il me pousse sur la balançoire au parc, il est d'une maigreur maladive, fin comme une asperge, le sourire si grand et si éclatant dans son long visage émacié que sa tête ressemble à une lanterne. J'ai ses cheveux noirs et épais, aussi son long nez et ses grandes mains. Je n'ai pas hérité de sa haute taille, de ce côté-là, je suis plutôt dans la moyenne.

Je vais vous raconter comment est arrivée la prospérité d'Austin. L'an dernier, soudain, genre si soudainement qu'on sentait l'air crépiter d'effervescence, des couples ont éclaté comme des troncs d'arbres frappés par la foudre. Comme s'il y avait eu un dérèglement de la pression atmosphérique de l'amour, un virus d'insatisfaction totale. (Les épidémies émotionnelles, ça existe, à ce que j'ai lu. Ou peut-être était-ce un stress dormant à la suite des travaux de rénovation imposés par Cunégonde. Ou un symptôme de la panique de la mortalité : puisqu'on va bientôt nous annoncer que la fête est finie, je fais la bringue MAINTENANT.) Ça a commencé avec les Tyrones ; chacun, exprès pour contrarier l'autre, c'est sûr, a demandé à Austin de dessiner les plans de sa deuxième vie, ou plus exactement, de l'endroit où il allait s'installer pour repartir de zéro.

Thaddie Tyrone est de loin l'homme le plus riche de la ville. Il a un compte en banque papesque, alors son deuxième projet de vie c'est la maison qu'on imagine quand on est stone, perchée sur la falaise (avec une vue imprenable sur l'océan d'où viendra le fameux tsunami !), le genre de projet dont rêve tout architecte. En même temps, l'ex-Mme Tyrone (Lucia ? Felicia ?) a demandé à Austin d'effectuer une rénovation totale super deluxe sur le manoir de style nordiste auquel elle s'est cramponnée pendant la tourmente. Un pacte avec le diable, Austin le reconnaît. Il n'aime pas détruire ce genre de vestige historique. Mais selon lui, il y a des chèques qu'il serait idiot de refuser. Ils représentent plus qu'une somme d'argent. Et je crois qu'il va récupérer les éléments antiques : les lambris, les parquets, les tablettes de cheminées. Il loue une ancienne voilerie près du débarcadère, pour pouvoir stocker ce genre de choses. La dame du musée historique qui fait les visites guidées affirme que c'est celle où les rebelles étaient réunis le jour où Sam Thesper leur a sauvé la vie – en perdant la sienne – quand il a distrait le navire britannique envoyé pour éliminer les traîtres. Austin dit que c'est une fiction apocryphe, parce qu'il est sûr que la partie d'origine du bâtiment a été construite après 1800. Il n'y a pas de mal à dépasser un peu les contours quand on colorie, je lui ai dit. Ne sois pas si affirmatif, a dit Austin. Bien sûr, pour un architecte, c'est dangereux de colorier en dehors du contour. Ce sont les lignes du dessinateur qui empêchent les bâtiments de s'écrouler.

Néanmoins, partout les principes sont ébranlés, aujourd'hui.

Ces deux projets, c'est vraiment de grosses affaires, qui font parler les gens et écrire les journalistes ; à partir de là, tout le monde sait qu'Austin Kepner est l'architecte qu'il faut embaucher si tout à coup vous êtes confronté au brutal déracinement domestique, inattendu ou bienvenu, de la solitude post-maritale, et si vos avocats, comptables, thérapeutes et médiateurs ne vous ont pas dépouillé jusqu'au dernier dollar.

Austin a donc accepté des clients à tire-larigot : les épouses larguées Vanderhoff-Cho, Rosenberg et Tattersall, ainsi que Stanley Guardini (plaqué par son mari, bien plus jeune ; ce coup-là, on l'avait vu venir de loin) et le pauvre Mike Iliescu, un type adorable, totalement humilié par sa femme qui, apparemment, se faisait M. Tattersall – ouais, le mari de ma prof d'anglais – et qui, à ce qu'on dit, va se barrer avec lui pour aller s'installer dans un de ces camps survivalistes tarés. Les Tattersalls et les Iliescus sont membres du Yacht Club, alors toute l'affaire a été un choc tectonique, du point de vue social. Le genre de truc où on ne peut pas éviter de prendre parti. D'après maman, en tous cas. Et elle est loyale de chez loyale.

Juste après que Tyrone a montré à Austin le site où serait construit son nouveau château de célibataire, Celestino nous a emmenés là-haut, Finn et moi, pour qu'on voie la configuration du terrain. "Là-haut", exactement. Le terrain est près de Harrow Point, à l'endroit où une maison beaucoup plus ancienne a été détruite par un incendie il y a des dizaines d'années. Les héritiers se sont cramponnés à la parcelle jusqu'à ce que quelqu'un – Tyrone, probablement – leur offre le prix juste. C'est donc Austin qui lui construit ce palais bourré de testostérone. Il va ressembler à un énorme paquebot dont l'avant sera orienté vers les tempêtes qui approchent par le nord-est. Austin dit qu'il l'a conçu pour fendre la tempête comme la proue d'un voilier fend une vague quand il la prend de face. Le vent doit être méchamment violent là-haut. À l'heure actuelle, il n'y a rien qui pousse en dehors d'un seul chêne monstrueux dont Celestino affirme qu'il ne survivra pas longtemps. Alors les plantations ne vont pas être faciles.

Les arbres étaient une des "sentinelles" que le sénateur Kittredge avait énumérées dans son discours d'investiture à la Convention où il nous prenait pour des billes. Genre, comme si ceux qui sont assez âgés pour voter n'ont pas connu les années de gros titres mortellement pessimistes faisant le panégyrique des récifs coraliens, des abeilles, des oiseaux chanteurs, des grenouilles, des chauves-souris et de presque tous les fruits tropicaux ? "Rejouez l'histoire de Noé à l'envers, il a dit, voilà où nous en sommes. Nous sommes en train de démonter l'Arche !" Malin. Parle de la Bible et tu te rallies les deux côtés de la salle.

Mais tu sais, toi le vieux plein aux as qui n'arrête pas de jacasser sur tes idéaux de platine, dans le genre pessimiste indécrottable, tu te poses là ! Après avoir entendu tes prophéties désespérées, qui ne préférerait pas vivre dans ce que tu appelles "le déni de la phase terminale" ? Qu'est-ce qu'on est censés faire, adopter une chauve-souris ? C'est pas comme si je n'avais pas voté pour lui – j'ai toujours ce badge biodégradable marqué ÉPURER OU PÉRIR qu'on m'a donné au meeting – pas comme si je délirais pas parfois en l'imaginant président, mais quand on y pense, quelle personne sensée peut envisager qu'un poète-apiculteur issu d'une vieille fortune originaire d'une partie du Maine qui est presque au Canada pourrait être à la tête d'un pays aussi dérangé et post-traumatisé que le nôtre ? Pour moi, la page est tournée. Je suis ici, à Apocalypto. Quant à Kittredge, il est retourné dans le Maine, où il est le P-DG d'un conglomérat d'énergie géothermique. Lui qui répétait : *Coopération plutôt que Corporation.*

Le gros œuvre sur le chantier de Tyrone a démarré la semaine dernière. Alors il m'est venu une idée : je pourrais monter camper là-haut certains soirs, sans que personne le sache. Si maman et Austin vont se coucher tôt, j'attrape mon sac de couchage, quelques bières et j'y vais à pied. Je rentre à l'aube, et si je croise Austin, qui se lève toujours bien avant maman, il ne me demandera pas d'où je viens. De toute manière, je n'ai pas de couvre-feu. On échangera un vague salut de la main et je remonterai direct dans ma chambre.

Quand le ciel est dégagé, de là-haut les étoiles sont géniales, et même s'il pleut, je suis au sec. Surprise, j'ai un poste d'observation privilégié sur les chalutiers nocturnes, ou du moins, c'est ainsi que je les identifie. On ne peut pas exactement les voir – si on a une vue de sniper, on repère ces poches de vides dans l'espace – mais j'ai une ouïe incroyable, et la première nuit où j'y étais, l'océan était calme comme un drap de satin et j'ai perçu un bourdonnement mécanique, loin, au-delà de Ruby Rock. La fois suivante, j'ai emprunté les super jumelles d'Austin, et effectivement, j'ai réussi à distinguer des formes de bateaux-fantômes loin, près de l'horizon, on aurait dit des silhouettes en papier découpées sur l'eau hachurée de lune.

D'après la rumeur, les garde-côtes sont totalement stressés par les dégâts provoqués par les tempêtes et les trafics de drogue, et du coup, ils ont renoncé à combattre le marché noir de fruits de mer ; en termes de gravité, ces délits sont négligeables. Ou alors, ils regardent ailleurs. Austin prétend que certains se font graisser la patte. De toute manière les poissons, du moins ceux que tout le monde veut manger, ne vont pas revenir vers le sud. La notion de quotas est dépassée. On entend parler de ces doris d'autrefois qu'ils utilisent, ils sortent en binômes, un qui pêche, l'autre qui joue les leurres pour tromper les garde-côtes – s'ils se pointent. Si les bateaux sont ringards, le matériel de plongée et les filets sont hyper-modernes. Ils sont équipés de bidules détecteurs sophistiqués mais indétectables, basés sur une espèce de technologie furtive militaire. Des hackers de la mer. Alors, s'il y en a, des poissons, ils les attraperont. Et bien sûr, il y a des requins. Ils sont en zone interdite, aussi, même si, grâce aux phoques, ils ne sont pas tellement rares.

Le premier soir dans mon poste de guet, j'ai veillé tard juste pour regarder les doris glisser sur l'eau, comme des perles sur un fil. Ils suivent des lignes parallèles à la côte, se déportent loin vers le nord sur plusieurs jours, ou du moins, c'est ce qu'on raconte, jusqu'aux hauts-fonds au large du Labrador où survivent les derniers poissons. C'est sympa d'imaginer les équipages sur ces bateaux comme les pirates d'autrefois que j'avais dans un livre d'images quand j'étais gamin : des anneaux aux oreilles, un cache sur l'œil, une jambe de bois, un perroquet bariolé sur l'épaule. *Ohé, matelot !*

Le deuxième soir, Noam m'a surpris alors que je sortais en douce. Je lui ai dit que j'allais retrouver une fille, et quand je réfléchis à ce mensonge, ce n'est pas une mauvaise idée : je pourrais hameçonner une fille – ma partie de pêche personnelle et secrète – et l'emmener là-haut et si elle valait le coup, elle serait totalement ébahie et reconnaissante. Quand le gros œuvre du premier niveau sera fini, je pourrai l'emmener à l'endroit précis où Tyrone le Tycoon prévoit d'installer son lit king size. Mes alliées ? Les étoiles dans le ciel. (Personne n'a encore trouvé le moyen de mettre en péril les étoiles.)

Mais il vaut mieux garder certaines choses pour soi.

Hier soir, j'étais là-haut, les yeux rivés sur l'horizon, en train de manger du pudding aux navets et au fromage cuisiné par maman (avec l'aneth du jardin, c'est super bon), en buvant une bière piquée dans le stock sophistiqué d'Austin, et soudain, je remarque quelque chose de nouveau. Un bateau avec une lumière – faible, mais immanquable, un tout petit rayon comme un crayon doré. Il est pointé vers moi, vers la côte. Son mouvement se devine à une trace dans le ciel, ce qui signifie un mât nu : un voilier au moteur. Sa coque est sombre, pas blanche, c'est louche. Personne de visible sur le pont. Puis il prend un virage serré près de l'extrémité de la pointe, et disparaît.

Bizarre. Mais les choses bizarres sont la norme. Une météo bizarre, une vie politique bizarre, des relations bizarres. Une autre raison pour laquelle j'apprécie ma routine, ma norme pas bizarre à moi, si ennuyeuse qu'elle paraisse aux autres. J'éprouve de la gratitude pour elle quand je peux. Je fais des choses que je ne faisais jamais avant, et volontairement, comme désherber le jardin de maman ou laver mon linge. J'ai entendu maman dire à Austin que je progresse vers mon retour dans le monde. Mais maman, ai-je eu envie de hurler du haut de l'escalier, je *suis* dans le monde ! Ceci est mon monde, pas un fantasme qu'elle s'est peut-être imaginé, où je vivrais une "vie de l'esprit" à New York, ou ailleurs. Je suis en train de m'approprier *ce* monde, et j'aime ça. Je l'aime bien. Si j'étais un oiseau, je serais en train de le tapisser avec des feuilles mortes, des bouloches prélevées dans le sèche-linge et toutes sortes d'autres trucs tout doux. C'est une version du cocon protecteur. Tsunami ou pas, c'est tout ce que je veux, en fait, même si je ne l'avouerais à personne. Un cocon.

J'espère que le chantier du palais avancera lentement. Les nuits sont de plus en plus chaudes, et peut-être que je me laisserai attendrir et que j'inviterai Noam. J'ignore s'il m'en veut d'avoir gardé mon secret pour moi, de l'avoir défendu comme un chien dominant tient son os serré entre ses pattes.

Et puis, il y a ceci : Austin est un peu distrait par une journaliste venue d'un institut d'architecture qui le suit partout pour écrire un portrait ou un hommage. Elle est originaire du Texas, dit Austin ; au départ il était sceptique, mais finalement il s'accommode de sa compagnie et elle ne l'empêche pas de travailler. Elle le voit comme un génie qui n'a pas la reconnaissance qu'il mérite, ce dont je doute, bien que je ne sois pas vraiment qualifié pour juger. Elle m'a expliqué ça quand je l'ai croisée au bureau hier matin.

Je venais récupérer mon déjeuner. Maman fait ça quelquefois, elle me prépare un repas et le dépose au bureau, ou le confie à Austin, car Celestino vient me chercher très tôt le matin. Il dit que les premières heures du jour sont les plus productives (et à mesure qu'approche l'été, les plus fraîches). Il a raison ; les rues sont désertes, on n'est pas retardé par les bavardages des uns et des autres, mais je crois que c'est principalement parce qu'il aime bien rentrer tôt retrouver Connie et Raul.

Alors maman confectionne un repas sain qu'elle dispose dans des petites boîtes en inox qu'elle a trouvées dans une boutique de design quand on habitait encore à New York. Elle tient à ce que je mange des choses comme des algues en salade et des pommes et ses excellentes boulettes de viande sans viande, mais elle ajoute des cookies ou du gâteau aussi. Des brownies à la cardamome, si j'ai de la chance. L'année dernière elle a acheté toutes sortes d'épices et les a congelées, avant la mise en place des nouveaux droits de douane.

Austin était installé à la grande table dans la grande pièce que se partagent les employés. C'est pas le genre de boss qui emmène les clients dans le saint des saints pour des rendez-vous en privé – même si son bureau est le plus beau, avec des baies vitrées géantes d'où on pourrait plonger directement dans le port. Il n'y va en gros que lorsqu'il veut travailler en solo, faire ses trucs nécessitant de la créativité et du renouvellement. Il aime bien quand tout le monde dans la boîte bosse ensemble dans un "flow". À côté de la fontaine à eau, il a installé une pancarte en bois faussement rustique sur laquelle on peut lire PORTES OUVERTES, ESPRITS OUVERTS. Alors Filene et Troy, les tout jeunes architectes, laissent leurs portes ouvertes, mais je remarque que Hap, le gars qui fait toutes les basses besognes digitales, a tendance à fermer la sienne. (Son boulot, pour moi, est la définition même du rasoir. Et il a dix ans de plus que moi. Il existe bien quelqu'un qui n'a pas de vie.)

Austin était assis à la table avec la femme, et ils ont levé la tête quand je suis entré. L'ordinateur géant d'Austin était allumé et sur l'écran, il y avait les plans de la façade de la nouvelle demeure style nordiste de l'ex-madame Tyrone. Je me suis demandé s'il emmènerait la journaliste dans la V-Room, le petit réduit sans fenêtre avec un fauteuil moelleux dans lequel on peut mettre un casque et visiter la maison dont on rêve avant même qu'elle ait été construite. Avec des meubles et des rideaux imaginés. Parfois Austin ajoute un animal de compagnie virtuel. La V-Room, c'est la Moodroom sans la psychologie à deux balles.

— Mon beau-fils, Brecht, a dit Austin à la femme, quand je suis entré. Il travaille dans notre équipe des espaces verts. Sur le terrain aujourd'hui, comme vous voyez. Ça pourrait vous plaire de passer du temps avec eux aussi.

Vu l'état de mes vêtements, on aurait dit que je venais de survivre à une coulée de boue géante. En plus, j'ai eu du mal à retenir un petit sourire en entendant que je faisais partie d'une “équipe”. Ouais : Celestino, plus moi, le jeune qui a abandonné ses études, plus Finn, dont le cerveau est pixellisé par sa consommation d'herbe. Super, la *team*.

Elle s'est levée instantanément comme si j'étais un VIP, et la première chose que je dois dire, c'est putain ce qu'elle était grande. Elle avait peut-être cinquante ans, la cinquantaine classe. Elle portait un long manteau, fait d'une étoffe légère et bruissante, de la couleur raffinée des noix de cajou, un immense cache-poussière qui se remarque par son style, à défaut de tenir chaud. Ses cheveux étaient de la même couleur que son manteau, des tresses épaisses comme un casque autour de sa tête. Elle ressemblait à une déesse guerrière, avec sa peau blanche hâlée – à cause du soleil texan, j'imagine.

— Ravie de vous rencontrer, monsieur, a-t-elle dit avec son accent du sud d'actrice de cinéma, déjà un choc en soi, mais “monsieur” ? Comme si je n'avais pas la moitié de son âge.

— Brecht, je te présente Mme Coyle.

— Petra, a-t-elle dit. Je vous en prie.

Je lui ai dit que j'étais ravi aussi de faire sa connaissance et pardon pour la saleté de ma tenue.

Elle a joint les mains (aux ongles effilés peints d'une couleur cuivrée) et dit :

— On n'a jamais besoin de s'excuser quand on travaille dur, jeune homme ! *Il faut mettre la main dans la terre**, aimait dire mon arrière-grand-père huguenot. Il avait une modeste plantation de pamplemousses et je suppose qu'il avait une bonne équipe de cueilleurs, mais il avait la réputation d'avoir lui-même les mains dans la terre toute la saison.

— Une ascendance remarquable, a dit Austin, m'épargnant ainsi la recherche d'un commentaire que je ne trouvais pas spontanément.

Même si je me suis demandé pourquoi la cueillette des pamplemousses nécessitait de mettre les mains dans la terre. Il s'agit plutôt de grimper sur une échelle. Je les ai priés de m'excuser et je suis allé me débarbouiller aux toilettes. Celestino nous faisait restaurer la terrasse d'une maison qui donnait sur Calico Beach ; les dalles d'ardoise avaient toutes bougé à cause de la dernière tempête, qui n'était même pas si grosse que ça. Le client voulait aussi qu'on remplace tous ses rosiers morts, mais par d'autres plantes. Mauvaise idée, les roses. Le mois de février avait été bizarre : des températures négatives pendant des jours, puis une semaine de vents chauds, puis une température à nouveau proche de zéro. (Sauf que, dit Celestino, on ne peut plus vraiment appeler ça bizarre.) Les rosiers du Japon ont survécu, mais la plupart des espèces hybrides se sont affaissées, les variétés anciennes ont gelé jusqu'au porte-greffe. Celestino m'a montré le relevé des températures qu'il tient tous les hivers. Il l'aide à prédire quelles plantes survivront dans quels jardins, lesquelles paraîtront mortes pendant un temps sans l'être pour de vrai, lesquelles font des feuilles mais ne fleurissent pas. Les glycines, dit-il, vont rester sans fleurs pour la troisième année consécutive. Même si les plantes grimpantes continuent à s'étendre comme

* En français dans le texte.

des armées déployées pour la conquête, tout en fendant les bardeaux des maisons et en bouchant les tuyaux d'écoulement.

Dans la salle de bains, j'ai gardé l'oreille tendue ; je me suis attardé devant le lavabo, je me suis lavé le visage, j'ai essayé de passer un peigne dans ma tignasse. Maman dit qu'elle ressemble plutôt à une crinière, sans aller jusqu'à me demander de la couper. Je sais qu'elle lui rappelle papa.

J'ai entendu Mme Coyle dire :

— Oh, quand je vois ce que vous avez fait de ces lucarnes arrondies. Et cette claire-voie ! Magnifique. Loin de moi l'idée de vous flatter, mais qui aurait pu imaginer des lignes aussi gracieuses, pour marier le nouveau à l'ancien ? Ingénieux.

— Pas pour les puristes, dit Austin. Je crains que mon projet soit terriblement inauthentique, mais la commission n'a plus le même mordant. Celle des monuments historiques.

— Ah bon ?

— Elle n'a plus que la capacité de suggérer avec fermeté des restrictions sur les extérieurs. Interdit d'imposer. De dire aux riches Blancs ce qu'ils peuvent ou ne peuvent pas faire avec leur argent.

— Le progrès est inéluctable, dit Mme Coyle.

— La régression l'est autant, malheureusement. Parfois, ils vont de pair, dit Austin. Mais si vous revenez dans deux ou trois semaines, nous serons sur le point de commencer à travailler pour de bon.

— Je n'ai rien d'urgent qui m'appelle ailleurs. Je prends mon temps sur ce projet parce que je l'aime bien. J'espère que ça ne vous dérange pas.

— Pourquoi ça me dérangerait ? a dit Austin.

En partant, j'ai failli oublier de récupérer mon déjeuner mais Austin m'a intercepté.

— Tu es sur la terrasse des Frankenheimer ?

J'ai hoché la tête.

— Vous finirez aujourd'hui, tu penses ?

— Normalement oui.

— Splendide. (Un mot qu'il n'aurait jamais utilisé si on n'avait été que tous les deux.) Demain j'ai promis à Tyrone une visite du site avec Celestino. Pour réfléchir aux plantations.

Je savais que c'était sa manière d'amener un contexte où il pouvait mentionner son chantier tape-à-l'œil devant la journaliste. En même temps, pourquoi il s'en priverait ? Je me suis dit que la femme allait être de la visite. Mais alors qu'Austin et moi discutions de quelques autres points d'organisation, je l'ai surprise en train de me dévisager, comme si elle m'épluchait (et pas, me déshabillait ; l'examen était plus psychique que sexuel). Ça m'a mis mal à l'aise, mais Austin me dirait que c'est l'indécrottable pessimiste en moi, en alerte post-traumatique. (Si vous saviez à quel point j'en ai assez, de toutes ces références au SPT.)

Ses yeux, contrairement à tout le reste, sont d'un bleu de sniper. Bleu comme le ciel avant que le terroriste ne lance son petit camion de la mort à pleine vitesse dans le marché et ne remplisse le ciel d'un brasier explosif puis de fumée. De fumée, mais aussi de fragments de tellement de choses, de choses qui n'auraient pas dû y être, pulvérisées en mille morceaux. C'est le souvenir le plus vif que j'ai : le ciel rempli de fumées de toutes les couleurs imaginables, moi planté devant une fenêtre qui était peut-être celle de la chambre où je vivais, ou pas. Je ne peux pas vraiment vous dire où je me trouvais pendant une grande partie de cette journée.

PETRA

LE bobard sur le Texas était un clin d'œil affectueux à Carly, ma chère Carly, mais où avais-je la tête, bon sang ? Pensais-je que je pourrais vivre vingt-quatre heures sur vingt-quatre dans ce costume de clown sirupeux et béni-oui-oui pendant des jours d'affilée, peut-être même des semaines ? Aujourd'hui, on ne peut pas imiter un accent d'avant la guerre de Sécession, du moins, dans ces contrées, sans risquer d'être ostracisé. Même si je veux bien l'admettre : j'éprouvais aussi une certaine nostalgie quand j'ai inventé ce nouveau personnage, un défi lancé au moi d'autrefois qui enchaînait les auditions, brûlant de signer n'importe quoi, du patient en souffrance dans une publicité pour un laxatif au membre en toge du chœur grec d'un Euripide sur une scène off-off. Et j'avais décroché le rôle de Marguerite Gautier, à l'époque où j'étais étudiante.

Mais cette remarque incongrue sur l'aïeul huguenot qui cultivait des pamplemousses avec les mains dans la terre… Je me croyais en cours d'impro ou quoi ?

“Chérie, tu es l'impulsivité incarnée” m'a dit un jour Carly, et c'était fait gentiment, car si je n'avais pas été impulsive, je ne l'aurais jamais abordée dans le hall du Manhattan Theatre Club pour lui dire à mi-voix à quel point cette robe qui mettait tellement en valeur son derrière merveilleusement séduisant était carrément dangereuse. Nous étions l'une et l'autre seule, chacune en train de siroter du champagne à l'entracte tout en faisant semblant d'être captivée par les portraits des membres de la troupe féminine 100 % queer, et quand elle s'est retournée pour me dévisager, écarquillant ses yeux vert trèfle dans une réaction de choc comme au ralenti, j'ai pensé *Bon, au moins, je ne vais pas prendre une gifle*. Mais ensuite elle a dit, avec son élégant accent de San Antonio (un accent que je n'aurais pas pu reproduire pour le plus beau rôle du monde) : "Ne parlons pas de ce que votre robe fait pour vos divins nichons." Ce soir-là, lesdites robes ont valsé, et atterri en un tas soyeux au pied du lit king size de Carly avec sa vue sur ce que Manhattan a de plus proche d'une forêt vierge. (Je vous jure, je n'avais aucune idée que ça arriverait !)

Nous avons passé ensemble les vingt et une années suivantes, jusqu'à il y a cinq mois, quand Carly a été foudroyée par une attaque violente comme un champignon atomique – à l'hôpital, en plus, au beau milieu de la tournée des patients. Nous venions à peine de défaire nos valises au retour de notre voyage pour son soixantième anniversaire dans une hacienda mexicaine quatre étoiles au bord d'un volcan majestueux qui émettait de délicates étincelles la nuit et d'aériennes volutes de fumée le jour. Dans mon esprit, cette semaine idyllique était un peu notre lune de miel aussi puisque nous nous étions mariées, sans faste ni éclat, quelques mois plus tôt. Comme si elle avait su ce qui allait arriver, Carly avait insisté sur le fait qu'elle avait commencé à s'inquiéter terriblement que ma place dans sa vie ne soit pas officielle, dans l'éventualité où elle mourrait brusquement.

— Tu as l'âme chevillée au corps, ai-je dit. À ton corps tellement sexy.

— Tu n'aimes pas que je te rappelle que je suis la plus âgée, dit-elle, en ignorant mon appel du pied.

— De six ans. Ce n'est pas grand-chose.

— Et au fait que c'est moi qui suis riche.

— Je déteste que tu parles de ça. Tu sais bien que j'en ai rien à foutre.

— Mais pourquoi ? Ma chérie, a dit Carly, tu devrais être contente à l'idée que si tu dois me pleurer un jour, ce sera dans le confort matériel. Moi je ne m'en foutrais pas du tout si j'étais toi. D'ailleurs, si tu n'en as rien à battre, alors je devrais m'envoyer en l'air avec quelqu'un d'autre, quelqu'un qui apprécie les voyages que nous faisons, les restaurants où nous dînons…

— Carly, Carly, tu sais que j'adore, *j'adoooore* toutes ces choses. Tu le sais. Je suis désolée. C'est juste que je n'ai pas besoin de la bague à mon doigt ni de mon nom sur tes comptes en banque.

Honnêtement, peu importaient à un esprit libre comme moi les détails légaux, et j'imagine qu'un tout petit lutin dans un coin reculé de ma moralité voulait à toutes forces que Carly soit absolument certaine que je n'étais pas avec elle pour son argent (ni son appartement à deux chambres et terrasse avec vue sur Central Park West). Parce que ce n'était pas le cas. Je suis presque sûre que nous aurions été ensemble même si nous avions vécu dans un petit appartement plein de courants d'air et sans ascenseur sur l'Avenue D (même si de tels endroits n'existent plus aujourd'hui). Mais il est arrivé un moment où ne pas céder à sa proposition pragmatique a commencé à paraître désobligeant. Alors nous l'avons fait le plus simplement du monde : à l'hôtel de ville à dix heures, pas de fleurs, pas de bagues – nous avons cependant déjeuné dans un de nos restaurants français préférés que nous surnommons affectueusement Le Snobinard (ça rime avec *connard*). C'était il y a moins d'un an. Pas d'anniversaire de mariage pour nous. Et maintenant, je regrette qu'on n'en ait pas eu au moins un – des dizaines. Quelle leçon dois-je tirer de ma résistance adolescente à la tradition ?

Mais s'il a été terriblement difficile de perdre Carly sans le moindre signe avant-coureur, je ne parle même pas d'un adieu plein d'amour et douloureusement long, il a été incroyablement facile de vendre l'appartement et de transférer les capitaux. Contre toute logique, dans un endroit qui s'est avéré si vulnérable aux catastrophes tant imprévisibles que malveillantes, une vue sur ce parc déclenche encore une guerre des enchères (bien que la vue inclue aujourd'hui les nouveaux bassins de rétention, qui incarnent une des multiples raisons pour lesquels tant de personnes ont fui la ville). Dans les semaines précédant la conclusion de la transaction, j'ai vendu les quelques objets de valeur que nous avions rapportés de nos voyages et j'ai appelé le dépôt-vente de l'hôpital de Carly pour qu'ils viennent chercher les meubles. Repartir de zéro, commencer une nouvelle vie : je ne savais pas encore que j'allais opérer un grand retour en arrière pour régler de vieux comptes.

J'ai eu cinquante-quatre ans trois semaines après la mort de Carly. Des amis ont envoyé des messages modérément festifs par tous les trop nombreux moyens de communication que nous avons désormais ; je n'ai répondu à aucun. J'ai commencé ma journée dans notre douche carrelée de rose, où j'ai réalisé que j'avais vécu une année pour chaque carte dans un jeu complet, si on compte les jokers – et on devrait toujours les compter. En y repensant, je pourrais considérer certaines années comme rouges, d'autres noires, en termes de sentiments. Certaines années ont été aussi dépourvues de chance et de joie (ou à l'inverse, aussi chastes ou paisibles) qu'un as de trèfle sur un fond blanc, alors que d'autres ont été ornées de motifs orientalisants conçus pour agrémenter les tresses d'une femme habilement enrichies de joyaux ou cacher le poing d'un valet serré sur la garde d'un poignard. La reine de cœur ? L'année où j'ai rencontré Carly. Le valet de carreaux, l'année où j'ai eu ce rôle correct au cinéma, celui dont j'ai cru qu'il pourrait changer le cours de ma vie. Mais oh, s'il y avait un joker dans le paquet, ce serait l'année où j'ai eu vingt-neuf ans, l'année d'Issa. Ou était-ce elle, ma reine de cœur ? Quelle trahison envers Carly, que je formule cette hésitation. Qui donne le plus de points en amour, la reine ou l'as ? Et les cœurs l'emportent-ils sur les carreaux ? Carly était ma reine d'atout.

Après ma douche d'anniversaire, au cours de laquelle j'ai pleuré un plein canal de Venise, je suis sortie et j'ai mangé un petit déjeuner étonnamment copieux dans un établissement sur Columbus dans lequel Carly et moi n'avions jamais mis les pieds, ou du moins, je n'avais jamais mis les pieds. C'était un bistro chargé d'ornements végétaux connu pour être un lieu de drague hétéro-dominant le soir, un rendez-vous de jeunes mères après un autre genre de ramassage, celui des enfants à la maternelle. Il était donc encore relativement désert quand je me suis installée dans un box près de la fenêtre, et là, sur la banquette, j'ai découvert un exemplaire d'une de ces épaisses revues d'architecture sur papier glacé qui ont réussi à résister à la mort annoncée de l'imprimé. Dans un état de paresse totale, je l'ai feuilleté sans y trouver grand intérêt pendant que j'attendais qu'on m'apporte mon Menu Bûcheronne Spécial (des pancakes, des œufs, du yaourt avec du granola aux pignons – plus de calories que ce que je consommais généralement en une journée). À l'instant où je m'apprêtais à mettre le magazine de côté, je suis tombée sur une double-page montrant une maison nichée à flanc de colline, donnant sur un pré jonché de fleurs. Si désirable qu'elle ait pu être, ce n'est pas la maison qui m'a soudain fait transpirer ; c'est le titre, enfin, seulement le nom cité :

QUAND LA VUE DEVIENT VISION :
UN NOUVEAU JOYAU SIGNÉ AUSTIN KEPNER

J'ai lu l'article du premier au dernier mot, et à la fin, j'ai examiné le visage en vignette sur une autre photo de la maison, avant de dire : "Alors, te voilà..." Il était bien là, cet homme que je n'avais rencontré qu'une seule fois, en passant, il y avait des dizaines d'années, et pourtant à l'égard duquel je n'avais eu que des envies de meurtre. (Kepner était-il mon valet de pique ?)

Je considère que je n'insulte pas Carly en m'engageant dans la mission de venger Issa, à défaut de retrouver sa trace. Parfois, je me dis que tout ce que je veux, c'est savoir ce qu'elle est devenue, pas la récupérer. Il y a vingt-cinq ans, après sa disparition (je n'accorde aucun crédit à l'hypothèse qu'elle se serait donné la mort ; je ne crois pas une seconde qu'elle l'aurait fait, ou même *pu* le faire), je suis allée jusqu'à engager un détective privé, même si le seul qui était dans mes moyens à mon époque pré-Carly ne m'a guère impressionnée – il était après tout lui aussi un acteur sous-employé – et quand il m'a servi le verdict foireux qu'elle s'était probablement noyée après avoir sauté dans le fleuve (la même conclusion que ces abrutis de flics), et que son corps avait dû être emporté par les courants jusqu'à l'océan, je me suis dit, Peut-être, mais cela ne signifie pas pour autant la fin d'Issa. Au pire, elle sera retournée à ses origines subaquatiques, sa vraie tribu. (Traitez-moi de folle. J'ai déjà entendu pire.)

Après avoir défait mes bagages, j'inspecte la chambre dans le petit hôtel qu'Austin Kepner m'a recommandé après avoir gobé mon histoire. Peut-être qu'au fond, j'espérais qu'il ne me croirait pas, mais les ego enflent si facilement, n'est-ce pas? Me voici donc, journaliste free-lance chargée d'effectuer les recherches de terrain pour un futur documentaire intitulé *Bâtir au bord de la mer en ces temps de tempêtes.* En fouillant toutes les archives possibles sur Austin, j'ai lu une interview dans laquelle on lui demandait s'il s'identifiait comme un apocalyptomiste. La réponse de Kepner a été qu'il se considère comme "un maître dans l'art de défier le désastre", une manière faussement pudique de dire qu'il connaît parfaitement les nouveaux matériaux plus résilients utilisés pour construire sur la côte dans l'ère post-Cunégonde.

L'ironie, qui ne m'échappe pas, est que ce bâtiment, le Twin Chimneys Inn, a certainement résisté à un grand nombre de tempêtes pendant ses près de quatre siècles d'existence – sans tous ces métaux ultrarobustes ou caoutchouc synthétiques vulcanisés ultramodernes. Cet établissement est l'une des demeures coloniales authentiques qui débordent d'un charme naturel totalement académique. Grâce aux déformations du bois pendant une longue vie de gonflements et de constrictions au rythme des saisons, tous les angles sont bizarres, les portes branlent dans leurs encadrements et les lames voilées du plancher grincent sous le tapis chaque fois que je traverse la chambre. Même les vitres déforment le monde extérieur – et probablement, laissent entrer l'air froid en hiver. Les portes vernies de l'armoire antique ne se ferment pas tout à fait bien, et les miroirs sont ternis et piqués. Dans le réduit déguisé en salle de bains, je n'ai qu'une douche pour me laver et une fenêtre de toit pour la ventilation. Et ces poutres shakespeariennes, bon sang: je me fracasserai la tête quand je me lèverai pour aller pisser au milieu de la nuit.

Mais ma chambre donne sur un vestibule privatif, d'où je descends deux escaliers raides pour atteindre le rez-de-chaussée, un dédale de petites salles communes et un minuscule bar décoré comme la cabine d'un voilier. En toute vraisemblance, ma chambre – appelée aujourd'hui la Retraite du Général, d'après une plaque de cuivre ridicule sur la porte – était autrefois un endroit où s'entassaient les domestiques.

Elle me rappelle aussi une chambre d'hôtel dans les Alpes que j'ai partagée avec Carly aux beaux jours de notre idylle naissante. Carly devait aller en Suisse pour une conférence et elle avait payé les frais pour que je l'accompagne. La journée, pendant qu'elle montait en télécabine jusqu'au sommet d'une montagne pour rejoindre, dans un centre de conférences tout en verre, d'autres médecins cherchant à contrecarrer l'expansion de fléaux tropicaux, je sillonnais la ville – une station de ski en pause estivale – en mangeant des saucisses et des chocolats dans un effort vain pour étancher ma faim de Carly. Nous nous retrouvions pour le dîner, parfois en compagnie de ses collègues (l'anglais était la langue commune, mais si ça avait été le swahili, ç'aurait été pareil), puis nous passions la moitié de la nuit à emmêler nos draps luxueux d'un blanc monacal. Tous les matins de cette semaine-là, je me suis réveillée dans l'aube pelucheuse pour trouver Carly, ne portant rien d'autre que ses lunettes de lecture, étudiant des liasses de tableaux et de graphiques pleins d'annotations étalées sur la couette légère comme un nuage.

— Et si tu étudiais les miennes, de courbes… chuchotais-je en enlevant les binocles à la Ben Franklin de mon amoureuse.

J'aimais Carly et elle me manquera jusqu'à la fin de ma vie, mais Carly m'aimait plus encore. Nous ne l'avons jamais dit, mais nous le savions. Contrairement à moi, elle n'était pas tiraillée par des passions historiques restées sans conclusion, et elle ne cessait de réaffirmer sa gratitude envers les forces cosmiques qui avaient présidé à notre collision. Sa dévotion était pour moi un ancrage à de nombreux égards. Elle a même financé, sans attentes ni conditions, des cours de théâtre pendant six ans, et après, quand ce satané virus a définitivement étouffé toutes mes ambitions, aussi irrémédiablement qu'une cigarette écrasée sous le talon d'une botte, elle m'a soutenue pendant toute la période embarrassante que j'appelle La Dépression, dans ma tête, avant que je trouve par hasard ma vocation de consolation – conseillère personnelle pour les outrageusement riches dans l'un des nouveaux magasins pour hommes ultra-sélect de la ville. Comme je suis heureuse d'avoir tourné *cette page-là* de ma vie.

J'envisage de m'allonger sur le grand lit accueillant, mais non. Je veux que ce qui reste de mon premier jour ici soit totalement constructif. Je dois étudier les photos que j'ai rassemblées de maisons signées Kepner, sur des sites comme *Architectonomy* et *Domiphile*. Mais d'abord, je prends le temps de savourer la vue. L'auberge se situe au milieu de ce que mon plan appelle le Village District, ma chambre est à un angle. Depuis mes quatre fenêtres biscornues, je contemple une juxtaposition désordonnée de toits à forte pente, ponctuée de deux clochers d'églises, et les routes ridiculement étroites, sinueuses par endroits. Les maisons en bois sont peintes dans une palette de couleurs fauvistes, comme si, en manière de défi à sa lourdeur architecturale, la ville avait eu à son époque glorieuse des fantasmes de Bermudes.

Directement sous les fenêtres, je vois aussi le jardin contigu à l'hôtel, entouré d'un mur, le site typique où des jeunes couples seraient prêts à payer une fortune pour organiser un mariage de conte de fées. En ce moment même, un jardinier est en train d'enlever les feuilles mortes des plates-bandes à l'aide d'un râteau. Pendant quelques instants, j'ai l'impression d'être de retour dans la luxueuse hacienda, parce qu'il pourrait être mexicain ; peut-être est-il l'un des chanceux qui a trouvé un sponsor rapidement. Me revient alors le souvenir douloureux de la perte de Manuela, la femme de ménage qui travaillait depuis longtemps chez Carly, malgré toutes les tentatives de Carly pour soudoyer les personnes-clés, faire jouer des pistons. Par naïveté – et stupidité – nous pensions que nous n'étions pas concernées, et le temps que nous montions le dossier pour Mani, on nous a dit que c'était trop tard. Le quota ridicule de sponsors pour notre quartier de la ville était épuisé depuis longtemps. Le fait que Carly soit membre du conseil d'administration de l'opéra avec une juge du district (une lesbienne comme nous avec laquelle nous sortions parfois au Fig and Leaf) ne nous a pas aidées du tout. Nous avons soigné notre culpabilité de Blanches privilégiées en envoyant de l'argent à Manuela pendant quelques années, mais un jour, nous n'avons plus reçu signe de vie. Finalement, nous avons arrêté d'expédier des fonds sans jamais savoir s'ils arrivaient bien à destination. Je me demande quelquefois où est parti l'essentiel de cet argent : à des cartels, des employés des services postaux, des policiers avides de pots de vin ? Mais voilà bien l'un de mes pires défauts : m'inquiéter des conséquences de choix passés alors qu'ils sont irrémédiablement de l'histoire ancienne.

Après avoir fini de ratisser, le jardinier recule d'un pas pour examiner un petit arbre, puis se dirige vers un camion garé dans la rue, rapporte un escabeau et un sécateur. Je l'observe pendant quelques minutes. Peut-être que dans ce coin isolé du monde, on peut cacher ses travailleurs latinos, ses nounous venues des îles. Peut-être que dans un endroit comme celui-ci, on peut se les passer d'un employeur à l'autre, comme les vêtements de l'aîné au cadet, sans démarches administratives, sans traces. Je me demande si je viens d'atterrir dans une société fermée ; des récits allant du *Monde de Narnia* aux *Femmes de Stepford* font irruption dans mon esprit torturé. Si nous étions à New York, quelqu'un aurait cafté ce type depuis longtemps.

Pourquoi donc suis-je maintenant beaucoup plus sensible aux nuances des couleurs de peau des gens et des implications qu'elles peuvent avoir, que je ne l'étais quand j'étais adolescente, dans ma banlieue de New Rochelle, il y a des dizaines d'années, au temps du hip-hop ? Comme nous étions stupides, d'essayer de nous convaincre que nous étions "éclairés", même égaux. Prince et Ice-T *étaient les boss.*

L'hôtel n'a pas de service de restauration, alors je vais devoir me renseigner sur les possibilités de livraison ou aller, avec ma tchatche à la Lois Lane et mon accent traînant jusqu'à un restaurant. (Kepner, cette ordure, a eu l'obligeance de me fournir une liste.) Il semblerait que j'aie un petit réfrigérateur dans ma chambre et il faudra que je le garnisse de ce que je pourrai y loger.

Je délaisse complètement mon téléphone, puisque personne ne sait que je suis ici ; en théorie, je suis partie faire une retraite de yoga déconnectée, puis rendre visite à ma vieille mère dans son petit appartement de Scarsdale, où je prétends être également injoignable, trop occupée par les exigences et fragilités de ma mère. Mais je jette un œil régulièrement quand même, par habitude, et je vois que – tiens, quand on parle du loup – il y a un message vocal de Kepner, remontant à une heure. Il se demande si je veux les accompagner demain pour une visite du site. Et sa femme espère que je viendrai dîner un soir prochain.

Oh, une femme. Une femme. *Eh bien, oui bien sûr, ma chère, oui, je rosis de plaisir à la perspective de cette invitation.* Et je lui réponds en lui disant que j'adorerais les deux. *Je suis à votre disposition !*

Bien. C'est parti. Mets-toi en route, explore le terrain, évalue la zone de combat ! *Oh quelle drama queer*, j'entends Carly me taquiner, avec son rire léger qui signifiait toujours son approbation. *Ton rire c'est du cachemire*, lui disais-je dans les premiers temps de notre éblouissement mutuel. Et oui, j'ai parlé d'Issa à Carly, sans lui raconter toute l'histoire. Si je lui avais tout dit, même Carly aurait pensé que j'étais complètement folle. Ou peut-être, surtout Carly : médecin, scientifique, une fervente disciple de l'empirique. Et si je devais raconter l'histoire à haute voix, à quelqu'un, j'arriverais probablement à la même conclusion. Mais cette dernière soirée que j'ai passée avec Issa – cette nuit précieuse, indélébile, tragique, la deuxième seulement – je sais que j'ai eu le privilège de voir son autre nature, son être premier. Je suppose que je devrais, rationnellement, l'appeler son être surnaturel, mais notre rencontre fusionnelle ne m'a pas semblé autre chose que naturelle, cette dernière nuit. Aurais-je pu la sauver ? C'est la question que je me suis posée pendant des mois après sa disparition – comme je suis grandiloquente. Peut-être s'est-elle sauvée elle-même. De la stupidité et du scepticisme de l'humain qui retournera à la terre. De toute la corruption ambiante. D'hommes comme Austin Kepner.

Je regarde mes pieds nus. Je replie mes orteils sur le tapis usé. Il faut que je me fasse refaire les ongles. Le cœur serré, je repense aux pieds parfaits d'Issa, à la question que je m'étais posée en les embrassant : étaient-ils des faux pieds, les pieds d'une hallucination ? Peu importait. Issa était l'amour de ma vie.

AUSTIN

Autrefois, je pensais que l'apogée de la carrière d'un architecte de talent – et je n'inclus pas le Mile High Club : les Gehry, Venturi et Wright – serait d'imaginer, concevoir et bâtir la maison de ses rêves. La mienne aurait été une version beaucoup moins agressive que celle de Tyrone : sur la côte, oui ; avec de grandes surfaces vitrées, oui ; un perchoir au bord du monde... Mais la mienne serait restée proche de la terre, un seul niveau, une forme sinueuse, étalée, comme un chat endormi, avec ma chambre à l'extrémité de sa queue bien enroulée, donnant aussi bien sur l'océan que sur le corps de la maison, de manière à ce qu'au moment du lever du soleil (je n'ai jamais voulu vivre sur une autre côte que celle-ci), je verrais au réveil à la fois le fil tendu de l'horizon et, en tournant la tête, les autres pièces vivement éclairées ; j'aurais ainsi été pressé de me lever, et de suivre la courbe du couloir arrondi lambrissé en bois de cerisier, en passant devant une autre chambre, pour arriver dans le ventre du chat – un salon ovoïde aux contours nets dans les premières lueurs du jour – et poursuivre, en traversant une salle à manger plus étroite, jusqu'à une cuisine orientée vers le sud. Une maison qui n'aurait été ni vaste, ni imposante ; seulement singulière. Elle nous aurait abrité, moi et la femme que je n'avais pas encore rencontrée, et là, nous aurions su être à la fois seuls et ensemble, nous aurions reçu des amis et des associés, fait notre travail. Ça, ça aurait été après la catastrophe de ma période avec Issa, quelques mois qui ont pesé lourd sur mon mental, sur mon envie de partager ma vie avec quelqu'un d'autre pendant des années. Pourtant, je savais qu'avec le temps, cette solitude précautionneuse prendrait fin. Je savais que je rencontrerais quelqu'un ; quelqu'un de sensé, de stable et de posé.

D'une certaine manière, le rêve de la maison était à la fois une consolation et une distraction pour m'éloigner de ma folie, de ma honte et de mon inévitable culpabilité.

Pendant dix ans, j'ai gardé deux comptes pour ma maison de rêve, un à la banque et l'autre, le plus important, dans ma tête : une accumulation de détails sur les angles, les surfaces et les dimensions, des matériaux ni bas de gamme ni tape à l'œil. J'ignorais où elle serait – dans quelle ville, dans quel État – mais si un voyage d'affaires m'emmenait sur une côte et que je voyais un terrain à vendre, j'y plantais mon fantasme. J'étais loin d'avoir les moyens de m'acheter une telle parcelle, mais je progressais dans l'entreprise, un petit pas après l'autre.

Par superstition, je gardais ma maison dans les limbes de mon imagination ; je n'ai pas ouvert de dossier sur mon ordinateur, pas créé de maquette. Quand le moment viendrait, quand l'endroit serait déterminé, je m'y plongerais de toute mon âme.

Ensuite, comme tous, j'ai regardé le monde se fermer autour de moi : des emplois perdus, des rêves perdus, des vies perdues, la gravité perdue. Par gravité, j'entends tous les liens à la terre sous nos pieds que nous tenions pour acquis. Une maison tient ses fondations pour acquises, me direz-vous. Une personne aussi. Pendant le deuxième mois de la première vague, mes deux parents – qui avaient été si contents de trouver cette résidence pour personnes âgées à moins de dix kilomètres de la maison où ils m'avaient élevé près de la côte de Jersey – ont été contaminés et sont décédés.

Rapidement, l'un après l'autre, les projets en cours de l'entreprise s'étaient arrêtés. Un certain nombre d'architectes juniors, ceux que je situais juste en dessous de moi sur l'échelle, ont été mis au chômage technique. J'ai rapporté chez moi mon écran de compétition. En quelques jours, j'ai arrêté de m'habiller comme si j'avais toujours des rendez-vous avec des clients. J'ai commencé à regretter de ne pas avoir de chien.

Mon père m'a appelé pour m'informer de l'état de ma mère deux semaines après le début du confinement. Non, cela ne servait à rien de louer une voiture (si je pouvais en trouver une) pour venir jusqu'à eux. Non, je n'aurais pas la possibilité de la voir, même pas après qu'elle se sera remise, car il était certain qu'elle guérirait. *Elle est costaud, ta mère*. Il était étrangement calme au téléphone, et je me suis laissé aller à me rassurer. Mes parents avaient toujours été des gens d'humeur égale, très rationnels. Je parlais tous les jours à ma sœur aînée, isolée par sa propre assignation à résidence, avec mari et enfants, à Milwaukee. Nous avons plus parlé en deux semaines qu'en deux ans. Dans la perception soudaine et choquante de notre impuissance, nous avons trouvé un terrain d'entente artificiel. Nous ne pouvions rien faire d'autre qu'attendre. Puis notre père a cessé de téléphoner, il ne nous rappelait pas. Cinq jours de silence, après lesquels nous avons été contactés par une femme que nous n'avions jamais rencontrée, une étrangère, qui nous a appris que notre père était sous assistance respiratoire et notre mère, décédée. Elle était tellement, tellement désolée ; les infirmières étaient débordées, certaines d'entre elles étaient malades maintenant ; elle allait nous aider à faire les démarches, mais non, nous ne pouvions pas venir ; *s'il vous plaît, ne mettez pas en danger votre vie et celle des autres.* (Comme je me rappelle ces "autres".) Est-ce que nous aurions envie de parler à notre père, au téléphone ? Il ne pourra pas nous répondre mais il nous entendra. Oui, l'un après l'autre, ce serait mieux. Pouvait-elle nous rappeler ?

Ce jour-là, chaque particule de ce jour, chaque péripétie, je m'en souviens, depuis le yaourt et la pomme du petit déjeuner que je ne parvenais pas à avaler jusqu'à la chemise bleu marine que j'ai enfilée pour la visioconférence en zoom avec deux de mes collègues. Nous passions en revue les options pour une réduction spectaculaire du personnel et les mesures d'allègement des coûts dans une installation sportive d'entreprise – les budgets en baisse commençaient déjà à avoir un effet domino sur les projets de construction – quand est arrivé l'appel, l'occasion qui m'était donnée de parler avec mon père (en fait, *à* mon père, seulement), peut-être pour la toute dernière fois. Mais avant que la gentille étrangère puisse rendre la chose possible – et comment, franchement, pouvais-je savoir qu'elle collait le téléphone contre l'oreille de papa ? – j'ai dû patienter. J'avais emporté l'appareil dans la chambre ; je me suis assis au bord du lit, j'ai pris note de toutes les petites choses qui n'allaient pas dans les murs et les fenêtres et que j'aurais réparées si j'avais été le propriétaire, tandis que mon oreille était agressée par une version de *Skylark* aux arrangements d'aussi mauvais goût que les meneaux de la fenêtre voisine. Ensuite, on m'a dit, avec beaucoup de douceur, que le téléphone allait être posé près de mon père et qu'on me mettrait sur haut-parleur. C'est alors qu'entre deux sanglots j'ai déversé les platitudes d'un adieu probablement-le-dernier-mais-pourvu-que-non. *Tu m'as appris tout ce qu'il vaut la peine de savoir. Maman et toi vous m'avez montré ce que l'amour devrait être. On se voit bientôt. Tu vas t'en sortir. Tu es un cheval de guerre.*

Cet été-là, je suis allé en voiture dans le New Jersey pour récupérer les cendres de mes parents, organiser leurs obsèques dans la concession que mon père, un homme pétri de traditions, avait achetée des dizaines d'années auparavant. Presque un an plus tard, quand je suis retourné au bureau, j'étais tellement ébranlé que j'ai commencé à partir en voiture chaque fois que j'avais un jour de congé, vers le nord ou l'ouest, pour aller voir les maisons en vente dans toutes les petites villes dotées d'arbres en grand nombre. J'ai remonté la vallée de l'Hudson, je suis allé au-delà des Meadowlands, aussi loin que le Delaware Water Gap et jusqu'à l'est de la Pennsylvanie. Partout, comme pour attiser mon ardent désir de fuir, je voyais la floraison omniprésente d'hortensias bleu azur et des volées de lys couleur flamme. J'ai eu la surprise de découvrir que les prix n'avaient pas chuté, pas du tout ; ils avaient explosé. Je n'étais pas en état, que ce soit financièrement ou mentalement, d'acheter aucune des maisons que j'ai visitées, mais ma détermination était inébranlable.

Après deux mois passés à cette quête perdue d'avance, j'étais épuisé et j'ai cédé aux rythmes modifiés des affaires dans un monde assombri par le jeu de course-poursuite de l'épidémie. Aujourd'hui, ces quelques années demeurent comme un souvenir flou de claustrophobie.

Et puis j'ai rencontré Miriam. Nous nous fréquentions depuis quelques mois quand nous nous sommes avoué que nous en avions assez de la ville. J'avais un vieux copain d'études qui avait un petit cabinet prospère à Cambridge, et il m'a dit qu'il pourrait peut-être m'embaucher comme consultant. Il vivait dans une bourgade en bord de mer, d'où les trajets jusqu'au bureau étaient un véritable enfer, m'a-t-il confié, mais il pouvait faire une grande partie de son travail depuis la maison. Il m'a suggéré de prendre une chambre dans un hôtel voisin. J'étais là depuis moins d'une heure quand j'ai compris que je voulais cette ville plus que le travail.

Comme un présage, elle était là, à quelques rues de l'hôtel. La maison était petite, vieille, exagérément verticale, avec une longue et étroite pelouse qui s'arrêtait à la propriété donnant directement sur le port (un voisin pour encaisser le plus gros des grandes marées). Des arbres solides, de belles fenêtres anciennes, une vue protégée. Regardant à l'intérieur par une de ces fenêtres, j'ai constaté que les propriétaires étaient déjà partis. Planté dans la minuscule allée qui passait devant la porte principale, j'ai appelé l'agence citée sur la pancarte et convenu d'un rendez-vous pour le jour même.

La dame de l'agence immobilière, qui n'était pas idiote, a vu clair dans ma feinte nonchalance quand j'ai passé un long moment dans la cave au plafond bas digne du Moyen Âge.

— Je dois vous le dire, attendez-vous à une guerre d'enchères, m'a-t-elle dit lorsque je suis sorti. (Elle a baissé la voix.) Mais j'ajouterai, parce que j'ai comme l'intuition que vous n'auriez aucun mal à vous intégrer ici, que vous êtes sur un marché où la pression de l'entre-soi est forte.

Quand je lui ai demandé ce qu'elle entendait par là, elle m'a dit que les anciens, membres du conseil municipal, craignaient explicitement, même si c'était discrètement, que Vigil Harbor coure le danger de devenir un refuge pour des citadins à la recherche d'un nouveau genre de relocalisation, un lieu où s'enfuir qui soit assez proche de la civilisation mais qui demeure, sur le plan social, en retrait – et qui soit toujours protégé.

— Ici, on aime bien croire, a-t-elle dit en gloussant, qu'on est tous descendants de matelots. Enfin, faut pas chercher à comprendre.

Allais-je vivre dans un endroit aussi délibérément insulaire, tout ça parce que je voulais avoir cette pelouse qui se jetait presque directement dans la mer ?

J'ai appelé Miriam depuis le jardin pendant que l'agent immobilier répondait à des SMS dans la cuisine. Je lui ai parlé des risques que j'étais prêt à prendre et de ceux que je ne prendrais pas. Ironiquement, étant donné que nous voulions tous les deux quitter la vie citadine et sa densité, ce qui me paraissait rassurant dans une maison dans un village authentique, à l'ancienne, c'était la promiscuité. Soudain, j'ai su que je ne me voyais plus comme l'heureux seigneur d'un petit manoir isolé sur une falaise battue par les vents. Si je devais être à nouveau confronté à la séquestration (et j'étais presque sûr que ce serait le cas), je voulais le confort d'être protégé tout en étant entouré d'autres souffrant de la même situation. J'étais ému non pas par le sentiment de trouver une communauté mais par une prise de conscience des limites de ma propre indépendance. Ou, soyons honnête, de mon manque de courage à l'idée de faire cavalier seul.

Au dîner ce soir-là, j'ai dit à mon copain que je voulais le job et que je voulais son réseau dans cette ville.

Aujourd'hui, nous habitons cette maison, et je m'y sens à la fois anonyme et libre.

Cependant, à certains moments, l'insularité est terrifiante. Il est difficile de savoir si elle a toujours été là et si la remarque insidieuse glissée par la dame de l'agence immobilière qui m'a fait visiter la maison relevait simplement de la paranoïa. Certaines choses ont changé pour toujours, d'autres sont redevenues ce qu'elles étaient, ou semblaient être, avant, mais une chose est claire : j'ai très peu de clients qui viennent de loin. Cette visiteuse, la femme qui veut écrire sur moi, me rappelle ça, avec son accent tout droit sorti d'*Un tramway nommé désir*, ses vêtements élégants et guindés, sa manière de lorgner tout et tout le monde autour d'elle. Elle est, comme disait ma mère, "un peu trop", mais j'ai moi aussi mes vanités, alors de quel droit je critiquerais ?

Le retour de Brecht est également un rappel de l'engagement de cette ville à garder un genre de "normalité" de référence. Je sais que les gens parlent de lui. Oh, ils ont pitié de lui. (Et de nous, Miriam et moi.) Ils remercient leur bonne étoile car rien d'aussi affreux n'est arrivé à aucun de leurs enfants partis dans le vaste monde (n'est *encore* arrivé, pourrais-je corriger, si j'étais grossier), mais c'est pour la mère de Noam qu'ils éprouvent le plus de pitié. Avant, Miriam l'appelait de temps en temps, proposait même une promenade ou un pot ensemble, mais en vérité, nous avons pitié d'elle aussi, et elle le sait.

Je ne nierai pas qu'un désir de normalité chimérique est peut-être ce qui m'a fait quitter New York, même si je l'avais peut-être déjà atteint en tombant amoureux d'une femme comme Miriam, qui avait réussi à franchir des moments de vie vraiment périlleux et à en sortir sans cynisme, névrose ni peur déraisonnable. Je lui ai dit que je voulais monter mon propre cabinet, loin des entreprises grouillantes et survoltées où j'avais travaillé depuis que j'avais fini mes études. "Tout ce que je veux, c'est construire des maisons" ai-je dit. Ce n'était pas tout à fait sincère, et elle le savait, parce qu'elle a ajouté : "Pas des maisons de Monopoly."

Je voulais construire des maisons pour des gens qui avaient assez de moyens – juste assez – et de discernement (enfin, plus qu'assez) pour vouloir rentrer chaque soir dans une maison qui n'était pas tout à fait comme les autres. Mon copain de classe, avec sa petite clientèle choisie, m'a mis le pied à l'étrier pour entrer dans ce monde.

Mais je n'ai jamais été intéressé par les projets de châteaux modernes, de "propriétés". Alors j'ai trahi mon engagement avec moi-même en acceptant ce projet pour Thaddie Tyrone, qui est, sinon un pacte avec le diable, un exercice pratique sur l'archétype du péché moderne : la décadence domestique. J'ai cédé, me plais-je à me répéter, parce que dire non à un homme comme Tyrone serait revenu à torpiller trop de relations importantes dans mon réseau local. Et maintenant que je suis bien implanté ici, je tiens à ce que mon entreprise prospère localement.

La maison qu'il veut n'est pas grande si on se base sur sa catégorie de revenus – la surface totale sera inférieure à 370 mètres carrés – mais il tient à ce qu'elle soit fabriquée dans les matériaux les plus rares, et il n'est pas question de matériaux de récupération. Pas une lame de parquet piétinée, pas une fenêtre à laquelle on se serait déjà penché, pas une baignoire où quelqu'un se serait prélassé avant lui. Il faut toujours être prudent, ai-je appris, quand des clients vous disent de ne pas lésiner sur la dépense. Soit ils se déroberont, à la fin, devant le montant total, soit leurs exigences deviendront stratosphériques et impossibles à satisfaire.

Miriam m'a dit au départ que je regretterais forcément d'avoir accepté, mais depuis que j'ai signé ce contrat, elle n'est pas revenue sur le sujet. Tyrone vient au bureau au moins une fois par semaine, et demande à Miriam de le laisser accéder à la V-room pour qu'il puisse jubiler encore une fois en regardant son château sur la comète – et pour qu'il puisse me dire que peut-être que nous devrions revoir ce bord chanfreiné-ci ou cet autre, cette profondeur pour les placards ; et est-ce que la pierre que j'ai choisie pour la terrasse n'est pas trop bleue ? N'est-elle pas trop en concurrence avec la couleur de l'océan ? Chaque fois, je hoche la tête, je fais semblant de réfléchir, puis je l'apaise, je le rassure.

J'ai transféré à Filene et Troy plus de mes clients "moins importants" – autrement dit, les plus petits contrats – qu'en temps normal. Mais c'est une bonne chose pour eux, ils sont contents et ça rationalise mes interactions émotionnelles avec les types du genre Stanley Guardini et Mike Iliescu, qui ont tous deux été si grossièrement et si publiquement trahis par leurs épouses.

La souffrance de regarder quelqu'un dont on pensait qu'il était son âme sœur devenir soudain immature ou d'une méchanceté brutale ou même complètement fou ne m'est pas inconnue. Il faut beaucoup de temps pour guérir, parce que la personne en qui on n'a plus confiance, c'est soi-même.

MIKE

DEBOUT au milieu de ma flottille de cartons, en train de contempler le parc triangulaire étriqué à côté du temple protestant, avec sa demi-douzaine d'érables qui essaient de survivre à l'empoisonnement au sel de leurs racines, ses bancs en hommage à des citoyens méritants mais morts depuis longtemps, j'essaie de me convaincre que ceci n'est pas une erreur. Rester en ville – ne pas m'enfuir dans une retraite primitive sur une terre isolée battue par le vent, comme le méritent les imbéciles comme moi –, c'est une chose que j'ai décidée largement sous la pression d'amis pleins d'empathie. Le refrain repris en chœur semble être : *On refuse de te laisser disparaître de notre champ de vision, alors n'envisage pas de t'en aller. C'est elle qui doit quitter la ville. Au moins, elle fait une chose bien !*

Je suis véritablement surpris devant le nombre de gens qui m'ont soutenu dans mon humiliation, même si je suppose que c'est Margo Tattersall qui a rassemblé les troupes.

— Écoute, mec, a-t-elle dit la deuxième fois qu'elle a frappé à ma porte, va falloir que tu sortes de ton tunnel pauvre-de-moi – un grand sentimental comme toi ne pourrait pas survivre dans ces conditions.

À contre-cœur, un peu hébété, j'ai suivi son conseil et confié mon sort à une soi-disant consultante en déménagement – plus qu'une simple *agent immobilier* – que j'ai baptisée dans ma tête Courtney la Courtière. Rien que ses bijoux m'ont informé sur la fourchette de prix des propriétés qu'elle a l'habitude de vendre, et elle a visiblement pensé que j'étais ignorant ou stupide quand je lui ai dit que non, je ne voulais même pas aller visiter le bien avec vue sur le port.

— Je n'en veux pas, ai-je dit. Je ne veux pas payer pour ça, non plus.

— Je veux que vous sachiez que nous parlons d'un prix compétitif, a-t-elle argumenté. Trois chambres, deux salles de bains, jacuzzi à énergie solaire – personne n'installe plus ce genre d'équipement. Recyclage des eaux grises, douche extérieure sur la terrasse au bord de l'eau. Un max de volume de placards. Et écoutez ça : la vue vous coupera le souffle. Et je n'ai pas besoin de vous le dire, à vous, Dr Iliescu ; on est parfaitement situé, bien au-dessus du niveau inondable. Êtes-vous du matin ? Je devine que oui. Parce que le lever du soleil sur l'océan…

— Tout sauf l'enfer de l'océan, ai-je dit, et si j'avais cru en une divinité quelconque, mon expression aurait été à prendre au pied de la lettre. Comme je vous l'ai dit, deux chambres à coucher, les aménagements standards, je n'ai pas besoin de plus.

Il y a vingt ou trente ans, j'aurais peut-être choisi de vivre sur un bateau, mais aujourd'hui, il faudrait être idiot pour opter pour une maison flottante. Parfois je pense à mon père, dans le sous-sol de notre pavillon de plain-pied en banlieue après un puissant orage estival, les yeux rivés sur une forme sombre sur le sol en ciment, qui s'étirait lentement vers nous depuis la trappe. "Fiston, n'oublie jamais, a-t-il déclaré d'un ton inquiétant. Quand tu deviendras propriétaire, ton ennemi numéro 1, ce sera l'eau." Comme il a encore plus raison, avec le temps qui passe.

Non que la vie à l'intérieur des terres, où les crues subites, les tornades, les blizzards provoquant d'autres genres de pagailles, soit beaucoup moins risquée, mais je fais partie de ces gens qui se rendent compte que le côté romantique de vivre au bord de l'eau s'est étiolé. C'est épuisant, comme le quotidien avec un conjoint qui est d'une humeur imprévisible, souvent mauvaise (quand j'y pense, c'est probablement ainsi qu'était la vie de ma mère auprès de mon père). Même les marais salants que j'essaie de sauver semblent être à l'affût. Dans des villes enlacées par l'océan à l'instar de celle-ci, la pratique de la voile demeure une activité chic, à l'audace addictive; les vieux yacht-clubs ont encore des demandes d'adhésion sur listes d'attente. Mais les navigateurs un tant soit peu raisonnables ressemblent à des maîtres spirituels hindous, emmitouflés dans des matériaux anti-rayonnement solaire, le visage barbouillé d'onguents asiatiques qui ne sont pas encore approuvés par la FDA.

Nous étions dans la voiture de Courtney la Courtière, garée à côté du bâtiment dans lequel se situait l'appartement supposément idyllique, quand je lui ai dit pas de vue sur l'océan. L'espace d'un instant elle m'a lancé le même regard que j'ai vu chez ma femme autrefois, tant de fois pendant tant d'années, lorsqu'elle regardait nos deux enfants adolescents.

Ce qui a provoqué une vague d'espoir: maintenant que j'étais forcé de quitter la maison qu'ils connaissaient (grâce à la mère à qui ils pardonneraient certainement, à qui je devrais *vouloir* qu'ils pardonnent), est-ce qu'ils viendraient séjourner sous mon toit à nouveau, ensemble? J'ai repensé à leurs visites quand ils étaient étudiants, il y a cinq ou six ans, quand leurs amis du lycée se baladaient d'un pas lourdaud dans la maison, parlant un vernaculaire post-adolescent, post-millennial, faisant des descentes dans le réfrigérateur, laissant des taches de neige fondue et de boue sur les tapis et des traces humides de bière sur les meubles. Je me souviens encore, avec une nostalgie déconcertante, des incessantes alertes sonores sur leurs différents appareils (des appareils dont j'utilise aujourd'hui compulsivement les descendants plus raffinés, plus futés). Quelle réaction bêtement ingrate j'avais à l'époque à leur présence. Maintenant, Marinda, comme une Perséphone contemporaine, s'est laissé convaincre par le chant des sirènes de la Californie du Nord ; son mari, ainsi qu'il le déclare si souvent, ne pourrait jamais vivre ailleurs. (Quel rôle a joué le nom par hasard californien de ma fille dans son attirance pour elle ?) Egon, qui semble ne prêter aucune attention aux risques de plus en plus élevés de la vie à New York, est plus près d'ici, mais pour financer son existence frugale, il occupe trois emplois cumulés. Pas la peine de compter sur une visite impromptue de sa part.

Me voici donc, sous un nouveau toit, en train de me tourner et retourner sans trouver le sommeil sur un nouveau matelas, après avoir apposé ma signature électronique sur tous les formulaires entérinant la fin de mon mariage, alors qu'il y a encore un mois, ma vie ressemblait à l'existence routinière après le départ des enfants de n'importe quel banlieusard sans histoire, avec une épouse dans son lit, l'emprunt de la maison payé, des anticorps variés et efficaces, une tension correcte.

De la vue par la fenêtre du salon, je reporte mon attention vers la cuisine rudimentaire et vétuste (l'une des raisons pour lesquelles cet endroit était une si “bonne affaire”). Une fois de plus, grâce au Sergent Major Margo, une très jeune femme appelée Filene, un bourreau de travail du cabinet d'Austin Kepner, vient de quitter l'appartement après avoir pris d'innombrables photos et mesures avec son appareil électronique et m'avoir posé une série de questions pour lui donner une “vision pour le design" basée sur mes "habitudes culinaires", mes "préférences esthétiques" et mes "besoins domestiques" (une femme moins fourbe, par exemple ?)

Elle dirigeait son minuscule boîtier vers moi pour enregistrer mes réponses, et s'il n'y avait pas eu sa gaieté de gamine et son joli sourire, j'aurais peut-être perdu patience et lui aurais dit de faire ce qu'elle voulait à ma cuisine. Qu'elle la peigne en doré à la bombe ! Qu'elle installe une fontaine ! Qu'elle recouvre le sol de clous rouillés !

Sa dernière question a été :

— Qu'est-ce que vous pensez du rouge ?

— Eh bien, le rouge ne m'a pas choqué récemment. À ma connaissance.

Elle a ri plus fort qu'elle ne l'aurait dû, mais son amusement paraissait bien réel.

— Alors, il y a cette super nouvelle surface zéro impact que nous utilisons, et elle existe dans une nuance carmin absolument fabuleuse. Super durable, aussi. Dans une très grande pièce, elle serait peut-être too much, mais dans ce joli petit coin cuisine…

— Ça m'a l'air parfait, ai-je dit.

— Je vais vous rapporter un échantillon. Et d'autres aussi. Envisagez-les comme un kit d'inspirations.

Un kit d'inspirations. Voilà tous mes problèmes résolus !

Je suppose qu'elle a à peine plus de vingt-cinq ans, et je me retiens de lui demander si elle est d'ici, si elle a fréquenté la même école qu'Egon ou Marinda. Mais avais-je envie d'avoir cette conversation ? Bien sûr que non. Je l'ai remerciée et je l'ai raccompagnée à la porte, l'ai regardée descendre les marches jusqu'au niveau de la rue et l'ai saluée d'un geste de la main.

À ce moment précis, sur le comptoir en granit écaillé qui serait bientôt transformé par "une fabuleuse nuance de carmin" (puisque je n'ai aucune intention de passer une minute avec ce kit d'inspirations), mon téléphone vibre. Étrangement, je me surprends à penser que c'est peut-être Margo, sur le point de me donner une nouvelle série d'ordres. Je me rends compte que j'ai beau être irrité par ses injonctions, je les attends aussi.

Au moins, je peux être sûr que ce n'est pas Deeanne. Et pourquoi ce serait elle ? C'est moi qui ai été plaqué. Quand elle a un message à me transmettre, elle passe par son avocat, qui contacte le mien, qui me contacte. En bazardant son passé, elle a même changé de nom. Modesta, elle a signé sur les documents ratifiant notre séparation. Bon Dieu, est-ce que Tom a un nouveau nom ? Je verrais bien Brutello.

— Papa ? Où es-tu ? Déjà dans ta nouvelle maison ?

— Marinda. Bonjour chérie. (Dire son nom me donne tellement de plaisir en ce moment. Entendre sa voix, encore plus.) Je suis dans ma nouvelle cuisine. Ou plutôt ma vieille cuisine moche. Qui va être refaite. Le reste de moi est entassé dans un box de stockage.

— Alors la maison… ?

— Tout a été vidé. L'agent ne veut pas la faire visiter avec mes vieux trucs de mec. Les choses que ta mère a laissées…

— Tu les as jetées, j'espère. Tu as carrément le droit de le faire.

Comme elle est passée rapidement des interrogatoires sur ce que j'ai fait de mal, au point de presque m'accuser de dynamiter la vie que j'avais avec sa mère, à la condamnation pure et simple de Deeanne. Même si j'ai furieusement envie d'aller dans son sens, je dis :

— Egon et toi, vous voudrez peut-être récupérer certaines de ses affaires, plus tard, un jour.

— Ses tapisseries prétentieuses et ses armoires et divans Louis je ne sais plus combien ? Il y a peu de chance, papa.

Tout ce qu'ils me rappellent, c'est comme il fallait faire attention quand des amis venaient à la maison. "*Pas de verres sans sous-verres !*" "*On enlève ses chaussures dans le petit salon !*" Le *petit salon*. Comme si on habitait dans la maison de quelqu'un d'autre.

À nouveau, je résiste à l'appât qu'elle me tend.

— Donc, la maison a été relookée. Tu ne la reconnaîtrais pas. L'opération n'était pas franchement donnée, mais plus tôt je m'en débarrasse, mieux je me porte.

— S'il faut ça, dit Marinda, et dans sa fermeté je détecte une énergie réprimée.

— Comment tu vas, ma chérie ? Comment va Harkney ?

Je l'entends prendre une grande inspiration frémissante.

— Nous allons bien, papa. Nous allons très bien. Nous avons quelque chose à t'annoncer.

Elle est enceinte. Je le sais avant qu'elle ait prononcé la phrase. Pourtant, son ravissement est un peu réprimé, ténu, comme si ça pouvait me contrarier qu'elle soit heureuse, comme si je pouvais souhaiter que tout le monde soit enlisé dans l'auto-apitoiement.

— Oh, ma fille. Ma grande fille.

Les premiers sanglots éclatent avant la fin de ma phrase, comme une pierre qui monte dans ma poitrine, libérant de l'espace dans mon cœur.

— Tu es prêt, papa ? Prêt à devenir… (Il y a tant de joie dans son rire.) Grand-père ?

— Ma chérie. Je suis plus prêt que jamais.

Marinda fond en larmes. Avant que je m'y mette, moi aussi – si je me laisse aller, je ne m'arrêterai pas, je ne pourrai que *brailler* – je dis : "Ta mère est au courant ?"

— Il n'était pas question que je le lui dise en premier. (J'ai le plaisir d'entendre une colère rauque dans sa voix.) Et c'est une fille, papa. J'ai tellement hâte de l'emmener en bateau avec toi. Ça me manque, les sorties en voilier avec toi.

Papa. À quand remonte la dernière fois qu'elle m'a appelé Papa ?

— Tu es mon meilleur matelot. Tu le sais. Tu as de vrais pieds de sirène.

C'est une plaisanterie qui remonte à son enfance. *Mais, papa, les sirènes n'ont pas de pieds !* Je revois le petit torse bombé de Marinda engoncé dans un de ces gilets de sauvetage orange bouffants d'autrefois. La semaine dernière, pendant le déménagement, je suis tombé sur l'un d'eux, couvert d'une moisissure pelucheuse, au fond d'une malle cachée dans le débarras. En dessous du gilet, j'ai trouvé une minuscule paire de mocassins de bateau, dont le cuir était sec comme du bois. Dans l'un d'eux, une créature quelconque avait aménagé, puis déserté, un nid. J'ai essuyé quelques larmes en fourrant ces objets inutiles dans le compacteur. Constamment, j'étais pris au dépourvu par les choses trop petites que nous avions gardées par hasard, des objets qui, du fait qu'ils témoignaient du passage du temps, véhiculaient une importante charge émotionnelle.

Maintenant Marinda déroule le gentil rituel qu'elle m'offre de temps en temps : lister tout ce qui lui manque, comme si elle avait été kidnappée – même si Harkney n'a rien d'un Hadès. De loin, il a l'air d'être un bon mari, et il gagne bien sa vie. Il est le directeur financier d'un ensemble de parcs éoliens au large de la côte pacifique. Marinda a toute la sécurité dont j'aurais rêvé. Elle vit assez loin des zones de feu, assez loin de la ville la plus proche et elle travaille de chez elle – même si elle va probablement se consacrer au bébé. Je soupçonne que Harkney voudrait qu'elle soit une mère tout entière dévouée à sa progéniture. Il est peut-être bien un membre non avoué du parti Backlash. Peu importe. Mieux vaut cela qu'un Timer cinglé, comme ce que semble être devenue Deeanne. *Modesta*. Grands Dieux.

Comme d'habitude, Marinda termine son énumération avec :

— Ce qui me manque le plus, c'est toi. Tu me manques, papa. Il faut que tu viennes nous voir ! Je n'arrête pas de te le dire, il faut que tu voies le nouvel aquarium. Le récif est phénoménal. Même toi tu ne pourrais pas voir la différence avec un vrai, j'en suis sûre.

Et comme toujours, je réponds :

— On verra, ma chérie.

La pensée d'un récif microgéré – du corail en captivité – me déprime, un tout petit peu. Les récifs coralliens vivants – dans le milieu naturel, où ils évoluent normalement – sont comme des pandas, accessibles seulement à ceux qui peuvent payer le prix du ticket d'entrée. Les transplantations réussissent à court terme, au prix d'énormes investissements, mais même les dernières hybridations semblent échouer. C'est une question de température, purement et simplement. Nous pouvons lutter pour sécuriser et étayer nos bandes côtières, mais nous ne pouvons pas faire baisser la température de l'océan.

— Papa ? Je voulais m'excuser d'avoir été si méchante quand tu m'as appelée, la première fois. J'étais furieuse que tu ne m'aies pas rappelée plus tôt. Je savais déjà, pour le bébé. J'étais juste…

— Je sais. La mauvaise nouvelle qui prend le pas sur la bonne. Je connais.

Avant qu'on se dise au revoir, je n'oublie pas de lui demander de me passer Harkney.

Le père et le mari ont un échange classique, bref, inoffensif, entre hommes qui se veulent du bien. Ai-je eu une conversation similaire avec mon beau-père quand Dee était enceinte d'Egon ? Je n'arrive pas à me rappeler.

Quand je coupe la communication avant de poser l'appareil sur le comptoir, je ne peux pas ignorer le document que j'ai imprimé et rapporté à la maison pour le lire. Comme toujours, encore des nouvelles joyeuses : cette fois, l'acidité explose dans la Méditerranée, une nouvelle vague de décès chez les mammifères marins – tous ces beaux dauphins vénérés par les Grecs, il en reste si peu. Ici les méduses se promènent sur les plages tout l'été et à un niveau que le vacancier moyen ne percevra pas, les vastes étendues couvertes de spartines aux racines profondes vers le nord – les forteresses boueuses que je considère comme mon petit royaume – sont en train de capituler sous les attaques des tempêtes. Même à marée basse, beaucoup des estuaires sinueux ne réapparaissent plus. La baie est en train de grignoter le marais.

Je déploie de puissants efforts pour entretenir des pensées pleines d'espoir sur le monde dans lequel ma petite-fille va naître. Les choses qu'elle connaîtra et celles qu'elle ne connaîtra jamais. Arrête, me dis-je. Est-ce le début de la vieillesse, cet attrait irrépressible de la futilité ? Mon propre père s'est abîmé dans un nuage noir de silence après son départ à la retraite. Ça a tué ma mère, j'en suis certain.

Je devrais probablement me faire prescrire un truc pour me remonter le moral. Serait-ce une autre suggestion de la nouvelle voix que j'ai intériorisée, ma Margo intérieure ?

J'ai oublié de demander à Marinda si elle a parlé du bébé à son frère. Probablement pas. Je devrais les faire venir tous les deux pour Noël. Une fois que la maison sera vendue, je pourrai payer les prix délirants des trajets en avion. J'installerai Marinda et Harkney au Twin Chimneys, et on campera ici avec Egon. Pourrait-on créer un lien intergénérationnel entre les deux célibataires que nous sommes ? Ou peut-être qu'Egon a trouvé quelqu'un. Pas un autre acteur, je t'en conjure. Le dernier était un désastre ambulant, un dandy et un toxicomane. Il a volé une demi-douzaine d'objets anciens de Deeanne, même si je lui ai interdit d'en parler – surtout après que le dandy est sorti de la vie d'Egon en claquant la porte.

Revenons à Noël. Je commence à penser au menu. J'imagine activer mes relations pour trouver un saumon entier, un saumon sauvage, pour un prix qui ne soit pas prohibitif. Le veau gras, me dis-je ; bien sûr, un veau coûterait bien moins cher qu'un saumon. Un crime, par définition.

Et là, je réalise qu'à Noël le bébé de Marinda n'aura que quelques mois, il sera trop jeune, trop vulnérable, pour subir les risques d'un voyage d'une côte à l'autre. Mon enthousiasme retombe, et me voici, une fois de plus, en compagnie exclusive et intime de ma colère et ma déception, mes vains retours en arrière pour repasser obsessionnellement tel ou tel incident, tous les signes avant-coureurs que je n'ai clairement pas su voir. Les scientifiques sont censés être sensibles aux détails, n'est-ce pas ? Mais si l'on en croit la science contemporaine, nous sommes plus performants dans la rétrospective que dans la prophétie, l'Apprenti Sorcier est un saint patron plus approprié que Nostradamus.

Pourrais-je identifier le moment où mon mariage a trépassé, une soirée particulière où je suis resté à la maison pour étudier des statistiques plutôt que de me rendre à une réception au yacht-club ou de regarder la série préférée de Dee avec elle ? Que penser de cette fois, il y a dix ans, où l'entreprise d'électricité a "modernisé" tous les éclairages publics en installant de nouvelles ampoules qui, tout en étant bien moins gourmandes en énergie, émettaient une lumière âcre qui a transformé Vigil Harbor la nuit en site de tournage de cinéma ? Soudain, notre chambre à coucher, qui donnait sur le devant de la maison, s'est retrouvée inondée de la luminosité aveuglante qu'on associe aux interrogatoires musclés dans les vieux films policiers. Je peux dormir n'importe où, mais Deeanne, le premier soir, a poussé un cri quand elle a éteint sa lampe de chevet.

— Mais qu'est-ce que c'est que ça ? s'est-elle écriée, en se levant d'un bond. Elle s'est mise à agiter les bras comme si elle faisait des jumping-jacks, pour illustrer l'intensité de l'ombre projeté par son corps sur les portes de placard.

— Les nouveaux lampadaires, ai-je dit.

Nous avions été informés du changement par le journal local, contents d'apprendre que notre petite compagnie d'électricité se souciait de faire des économies d'énergie.

— Mais c'est délirant ! J'ai l'impression d'être dans un aéroport ! (Elle s'est approchée de la fenêtre, ouverte sur la nuit estivale.) On ne voit même plus la lune !

— Effectivement, la lumière a l'air puissante. Mais on va s'habituer.

— S'habituer ? S'habituer à *pas de nuit* ? C'est absurde, Mike ! Il faut qu'on proteste !

Je lui ai fait remarquer que l'argent de la ville avait été dépensé, la mise en œuvre achevée, et que par malchance notre chambre était proche du lampadaire. Peut-être que nous pouvions installer des rideaux plus épais ?

— Et après ? Nous calfeutrer dans le noir comme dans un tombeau ? Non. Demain, tu les appelleras et tu leur diras qu'il faut que ce soit modifié. Tu leur diras ta façon de penser. Ils te connaissent, Mike, puisque tu faisais partie du comité de la digue. Ils te respectent.

— Deeanne, je t'assure, on ne pourra rien y changer. Ils ne peuvent pas…

— Si tu refuses de les appeler, je le ferai. Pourquoi tu es tellement pessimiste ?

— Je ne vais pas piquer une colère, si c'est ce que tu sous-entends.

— Est-ce que je t'ai demandé de piquer une colère, Mike ? Certainement pas. Je t'ai demandé de formuler une demande courtoise. C'est si difficile ?

Là-dessus elle est sortie de la chambre comme une furie, elle a claqué la porte et elle est descendue dormir dans le salon. Le jour suivant, sans aborder le sujet, elle a déplié le canapé-lit et pendant une semaine, elle y a dormi. Je savais qu'elle attendait que je remette le sujet sur le tapis, que je m'avoue vaincu, mais je ne l'ai pas fait. Je n'avais aucune envie d'aller voir les gens de la compagnie d'électricité, et si par hasard ils se moquaient de moi, de piquer ladite colère.

Puis, vraisemblablement parce que des habitants plus courageux ont protesté, un jour, un camion s'est garé devant notre maison, a monté sa nacelle, et un homme en casque jaune a fixé un abat-jour en acier sur le lampadaire, pour que sa lumière se concentre sur les buissons au pied du poteau. Deeanne est revenue s'installer dans notre chambre, à nouveau sans un mot. Mais un mois s'est écoulé avant qu'elle laisse son corps toucher le mien.

Le fait est que j'ai un mauvais caractère. J'essaie de réserver mes accès de colère aux moments de solitude. Cette résolution est une obligation morale que je m'impose depuis longtemps avant mon mariage. Ces jours-ci, je suis forcé de me demander si j'en ai véritablement tiré un avantage, de me demander si mon putain de flegme, ainsi que Deeanne l'a appelé lors d'une tentative de dispute à nos débuts, l'a conduite à me considérer comme "moins homme", pour ainsi dire. Parce que s'il y a un trait dominant chez Tattersall, c'est sa nature de mâle dominant vantard, jusqu'à récemment souvent observable au bar du yacht-club, à la marina et en toutes les occasions où il savait qu'il avait raison ou qu'il n'obtenait pas ce qu'il voulait.

Enfin, il voulait Deeanne et il l'a eue.

Il semblerait que je souffre non seulement de "flegme" mais de stupidité émotionnelle. Je n'ai absolument rien soupçonné avant le jour où elle a annoncé, tout en enlevant ses boucles d'oreilles en perles après le dîner qui inaugurait la prochaine saison de voile, qu'elle et Tom Tattersall allaient partir et s'installer ensemble. Elle a croisé mon regard dans le miroir ancien de sa mère et a dit, une fois passées quelques secondes de mutisme hébété de ma part, qu'elle espérait que je ne lutterais pas.

— Séparons-nous proprement, a-t-elle dit. Pour les enfants.

Avait-elle produit intentionnellement la rime? Pourquoi ai-je donc pensé à ça?

Tom et elle, ai-je appris du fond de mon quasi-coma, avaient déjà acheté des parts dans une "communauté à faible empreinte carbone" dans le nord du Wisconsin.

— Du Winsconsin? ai-je réussi à sortir. J'ai un don pour les réparties brillantes.

— Je te promets que tu ne m'auras pas dans les pattes, a-t-elle dit en se limant les ongles de pieds. Deeanne dans toute sa splendeur: une pro du multi-tâches. Il m'est revenu un souvenir remontant à des années; je suis debout dans la cuisine, elle s'affaire pour préparer une sauce française sophistiquée qui doit accompagner un dîner avec des invités tout en discutant avec notre courtier de notre portefeuille d'actions. C'était l'épouse que non seulement j'aimais mais que j'admirais. Dont la fidélité, ainsi que le don pour les investissements, ne faisaient aucun doute depuis toujours.

Dans la surface du miroir, j'ai continué à dévisager cette même épouse qui parlait rationnellement de son départ imminent tout en déboutonnant son chemisier en soie rouge, sous lequel elle portait un soutien-gorge rose en dentelle dont j'ai compris – quelle perspicacité ! – qu'elle l'avait acheté en pensant à un autre homme que moi.

— Il faut qu'on gère ça avec calme, Mike, a-t-elle dit, un ordre auquel je paraissais obéir déjà.

— Calme ?

— Oh Mike, à quand remonte la dernière fois qu'on a couché ensemble ? Je veux dire *vraiment*. Qu'on a pris des vacances ensemble, juste tous les deux ? Dîné à la maison sans être devant un écran ? Et je ne parle pas des fois où tu es parti rejoindre tes sirènes des profondeurs. Je me sens seule depuis des années, ce n'est pas un secret. Les enfants ne suffisent pas à faire un mariage. En particulier les enfants qui ne vivent plus à la maison.

Avait-elle répété son discours ?

— Mes sirènes des profondeurs ? ai-je répété, m'emparant du détail le moins pertinent dans la crise en cours.

J'ai senti monter les larmes. De l'eau salée : l'essence, le creuset et le cœur de mon gagne-pain.

Elle a traversé la pièce dans son soutien-gorge rose et sa longue jupe en soie argent – je n'avais jamais remarqué avec autant de minutie ses vêtements auparavant – et elle s'est plantée devant moi, tout près. Me regardant sans crainte dans les yeux, elle a posé ses mains sur mes épaules.

— Mike, je sais que c'est douloureux. J'en suis désolée. C'est douloureux pour moi aussi ! Je sais à quel point tu es dépendant des routines quotidiennes de notre mariage – mais soyons honnêtes : est-ce que ça ne fait pas un bon moment que nos vies sont essentiellement séparées ?

Ses sourcils se sont arqués. Elle avait remarqué mes larmes.

— Tu ne le savais pas ? Tu n'as même pas vu à quel point j'étais absente ? Oh Mike…

Je voulais riposter, plus parce qu'elle s'était moquée de mon travail que parce qu'elle dénigrait notre mariage (ou mon attachement aux habitudes). Est-ce que cela lui donnait raison ?

— Ne fais pas ça à…

— À nos enfants ? Ce sont des adultes. Ils comprennent que les choses changent et que nous revenions sur de nombreuses décisions que nous avons prises quand nous étions plus jeunes, surtout les grandes.

Quand elle a dit cela, elle avait déjà enlevé ses mains de mes épaules, et je n'ai pas pu m'empêcher de jeter un coup d'œil à son annulaire gauche. Quand est-ce qu'elle avait enlevé l'anneau que j'avais passé à son doigt dans l'église unitarienne de Vigil Harbor trente-deux ans auparavant ?

— Je vais dormir dans la chambre de Marinda ce soir et nous parlerons du reste demain, dit-elle. La maison est à toi, bien entendu.

Sans un mot, je l'ai regardée décrocher son peignoir de la patère dans son placard et emporter sa brosse à dents. Quand elle a fermé la porte derrière elle, je suis resté au même endroit sur le tapis de la chambre, exactement là où je me trouvais lorsqu'elle avait lancé sa grenade.

Ce n'est que le lendemain après-midi, à la suite d'une "conversation" constituée d'une liste d'"étapes suivantes" pratiques énoncée par Deeanne, la table de la cuisine entre nous, que j'ai compris où elle avait passé tous ces après-midi où elle affirmait prendre des leçons de tir à l'arc et de warrior yoga. Assez ironiquement, elle ne mentait pas ; elle s'était mise à ces activités déroutantes aux côtés de Tattersall, et "s'entraînait" pour leur projet de retraite de la civilisation. L'événement qui les avait poussés à passer à l'action était l'offre d'un emploi à plein temps sérieux reçue par la plus jeune fille de Tom, la dernière des cinq enfants que nous avions à nous quatre, et la dernière à quitter le foyer familial. À cet instant, l'évidence accablante m'est apparue d'un coup : leur relation remontait à des années.

Qui d'autre était au courant ? Est-ce que nos *enfants* le savaient ? Que m'avait-elle dit à propos des enfants ? Pas *Ils comprendront*… mais *Ils comprennent.*

À l'instant où cette information déchirante a atteint mon cerveau, peu de temps après le départ de Deeanne pour "faire quelques courses et te laisser un peu te retrouver", je suis allé dans mon bureau, j'ai fermé la porte et j'ai claqué mes paumes à plat sur ma table de travail jusqu'à ce qu'elles soient douloureuses, rouges comme de la viande crue. Si j'avais été mon père, j'aurais cassé quelque chose : une chaise, une lampe, une rangée de photos de familles posées sur une étagère. Et il choisissait des objets uniquement quand il était seul dans la maison. Il nous arrivait, à ma mère et moi, de découvrir à notre retour une porte de placard défoncée ou une pile de bols en miettes sur le sol. Nous en éprouvions du soulagement, bien que nous ne l'ayons jamais avoué ; nous avions manqué la tempête. Sous mon propre toit, j'aurais accueilli ce genre de destructions à bras ouverts. C'était une maison que ma femme avait choisie et remplie d'ornements inutiles, qui m'appartenaient tous désormais, et je pouvais en faire ce que je voulais.

Moins de vingt-quatre heures après avoir passé mon ego sous la quille, Deeanne a quitté la maison avec deux petites valises. Apparemment, Tom et elle avaient pris une location courte durée dans une banlieue plus proche de Boston. Dans quelques jours, ce serait le départ vers l'ouest.

— Mais d'ici là, n'hésite pas à me contacter si tu as la moindre question.

— Des questions ? ai-je dit en riant. On ne va pas se faire représenter par des avocats-gladiateurs et s'étriper ?

— J'ai pris un nouvel avocat qui se mettra en relation avec Teddy. Tu vas faire appel à lui, non ?

— Teddy n'est pas avocat de divorces.

Je m'en suis voulu d'être logique.

— Tu n'auras pas besoin d'un spécialiste. Il n'y a rien à se disputer. Je te laisse à peu près tout, à part le petit pécule que j'ai hérité de ma mère.

— Ah bon, c'est Tattersall qui t'offre ce scenario de mariée en cavale ?

— Mike…

Le fait qu'elle n'ait pas posé les valises m'a dit l'essentiel de ce que je devais savoir.

— Va-t'en, ai-je dit à mi-voix. Va-t'en.

La semaine suivante, j'ai eu l'impression d'être en plongée sous-marine dans une épave pleine de pièces de ferronnerie tordues, couvertes de rouille, et de squelettes de marins embrochés et piégés, tout en continuant à respirer, même si je ne pouvais pas envisager de remonter à la surface.

Un autre homme aurait peut-être trouvé une consolation dans son travail, la camaraderie bruyante de ses collègues, mais ma profession est en grande partie solitaire et elle est devenue démoralisante, simplement parce que les chiffres – des niveaux de carbone dans la rhizosphère jusqu'aux taux de reproduction des oiseaux marins – sont de plus en plus sinistres. Si vous me rencontrez lors d'un cocktail et que vous me demandez ce que je fais dans la vie, je vais probablement vous dire que j'étudie la santé de la côte atlantique, tout particulièrement la diminution des zones littorales. Il y a trente ans, j'ai démarré à l'organisation qui surveillait l'industrie de la pêche au cabillaud en Nouvelle-Angleterre, parce que j'avais été un crack avec les chiffres à la fac – un emploi qui était, contre toute attente et à mon grand désarroi, très conflictuel. Je ne supportais pas la dimension politique de la chose. Comme je vivais dans une ville où la pêche comme moyen de subsistance était certes marginale, mais encore réelle, je ne cessais de croiser des pêcheurs qui tenaient une liste, similaire à celle des personnes recherchées par le FBI, des employés de premier plan du Service national de la pêche maritime, autrement connus sous le nom de nazis des quotas. Leurs pick-up arboraient des autocollants qui nous accusaient explicitement de détruire leur foyer et leur famille. Un jour d'été, sur le ponton, alors que je m'apprêtais à partir avec les enfants en bateau, un piège à homard a volé dans les airs et est passé tout près de ma tête. ("Hé, j'vous avais pas vu, désolé !" Mais qui n'aurait pas remarqué le regard menaçant ?) Le lendemain, j'ai déposé mon préavis. Maintenant, je travaille à l'ORCA, Ocean Rescue Coalition Agency, bien plus axée sur la recherche, bien plus idéaliste. D'une certaine manière je suis redevenu un geek, la tête dans les nuages, ce qui me convient très bien. Sauf que les nombres que je compile à partir des échantillons que nous prélevons refusent d'édulcorer la vérité. Il s'avère que je n'étudie pas tant la santé de la vie océanique que son naufrage vers la maladie incurable. Je travaille dans le palliatif marin.

Alors, après le départ de Dee, je faisais mes journées au labo et la nuit, je parcourais la maison en tous sens, sans répondre aux appels téléphoniques, même de mes enfants. Elle n'avait dit que la vérité : elle avait organisé tous les aspects de sa défection, me laissant une proportion si "généreuse" de ce qui était autrefois nos capitaux et biens communs qu'il n'y avait effectivement pas de quoi se battre, rien à démêler, pas de revanche matérielle à chercher (même si je ne me vois pas comme quelqu'un de revanchard). Elle m'a annoncé qu'une bénévole envoyée par un foyer parrainé par l'église m'appellerait pour venir vider son placard ! J'ai pris un malin plaisir à me demander lequel des appels que j'ignorais venait de la bénévole en question, probablement une femme lubrique membre du yacht-club qui me jouerait un faux numéro d'empathie, espérant me soutirer un maximum de détails croustillants pour alimenter le moulin à potins local.

J'ai trop bu, mon poison préféré étant le bourbon, et j'ai mangé très peu. Un soir, j'ai vidé un bocal d'amandes, en versant le contenu directement dans ma bouche, tout en pensant avec une jubilation sinistre et illogique à l'argent qu'avait coûté ce bocal, essayant de me rappeler à quel moment exact les amandes étaient devenues un luxe gastronomique comparable au caviar, qui aujourd'hui est quasi introuvable, quel que soit le prix qu'on soit prêt à payer. Tant de produits se retrouvent curieusement relégués au passé. Les fruits de la passion. Les gousses de vanille. Certaines variétés de thé. Sans parler du cabillaud.

J'ai essayé de ne pas imaginer Dee et cet homme à l'absurde physique de girafe en train de baiser dans le lit à baldaquin en érable moiré qu'elle avait acheté pendant notre lune de miel à Nantucket. Ne parvenant pas à repousser ces visions, j'ai pris l'habitude d'aller dormir dans le lit simple autrefois occupé par Egon. Chaque soir, quand j'éteignais la lumière, je m'étonnais, du fond de mon ivresse, que les étoiles et les planètes en plastique que j'avais collées au plafond brillent encore, des dizaines d'années plus tard, si résolument dans le noir. Je me réveillais chaque matin pour contempler, avec le marteau-piqueur qui me tapait dans la tête, une affiche gondolée par le temps d'une star de cinéma ambisexuelle incarnant Macbeth, histoire de raviver une angoisse supplémentaire : un enfant sorti de l'enfance depuis longtemps qui veut être acteur (ou qui *est* acteur quand c'est possible) ; pire, un enfant qui vit à New York City.

Contrairement aux constellations bidon collées au plafond, New York a perdu une grande partie de son éclat. Ou plutôt, son éclat est aujourd'hui autant un reflet du danger que du charme. Aucun attentat n'a atteint l'horreur du 11-Septembre, et pendant un moment après les masses de décès dans le monde dues aux premières vagues de l'épidémie, j'ai été un de ces optimistes crédules qui pensaient que les actes de violence calculés faisaient désormais peut-être partie – comme les fruits de la passion – du passé. Mais la rage politique est persévérante, et après la mise à sac du Congrès par des "patriotes", les marginaux, radicaux et sauvages à la gâchette facile sont réapparus çà et là : l'enlèvement du procureur général, l'explosion à Cannes, le tireur à la station de ski à Jackson – et ensuite, il y a un an et demi, l'attentat à la voiture piégée à Union Square. C'est sûr, la violence peut se manifester n'importe où, mais je continue à penser que New York demeure la cible la plus tentante.

Je savais qu'elle n'était pas viable, ma triste retraite, et je savais qu'il allait falloir que je bouge, que je vende la maison. J'allais devoir demander à Egon et Marinda de venir à la maison une dernière fois, pour trier les objets de leur enfance. Il allait aussi falloir que je commence à répondre au téléphone – ou du moins, que je jette un œil pour savoir exactement qui j'ignorais. Egon et Marinda étaient ceux dont je redoutais le plus les appels, et je me suis demandé si, dans l'hypothèse où ils habiteraient plus près, l'un ou l'autre ou les deux seraient apparus sur le seuil en mission de compassion.

Comme provoqué par mon questionnement, le huitième jour de mon exil auto-infligé, le deuxième dimanche, le heurtoir sur la porte a été actionné avec vigueur, ce qui m'a laissé supposer que c'était un homme (bien que le geste fût trop vigoureux pour être imputable à mon fils si doux).

Mytho est devenu mon nouveau surnom.

— S'il te plaît, confirme-moi que tu ne te fais plus aucune illusion sur cette pute.

Plantée sur mon perron en granit se trouvait Margo Tattersall, que je n'avais pas vue depuis le dîner du yacht-club – les dernières heures de mon ignorance à l'évidence délibérée, et peut-être de la sienne aussi (notre Cène conjugale).

Quand elle a constaté que je ne relevais pas son défi, elle m'a demandé si elle pouvait entrer. Pouvais-je dire non ? Pourquoi n'avais-je pas *envie* de dire non ?

Connaissant notre maison aussi bien que tous ceux qui étaient invités à nos cocktails et nos barbecues du 4-Juillet, qui avaient déposé et récupéré leurs enfants venus jouer avec les nôtres en des temps plus heureux bien que plus chaotiques, Margo a traversé d'un bon pas le hall d'entrée et la salle à manger, pour grimper sur un tabouret devant le comptoir de la cuisine. (Brièvement, j'ai noté avec gratitude que les amitiés entre nos enfants n'avaient pas duré.)

Après avoir jeté un coup d'œil sur les bols à céréales et grands verres en piles instables, elle a dit :

— Une autre femme remettrait de l'ordre dans tout ça avec un soupir de compassion.

Elle m'a regardé avec insistance. Avant de laisser échapper un soupir de compassion, et d'une voix plus douce :

— Je sais qu'il est midi, mais je sais qu'on a besoin d'un verre. Et d'après ce que je vois dans l'évier, tu ne t'es pas vraiment privé dans ce domaine. Je devine : un régime de cornflakes que tu fais descendre avec des manhattans ?

Elle a pris un verre sale et l'a reniflé.

— Quel génie je fais, a-t-elle dit, et de son sac en toile, elle a sorti une bouteille de… eh oui, de bourbon.

Elle m'a ordonné de trouver ou de laver deux verres.

Pendant que je m'activais, Margo a lancé :

— Alors, qu'est-ce que tu as fait, toi, pour chasser ta moitié ?

— Tu me rends responsable de tout ça ?

Les premiers mots que je prononçais depuis son arrivée.

— Bien sûr que non. Mais l'hypothèse générale en ville est que cette traînée et toi, vous aviez une coexistence paisible, probablement pimentée de séances de sexe torride. Le scientifique à l'ouest étant la version mâle de la bibliothécaire chaude-bouillante. Je veux dire, vous étiez à peu près le seul couple qui ne s'est jamais laissé aller à une prise de bec avinée à l'un des dîners du club. "Oh, ils sont tellement *simpáticos*, et il est tellement intelligent", a-t-elle singé.

— Je ne vois pas qui dirait une chose pareille. La plupart des gens me trouvaient mortellement ennuyeux.

M'entendant parler de ma réputation au yacht-club au passé, j'ai compris que j'allais le quitter. Cela m'est apparu comme une lueur positive. J'adorais la voile, mais je n'avais pas fait de course depuis des années. Je me souvenais aussi du plaisir malin que j'avais pris, peu de temps auparavant, à coincer Vince, le vice-président insupportablement vaniteux, et à le forcer à m'écouter décrire en détail le jour où j'avais observé un vétérinaire aquatique effectuer une autopsie sur une baleine de Minke qui s'était échouée sur une plage de Gloucester. Un parasite qui infectait son oreille interne se répandait comme une traînée de poudre ; une nouvelle affolante dans mon petit monde, et j'avais envie d'en parler, même si je suis généralement assez bien élevé pour respecter les spécificités de mon interlocuteur. Pourtant, ce soir-là, j'étais d'une humeur de chien. Avais-je senti, en refusant de le reconnaître, que j'étais le cocu du club ?

— Qui était au courant ? ai-je demandé. De leur liaison.

— Pas moi, a dit Margo. J'aurais coupé la tête à ta femme et je l'aurais posée sur un plateau, comme Salomé. Si d'autres le savaient, je le découvrirai et je les décapiterai sans tarder. Avant de planter leur tête sur les plus hauts mâts dans la rade.

Je n'avais pas l'impression d'entendre une femme au cœur brisé. À l'ego blessé, oui. Pourtant, Margo était une des épouses du club que j'avais toujours appréciées. Elle ne faisait jamais mystère de ses opinions, elle était une navigatrice en solo accomplie et il était difficile de ne pas remarquer la danseuse sexy aux banquets. Un peu potelée d'après les normes en vigueur, elle portait des robes qui disaient au monde qu'elle aimait ses formes et ses courbes.

— Est-ce que tes enfants sont au courant ? ai-je demandé.

— J'ai dit à Tom que je lui trancherais la gorge s'il ne me laissait pas leur annoncer la nouvelle. Je me demande quand même si Cynthia ne savait pas. Sa colère paraissait un peu artificielle. Elle est sa préférée. Mais je ne lui en veux pas.

Cynthia était leur dernière fille, celle dont la nouvelle opportunité professionnelle avait sonné le glas de nos mariages respectifs.

Elle m'a interrogé sur Egon et Marinda. Quand j'ai reconnu que je ne leur avais pas encore parlé, elle a avalé une gorgée de bourbon et a émis un sifflement.

— Et pourquoi ?

— J'ai décroché le téléphone de manière… sélective.

— Oh Mike. Bon sang. Tu es un type bien, mais t'es un peu lâche, non ?

Peut-être que le fait que je ne sois pas offensé par la remarque de Margo lui donnait raison.

— En réponse à ta première question, elle m'a pratiquement tout laissé.

— Aïe. Voilà qui est castrateur…

Presque choquant, le son de mon propre rire.

— Alors, on va te sortir de cette maison vite fait. (Elle a saisi un moulin à poivre en forme de danseuse balinaise.) T'éloigner de tous ses trucs bourgeois de mauvais goût. C'est la première étape de ta désintoxication.

— Qui t'a demandé de me désintoxiquer?

— J'ai besoin d'un nouveau passe-temps. J'ai choisi : toi. (Margo a posé son verre vide à côté de l'évier.) Et je suis la seule de tes amis qui a les couilles de t'affronter. Tu as besoin d'être secoué un bon coup, tu sais, ça?

Avait-elle l'intention de m'entraîner jusqu'à mon lit, et de m'infliger une réinterprétation dégenrée du stéréotype de l'homme des cavernes?

— Oh non, a-t-elle dit comme si elle avait lu dans mes pensées. Je n'ai pas projeté de te sauter dessus. Et tu sais quoi, tu es libre de te promener avec des gamines de vingt ans. D'avoir des nanas de l'âge de ta fille!

— Margo, ai-je dit, est-ce que tu serais en train d'essayer une espèce de thérapie de choc?

— Oui, Einstein. Oui.

— Alors, l'étape 2, c'est quoi?

— Attends. On n'a même pas terminé l'étape 1. Demain à midi, mon amie Courtney va venir te chercher. Elle va te trouver un logement correct. La seule décision à prendre, c'est louer ou acheter.

— Si je veux une aide de ce genre, je devrais appeler Daphne. Nous avons toujours...

Tout en parlant, il m'est apparu que Daphne, la partenaire de double de Deeanne chaque année dans le tournoi de tennis du yacht-club, attendait peut-être bien mon appel.

— Nous? Mike, tu n'es plus un *nous*. Je ne suis plus un *nous*. Putain, même notre pays n'est plus un *nous*. Tu n'as pas encore commencé à voir ta chance dans ton malheur : admire la doublure chatoyante de ton infortune. Elle est en soie, de la plus belle.

J'ai soudain revu Margo quand elle était professeur d'anglais au lycée où tous les parents ambitieux de Vigil Harbor voulaient mettre leurs enfants – et que tous les enfants espéraient éviter. Contre toute attente, c'est ma fille, pas mon fils, qui a eu du mal avec la poigne de fer de Mme T. Egon, mon adolescent ermite, mon adolescent fragile presque-mais-pas-tout-à-fait-sorti-du-placard, a trouvé un véritable épanouissement dans son cours de langue et composition; s'est initié à Tennessee Williams, est tombé amoureux de Margaret Atwood et de *Moby Dick*. Lors du récital de monologues qui était un rite de passage pour tous les élèves de Margo, Egon, en Mavolio incroyablement hilarant, a été la vedette.

Je serais toujours reconnaissant envers Margo car elle a été l'enseignante qui l'a aidé à trouver une voie, même si c'est une voie qui m'ébranle encore souvent, aujourd'hui.

Margo a jeté un coup d'œil à sa montre démodée, une grosse montre d'homme, avec des petits cadrans enchâssés dans le grand, célèbre parmi ses étudiants car elle s'en servait pour chronométrer les récitations que la plupart d'entre eux redoutaient.

— Il faut que j'y aille. J'ai réussi à avoir un rendez-vous avec Kepner.

— Tu construis quelque chose?

— Je refais l'étage. Pour exorciser le démon du mari. Je tape dans l'argent qu'il prétendait économiser pour s'acheter un plus gros bateau. On dirait qu'il a choisi une femme avec des plus gros seins, plutôt. Des gros seins qui ne sont sûrement pas les siens. Ne réponds pas, je ne veux pas savoir.

Lisant sur mon visage, elle a ajouté.

— Arrête d'être si sentimental, Mike. Maintenant, tu vas pouvoir choisir tous les seins que tu veux. Un menu dégustation quatre étoiles.

— Qu'est-ce que tu es vulgaire, ai-je dit.

— Seulement devant des alliés et des amis.

Elle a pris son verre – le mien était posé à côté, intact – l'a levé à ma santé, et a bu une gorgée.

— Vingt années dans une salle de classe à faire attention à ce que je dis, faut rattraper le temps perdu.

Puis elle a fait quelque chose de surprenant : elle s'est mise debout et elle m'a serré dans ses bras. J'avais abandonné mon tabouret, alors elle a dû traverser la pièce pour le faire. Elle m'a enlacé avec ses bras doux pourtant musclés, les bras d'une vraie navigatrice, et elle a émis un grondement faible qui pouvait signifier la frustration ou l'affection. Ou les deux. Quand elle m'a relâché, elle a reculé un peu et m'a regardé avec un sourire chaleureux.

— Qu'on ait été amis avant ou pas, nous le sommes aujourd'hui. Tu es d'accord ?

— Bien sûr, ai-je réussi à dire.

Elle est retournée vers le comptoir, sans s'asseoir. Elle a saisi son verre vide et a fait tinter les glaçons avec enthousiasme.

— C'est parti ! (Elle s'est tournée vers moi et a passé son bras droit sous mon bras gauche.) Ton devoir pour aujourd'hui, a-t-elle dit en me conduisant vers la porte, c'est d'appeler tes enfants. Sur ce point-là, je serai intraitable. Ça ne devrait pas être trop difficile.

— Et pour les jours suivants ?

— Le temps nous le dira, a dit Margo. Comme il le fait toujours, le salaud.

Mon appel à Marinda, une heure plus tard, après une tasse de café fort, m'a donné l'impression d'être le plus difficile de ma vie.

— Papa, qu'est-ce qu'il y a ? Où t'étais passé ?

En entendant la peur dans sa voix, j'ai eu honte de moi.

— Je suis désolé. J'étais un peu… en état de choc.

— Qu'est-ce qui se passe ? a-t-elle répété.

— Qu'est-ce que ta mère t'a dit ?

— Qu'elle avait déménagé. Qu'elle commençait une nouvelle vie, genre, en changeant d'État, mais il fallait que je te parle avant qu'elle me raconte "toute l'histoire".

Peut-être que j'aurais dû préférer que Dee leur dise tout.

— Elle t'a dit que c'est son idée. Son projet. N'est-ce pas ?

— Que *quoi* était son idée ? Papa ?

J'avais voulu parler d'abord à Egon, mais comme d'habitude, j'étais tombé sur son clone virtuel. Qu'il soit en train de tenir un bar, de travailler en ligne, ou qu'il ait la chance d'être en pleine répétition, c'est-à-dire de faire ce qu'il considérait comme "du vrai travail", il était très rarement dans des circonstances où il pouvait décrocher le téléphone. Egon et Marinda sont toujours proches, malgré leur choix de vivre sur deux côtes différentes, et si j'avais pu le joindre, je lui aurais peut-être demandé d'appeler sa sœur d'abord, de "tâter le terrain", de jouer les éclaireurs. (Oui, Margo, je suis lâche, et pas qu'un peu.)

— Ta mère n'était pas heureuse, ai-je dit. Depuis longtemps, apparemment.

— Tu le savais ? Tu devais le savoir.

J'ai hésité. Que je mente ou que je dise la vérité, j'aurais l'air d'un crétin.

— J'aurais dû. Peu importe. Elle a pris sa décision.

— Mais quelle… elle est partie où ?

— Elle va emménager avec… avec M. Tattersall.

J'imagine que le long silence était prévisible. Ainsi que l'explosion.

— Le père de Becca ? Mais qu'est-ce que tu racontes, papa ? Maman se tire avec *le père de Becca* ?

Becca Tattersall, la fille du milieu, avait été la cavalière de Marinda au bal du collège. Sa mère et moi n'avons jamais vraiment compris si elles étaient seulement amies, ou comme on disait, “ensemble”, et vu qu’il n’y avait pas de risque de grossesse, nous n’avons jamais abordé le sujet avec Marinda.

— Où vont-ils ? Je ne comprends rien du tout !

— Je ne comprends pas non plus, chérie.

— Et toi, genre, tu n’avais aucune idée ?

— Si tu veux me hurler dessus, vas-y, mais je préférerais que tu hurles sur ta mère.

— Alors ce n’était pas d’un commun accord ? Je veux dire, est-ce que c’est parce que vous… Mon Dieu, surtout, ne réponds pas.

Elle a fondu en larmes.

— Chérie ? Est-ce que Harkney est là ?

— Je ne suis pas en train de me décomposer, papa. Je suis juste furieuse que tu aies mis une semaine entière à me rappeler. Et s’il te plaît, cesse de te comporter comme si mon mari était une espèce de manager qui est censé me protéger de la réalité quand elle déconne.

— Je suis désolé.

— C’est ça, ce que tu as dit à maman ? Tu l’as *laissée partir, comme ça* ?

Je voyais où elle voulait en venir, et pourtant, j’étais effondré que ma propre fille me coince en m’accusant de ne pas avoir su comment me battre pour sauver mon mariage.

Et c’est là que j’ai compris, tout à coup, comme si je me prenais une pierre lancée par une fronde, ou le piège à homard s’il avait atteint son but : je n’avais pas envie de me battre pour sauver mon mariage. Peut-être que Margo le savait et que sa visite était un effort louable pour m’extraire brutalement de la carapace d’illusion dans laquelle j’étais enfermé depuis… des années ?

— Marinda, ai-je dit. Il faut que tu parles à ta mère. Je ne veux plus rien dire tant que tu n’as pas eu sa version. Tu devrais aussi en apprendre davantage sur ses projets.

— Ses projets ?

— Chérie, ce n'est pas à moi d'en parler à sa place.

Son silence était-il têtu ou effrayé ?

— Papa, a-t-elle dit enfin. Est-ce que ça va ?

— Ça ira, oui.

Quand j'ai eu raccroché, j'ai jeté un coup d'œil circulaire à la cuisine et je l'ai vue différemment. Je l'ai vue comme une somme d'objets à trier, emballer, et jeter. Margo avait raison. Comment en étais-je venu à vivre avec un moulin à poivre en forme de danseuse balinaise ? D'où sortait ce truc, et pourquoi avions-nous ça ? Et le poivre qui en sortait était rose.

Aujourd'hui, seule une petite sélection de ces objets sont enfouis dans les cartons empilés qui trônent dans mon nouveau salon (le plancher qui a besoin d'être reverni, le plafonnier affreux qui devrait être remplacé depuis longtemps, des vitres qui mériteraient d'être nettoyées). Si je défais le carton sur lequel est écrit CUISINE, je peux au moins envisager de me nourrir, plutôt que de sortir et risquer de tomber sur des gens que je connais mais préférerais ne pas connaître. Je réalise que maintenant j'habite à une distance facile, même en chancelant, du Jetty, notre unique tripot anachronique. Si je fais abstraction du fait que certains membres du yacht-club adorent s'encanailler là-bas autour du billard, il pourrait constituer un refuge tentant.

Pourquoi est-ce que je ne quitterais pas la ville ? Je pourrais m'installer plus au nord, plus près du laboratoire. Ce n'est pas comme si j'avais grandi à Vigil Harbor. C'est un peu un hasard si j'ai atterri ici à l'université, quand mon directeur de thèse récemment veuf m'a proposé une chambre chez lui, m'évitant de jouer les barmans ou les laveurs de voitures pour pouvoir me loger dans un lotissement marginal de Boston – Et, a-t-il ajouté, cela lui éviterait de s'abîmer dans une hébétude d'auto-apitoiement alcoolisé. Il m'a aussi formé pour naviguer sur son J/24 lors des courses en nocturne du mercredi organisées par le yacht-club. Pendant un temps, j'ai adoré la voile, avec le vent et ses préceptes précis mais capricieux, mais ce n'est pas ce qui m'a séduit. Non, c'était le privilège décontracté que j'ai faussement interprété comme une confiance totale, à l'ancienne. Quelques mois après que je m'étais installé ici, le jour d'une élection locale que mon mentor considérait comme importante, je nageais près du ponton quand j'ai réalisé que les bureaux de vote étaient sur le point de fermer. J'ai enroulé ma serviette autour de ma taille par-dessus mon maillot de bain, j'ai couru jusqu'à l'hôtel de ville, en me demandant si on me refuserait l'entrée parce que je n'avais pas de pièce d'identité. Dans l'imposant vestibule, un homme et une femme, tous les deux avec des cheveux du même gris que le granit local, m'ont accueilli sans sourciller devant ma mise. *Nom et adresse, jeune homme ?* Je leur ai donné avec empressement, et j'étais sur le point de m'excuser de me présenter sans papiers lorsque la femme m'a tendu un bulletin de vote et a pointé un doigt vers un ensemble de bureaux d'écoliers installés pour l'occasion sous le regard patriarcal du fondateur de Vigil Harbor, une personnalité du XVIIe siècle, immortalisée dans le bronze.

Alors que des gouttelettes d'eau tombant de mes cheveux criblaient les noms des candidats proposés à diverses fonctions, j'ai décidé que j'avais trouvé le lieu où je voulais vieillir. À peine deux semaines plus tard, parmi les amateurs de voile rassemblés à l'issue d'une course au cours de laquelle le bateau de son oncle avait doublé celui de mon mentor, j'ai rencontré Deeanne.

Une fois de plus, je fais le tour de l'appartement, encore en train d'apprendre comment manipuler les interrupteurs, les indicateurs d'eau, les différents robinets, valves et circuits, quand mon portable émet le signal sonore d'une alerte. En fait, je l'entends en même temps de mon téléphone et de celui d'un passant qui déambule sous celle de mes fenêtres qui donne sur le parc.

C'est seulement à cause de mes enfants adultes que je ne bloque pas les alertes, de la même manière que j'ai refusé tant d'autres appareils et connexions dernier cri. Quand je prends mon portable, je découvre avec inquiétude que la nouvelle concerne New York, et qu'elle est mauvaise, bien sûr, et qu'elle est brutale, bien sûr : il ne s'agit pas de la progression d'une contagion mais du choc d'une détonation. La marina à Battery Park, des explosions à la fois dans l'eau et sur terre, qui ont détruit une douzaine de voiliers de luxe, éventré le rez-de-chaussée de l'immeuble de bureaux le plus proche, tué ou blessé un nombre indéterminé de personnes sur la promenade entre les deux. Les victimes dont on n'a pas encore le décompte. Je regarde moins d'une minute du reportage, les sirènes émettant un bruit métallique pas plus fort qu'un vol de moustique dans la paume de ma main, avant que mon pouce trouve le nom d'Egon. Pendant que j'écoute, le cœur battant, l'annonce sur sa messagerie que je connais si bien, de sa voix professionnelle mais agréable destinée aux agents et aux directeurs de castings, je passe avec réticence sur le téléviseur mural, m'exposant à la pagaille en grand format, au spectre de la fumée et du feu, des débris métalliques et des arbres devenus des brasiers, tout en me demandant, frénétiquement, quels autres moyens je pourrais trouver pour contacter mon fils. Pourquoi je ne connais aucun de ses amis ? Quel genre de père est si déconnecté de la vie de son fils ? Je reprends mon portable et je tape sur le minuscule clavier, *S'il te plaît, reviens à la maison. Réponds-moi.* Mon intention était plutôt d'écrire *S'il te plaît, appelle à la maison*

– et est-ce qu'il le considère comme "la maison", cet endroit qui désormais ressemble à une salle d'exposition haut de gamme incarnant l'élégance décontractée, où sa chambre a perdu ses étoiles phosphorescentes qu'on a arrachées du plafond et ses affiches qu'on a roulées dans un cylindre au fond d'un box de stockage dans une autre ville ?

L'ARROGANCE politique est hautement contagieuse. Il n'y a pas de place pour l'humilité, encore moins la pudeur, dans des luttes de pouvoir où les ego projettent les ombres les plus longues – plus longues que celles qui sont projetées par un comportement enfantin ou immoral. Certaines personnes aiment voir leurs partisans se comporter comme des enfants, parce que les enfants obtiennent souvent ce qu'ils veulent même quand ils ne le méritent pas. Mais qu'en est-il de la violence comme moyen d'obtenir ce qu'on veut ?

Le terrorisme existe depuis toujours, c'est souvent le dernier recours. Les membres de la milice citoyenne de Vigil Harbor, pêcheurs, cimentiers, cordonniers, tonneliers et maçons, sont devenus des terroristes quand d'autres options ont échoué. Ce qu'ils voulaient était cohérent avec ce que voulaient leurs voisins plus riches : la liberté de pêcher, de commercer, de fabriquer et de vendre des choses, comme et où ils le souhaitaient. C'était une guerre dont l'enjeu était le commerce et l'imposition, la recherche de la prospérité autant que du bonheur. La prospérité rend le bonheur possible (du moins, en théorie). En fin de compte, tous avaient une chance de s'enrichir, d'augmenter leur chiffre d'affaires – tous ceux qui n'étaient pas en apprentissage ou en esclavage.

Mais que penser du fait de se battre pour des bénéfices abstraits au nom d'autres, peut-être au nom de gens qui ne sont pas encore nés ? Que penser d'actes de violence ourdis à distance, même symboliques ? De la violence à la poursuite de la vertu ? Vous savez que pour viser votre cible, vous allez faire des victimes innocentes – des passants qui n'avaient rien à voir avec votre guerre seront tués, y compris de possibles alliés – et vous considérerez peut-être cela comme tragique, mais quand vous évaluerez les dommages collatéraux en regard du pouvoir d'une déclaration catastrophiquement amplifiée faite de plus que de simples mots, vous conclurez en faveur de ce qui vous rapporte le plus d'attention. Pourquoi organiser un assassinat furtif alors que vous pouvez poser une bombe – ou deux – ou, allez-y, ne vous gênez pas, trois. Trois est un chiffre qui a une résonance folklorique. Peut-être les dommages collatéraux sont-ils un bonus.

Néanmoins, ne vous sacrifiez pas. Déléguez les détonateurs – et courez vers les collines pour préparer le coup suivant. Ressentez votre puissance dans la facilité de votre fuite. Vous n'êtes pas un simple soldat. Vous êtes un général, loin derrière les lignes pour planifier votre prochain acte de violence vertueuse. Vous êtes un patriote du progrès.

Les historiens locaux de Vigil Harbor aiment rappeler combien de soldats la ville a envoyé à la guerre à chaque génération. Il y a eu deux ou trois généraux aux confins de son histoire, mais dans les guerres modernes, la ville a plutôt produit des combattants de rangs moins élevés. Dix-sept jeunes hommes et une jeune femme qui ont grandi à Vigil Harbor ont été tués pendant les longues guerres menées en Irak et en Afghanistan – une fraction de ceux qui sont morts pendant la guerre contre la Couronne – et sur ces dix-huit vies, cinq ont été emportées par des bombes posées par des insurgés, ailleurs que sur le site des combats.

Le dernier d'entre eux était le sergent-chef Caleb McKenna, qui est mort dans les dernières années de ce conflit, bien après que la cible initialement visée, un homme, a été éliminée. À l'occasion des funérailles de McKenna, les rues de la ville ont été fermées, ainsi que de nombreuses entreprises, pendant une longue journée torride d'un mois d'août exceptionnellement chaud et sec. Avant la fin de l'année, le comité restreint avait voté pour rebaptiser l'entrée pavée du lycée – la boucle pour déposer et récupérer les élèves – boucle du sergent-chef Caleb McKenna. Le cornouiller planté en son honneur, à côté du mât, a atteint la hauteur surprenante de dix mètres. Chaque mois de juin, tandis que l'année scolaire se termine, ses grands pétales couleur crème en forme de cœur se déposent en voletant sur le range-vélos, l'abribus et les voitures arrêtées comme un déluge de neige inoffensif.

CONNIE

AUJOURD'HUI, les enfants travaillent les sciences et les maths avec Caitlin et Elio, alors moi, je m'échauffe l'âme en coulisse, comme dirait Trina, notre ancienne danseuse. Cependant, mon activité est bien terre à terre. Je prépare des sandwichs et une salade de fruits, je fais l'inventaire des fournitures pour les cours d'arts plastiques, et j'envoie un message vocal au coordinateur pédagogique au musée historique de la ville pour confirmer la sortie de la semaine prochaine. Ce qui me laisse le temps de rejoindre les enfants pour regarder avec eux un film sur la tectonique des plaques. Ils sont fascinés par les séismes et les éruptions volcaniques, bien entendu, la lave bouillante qui suinte dans un silence effrayant, les photos d'archives et les vidéos tremblotantes d'amateurs montrant les dégâts après les séismes dans des villes comme San Francisco, Seattle et Kyoto – toutes à une distance lointaine rassurante aux yeux de nos chers petits spectateurs.

Nous, les enseignants, sommes aussi les parents. La plupart des élèves sont des enfants uniques, de huit ou neuf ans, et nous avons deux paires de jumeaux. Nos familles se sont rencontrées alors que nous suivions les mêmes cours de préparation à l'accouchement, avec la même sage-femme, à l'hôpital de

Knowles. Nous sommes restés en contact, et après avoir envoyé nos tout-petits dans différentes écoles maternelles, nous savions que nous ne voulions pas pour eux d'un des établissements publics que certains d'entre nous appelaient avec dédain Le Broyeur – notre système éducatif confiné, obnubilé par l'évaluation, dirigé par le digital – et dont d'autres, comme moi, s'inquiétaient qu'il fasse subir à nouveau à nos enfants la prochaine situation de crise, peut-être encore plus mortelle.

Au départ, j'ai interrogé la peur cachée derrière ma motivation. Craignais-je simplement de laisser mon enfant sortir dans le vaste monde potentiellement dangereux ? Il a toujours été potentiellement dangereux, n'est-ce pas une évidence ? Mais lorsque nous avons décidé que les parents qui proposeraient d'installer l'école dans leur maison seraient payés pour cela, j'ai su que j'allais me lancer. Notre maison est la plus petite, mais tous ont reconnu que dès qu'il s'agissait de jouer, notre jardin était assez grand, et il est clôturé. En plus, personne n'a quoi que ce soit qui puisse rivaliser avec notre cabane dans l'arbre. J'ai quitté mon emploi à temps partiel dans un institut de beauté pour enseigner l'art et prendre en charge la demande d'autorisation et la logistique du projet. Je suis ce que nous avons de plus proche d'une principale – sauf que personne ne se retrouve jamais dans mon bureau pour se faire réprimander.

Parce que Caitlin a insisté sur le fait que voir le monde avec des couleurs vivantes et animées est crucial pour étudier les sciences, nous suspendons notre politique de bannissement des écrans deux jours par semaine. Elio a également convaincu les autres parents de laisser nos enfants utiliser un support de cours de maths en ligne, surtout ceux qui sont assez précoces pour prendre de l'avance sur les autres. Comme vous pouvez l'imaginer, la permission des écrans rend les sciences et les maths bien plus populaires que lorsque j'étais en primaire.

Mais les désastres innombrables montrés par le film ne font que me rappeler les nouvelles d'hier soir : une attaque à la bombe dans Lower Manhattan, qui a totalement détruit une place au bord de l'Hudson et un quai adjacent où les milliardaires amarrent leurs yachts. La plupart des bateaux ont été irrémédiablement endommagés, une sculpture en acier dans le parc a été pulvérisée en morceaux mortellement coupants, et la façade du rez-de-chaussée de la tour de bureaux la plus proche a explosé en une pluie de bris de verre. Dix-neuf personnes sont décédées – la plupart, les riches invités à une soirée sur l'un des yachts – et des dizaines d'autres ont été blessées. L'explosion a eu lieu à l'heure de la sortie des bureaux, quand les employés de la finance traversent cette place pour attraper un ferry sur la Hudson River.

Celestino et moi n'avons pas de famille ni d'amis proches en ville, mais nous connaissons des gens qui en ont, et Celestino y a vécu pendant quelques années quand il était jeune, bien avant notre rencontre.

— Tu connaissais cet endroit ? lui ai-je demandé hier soir. Ce parc ?

Il a secoué la tête. Il a habité assez loin du centre, dans des quartiers durs qui depuis se sont embourgeoisés, même s'il n'y est jamais retourné pour le constater. La seule chose importante que la ville lui ait donnée a été l'emploi qu'il a trouvé après être tombé par hasard, et pure chance, sur un boulot de petite main dans un grand jardin public élégant, où il a appris à s'occuper des plantes et des arbres. Il a également compris qu'il était dans sa nature de se préoccuper de leur sort – qu'il avait une appétence pour le fait d'entretenir les végétaux et de les maintenir en bonne santé. Il disait autrefois qu'il m'emmènerait là-bas un jour, qu'il me ferait visiter le jardin, mais je crois que nous ne le ferons jamais. Ça ne semble pas mériter qu'on prenne autant de risques.

Notre mariage est légitime, sain et dure depuis neuf ans, mais Celestino n'aime pas passer des frontières, quelles qu'elles soient. Il s'inquiète toujours de la violation de son visa d'étudiant quand il était adolescent, d'être éventuellement puni pour des délits anciens. Il me dit que nous vivons des temps impitoyables, où les vieux péchés sont tapis dans les coins sombres, prêts à bondir et détruire la vie des gens qui ont bien avancé depuis qu'ils les ont laissés loin derrière eux. Quand je lui dis que quelqu'un qui est resté au-delà du terme prévu par son visa il y a presque quarante ans a peu de chance d'avoir des ennuis, il me répond que j'ai peut-être raison, mais que je suis naïve. Je ne pourrai jamais comprendre la prudence dont il doit faire preuve. Et plus il devient difficile de s'installer ici en venant de presque n'importe quel pays, plus certaines personnes porteront un regard dur sur ceux pour qui selon eux cela a été bien trop facile.

Voilà ce que dit mon mari, et j'ai décidé que je n'avais pas à discuter. Il a quinze ans de plus que moi et il a vu à quelle vitesse les vents tournent pour ceux qui ne sont pas nés ici.

Je suis en haut en train de plier du linge, en écoutant Raul présenter son devoir sur la "carte de vie" (Caitlin est partisane de la bonne géographie à l'ancienne), lorsque j'entends le heurtoir de la porte. À cause de l'école, nous avons beaucoup de livraisons – et je ne sais pas pourquoi, les livreurs viennent toujours quand je suis à l'étage. Je crie que je descends et j'abandonne mon panier.

Sur le pas de la porte, un étranger d'une quarantaine d'années qui ne porte pas un uniforme de livreur. Il a un jean noir, un T-shirt noir et un blouson en jean, et il n'apporte pas de paquet. Sa peau est d'un brun foncé lumineux, et ses cheveux – aussi noirs que ses vêtements – sont très très courts, les tempes un peu grisonnantes. Il a un sac à dos et à une oreille, une petite pierre grenat.

— Connie, dit-il d'emblée, son sourire si éclatant qu'il paraît invincible. Vous êtes Connie.

— C'est exact, dis-je, consciente du rouge qui m'est monté aux joues.

Le démarchage est interdit à Vigil Harbor, un panneau à l'entrée de la ville annonce l'importante amende infligée aux contrevenants. Je suis presque certaine que je n'ai jamais vu cet homme, mais il a énoncé mon nom avec une familiarité surprenante.

— Est-ce que nous nous connaissons ?

— J'ai l'impression que c'est le cas. Celestino… (Maintenant, c'est lui qui rougit.) Je suis désolé. Je suis Ernesto Soltera.

Il joint les mains et s'incline légèrement. Je remarque les couleurs vives d'un tatouage dont le bord dépasse de sa manche.

Je constate qu'il est prêt à entrer dans la maison. Formée à voir tous les étrangers par les yeux de mon mari, je me demande s'il ne serait pas un représentant de la loi quelconque. Peu probable – et par mes propres yeux cette fois, je me répète qu'il n'y a aucune loi à faire respecter.

— Celestino et moi sommes de vieux amis de New York, poursuit-il. Nous nous sommes perdus de vue ces dernières années. Ce qui est ridicule.

Soudain l'idée d'une amitié renaissante pour Celestino me fait plaisir. J'invite l'étranger à entrer, tout en collant un index sur mes lèvres avant de dire :

— Il y a un cours en ce moment – sur ce, un grand éclat de rire résonne au fond de la maison – mais entrez, je vous en prie. Celestino est au travail, pour l'instant.

— Je m'en doutais, dit-il.

Je remarque, une fois que nous nous retrouvons dans le salon, que mon invité-surprise a un charme troublant. Il a les grands yeux brillants de quelqu'un d'enthousiaste et heureux, une belle peau jeune et les épaules larges d'un homme qui entretient sa force physique.

— Vous… vous travailliez ensemble à New York ?

— Oui. À Wave Hill, dit-il. J'étais dans le bureau, stagiaire. À effectuer des tâches administratives sans intérêt. Nous étions tous les deux des ouvriers non qualifiés – ma chemise et ma cravate n'y changeaient rien ! – et nous avons découvert que nous venions du Guatemala, même si c'était de deux régions différentes. En toute honnêteté, même si je travaille dur aujourd'hui, je viens d'une famille riche. (Son sourire exprime un regret espiègle.) Enfin, la richesse est une réalité du passé.

Peut-être perçoit-il ma surprise devant son absence totale d'accent, parce qu'il ajoute :

— Et pour être parfaitement exact, j'ai grandi surtout à Chicago, avec ma mère. Nous nous sommes installés là-bas quand j'avais dix ans, après la mort de mon père. Mais j'allais voir sa famille, mes demi-frères et sœurs, presque tous les étés. Dans mon cœur, c'est chez moi, l'hacienda de mon père. C'est – ce doit toujours être le cas – un très bel endroit, même s'il n'appartient plus à ma famille. Mais je continue à y aller, en rêve.

Il rit, un peu gêné. Peut-être s'inquiète-t-il de s'être trop livré – généralement, les gens ne parlent pas de leurs rêves quelques minutes après avoir fait la connaissance de quelqu'un – mais je suis charmée par son éloquence. Maintenant, il jette un regard circulaire dans mon salon, notant ses aménagements pratiques, adaptés aux enfants.

— J'adore ces vieilles maisons américaines, dit-il. On sent la longue série de vies – pas les fantômes, les anges gardiens… de leur avenir.

Il s'approche de l'unique cadre accroché dans cette pièce : une photo en noir et blanc d'une forêt sculptée par le vent au sommet d'une falaise. Je l'ai vue exposée à la foire de l'art du

4-Juillet dans notre ville et je l'ai achetée pour l'offrir en cadeau d'anniversaire de mariage à Celestino.

— Où est-ce ? demande-t-il.

— Je ne sais pas. J'ai juste trouvé que c'était... un bel endroit. Comme votre maison. Et mon mari adore les arbres inhabituels.

— En Irlande ? Ou peut-être en Norvège ?

Son visage se rapproche de la vitre.

Je suis sur le point de lui répondre ce que je réponds toujours – pour moi, ce lieu sort tout droit d'un conte de fées ; je n'y vois pas un lieu existant, je n'ai même pas envie que ce soit le cas – mais je me rends compte que je n'ai aucune idée d'où il vient ni de la raison, s'il y en a une, qui l'a amené chez nous. Les gens ne se lancent pas à la recherche de vieilles connaissances en personne sans prévenir, et personne ne passe par Vigil Harbor. C'est une destination finale – ou un lieu qu'on quitte.

— Est-ce que vous rendez visite à quelqu'un d'autre en ville ?

Ernesto se détourne de la photo. Il grimace et tend les mains en signe d'impuissance.

— En fait, je suis un peu coincé. Je suis censé retrouver un compagnon de voyage dans la ville à côté, à Knowles, mais il a été retardé. La météo – c'est toujours la faute de la météo, n'est-ce pas ? (Il rit.) Et soudain, j'ai réalisé. Quelle chance ! Je suis à deux pas de chez mon vieil ami Celestino, et je me suis dit – je sais que ça doit vous paraître grossier, de débarquer sans prévenir, mais j'ai pensé qu'on pourrait reprendre contact. J'aimerais bien. Et faire la connaissance de sa famille. De vous.

Il soutient mon regard pendant un moment, puis jette un coup d'œil en direction de la photo.

— Vous savez, dit-il d'une voix plus douce. Celestino m'a beaucoup inspiré, autrefois.

— Ah bon ?

— Son absence totale d'amertume après… après tout ce qu'il a vécu. Comme vous le savez certainement. Perdre tant de choses et pourtant, n'avoir aucune colère. Travailler si dur et juste, découvrir son talent et construire à partir de là. J'ai compris ma chance. Compris que je n'avais aucune raison, absolument aucune, de me plaindre.

Il pose à nouveau son regard sur moi, et je réfléchis à ce qu'il vient de dire – je ne suis pas surprise du tout, parce que c'est exactement ce qu'est Celestino, et pourtant, je suis émue de l'entendre de la bouche d'un étranger – quand soudain, voilà Raul qui me tire par la manche et me dit que je dois venir voir comme ses semis ont bien poussé.

Il n'accorde aucune attention au visiteur, jusqu'à ce qu'Ernesto dise :

— *Hola*, petit homme.

Raul a l'air un peu surpris, puis il dit :

— *Hola, señor.*

Nos enfants étudient l'espagnol uniquement parce que c'est la langue étrangère que certains parents connaissent après l'avoir apprise à l'école. S'ils étaient à l'école publique, nous aurions probablement choisi le mandarin.

La première langue de Celestino était le quiché, la langue ancestrale de ses parents, mais même dans son petit village loin de tout, les enfants apprenaient l'espagnol aussi. Néanmoins, il aime bien l'éviter maintenant qu'il vit confortablement en anglais, alors Raul n'a aucun avantage sur ses camarades. Pourtant, à cet instant précis, Raul et Ernesto sont en train de discuter ; les seuls mots que je saisis sont ceux qui signifient "huit" – l'âge de Raul – et "père".

J'entends Caitlin appeler Raul pour qu'il retourne en cours, et sans un mot de plus, il file dans le couloir comme une boule de flipper. L'énergie de Raul m'épuise parfois, mais il est bon élève, avide d'apprendre.

— Viens voir ! crie-t-il depuis la cuisine, sur le point de sortir.

— Où est-ce que vous logez ? je demande à Ernesto. Celestino pourra vous appeler quand il rentrera à la maison.

Il soupire.

— Voilà le problème. Je ne loge nulle part. J'espérais partir directement avec mon ami, une fois qu'on se serait retrouvés. Nous allons dans le Maine. J'ai vu le petit hôtel, plus bas, dans la rue…

— Très cher, dis-je. Pour les touristes qui veulent un aperçu d'un passé lointain.

— Sans attache mais sans un sou, que dire de plus ? Je suppose que je suis trop vieux pour mener ce genre de vie, mais voilà où j'en suis. Qui je suis. Je suppose que Celestino va me répéter que je ne sais pas me poser.

— Eh bien, ce n'est pas comme si cela lui était venu naturellement, à lui.

Je lui demande s'il a besoin d'un endroit où garer sa voiture et il me dit qu'il a voyagé en train, puis en stop avec sa carte depuis Boston. Il rit devant ma réaction.

— Je sais. Ce sont les jeunes qui font du stop…

Il a raison : le dispositif récent d'inscription obligatoire qui a relancé la pratique ancienne du stop rencontre du succès surtout auprès des Militants de l'Empreinte Zéro Carbone, mais il n'est pas dénué de sens, surtout pour quelqu'un qui se décrit comme "sans attache".

Je l'invite à s'asseoir dans le salon. Est-ce que je peux lui proposer du café, du thé ? J'explique que la cuisine, ainsi que la véranda-salle de classe sont réservées aux enfants pendant les heures d'école.

— Juste de l'eau.

Il me remercie et me dit de ne pas m'inquiéter pour lui. Il sort son téléphone portable et m'annonce qu'il a du travail qui va l'occuper, alors je le laisse.

Tandis que je me dirige vers la cuisine, il lance :

— Sacrée ville, où vous vivez. On dirait un sanctuaire d'une époque passée.

— Pour les gens de l'extérieur. Les touristes qui séjournent à l'hôtel. Mais quand on a grandi ici, c'est une ville comme une autre.

Je dis cela parce que c'est la réponse la plus facile.

À l'époque, il n'était pas question pour moi de rester ici, pas question d'y retourner après avoir fui. Jamais je n'aurais d'enfants. Et je ne vivrais certainement jamais dans une maison envahie par les enfants d'autres personnes cinq jours par semaine.

Peut-être que "jamais" est trompeur. Je n'avais pas des convictions aussi fortes avant que mon frère soit tué lors d'un raid absurde en Afghanistan, un mois après le décès de notre père d'un cancer du poumon. J'avais vingt-trois ans, il avait – et il aurait pour toujours – vingt-cinq ans. La rage que j'ai ressentie était une évidence. Je percevais comme une agression la fanfare continuelle que nous infligeait cette ville dont le patriotisme était une obsession, et tout ce que je voulais, c'était me cacher – ou m'enfuir en courant. Au diable tous les drapeaux en berne, les déballages de tentures violettes et noires, les chants funèbres à la cornemuse de deux formations concurrentes, les pompiers et un groupe de mordus de culture celtique gavés de Guinness qui se faisaient appeler les Sons of Cork. Et mon Dieu, les condoléances interminables à l'épicerie, au bureau de poste, au bowling… Tout le monde nous connaissait, et il était impossible d'échapper à leur compassion maladroite, ou parfois, leur pitié de voyeurs.

L'image de ma mère, frêle comme un oiseau, acceptant le drapeau plié pris sur son cercueil a été le coup de grâce. Pendant un instant, on aurait cru qu'elle tenait un bébé dans ses bras, bien qu'elle portât sur l'objet un regard de terreur, pas de tendresse. J'ai parcouru des yeux l'assemblée et j'ai lu, sur certains visages, une fierté étrangement cruelle pour maman, comme s'ils assistaient en fait à un baptême, pas un enterrement. Je me suis vaguement demandé s'ils allaient applaudir après la salve assourdissante. Aussi répugnants et surréalistes à mes yeux, les acteurs de la reconstitution historique du Vigil Harbor colonial, notre "régiment" auto-désigné – ils étaient sept, venus sans avoir été invités – qui, au début de la cérémonie, ont effectué un salut de leur invention, avec leurs mousquets ridicules pointés vers le ciel. L'odeur de la poudre, exacerbée par la chaleur d'août, m'a retourné l'estomac.

Ensuite, tandis que les gens se dirigeaient vers leur voiture, le révérend Chalmers m'a arrêtée et m'a mis une main sur l'épaule. Il m'a dit :

— Caleb a donné sa vie pour notre pays, et il repose désormais dans les bras puissants d'un dieu aimant.

D'un mouvement, je me suis débarrassée de la main importune et j'ai répondu :

— Il n'a pas donné sa vie. Elle lui a été enlevée.

J'ai vu ma mère monter dans une voiture, avec l'aide de deux amies qui, comme elle, avaient perdu leur mari récemment.

J'ai fait l'impasse sur la réception au VFW. Je suis allée en voiture jusqu'au grand bar aseptisé à Knowles, où je savais que les habitués de l'après-midi, fans des Red Sox, se tiendraient à bonne distance. En sortant de la ville, par hasard seulement, je me suis retrouvée sur le trajet que Caleb et moi parcourions ensemble pendant les deux ans où nous étions en même temps au lycée. Cette route passe devant Memorial Park, une grande étendue de verdure ombragée où, sur des dalles de marbre et de granit, on peut lire les noms des garçons fauchés par les innombrables guerres. Je n'ai jamais complètement compris pourquoi Caleb s'était engagé (et je ne parle pas de son réengagement), et en revoyant le parc, je me suis demandé si les statues, les socles et leur message complice de virilité, devoir et sacrifice s'étaient instillés dans le cœur de mon frère, lui qui passait là deux fois par jour sur le chemin du lycée, cet endroit qu'il aurait tant voulu fuir.

Depuis le bar, j'ai appelé mon meilleur ami de l'université. Alors que j'avais perdu les deux années qui avaient suivi l'obtention de mon diplôme à travailler pour une agence de pub à Boston (essayant de trouver quoi faire avec mon diplôme d'art et psycho) et couper des cheveux – une compétence autodidacte avec laquelle je gagnais mon argent de poche depuis le lycée – Harold avait trouvé un emploi honorable de chef de la production d'un journal à Traverse City, dans le Michigan. Quand il s'était installé là-bas, l'endroit n'était rien d'autre pour lui qu'une punaise sur une carte, mais il voulait tenter sa chance. Et il a adoré. *Les cerises, les plages, la nature pittoresque, les prodiges du violon, les charmants garçons du Midwest de toutes les confessions… que demander de plus ?* m'avait-il écrit sur une carte postale un mois après son arrivée.

— Salut. C'est moi. J'ai comme une envie de me taillader les veines, ai-je dit quand il a décroché. Papa et Caleb se retrouvent côte à côte, six pieds sous terre, et la vie me hurle que je n'ai pas d'autre choix que d'être la fille parfaite et m'occuper de maman. Qui n'a en gros aucune raison de vivre.

— Hem, voyons… il y a toi, a dit Harold.

— Je ne suis pas un bon investissement, ces temps-ci.

— Moi, j'achèterais bien des parts.

— Même avec tout ce que tu sais de moi ? Ce serait une grossière erreur.

— Où es-tu ? J'entends des bruits comme si t'étais dans un stade.

— Dans un bar.

— C'est quoi, leurs bières pression ? Combien de temps il me faut pour arriver ?

— Oh, Harold. (Comme on pouvait s'y attendre, j'ai fondu en larmes.) C'est l'horreur. Je n'ai pas de boulot, ni de mec, j'ai même pas de chien, rien qui puisse m'absorber. Sauf m'occuper de maman. Dans ce bar, il fait aussi froid que dans un frigo à viande, et je n'ai pas de pull. Il faisait 35 °C au cimetière.

— Tu sais quoi ? Tu vas raccrocher immédiatement, mon amie. Rentre à la maison, finis les plats apportés par les voisins avec ta mère, nettoie et rends les chauffe-plats, ensuite fais ton sac et rappliquez ici, ton chagrin et toi. Reste un peu… ou longtemps… ou file au Canada. Déserte ! Mon Dieu… désolé. Bon, écoute. On va trouver une solution.

— Mais maman…

— OK, alors donne-lui deux semaines, pendant lesquelles tu fais appel à ses amis. C'est une gentille dame. Elle a forcément de bons amis. J'ai raison ?

Il avait raison.

— Et elle pourra se passer de toi pendant quelques mois.

Cette conversation a eu lieu en août 2019. Je suis partie en octobre, avec l'idée d'une "pause" de six mois. Ceux qui se rappellent ce qui s'est passé cet hiver-là comprendront comment ces six mois sont devenus cinq ans.

J'ai eu de la chance. Comme endroit pour se retrouver bloqué, Traverse City n'était pas si mal : de grands vergers de cerisiers, des concerts peu coûteux, des citoyens modèles gentils, et des dunes de sable qui descendaient vers un lac tellement immense qu'on aurait dit un océan. Venant d'une ville au bord d'un vrai océan, j'ai trouvé la taille de ce lac grotesque, terrifiante. Un lac n'avait pas le droit d'être si grand. Un lac ne pouvait pas s'étendre au-delà de l'horizon ; il enfreignait nécessairement une loi de la nature. Tous les lacs que j'avais connus jusqu'alors étaient cernés de près par les forêts de Nouvelle-Angleterre, chaque rivage avait en face une bande de verdure, où des petites maisons, des pontons et des bateaux, lointains mais visibles, scintillaient joliment au soleil. Peut-être que la distance était trop grande pour être parcourue à la nage, mais c'était une distance qui pouvait être évaluée à l'œil.

Ma ville d'adoption était un lieu de douceur, même au plus noir de l'hiver, et la douceur était exactement ce dont j'avais besoin. La vie y était si bon marché que je pouvais survivre en promenant des chiens et une fois de plus, en coupant les cheveux aux gens. Cette fois, grâce à une formation poussée sur You Tube, j'ai appris à faire les couleurs, les permanentes, les lissages et les tresses. Les clients aimaient bien l'économie que cela représentait de venir dans ma cuisine. Même pendant le confinement, j'ai eu du monde. Parfois je leur coupais les cheveux assis sur une chaise dans le hall, devant mon appartement, ou quand le temps s'est réchauffé, dans un parc voisin, à une table de pique-nique. Lorsque la peur a été moins présente et que je les ai invités à revenir dans ma cuisine, je leur préparais du thé et du banana bread ou des scones à la cerise. J'étais bonne pâtissière aussi. Je ne dirais pas que je suis sociable, mais maintenant que les conversations anodines ne concernaient ni ma ville natale ni mon "deuil", je les supportais en doses limitées. Au moment où arrivait le risque de se rapprocher des révélations intimes, le ronflement du sèche-cheveux nous interrompait. Et les gens qui venaient me voir repartaient contents, même si on ne pouvait pas tout à fait en dire autant de moi.

Je vivais dans un vaste studio au-dessus d'une librairie. Une rangée de hautes fenêtres à l'encadrement métallique laissait entrer de grands rayons de soleil matinal et m'offraient une vue sur la rue principale, en bas. Harold m'a accueillie dans son petit cercle d'amis, pour la plupart d'autres homos qu'il avait rencontrés par son travail ou sa salle de sport. Nous nous considérions comme des électrons libres sur des marchés différents mais parallèles. Cependant, Harold était le seul de nous deux qui recherchait un amour inscrit dans la durée. "Je ne me suis pas installé dans la capitale du raisonnable pour des dragues sans lendemain", disait-il. Moi, je voulais d'abord la paix, ensuite l'amour. Celui-ci viendrait en son temps, et je n'étais pas pressée. Je n'avais aucune envie d'imposer à des enfants ce monde catastrophique – ou, comme je le formulais à ce moment-là, ce monde au-delà des dunes, des vergers et de ce gigantesque lac si bleu. C'était avant que les Timers ne commencent à réclamer les forêts et les cours d'eau du Nord, avant que les violentes fluctuations de la météo hivernale deviennent familières, quand on pouvait compter soudain sur le faux printemps précoce qui amadouait les arbres pour qu'ils donnent une floraison prématurée, puis les couvrait de neige, et tous ces fruits embryonnaires restaient morts-nés dans leur fleur. Pas de cerises, pas de prunes, pas de pêches. Ou si peu. Mais ça c'est venu plus tard.

J'appelais ma mère presque tous les soirs, et progressivement, au bout de deux ou trois mois, elle est arrivée à me parler sans pleurer. Elle ne m'en a absolument pas voulu de m'être tirée. Elle s'est engagée comme bénévole à la soupe populaire de Knowles, où disait-elle, les gens qui venaient se nourrir n'étaient plus seulement des sans-abri âgés privés d'âme et des drogués. Il y avait quelques jeunes familles monoparentales, puis il y en a eu d'autres, des réfugiés arrivés après une épidémie d'Ebola au Congo. Ils avaient été pris en charge par une église de la région et allaient pouvoir enfin bénéficier de l'ascension sociale offerte par notre pays. Du moins, c'est ainsi que maman le voyait. Ma mère était une bonne chrétienne au sens premier du terme, et je suis heureuse qu'elle n'ait pas assisté à la récente vague d'expulsions, qui ont touché surtout les faubourgs pauvres de Boston, même Knowles, après une autre épidémie bien de chez nous. À mesure que la population locale devenait plus diversement colorée, de nouvelles lois plus strictes chassaient de plus en plus de ces nouveaux résidents ; ce n'était certainement pas une coïncidence.

J'avais vingt-huit ans quand j'ai commencé à sentir que ce lieu en plein milieu du pays était peut-être un endroit où je pouvais vivre (mes voyelles commençaient déjà à s'allonger un peu). C'était ici que j'avais vu passer trois anniversaires que Caleb ne fêterait jamais, chacun a ravivé mon chagrin mais m'a aussi rappelé que mon statut d'enfant unique était désormais un état permanent. C'était aussi ici que j'avais été la témoin de Harold quand il avait épousé Jerry, le nouveau propriétaire (par ailleurs aisé) de la librairie en bas de chez moi. Harold, comme je l'ai compris, à côté de lui dans un verger un après-midi intenable d'août, essayant de ne pas transpirer au point de traverser ma robe en soie de couleur claire, était un autre genre de frère – un frère pour qui j'endurais la chaleur pour le conduire vers le bonheur, pas dans sa tombe. Presque immédiatement après, ma mère a appris qu'elle avait un cancer et m'a demandé si je pouvais revenir, juste pour l'aider à supporter la phase la plus dure de ses traitements. “Mais ensuite, s'il te plaît, tu retourneras à ta merveilleuse vie.”

C'était gentil de sa part de l'appeler merveilleuse – je ne l'ai moi-même jamais qualifiée ainsi – alors que je lui avais probablement brisé le cœur en refusant de chercher à tout prix à me marier, à trouver mon âme sœur. Elle avait depuis longtemps cessé de me demander si j'avais rencontré quelqu'un de spécial. (Un jour, quand elle a posé la question, j'ai répondu en plaisantant que Harold était spécial. J'ai compris en raccrochant à quel point j'avais dû lui paraître insensible.)

Ou alors, savait-elle quelque part qu'en retournant dans ma ville d'origine pour la soutenir pendant sa chimiothérapie – comme elle avait soutenu papa pendant la sienne – je tomberais justement sur cette âme sœur, là, à Vigil Harbor ?

Le vendredi, les enfants restent après les leçons pour jouer dans notre jardin pendant une ou deux heures, si le temps le permet. Ils sont assez grands maintenant pour grimper dans la cabane aussi, et ils y vont, presque tous. Quand Celestino l'a construite, il a installé des garde-corps robustes à tous les niveaux et il les inspecte régulièrement.

Les parents arrivent vers cinq heures et prennent le temps de boire un verre pour fêter la fin de la semaine d'école. Sauf la nuit, notre porte n'est pas fermée à clé, alors ils entrent sans frapper, se glissent dans le hall encombré jusqu'au fond de la maison, en longeant une rangée de crochets chargés de tas de blousons et de sweat-shirts à capuche, de sacs-déjeuner, trottinettes pliées accrochées par la lanière, en slalomant entre les tas de chaussures et de sacs à dos éparpillés sur le sol. Aujourd'hui, on échange à mi-voix des avertissements sur le fait de ne pas parler des informations, avec les reportages qui se multiplient sur les événements d'hier à New York, au cas où les enfants entendraient. Ils en apprendront davantage que ce que nous aurions aimé, mais nous nous appliquons à atténuer la violence de certains événements. Nous essayons de ne pas montrer à quel point nous sommes affectés.

Mais aujourd'hui, nous avons la distraction bienvenue créée par Ernesto, maintenant assis à la table de la cuisine avec une bière. Depuis son arrivée, il y a quelques heures, il a parlé espagnol avec les enfants, leur a servi des verres d'eau, il a admiré la maison dans l'arbre et demandé à Raul de la lui faire visiter. Depuis le niveau le plus haut, qui dépasse le sommet de notre toit, il m'a saluée d'un grand geste en s'exclamant :

— Cette ville n'est pas du tout comme les autres, vous êtes dingues ! D'ici, je vois le monde entier !

Ernesto a également insisté pour donner le goûter, disposer soigneusement les fruits et les gaufrettes sur les plateaux. Au milieu du joyeux chaos, je l'ai invité à rester dormir chez nous, si nécessaire, puisqu'il n'avait pas encore de nouvelles de son ami. Il m'a dit qu'il était excellent cuisinier et que demain, il nous préparerait un repas "inoubliable" s'il se trouve contraint de nous demander de l'héberger samedi soir aussi. (Il a fait cette proposition spontanément, et je n'ai pas répondu. Depuis qu'il est là, il se rend utile, je suis obligée de le reconnaître.)

Arrive six heures et demie, trois mères sont encore assises dans la cuisine, un verre de vin à la main, fascinées par Ernesto qui décrit la plantation de café où il a passé son enfance. Il nous raconte que c'était un paradis – et rentable, en plus – jusqu'à ce que les cartels cherchent à s'imposer, peu de temps après que ses frères aînés ont repris le domaine à la suite de leur père. Cinq enfants sont encore dans le jardin, en train de jouer à chat à la lampe de poche dans la pénombre, et je sors la cocotte de ragoût du réfrigérateur pour la mettre à chauffer (histoire de faire comprendre aux autres qu'il est temps de rentrer) quand j'entends Ernesto s'interrompre avec un tonitruant :

— *Hola, amigo!* Ça fait bien longtemps, mon vieil ami!

Je me retourne pour voir Ernesto debout, face à Celestino, qui se tient sur le seuil. Je n'ai pas entendu la porte d'entrée, et peut-être parce que j'en suis à mon deuxième verre de vin, il me faut un moment pour me souvenir que notre visiteur est totalement inattendu pour mon mari.

— Chéri, dis-je en allant l'embrasser, surprise!

Celestino est toujours crevé quand il rentre, et le vendredi, il s'attend à pouvoir s'écrouler (et il le mérite). Je n'insiste jamais pour qu'il passe un peu de temps avec les parents qui monopolisent notre cuisine, mais je ne les mets pas à la porte non plus. Souvent, il se contente de sourire et de saluer tout le monde de la main, et après avoir jeté sa veste de travail sale dans le placard où se trouve la machine à laver, il monte à l'étage; une minute plus tard, j'entends l'eau couler dans la douche.

Mais ce soir, c'est différent, bien sûr, et même s'il est visiblement abasourdi, je suis troublée par son visage, qui semble exprimer de l'inquiétude ou de la tristesse, je ne sais pas. Je me demande s'il a écouté les informations en rentrant – et si la situation s'est aggravée; parfois, ces attentats sont suivis d'une réplique.

Ou peut-être qu'il ne se rappelle pas cet homme? Wave Hill remonte à des dizaines d'années. Je me rends compte que j'aurais dû l'appeler, le mettre au courant. Mais en même temps, il a tendance à laisser son portable dans son camion, et j'ai appris à téléphoner seulement si je ressens une urgence quelconque.

Ernesto s'avance vers Celestino, les bras tendus.

— J'ai raconté à Connie comment nous nous sommes rencontrés à New York, dit-il. C'était il y a combien de temps? Plus de dix ans? Oh… beaucoup plus de dix ans! Incroyable, non? Mais nous sommes là, toujours en train de tourner sur cette planète tous les deux!

Je constate que Brecht est derrière Celestino. Je les invite tous les deux à entrer.

Caitlin se lève, disant qu'il est temps de rentrer, et propose sa chaise à Brecht. Je sors une autre bière. Quand le camion a besoin d'être déchargé après une journée de travail, Brecht atterrit ici. Il n'accepte jamais mon invitation à rester manger, mais parfois il boit une bière, avant de rentrer à pied chez lui, à huit ou dix rues d'ici. C'est lui, et non Celestino, qui se présente à Ernesto.

Mon regard est attiré vers la lampe de poche qui clignote et sautille dans le jardin. Soudain, le faisceau se dirige droit sur la maison et l'espace d'un instant, en plein dans mes yeux, comme s'il m'accusait. Les dernières mamans sont sorties, et dès qu'il apparaît clairement à leurs enfants que le jeu doit cesser, un torrent de protestations prend le pas sur les conversations dans la cuisine. *Noooon ! On vient juste de commencer ! J'ai pas encore été le chat ! Il fait pas encore complètement noir ! J'ai pas faim !*

Je laisse les trois hommes entre eux, pour me consacrer à l'exode quotidien, même si la plupart des enfants sont déjà rentrés. Les derniers sont à la fois surexcités et éreintés, se comportent comme des petits de quatre ans – même Raul, qui n'est pas obligé de partir. Les voix des mamans montent d'un ton pour se faire entendre au milieu des prières bruyantes pour rester un peu plus longtemps, jouer un peu plus avec leurs amis. "Concentre-toi, Dwight !" "Où sont tes chaussures, Candace ? Tu étais dehors pieds nus ? Attention aux tiques, chérie !" "Manteau ! Sac-déjeuner ! Devoirs !" "N'oublie pas ton bonnet, cette fois, s'il te plaît !"

Avant de sortir, chaque enfant plonge la main dans le panier posé par terre pour récupérer le précieux appareil électronique, le portable à accès limité sur lequel nous nous sommes tous accordés comme étant un compromis positif. Pas de plate-forme commerciale, rien qui puisse intéresser les hackers, pas d'alertes de sites d'informations. Malgré tout, c'est le seul objet qu'aucun enfant ne risque pas d'oublier, et si je tends l'oreille, j'entendrai à la seconde où ils se retrouvent sur le trottoir, le *ding* quand ils les remettent en marche, pour reprendre contact avec un monde bien plus vaste – bien qu'édulcoré et censuré.

Quand je retourne à la cuisine, Celestino est encore debout et ne s'est pas servi le moindre verre, pas même un verre d'eau. Raul est assis à table avec Brecht, et lui montre un livre de cartes anciennes. Je m'inquiète beaucoup pour Brecht, et son moral, mais il travaille dur pour Celestino, et Raul se jette sur lui comme un chien fidèle chaque fois qu'il vient à la maison. J'ai décidé que c'était une bonne chose pour Brecht aussi, cette amitié innocente que mon fils a pour ce jeune homme dont la vie semble avoir calé en cours de route.

Ernesto désigne le jardin d'un mouvement de tête et dit à Celestino :

— Cette cabane, *amigo – es espléndido*. Connie a dit que c'est toi qui l'as construite.

— Pas tout seul, dit Celestino.

— Elle a dit que tu en avais construit d'autres – même une dans un musée pour enfants. J'adorerais voir des photos.

Je me dirige vers le réfrigérateur, je sors une bière, et je la mets d'autorité dans la main de mon mari.

— Tu sais quoi ? dis-je. Ernesto a fait travailler leur espagnol aux enfants cet après-midi. (Je me tourne vers notre invité.) Maintenant, si un certain mari de ma connaissance, locuteur natif, voulait bien jouer les professeurs…

Je ressens un pincement de culpabilité, sachant que la langue elle-même – la parole comme engagement dans le monde – ne crée pas de joie particulière chez Celestino, mais je suis sauvée par Raul.

— Papa serait un prof super strict, dit-il. Mais parfois, on construit quelque chose avec lui.

— Quoi, par exemple ? demande Ernesto. Tu es l'apprenti du maître des cabanes dans les arbres ?

— Il ne fait plus ça.

Raul fait signe à Ernesto de le rejoindre sur la véranda, qui est garnie d'étagères et de placards en bois confectionnés par son père.

— Venez voir ici, dit-il. Brecht, tu as vu ?

Quand les deux hommes arrivent à côté de lui, Raul désigne le fond du jardin. Installés sur de hauts poteaux plantés dans les premières feuilles du mur de thuyas du voisin se trouvent sept nichoirs de couleur vive.

— Il nous a montré comment les fabriquer.

— Très cool, dit Ernesto.

— Dément, dit Brecht.

Ernesto demande :

— Est-ce qu'ils ont des locataires ?

Raul le dévisage pendant quelques secondes.

— Des locataires ?

— Est-ce que des oiseaux se sont installés dedans ?

— Peut-être dans deux d'entre eux, dit Raul à mi-voix.

Et je sais ce qu'il ressent ; le manque douloureux de chants d'oiseaux dans notre jardin est d'une certaine façon la faute des enfants qui ont construit les cabanes qui les invitent à s'établir là. Les enfants étaient déjà bien avancés dans leur travail quand Caitlin a suggéré que peut-être les nichoirs n'étaient pas la meilleure idée pour un projet de menuiserie.

— Combien d'oiseaux tu as vus près de tes mangeoires ces dernières années ? a-t-elle dit à Elio, qui, avant de devenir père, était guide pour des passionnés d'ornithologie dans tous les coins du monde. Je ne pense pas être prête à aborder le problème des extinctions en masse, pas tout de suite, en tous cas.

Elio a répondu que ce n'était pas notre boulot de protéger les petits des "réalités" de la vie locale. Et pourquoi être si pessimistes ? Ne devrions-nous pas les faire travailler sur des projets porteurs d'espoir ?

— Pourquoi avoir des enfants si nous n'avions pas d'espoir ?

— Peut-être que je ne ressens pas les choses de la même manière qu'il y a neuf ans, a dit Caitlin.

— Alors, deviens survivaliste, a dit Elio. Va grossir les rangs des Timers ! Va t'installer dans le Dakota du Nord. Moi, je mènerai les vrais combats, comme Jack et Bonnie quand ils seront grands.

Je remarque parfois que les parents de nos jumeaux sont facilement sur la défensive lorsque ce genre de tension apparaît. Leur investissement dans l'avenir est deux fois plus important.

S'il est là dans ce genre de moments, Celestino disparaît discrètement. Quand je l'ai rencontré, j'ai pensé qu'il était timide, mais à mesure que je le connaissais mieux, j'ai compris que sa réserve était plutôt une combinaison de vigilance, de peur, de patience et de la certitude que dans presque toutes les situations – du moins dans cette ville, où il a atterri presque par accident – il est le plus "autre". Il est l'étranger, plus que jamais maintenant que les frontières de toutes sortes donnent l'impression d'avoir été redessinées sur les cartes avec des stylos plus noirs, plus épais. J'essaie de lui dire qu'il est bien plus américain qu'il ne le croit – peut-être plus qu'il ne le voudrait – mais j'entends bien à quel point je suis maladroite. Et je sais que la peau brune de Raul, aussi foncée que celle de son père, le met un peu à l'écart des autres.

C'est la raison pour laquelle je suis surprise de voir Celestino si réservé en présence de cet ami sympathique venu du passé, cet homme qui est né dans le même pays que lui. Se sent-il éclipsé, relégué au second plan ? Ou est-ce mon hospitalité trop pressante envers quelqu'un que je connais à peine ? Est-ce que je lui donne l'impression d'être dans la séduction ? Je pose mon verre dans l'évier.

Comme si mon geste était une invitation, Brecht y ajoute le sien.

— Faut que j'y aille. (Il fait au revoir à Raul et salue d'un mouvement de tête Celestino.) Comment on fait demain ?

— Je te le dirai tout à l'heure, répond Celestino. Tu as bien travaillé aujourd'hui. Merci.

— Comme d'habitude, merci à toi aussi, dit Brecht et il s'en va.

Tendant un seau à Raul, je lui demande d'emmener notre invité dehors pour aller chercher de l'eau pour la vaisselle dans la citerne.

— Et rapporte la lampe de poche. Je parie que vous l'avez laissée traîner.

Dès qu'ils ont franchi le seuil, je dis :

— Qu'est-ce que tu as ? Il se passe quelque chose au travail ?

— Depuis combien de temps il est ici ?

Le regard de Celestino est rivé sur le jardin plongé dans la pénombre, invisible derrière nos reflets dans les baies vitrées.

— Il a frappé à la porte cet après-midi. Il m'a parlé de l'époque où vous étiez ensemble à Wave Hill. Et il est… en carafe. Il t'expliquera.

— En carafe ?

— Tu veux que je lui dise de partir ? Je lui ai proposé de dormir sur le canapé ce soir. Est-ce que j'aurais dû te consulter avant ? Ou est-ce que tu vas me dire que c'est un genre de tueur psychopathe ? Mais qu'est-ce que tu as ? Cet homme a de l'admiration pour toi !

Mon mari a l'air de réfléchir intensément à quelque chose – même si ce genre de silence buté n'est pas rare chez lui – mais je remarque aussi qu'il a posé sa bière sans en avoir bu une gorgée.

— Il t'a dit qu'il m'admirait ?

— Grands Dieux.

Je m'approche tout près de Celestino et j'appuie mon front contre le sien. Nous faisons exactement la même taille, et cela me plaît que nous puissions être épaule contre épaule, hanche contre hanche, nous regarder droit dans les yeux.

— Écoute, laisse-le s'expliquer pendant le repas.

À ce moment-là, Celestino s'écarte de moi et fonce vers la porte de derrière. Je me retourne et je vois le faisceau de la lampe de poche décrire des arabesques dans la nuit, éclairant brièvement les branches de l'arbre, les dalles du chemin, des bouts de palissade. Quand Celestino ouvre la porte, j'entends des rires – ceux de Raul et d'Ernesto – et Ernesto s'écrie : "Eh mon gars, sois pas si dur avec moi ! C'est la première fois que je joue à ça !"

Celestino se fige sur le seuil, et je dis :

— Tu sais quoi ? Monte prendre ta douche. Défais les nœuds que tu ramènes de ta journée. Le ragoût est prêt, mais Raul a eu un goûter. Je vais en vitesse faire quelques biscuits. (Je pose mes mains sur ses épaules crispées.) Détends-toi. S'il te plaît.

Prêtant peu d'attention à notre invité – qui a un peu perdu son charme de nouveau-venu – et moins à ses manières (sur lesquelles je ne me fatigue pas à le persécuter), Raul avale un demi-bol de ragoût de haricots blancs et quatre biscuits en quelques minutes à peine, avant de demander à quitter la table. Comme je m'y attendais, il monte dans sa chambre quatre à quatre et presque aussitôt des bruits d'explosions, un jeu de guerre, me parviennent de l'étage. Chaque fois qu'une partie commence, je ressens la même consternation car j'ai cédé, mais ainsi que le diraient même les parents les plus rétrogrades de notre école, quel choix avons-nous ? Tout ce que nous pouvons faire, c'est rationner la violence.

Comme si nous pouvions montrer l'exemple au monde qui nous entoure. Peut-être qu'un rationnement de la violence aurait évité à mon frère de perdre la vie.

Et c'est moi, en plus, qui ne résiste pas à l'envie d'aller voir les nouvelles dès que Raul a quitté la pièce.

— Je suis désolée, dis-je en prenant mon portable avant de le poser sur la table. Je regarde juste les dernières informations.

Celestino s'approche de la cuisinière et se sert une deuxième assiette de ragoût. Je remarque qu'il n'en propose pas à Ernesto, mais en même temps, notre invité est également absorbé par son téléphone portable. (Je me rappelle le temps où je pestais contre cette vie, rythmée par les alertes des sites d'informations ou d'autres contacts extérieurs, comme si nous étions des plongeurs sous-marins dépendants de bouffées d'air provenant de nos bouteilles.)

— Ils disent qu'aucun terroriste n'a été tué dans l'attentat, qu'ils ont une piste mais qu'ils ne donnent pas d'information là-dessus, dis-je.

Ernesto a un petit sourire en coin.

— "Ils", c'est l'État-policier ?

Celestino lève les yeux.

— Nous ne sommes pas dans un État-policier.

— C'est ce que tu penses ?

— Toi et moi, nous savons ce qu'est un État-policier, dit Celestino, ou peut-être que ta vie n'a jamais été touchée par la guerre. Ni celle de ton père.

— Tu as raison, j'ai vu tout cela de loin. C'étaient des informations, pas ma vie, dit Ernesto. Contrairement à toi. Ton père, je sais…

Ernesto lance un regard grave à Celestino, dont le visage est indéchiffrable, même pour moi. À son récit succinct, j'ai compris que son village a semblé échapper à la vigilance des troupes gouvernementales en maraude pendant la période des pires massacres – mais un jour, une exploration archéologique a attiré l'attention sur lui, et un bataillon de soldats a débarqué et a brûlé les maisons avant d'emmener des villageois comme prisonniers.

— Mais ta mère et tes sœurs… elles ont réussi à gagner la ville, non ?

— Bonne mémoire, dit Celestino.

Le ton n'est pas celui d'un compliment.

— Y sont-elles toujours ?

— Ma mère est morte.

Ernesto tend la main et lui effleure le bras.

— Je suis désolé. *Lo siento mucho.*

Celestino dépose sa cuillère dans son assiette creuse et retire son bras. Je comprends. La mort de sa mère, en mauvaise santé et privée de soins médicaux, sans que son fils soit auprès d'elle, est le plus insupportable.

— Celestino a perdu le contact avec ses sœurs il y a deux ou trois ans, quand c'est devenu trop difficile de leur envoyer de l'argent, dis-je, essayant de décourager toute autre question.

La vérité est que ses sœurs ne lui ont jamais pardonné de ne pas être revenu au pays pour voir sa mère mourante. Elles ont accepté son argent, et lorsque les envois ont cessé, elles l'ont informé de leur colère devant sa défection. Avait-il essayé de les faire venir ? Bien sûr qu'il avait essayé. Mais elles n'étaient pas persuadées qu'il avait fait tous les efforts possibles. Il ne peut pas s'empêcher de s'en vouloir, alors bien entendu, il ne parle de tout cela à personne.

Celestino me regarde et soupire. Dans son visage peiné, je ne parviens pas à distinguer s'il m'est reconnaissant d'avoir parlé, mais il dit à Ernesto :

— Tout ça, c'est du passé. On ne peut rien y faire.

Et ce n'est pas la première fois que je m'interroge sur les pans de ce passé, qui remonte à avant ma rencontre avec lui, sur lesquels il garde le silence.

— J'ai prévu un dessert, dis-je. Alors, savourons-le et parlons d'autre chose.

Je débarrasse la table et je sors un pot de glace à la vanille du congélateur. Avec la rhubarbe de notre ferme partagée, j'ai fait une compote. Il y a un an, notre groupe scolaire a participé à la création d'un Petit Terrain Agricole. C'est une nouvelle responsabilité – planter, désherber, biner, transporter le produit des récoltes vers les autres villes dans des remorques accrochées à nos bicyclettes (les fondateurs du Petit Terrain désapprouvent l'usage des voitures, même électriques) – mais comment pourrais-je ne pas être d'accord ? Cela fait partie de l'exemple que nous devons être pour nos enfants.

Dans le silence qui me tient compagnie tandis que je prépare trois coupes, j'écoute avec un peu de contrariété, inévitable, les bruits de la guerre virtuelle qui se déroule au-dessus de ma tête. Pas de dessert, me dis-je, pour ceux qui ne peuvent se débarrasser de ce genre d'habitudes.

— Ernesto, je commence, quand nous sommes à nouveau réunis autour de la table. Parlez-nous de ce voyage que vous prévoyez de faire.

Il sourit.

— Eh bien, si mon ami vient me rejoindre… notre idée est d'aller dans le Maine, comme je vous l'ai dit. Nous faisons un projet de recherches sur certains des lacs du nord, avec des interviews de résidents sur les changements qu'ils ont constatés ces dernières années. Il s'agit de travail, pas de vacances, mais qui se plaindrait de travailler dans un endroit aussi beau ? Même s'il est menacé. Par bien trop de choses.

Avant que Celestino ne rentre à la maison, Ernesto avait expliqué aux mères d'enfants qui s'étaient attardées qu'il était, en gros, un scientifique spécialisé dans le climat. Il étudiait les changements qui touchaient les populations d'animaux sauvages – et les schémas migratoires – affectant les écosystèmes des lacs du nord de la Nouvelle-Angleterre. Son collègue était photographe.

— Scientifique ? Tu es devenu un scientifique ? dit Celestino.

— Cela fait longtemps, *amigo*. Je suis devenu bien plus sérieux dans mon parcours professionnel.

— Tu étais sérieux, je m'en souviens.

— J'étais sérieux, mais maintenant, on pourrait dire que je suis engagé.

— Engagé.

Le ton de Celestino est neutre.

— C'est la raison pour laquelle, dis-je, un peu tendue, vous ne vous êtes jamais posé, installé, comme vous l'avez expliqué.

— Je suis un nomade compulsif. Je ne crois pas que mon destin soit de fonder une famille. Je vole en solitaire. Et je l'accepte ! (Il se penche sur la table et une fois de plus, effleure le bras de Celestino.) Tu as une femme extraordinaire. Et ton fils ! Tu as beaucoup de chance. Et garder l'œil sur eux, les protéger, voilà ce qui devrait te motiver. Motiver ton engagement. J'ai raison ?

Avec un sourire laconique, comme si quelque secret venait de lui revenir, Celestino répond.

— Oui.

— Et toi et moi, citoyens tout neufs ou touristes légaux – quel que soit le statut qu'on nous donne – nous devons faire attention tout le temps. Nous le savons, n'est-ce pas ?

Celestino me lance un coup d'œil, peut-être pour souligner la confirmation de ses propres angoisses. Il désigne le portable d'Ernesto, posé sur la table.

— Ton ami, le photographe. Il a pris contact avec toi ?

— Oh… son vol est retardé. Il vient de l'ouest et les orages qui traversent le pays ne faiblissent pas. (Il soupire.) Il risque de ne pas pouvoir être là avant lundi.

Se tournant vers moi, il poursuit :

— Est-ce que ma demande serait importune si…

Je regarde Celestino. Il répond :

— Il y a un petit hôtel un peu plus loin.

— J'ai vérifié, dit Ernesto. Il est plein. Je promets de ne pas vous déranger.

L'expression de Celestino n'est pas claire, et je ne supporte pas le silence.

— Lundi, ça me va, dis-je. Mais l'école commence tôt et il faudra vous éclipser.

— Je suis très doué pour l'éclipse.

Celestino annonce :

— Demain, je vais chez le pépiniériste.

Je me souviens que je suis occupée moi aussi ; demain je travaille à la ferme. Notre journée sera chargée. Peut-être que Raul pourra aller chez un des autres enfants.

— Ou je peux le garder, propose Ernesto. N'oubliez pas que c'est moi qui cuisine demain soir. Est-ce qu'il sait manier la poêle à frire ?

— Raul viendra avec moi, dit Celestino. Et nous risquons de rentrer tard.

Je donne à Ernesto des draps pour le canapé du salon. Une fois que nous avons commencé l'école, notre troisième chambre est devenue une pièce de stockage. Le seuil est presque infranchissable.

Le temps que je monte, Celestino est déjà au lit. Je vais voir Raul dans sa chambre et je lui demande d'éteindre la lumière, bien qu'il soit plongé dans la lecture d'un livre. Je suis réconfortée, et un peu fière qu'il ait cessé de jouer au jeu guerrier de son propre chef.

Enfin couchée, je chuchote.

— Qu'est-ce qui se passe ? C'est quoi, ce numéro d'hôte déplaisant ? S'agit-il de quelqu'un que tu as fait semblant d'apprécier ? Il a beaucoup d'admiration pour toi, c'est évident.

— Ah bon ? (Il fronce les sourcils.) Mais tu n'as pas pensé à m'appeler.

— Bien sûr que j'y ai pensé. Est-ce que tu aurais décroché ? J'en doute. Et tu sais quoi ? Je l'apprécie. Et Raul aussi.

— Je suis très fatigué, Connie.

— Ne me dis pas que tu es jaloux.

Il soupire.

— De quoi ?

— Sa… eh bien, apparemment il a poursuivi ses études longtemps, après que vous vous êtes perdus de vue.

Je n'ai pas l'intention de me montrer cruelle mais je me rappelle le ton avec lequel Celestino a dit : *Tu es un scientifique maintenant ?*

À nouveau, il me dit qu'il est fatigué.

Je m'intime l'ordre de ne pas jeter de l'huile sur le feu, mais je lui dis quand même que je trouve mauvaise l'idée d'emmener Raul avec lui demain matin.

— Il va s'ennuyer.

— Brecht vient. Il ne s'ennuie jamais avec Brecht.

C'est vrai.

— D'accord, dis-je, et avec plus de douceur, je répète : d'accord.

Une fois que j'ai cédé et que je lui montre que je respecte sa réserve, il se tourne vers moi et m'enlace dans ses bras épais et doux, glisse doucement une jambe entre les miennes.

— Shhhh, fais-je en souriant dans le noir. Shhh.

Les gens qui vivent dans des maisons petites savent comment vivre leur passion dans la discrétion.

Après que Harold a rencontré Celestino, il m'a dit que nous formions un couple inspiré mais complètement illogique – pas à cause de nos origines culturelles différentes mais à cause de la différence de tempérament entre nous.

J'ai reconnu que Celestino était de nature réservée, et que parfois, j'en étais frustrée.

— En réalité, ai-je dit, il est timide. Et il ne manifeste pas son affection en public – il a une espèce de retenue, de dignité à l'ancienne – mais en privé, c'est…

Quand j'ai hésité, me demandant si je devais fermer ma bouche justement en vertu de cette dignité, Harold a grommelé :

— La bamba ?

— Bon sang, Harold. Je vais faire comme si je n'avais pas entendu.

— Quoi ? Je serais offensant ?

— Tu veux dire, en général ? Oui, bien sûr.

Par habitude, nous nous moquons souvent facilement l'un de l'autre, et parfois, je me demandais si ce genre de plaisanteries, si différentes de l'intimité que je ressentais avec Celestino, était quelque chose que j'aurais besoin de trouver dans mon mariage aussi. Mais Harold m'a assurée du contraire.

— Vous êtes tous les deux comme ces chaises en bois courbé, au dossier arrondi qu'on voyait autrefois beaucoup dans les cafés. Tu as idée de la technologie complètement baroque qu'il faut pour arrondir le bois de cette manière ? Mais le résultat final est magnifique et très costaud ! Si tu épousais quelqu'un comme moi, il y aurait un meurtre !

Harold, plus que toute autre personne de mon entourage, se réjouissait ouvertement que j'aie trouvé un conjoint malgré moi. Cependant, je ne l'aurais jamais trouvé sans le cancer de ma mère, qui même s'il a été plus long que celui de mon père, a fini par la conduire au cimetière à côté de papa et Caleb. Au moins, elle a vécu assez longtemps pour entendre Raul lui donner un petit nom et courir se jeter dans ses bras.

Les plus affreux jours d'hiver dans le Michigan, Harold restait dormir dans mon appartement. Comme il adorait jardiner, il louait une maisonnette avec un grand terrain juste à l'extérieur de la banlieue et quand le mercure descendait trop bas, il s'inquiétait que sa voiture ne démarre pas le matin et qu'il ne puisse pas aller en ville. Et il se trouvait que mon appartement était situé à deux rues de son bureau. Alors, chaque fois que les prévisions météo créaient de la panique, il m'appelait en début d'après-midi et au lieu de commencer par "Salut, toi" comme d'habitude, me lançait un "Soirée pyjama ?"

Harold était un oiseau de nuit. Depuis que je le connaissais, il vivait très bien en veillant jusqu'à deux ou trois heures du matin – une habitude qui collait bien à sa vocation. Il était aussi, par nature, une créature sociale pour qui sans aucun doute tout était prétexte à "se calfeutrer" comme il disait, avec de bons amis. Et il ne semblait pas avoir de limites sur les ragots, les réflexions, y compris philosophiques, les emportements sur tous les fléaux et les maux de la terre, qu'il tenait à partager après être revenu du travail à neuf ou dix heures le soir.

Je pouvais supporter le manque de sommeil, et parfois, j'étais juste contente d'écouter les monologues de Harold (je lui ai dit, plusieurs fois, qu'il devrait faire du théâtre), mais il y a eu des soirées où je lui demandais si on ne pourrait pas se contenter de regarder un film, ou je lui disais que je lisais un livre tellement bon que je ne pouvais pas le laisser une soirée. Parfois, j'avais tout simplement eu trop de clients bavards ce jour-là.

— OK, OK, temps calme. J'ai pigé, disait-il. Il est temps que Moulin à Paroles la ferme.

J'acquiesçais.

Harold me connaissait comme le fond de sa poche, surtout depuis les mois où nous avions été confinés ensemble lors de la première vague. Il savait donc que j'avais une furieuse envie de silence à la fin de ma journée, de la même manière que certaines personnes ont une furieuse envie de manger un gâteau ou de boire un verre de cognac ou d'entendre un gars à la télévision leur brailler des blagues cyniques à la figure.

— Il faut qu'on te trouve un type calme. Du genre fort, silencieux, dit-il un de ces soirs glacials où il était incapable de se taire.

Nous étions tous les deux enroulés dans une épaisse couverture, laissant dépasser nos mains juste assez pour tenir nos tasses de thé.

Je lui ai répondu que je n'avais pas besoin ni nécessairement envie d'un homme, même si j'aurais menti en affirmant que je ne me sentais pas seule ou parfois animée de désirs sexuels que je n'aurais pas voulu compliquer en laissant quelqu'un me connaître un peu trop bien.

— Quand vas-tu sortir de ton deuil ? me demanda-t-il. Même ta mère semble refaire un peu surface. Ce n'est pas parce que Caleb ne peut pas continuer à vivre que tu dois faire une grève de solidarité. Désolé si je te parais brutal.

Caleb était mort depuis plus de trois ans, et à ce moment-là, ma mère s'était immergée dans des distractions sociales, utiles. Elle était quasiment la gérante de la soupe populaire de Knowles, et elle distribuait des pétitions pour obtenir que la salle de jeux au sous-sol de son église devienne officiellement un lieu d'asile temporaire pour les réfugiés syriens en route vers Halifax. La satisfaction qu'elle tirait de ces activités était comme un mortier qui tenait ensemble les morceaux de son cœur, au demeurant friable.

— Je ne suis pas en deuil, ai-je dit à Harold. Caleb me manquera toujours, je me demanderai toujours pour quelle raison il a trouvé que l'armée était une bonne idée, mais ce que je vis, c'est ma vie. Tu la qualifies de pathétique ?

— Pas pathétique, a dit Harold. Bien sûr que non ! Pour commencer, tu es avec moi ! Mais si tu permets, elle est… étriquée. Tu devrais te lâcher.

— Me lâcher ? Genre, je devrais devenir excentrique ?

— Non, pas à ce point. Non, te lâcher la grappe.

Je me souviens m'être émerveillée devant l'épaisse peau de givre scintillant qui collait ce soir-là à chaque vitre de la longue série de baies que j'adorais. Ma vue panoramique sur Front Street était totalement obscurcie.

— Harold, dis-je, aux dernières nouvelles il fait -25 là dehors, sans parler du vent.

— Tu n'es pas cruelle à ce point.

— "Me lâcher" ? Vraiment ? Je t'emmerde.

— Je ne le disais pas dans ce sens-là.

— Harold, tout le monde ne veut pas une vie de bonhomie et de voyages à travers le monde.

Il sortit de son fauteuil (mon fauteuil) pour venir me rejoindre sur le canapé et me prendre dans ses bras.

— "Bonhomie" ? D'où sort ce mot incroyablement précieux ?

Je jetai un coup d'œil à la pendule accrochée dans mon coin cuisine.

— Il est sorti d'une caverne au fond de mon cerveau qui n'est accessible qu'une fois que je reste éveillée plus de vingt heures d'affilée.

— Oh chérie, si tu savais comme j'aimerais être tenu éveillé vingt heures d'affilée – avec le bon partenaire, si tu me permets.

C'est ainsi que, grâce à la gaieté de l'humour homo de Harold, nous évitions généralement de parler, malgré notre profonde amitié, de ce qui était à l'évidence une dépression sévère bien implantée et terriblement efficace. Et donc quand Harold a enfin trouvé le partenaire qu'il cherchait, et qu'il m'a informée de leurs fiançailles avant tout le monde, il m'a serrée fort dans ses bras en disant: "Vraiment, je veux que tu vives ça, et je me fiche de ce que tu dis", ce à quoi j'ai répondu: "Quoi, une belle-famille, un trousseau queer et une longue liste de compromis?"

Je pouvais être cruelle quand je défendais mon désespoir contenu.

Mais mon désespoir contenu s'est trouvé relégué au deuxième plan devant le désespoir bien plus justifiable de ma mère quand est tombé le diagnostic, cette année-là. J'étais retournée plusieurs fois à Vigil Harbor depuis mon départ, pour passer des vacances avec maman et à l'occasion de deux ou trois mariages, en évitant les réunions d'anciens élèves et surtout, surtout le 4-Juillet. Il n'était pas question que je me confronte chaque année aux commémorations en l'honneur du sang versé pour des guerres sans fin.

Cette fois, nous étions au début de l'automne, un après-midi chaud d'un bleu azur, et en me ramenant de l'aéroport sur la route de la côte, ma mère m'a donné les dernières nouvelles locales, éludant soigneusement toute mention de la raison pour laquelle j'étais arrivée avec une valise aussi imposante. J'ai entendu parler du tournage d'un film à Vigil Harbor cet été-là – une comédie picaresque vaguement inspirée du *Songe d'une nuit d'été*, dans laquelle des vedettes de série B avaient été aperçues en train de se courir après à toute heure du jour et de la nuit dans les ruelles étroites de la ville, sur les rochers au bord de l'eau, parmi les stèles penchées du cimetière. Des foules de badauds s'étaient rassemblées pour observer des doublures descendant en rappel les falaises de Harrow Point.

— Le marchand de glaces devait répondre quotidiennement à des commandes d'une centaine de milk-shakes, m'a dit maman, intarissable sur ces nouvelles sans intérêt. Il a été obligé de louer cinq machines à glace italienne supplémentaires. Si tu avais très envie d'un simple cône, bonne chance pour approcher du comptoir !

Elle m'a raconté le licenciement scandaleux du directeur de l'école (pour détournement de fonds), la hausse des taxes foncières pour augmenter la hauteur des murs le long de la chaussée (à la suite d'une vilaine querelle au Conseil municipal sur des appels d'offres truqués), les améliorations du Drome (de nouvelles chaussures de bowling en location ; de bien meilleurs beignets à l'oignon). Lorsque nous sommes enfin arrivées à l'entrée de la ville, elle paraissait presque heureuse, absorbée par des escarmouches humaines mesquines bien loin du tourbillon de la mortalité.

Puis nous sommes passées devant le lycée. Involontairement, j'ai jeté un œil sur l'extrémité de l'allée, vers l'entrée, et j'ai remarqué tout de suite. Il y avait le drapeau, il y avait la pierre avec la plaque en l'honneur de mon frère, ce soi-disant héros ; mais où était l'arbre qui avait été planté sous nos yeux par le pépiniériste dans le cercle puis recouvert de paillis ? C'était un érable du Japon bâton-rouge, presque aussi haut que moi quand il avait été mis en terre.

— Maman, où est l'arbre de Caleb ?

Pourquoi fallait-il que je lui pose la question à ce moment-là ? Mais il était trop tard.

Maman a continué à conduire, mais son visage s'est presque littéralement décomposé. Elle a passé deux carrefours avant de dire, d'une voix égale :

— Eh bien, chérie, il est mort.

— Il est… mort ? Personne ne s'en est occupé ?

— Oh, si, ils en ont pris soin, mais il n'arrivait pas à… prospérer. Ils n'ont rien pu faire. Je sais qu'ils ont essayé.

— Alors il faut qu'ils le remplacent. Ça date de quand ?

Ma dernière visite (éclair) remontait à Thanksgiving ; avais-je ne serait-ce que regardé dans cette direction ?

— Il semblerait que le genre d'arbre que nous avons choisi soit plus fragile que ce qu'on nous avait dit. Enfin, je ne sais pas. Peut-être qu'il y a du vent là-haut. L'exposition.

— Eh bien, remplace-le par quelque chose de plus fort. Mais remplace-le !

Maman m'a lancé un coup d'œil.

— J'ai beaucoup à faire, Connie, sans ajouter encore ça. Je crois que c'est au lycée de trouver une solution.

Avec beaucoup d'efforts, je n'ai rien dit, et nous sommes restées silencieuses jusqu'à ce que, cinq minutes plus tard, nous nous garions devant la maison de mon enfance. J'ai grandi dans l'une des rues les moins remarquables du village d'origine, bordée de petites maisons appuyées les unes sur les autres, dotées d'un jardin long et étroit derrière, pour laisser de la place aux voitures. Aucune de ces maisons n'a beaucoup changé avec le temps – pas d'espace pour des extensions, pas d'autorisation pour démolir quoi que ce soit – mais chaque fois que je revenais, il y avait des indices révélateurs de plus d'argent, plus de privilège : des fenêtres refaites, de nouvelles marches en granit, un jardin bien entretenu qu'on pouvait apercevoir à travers un treillage blanc brillant orné de jeunes plantes grimpantes.

Ma mère a fait une sieste et nous nous sommes retrouvées autour d'un dîner qu'elle avait préparé avant mon arrivée. Nous avons enfin parlé du programme du traitement qu'elle venait de commencer. Pendant les semaines suivantes, je serais son chauffeur, son infirmière à domicile, à sa disposition pour gérer les crises inattendues. Pendant que nous parlions, j'ai remarqué qu'elle mangeait très peu.

Nous nous sommes souhaité bonne nuit en nous enlaçant longuement et en silence au pied de l'escalier. Ma mère dormait désormais dans un petit lit dans la minuscule pièce au rez-de-chaussée qui servait de bureau à mon père, entourée de ses livres. Elle prétendait que c'était une question de confort – l'arthrose dans ses hanches lui rendait l'escalier pénible – mais je savais que c'était le souvenir qui était difficile ; il lui fallait rester à distance des lits vides.

En ouvrant les yeux, j'ai vu le même parallélogramme de soleil oblique sur le papier peint au-dessus du bureau où j'avais passé douze ans à faire mes devoirs, préparer des dossiers de candidatures à des universités, puis rédiger des travaux en retard ou bâclés, pour finalement décider que ce que je faisais de mieux n'était pas du tout intellectuel. Je savais mettre en valeur la beauté des gens, les amener à se sourire dans un miroir, s'émerveiller devant la transformation. J'apprêtais des filles pour leur premier bal de promotion, des veuves pour des enterrements, des jeunes hommes pour des entretiens d'embauche. Une fois que j'ai eu commencé à le faire sérieusement, je me suis parfois demandé si mon talent acquis était une forme bénigne de défi. Papa était professeur d'anglais, ma mère avait été son étudiante préférée, et brillante. Il ne se plaignait jamais, et il n'était pas moins aimant avec nous que le jeune père qui avait admiré Frost, Sarton et Hughes (tant Langston que Ted) comme si leurs mots étaient une grâce catholique, les lisant à haute voix au moment du dîner, mais il s'est certainement interrogé sur les raisons pour lesquelles ses enfants étaient devenus respectivement coiffeuse et soldat. Je sentais qu'il considérait nos choix avec résignation mais gratitude. Après tout, c'étaient des choix que nous avions faits – pas des choix que d'autres avaient faits pour nous. Mon père était un homme qui avait une vision généreuse du monde, et si grande que fût ma rage contre le cosmos après la mort de Caleb, j'étais reconnaissante que papa soit mort le premier.

Mais maman. Pauvre maman.

Je me suis levée de mon lit et je suis allée à la fenêtre baignée de soleil ; c'est à ce moment-là que m'est revenu ce qui était apparu comme un changement choquant dans notre ville résolument réticente au changement.

À deux mètres de chez nous se dressait l'arbre magnifique que, toute mon enfance, je m'étais habituée à voir se découper sur mon ciel personnel, celui qui était encadré par ma fenêtre orientée à l'est. Papa l'avait un jour qualifié de "pompeux", faisant remarquer que s'il n'y avait pas eu cet arbre, nous aurions une vue sur le port, et notre maison aurait valu plus d'argent. "Est-ce que tu vendrais notre maison si nous avions cette vue ?" lui ai-je demandé, pleine d'angoisse. J'avais seize ans ; un déménagement aurait été une tragédie digne d'être racontée en opéra. "Quelle drôle d'idée, a-t-il dit. Mais un jour, l'un de nous devra la vendre. Voudra peut-être la vendre. Personne ne peut prévoir l'avenir."

À un moment, au début de mon adolescence, alors que je prêtais peu d'attention, si ce n'est aucune, aux arbres – en l'occurrence, à tout ce qui était en rapport avec mon quartier, car le garçon plus âgé pour qui j'entretenais une vaine obsession vivait à l'autre bout de la ville – l'arbre a produit une cabane. Pas d'un jour à l'autre (c'est plus tard seulement que j'ai compris la complexité de ce projet), mais un matin, probablement un dimanche, je me suis réveillée et soudain, je l'ai vue ; contemplée, comme l'aurait peut-être fait un des poètes adorés de papa. S'agissait-il d'une illusion d'optique ? Est-ce qu'une maison lointaine avait été arrachée à ses fondations et avait volé dans le ciel pour venir s'empaler, toute déformée et cassée, au cœur des branches de l'arbre ? (Dans mon esprit d'adolescente exaltée, j'ai pensé qu'on aurait dit que l'arbre faisait l'amour avec une maison.)

Lorsque je suis revenue pour m'occuper de ma mère, on aurait pu croire qu'elle aurait fait partie du paysage local, pourtant, je rentrais si rarement que sa présence me prenait chaque fois au dépourvu. Oui, elle était toujours là, cette cabane prodigieuse, tortueuse, tarabiscotée. Une putain d'*énorme* cabane, aurait dit Harold. Pompeuse, quoi.

Mais cette fois, la contemplation de cet arbre a ravivé la fureur qui m'avait tenue éveillée trop longtemps la veille au soir : j'ai repensé à celui de Caleb. Je comprenais l'acceptation lasse de ma mère, mais comment osaient les fonctionnaires municipaux, les anciens combattants satisfaits qui buvaient de la bière bon marché au VFW, comment osaient-ils ne pas remplacer cet arbre ? J'allais le faire, même si je devais creuser le trou de mes mains.

Maman était assise à la table de la cuisine, habillée pour la journée difficile qui l'attendait ; elle buvait une boisson chaude qui dégageait un parfum de foin inconnu. Voyant ma grimace, elle m'a dit :

— Ne t'inquiète pas, il y a du café pour toi. Ça, c'est une tisane qu'une de mes infirmières me recommande de boire. Qu'est-ce que je viens de dire… ? “Mes” infirmières ? Grands

Dieux. Et tu sais quoi ? (Elle a tenu la tasse à bout de bras, comme si elle voulait l'inspecter à la recherche de fêlures.) Ça sent la menuiserie. Si je puis dire.

— Ça ressemble à l'odeur du cochon d'Inde qu'on a eu autrefois. La sciure, peut-être.

— Je vois déjà à quel point tu vas être un soutien, a dit maman.

Elle arborait un sourire plein de détermination.

— Je ferai de mon mieux, parole de scout.

— Tu as refusé de devenir membre des Girl Scouts. Tu te souviens ? Tu as refusé de porter la robe réglementaire. Margo Tattersall m'a dit que c'était un signe qui montrait que tu étais peut-être homosexuelle. Merci, Margo.

— Mon Dieu, Mme T ! me suis-je exclamée en riant. Elle est toujours dans le coin ?

— Bien sûr, ma chérie. Tous les gens de plus de quarante ans n'ont pas un pied dans la tombe.

Ses paroles nous ont frappées en plein visage comme une porte qu'on nous aurait claqué au nez.

Maman s'est levée et a vidé le reste de sa tisane au cochon d'Inde dans l'évier. Elle a rincé sa tasse et l'a remplie avec du café qu'elle avait préparé pour moi. Elle est revenue s'asseoir à table et nous avons bu en silence pendant quelques minutes.

— La cabane dans l'arbre, ai-je dit. Elle a failli me donner une crise cardiaque, comme autrefois.

— Oh, toute cette histoire s'est calmée il y a une éternité.

— Cette histoire ?

— L'hystérie sur la question historique. Tous les puristes qui voulaient la détruire.

— Quoi ? Parce que les cabanes coloniales, ça n'existe pas ? Les pêcheurs ne s'amusaient jamais ? Elle est belle. Tu ne trouves pas ?

Ma mère m'a lancé un regard sceptique très théâtral.

Quasiment à l'unisson, nous avons dit : "La beauté est dans l'œil de celui qui regarde." C'est ce que papa aurait dit.

— Mais il est gentil, le jeune homme qui habite là-bas. Il est seul maintenant, je crois. Je ne sais pas ce qu'est devenu le vieux monsieur qui logeait là avec lui.

Ces détails ne signifiaient rien pour moi. Je ne suivais plus depuis longtemps les variations de la population du quartier. Je m'étais juré de ne pas m'en préoccuper.

— Il a une affaire d'espaces verts, a dit maman. Il travaille beaucoup et mène une vie très discrète.

— Maman, à t'entendre, on croirait que tu es un de ces témoins qu'on interroge quand le voisin mystérieux devient tout à coup un psychopathe.

Son expression était une réprimande.

— Comment peux-tu dire une chose pareille ?

— Désolée.

— Oh Connie. (Elle a posé sa tasse et a fermé les yeux.) Je viens de me dire en riant intérieurement que ce que tu fais si bien sera totalement inutile ici. Je vais perdre mes cheveux, tous mes cheveux, dix-neuf ou vingt jours après le début du traitement, c'est-à-dire, à partir d'aujourd'hui. D'après *mes* infirmières. Elles pensent qu'il est réconfortant de savoir. Mais moi, je préfère la surprise. Que ça arrive en catimini. Je préfère avoir dix-neuf jours pour croire que je serai une exception.

J'ai rapproché ma chaise de la sienne.

— On va te trouver une perruque qui tue, ai-je dit, regrettant aussitôt l'expression que j'avais choisie. Je sais très peu de choses de la vie, maman, mais je m'y connais en postiches. J'ai des clients qui m'apportent leur perruque pour que je la coiffe, comme une vraie chevelure. C'est pas génial ?

Une heure plus tard, je l'ai emmenée à Boston pour sa première séance de chimio. Le jour suivant, pendant qu'elle faisait une longue sieste après la fatigue du combat, j'ai retrouvé ma vieille bicyclette dans l'abri au fond du jardin, dégotté la pompe pour gonfler les pneus, et je suis partie effectuer seule une mission difficile.

J'ai commencé par l'administration du lycée. Le principal était sorti, le principal adjoint "en réunion tout l'après-midi."

La réceptionniste est restée impassible en m'écoutant raconter que l'arbre, celui qui était mort, avait été planté en mémoire de Mon Frère le Héros de Guerre.

— Je ne sais pas qui est responsable de cela, a-t-elle dit. Je ne crois pas que nous ayons été impliqués dans la plantation de cet arbre au départ.

Ensuite elle a décroché le téléphone et a passé plusieurs minutes à discuter avec un parent qui appelait pour excuser l'absence de son enfant. Après avoir raccroché, elle a eu l'air très étonnée que je sois toujours là, devant la cloison en plexiglass qui protégeait son espace vital.

— Essayez le service municipal. Travaux publics.

Elle en avait terminé avec moi.

Je suis retournée au rond d'herbe au milieu duquel se trouvaient la pierre avec la plaque, le poteau avec le drapeau et la petite souche. Quelqu'un avait abattu l'arbre mort – s'il était bien mort. Qui avait fait cela?

Mon cœur s'est serré à la pensée de téléphoner à des bureaucrates de la municipalité. Ma mère avait mentionné le nouveau chef des travaux publics, qui était, selon ses mots, une feignasse et un crétin. Elle avait eu affaire à lui dans ses efforts vains pour transformer le sous-sol de l'église en foyer d'accueil. Le service des travaux publics était chargé du déneigement et de l'entretien de la chaussée, pas des plantations d'arbres ornementaux. Ça, j'en étais certaine.

Je suis retournée dans ma vieille maison sur ma vieille bicyclette. En descendant, devant chez nous, j'ai aperçu un pick-up qui allait se garer tout près de la cabane dans l'arbre. J'ai marché jusque-là et je suis restée à l'entrée de l'allée jusqu'à ce que le conducteur sorte de son véhicule. Au début, il m'a dévisagée, immobile. Je me suis rendu compte que c'était à moi de parler la première.

— Bonjour, ai-je dit. Je suis votre voisine. Ou disons que ma mère est votre voisine. (J'ai tendu le bras vers la droite.) Quelques maisons plus bas. Mary McKenna.

Je m'attendais presque à ce qu'il me remercie pour l'engagement de mon frère, mais il s'est contenté d'un "Oui ?". J'avais remarqué qu'il avait la peau mate – un fait forcément surprenant dans une ville où, aurait dit Caleb, la diversité, c'est avoir les cheveux bruns. Cet homme était compact, un peu comme un ours, et il portait une tenue en toile robuste, vert foncé avec un arbre brodé sur un triangle blanc sur son cœur. Maman l'avait qualifié de "jeune homme", mais il avait au moins dix ans de plus que moi.

— Est-ce que votre mère a besoin d'aide ?

— Non, c'est moi qui… Enfin, j'ai une question.

Je ne voulais pas avancer vers lui, mais il ne faisait pas un pas vers moi. Une distance de près de cinq mètres nous séparait.

— Ma mère dit que vous êtes jardinier. Alors voilà, je cherche quelqu'un qui connaisse les arbres.

Ma voix a peut-être chevroté un peu.

— J'ai une entreprise d'espaces verts, oui.

Il a croisé les bras.

Son attitude n'était pas encourageante mais je voulais à tout prix aller au bout de mon projet. Je me suis approchée, j'ai fait un geste maladroit qui se voulait un salut et je lui ai dit mon nom. Après avoir marqué une pause, il m'a dit le sien. Il a eu l'air à peine plus chaleureux quand il a ajouté :

— Qu'est-ce que vous voulez savoir à propos des arbres ?

— En réalité, il me faut un arbre. Un bon arbre. Un arbre qui ne me fera pas le sale coup de mourir.

Je lui ai raconté mon histoire, en essayant d'éviter qu'elle devienne celle de mon frère, ce qui m'aurait fait pleurer.

— Alors je veux juste qu'on remplace l'ancien arbre. Je ne sais pas qui est responsable, et je ne veux pas être obligée de passer par des tas de paperasses à la con – j'ai frémi, trop tard, devant mon langage peu châtié – et je ne vais pas être là plus d'un mois ou deux, alors je doute que…

— Je connais cet arbre, a-t-il dit. Ce n'était pas ce qu'il fallait planter. J'ai été surpris qu'il survive aussi longtemps.

J'ai réfléchi quelques instants.

— Et si je vous demandais de m'aider à trouver l'arbre qui convient ?

— Je peux le faire.

— Je paierai, bien sûr, même pour vos conseils seulement.

— C'est la ville qui devrait payer.

— Ouais. Mais vous savez quoi ? Autant que je le fasse moi-même. Je veux dire, qu'est-ce qui va se passer si j'y vais, je prends une pelle, j'apporte un arbre et je le plante ? Ils vont m'arrêter ? Arracher l'arbre ?

C'est là qu'il a souri. Il avait les dents de travers mais son visage luisait de transpiration et les rides autour de ses yeux m'ont rassurée, d'une certaine façon.

— Je planterai votre arbre, a-t-il dit.

Deux soirs plus tard, quand ma mère s'est sentie assez bien pour recevoir la visite d'un étranger, Celestino est venu après le dîner avec un grand livre, un genre d'annuaire, rempli de tableaux et de photos légendées de noms latins. Les pages, dont certaines avaient été déchirées et recollées avec du scotch, portaient des traces laissées par des doigts pleins de terre. On voyait bien que ce livre était comme une bible pour cet homme.

Maman a insisté pour qu'il boive une bière, et j'ai pris un verre de vin. Elle s'est servi une tasse de thé, du thé normal, pas de la tisane au cochon d'Inde. Nous nous sommes assises à côté de lui, et il a feuilleté le livre en nous montrant les arbres qu'il recommandait. J'ai remarqué que certains avaient été barrés d'une croix au marqueur rouge, d'autres en noir.

Il a parlé d'une douzaine d'espèces dont il était certain qu'elles se plairaient dans le seul endroit où toute personne n'appartenant pas à ma famille se verrait rappeler que Caleb avait eu une vie, que sa vie lui avait été enlevée.

— Est-ce qu'on peut avoir un arbre qui fleurit ? ai-je demandé. Cette fois-ci, je veux des fleurs.

— Oui.

J'avais déjà remarqué qu'il ne disait jamais plus que le nécessaire, qu'il était avare de mots. Une fois que j'ai compris que c'était sa nature, pas une expression de dédain ou de superstition, j'ai apprécié ce trait chez lui.

Je lui ai dit que je voulais aller chez le pépiniériste avec lui. Je voulais non seulement que nous choisissions ensemble l'espèce de l'arbre, mais je tenais à sélectionner l'individu précis ; il m'a répondu que c'était possible, mais qu'il faudrait que j'attende le week-end.

Je suis montée dans son pick-up et nous avons roulé une heure vers le nord de Vigil Harbor, jusqu'à chez le pépiniériste où d'après lui les plants étaient les plus résistants qu'on puisse trouver. Pendant le trajet, nous sommes restés silencieux, la plupart du temps – pas de radio, pas de tentative malhabile de lancer une conversation superficielle – même s'il m'a demandé des nouvelles de ma mère, si son cancer était grave, et d'où je venais.

— D'où je viens ?

— Où vous habitez maintenant. Pas tout près d'ici. (Devant mon silence, il a ajouté :) Je vois que vous êtes une fille dévouée, alors si vous habitiez près d'ici, je vous aurais reconnue. Je me souviendrais de vous.

Il s'est tourné pour me gratifier d'un de ses rares sourires, puis il a à nouveau regardé la route. Je voulais davantage de sourires comme celui-là.

Je lui ai parlé du Michigan. J'ai pensé qu'il serait heureux d'entendre parler des vergers de cerisiers. Je lui ai raconté les fêtes, pour célébrer d'abord les fleurs, puis les fruits. Je lui ai dit que j'avais appris à faire les meilleures tartes aux cerises du monde.

Comme dans la vieille chanson ringarde, ai-je dit. *Charming Billy.*

Soudain, j'ai été mortifiée d'avoir osé une référence pareille, mais sans me dire s'il connaissait la chanson, il m'a répondu :

— J'aimerais bien la goûter.

— OK. C'est promis.

J'étais contente qu'il ait les yeux rivés sur la route et qu'il ne puisse pas voir mon visage, qui était plus rouge que la garniture de mes tartes.

Pendant la dernière demi-heure, nous sommes restés silencieux. Je me suis émerveillée de constater à quel point j'étais à mon aise, peut-être parce qu'il était visible qu'il était désormais à l'aise aussi.

Deux semaines après avoir rencontré Celestino devant chez lui, nous étions ensemble devant le lycée ; il a déterré la vieille souche et préparé un nouveau trou avec du compost, de la tourbe et une terre plus riche. Le trou qu'il a creusé – quand je lui ai proposé mon aide, il a ri, mais m'a remerciée – me semblait beaucoup plus grand que nécessaire. Il a enfoncé la pelle à plus d'un mètre de profondeur, dans une terre caillouteuse, avant d'enlever les plus grosses pierres à l'aide d'une fourche. Quand il a eu fait un trou qui paraissait à mes yeux être aussi large qu'une tombe, il s'est assuré que le fond n'était pas tassé et bien humide. Il a déballé et soigneusement séparé les racines du grand cornouiller du Japon que nous avions choisi ensemble, puis il l'a déposé dans le trou. Il l'a tourné un peu d'un côté, de l'autre, en reculant chaque fois pour le contempler sous différents angles.

— Ça me rappelle l'installation du sapin de Noël, ai-je dit.

— On veut que les branches poussent harmonieusement dans l'axe du soleil.

J'ai compris qu'il disait cette phrase souvent. Il a tendu le bras droit en l'air et a décrit un grand arc.

— J'ai vu son inclinaison à la pépinière. Je vais le tourner différemment ici, pour équilibrer la prochaine montée de sève.

— Oh… ai-je fait, alors que je ne comprenais pas tout.

C'était un jour frais, début octobre, et quand l'ombre du bâtiment scolaire a soudain englouti l'endroit où nous nous trouvions, j'ai eu froid, même avec ma veste polaire.

— Il n'est pas trop tard dans l'année pour planter un arbre ?

Il m'a regardée d'un œil critique et j'ai probablement rougi. Qu'en savais-je ?

— C'est le moment idéal.

Nous nous étions assurés d'arriver après la fin des cours ; malgré tout, quelques enfants avec des obligations après les cours étaient déposés ou récupérés en voiture, d'autres prenaient leur bicyclette et filaient en nous frôlant. Personne ne nous prêtait la moindre attention, et personne n'est sorti du bâtiment administratif pour nous demander ce que nous fichions là. Après avoir mélangé du nouveau terreau à l'ancien, Celestino s'est retrouvé avec un grand tas de terre et de pierres. Il a tout chargé sur une bâche à l'arrière de son pick-up. Il avait soigneusement mis de côté les carrés d'herbe qu'il avait enlevés pour creuser le trou ; avec la même délicatesse, il les a remis en place avant de les enfoncer du bout de sa chaussure. J'étais fascinée par la procédure. Je voulais m'en souvenir.

Après avoir disposé une couche de paillis en une collerette aérée autour du tronc du nouvel arbre de mon frère, Celestino a dit :

— Ces prochaines semaines, quelqu'un doit venir arroser.

Aussitôt, je me suis proposée. Mais le lycée ne semblait pas disposer d'un système d'arrosage extérieur – et il n'était pas question que j'affronte à nouveau la personne de l'accueil. À l'arrière du pick-up, il y avait une citerne à eau et un long tuyau ; Celestino a dit qu'il s'en occuperait.

— Mais je veux le faire, ai-je dit.

Il a regardé la plaque avec le nom de Caleb et ses dates, les lisant peut-être pour la première fois.

— Certains jours, le soir, je pourrai vous prêter mon camion.

C'est là que j'ai pleuré. Avant de m'excuser.

— C'était votre frère, a dit Celestino. (Il n'a pas esquissé un geste pour me consoler, du moins pas physiquement.) Je vois à quel point vous l'aimiez. Je vois votre colère. J'ai deux sœurs, et je ne les ai pas vues depuis de nombreuses années. Je m'inquiète pour elles.

C'est là que j'ai pleuré, pour de bon.

Il m'a aidée à remonter dans le pick-up, comme dans un rendez-vous d'autrefois, lui dans le rôle du parfait gentleman, et quand nous sommes arrivés devant chez moi, il a dit :

— Je crois que vous ne devriez pas aller retrouver votre mère dans cet état. Vous allez l'inquiéter.

Il a avancé de quelques dizaines de mètres dans la rue et s'est garé devant chez lui.

— Entrez, venez boire quelque chose.

Sa cuisine – la mienne aujourd'hui, toutes ces années après – était propre et de là, j'ai eu pour la première fois une vue d'ensemble, directe, de la cabane dans l'arbre, depuis le sol.

— Il faut que je connaisse l'histoire, ai-je dit. Vous me la raconterez ?

Je l'ai regardé ouvrir un placard, qui était plein d'assiettes, de bols et de verres de différentes sortes (pourquoi aurais-je dû être surprise ?) et après que je lui ai dit ce que je voulais boire – oui, s'il vous plaît, rien que de l'eau – et qu'il a eu rempli nos deux verres au robinet, nous nous sommes assis à sa table.

— C'est une longue histoire, celle de la cabane. C'est presque toute mon histoire. Si vous voulez l'entendre, je vous préparerai à dîner. Pas ce soir, parce que votre mère a besoin de vous. Mais bientôt.

— J'aimerais beaucoup, ai-je dit. Et j'apporterai une tarte. Comme je l'ai promis.

Cette remarque m'a valu un de ses sourires.

Quand je suis allée dîner chez lui, et après avoir entendu sa longue et étrange histoire – qui exigeait plus de mots de sa bouche que je n'en ai jamais entendus en une soirée, probablement – c'est moi qui ai pris l'initiative ; de m'envoyer en l'air avec cet homme au physique spectaculaire, comme dirait Harold. Sa chambre était aussi sobre et propre que sa cuisine, et j'ai su qu'il ne s'attendait pas à cela de moi – ou pas aussi tôt. Autant son corps que sa manière de traiter le mien étaient différents de tout ce que j'avais connu auparavant, et quand j'ai quitté ce lit le lendemain matin, avant même que nous parlions ou prenions le petit déjeuner, j'ai eu l'impression que, tout comme le nouvel arbre de Caleb, j'avais été soudain tournée pour que mon orientation ne soit plus la même. Il était temps de prendre le soleil sous un angle différent.

MARGO

JE trouve quatre heures et demie insupportable. Quatre heures trente bordel est une heure insupportable bordel. Du matin ou de l'après-midi, c'est du pareil au même ; chaque fois, je me retrouve dans une barque métaphorique sans rames. J'aperçois la côte – l'heure de l'apéritif ou l'aurore, vous choisissez – mais je ne peux pas l'atteindre sans sauter dans l'eau. La courte distance entre cette destination pathétiquement pavlovienne et moi est une torture en soi, dans ces eaux peu profondes infestées de requins en patrouille matinale et de vessies de mer quand arrive la *fin du jour*.

Le matin, je me lève, je fais du café, je regarde par la fenêtre de la cuisine, et je défie le ciel de ne pas pâlir et prendre cette couleur rose faussement pudique dont il est toujours tellement fier. J'ai envie de foutre le feu à toutes les odes sirupeuses à l'aube que j'ai enseignées. (Où est Sylvia Plath quand on a le plus besoin d'elle ? L'aube du même rose parfait que l'eau du bain qui draine le sang d'une veine ouverte. J'en fais trop ? Je donne dans l'hyperbole ? Enfin, j'étais prof, pas poète. Mon boulot, c'était l'exposition, l'extrapolation – tout en maintenant l'éveil de l'élève avec des embardées soudaines.)

Les après-midi, au moins je peux stratégiser. Aujourd'hui : premier safari de courses alimentaires depuis le Débinage, comme je l'appelle désormais. Paradoxalement, j'ai eu l'impression de revivre une des innombrables expéditions masquées et gantées de la pandémie, quand, en farfouillant à la recherche de denrées pour nourrir cinq personnes pendant une semaine, je bâtissais des pyramides dans un Caddie gigantesque. Cette fois, je faisais des courses pour une personne, mais McCoy's Grocery me donnait la même impression d'être un champ de mines, où le contact avec les gens était redevenu effrayant.

Quand je rentre par la porte de la cuisine, juste avant cinq heures, je m'aperçois que le carreleur est encore en train de travailler dans la salle de bains – ou alors, un gros rongeur s'est installé chez moi, la totale, avec l'horrible bande-son. Je l'ai dit à Bucky, l'entrepreneur préféré de tout le monde, je veux bien payer en plus le samedi, pourvu que ça se termine vite. (Je n'avouerais jamais que je redoute le silence de la maison vide.)

— Ce n'est que moi ! je lance depuis le rez-de-chaussée, même si c'est absurde.

Je suis une inutilité sur pattes, en fait : l'épouse qui n'est pas tant remplacée qu'effacée, comme lorsque armée de mon stylo vert – jamais rouge ; ce serait tellement galvaudé – je biffais allègrement l'adverbe redondant ajouté par un élève alors que le verbe peut tout à fait rester célibataire.

Je laisse mes paquets sur la table de la cuisine et je monte. Oui, il est là, à genoux – une position dans laquelle je suis contente de voir n'importe quel homme, en ce moment – absorbé dans le carrelage du sol de ce qui sera ma douche deux places, un choix futile ou au contraire plein d'espoir. Je lui fais signe quand il lève les yeux, nous échangeons des "hello" qui sonnent faussement naturels, et je redescends.

Au diable les petites quantités, ai-je décidé, les courses de moineau célibataire. L'un de nos plaisirs coupables, extravagants (et une bénédiction en temps de fléaux) est depuis toujours le congélateur du sous-sol, le genre de colosse ultra-gourmand utilisé par les habitants de la frontière moderne pour stocker un élan entier ou par les tueurs en série pour préserver les restes d'adolescents disparus. (Je vais vous dire une chose : Tom va être nostalgique de mon sens de l'humour grinçant, qui est le principal effet secondaire d'avoir à surveiller tout ce qui sort de ma bouche tous les jours, cinq jours par semaine, dans une école publique avec des yeux et des oreilles dans toutes les pièces, des thermomètres à l'entrée et du verre pare-balles aux fenêtres. Tom prétendait qu'il savait toujours quand j'avais fait un cours sur Dickinson ou Wordsworth, ou ce connard de Billy Collins, parce que ma langue était plus osée et mes préférences cinématographiques, plus crues. Non pas que nous ne révérons pas la curieusement immortelle Miss Emily, mais en doses modérées.)

Je me rends compte, en actionnant l'interrupteur de la lumière de la cave, que je ne suis pas descendue ici depuis que je suis seule. Comme tous les cachots qui passent pour des caves dans ces maisons anciennes, c'est un endroit qui fout les jetons, dangereux, avec des pierres qui dépassent de partout semblables à des tumeurs dans le sol en terre battue, mais la nôtre, contrairement à beaucoup d'autres, n'est jamais inondée, alors les murs sont couverts d'étagères en bois brut, que Tom a installées il y a vingt ans. Le poêle, désaffecté depuis longtemps, rôde toujours au fond, un Éfélant rouillé, dont l'évacuation créerait trop de pagaille.

Quand je soulève le lourd couvercle du congélateur, la lueur brumeuse et givrée m'accueille comme un médium. À l'intérieur, trois pots de sorbet, une boîte de jolis chocolats fourrés à la liqueur, un paquet de cette affreuse chair de crabe synthétique que Tom aimait acheter pendant ses périodes radines, des fraises de l'été dernier (gelées jusqu'au cœur maintenant), et un sac de glaçons pour la glacière qu'on emporte en pique-nique, également un vestige de l'été. Ou peut-être qu'il date de notre soirée de Noël – apparemment, la dernière. Cette pensée me rappelle brutalement Deeanne, cette sale pute, qui se faisait probablement sauter par mon mari sur ce congélateur, la robe rouge retroussée jusqu'aux nichons, pendant que juste au-dessus de leurs têtes en sueur, je servais des coupes de punch pétillant aux invités, joviale comme une matrone du Bath de Jane Austen, complotant pour pousser un des fringants étalons dans les bras d'une de mes filles. Et de fait, mes trois filles étaient présentes lors de cette soirée, pour la première fois depuis des années, et elles étaient là avec plusieurs de leurs amis du coin.

— Saluuuut, vous voilà rentrés du front! hurlait Tom pour accueillir des membres de la jeune génération revenus pour les fêtes ou un événement familial.

— C'est pas drôle, lui disais-je à mi-voix, surtout pas dans un monde où comme les éruptions d'une crise d'urticaire virulente, on ne compte plus les guerres.

J'ajoute dans le congélateur des paquets de burritos préfabriqués, des soupes et des saucisses de soja, un pack de concentré de jus, un paquet géant de raviolis à la seiche. Le congélateur est encore plus qu'à moitié vide, et je pense aux ampères gaspillés avec défi, pas remords. Je devrais le débrancher et mettre les denrées utiles dans le réfrigérateur de la cuisine, mais si tout à coup j'avais besoin d'un endroit pour entreposer un cadavre? Hein, Sherlock, dis-moi?

Avant de remonter, j'inspecte les bords du sol poussiéreux et froid à la recherche de vermine. Maintenant je comprends pourquoi Tom s'est livré à cette frénésie de ménage le mois dernier. “Faisons une grande partie de Garde ou Jette, édition deluxe !” a-t-il claironné tout en descendant des sacs de recyclage qu’il avait été récupérer à la déchetterie. Devrais-je rétrospectivement voir cet acte comme un service qu’il tenait à me rendre ? Je refuse.

La plupart des étagères, autrefois chargées de matériel de plage, de bateau et de sport, sont vides, mais quelques objets vivaces demeurent : une glacière pour les pique-niques, un tas de gilets de sauvetage déclassés, deux parasols, et un tas de couvertures de déménagement. Une boîte à outils. Et on dirait que Tom a laissé son équipement de plongée – que je pourrais vendre, même s’il est probablement dépassé. Il a abandonné cette activité il y a une dizaine d’années. Après le dernier voyage au cours duquel il a traîné tout ce barda, une conférence aux Bahamas, il a déclaré que la plongée, c’était pour les gens qui aimaient se complaire dans le tragique. “Le paysage est lunaire, là-dessous, tout est mort. Je vais me contenter de faire de la voile, merci. Eh oui, je suis un être superficiel.”

À côté du matériel et poussée au fond d’un coin sombre se trouve une boîte noire élégante, de la taille d’une mallette ; elle me semble totalement inconnue jusqu’à ce que j’attrape la poignée et la tire vers moi. À l’instant où son poids et sa densité me surprennent, je me rappelle, abasourdie, ce qu’il y a dedans, putain.

Une fois de plus, des bouts de souvenirs se combinent, et que je le veuille ou non, je me retrouve à relire un autre chapitre d’avant, un chapitre qui paraissait tellement insignifiant et fastidieux à l’époque. Mon gardien du temps intérieur fait défiler les pages du calendrier, cherchant frénétiquement une certitude. Il y a trois ou quatre ans – à l’automne ? au printemps ? attendez voir, il y avait de la neige sur les montages – et oui, c’est exact : c’était mon anniversaire, bon sang. Novembre. Tom est rentré ce soir-là avec un sourire carnassier, nous a préparé un verre, avant de proposer un toast :

— À la loi, a-t-il dit, ce qui m'a laissée très perplexe étant donné que sa vie professionnelle est précisément la loi, et à nous qui frôlons ses marges avec le plus grand respect.

J'ai trinqué avec mon martini en cognant son whisky, j'ai bu une gorgée, et avec un rire nerveux, j'ai dit :

— Comme tu voudras, Tomcat.

— À la vigilance – il a levé son verre à nouveau, en renversant un peu de liquide – Est-ce que notre ville au passé colonial ne nous oblige pas à participer ?

— Participer ?

Parfois – et c'est quelque chose de Tom qui ne me manquera pas – il s'exprimait d'une manière obscure et ampoulée qui me donnait l'impression d'être une imbécile. Peut-être que c'était une histoire de rivalité. Après tout, nous nous étions rencontrés dans un séminaire universitaire sur Pynchon, après lequel il avait abandonné les études de littérature – mais pas moi, pour le meilleur et pour le pire.

— Retiens bien ce que je viens de dire, a-t-il repris.

Il a posé son verre et il est sorti en trombe par la porte de la cuisine. À travers la partie vitrée, je l'ai vu aller jusqu'à sa voiture et ouvrir le coffre. Il est revenu avec deux petites valises identiques. Une escapade romantique surprise ? Il les a posées sur le comptoir, en poussant le robot et le grille-pain.

— Des serrures à commande vocale ! Dernier cri. Reprogrammons la tienne, a dit Tom en approchant l'une des deux mallettes. (Il s'est penché et a parlé dans la serrure.) Hissez le pavillon un deux trois. (Il m'a souri.) Temporairement. Tu choisiras toi-même.

Je connaissais l'existence de ces verrous, mais je ne possédais rien qui requérait de telles mesures de sécurité, et j'ai eu l'impression que mon mari avait perdu la tête, lui qui semblait croire qu'à l'énoncé d'un terme nautique ancien, un génie sortirait de la boîte qu'il caressait tout en lui confiant des secrets dans un langage codé.

Quand il a soulevé le couvercle, je me suis penchée par-dessus son épaule et j'ai vu, installé douillettement, complaisamment, dans son lit de mousse couleur ardoise, un pistolet. Un pistolet, après tout, ne ressemble à rien d'autre. J'ai eu un mouvement de recul, heurté la table avec mes fesses ; mon verre s'est renversé et la salière a roulé avant de se casser par terre.

Tom s'est retourné, tenant le pistolet à deux mains.

— Mais putain, ai-je dit, mon cœur cognant si fort qu'il allait me transpercer la poitrine. (J'avais l'impression que mon corps avait pris feu.) Tom ?

— Chérie, détends-toi ! Margo ?

L'espace d'un instant, il a eu l'air inquiet, puis il a éclaté de rire.

— C'est pas drôle, ai-je réussi à articuler. Pas du tout. Je n'ai aucune idée de…

— *Relax.* Bon sang, je savais que tu serais surprise, mais pas horrifiée. Je ne suis pas en train de proposer qu'on fasse un casse dans une banque ! L'idée est que nous… fassions d'une pierre deux coups. Haha ! D'une balle, plutôt. Sérieusement. Voilà quelque chose de nouveau qu'on pourrait apprendre ensemble. Vu l'époque qu'on vit, en ce moment.

— Tu les as achetés comment ? À ma connaissance, personne ne m'a demandé de remplir un formulaire, personne n'est venu relever mes empreintes digitales.

— Tout ça, c'est réglé. J'ai tiré quelques ficelles, et tu iras au commissariat dans la semaine. Le capitaine Sullivan cautionne. (Un clin d'œil.) Tout ce qu'on a à faire maintenant, c'est synchroniser ta voix avec le système. Choisis un mot de passe.

Je lui ai demandé s'il pouvait remettre le pistolet dans sa mallette, s'il te plaît. Mon cœur battait comme un bongo.

— Tu trouves que c'est un chouette cadeau d'anniversaire ?

Tom m'a regardée bizarrement, comme si c'était moi qui le décevais le jour de son anniversaire à lui – même si nous n'étions pas de ces couples qui utilisaient leurs anniversaires pour prouver qui aimait l'autre le plus.

— Je t'emmène quelque part, a-t-il dit après avoir verrouillé la valise. Fais-toi belle.

Quand je suis redescendue après m'être changée, les mallettes avaient disparu, et il n'en a pas reparlé ce soir-là. Peut-être, en tous cas je l'espérais, qu'il les avait rangées dans son coffre (est-ce que cela voulait dire que nous nous promenions avec ça dans la voiture ?) et qu'il allait les rapporter à l'établissement douteux qui les lui avait fournis. On n'achète pas des pistolets à la légère dans notre État. Se procurer une arme à feu ici, c'est comme candidater à l'université. (Et dans d'autres États ? Sam Colt, barre la porte.) Nous avons parlé surtout des filles – deux m'ont appelée alors que nous étions en route vers le restaurant – et du tremblement de terre à Seattle et du bal du Nouvel An au yacht-club, au cours duquel la prochaine Regina Maris serait couronnée et danserait avec le nouveau président. Quand nous sommes rentrés, nous avons baisé d'une manière insipide mais finalement satisfaisante. Notre troisième fille m'avait laissé un message vocal. À l'exception du "cadeau", pas un mauvais anniversaire.

Mais le lendemain, après le petit déjeuner, Tom est descendu au sous-sol, il est remonté avec ces satanées mallettes et avant que je puisse m'y opposer, il a dit :

— Une leçon. Fais-moi plaisir. J'ai réservé pour midi, sur un stand de tir à Gloucester. Je me suis dit qu'on pourrait s'arrêter à cette boutique d'artisanat que tu aimes bien et jeter un coup d'œil aux bijoux.

— Tu veux me soudoyer avec des bijoux pour que j'accepte de prendre des leçons de tir ?

— Appelle ça de la négociation.

Et son sourire éblouissant, celui qui m'a fait craquer. Je disais autrefois à mes filles, et ce n'était pas totalement une plaisanterie, que j'avais épousé leur père pour ses dents et son vocabulaire.

J'ai fait ce qu'il me demandait – et je n'ai même pas acheté une bague d'orteil à la boutique, je ne l'ai pas laissé s'arrêter – et comme pour justifier pleinement ma désapprobation, j'ai accepté de prendre deux autres leçons, les deux week-ends suivants, avant de lui annoncer que c'était fini pour moi. La troisième est la bonne, ai-je dit – ou pas. Dans mon cas, pas. J'ai compris qu'il suivait au moins quelques cours supplémentaires, mais une fois que le temps s'est réchauffé et que nous étions tous les deux très souvent sortis, j'ai cessé de m'en préoccuper. Je n'ai même pas demandé s'il avait gardé ma moitié de notre arsenal qu'il avait considéré comme un beau cadeau d'amoureux.

Mais peut-être que ce refus était un présage de notre ruine. Peut-être que Deeanne est excitée par les armes à feu. Est-ce qu'il a laissé le pistolet comme un dernier doigt d'honneur à notre couple ? Est-ce qu'il a pensé que je croyais qu'il m'appartenait, quoi qu'il se passe ? (Légalement, il est bien à moi, que Dieu me vienne en aide.) Je sais comment l'ouvrir – ça me fiche les jetons, de constater que je sais encore réciter mes "mots de passe personnels" et mes chiffres pour ouvrir la mallette – mais pour ce qui est de me servir de cet infâme objet ? Hors de question, même pas pour tes beaux yeux. Pour les beaux yeux de personne.

Je monte le coffret jusqu'à la cuisine. Je veux qu'il disparaisse de ma maison, mais comment ? On ne peut pas vraiment revendre un pistolet et je suis trop pingre pour me contenter d'aller simplement le donner à la police. Au moment où je pose la mallette sur la table de la cuisine, je saute comme une balle quand le carreleur fait irruption à la porte.

— Et voilà, plus qu'une journée! lance-t-il gaiement. Pour du rapide, c'est du rapide, hein?

— Tout à fait. Oui. Merci! je balbutie.

Je remarque son coup d'œil en direction de l'objet posé sur la table; est-ce qu'il sait l'identifier, ce bonhomme de soixante et quelques années dont l'affaire de pêche au cabillaud héritée de sa famille a fait faillite? Et si un terrible crime est commis cette nuit et qu'il se souvient m'avoir aperçue, toute crispée, en train de cacher une arme dans mon dos?

— Bonne soirée à vous! je pépie.

— Le samedi, c'est toujours une bonne soirée, fait-il.

Et il part.

Je regarde la pendule: presque cinq heures et demie. J'ouvre une bouteille de vin. Je décide du menu: omelette et haricots verts. Dîner tôt, un film – dans le salon, pas dans la chambre – ensuite, au lit avec un bon bouquin. La chambre sent la sciure et le mastic, mais ça ne me dérange pas. C'est l'odeur du renouveau.

Je pourrais, si je me sentais à la fois courageuse et masochiste, me pomponner et aller au yacht-club pour Lee Shore Happy Hour – refuser donc de me terrer dans la disgrâce solitaire de l'épouse éconduite – mais je ne suis pas d'humeur à supporter une énième conversation lénifiante avec une énième amie qui va m'abreuver de conseils que je n'ai pas demandés.

Il te faut un nouveau hobby. Deviens bénévole à la médiathèque des Seniors! Deviens membre du Renouveau du Tricot, du Club des cinéphiles du Village, de la coopérative du compost. Fais des conserves! Tourne des longs métrages! Fabrique des abat-jour en papier recyclé! Fais l'amour à un homme plus jeune!

Ou, dans un autre registre… *Fabrique des bombes. Fabrique des bombes sales. Des bombes intelligentes. Des bombes douées ! Des bombes de génie ! BOUM ! Avec les félicitations du jury !*

Je pousserai un hurlement de soprano si j'entends une seule nouvelle suggestion sur la manière de remplir le vide béant et soi-disant douloureux laissé par le départ de Tom. Peut-être que c'est précisément l'inverse : peut-être que c'est comme une bonne liposuccion à l'ancienne. Ce qui m'a été enlevé est exactement ce qui m'alourdissait, une partie de moi dont j'ignorais que je serais si heureuse de me débarrasser.

Mais ce n'est pas parce qu'il ne me manque pas que je suis insensible à la rage brûlante qui m'engloutit comme un nuage de napalm cinq ou six ou treize fois par jour, chaque fois qu'il me revient que, même si j'étais parfaitement consciente que depuis un an Tom sautait quelqu'un d'autre (le pauvre Mike ne s'en doutait absolument pas), je me trompais complètement sur *la personne*. J'étais sûre que la salope en question était la professeur de "warrior yoga". Cette femme – comment s'appelait-elle, déjà ? Vanina ? Vagina ? – n'aurait pas pu se dépêtrer d'une chaise pliante, et bien qu'elle eût le genre de corps de déesse que n'importe quel homme adorerait trouver sous son sapin de Noël, elle avait le cheveu mou et le nez carré (et probablement le cerveau) d'un Airedale. Bon, me suis-je dit. Il n'a qu'à baiser la bimbo. En fait, j'étais triste pour Tom, presque au point de ressentir de l'empathie. Il rentrait furtivement tard le soir, pensant apparemment que je n'entendais pas se refermer la porte extérieure de la cuisine ; et pendant ce temps-là, débarrassée de ses assauts sexuels, j'avais plus d'heures de sommeil.

Alors quand il a annoncé, d'un ton à la fois plaintif et nerveux, qu'il quittait la maison et que – ça, ça a été le pire moment – je lui ai dit, aussi calmement que possible :

— Je sais qui c'est. Tu n'as pas besoin de me le dire. Sans déconner, tu pars avec *elle* ?

J'ai été abasourdie par sa réponse ("Mon Dieu, tu as parlé à Mike ?") et je n'ai fait que démultiplier mon idiotie en rétorquant :

— Mike qui ?

Et le rire de hyène que Tom m'a lancé alors m'a laissée sur le flanc.

— Qu'est-ce que t'entends par Mike qui ? Je reconnais volontiers que c'est un type assez ordinaire, mais quand même. Tu sais, c'est pour lui que je me sens vraiment mal.

Il m'a fallu une minute pour penser à Mike du yacht-club ; Mike avec son pantalon sans forme avec des poches qui servaient effectivement à quelque chose ; Mike avec sa peau tachetée de soleil, à un stade probablement précancéreux ; Mike avec son sourire franc, gentil (toujours le dernier à se transformer en rire quand quelqu'un au bar énonçait une blague douteuse).

Alors j'ai explosé :

— DeeANNE ? La putain de reine de la suffisance ? Tu me quittes pour ELLE ?

— Elle n'est pas suffisante, a dit Tom, retrouvant immédiatement son calme. Elle manque de confiance en elle. Forcément, dans cette ville de moralisateurs gâtés... On en a fini avec Vigil Harbor et ses prétentions façon Chute de Rome banlieusarde. Nous nous tournons vers l'avenir.

— Elle n'avait pas l'air d'en avoir tellement fini avec toutes ces prétentions quand elle se pavanait en Regina Maris, bourrée aux cumbertinis qu'elle s'envoyait en siphonnant le saladier de punch à la paille.

— Margo, je comprends que tu souffres, a-t-il dit. Bien sûr. Je suis vraiment désolé. Il n'y a pas moyen de faire ça gentiment.

— Je souffre ? T'es désolé ? Je… Putain, de toutes les femmes que tu aurais pu…

Mais quel sens cela avait-il de finir une phrase pareille ? Est-ce que je suggérais que Tom aurait pu se payer celle qu'il voulait ? Il était grand, c'est sûr (pourquoi diable le fait d'être "grand" donne-t-il tant d'avantages comme potentiel partenaire sexuel ? En termes d'évolution, est-ce que ça ne fait pas de lui une cible plus facile pour les flèches trempées dans le poison décochées par l'ennemi ?), mais malgré le disgracieux assortiment d'haltères qu'il conservait dans notre chambre, il pendouillait de partout. Eh bien, peut-être que Deeanne aussi. Tout dépendait du temps qu'elle passait chez l'esthéticienne. Rien qu'à regarder le visage de cette femme, le budget paraissait impressionnant. Eh bien, j'étais prête à parier qu'il n'y avait pas d'esthéticienne à Rancho Apocalypse !

— Quand les filles vont apprendre ça… ai-je dit. Tom, tu es toujours *père*.

— Nous avions l'intention de procéder de manière bien plus progressive, mais nous sommes remontés dans la liste d'attente bien plus vite…

— La *liste d'attente* ? Pour quoi, un jeu télévisé ?

Je me souviens m'être détournée de lui, sentant que j'allais être trahie par mes larmes, malgré tous mes efforts. Je pleurais surtout à cause de la honte que je ressentais ; à cet instant, je ne pensais pas vraiment à nos trois filles, qui toutes – Dieu merci – avaient leur vie : deux étaient mariées (Dieu leur vienne en aide), toutes les trois avaient un véritable emploi, un boulot qu'elles aimaient. Je pensais au yacht-club. Je me demandais combien de personnes avaient déjà deviné, combien savaient.

— C'est moi qui reste membre du club, ai-je dit.

— Bien sûr, a dit Tom. Dee et moi, on s'en va. Tu gardes la maison, la voiture, le bateau. OK ? Et j'en ai déjà parlé aux filles. Ça ne leur fait pas plaisir, évidemment, mais elles sont adultes et comprennent les sacrifices nécessaires, le besoin d'être fidèle à ce qu'on est. De ne pas être dans le déni. Je voulais qu'elles soient prêtes à te ramasser.

La montée de fureur suivante a failli me faire perdre l'équilibre. Dans une réaction purement instinctive, j'ai flanqué à mon mari un coup juste en dessous de sa cage thoracique, dans le creux mou de sa bedaine naissante. Il a en eu le souffle coupé.

— Me ramasser ? ai-je dit. Me *ramasser*. Je ne suis pas du genre à tomber, espèce de salaud. Moi, je vole. Et sans toi, je vais *m'envoler*.

C'est à ce moment-là que je l'ai fichu à la porte. Je l'ai vu très exactement trois fois, ensuite. Je lui ai donné un après-midi pour emballer ses affaires. Je l'ai vu, sans lui parler, dans le bureau de son avocat (son putain d'associé) – même si je n'étais pas obligée – quand j'ai signé l'accord en mettant un point d'honneur à ne pas verser une larme. Et je l'ai aperçu, depuis ma voiture, sur le parking du magasin de matériel outdoor à Knowles, où les habitants de Vigil Harbor achètent des choses qui sont pratiques, pas jolies. Il était avec Deeanne et ils riaient, en chargeant des paquets sur le plateau d'un pick-up inconnu. Leur carrosse d'amour.

— Ha ha HA, bordel ! ai-je crié au rétroviseur, avant de poursuivre ma route.

Très bien, ai-je pensé. Super. Qu'ils deviennent chasseurs-cueilleurs, qu'ils fendent leur bois, qu'ils vivent dans une cabane en rondins avec des toilettes sèches et une cave à légumes, et qu'ils boivent des boissons fermentées à base de bardanes et d'épines. Qu'ils passent leurs journées à ramper dans le sumac vénéneux à la recherche de champignons et leurs nuits à fuir des moustiques meurtriers. Oh, qu'est-ce que je donnerais pour voir Deeanne Iliescu – et tout d'un coup m'est revenue sa manière de me traiter comme une *copine* quand nous étions à bord du bateau de comité, lors de la régate Point Penitence l'été dernier – après une année à éviscérer d'innocentes biches, à se geler son petit cul dans des sous-vêtements thermiques tue-l'amour huit mois sur douze, à manger des carottes dans une terre fertilisée avec sa propre merde. Ses cheveux, sans teinture, allaient vite devenir gris sale.

À développer ce scénario imaginaire en conduisant, c'est un miracle que je n'aie pas percuté un arbre.

Je ne sais pas pourquoi nous continuons à nous penser exempts de la folie du monde qui nous entoure. Clairement, c'était mon cas. La logique paresseuse consiste à rendre Kip Kittredge et le retour de flamme de ses fanfaronnades progressistes responsables de tout. Peut-être qu'il s'avérera qu'il était le "Dernier Espoir de Salut pour le monde" – si la survie de l'espèce humaine dépend d'abord et en priorité de la réduction des émissions de dioxyde de carbone, de l'instauration d'une interdiction formelle de la fracturation hydraulique, et de la plantation de forêts d'éoliennes colossales au large de toutes les côtes civilisées. Mais pour ce qui était des votes, peu de gens avaient l'impression qu'il était capable de gérer les habiles dérobades morales de la Russie et de la Chine, ou de juguler la prolifération de djihadistes qui avaient commencé à apparaître comme des chiens de prairie dans des endroits aussi lointains qu'Aix-en-Provence et Jackson Hole. Et il ne prétendait pas avoir le moindre don pour le jeu de la diplomatie, un mélange désespérant de 123 Soleil et Action ou Vérité. Il déclarait d'une voix forte que l'écosystème devait venir en premier sinon, rien d'autre n'aurait d'importance ; que si nous placions tous les œufs de l'humanité dans le mauvais panier, alors Noé avait embarqué son zoo sur le mauvais bateau. (J'ai voté pour lui, bien que, si vous voulez mon avis, ce type ait un vrai complexe de Noé.)

Pour finir, le panier qui a eu la faveur de tout le monde, comme c'est toujours le cas chez nous, a été celui de la sécurité. Peu importait qu'aucun attentat terroriste ne soit comparable au 11-Septembre, le premier et le plus incroyable de tous.

Alors, maintenant, où en sommes-nous ? Le parti de Kittredge s'est scindé en deux sectes catastrophistes – moquées par ceux qui rejettent leurs opinions apocalyptiques, qui les appellent les Good-Timers et les Bad-Timers. Les Good-Timers vivent dans un flamboiement glorieux, considérant avec mépris toutes les pénuries, réserves et économies. Ils paient la taxe pour pouvoir conduire de vieilles voitures énergivores ornées d'autocollants sur lesquels on peut lire LA PLANÈTE TERRE NOUS SURVIVRA et EXTINCTION = COMPASSION. Ils organisent des *luaus* extravagants, air-conditionnent leurs maisons à mort, et multiplient les vacances à l'autre bout du monde, sans se priver de graisser la patte aux autorités douanières. Laissons mon mari et sa concubine choisir le camp des Bad-Timers, également appelés les New Shakers. Ils embrassent l'approche le-sac-et-la-cendre : jusqu'à la dernière extrémité, ils mèneront une vie exemplaire, dans la neutralité carbone, le toit de leur minuscule logement couvert de panneaux solaires, se nourrissant de ce qu'ils font pousser, entourés de vêtements et meubles d'occasion, les eaux grises servant à arroser leur potager et leurs arbres fruitiers. Bonne chance, me dis-je, allez grossir les rangs des gratuivores et des végans, des récupérateurs et des rédempteurs. Au moins, ils ne font pas beaucoup de bébés.

Mon Dieu.

Quoi que je fasse à partir de maintenant, me dis-je en cassant des œufs au-dessus d'un saladier, il faut que je me débarrasse de cette rage. Après tout, il ne me manque pas. Et il ne me manquera jamais.

Alors, oui, il faut que je trouve quelque chose à “faire” de ma peau. C’est vrai. Et que je le veuille ou non, il se peut que je doive gagner de l’argent. Je repense à l’époque, il y a dix ans, où par pur ennui, j’ai envisagé de quitter Tom – et cette ville de moralisateurs où il a grandi. (Qu’aurais-je pu déduire de ça ?) J’aurais probablement pu dénicher un poste d’enseignante dans un autre quartier, mais je commençais à me fatiguer aussi de ce boulot. La deuxième compétence que j’avais était savoir naviguer sur un voilier. Cette année-là, notre bateau, *Travertina*, est resté invaincu pour la troisième saison consécutive dans sa catégorie. Eh bien, me suis-je dit, pourquoi ne pas m’enrôler dans la marine ? Quand j’étais adolescente, j’étais maître-nageur-sauveteur sur la plage ; je passais haut la main n’importe quel test de natation. Excellente rémunération, je pourrais financer les filles et à l’époque, j’étais assez en forme pour avoir de la gueule en uniforme blanc.

J’avais été jusqu’à faire quelques recherches en douce, mais il s’est avéré que j’étais trop âgée. Est-ce que je serais allée au bout de mon projet ? Peut-être que j’aurais dû aller voir du côté des garde-côtes. D’après ce que j’entends, ils ne sont pas trop exigeants, surtout en ce moment. Avec le nouveau décret visant à *sécuriser nos frontières maritimes*, c’est un boulot bien plus dangereux qu’autrefois.

Cependant, j’ai aujourd’hui peu d’attirance pour la haute mer, et je serais aussi harmonieuse qu’un remorqueur, toute de blanc vêtue. Plus j’approche de la soixantaine, plus j’aime être à l’intérieur après la tombée de la nuit ou quand il pleut des cordes. En fait, il est évident que je vais vendre ce satané voilier, et probablement, je cesserai de renouveler mon adhésion au club – non sans avoir passé là-bas quelques soirées supplémentaires à rouler des fesses en toisant les invités.

Je suis en train de battre mes œufs avec rage quand quelqu’un frappe à la porte de la cuisine. Je suppose qu’il s’agit de Monsieur le Carreleur, qui a oublié un outil en partant, mais le visage derrière la vitre n'est pas le sien – et il m'est inconnu. Pourtant nous sommes bien à Vigil Harbor, la ville des portes qu'on ne ferme pas à clé, des voitures dont on laisse les vitres entrouvertes l'été quand on se gare, et j'ouvre avec un "Oui ?" accueillant.

— Bonjour ! Je suis hébergé chez des voisins, et ils ont mentionné le fait que vous refaisiez votre salle de bains. J'ai vu partir le camion de l'artisan…

Oh là là, me dis-je, il n'y a pas moyen de se couper les ongles dans cette ville sans qu'on en parle dans le journal de la semaine suivante.

— Eh bien, c'est exact, dis-je.

Je ne l'ai pas encore laissé entrer, mais il pourrait forcer le passage, me plaquer contre la porte et m'assommer avec le cale-porte en fer en forme de goélette à côté du réfrigérateur.

— Oh, je suis désolé, dit-il. Je suis chez Connie et Celestino. Et je leur ai dit que je restaurais une vieille maison en ce moment – dans le New Hampshire – et j'adorerais trouver de l'inspiration pour faire quelque chose qui ne soit pas affreusement disharmonieux pour une salle de bains. Vous avez fait appel à l'architecte qui est le patron de Celestino ?

Deux choses me poussent à le faire entrer, aucune n'est raisonnable, et l'une est indigne. D'abord, *affreusement disharmonieux*. Les cambrioleurs et les faux représentants de commerce ne parlent pas comme ça, n'est-ce pas ? Deuxièmement, la révélation que cet homme à la peau foncée est hébergé par Celestino, qui lève les doutes sur les "différences" qu'il présente avec le passant habituel.

Je l'invite à entrer.

— Elle n'est pas terminée, mais presque.

Il admire la cuisine.

— J'adore les poutres apparentes.

— Ringard, et techniquement, pas cohérent avec l'époque de la construction, mais on entretient l'illusion.

Il observe tout, comme s'il était une espèce d'inspecteur.

— Je m'appelle Margo, dis-je d'un ton appuyé.

Il pivote avec grâce pour me répondre.

— Comme je suis impoli... Ernesto Soltera. Pardonnez-moi.

Il s'incline légèrement.

— Comment connaissez-vous Celestino ?

— Nous sommes de vieux amis. Du temps de New York. (Il se dirige vers le salon.) Je sais que ce n'est pas bien élevé de ma part, mais pourrais-je... ?

Du temps de New York. Bien que nous soyons voisins depuis des années, je ne sais presque rien du passé de Celestino sauf qu'il est venu dans ce pays quand il était adolescent. Mais je trouve intéressant que ce "vieil ami", contrairement à Celestino, n'émette rien qui laisse supposer qu'il est immigré. La raison pour laquelle je remarque ce trait-là me remplit à nouveau d'une honte secrète. Pourquoi fais-je l'hypothèse qu'il vient de l'étranger ? Pourquoi ne serait-il pas parfaitement américain ? Dans quel siècle vis-je ?

— Oh, bien sûr, dis-je en l'invitant d'un geste à franchir la porte devant moi.

Qu'ai-je d'autre à faire de cette heure minée ? Peut-être que je devrais lui offrir un verre.

Il commente tout, depuis le manteau de la cheminée jusqu'au lambris peint. Ces remarques me rassurent sur le fait que la valeur de cette maison à la revente est élevée, avec toutes ses touches historiques de petit-bourgeois. Mais je ne suis pas d'humeur à lui montrer la salle à manger, le petit salon, ou les toilettes du bas, alors je l'emmène à l'étage.

Nous passons près d'un quart d'heure dans ma salle de bains presque finie, pratiquement monumentale. Comble de l'ironie, je me rends compte que, si l'on excepte les marques du bon goût de Kepner, elle correspond à la définition même de *affreusement disharmonieuse* – mais si Ernesto le pense, il ne le montre pas. Il promène ses mains sur le carrelage italien, les luminaires, même le bout des doigts sur les *deux* pommes de douche. (Voilà qui s'appelle de la redondance!)

— Bien, dis-je enfin, je ne veux pas vous jeter dehors, mais je commençai à préparer mon dîner.

— Je suis tellement impoli. À nouveau!

Il se dirige vers l'escalier. De retour dans la cuisine, il me remercie.

— Mais je suis curieuse d'en savoir plus sur votre rencontre avec Celestino. À New York. J'ignorais qu'il y avait habité. Cela fait plus de vingt ans qu'il vit ici.

— Nous travaillions à Wave Hill – le domaine dans le Bronx, vous le connaissez? Je crois qu'il existe toujours. Mais vous ne l'entendrez pas beaucoup parler de cette époque-là. Il vivait – enfin, nous étions nombreux dans ce cas – sous les radars. Ce ne serait pas facile, aujourd'hui.

— Non, dis-je. Même par ici.

L'homme est à nouveau en train d'examiner la cuisine et je reprends:

— Pas d'autres questions?

— Non non. Vous avez une très jolie maison. Qui a du caractère. Je vous remercie de m'avoir laissé l'admirer.

— Eh bien, si vous l'aimez tant que ça, elle sera peut-être sur le marché bientôt. Même si mes filles me tueraient.

— Et votre mari?

Serait-ce de l'insolence? De la naïveté? D'où vient cette question? Mais je réponds:

— S'est débiné. C'est la vie.

Et pourquoi cet homme n'a-t-il pas l'air gêné ? C'est là que mon regard, se détournant de son charmant visage, se pose sur la mallette contenant le pistolet. Cette saleté de pistolet. Avais-je déjà oublié son existence ?

— J'espère que ça vous a aidé, dis-je en le conduisant vers la porte.

— Oui, beaucoup.

— Profitez bien de votre séjour avec Celestino. On dirait qu'on ne s'ennuie jamais, dans cette maison.

Il me remercie à nouveau, sur le seuil, puis prend son temps pour pivoter et s'éloigner. Est-ce qu'il apprécie le défaut d'entretien de mon jardin ?

Je retourne à mes œufs, puis j'explore le réfrigérateur à la recherche d'herbes aromatiques. En le refermant, j'entrevois un véhicule ; le camion de Celestino, en fait – qui s'éloigne de sa maison. Brecht, le pauvre gamin un peu perdu de Kepner, est assis à la place passager. Brecht a été mon élève deux fois pendant sa scolarité au lycée, et je me souviens l'avoir encouragé à écrire ses poèmes ésotériques – dont certains étaient d'une beauté inexplicable – mais il y avait quelque chose de distant chez lui. Pas distant comme le serait un tireur fou, Dieu merci, ni distant comme quelqu'un de suicidaire ; il semblait être un garçon qui se fichait de ne jamais s'intégrer. Aucune colère, juste de la résignation. Au moins, je peux remercier mon étoile pas toujours bonne de m'avoir épargné ce défi de parent. Mes filles sont des extraverties qui font la fête autant qu'elles travaillent. Tom et moi sommes peut-être séparés, mais nos gènes cohabitent avec panache et bon sens chez nos filles.

Apercevoir Celestino juste après avoir parlé de lui me donne l'impression d'être… de mauvais augure ? Lourde de sens ? Chaque fois que je le vois, mon cœur se serre, un tout petit peu. Je me rappelle avoir observé la construction de la cabane, tout au long d'un automne clément, pendant ce mois d'octobre qui était une succession apparemment infinie de douces journées ensoleillées, comme un vol de canaris. La maison où habite Celestino est presque en face, alors j'étais bien placée pour suivre son édification.

C'était il y a combien, quinze ans ? Vingt ans ? J'étais au point le plus bas de ma vie de mère : trois filles, qui fonçaient tout droit vers l'adolescence, faisaient déjà des bêtises (des petites bêtises de novices, rien de grave : un tatouage par ici, un piercing par là). Tom faisait des journées épouvantablement longues en ville. Le lycée avait commencé à mettre en place diverses mesures de sécurité répressives, des exercices d'évacuation pour toutes les catastrophes imaginables – ce qui avait l'air d'aliéner nos enfants encore plus. Ils ne se laissaient pas persuader que les confinements et les fausses évacuations étaient des réactions à nos peurs du monde extérieur, pas à notre crainte de leur esprit de rébellion. Pourtant, qui pouvait leur en vouloir quand nous lisions *Tout s'effondre* au moment où la situation semblait correspondre exactement à cela, quand la récitation hésitante d'un élève de *Quand tu seras vieille* pouvait être violemment interrompue par le hurlement d'une sirène ou la voix du principal nous donnant l'ordre de nous "mettre à l'abri" ?

Dans ces temps tourmentés, je rentrais dans une maison vide où je ne retrouvais qu'un chien trop perclus d'arthrose pour faire de longues promenades. Sauf pour cuisiner et changer les draps, personne à la maison n'avait vraiment besoin de moi. (Et personne, soyons honnête, n'a *besoin* d'un prof d'anglais !)

En fin d'après-midi, je trouvais des prétextes pour traverser la rue et me poster près de la palissade qui entourait le jardin, et j'épiais par-dessus les lattes pointues. Perché dans les branches, Celestino (bien que je ne sache pas encore son nom à ce moment-là...) travaillait à côté d'un collègue plus jeune ; je subodorais qu'ils avaient respectivement une petite vingtaine et une petite trentaine d'années. Ils ne s'étaient installés que récemment dans la maison, avec un homme beaucoup plus âgé. Quel drôle de trio ils faisaient quand ils étaient là-bas ensemble.

Un jour, alors que je me tenais juste devant la palissade en train de regarder la cabane grandir, en hauteur et en largeur, j'ai entendu, abasourdie : "Vous voulez monter et voir la vue ?" Celui qui avait parlé était caché par un buisson touffu de feuilles pourpres. Mais notre petite rue calme était déserte, et il était impossible qu'il s'adresse à quelqu'un d'autre que moi.

Il est descendu en suivant une série de marches plantées à l'horizontale dans le tronc raboteux comme des piques de porc-épic.

— Vous aimez bien nous regarder travailler, a-t-il dit en s'approchant de la palissade. Maintenant, elle est assez sûre pour que nous puissions vous inviter à monter.

Après quelques instants où je suis restée figée, mortifiée devant la facilité avec laquelle j'avais été démasquée, il a ajouté :

— Oui, venez.

Quel choix avais-je ? J'étais la vilaine petite curieuse qu'on venait de surprendre perchée sur une échelle calée contre le rebord d'une fenêtre.

— Je ne voulais pas être indiscrète, ai-je dit.

Il a ignoré mes piètres excuses.

— Entrez par là.

Il m'a montré un portail.

— Celestino, m'a-t-il dit en tendant la main.

— Margo.

Croisant son regard, je me suis rendu compte qu'il devait être un des rares habitants de cette ville pour qui j'aurais aussi bien pu être la reine d'Angleterre. Je n'étais pas la revêche

Mme Tattersall pour lui. Mme T la Terminatrix, qui donnait des devoirs super longs et, tous ces trucs à apprendre par cœur, c'est dingue. Normalement, ma réputation fait plus que me précéder ; elle m'entoure comme un champ de force.

Il a montré l'échelle fixée dans le tronc. Il est monté derrière moi, une main posée au creux de mes reins ; étrangement excitante, cette main.

Passant par une trappe, je suis sortie sur une plate-forme assemblée avec des planches couvertes de taches de peinture.

— Encore, m'a ordonné mon guide, et j'ai emprunté une série de marches raides menant à une autre plate-forme, en porte-à-faux par rapport au tronc principal.

Elle était circulaire, entourée d'une balustrade en bois flotté, et surmontée d'un toit en voûte entrelacé dans les branches au-dessus.

Côte à côte sur le niveau supérieur, je me suis rendu compte qu'il était plus petit que moi – et je ne suis pas grande – mais massif d'une manière rassurante. (OK, je suis une femme des cavernes. Abattez-moi.) Son visage était d'un brun terra cota de toutes ces heures passées au soleil et son nez était épaté, comme s'il était écrasé contre une fenêtre, ses cheveux noirs presque incroyablement épais. Mon Dieu, étais-je en train de le regarder avec insistance ? Soudain, j'ai aperçu la vue.

Le panorama du port m'a fait un choc, comme toutes les vues inconnues de lieux connus. J'ai même réussi à repérer *Travertina* au mouillage, un des rares bateaux à survivre à la fin de la saison (Tom était un jusqu'au-boutiste de la voile, qui continuait à naviguer en hiver).

— Mon Dieu, ai-je dit.

— Si vous en avez un, maintenant, il est plus proche, a dit Celestino.

Il m'a souri.

Je me suis sentie très mal à l'aise, désorientée de plusieurs manières. Pour meubler le silence, j'ai repris :

— Qu'est-ce que vous… je veux dire, vous avez un projet ? Pour avoir fait cet endroit ?

Quelle question crétine ! Est-ce que quelque chose d'aussi saugrenu qu'une cabane dans un arbre a besoin de s'inscrire dans un projet ? Est-ce que l'absence de raison n'était pas précisément la raison de le mener à bien ?

— C'est de la publicité, a dit Celestino.

— Pour… ?

— Pour d'autres. Pour ceux qui voudraient qu'on leur construise une cabane.

— Oh… Ah oui. Bien sûr. (J'ai pensé au *on*, au curieux trio d'hommes qui vivaient dans la maison en bas.) Vous avez… des associés.

— Un seul, a-t-il dit. Vous avez vu Robert. Il travaille avec moi. Son grand-père – je crois que vous l'avez remarqué, lui aussi – pense qu'on peut monter une affaire.

S'il se moquait de ma curiosité, je le méritais bien.

— Eh bien, vous pouvez compter sur moi pour vous recommander chaudement. C'est mieux que Disney World.

Balayant du regard les rues en bas, j'ai vu un bus scolaire en train de gravir une colline à plusieurs rues de là et j'ai réalisé que ma plus jeune fille rentrerait bientôt de son match de foot, qu'il me faudrait la canaliser sur ses devoirs avant de lui donner la permission de filer pour "traîner" avec ses amis tout aussi insouciants au mémorial ou au Drome.

Celestino m'a aidée à redescendre jusqu'au sol, cette fois en me précédant.

— Revenez quand vous voulez.

Il m'a tendu la main avant la dernière marche.

Mais je ne suis jamais remontée sur l'arbre, et mes après-midi sont devenus surchargés, passés à corriger inlassablement des copies sur les œuvres de Faulkner, Fitzgerald et Steinbeck (ce trio d'ivrognes blancs décédés, récemment enterrés par mes successeurs au lycée). J'ai été recrutée pour devenir membre du comité d'adhésion du yacht-club, et quand Doro a commencé à chanter dans une troupe a cappella, mon sentiment de culpabilité m'a poussée à organiser une levée de fonds pour Got Stage?, la branche divertissement du PTO. Mais pendant une grande partie de cet automne-là, je me suis absorbée dans un flirt intense, menant quelquefois à des scènes de sexe torride, avec Celestino – restreintes à ma vie en sommeil, je le reconnais, pourtant je me réveillais pleine d'une chaleur explosive, les draps de mon côté du lit tellement entortillés et humides que si j'avais trouvé ses empreintes de pas entre le lit et la fenêtre la plus proche, je n'aurais pas été le moins du monde surprise. Parfois j'allais au lit impatiente de retrouver ces rêves, comme si j'avais un accès exclusif à une chaîne de pornographie sur mesure. Chaque fois que Tom m'entreprenait – caressant, plein de désir, l'implicite concession maritale – je cédais simultanément à mon mari imposant et au fantasme d'un homme beaucoup plus compact, musculeux, doté d'un large sourire un peu asymétrique et d'épais cheveux noirs de jais. Mon gros dur au cœur tendre, au diable Emily D et les trois ivrognes enterrés!

Cet hiver-là, je m'arrêtais pour admirer la cabane terminée seulement une fois ou deux par semaine: exposée à la vue une fois que les feuilles ont été tombées, puis couverte d'une lumineuse couche de neige, elle attirait beaucoup l'attention. Elle comportait des fenêtres ornées de mosaïques d'éclats de verre de bouteille, des pans de toit recouverts de vieilles plaques d'immatriculation et ses tuiles avaient été taillées dans de vieux pots de fleurs. À Noël, ornée de guirlandes électriques colorées, elle a été photographiée pour la une d'un magazine d'art local. Dans l'article, j'ai lu qu'un architecte avait commandé une cabane dans un arbre pour un laboratoire d'idées douillet qu'il installait sur une vieille propriété à Concord. Celestino et Robert, son jeune associé, partaient tôt le matin et ne rentraient pas avant la nuit.

Un an ou deux après, je me suis rendu compte que le plus jeune des trois colocataires originaux – Robert – était parti. Il n'est plus resté que Celestino et le vieux monsieur – le grand-père – dans la maison d'en face, et l'été suivant, j'ai commencé à voir Celestino circuler en ville dans un pick-up chargé de matériel de jardinage et de petits arbres emmaillotés.

Aujourd'hui, chaque fois que j'aperçois son camion, son nom désormais écrit au pochoir sur les portières, je suis encore, à mon grand étonnement, saisie d'une vague de désir, même si ce n'est pas Celestino qui est au volant. Il vit toujours dans la maison, mais le vieux monsieur a disparu, aussi discrètement que le jeune associé. Un été, je n'ai plus entendu grâce aux fenêtres ouvertes le bruit de la retransmission télévisée de matchs de basket ni de commentaires masculins. À la place, j'ai entendu une voix de femme ; peu de temps après, les pleurs d'un bébé. La cabane dans les arbres a résisté à tous les gros orages, parfois avec l'aide d'un étai ou d'une modification. Et ces derniers temps, depuis deux ou trois ans, un bataillon d'enfants grimpent partout, des voix rythmées rebondissent sur les toits de la cabane. L'école à la maison ne me paraît plus aussi excentrique et antisociale qu'avant, et je n'ai plus besoin d'y voir une insulte ou une menace contre le travail que je faisais dans ma classe.

Là, dans un monde idéal, se trouve l'homme plus jeune avec qui je pourrais étancher ma rage chronique, mais c'est un père de famille désormais, et il y a un genre de pagaille que je ne créerai certainement jamais. Faire péter des bombes sales, pas de problèmes, mais l'infidélité, d'un côté ou de l'autre, est une chose dans laquelle je ne m'embarquerai pas.

De temps en temps, nous nous saluons d'un geste, moi et le héros de ces nuits torrides imaginaires remontant à une période plus simple de ma vie.

BRECHT

BON, tout le monde essaie de me cacher la nouvelle : c'est naze, bien entendu, parce qu'à mon avis on ne pourrait pas y échapper, même si on était complètement défoncé, en train de dériver sur l'un de ces chalutiers furtifs qui parcourent l'horizon. L'info de l'instant, c'est notre O_2. On l'inspire par tous les orifices, tous les pores ; c'est comme si l'évolution nous avait équipés d'ouïes spéciales. De branchies à infos. Si c'est une Grosse Info, elle fond droit sur vous comme un missile à tête chercheuse, qui vous transperce jusqu'à l'os. Tempêtes, grèves, assassinats, virus pathogènes, bombes, tremblements de terre, suicides collectifs, livrés à domicile en un éclair. Ensuite, il y a l'Info Lente : extinctions, famines, fonte des glaciers, pénuries qui se profilent, fuites dans les raffineries... Alors ce dernier truc à New York, une bombe qui pulvérise un parc de sculptures et quelques yachts (j'imagine que ça touche les gens, ici, à Vigil Harbor la saumâtre), en quoi c'est nouveau ? Dix-neuf morts, on dirait. Petit joueur ! Noam et moi l'avons dit en même temps à la seconde où on l'a appris : *Et ça recommence.*

La distraction d'aujourd'hui, c'était une consultation arboricole à la pépinière où nous nous rendons quand Austin dit que l'argent n'est pas un sujet. J'aime bien les consultations.

J'aime bien regarder Celestino examiner de très près les feuilles, l'écorce, la terre, avec sa vision aux rayons X horticoles. Et Raul nous accompagnait. Il est comme un chiot quand il est avec moi ; dans le pick-up, il est resté la plupart du temps sur mes genoux. En fait, il est d'une compagnie agréable. Déjà, il parle beaucoup plus que son père. On a chanté sur les chansons qui passaient sur son *tronic*, on a mangé les trucs que son père achète et que sa mère interdit. En plus, Celestino conduisait comme s'il était recroquevillé dans sa tête aujourd'hui, il oubliait même de prendre l'air amusé devant les frasques de son fils – il n'a pas goûté aux petits pains à la cannelle qu'on achète sur le trajet ; il ne nous a même pas dit de faire attention au sucre qu'on faisait tomber partout sur la banquette.

— Alors, qui c'est le type qui loge chez vous ? je lui ai demandé.

— Personne.

— Personne ? OK ; ce ne sont pas mes affaires.

— Quelqu'un que j'ai connu il y a longtemps – et que j'aurais préféré ne jamais revoir.

— Il est assez sympa, pourtant.

— Ce n'est pas sincère.

Raul a ajouté son grain de sel.

— Qu'est-ce que tu veux dire, papa ? Il est cool, Ernesto.

Celestino n'a pas quitté la route des yeux. Après un silence, il a dit à Raul :

— Je suis content qu'il soit gentil avec toi.

Mais à sa voix, il n'avait pas l'air content. Et là, il m'a dit de sortir le cahier de la boîte à gants. Il a tout en ligne, mais dans un vrai cahier, comme celui où je note mes mots, il tient un relevé des achats et des heures de travail pour chaque contrat. Il m'a demandé d'aller à la page du projet Tyrone et de lui rappeler les plantations que nous devons effectuer.

La liste des projets pour le mois prochain est violente – et on dirait qu'il va pleuvoir pendant une semaine à partir de demain. Finn va devoir passer à la vitesse supérieure ou alors Celestino va devoir engager quelqu'un d'autre. Nous avons besoin de bras ce printemps, dit-il. La saison des plantations risque d'être courte, comme l'an dernier, où on a eu de la pluie, encore de la pluie, et après, boum, des semaines d'une chaleur épouvantable. Le mois de mai a été mega-boueux, et ensuite, en un claquement de doigts, juillet est arrivé et a avalé juin.

À la pépinière, nous avions rendez-vous avec Gil. Gil, il a genre soixante-dix ou quatre-vingts ans, toujours hyper sollicité parce qu'il sait tout sur ce qui poussait avant et où et ne pousse plus, ce qui fonctionne pour remplacer les vieux classiques, ce qui a été rebiologisé pour supporter les conditions météo les plus délirantes ou les fléaux les plus récents. GOUROU GIL, dit une fausse pancarte que quelqu'un a accrochée au mur derrière son bureau. Aujourd'hui, il est devenu un peu sombre, avec ses sourcils broussailleux qui se touchent presque, quand Celestino l'a interrogé sur les bouleaux qu'on a vus. Cinq ou six spécimens, avec les boules de racines ensachées, quatre mètres de haut, un harem de créatures splendides blotties les unes contre les autres pour se chuchoter des secrets. Leur écorce était aussi blanche que le col d'un ecclésiastique, parsemée de traits noirs d'encre comme des entailles de nuit, qui se recroquevillaient en minuscules rouleaux pour dévoiler sa peau soyeuse. Je vois mon ancien moi qui transforme cette écorce en poème. Noam me dirait, Alors vas-y, tout de suite.

Celestino contemple les arbres avec une admiration galante, et elle est contagieuse. Nous sommes restés là, dans cet émerveillement, ensemble. J'ai pris une photo des arbres, pour Noam.

Celestino déteste quand on est obligés d'abattre un arbre, même s'il est moribond ou s'il a pris la foudre. Je sais qu'il n'est pas religieux, mais chaque fois qu'on se prépare à une coupe, je le vois marquer une pause pour ce qui ressemble à une prière intime, avant de frapper avec sa hache ou de démarrer la tronçonneuse. L'automne dernier, nous avons dû arracher un énorme chêne parfaitement sain, tout ça parce que le nouveau propriétaire du terrain voulait une pelouse plus verte ; et aussi, il n'aimait pas que les glands tombent sur sa voiture de luxe. Celestino a annoncé un devis exorbitant, espérant ne pas emporter le contrat. Quand je lui ai demandé pourquoi il ne le refusait pas, tout simplement, il a répondu que quelqu'un le prendrait, gagnerait cet argent, alors, autant que ce soit lui. Mais il a gardé une mine sombre pendant plusieurs jours.

Raul courait en rond autour des rangées de genêts, de lauriers et de vignes, cherchant où il pourrait grimper. Mais Celestino et moi, nous avons rendu grâce à ces bouleaux pendant un moment.

Gil a secoué la tête.

— Résistants aux maladies, pour l'instant. Mais ils n'aiment pas le sel. Mieux vaut envisager l'intérieur des terres. Pas pour ce grand chantier de Kepner, sur la falaise.

Celestino a souri.

— Il vous a appelé ?

Le gourou a secoué la tête à nouveau.

— Votre concurrent était ici jeudi, il m'a pris tous mes houx.

— Moi, je ne planterais pas du houx.

— Il est têtu. Et qui sait ? Parfois, on a un coup de chance.

Celestino a caressé l'écorce du bouleau le plus proche comme si c'était le bras d'une jeune fille, tendre et plein d'espoir.

— Pas la peine d'essayer, l'avertit Gil. Laissez-moi vous montrer les nouveaux charmes.

Raul avait disparu derrière la serre. Je suis allé le récupérer. C'était une des raisons pour lesquelles j'étais là, et ça ne m'ennuyait pas.

Le temps que je retrouve les deux hommes, ils étaient arrivés aux lilas, aux viornes. Celestino contemplait le cahier en fronçant les sourcils.

— On repart avec des trucs ? j'ai demandé.

— Quelques arbustes. Je vais surtout passer des commandes.

Il a suivi Gil vers la cabane dans laquelle se trouve son bureau minuscule.

Raul m'a tiré par le bras.

— La fontaine.

Il s'agit d'un rituel. Nous sommes allés jusqu'au coin de la pépinière où une vieille fontaine s'écoule d'un trou dans un rocher. C'est un vestige du jardin d'agrément qui existait ici avant. Le fond du bassin est jonché de piécettes sans valeur et quand il était plus petit, Raul aimait les compter.

— Ça gaspille de l'eau, il a dit en se penchant, faisant des grimaces à son reflet.

— Pas tant que ça. C'est recyclé par le tuyau, là.

— Chaque goutte compte.

— Ouais, tu as raison.

— On apprend des trucs sur l'hydroponie.

— Excellent.

— Et les rivières. Les dégâts qu'on a faits aux rivières.

Il marche sur le bord du bassin, en équilibre sur le muret. J'ai envisagé de demander quelles rivières et comment pouvait-il s'inclure dans les responsables des dégâts, mais il est facile de deviner que les petits sont en train d'apprendre les passages édifiants de l'histoire : l'Arizona, le fiasco des fruits californiens, les nappes aquifères perdues. La folie dans l'agriculture, niveau 1. C'est le genre de trucs que ces mères doivent enseigner dans leur école à la maison, mais je ne vois pas l'intérêt. Mettez-vous à l'abri ou avancez, laissez le passé là où il se trouve, le cimetière de l'avidité. Laissez ces chiens endormis dormir, rêver leurs rêves jusqu'à la fin des temps.

Celestino nous a rejoints. Il s'était rappelé d'apporter une vieille pièce pour Raul et l'a sortie de sa poche. Raul s'est éloigné de la fontaine en courant, puis s'est retourné pour lancer la pièce. Nous avons courbé la tête, simulant la peur. Celestino a ri pour la première fois aujourd'hui.

Nous avons chargé six rhododendrons à l'arrière du pick-up, nous nous sommes lavé les mains dans la serre, et avons pris la direction de l'autoroute. Mais d'abord, nous nous sommes arrêtés chez le vendeur de sandwichs qu'on aime bien. Celestino a dit à Raul d'y aller et de commander pour nous trois. On le rejoindrait.

— Il grandit vite, j'ai dit.

— Trop vite. (Celestino m'a regardé.) J'ai besoin d'un service. Je te paierai.

Il m'a demandé d'emmener Raul chez moi, de le garder pour la nuit. Nous avons déjà fait ça. La première fois, c'est ma mère qui a proposé, insisté, disant que Celestino et Connie devraient avoir une soirée pour eux. Raul a une énergie d'écureuil, mais une fois qu'il l'a dépensée, il dort comme ce même écureuil bien bordé dans son petit nid.

Une fois de retour dans le pick-up, notre déjeuner sur nos genoux, Celestino a parlé du plan à Raul, qui a lancé un grand cri de joie.

Nous voilà donc dans ma chambre, Noam est dans la sienne, porte fermée, et comme nous l'avons déjà fait, j'ai installé Raul sur le tabouret devant la table à dessin. Il adore dessiner. De temps en temps, je dessine en même temps que lui, sur un bloc, assis par terre ou sur mon lit. Je reconnais que ça détend.

Depuis que je travaille avec Celestino, je dessine des arbres ; aujourd'hui, je me rappelle les bouleaux qu'on a vus et je jette un coup d'œil aux photos que j'ai prises, même si j'ai l'impression de tricher, du coup. En plus, ma mémoire a besoin d'être sollicitée.

Raul se met à travailler sur ses extraterrestres, à moitié robots à l'ancienne, à moitié iguanes. Il a une passion pour les reptiles.

Les trucs professionnels d'Austin, qui datent de ce qu'il appelle l'époque du "tout sur papier" – une époque qu'il regrette – sont entassés ici, sous le toit mansardé en bordure de ma chambre : deux meubles à tiroirs et la table. Dans le premier tiroir d'un des cubes, il y a du papier blanc de super qualité, épais et doux, et des boîtes de ces crayons suisses de toutes les couleurs que vous pouvez imaginer. Raul est comme un chat qui ronronne quand je le laisse toucher à ça. Il pourrait rester sur ce tabouret, courbé sur ces feuilles de papier, pendant des heures. Je lui demande ce qu'il veut comme musique et je connecte les enceintes.

Je sors mon cahier de mots. Dans le pick-up, sur le trajet du retour, avec Celestino silencieux et Raul qui somnolait entre deux bouchées de sandwich appuyé contre mon bras, je me suis fait une séance de remue-méninges sur ce que j'appelle les Mots de la Ville et leurs comportements changeants. Parce que, quand on y pense, si les gens atroces pratiquent l'atrocité et les gens féroces la férocité, pourquoi les gens d'une bonne nature ne sont-ils pas félices ou les adeptes de la simplicité qualifiés de simplices ? Et ce serait dément si les gens rapides se qualifiaient de véloces. Et si la bonne nourriture était remarquée pour sa délicité.

Oh, la délicité des figues fraîches avec le fromage de chèvre.

Assis par terre, je finis par avoir des courbatures. Je pose mon bloc et je vais voir ce que fait Noam. Il fait la sieste, un livre en équilibre entre les mains. Je le prends, doucement, je le ferme et je le pose sur la pile à côté de son lit. Le titre, c'est *Océan d'étoiles*. Encore de ses vieux trucs de marine : un livre sur la navigation aux étoiles. Il est complètement endormi.

En revenant, j'entends en bas une voix différente. Maman était dans la cuisine, seule, quand nous sommes rentrés. Austin était sur un chantier, elle ne savait pas trop où. Alors, je descends, enfin, quelques marches, pour écouter, savoir qui est avec elle.

Ah, d'accord : c'est cette femme, l'héritière du pamplemousse. Son accent. Maman est en train de lui dire qu'elle doit rester dîner, absolument ! L'héritière joue le numéro de la résistance simulée qui vient généralement juste avant le oui.

— Il est probable qu'Austin n'aura pas très envie d'avoir une fouineuse dans ses pattes un samedi soir.

— Austin ne fait pas la différence entre samedi et lundi, dit maman. Et je lui ai dit de vous inviter. Ce soir, c'est parfait, Petra.

— Je ne voulais pas être indiscrète. Mais j'étais là, en train de me promener, quand tout à coup, j'ai compris que j'étais devant chez vous. Il me l'a montrée, votre maison, lorsqu'on a fait le tour en voiture.

— Bien sûr que vous devez être indiscrète, a dit maman en riant. Vous êtes journaliste.

— Non, non. Juste un gratte-papier qui travaille à la demande. Ni gros titres ni signatures pour moi.

— J'ai fait de la soupe. Toute simple. Du pain et des légumes.

— Vous êtes trop gentille. Sincèrement.

Maman lui offre un verre de vin, et elle se répand en oh-ben-pourquoi-pas-après-tout.

Sous mes pieds, leurs voix dérivent vers la cuisine, Petra qui pose des questions sur les photos à l'écran, la sculpture au milieu de la table, la lithographie au-dessus de la cheminée… la surface soigneusement disposée de la vie de mon beau-père.

— Austin a quitté New York pour s'installer ici, je le sais. Mais vous, Miriam ? *Vous ?* J'adore vos boucles d'oreilles, d'ailleurs. Elles vont très bien avec vos magnifiques cheveux.

Je pourrais descendre, mais je reste au premier, penché sur la balustrade, à épier leur conversation, essentiellement rasoir, mais le ton de Petra est différent avec maman de celui qu'elle utilisait dans le bureau avec Austin. Comme si elle était dans un jeu de séduction. Émettant autant de signaux que de mots.

Maman lui raconte comment, oui, elle était à New York aussi ; c'est là-bas qu'ils se sont rencontrés. Qu'elle était déterminée à rester après avoir survécu aux pires moments de confinements pendant la pandémie – mais après, elle était à bout de souffle. (Elle passe sous silence la perte de mon père.) Et elle avait cet enfant, bien entendu, qui faisait paraître leur lieu de vie de plus en plus petit – et ne méritait-il pas de bonnes écoles, de l'air pur, de l'espace, des arbres sur lesquels grimper ? Bourgeois, certes mais… ensuite, elle lui raconte l'Histoire de La Rencontre : un jour, pendant sa pause-déjeuner, dans une galerie d'art, elle a entamé la conversation avec un homme qu'elle a quasiment percuté au milieu d'une sculpture colossale. Littéralement au milieu.

— Richard Serra, dit-elle. Vous vous souvenez de ses pièces en acier tordu ? Je marchais toute seule, dans la rue, et tout à coup, il s'est mis à pleuvoir. Vraiment fort, en deux secondes, comme cela n'arrive qu'en plein été. En tous cas, autrefois. Alors je me suis précipitée dans une galerie, me disant que l'averse allait s'arrêter aussi vite qu'elle avait commencé, et le galériste, le jeune homme à l'accueil, m'a dévisagée – comme s'il m'attendait – et m'a dit d'entrer. Je l'ai regardé sans un mot et il a ajouté : “Dans la sculpture. Il faut que vous entendiez la pluie de l'intérieur.”

— Mon Dieu, dit Petra.

— Le truc, dit maman – et bien sûr, j'ai entendu cette histoire des milliards de fois, mais j'aime bien l'écouter, parce qu'elle est toujours tellement contente de la raconter – je suis du genre docile. J'ai toujours été bonne élève ; avec les médecins, je suis la patiente parfaite… donc, je suis les indications du jeune homme et j'entre dans ce qui ressemble à un étroit tunnel entre deux parois d'acier épais rouillé, et je suis un chemin en courbe qui me fait pencher, et me conduit dans cette cavité profonde – qui est toute ouverte en haut. Le toit de la galerie est en verre épais, la pluie qui tombe dessus résonne prodigieusement. Et j'ai presque une crise cardiaque, quand je vois ce type, qui est debout là, la tête levée vers le toit en verre, et j'imagine que, parce qu'il porte une tenue tellement raffinée, je n'ai pas peur. Mais il n'y a que nous deux. Il me regarde et dit : "Et voilà le tonnerre" et il pose un doigt sur ses lèvres pour m'empêcher de répondre.

Ma mère rit, comme chaque fois lorsqu'elle arrive à cette partie de l'histoire.

— Donc la première chose que mon mari a faite quand je l'ai rencontré, c'est me faire taire.

Petra rit aussi.

— Et il avait raison ? Est-ce qu'il y a eu le tonnerre ?

— Grands Dieux, oui. Un vrai déluge. Le bruit a rempli les parois d'acier autour de nous. J'ai eu l'impression de me retrouver à l'intérieur du ventre gargouillant d'un géant.

— Ça a été le coup de foudre ?

— Non. Mais le moment était inoubliable. Et j'ai découvert, après l'orage, au bout de dix ou quinze minutes seule avec lui là-dedans, une petite éternité parce que nous étions tellement silencieux, j'ai découvert que pendant tout le temps de cette exposition, Austin a gardé l'œil rivé sur les prévisions météo, et il interrompait son travail en cours juste pour être à l'intérieur de cette sculpture quand il y avait un orage. C'était la troisième fois qu'il venait, m'a-t-il dit. Son bureau était à deux rues de la galerie.

— Brecht ?

Raul est en haut de l'escalier du grenier et il me regarde.

— Hé. Ça va, là-haut ?

— J'ai trouvé quelque chose.

— Trouvé quelque chose ?

— Il faut que tu voies ça.

Il a l'air plus inquiet qu'excité, et j'espère qu'il n'est pas allé traîner dans la chambre de Noam.

Je remonte et au début, je suis désorienté, parce que ma chambre, ou mon lit, qui occupe quasiment toute la pièce, est un océan de couleurs supervives, comme si quelqu'un avait étalé un édredon délirant. Pendant une seconde, je crois que c'est un édredon.

— Je voulais voir, dit Raul, et il a l'air de croire qu'il va avoir des ennuis. Je n'arrive pas à le replier, je ne sais pas comment faire.

L'océan de couleurs est une peinture monstrueuse. Je me demande d'où elle sort, mais je vois le tiroir du meuble de rangement ouvert (pas celui qui contient le papier, et j'ai comme l'impression que Raul le savait). Je me penche sur le tableau et je constate qu'il est peint sur un tissu très fin, peut-être de la soie, et elle est usée, un peu craquelée sur les coutures, aux endroits où elle était pliée. Ouverte comme ça, elle fait peut-être deux mètres sur deux, elle déborde carrément du lit.

Et elle est splendide. Voilà le mot qui me vient à l'esprit quand je l'examine avec attention. Non. D'UNE GLORIEUSE SPLENDEUR. Dans le sens religieux.

— Grands Dieux, dis-je.

— Je suis désolé, je voulais juste…

— Pas grave, moi aussi je suis curieux, dis-je, même si je n'ai jamais fait plus que jeter un coup d'œil dans ces autres tiroirs, qui sont surtout pleins de vieux plans et de croquis de maisons de banlieue, de garages et d'abris de piscine.

C'est une représentation de la vie sous-marine : des récifs et des poissons et des créatures étranges, tous finement dessinés avec des encres, des aquarelles et crayons de couleur… hors de question qu'Austin ait fait quelque chose comme ceci, quelque chose de si… follement passionné. La peinture me rappelle un vitrail mais aussi ce célèbre artiste néerlandais qui représentait l'enfer – et une fresque japonaise de l'ère spatiale que j'ai vu et un jour sur le côté d'un bâtiment à New York.

— Il faut qu'on le range, dit Raul.

— Attends, *amigo*. Examinons-le bien avant. À quoi sert un truc pareil sinon à être regardé ?

Raul hoche la tête, son visage sérieux imitant parfaitement celui de son père.

— Mais s'il te plaît, ne…

— Relax, fais-je, relax.

Je pourrais réveiller Noam et lui dire de rappliquer, mais d'abord, il faut que je voie si je peux questionner Austin. Ou plutôt, que je voie *comment* je peux l'interroger. Les meubles à tiroirs se trouvent ici, et ce n'est pas comme si on m'avait demandé de ne pas les ouvrir. Rien n'est fermé à clé. Il ne devrait pas y avoir de problème, non ? Mais pourquoi est-ce que mon radar me dit que c'en est peut-être un ?

En bas, Clio lance son aboiement caractéristique pour accueillir Austin. Maman tente vainement de calmer le chien. Raul et moi, on s'interrompt pour écouter les aboiements, les voix, les portes. La surprise d'Austin devant l'invitée inattendue. La politesse de tous (sauf Clio).

Ensuite, les pas de maman dans l'escalier. Je me précipite, je l'arrête à mi-chemin.

— On dîne dans une demi-heure, dit-elle. Comment va Raul ?

— Il dessine.

— Tu lis ?

Elle me demande tout le temps ça, comme si la lecture allait me faire redevenir ce que j'étais avant, ou me permettre d'accéder à un niveau plus élevé d'existence. (Ce que la lecture peut faire, d'une certaine manière. Demandez à Noam.)

— Je traîne avec Raul, c'est tout.

— Il ne te fait pas tourner en bourrique, j'espère.

Elle me dévisage avec ce regard de maman, un agglomérat d'amour, d'inquiétude, d'ignorance au fond : est-ce que là où je suis, je vais bien ou suis-je au bord d'une catastrophe mentale majeure ? Je dirais que je vais bien, mais je sais aussi que des trucs peuvent débouler par surprise, que la panique peut vous prendre en otage. Elle le sait aussi.

— Nous avons une autre invitée, dit-elle. La dame qui écrit sur Austin pour le film.

Je dis à maman que je l'ai croisée au bureau. Elle ne me demande pas de mettre la table ou de participer à la préparation du repas, puis elle redescend et je remonte.

Raul est en train d'essayer de plier la peinture.

— Arrête ! dis-je, avant de m'excuser de lui avoir fait peur. Faisons attention, reprends-je.

— Il y a quelque chose d'écrit derrière, dit-il.

Je me mets à genoux. Je soulève un coin et je jette un coup d'œil. Le dos est mal éclairé mais le petit a raison. Il faudrait retourner l'objet comme une crêpe pour lire l'inscription et plusieurs personnes seraient nécessaires pour effectuer la manipulation sans risquer de causer des dégâts.

— Voyons cela après le dîner, dis-je.

Je lui dis qu'on va manger de la soupe, et il m'explique que sa préférée, c'est la soupe à la tomate ; je lui raconte que j'aime bien le bouillon que fait maman avec les huîtres, mais ces derniers temps, elle improvise autour des algues. Elle est obsédée par un chef japonais.

— Allons nous laver les mains, dis-je. Puis manger. Et ça… – je pointe un index vers le lit – on le garde pour nous. Pour l'instant.

Noam, comme d'habitude, se débrouillera plus tard. Sa faim suit une horloge qui lui est propre. C'est aussi bien, parce qu'Austin va sortir son numéro de Master Constructor pour l'héritière du pamplemousse. Il ne s'en rend même pas compte ; son rire change de timbre et se teinte d'un vibrato de chanteur d'opéra.

Maman met la table pour cinq. Parfois, je ne sais pas pourquoi, je suis surpris d'être inclus dans le groupe des adultes ; quoi, je préférerais que Raul et moi soyons installés à une petite table de gosses, avec notre nourriture disposée sur nos assiettes en forme de visages souriants ? J'ai plaisanté avec maman sur ce sujet il y a deux mois, et elle n'a pas trouvé que c'était drôle. Clairement, elle en a été attristée.

— Salut, Brecht ! s'exclame Petra. Et qui avons-nous là ?

Raul se présente.

— Ton père doit être le génie du jardinage, dit-elle.

Ce qui a pour effet immédiat de faire taire Raul.

— Il est arboriculteur, je corrige.

— Un génie pour tout ce qui est vert, dit Austin. Je vous montrerai ce qu'il a prévu pour la propriété de Tyrone quand nous irons la voir cette semaine. Le site exige un pare-vent efficace. Le vent, à ces endroits-là, c'est pas une brisette.

— J'imagine volontiers, dit-elle tandis qu'il remplit son verre de vin.

Je vais dans la cuisine pour aider maman. Raul, comme mon ombre, me suit.

Maman dit à Raul qu'elle a quelque chose à lui demander, justement ; est-ce qu'il veut bien découper le pain grillé en petits morceaux et les emballer dans une serviette pour les garder au chaud, avant de la déposer dans une panière ?

À moi, elle confie le service de la soupe. À côté de moi, elle prépare une salade.

— Intense, cette femme, murmure-t-elle.

— Elle te met mal à l'aise ?

— Non, mais j'ai l'impression qu'elle regarde de très très près tout ce qui l'entoure. Comme si elle effectuait un genre d'inventaire.

— C'est malpoli.

— Non, non… juste minutieux. Mais je me rends compte qu'elle écrira peut-être sur nous – ou sur moi. Ou même sur toi. Oh mon Dieu. Peut-être que ce film est plus qu'un projet académique.

— Ça t'ennuierait ? Pas moi.

Je réfléchis quelques instants à la raison pour laquelle elle ne promène pas une caméra, si elle travaille sur un documentaire. Mais ce ne sont pas mes affaires.

Maman me tend un torchon pour essuyer les bords des bols où j'ai fait dégouliner de la soupe. L'obsession qu'Austin a pour l'immaculé est le premier de ses tics qu'elle a récupéré, après que nous nous sommes installés ensemble.

Elle hausse les épaules.

— Les gens deviennent facilement paranoïaques aujourd'hui. Moi aussi, je suppose. Peu importe.

Elle prend un plateau sur une étagère haute. Il est orné d'une pieuvre baroque, dont les tentacules sont entortillés comme le ruban autour d'un paquet cadeau. Ce qui me rappelle cette…

peinture ? – plus qu'une peinture – dont la splendeur s'étale sur mon lit. Ouais, elle a quelque chose d'érotique. Vraiment.

Ou même sur toi. Oh mon Dieu. Pourquoi elle n'écrirait pas à propos de moi ? Parce que je suis quelque chose qui lui fait honte ?

— Si tu veux mon avis, elle a l'air de souffrir de la solitude. C'est tout. Austin n'a pas dit qu'elle a perdu son mari ?

— Donnez-moi ce qu'il faut emporter là-bas, dit Austin, qui est venu chercher une nouvelle bouteille de vin.

Derrière lui, je vois Petra en train de tourner les pages d'un grand livre. Le livre de maisons côtières dont quelques-unes sont l'œuvre d'Austin.

Quand nous nous asseyons à table, avec les bols de soupe fumante, les verres d'eau plein, les serviettes sur les genoux, Petra se penche vers maman et dit :

— C'est parfait ! Je vous suis tellement reconnaissante ! (Et elle joint les mains comme si nous lui avions organisé une grande fête.) Avant tout, il faut que vous me parliez de cette baleine.

Elle s'intéresse à la sculpture posée au milieu de la table, taillée dans une pierre noire polie, c'est une baleine qui saute, tendue vers le ciel comme une fusée. Elle semble être reliée à son socle simple en marbre (la surface de l'océan) par un fil à peine. L'objet est autant une subversion de la gravité que l'acte qu'il dépeint. On ignore si elle va tomber sur le flanc ou si elle va décoller de son socle. Austin prétend qu'elle est solide à cause de la fine baguette en acier parfaitement disposée au cœur, mais cela n'enlève rien à l'émerveillement qu'elle provoque.

Austin commence à dévider son discours sur le sculpteur, un Canadien membre d'une nation première qui…

Petra l'interrompt.

— Oh, mais où l'avez-vous trouvée ? Vous connaissez l'artiste ?

— Non, dit Austin.

Et peut-être que seuls maman et moi, nous nous rendons compte qu'il est surpris d'être ainsi coupé. Il parle doucement par nature, il lève rarement la voix, mais cette voix est toujours celle qui domine dans la pièce, celle vers laquelle les gens sont attirés, comme s'il était un prophète.

— Je suppose que c'est la première œuvre d'art "importante" que j'ai achetée. À New York. Elle est restée ma préférée.

— Elle ne vous rend pas triste ?

— Quand je la regarde, je pense à la vie, pas à l'extinction.

— Ah oui. (Elle laisse échapper un rire nerveux.) La vie.

— Pas toutes les baleines ont disparu, affirme Raul.

— C'est vrai, chéri, dit Petra. Et je n'avais pas l'intention de casser le moral de tout le monde.

— Certaines choses donnent à réfléchir, plutôt, dit Austin, mais pour moi, il n'est question que de beauté. Est-ce une forme de surdité ? Que je me place au-dessus de tout ?

— De tout quoi ? fait Raul.

— Au-dessus de la conscience, dit Austin. Il y a quelque chose que j'aime vraiment chez mon beau-père : il ne prend jamais personne de haut. Je sais qu'on pourrait dire que c'est parce qu'il n'a jamais été le père d'un petit gamin comme Raul, qu'il ignore comment simplifier les trucs moraux, mais je pense que c'est juste qu'il tient à traiter les gens en égaux. Peut-être qu'il se croit brillant, mais il n'est jamais condescendant.

— La conscience, c'est quand on sait distinguer le bien du mal, déclare Raul.

Petra a l'air très intriguée.

— En équilibre sur le nez, dit-elle. Mon Dieu.

— Sauf qu'ici, dit Austin, il est question d'action, de prendre position, au contraire de ne rien faire du tout pour changer les choses. Non ?

Il parle à Raul.

Raul hoche la tête. Il prend tout ça très au sérieux, à cause de la manière dont il est éduqué. Tout ce qu'ils apprennent chez lui est relié à un genre de "question", les grands choix que nous faisons qui sont faciles à foirer. Les choix qu'on a déjà totalement foirés.

Effectivement, il dit :

— Le Dr Iliescu est venu pour nous faire un cours de science et il nous a parlé du plus profond de l'océan, il a dit que même tout au fond, à des kilomètres de profondeur, c'est affecté par ce qu'on fait à la surface. Onze mille mètres ! Voilà où c'est, l'endroit le plus profond de l'océan.

Maman regarde Raul avec bienveillance. Austin dit à Petra :

— Je fais un chantier chez Iliescu. Juste une cuisine, mais c'est important pour moi que la boîte travaille à toutes les échelles, du micro au macro.

Elle n'embraye pas là-dessus, elle ne l'interroge pas sur le projet. Elle continue à regarder la baleine.

— J'ai l'impression que vous collectionnez les œuvres d'art sur le thème de la mer.

Elle pointe un index en direction d'un mur sur lequel Austin a accroché quatre représentations de la mer. Les vagues, l'horizon, une tempête. Deux aquarelles, un dessin, un tableau dans un cadre doré qui remonte à deux cents ans. Des artistes différents, des styles différents.

Austin hausse les épaules.

— Prévisible, je le reconnais volontiers.

— Vous avez commencé à New York ? Votre collection, je veux dire.

— Un peu par hasard. Je ne me qualifierais pas de collectionneur. Je ne me concentre pas sur certains artistes en particulier. Je me fiche de l'art comme investissement.

— Mais toutes les œuvres… portent sur la mer. Pas exactement nautiques mais… océaniques ? Pas de bateaux, par exemple.

— J'habite près de l'océan parce que je l'adore, dit Austin. Alors, c'est logique. Que j'achète des tableaux représentant la mer. Des créatures marines – il désigne la baleine – ou des scènes de sable et de ciel. Rien d'étonnant.

Il a l'air un peu agacé mais il sourit. Je trouve toute cette conversation bizarre.

— Des créatures marines, répète Petra.

Et elle dévisage Austin comme si elle venait de parler dans un code quelconque, comme si cette expression signifiait autre chose. Ça fout les jetons.

Maman débarrasse les bols et je me rends compte qu'elle n'a pas dit un mot. Il lui arrive d'être silencieuse, mais là, c'est extrême. Je la suis jusqu'à la cuisine. Elle essaie de m'arrêter, mais j'insiste :

— Laisse-moi t'aider.

— C'est juste une salade. Et j'ai trouvé du bon fromage au fond du réfrigérateur. Est-ce qu'il reste du pain ?

Je tends la main et lui montre le demi-pain que j'ai mis de côté.

— Qu'est-ce que je ferais sans toi ?

Elle me touche le bras.

Toute réponse à cette question m'entraînera dans des eaux profondes. *Onze mille mètres !* je me rappelle, et je me sens mal d'avoir laissé Raul seul avec des adultes peu habitués à parler à des enfants. Mais maman est celle que je dois sauver de cette étrangeté sociale, alors je prends le temps de l'enlacer. Elle pose la tête sur mon épaule, reconnaissante.

Cette cuisine est du pur Austin – c'est la seule chose qu'il a modifiée dans la maison – et ses théories sur ce qu'il appelle “le sublime spatial” trouvent une expression jouissive dans les placards parfaitement accessibles, les huisseries silencieuses et la patine bleu indigo. Quand j’y suis seul avec maman, des souvenirs me reviennent en rafales. Mon corps, même s’il est bien plus grand aujourd’hui, se rappelle comment nous bougions dans la minuscule cuisine de notre petit appartement en ville, à l’époque où il n’y avait qu’elle et moi, confinés ensemble pendant des mois après que papa fut mort du virus. Elle en plaisante aujourd’hui quand les gens parlent de l’endroit et la manière dont ils ont survécu à cette période. “Pauvre Brecht. La seule personne avec qui jouer, pendant ce qui a dû lui paraître une éternité, était sa mère, veuve depuis peu et terriblement triste.” Elle raconte qu’elle combattait le chagrin avec la nourriture ; elle s’excuse même de son manque d’originalité – mais je me fichais bien que ce soit banal. Chaque jour, elle m’emmenait dans notre toute petite cuisine, me hissait sur un tabouret, et m’apprenait des choses qui servaient à presque toutes les recettes. Couper et blondir des oignons. Laver et essuyer la salade. Peler les carottes. Râper du fromage, râper du gingembre. Surveiller l’huile qui chauffe dans la poêle. Glacer un gâteau, rôtir et éplucher des poivrons, faire la meilleure purée de pommes de terre du monde. Traiter la farine avec respect. Toutes ces choses, j’ai appris à les faire ; avec elle, à cause d’elle – et, je le savais déjà à ce moment-là, pour elle.

C’était, aussi cucul que ça paraisse, une danse. Repas après repas après repas. Progressivement, cela rendait maman heureuse, ou du moins, lui donnait un sentiment de satisfaction.

Nous n’avons pas ces rythmes ici, dans la cuisine d’Austin. Nous perdons la synchronisation, nous nous percutons parfois. Elle doit me rappeler quelles tâches sont les miennes quand je l’aide.

— Tu ne dis pas grand-chose, lui dis-je. Genre, t'as peur qu'elle te cite au moment où tu dis un truc con ?

— Non. C'est juste que je n'arrive pas à dépasser cette…

— Ouais, je sais. Tout ce truc sur notre situation privilégiée. Genre, on est là, à parler d'art quand…

— Non, m'interrompt-elle, avec fermeté.

— Alors, tu n'arrives pas à dépasser quoi ?

Maman me regarde.

— Dépasser la peur que j'ai de ce qui va arriver.

J'ai du mal à croire qu'elle ait dit ça devant moi, même si je suis content qu'elle l'ait fait. Parce que tout le monde a peur de ça, non ? Sauf si vous êtes le dernier des abrutis.

Et ensuite, elle se reprend.

— Oh Brecht. Comment ai-je pu te dire ça, à toi ?

— Parce que tu te dis, genre, que tu me protèges de quelque chose ? Des gros titres ?

Maintenant, la voilà avec une expression de panique sur le visage.

Je pose une main maladroite sur son dos.

— Apparemment, il n'y a pas de suicide cette fois. Détonation à distance. Peut-être par un drone.

Avant qu'elle ait le temps de se laisser submerger par l'émotion, je pivote en disant :

— La salade. Allons-y.

Et on la fait, la salade, et le truc du pain, et du fromage.

Quand on revient à table, on trouve Raul debout, penché, en train d'effleurer la baleine en pierre du bout du doigt.

— Ne t'inquiète pas, elle ne va pas tomber, dit Austin. Fantastique, non ?

— Je connais une artiste dont vous aimeriez les œuvres, dit Petra. Enfin, je la connaissais. Nous nous sommes perdues de vue. Elle peignait des fonds marins. C'était remarquable. Magnifique.

— Est-ce qu'elle expose ? demande Austin.

Maman distribue la salade, et il la touche vaguement quand elle pose son assiette devant lui. Les marques d'affection d'Austin sont furtives, comme celles d'un chat. Je le vois rarement embrasser ma mère ; il l'effleure, passe une main au creux de ses reins, cogne doucement son coude contre le sien.

— Je ne sais pas, mais elle vivait à New York, dit Petra. Ça devait être au moment où vous y étiez encore. Vous avez peut-être eu l'occasion de voir son travail.

Et ça recommence, le même regard perçant qu'elle m'a adressé au bureau, mais cette fois destiné à Austin.

Il est penché sur sa salade, y plonge sa fourchette. Il lève les yeux et dit à Raul :

— Tu as besoin d'aide ?

— Maman dit que c'est le nouveau chou-kale. C'est bon, merci.

Il fait la grimace.

Austin rit et avec ostentation, se met à mâcher, mâcher, mâcher (forcément, avec le varech). Il ne lève pas la tête avant d'avoir avalé. Il boit une gorgée de vin et se tourne brièvement vers Petra.

— Comme je vous l'ai dit, je ne suis pas collectionneur. Si je tombe par hasard sur quelque chose qui me séduit, je l'autorise à me suivre jusqu'à chez moi.

Raul glousse.

— Comme un chien. C'est comme ça que vous avez récupéré Clio ? Elle vous a suivi jusqu'à la maison ?

Le visage de Petra est bizarre, figé, robotique pendant une minute.

— Je suis *absolument certaine* que vous auriez adoré son travail, dit-elle, mais Austin répond à Raul.

— Oui, en fait, c'est exactement ça ! Clio est une réfugiée de la tempête.

Clio était un des chiens qui s'est retrouvé jeté à la rue par Cunégonde. Les gens d'une société protectrice des animaux sillonnaient la ville pour attraper les animaux perdus. Certains avaient une puce, d'autres étaient enregistrés, mais même certains de ceux-là n'avaient plus de foyer. Austin était passé par hasard en voiture devant l'endroit où les chiens avaient été rassemblés, à Knowles. Ce soir-là, elle est entrée dans notre maison sur ses talons – quelle surprise.

Là, en entendant son nom, Clio s'approche de la table, la queue frétillante et le nez en l'air. Raul se penche pour la couvrir de son affection de petit garçon.

— Si seulement je pouvais avoir un chien, dit-il.

Mais qu'est-ce qui arrive à Petra ? Suis-je le seul à voir les larmes ? Elle s'excuse, demande à maman où se trouvent les toilettes. Puis le *tronic* de Raul vibre – Connie qui appelle –, puis on débarrasse les assiettes à salade et les deux mamans se parlent, la mienne qui complimente celle de Raul sur les bonnes manières de son fils, puis elle présente son gâteau au sucre brun et dit à Raul qu'il peut emporter son dessert dans le salon, la pièce où il y a l'écran super géant. Austin regarde de vieux films là ; avant New York, j'y allais pour jouer aux jeux vidéo. Maman dit que ça lui donne le vertige, de voir les images en si grand et d'aussi près.

Je dis à Raul :

— On prend notre gâteau et on remonte. Pour aller terminer nos dessins.

Nous sommes encore dans l'escalier quand j'entends la télévision de la cuisine, la gouaille frénétique des informations. La dernière fois que j'ai regardé, l'attentat à New York avait été revendiqué par Oceloti, le groupe de défense de la forêt vierge qui d'habitude commet des actes bien plus modérés – saboter des camions de transport de bois, organiser des manifestations devant des agences gouvernementales, essentiellement dans des pays tropicaux. Leur grand truc, c'est contrer la déforestation et l'exploitation minière. Pour le moment, ils n'ont pas beaucoup de réussite.

On dirait qu'ils viennent de commencer à employer la manière forte. Le plus gros yacht touché appartenait au P-DG d'une entreprise qui détruit des forêts en Asie du Sud-Est. Oubliez le bois ou l'huile produits par ces arbres ; il leur faut juste dégager le terrain pour pouvoir creuser et extraire un minerai essentiel à la fabrication de puces informatiques. D'après ce que j'ai vu ce matin, la cible principale d'Oceloti était ce P-DG, même s'ils savaient, forcément, qu'il y aurait des "dommages collatéraux". La cible donnait une soirée sur son gros bateau, pour lever des fonds pour une organisation caritative quelconque, histoire de distraire l'opinion de son entreprise de pillage et de destruction routinière, mais l'hôte n'était pas encore là. Il était en retard à sa propre soirée. Une douzaine de personnes, les premiers arrivés, ont été pulvérisés. C'est regrettable, mais c'est le risque quand on fricote avec les pillards. Ce qu'ils n'avaient peut-être pas l'intention de faire, c'est causer la mort de quelques promeneurs de chiens et passants qui se baladaient à côté.

Mais ils ont envoyé un message sans regret, déclarant même que le "simple sabotage" ne suffisait plus. Maman regardait dans la cuisine tôt ce matin ; en descendant, j'ai entendu l'essentiel. La déclaration qu'ils ont faite pour revendiquer l'explosion défilait sur l'écran. Maman a coupé la télé quand je suis entré.

Et, ouais, comme elle s'en doute, je pense à Union Square. À ce que j'ai vu et ce que je n'ai pas vu. Ce que Noam a vu. Ou non, je me reprends, ne mélange pas tout. Parce que plus le temps passe, plus je me demande combien j'ai oublié. Ce qui est étonnant, parce qu'il n'est pas question que ces souvenirs soient autre chose que violemment présents, n'est-ce pas ? Quand je surprends des gens disant que j'y étais, je ne les corrige pas. Ils ont tendance à exagérer. J'étais près, pas sur le lieu même. Près, ce n'est pas pareil que *là*. Et je me rappelle ce que j'ai vu, à une distance où j'étais en sécurité : toute cette fumée, qui ne cessait de remplir le ciel.

Raul court devant moi en portant son assiette. Il faut que je ramasse sa fourchette tombée dans l'escalier.

— Moins vite, *amigo*, dis-je.

Et ce n'est qu'une fois arrivé dans ma chambre que je me rappelle la peinture.

— Qu'est-ce qu'on fait ? On est pas obligés d'en parler, hein ?

Raul est au pied du lit, et il a l'air un peu fébrile. Je devrais le rassurer à nouveau : il n'aura pas d'ennuis. Mais je suis subjugué. Elle est plus démentiellement belle que dans mon souvenir, chatoyant dans la lumière du crépuscule qui entre par la fenêtre, jusqu'à ce que j'allume la lampe. Et là, elle rayonne. Juste, elle *rayonne*.

Je réalise qu'Austin l'a rangée pour une raison. Pour la dissimuler. Pourquoi cacher une chose d'une splendeur si totalement glorieuse ? Parce que cette expression continue à dominer dans mon esprit. Pourquoi n'est-elle pas encadrée, accrochée au mur ? Je percute alors que nous n'avons pas de mur assez grand.

— Voyons voir, dis-je lentement. Peut-être que pour le moment, on la replie très très soigneusement. Je vais le faire.

— Et on n'est pas obligés de le dire ?

Je crois qu'il est un peu déçu : il est prêt à avoir des ennuis si cela signifie découvrir l'histoire qui se cache derrière ce… ce trésor. Ce trésor enfoui. Ce trésor rangé au fond d'un tiroir de papiers.

— Pour le moment, on reste sous les radars, dis-je.

Comme les chalutiers nocturnes. Comme les terroristes qui s'en sortent, qui restent en vie pour poser une autre bombe.

Je me concentre sur le fait de retrouver les plis dans le tissu soyeux sur lequel a été faite la peinture, l'ordre du pliage. D'abord, en deux. Ensuite, à nouveau en deux. Je retiens mon souffle. Ce n'est qu'une fois qu'elle est complètement pliée, jusqu'à être de la taille d'un grand livre, que je vois l'écriture que Raul a mentionnée. Elle est petite, serrée dans un coin. Je me penche pour déchiffrer les pattes de mouche, les lettres mesquines et tranchantes.

Profanateurs.
Meurtriers.
Idiots.
Vous êtes face à votre destin.
Ne nous dites pas que vous allez changer.
Vous savez quoi ? C'est trop tard.
Notre ville a sombré, mais nous demeurons.
La vôtre sombrera aussi,
Mais vous aurez disparu.

Mince, un poème : un poème et une malédiction tout à la fois. La violence du message me frappe de plein fouet.

C'est à ce moment-là que Noam entre dans ma chambre, s'approche dans mon dos, et m'effraie une deuxième fois. Je lui montre le texte. Raul regarde aussi. Il dit qu'il lui fait peur. Noam lui répond de ne pas s'inquiéter ; c'est un message du passé, de quelqu'un de dérangé qui est certainement mort à l'heure qu'il est. J'examine l'écriture manuscrite, pour voir si j'arrive à décider si elle est masculine ou féminine. Qui sait ?

— Bon. (Je mets exprès plein de gaieté dans ma voix.) Rangeons ce truc où on l'a pris et finissons nos dessins. Et mange ton gâteau, petit homme, sinon, c'est moi qui le mange. J'ai oublié de monter mon assiette.

Raul rit et prend son dessert sur la table de nuit, comme si j'allais vraiment le lui piquer. C'est un de ces moments où je me souviens qu'il a l'âge que j'avais quand papa est mort.

En bas, j'entends la porte de la maison, les adieux indistincts. Je traverse la chambre de Noam pour aller à la fenêtre qui donne sur la rue et je regarde Petra Coyle s'éloigner, son manteau brun onduler dans la brise nocturne qui vient du port. Qu'est-ce qui a provoqué son chagrin pendant le dîner ? Il y a quelque chose d'étrange chez elle, quelque chose que je suis peut-être le seul à remarquer. Peut-être que nous partageons la même tristesse.

QUE dirait Austin Kepner sur les raisons pour lesquelles il a quitté New York ? Quelle que soit la vérité selon lui, toutes ces années après, il ne dirait probablement pas qu'il a fui. Il prétendrait peut-être qu'il a évolué. Qu'il avait besoin de s'installer dans un lieu plus en cohérence avec ses ambitions. Mais dans des assemblées où les gens parlent des souvenirs ambivalents qu'ils gardent de cette ville – ils sont nombreux à Vigil Harbor à aimer mentionner une phase, *un* moment, *ou même (avec ironie) une* période de service *passée à New York – il parle de son temps là-bas seulement quand on l'interroge, et il en parle en termes presque purement professionnels : les interminables journées au bureau, les projets auxquels il participait, les collègues avec qui il travaillait. Parce qu'il est parti et qu'il y retourne tellement souvent pour affaires, dira-t-il, chaque déplacement renforçait le sentiment que cette ville était son* chez-lui. *Il a eu l'opportunité de beaucoup voyager dans le vaste monde mais aucun des édifices qu'il a contribué à bâtir ne lui a donné une fierté durable, tangible. Était-il égoïste de vouloir une chose pareille ?*

Il y aurait beaucoup à ajouter, même si peut-être il a enfoui son histoire au fond de son passé comme il a caché cette peinture, il y a longtemps, dans ses archives personnelles. Peut-être que la confusion, la culpabilité (et la peur?) se sont dissous dans un oubli sincère.

Ceci est loin d'être vrai pour la femme qui se fait appeler Petra Coyle.

Issa est le genre de fille que certains décriront, écarteront, comme une sirène ou une séductrice ; d'autres évalueraient sa personnalité comme naïve, fragile, un pan de gaze délicate à travers lequel les blasés prétendent voir des mobiles hypocrites. Ou elle était *ce genre de fille. Est ou était ? Cela dépend de ce qu'on croit possible. Cela dépend si vous êtes Austin ou Petra.*

Austin Kepner et Petra Anderssen la rencontrèrent, séparément, pendant la même semaine d'un mois d'octobre exceptionnel alors que l'atmosphère paraissait bien plus pure et plus claire, constamment remuée par des vents tempérés, que les vues sur les rivières et dans les parcs étaient plus nettes. C'était le moment de l'année où les gens qui vivent dans la ville renouvellent leur souhait d'y rester.

Pour Austin, elle était la Fille Qui Posait. Pour Petra, elle était la Femme de la Jetée. Austin fit sa connaissance quand il prit un cours de dessin d'après modèle, une tentative pour ne pas sombrer dans la folie sous la pression de ses semaines de quatre-vingts heures de travail ; Petra, alors qu'elle se promenait sur les bords de l'Hudson, un geste de survie d'un genre plus décontracté, plus spontané.

Petra la rencontra la première, le lundi. Elle marchait face au vent (toujours plus puissant sur la côte ouest de l'île), cherchant désespérément une résistance contre laquelle épuiser sa colère contre le dernier goujat qui lui avait perforé le cœur à coups de déclarations non suivies d'effets. Oui, elle aurait dû s'en douter. Oui, elle choisissait les mauvais hommes. Mais n'était-il pas juste de demander pourquoi les mauvais hommes la choisissaient ? Qu'est-ce que cela signifiait ? Est-ce que ça ne fonctionnait pas dans les deux sens ? Elle savait qu'elle devrait commencer une thérapie (oui, à nouveau), mais où allait-elle trouver l'argent ? Elle vivait sur un budget ultra-serré ; serré comme un poing en colère.

Elle étouffa un rire amer, en elle-même, contre elle-même, en rentrant la tête dans les épaules face aux rafales qui s'engouffraient dans l'estuaire et glissaient sur la surface lisse, étincelante du fleuve. Aujourd'hui, le vent paraissait plus froid (ou était-ce son humeur ?) et elle venait d'enrouler son écharpe plus fermement autour de son cou quand elle remarqua la silhouette debout sur le banc en pierre, une fille, ou plutôt non, une jeune femme enfantine, portant un imperméable mais jambes nues – même ses pieds étaient nus – plantée sur le banc, le regard perdu vers le fleuve. Petra nota son profil parfait. Ses cheveux longs, cuivrés dans la lumière crue et inclinée du soleil, dégageaient son visage, et pendant un instant elle ressembla à la figure de proue d'un vieux voilier. Pourtant, bien qu'elle fût jolie, ses pieds nus suggéraient à Petra qu'elle était peut-être une de ces trop nombreuses folles qui occupaient les parcs de poche en bordure de la ville, dormant sur des bouches d'aération de la station de métro près de Christopher Street, mendiant une pièce sur les promenades pavées (comme celle-ci) où la plupart des passants et cyclistes étaient les bobos friqués à la mauvaise conscience du West Village devenu soudain inabordable.

Petra se préparait à contourner largement le banc au moment où la femme-enfant se tourna vers elle et dit, tout simplement, et gentiment : "Bonjour". Et elle sourit – pas le sourire de quelqu'un de paumé ou illuminé, mais un sourire doux, chaleureux, comme si elles se connaissaient ; comme si la femme l'avait attendue là ; comme si Petra avait juste oublié qu'elles avaient convenu de se rencontrer là.

Petra s'arrêta et leva la tête, avant de mettre sa main en visière.

— Salut, répondit-elle.

La femme descendit du banc.

— Regardez.

Elle se tourna vers le fleuve et tendit le bras.

Petra plissa les yeux ; l'eau étincelait, mais elle réussit à voir une petite forme sombre, qui se déplaçait tranquillement.

— C'est un phoque ? demanda-t-elle.

— Mmm, fit la femme.

— Je n'ai jamais entendu dire qu'il y avait des phoques ici. C'est normal ? (Petra se sentait bizarre en présence de la femme, mais elle n'éprouvait aucune envie de s'enfuir). Est-ce qu'on devrait prévenir quelqu'un ? Vous pensez qu'il est perdu, désorienté ?

La créature nageait vers le nord, remontait le fleuve, dos au port.

— Non, elle va bien. Elle sait où elle va.

La femme offrit à Petra son grand sourire à nouveau.

— Asseyez-vous.

Petra, qui avait récemment commencé à se demander si elle devrait dire oui plus souvent (mais peut-être pas à tous ces hommes), se rapprocha de l'autre femme et du banc.

Et maintenant ? Petra se sentait troublée mais intriguée. S'agissait-il d'une sorte de rencontre New Age à laquelle elle devrait "s'ouvrir grand", comme le professeur à son cours de théâtre la pressait de faire ? Elle était trop coincée, elle le savait, mais elle croyait aussi (contrairement à la philosophie de son professeur) qu'on pouvait utiliser ce genre de tension retenue, embarrassée, pour habiter un rôle encore plus puissamment, délibérément. Ce mois-là, ils travaillaient la pièce Ondine *; Petra s'était vu attribuer le rôle de Bertha, des deux femmes la plus sombre, la moins importante. Elle n'avait pas le niveau nécessaire en danse pour Ondine. Des cours de danse : une autre dépense pour laquelle elle serait obligée de gratter, sacrifier les œufs ou le fromage correct. (Elle avait déjà renoncé à la viande, prétendant que c'était par choix politique.)*

Quand la femme posa sa main sur le genou de Petra et dit :

— Je vous ai déjà vue ici.

Petra faillit laisser échapper un cri. Elle essaya de ne pas montrer à quel point elle était choquée.

— J'habite pas très loin, dit Petra avec prudence. Il est joli, ce coin. Les couchers de soleil. Depuis mon appartement, je n'ai pas de vue.

Cette femme était étrange ; elle n'avait pas l'air d'une sans-abri, n'en avait pas l'odeur. Son manteau, un trench d'un gris clair un peu vert, paraissait propre et brillant, neuf, même.

— Je viens pour les couchers de soleil, moi aussi.

Petra se présenta. Allons-y.

— Issa, a dit la jeune femme. Je m'appelle Issa.

— J'adore ce nom, dit Petra. C'est la première fois que je l'entends – ou est-ce un diminutif pour Theresa ? Clarissa ?

Elle jacassait.

Issa secoua la tête.

— I-ssa, prononça-t-elle avec soin.

— Mon nom signifie "pierre", l'interrompit Petra. J'imagine qu'on pourrait dire que cela dénote la solidité, mais je préfère être gracieuse que solide. (Elle ressentit à nouveau la déception d'avoir été écartée du rôle d'Ondine.) Et c'est le nom d'un site archéologique en Jordanie. Sculpté dans une falaise géante. Vous n'y êtes jamais allée, je suppose ? D'après ce qu'on m'a dit, on y accède à cheval.

Petra avait cette habitude de remplir les silences, comme si ses paroles étaient de l'eau qui coulait vers une vallée. Le théâtre permettait à Petra de mettre en œuvre sa compulsion verbale, les mots d'autres gens se déversant de son âme. Elle adorait devenir leur réceptacle.

Il était difficile de savoir si Issa avait absorbé ou compris le petit discours de Petra sur son nom. Petra reprit :

— Est-ce que je peux vous demander pourquoi vous êtes pieds nus ? Vous n'avez pas froid ?

Issa regarda ses pieds avant de les remonter sur le banc pour s'asseoir en tailleur, son genou droit posé sur la cuisse de Petra. Puis elle fit quelque chose de tellement ahurissant qu'en y repensant, ce soir-là, Petra n'arrivait pas à croire qu'elle ne s'était pas enfuie.

Issa prit la main gauche de Petra et la posa sur son pied.

— Touchez.

Le pied était chaud, la peau incroyablement douce, sans la moindre callosité – et en jetant un coup d'œil à ses orteils, Petra remarqua la perfection de ses ongles ; ils n'étaient pas polis, mais pas du tout éraflés - cette femme n'avait-elle donc jamais porté de souliers ?

Elle retira sa main – délicatement, comme s'il était impératif de ne pas froisser Issa.

— Eh bien, vous avez de la chance, dit Petra. Mes extrémités sont glacées huit mois par an. Quand même… – elle jeta un coup d'œil vers les petits pieds immaculés d'Issa – je ne voudrais pas être en contact avec tous les microbes. Et… vous savez bien, les éclats de verre et les… les aiguilles. Il y a de sales trucs par terre.

Pourquoi parlait-elle comme si elle s'adressait à un enfant ? Issa pouvait avoir seulement vingt ans, ou au moins trente. Elle se trouvait dans l'âge d'or de la jeunesse mûre, celui que certaines femmes avaient la chance d'habiter pendant bien plus longtemps – celui qu'il fallait prolonger si vous vouliez avoir un succès durable dans le métier d'actrice. Petra, qui aurait bientôt trente ans, voyait bien qu'elle était proche de ce moment où paraître jeune deviendrait une lutte à tous les niveaux.

Issa rit.

— Oui. Des chaussures.

Cela signifiait-il qu'elle ne possédait pas de chaussures ? Que les chaussures étaient absurdes ? Peut-être qu'elle était sans-abri – depuis peu. Il devait y avoir un moment critique où on passait dans cette vie-là – à moins qu'une autre personne intervienne. Peut-être que Petra devrait lui proposer de lui donner une paire de chaussures.

— Quelle pointure faites-vous ? demanda-t-elle.

— Allons quelque part.

Aller quelque part ? Petra commença à examiner Issa de plus près ; ses cheveux étaient propres, ses dents droites, son regard limpide, visiblement pas brouillé par une drogue quelconque. Tout chez elle avait une clarté enfantine. Tout aussi furtivement, Petra regarda autour d'elles – dans les hautes herbes qui séparaient la promenade de la route, vers le couple assis sur un banc un peu plus loin – mais elle ne vit pas de caméra cachée, de voyeurs tapis, pas la moindre indication qu'elle était la cible d'une farce, d'un acte criminel ou d'un événement créatif choisi au hasard. Les deux femmes avaient ce ruban de verdure pour elles.

— Nous pourrions aller boire un thé, dit Petra.

Tout pour éviter de se retrouver seule dans son appartement, de repasser ce message de rupture pour la quatre-vingt-treizième fois, guettant… guettant quoi, une nuance impliquant qu'il voulait dire le contraire de ce qu'il disait en réalité ?

Elle se mit à marcher sur le sentier dallé en direction du sud ; après un dernier regard vers le fleuve, Issa lui emboîta le pas.

C'est ainsi que commença l'enchantement de Petra. Même elle, pendant des années ensuite, associerait ce mot à sa rencontre avec Issa. Cet après-midi-là, elles sirotèrent du thé vert et mangèrent des biscotti pendant près de deux heures dans une pâtisserie italienne sur Barrow, et tandis que Petra rentrait seule à son appartement, sans trop savoir où Issa vivait – en fait, ignorant presque tout d'elle sauf qu'elle posait pour des apprentis-artistes et semblait s'intéresser à la vie sauvage dans les cours d'eau new-yorkais – elle se sentit exaltée, heureuse, contente d'elle pour avoir, par inadvertance, dans un contexte différent, suivi les conseils de son professeur de théâtre de "s'ouvrir grand". C'était la même sensation que celle qu'elle éprouvait lorsqu'elle se voyait attribuer un bon rôle dans une bonne pièce, qu'elle mangeait un repas délicieux dans un restaurant accueillant : un sentiment bien plus sécurisant que quand elle tombait amoureuse, alors, au début, elle n'identifia pas ce qui s'était passé. Mais déjà, elle était séduite – tout comme Austin allait être séduit, quelques jours plus tard.

Le cours était annoncé sur le panneau d'affichage devant la cafétéria de l'entreprise : Studio éphémère : dessinez d'après modèle et payez par cours. Espèces seulement. Apportez votre chevalet ! *Il avait lieu deux soirs par semaine dans un bâtiment temporaire en bois contigu à la fortification en bordure de l'Hudson, à quelques rues de l'Intrepid et du kiosque des croisières Circle Line. Austin se souvint d'avoir remarqué ce bâtiment quand il était apparu, presque du jour au lendemain, comme s'il avait été construit en kit, des planches de contreplaqué et de la colle. Pendant une petite année, il avait hébergé un restaurant animé – populaire grâce à son perchoir sur la rive – ensuite, en un éclair, il avait été converti en un entrepôt pour des équipements appartenant au service des espaces verts. Et maintenant, il était devenu un atelier ? Austin s'attendait à ce qu'il disparaisse un jour aussi rapidement qu'il était apparu.*

La première fois, il n'y eut que quatre élèves – si on exclut la jeune femme qui récupérait l'argent et celle qui posait. Il était le seul à apporter un chevalet ; les trois autres s'assirent par terre et dessinèrent sur leurs genoux, l'un dans un carnet à peine plus grand qu'un paquet de cigarettes. Quand la modèle laissa glisser au sol son vêtement – un imperméable de la couleur des petits pois trop cuits – Austin sentit un afflux de sang dans son entrejambe. Il fut surpris, car il avait participé à des dizaines de séances de dessin d'après modèle à l'université; était-il privé de sexe depuis si longtemps que le moindre aperçu d'un corps nu pouvait déclencher son excitation? Mais la modèle tenait son corps d'une manière à la fois pure et érotique, sa peau nacrée rendue encore plus translucide par la lumière crue, chacune de ses côtes posées dans un arc d'ombre.

La caractéristique surprenante de son anatomie autrement parfaite était son ventre, qui était absolument lisse (Austin balaya rapidement la pièce du regard pour voir si quelqu'un d'autre manifestait le même étonnement). Le modèle n'avait pas de nombril.

À la fin du cours, la personne qui collectait l'argent les invita à revenir deux jours plus tard – et d'en parler à leurs amis. "Même modèle", dit-elle, sachant peut-être que cet argument serait pour eux (ou l'un d'eux) très incitatif.

Le lendemain matin, au bureau, Austin demanda à un de ses collègues, un type du nom de Saul qui se vantait beaucoup de ses escapades sexuelles, s'il avait déjà rencontré une femme sans nombril.

Saul rit.

— Dis donc, il faut que tu sortes un peu plus – ou alors, tu fréquentes des femmes plus âgées que nécessaire. C'est le nouveau truc: se faire effacer le nombril par la chirurgie esthétique. Une fois fermé, on peut y ajouter un tatouage. Ou peut-être… peut-être qu'on pourrait le voir comme l'ultime affirmation de l'indépendance. On est le produit de la parthénogénèse.

Austin ne fit rien pour cacher son trouble.

— Pas d'ombilic. Tu piges? Pas de racines, pas d'antériorité familiale. Symboliquement. Au fond, ça veut dire: va te faire voir, maman.

À la deuxième séance, dix personnes se présentèrent, et cette fois la plupart d'entre eux avaient apporté un chevalet. Austin dut s'installer derrière une femme un peu âgée qui travaillait avec assurance et style, et il fut surpris de remarquer qu'elle ajoutait un nombril en creux chaque fois qu'elle dessinait le modèle de face.

Pendant la première pause, la plupart des gens s'éloignèrent pour bavarder, regarder leurs messages sur leur portable ou sortir fumer une cigarette. Le modèle enfila son manteau, s'étira un peu, puis elle se promena dans la salle, pour observer avec intérêt les différentes manières dont ces inconnus avaient représenté son corps. Austin était resté devant son chevalet, où il prétendait être occupé à tailler ses crayons. Cela n'empêcha pas la jeune femme d'accorder la même attention à son esquisse. Austin n'en fut pas contrarié ; il avait toujours été habile en dessin d'après nature. Plus d'un de ses professeurs en architecture lui avait dit qu'il aurait pu faire une belle carrière comme peintre de paysages ou de portraits, s'il avait souhaité travailler en deux dimensions seulement.

— Oh ! s'exclama le modèle en voyant sa réalisation la plus récente sur son bloc.

Sur celui-là, elle était debout, face à lui, les mains sur les hanches, la tête de profil.

Austin recula pour lui faire de la place. Il résista à l'envie d'avancer des excuses comme le manque de temps ou la crudité de la lumière, si peu flatteuse. Lorsqu'elle s'attarda, il dit, se sentant idiot et en même temps trop gêné pour rester silencieux :

— Vous êtes douée.

Elle se retourna et le regarda.

— Vous l'êtes plus.

Elle lui adressa un sourire si franc qu'il rit – et accentua son sentiment d'être bête en disant :

— *Eh bien, ce n'est pas mon* métier*.

Avait-il vraiment dit métier ?

— *Je veux dire, je suis architecte. Je fais l'école buissonnière.*

— *Architecte, répéta-t-elle, sans cesser de sourire.*

Austin s'obligea à se détourner de ses grands yeux verts.

— *Juste un sous-fifre dans un des cabinets en vue de la ville. Nous soumissionnons une nouvelle extension du Met, incroyable, non ? Mais moi, je me retrouve à me trimballer jusqu'à Dubai. Pour accumuler des heures aux Émirats. Je n'ai pas signé de jolis musées. Pas encore.*

La manière dont elle comprit ce discours demeura mystérieuse pour Austin, mais elle paraissait intéressée. Il avait eu quelques histoires romantiques depuis son installation à New York, mais le travail et les voyages étaient devenus si voraces, cannibalisant son temps et son énergie, qu'il n'avait pas investi dans une vie sexuelle depuis près d'un an. Quant à l'amour, impossible à envisager. Saul, le collègue qui l'avait éclairé sur le sujet des nombrils recousus, avait même suggéré que lors de sa prochaine virée au Moyen-Orient, il fasse un détour par Bangkok pour y passer un long week-end. "Et j'ai une adresse pour toi", dit Saul. Quand Austin demanda à Saul d'essayer de se rappeler le dernier petit week-end qu'on leur avait accordé, son collègue répondit : "Réfléchis-y. C'est tout ce que je dis". Depuis lors, Austin ne pouvait cesser d'y penser.

Tandis que l'organisatrice annonçait au modèle que la pause était terminée, la jeune femme surprit Austin en lui disant :

— *J'aimerais bien aller dans un musée.*

Après la troisième séance, Austin demanda si cela l'intéresserait d'aller voir une exposition au Guggenheim le week-end suivant. Il serait obligé de travailler presque toute la nuit précédente pour dégager un après-midi entier, mais il aurait volontiers passé

* En français dans le texte.

deux nuits à travailler pour cela. Il avait peine à le croire : il allait l'avoir toute à lui.

Pendant ce temps-là, Petra se jetait dans la pièce de Giraudoux avec toute la passion renouvelée qu'elle ressentait grâce à la découverte que le désir sexuel – la fièvre, l'attente fébrile, et les fantasmes ravivés de cette euphorie particulière – n'était pas forcément lié aux hommes. Issa avait dit qu'elles se reverraient, et elle avait accepté avec joie la serviette en papier portant le numéro de Petra, l'encre ayant un peu imprégné les fibres blanches, tout en demeurant lisible.

"Je ne sais pas ce que vous avalez au petit déjeuner, Miss Anderssen, mais surtout, ne changez pas de menu", dit son professeur quelques jours plus tard. Les heures qu'elle consacrait à son travail de correctrice passaient comme si elles étaient un plaisir. Quand elle quittait le cabinet d'avocats à neuf heures le matin, après y être arrivée bien avant l'aube, elle se hâtait de rentrer chez elle non pas pour dormir mais pour prendre une douche et se changer, avaler une tasse de thé et une tranche de pain avant de se précipiter dehors pour arpenter les berges de l'Hudson.

Le quatrième jour, sa ténacité fut récompensée ; elle tomba sur Issa – en réalité, elle la repéra de loin – dans le grand parc verdoyant près de la rampe de mise à l'eau du ferry de Hoboken. Quel plaisir ce fut de constater qu'Issa se montrait tout à fait heureuse de la voir (et pas du tout surprise).

— Ravie de te rencontrer ici, dit Petra, tout en souriant d'une manière qui révélerait clairement, elle l'espérait, toute sa joie.

Jouer les inaccessibles était définitivement révolu. Elle en avait terminé avec les parties de balle au prisonnier émotionnelles.

— Oui, ravie ! dit Issa. Viens voir.

Elle prit Petra par le bras, et sans poursuivre les échanges de politesses, l'entraîna vers le sud ; elles dépassèrent l'aire de jeux avec les gicleurs en forme d'hippopotame et entrèrent dans le World Financial Center. À l'intérieur du Winter Garden, Issa tendit la main vers les palmiers.

Petra dit :

— Tu n'es jamais venue ici ?

— Non, dit Issa.

— Fabuleux, hein ? Nous devrions assister à un concert un jour. Ils sont gratuits.

Elle passa sous silence sa réaction horrifiée quand elle avait lu ce qu'avait coûté la restauration, après les attentats, de cet endroit luxuriant, avec ses arbres exotiques importés.

Elle comprit alors que la qualité étonnamment "simple" qu'Issa projetait sur ceux qui l'entouraient, quelque chose que Petra avait, bien peu charitablement, interprétée comme une forme de déséquilibre mental (elle était donc désabusée à ce point ?), n'était rien d'autre que l'émerveillement sans complexe ni artifice de la novice. Peut-être qu'Issa avait des excentricités – bien qu'aujourd'hui, au grand soulagement de Petra, elle portât un legging noir sous son imperméable ; ainsi qu'une paire de chaussures plates aux pieds – mais elle était une ingénue, dans le sens le plus adorable du mot.*

Petra tendit le bras et enroula ses doigts dans la paume d'Issa. Issa n'eut pas le moindre mouvement de recul.

— Tu es charmante, chuchota Petra, soudain téméraire.

— Tu es charmante aussi, dit Issa, avant de s'éloigner en direction des portes en verre qui menaient vers la marina, les voiliers qui dansaient au mouillage, leur gréement tintant comme des cubes de glace dans un cocktail.

— J'ai faim. Pas toi ?

Issa montra le chariot d'un vendeur de bretzels ambulant.

* En français dans le texte.

— Je pourrais nous faire une omelette à mon appartement, dit Petra.

Elle avait encore deux heures devant elle avant la répétition.

— Quelle bonne idée, répondit Issa.

Et elle laissa Petra l'emmener dans la bonne direction, jusqu'à ce qu'elles trouvent un taxi. Petra était extrêmement heureuse de faire une folie pour hâter le moment où elles seraient seules. (Pas si vite ! entendit-elle son âme anciennement asservie ordonner à sa volonté exaltée, grisée.)

Mais quand elles entrèrent dans l'immeuble de Petra et commencèrent à monter l'escalier, Issa parut hésiter. Elle monta les marches lentement, et il leur fallut un temps affreusement long pour atteindre le cinquième étage.

— J'espère que tu n'as pas le vertige, plaisanta Petra. J'habite dans un colombier. Ça fait une différence énorme pour le loyer. Et du coup, je reste en forme.

Issa prit une grande inspiration en arrivant enfin.

— Je suis là, dit-elle.

Et elle regarda alternativement les deux portes, celle de l'appartement donnant en façade (avec sa vue certainement éblouissante sur les toits et le fleuve, ainsi que son loyer faramineux), et celle de Petra (avec sa vue désespérante sur l'espace noir de suie entre son bâtiment et l'autre juste derrière, qui en bas était la cour d'un restaurant mexicain).

Petra déroula son écharpe et enleva son pull en le passant par la tête, avant de les accrocher sur les patères surchargées dans l'entrée plongée dans la pénombre. Dans la cuisine, elle sortit des œufs, du fromage et du beurre du réfrigérateur. Elle dit à Issa de poser son manteau et de s'installer à table. Dans la coupe à fruits, elle prit l'avocat qu'elle avait acheté à un prix déraisonnable deux jours avant. Le fait qu'il était parfaitement mûr lui sembla être un bon présage.

Par habitude, elle alla dans le salon et entrouvrit la fenêtre.

— Si seulement je pouvais faire un courant d'air, dit-elle en se retournant.

Issa avait pris place à table mais elle n'avait pas enlevé son manteau.

— Oh, tu as froid ?

— Tout va bien, dit Issa.

Mais Petra ne parvenait pas à arrêter son bavardage.

— Et ensuite, ce qui se passe en janvier, c'est que l'appartement est tellement surchauffé que je suis obligée d'ouvrir toutes les fenêtres. Ce qui est fou, c'est à quel point c'est récurrent. Les gens se plaignent du changement climatique, mais regarde ce qui se passe en ville pendant l'hiver et qu'est-ce que tu vois ? La moitié des fenêtres sont grandes ouvertes, et les combustibles fossiles s'envolent direct vers le ciel. C'est ridicule.

Issa hochait la tête, attentive mais silencieuse.

Petra prit ce qu'elle avait l'impression d'être sa première inspiration depuis qu'elle était entrée dans son appartement.

— Tu veux un verre de vin ?

— Non, dit Issa. J'ai seulement faim.

Elle ne proposa pas son aide, mais on ne tenait pas à deux dans la cuisine de Petra. Deux personnes pouvaient à peine manger à la table collée au mur du salon ; et le comptoir était aussi trop petit pour deux.

Tandis qu'elle battait les œufs et râpait le fromage, Petra parla de son atelier et de la pièce, et du fait qu'elle avait eu le rôle de la scélérate.

— Je suis la réalité qui éloigne l'homme de son rêve. Le boulet.

Le dos tourné à Issa elle parlait, découpait l'avocat et le répartissait dans les assiettes. Elle regarda les œufs qui commençaient à se solidifier dans leur lit de beurre.

Après qu'elle eut divisé l'omelette en deux, glissant une moitié sur une assiette, l'autre sur une deuxième, décrivant maintenant le personnage de sa rivale, Ondine, elle finit par se retourner. Issa n'était pas dans la cuisine.

Petra passa dans le salon. Issa se tenait devant la fenêtre et regardait dehors.

— Le repas est prêt.

Petra essaya de ne pas paraître vexée d'avoir été abandonnée avec sa poêle et ses œufs. Ce n'était pas comme si sa voix ne pouvait pas atteindre les points les plus distants de son minuscule intérieur.

Issa se retourna.

— Viens voir.

De mauvaise grâce, Petra la rejoignit à la fenêtre. De l'autre côté de la cour étroite et sinistre, visible par la fenêtre d'en face, un homme était avachi sur un canapé, en train de regarder la télévision. Petra l'avait vu des milliers de fois. Il n'était même pas beau. Qu'y avait-il à voir?

— Tu veux parler de l'Homme-larve? Je crois qu'il attend que son superpouvoir se révèle à lui, dit Petra.

— Il est comme ça tout le temps?

— Eh bien, dit Petra, le jour où je connaîtrai la réponse à cette question sera le jour qui verra la fin de mes souffrances. Je suis rarement ici.

— Tes souffrances?

Issa avait l'air inquiète.

— Je plaisante. Je suis parfaitement heureuse, dit Petra.

Du moins, je le suis quand tu es là, se dit-elle.

Elle s'émerveilla devant les lèvres d'Issa et ses oreilles délicatement ourlées. Un homme lui avait-il jamais paru d'une beauté aussi rassurante? Bien sûr que non; déjà, la beauté chez un homme était, par définition, le contraire de rassurant. Les hommes beaux étaient un poison: elle l'avait appris à ses dépens.

Une fois qu'elles furent assises, Issa mangea rapidement, presque goulûment, et elle complimenta Petra sur ses talents culinaires.

Trop de banalités, se dit Petra. Peut-être qu'Issa était tendue parce qu'elles se trouvaient seules toutes les deux. Un autre indice sur le fait qu'il fallait y aller doucement.

— On cuisine beaucoup d'œufs quand on travaille dans un snack-bar, dit Petra. J'ai fait à peu près tous les boulots sous-payés que peut faire une actrice sous-employée. J'ai vendu des bas et des collants chez Bloomingdale's. J'ai fait des sondages politiques; maintenant, je suis relectrice-correctrice. Schizophrénie me voici. Désolée – mauvaise blague.

Issa semblait prendre tout ce qu'elle disait avec la même expression calme.

— J'aimerais bien te voir jouer, dit-elle.

— Eh bien, ça pourrait s'organiser. Cette fois, nous allons faire quelques représentations publiques. Je te dirai. (Quelque chose vint à l'esprit de Petra.) Tes séances de pose: est-ce que tu... est-ce que ça te permet de financer une activité dont tu voudrais faire ton métier?

La pause devint rapidement intenable. Bon sang, peut-être qu'être modèle était tout ce qu'Issa voulait faire. (Y avait-il quoi que ce soit de mal à cela? Elle était faite pour être modèle.)

— Je viens juste de prendre pied, dit-elle. Je ne sais pas bien encore ce que je pourrais faire d'autre. J'aime bien dessiner. J'aime bien dessiner l'eau. La vie de l'eau.

— Es-tu allée à l'aquarium? À Coney Island? Tu aimerais bien, je crois.

— Allons-y.

— D'accord. On organise ça, dit Petra, contente qu'Issa ait (pour ainsi dire) mordu à l'hameçon.

Jetant un œil à l'horloge au mur, elle se rendit compte qu'elle devait être à la répétition d'ici une heure. Il fallait qu'elle se concentre, qu'elle prenne une douche. Seule.

— Ouais, faisons ça. Le week-end prochain? Je suis libre dimanche.

— Dimanche, répéta Issa. Oui, dimanche. Je viendrai ici. Dis-moi à quelle heure.

— Dix heures, dit Petra en improvisant. La porte d'en bas est généralement ouverte, mais sonne si ce n'est pas le cas.

Ils avaient renoncé à demander au concierge de réparer la serrure.

Quand elle quitta Issa à la porte, Petra déposa un baiser sur sa joue.

— Dimanche prochain, dit-elle et elle s'obligea à fermer la porte avant qu'Issa descende l'escalier.

Subtile, la manœuvre de séduction, se moqua son Ancienne Elle, avec un mépris las. Non, pas du tout, contra la Nouvelle Elle. Timide. Pudique. Voilà ce qu'elle est. Il faudra du temps pour la connaître. Sois patiente. Comme ta mère disait autrefois : elle vaut la peine d'attendre.

AINSI, Issa passa son samedi après-midi avec Austin et son dimanche avec Petra. Tous les deux étaient en extase, surtout parce que – et ni l'un ni l'autre n'était assez idiot pour ne pas en avoir conscience – ils n'avaient rencontré personne depuis longtemps, ou peut-être jamais, qui irradiait l'émerveillement comme Issa, son plaisir pur dans la découverte, le premier contact avec des choses qu'elle n'avait apparemment jamais vues auparavant. Voir, ce n'était pas tant croire, qu'être, ou découvrir. Chaque nouvelle expérience visuelle devenait une question. Elle n'avait aucun complexe à admettre qu'elle ne savait rien sur tel ou tel peintre (tout en absorbant les œuvres avec une joie évidente), et elle écoutait attentivement Austin qui lui expliquait la place que le Guggenheim occupait dans l'histoire de l'architecture moderne : comment ce bâtiment marquait à la fois la fin d'une carrière magnifique et le début d'une ère esthétique inédite pour la ville. Un moment virginal, l'appela-t-il. Quand ils sortirent de l'ascenseur au dernier étage du musée, elle se précipita vers la balustrade la plus proche et se pencha au point qu'Austin eut peur qu'elle tombe.

— Attention, dit-il.

— C'est tellement profond.

— C'est drôle, dit-il après avoir retrouvé son souffle. Pour moi, c'est haut, tellement haut.

— Mais nous regardons vers le bas, raisonna-t-elle, et il ne put qu'acquiescer.

Il n'y avait rien de profond dans son observation, en réalité, et pourtant, à mesure qu'ils descendaient, en s'arrêtant pour faire des incursions dans les galeries comme creusées dans la paroi, il imagina que la structure se remplissait d'eau lentement, en silence.

À l'aquarium, Issa parut plus à son aise avec Petra que la fois précédente. Et ce que Petra avait soupçonné était vrai : elle avait un véritable intérêt pour la vie aquatique – ou du moins, une fascination. Pendant qu'elle examinait longuement les différents habitats, Petra admirait les couleurs des néons qui se reflétaient sur le visage déjà lumineux d'Issa.

Ici et là, dans cette exclamation que Petra reconnaissait maintenant comme sa signature, Issa lançait :

— Viens voir !

L'objet de son regard insistant pouvait être un homard bleu ou une étoile de mer de la taille d'un plateau. Il devint de plus en plus facile de partager l'attention enthousiaste d'Issa envers le monde qui l'entourait. C'était redynamisant, une forme de flatterie.

Arrivée à l'aquarium circulaire dans lequel les belugas décrivaient des ronds interminables, Issa plaqua ses deux paumes sur la paroi de verre et se pencha jusqu'à ce que son nez et son front touchent la surface aussi.

— Oh non.

— Je sais, dit Petra. Ça, c'est l'aspect déprimant. Un grand groupe d'activistes veut les libérer, en finir avec ce genre de…

d'exposition. Quel mot, hein! Mais les petits poissons, les hippocampes… ils sont protégés ici.

— Aucun poisson n'est protégé, dit Issa.

Je me demande qui l'est, avait envie de dire Petra, mais pourquoi fallait-il qu'elle soit aussi cynique? Son attirance pour Issa était en partie due au fait que sa nature naïve rappelait à Petra, non sans une certaine réprimande, qu'il était bien trop facile d'assumer une position sceptique chaque fois que la fortune refusait de vous sourire. N'était-ce pas la posture typique du lâche – ou de l'adolescent? Reconnaissante, elle prit la main d'Issa et l'entraîna jusqu'à une balustrade d'où elles pouvaient tout simplement contempler l'horizon.

Le lundi, Austin partit à Dubaï en avion pour un autre marathon de réunions dans un hôtel fabuleusement haut et excessivement climatisé qui aurait dû s'effondrer sous le poids de tous les sols et murs en marbre. Même le plateau de son bureau était en marbre. Sa chambre donnait sur la piscine, et à travers un rideau ondulant de feuilles de palmier tout contre sa fenêtre, il épia un quadragénaire velu qui jouait dans l'eau avec son jeune fils maigrelet, le garçon fin comme un roseau brandissant un gros pistolet à eau orange. Le père portait un maillot de bain noir si serré que c'en était obscène, la sphère de son ventre exagérée par l'impudeur du slip; le gamin avait un caleçon large qui laissait voir la raie de ses fesses. Cependant, la mère était présente, couverte de la tête aux pieds de noir, étendue sur une chaise longue, sans rien faire pour cacher son ennui, souffrant certainement de la chaleur épouvantable. Quand le garçon dirigea un jet d'eau vers elle, elle leva mollement une main pour se protéger. La scène déprimait Austin et le mettait en colère mais il n'arrivait pas à cesser de regarder.

Quelques instants plus tard, la femme quitta son transat et s'éloigna ; ses chaussures scintillaient dans l'éclat du soleil chaque fois qu'elles dépassaient de l'ourlet de sa robe volumineuse. Austin se rendit compte que sous son costume étouffant et ses allégations métaphoriques de chasteté et de fidélité, elle portait une paire de talons aiguilles dorés. Elle avait également un grand sac à main assorti, sa boucle étincelante – visible depuis le quatrième étage – révélatrice d'un designer américain. Avait-il tort de voir la cacophonie de sa tenue comme insultante ?

Il éprouva un haut-le-cœur devant son jugement d'une culture qu'il ne comprendrait jamais, qui s'ajoutait à la vague nausée provoquée par la consommation de trop de pain pita avec trop de légumes rôtis réduits en purée et de viandes carbonisées.

Soudain, il ressentit la manifestation d'une futilité existentielle tellement extrême qu'elle sembla l'attirer vers son immense lit et son tas de coussins à glands. Chaque couleur dans la pièce était une variation sur celle du sable ou de la poussière. Par la fenêtre, au-delà de la piscine d'un bleu acide et des palmiers gris d'étain, la ville ressemblait à un rassemblement de grues et d'engins d'excavation, ses centaines de chantiers de construction comme de lointains groupes de robots, une dystopie de machines dinosauresques en marche au milieu des gratte-ciel phalliques qui bordaient le golfe.

Il avait le mal du pays, c'était tout. Mais pour Austin, c'était le mal de quel endroit ? S'agissait-il de cette ville tout aussi vaste, bien que plus verte, plus féminine ? Était-ce l'appartement qu'il voyait rarement, avec son "coup d'œil" sur l'Hudson, ses hauts plafonds et des sols en parquet à clé grecque ? Ou était-ce la maison que ses parents avaient vendue à Toms River pour prendre la décision raisonnable de s'installer dans un village de seniors ? Avait-il vraiment un lieu dont il pouvait avoir la nostalgie ?

Il alla dans la salle de bains (la paroi de la douche était intégralement en verre, de sorte que s'il ne fermait pas le store de perles, les gens au bord de la piscine pouvaient, rien qu'en levant les yeux, le regarder se savonner les aisselles et le pénis) et fouilla dans sa trousse de toilette à la recherche de quelques pastilles pour l'estomac.

Il avait une autre réunion – une présentation à faire – dans dix minutes. "Reprends-toi en main, pauvre nul, dit-il à son jumeau dans le miroir. Arrête de faire ta chochotte."

Dans l'ascenseur qui le descendit jusqu'à l'étage où d'innombrables salles de conférences grouillaient de magnats de l'industrie sournois et de bureaucrates pathétiques de toute la planète, il chuchota son nom : Issa. On aurait dit une vague, qui entrait puis se retirait sur une étendue soyeuse de sable. En réalité, c'était précisément ce qu'il cherchait dans la vie : la beauté et la simplicité d'une compagne qui regardait le monde en y voyant ses bons côtés. Avait-il déjà rencontré une fille comme celle-là ? Non, jamais.

Après la réunion, il retourna immédiatement dans sa chambre, impatient de remettre la main sur la carte postale du musée – là voilà, rangée dans son agenda – représentant le tableau de Magritte si expressif L'Empire des lumières *sur laquelle il avait écrit le numéro qu'elle lui avait dicté quand ils étaient sortis du musée. Non, à New York, c'était le milieu de la nuit. Il ne devait pas donner l'impression d'être fou. Il commanda un steak frites d'un prix immoral, avec une demi-bouteille de bordeaux. Il coupa la sonnerie du téléphone fixe de sa chambre et loua* Pour une poignée de dollars. *Clint Eastwood, lui, ne s'apitoyait jamais sur son sort. Mais bon sang, Austin avait réussi à choisir un film qui se déroulait dans un autre décor qui n'était que sable et poussière. Et qu'est-ce qu'il portait, Clint, une vieille couverture ? Il s'endormit sans éteindre la lumière, ni enlever ses vêtements, ni déplier les draps.*

Au réveil, il composa le numéro d'Issa. La sonnerie résonna vingt, trente, quarante fois – pas de messagerie. Il se sentit irrationnellement jaloux, énervé.

Il décida qu'une fois à New York – plus que deux jours encore dans cette ville qui se prenait pour Vegas, ce marché aux chameaux dopé au viagra – il l'appellerait dès son retour. Aussi silencieux et assuré que Clint Eastwood, il se déclarerait. Et peut-être qu'il menacerait de démissionner si le bureau ne le laissait pas travailler plus près de chez lui, ne lui donnait pas le temps de congé auquel il pouvait certainement prétendre, maintenant.

Mon Dieu, se dit-il, je suis fou. Et il rit en ajustant son nœud de cravate.

À New York, en l'absence d'Austin, Petra et Issa étaient, une fois de plus, assises au bord de l'Hudson. Elles mangeaient de la glace, bien que la saison des glaces fût passée. Du sucre pour le courage, se dit Petra, faisant le vœu de parvenir à exprimer ses intentions passionnées à Issa cet après-midi-là.

Puis Issa dit :

— Je vais partir quelque temps.

— Partir ? Pendant combien de temps ? demanda Petra.

— Oh, juste un peu. Quelques jours, dit Issa.

— C'est la famille ?

Petra savait seulement qu'Issa venait d'une grande famille, et quand elle lui avait demandé d'où elle était originaire, Issa avait répondu : "Trop d'endroits. Sur la côte." Il était clair qu'elle ne voulait pas en dire davantage, et Petra se demanda si elle était une fille de militaire. Ou d'un marine. Elle s'imagina un père avec les cheveux en brosse, austère dans son uniforme étincelant, un adepte d'une discipline cruelle. Elle pensa au Capitaine Bligh joué par Trevor Howard.

— Non. Ce sera un petit voyage. Je veux aller voir quelque chose. Je vais aller à la plage. Montauk, je crois.

— C'est magnifique, Montauk, dit Petra, que démangeait l'envie de s'inviter au voyage (oubliant qu'elle avait une répétition presque tous les jours cette semaine-là).

— Mmm, dit Issa de sa manière rêveuse habituelle.

— Quand est-ce que tu pars ?

— Aujourd'hui.

Issa n'avait pas fini sa glace. Elle prenait une cuillerée et la léchait soigneusement, presque pensivement, avec sa langue couleur corail.

Petra avait fini la sienne et elle jeta le pot dans une poubelle à côté.

— Écoute.

Elle prit des mains d'Issa, très doucement, le petit récipient, qu'elle posa sur le banc à côté d'elle.

— Il faut que je le fasse. Ça passe ou ça casse. Marche ou crève.

Elle se pencha vers Issa, l'attrapa par les épaules pour qu'elles soient face à face. Elle plaqua sa bouche sur celle d'Issa, en priant le ciel.

Ce n'était pas ce à quoi s'attendait Issa.

— Oh. Oh ! s'écria-t-elle, et bien qu'elle ne la repoussât pas franchement, ses yeux s'écarquillèrent.

Ensuite, elle enlaça Petra et la serra fort, de manière à ce que chacune ait son menton par-dessus l'épaule de l'autre, et ensuite, au bout d'un moment, elle se sépara de Petra – doucement, en tenant les bras de Petra – en souriant.

— Je ne pensais pas à ça, dit-elle. Ou je ne pensais pas à ça maintenant.

Petra rit, avec trop d'amertume, peut-être.

— Je pourrais demander une clarification ; du genre, si ce n'est pas maintenant, peut-être plus tard ? Oh grands Dieux, oublie ce que je viens de dire.

— Je pars pendant quelque temps. Très peu de temps, comme je t'ai dit. Je te verrai après.

— *Mais est-ce que tu es en train de dire que… (Petra leva une main, pour s'interrompre.) Non. Peu importe. Je suis totalement mortifiée.*

Elle tâtonna à côté d'elle ; eh bien, une chose au moins n'avait pas été retournée. Elle récupéra le pot de glace et le rendit à Issa.

Issa recommença à manger sa glace mais le regard qu'elle lança du côté de Petra était chaleureux, peut-être même un regard d'excuses.

— *J'ai besoin de voir certaines choses, d'abord.*

Voir, regarder. Issa ne cessait d'observer – ou recherchait-elle quelque chose ? S'agissait-il d'un genre de fébrilité qui attirait Petra, la qualité qui faisait que toutes les femmes tombaient raides dingues amoureuses de marins, d'alpinistes, de mushers de l'Iditarod, des hommes les plus manifestement indisponibles du monde ? S'agissait-il d'une autre version de cela ? N'apprendrait-elle donc jamais ?

Mais quand Issa eut fini sa glace, elle se pencha vers Petra et lui dit :

— *Il y aura plus. Promis.*

S'il parvenait à passer l'immigration et la douane assez vite, et si le Midtown Tunnel n'était pas bouché, il pouvait arriver au cours de dessin avant la fin. Est-ce qu'il aurait l'air idiot avec sa valise – sans son chevalet et sans son papier ? Qu'en avait-il à faire ?

Et comme s'il y avait effectivement un dieu bienveillant, Austin sembla traverser sans encombre les différentes étapes et pour une fois, il ne se formalisa pas que son chauffeur conduise sur l'Interstate 495 comme un fugitif poursuivi par la police. Le taxi le déposa devant l'Intrepid une heure après le début du cours, et comme un fait exprès, un vendeur de fleurs ambulant parcourait les voies du West Side Highway, se faufilant entre les voitures avec un seau de roses jaunes coincé sous un bras.

Depuis le trottoir, Austin lui fit signe de s'approcher.

— Je prends tout. Je vous donne cent dollars.

Il passa les dix minutes suivantes accroupi à côté d'une poubelle, pour sortir les roses de leur étui en plastique avant de les empiler délicatement sur le sol. La circulation en direction du sud filait avec insouciance, à moins de deux mètres de son dos. Une fois qu'il eut terminé, il défit une étiquette de sa valise et avec ses dents, l'arracha de la boucle élastique. Avec la ficelle, il attacha les roses ensemble, ignorant les épines.

Il trouva un banc près du bâtiment où se déroulait le cours et attendit. Il faisait frais mais il était réchauffé par sa détermination ; son cœur battait bien trop vite. À l'aide d'une serviette en papier de la compagnie aérienne qu'il sortit de sa poche, il tamponna les blessures sur ses doigts.

Quand les clients-artistes sortirent dans la nuit, éclairés à contre-jour par les lampes fluorescentes qui avaient dû illuminer la nudité d'Issa, révélant l'absence totale de défaut, il bondit sur ses pieds et attendit. Elle serait une des dernières à partir. Au bout de dix minutes, il vit la pénombre augmenter à mesure qu'on éteignait les lampes. Il se rapprocha ; l'organisatrice verrouillait la porte.

Austin n'eut pas d'autre choix que de poser la question. Tout ce qui sortit fut :

— Issa ? Est-elle… ?

— Elle était de repos ce soir.

La femme contempla les roses, qu'Austin aurait eu du mal à cacher. Elle ne réussit pas à réprimer un sourire gêné, et amusé.

— Oh là là. Hem… Désolée.

— Ça ne fait rien, dit Austin.

Et maintenant ?

Il fut presque tenté de fourrer les roses dans les bras de la femme avant de s'enfuir.

— Désolée, répéta-t-elle. Bonne soirée.

Elle hésita, puis s'en alla. Pire, elle se retourna et lui fit au revoir de la main – comme si elle s'inquiétait qu'il puisse la suivre comme le cinglé qu'il était devenu.

Austin repartit vers le banc et fouilla dans ses poches à la recherche de son téléphone. Il composa le numéro d'Issa. À nouveau, il sonna dans le vide. "Qu'est-ce que tu peux être stupide", dit-il en rangeant l'appareil. Il prit un taxi pour rentrer et répartit les roses, qui l'asticotaient avec leur couleur platine Marilyn, dans trois des cinq vases qu'il avait chez lui (ce qui, il en était conscient, l'identifierait comme homo dans certains cercles). Il se dit, j'ai été incontestablement émasculé. Émasculé ? Depuis quand raisonnait-il en ces termes ? Peut-être valait-il mieux, après tout, se jeter dans le travail à corps perdu, pour oublier les humiliations de l'amour. Quant au sexe, la proposition de Saul d'une adresse à l'autre bout du monde ridiculisait sa chasteté.

Cette nuit-là, il rêva de Bangkok, un endroit où il ne s'était jamais rendu mais dont il connaissait l'architecture par les magazines. Dans le rêve, il errait dans les rues, prenait des photos des bâtiments, des vieux comme des nouveaux, tandis que de belles femmes nues passaient à côté de lui. Il comprit, dans le rêve, qu'il était invisible. Il se sentit puissant, immunisé contre les distractions féminines.

Et alors, le jour suivant, juste au moment où il commençait à se sentir libéré des illusions trompeuses et egocentrées de la semaine précédente, il sortit de l'immeuble où se trouvait son bureau, et là, sur le trottoir, se tenait Issa. Juste là. Elle était en face de la porte à tourniquet, sa présence immobile coupant le flot des travailleurs en costume qui se déversaient dans le frais soleil d'automne.

Elle attendait.

— Comment as-tu su où me trouver ?

— Tu as montré le sommet de ton immeuble. Quand on se promenait, après le musée.

Puis, soudain, au beau milieu d'un trottoir de Manhattan envahi par la foule de midi (bien que rares fussent ceux qui se seraient laissé facilement distraire de leur mission : trouver le bagel, le burger ou la bento box de leurs rêves), elle fit quelque chose d'ahurissant. Issa prit la main droite d'Austin entre les siennes et la guida doucement sous le pull large qu'elle portait sous son inévitable imperméable. Elle pressa la paume d'Austin contre son ventre d'une douceur surnaturelle. Elle la tint là pendant plusieurs secondes, les yeux rivés dans les siens. Quand elle la lâcha, il retira sa main, à regret.

— J'aime comme tu me vois vraiment. Tes dessins le montrent, dit-elle. J'y ai réfléchi, et je crois que nous sommes faits l'un pour l'autre. À mon avis, tu le crois aussi. C'est le cas ?

Austin laissa échapper un rire hystérique.

— Je ne demande qu'à le vérifier.

Pendant les deux semaines suivantes, ils passèrent toutes les nuits dans le lit d'Austin, et toutes les heures qu'il parvenait à arracher à son emploi du temps dans la journée à marcher dans la ville, éblouis mais pleins d'énergie, comme s'ils étaient des touristes venus d'un pays lointain. "Regarde", disait-elle en désignant un pont ou un oiseau ou une poussette avec des jumeaux, et chaque fois, pour Austin c'était une nouveauté, un miracle, une énigme, même s'il l'avait vu des milliers de fois. Un pigeon était un miracle. Le corps d'Issa l'envoûtait complètement – il n'avait pas le moindre désir de demander pourquoi elle s'était fait enlever le nombril ou pourquoi elle avait le corps totalement glabre – et il était ravi quand sa réserve verbale laissait place à une nouvelle expressivité. Elle lui demandait de lui raconter sa journée en détail – avec joie, pas jalousie – et elle commença à lui montrer des dessins qu'elle faisait à la table en son absence. Peu lui importait (il aimait ça, en réalité) qu'après une longue nuit ardente de sexe, elle reste dans son lit pendant qu'il se douchait et s'habillait, qu'elle lui dise qu'elle le retrouverait exactement au même endroit quand il rentrerait à la maison.

Elle avait trouvé un bloc à dessin en haut, dans son placard, et le tiroir dans lequel il rangeait un stock de crayons de couleurs, de craies, d'aquarelles et de gouache, auquel il avait rarement touché depuis ses années d'école. Et avec Issa dans son lit, il pouvait difficilement continuer à assister aux cours du soir dans lesquels elle posait comme modèle. Qu'elle devienne l'artiste, désormais. (Sans qu'ils en aient vraiment discuté, elle s'était installée chez lui. Il ne voulait pas en parler – de peur de briser la magie.)

Elle se mit à remplir les pages d'un bloc, puis d'un autre, avec des dessins de créatures marines, de motifs aquatiques, de nageoires, tentacules, coquillages, anguilles finement entrelacées, de récifs comme des forteresses ornées d'anémones, d'algues et de fleurs fantastiques. Il commença à lui acheter des blocs de feuilles plus grandes, plus chères.

— Ces dessins sont incroyables, je veux dire, incroyablement bons, lui dit Austin. Il faut que tu les montres à quelqu'un.

— Tu es quelqu'un. Je te les montre.

— Je veux parler de quelqu'un d'une galerie, quelqu'un qui pourrait t'organiser une exposition, dit-il (bien qu'Austin sache qu'il ignorait tout de ce qui se rapportait à la scène artistique sophistiquée, excentrique et élitiste, voire impénétrable, de la ville). Peut-être que son travail était conventionnel, mais on ne pouvait pas nier sa beauté et son sens ingénieux de la composition. À tout le moins, elle aurait dû être une illustratrice reconnue, pourtant, sa seule source de revenus, à sa connaissance du moins, était son emploi de modèle.

— Est-ce que je peux en prendre quelques-uns et les montrer à quelqu'un à mon bureau ? demanda-t-il.

— Non, non. Ils ne sont pour personne d'autre. Que toi.

Austin aurait été idiot de ne pas s'étonner de la dévotion exclusive qu'Issa lui témoignait, leur témoignait, et il savait que l'intensité de sa gratification sur le plan sexuel l'aveuglait à moitié, mais il y avait une simplicité rassurante dans la vie sans entrave d'Issa. Elle venait d'arriver ici, et il avait eu la chance de la découvrir le premier, et si elle semblait curieusement dénuée des phobies habituelles et des callosités émotionnelles que les femmes apportaient dans des "relations", quelle importance? Est-ce que tous les gens intelligents, créatifs, avaient besoin d'être empêtrés dans des taillis de névroses, d'avoir une âme criblée des stigmates de précédentes peines de cœur?

Voilà ce qu'il savait: Issa le rendait plus heureux qu'il ne l'avait jamais été auparavant. Il la voulait – et ne pouvait s'empêcher de sentir qu'il la méritait.

Si elle avait des parents et des frères et sœurs, clairement, elle n'était pas proche d'eux. Il savait qu'elle était née en France mais qu'elle n'était pas française. Elle était originaire d'une ville détruite par la mer – ce qui expliquait son obsession avec les images de la mer, n'est-ce pas? – et après, elle avait vécu "partout". De toute façon, était-ce important, le passeport qu'elle détenait? Le monde était un endroit dont les frontières devenaient plus poreuses avec le temps – ou du moins, c'était l'impression qu'on avait en ce temps-là.

Un mois après le jour où elle l'avait attendu devant son bureau, il appela ses parents. "Je vais demander à quelqu'un de m'épouser. Et si elle dit oui, je l'emmènerai chez vous pour vous la présenter." Sa mère resta silencieuse, mais Austin savait que plus que tout, elle voulait des petits-enfants, alors elle ne lui dit pas qu'il était imprudent ou impulsif ou qu'il devrait attendre son heure. De toute manière, rien de ce qu'elle aurait dit ne lui aurait fait changer d'avis.

— Mec, tu es envoûté, dit Saul. J'espère que c'est pas parce que t'es chaud comme la braise.

— Envoûté ou pas, parfois on sait, c'est tout, dit Austin. Parfois on tombe sur une perle.

— Ou on tombe des nues… rétorqua Saul.

Et donc, décida Petra, son ancienne Elle avait eu raison de faire de l'obstruction. Elle avait été trop rapide. Comme c'était absurde de penser que les femmes n'avaient pas besoin d'être aguichées, courtisées, de jouer à tous ces jeux barbants. Pourquoi n'avait-elle jamais découvert où vivait Issa ? Pourquoi avait-elle été si passive ? Oh, tu n'as pas franchement été passive, se moqua l'ancienne Elle. Au contraire.

Le pire, dans ce contrecoup douloureux, était la manière dont son identité sexuelle avait été complètement retournée. Était-ce son destin, depuis toutes ces années, de chercher son âme sœur ou le véritable amour ou sa destinée romantique (peu importait !) chez une femme ? Petra croyait dur comme fer à l'importance de se connaître soi-même, alors qu'est-ce que cela signifiait ? Elle s'interrogea rétrospectivement sur les femmes dont elle s'était sentie proche – en vérité, pas nombreuses – à New York, et avant cela, pendant ses années d'études dans le Maine (sympas, mais inutiles ; si elle avait été plus courageuse, elle aurait insisté pour s'inscrire dans un conservatoire, et peut-être que là, elle se serait connue mieux).

Elle s'imprégna en profondeur du rôle de Bertha, y injectant toute l'amertume, toute la perplexité, le sentiment d'abandon qu'elle avait après la disparition d'Issa. Son professeur fut impressionné et lui promit un rôle de premier plan dans la production annuelle de Shakespeare. Peut-être Rosalind. Ou Kate. Il était temps de monter une comédie, dit-il. (Et comment, se dit Petra.)

Son contrat avec le cabinet d'avocat se termina. Elle trouva un emploi de serveuse dans un bar sur Bank Street. Les pourboires étaient énormes, le propriétaire compatissant. Elle décrocha une publicité pour un médicament contre les douleurs menstruelles. (Elle joua au tennis en blanc ! Elle se promena avec un caniche, blanc aussi ! Elle dansa dans une robe soyeuse ! Elle fit de la voile !

Une vie sportive vécue en moins de trente secondes.) Et comme promis, elle se vit attribuer le premier rôle dans La mégère apprivoisée. *Compensation cosmique. Au diable l'amour.*

En janvier, l'un des jours les plus froids de cet hiver-là, elle s'approcha d'une table à laquelle un couple venait de s'asseoir. La femme était dos à Petra, et elle tourna la tête quand Petra lui tendit la carte.

Issa lui sourit, sans la moindre culpabilité ou surprise dans le regard, et dit :

— Bonjour.

Rien de plus. Mais il était évident (n'est-ce pas ?) qu'elle reconnaissait Petra.

— Comment ça va ? dit Petra, fouillant frénétiquement dans son répertoire d'actrice pour trouver un ton qui paraîtrait léger, impersonnel, même d'une servilité ironique.

— C'est le bonheur, dit Issa en jetant un coup d'œil vers son compagnon.

Petra ne put s'empêcher de l'évaluer. Plutôt beau – cheveux noirs, yeux bleus, une mâchoire décidée, rasée de près – et d'une élégance tellement habile. Sa chemise était mauve hibiscus, ses épais cheveux brillants coupés de manière à sembler à la fois soignés et ébouriffés.

— Bonne nouvelle, dit Petra. Elle regarda le compagnon adresser un sourire gêné à Issa ; s'attendait-il à être présenté ? Ou peut-être s'agissait-il de leur premier rendez-vous – Petra savait que c'était bien un rendez-vous, peut-être plus que cela – puis elle vit l'éclat sur la main gauche d'Issa quand elle ouvrit la carte.

— Je vais vous détailler les plats du jour, dit Petra.

Les mots flétan, variété ancienne et filet n'avaient jamais paru peser autant sur sa langue. Elle s'occupa le plus possible pendant l'heure et demie qui suivit, prenant même une table supplémentaire pour décharger une collègue débordée.

Juste au moment où elle était certaine que cela n'arriverait pas, Issa s'approcha d'elle – par derrière, la touchant au creux des reins, tandis que Petra attendait au bar qu'on lui donne un plateau de boissons – et dit :

— Tu me manques.

Petra se retourna brusquement, prête à lancer : Vraiment ? N'importe quoi. Mais elle n'était pas en position de faire une scène. Elle jeta un coup d'œil délibéré à la main d'Issa.

— Alors, tu es quoi, fiancée ?

Elle se tourna vers la table d'Issa. L'homme élégant n'y était pas ; il s'était approché d'une autre table et bavardait, jovial, avec ses occupants.

— Oui, dit Issa.

Elle avait toujours cette pureté solide et on n'entendait pas une once de duplicité dans sa voix.

— Félicitations, j'imagine.

— C'est arrivé juste après que je t'ai vue.

Petra ne put s'empêcher de rire.

— C'était il y a quoi, trois mois ? Est-ce qu'il est revenu du fond de ton passé ?

Pourquoi se donnait-elle la peine de demander des détails ? Éloigne-toi, se dit-elle. Le joli fiancé allait probablement lui sucrer son pourboire.

— Non… Mais il… il a une espèce de pouvoir.

— De pouvoir ? (Mais qui était cette salope ?) Vraiment…

Clairement Issa n'entendit pas le sarcasme. Elle regardait Petra droit dans les yeux, son regard vert ne vacillait pas.

— J'ai besoin de quelqu'un qui a vu le monde, qui le connaît, dit-elle. Mais tu m'as manqué. Tu me manques toujours.

— Ce n'est pas moi qui ai disparu, chérie. Tu savais où me trouver.

Issa se contentait de la regarder.

— *Je te trouverai une autre fois.*

Le plus étrange, c'était que Petra la crut – même, que Dieu lui vienne en aide, Petra voulait que ce soit vrai. Qu'est-ce qui pouvait donc faire paraître cette vagabonde indélicate un tant soit peu digne de confiance ? Quelle preuve y avait-il d'une conscience, d'un cœur ?

Plus tard, beaucoup plus tard, la dissonance dans les émotions de Petra deviendrait entièrement claire, même si, pour finir, elle conduirait à un mystère auquel l'un comme l'autre – Petra, conduite sans complexe par ses passions, et Austin, dont la vision de la vie exigeait des explications rationnelles pour tout et écartait tout regret – n'avait jamais été confronté auparavant.

MIRIAM

En douce, lorsqu'Austin n'est pas dans le coin – et Brecht non plus, évidemment – je me jette avec avidité sur les nouvelles de New York. Dix-neuf décès confirmés, sept blessés (deux dans un état critique) et deux disparus. Il y a des plongeurs dans l'Hudson à côté de la marina, cherchant des corps ainsi que des indices. Les commentateurs spéculent sur l'escalade dans les tactiques mises en œuvre par ce groupe, Oceloti, les "guerriers jaguars" auto-proclamés qui ont émergé il y a une douzaine d'années, quand les autorités brésiliennes ont refusé de faire cesser les feux illégaux qui éradiquaient la forêt pour créer des pâturages. Avant cette semaine, on trouvait leurs actes de défi dans la deuxième ou la troisième rubrique des nouvelles. Ils versaient de l'acide dans les réservoirs d'engins de forage très chers, endommageaient des ponts (ils ont donc bien utilisé des explosifs dans le passé), disposaient des lames assez acérées pour déchiqueter des pneus sur la route des camions chargés de bois, jetaient de la boue toxique dans les piscines de dirigeants d'entreprises. Ils savaient démanteler des systèmes de sécurité, se faire entendre sans se faire prendre, mais ils n'allaient pas jusqu'à tuer. Ils revendiquaient leurs actes de loin, par Internet, raillant leurs cibles dans des vidéos qui floutaient leurs visages.

Je me fiche de savoir qui est derrière l'acte, de connaître leur motivation. Ce ne sont pas des djihadistes, et leur dépit et leur fureur m'ont semblé rationnelles, même nobles, dans le passé – mais quand on fauche de malheureux passants, je considère que la ligne est franchie. Je regarde les photos des morts et des survivants – des portraits posés de ces gens dans l'avant, toujours souriants ; comment pouvons-nous connaître notre destin ? – et s'ils sont jeunes, je pense à leurs parents. La plus jeune victime de cet attentat a dix-huit ans. C'était un étudiant en sciences politiques à NYU. Eh bien, il a interagi avec la politique dans ce qu'elle a de plus vengeur.

Je pense à la vengeance, et je pense à la rectitude, et je pense aux gens pour qui le succès se mesure au décompte des cadavres. Cet attentat était une tentative d'assassinat, du moins c'est ce qu'ils prétendent, et bien qu'ils aient manqué leur cible principale, ils ne présentent pas d'excuses. Non : ils disent au monde qu'on récolte ce qu'on sème. À se coucher avec des chiens on se lève avec des puces. Votre avidité vous perdra. Est-ce que les terroristes comprennent qu'ils alignent les clichés ? Que les clichés peuvent être vrais, mais qu'ils ne vont pas jusqu'au fond des choses, quelle que soit la chose ?

On n'est jamais plus heureux que son enfant le moins heureux. Un autre cliché. Toutes les mères l'ont entendu – ou toutes les mères qui se croient bonnes mères. Comme tous les autres clichés, il est vrai, et alors ? Et quand on a un seul enfant, votre bonheur suit une courbe à l'encre bien noire… à moins de ne plus pouvoir lire le coefficient de bonheur de votre enfant comme vous le faisiez pendant les premières années de sa vie. Bien entendu, vous lisez dans les livres spécialisés les plus sages que c'est une erreur de penser que votre boulot, c'est d'éviter à votre enfant de connaître le chagrin, la douleur, l'angoisse, la morosité quotidienne d'un jour sombre et pluvieux. Parfois l'enfant doit simplement pleurer un bon coup, parcourir un long tunnel, apprendre que le désespoir peut être enduré.

Tout ceci, je le tenais pour acquis, je le remettais rarement en question, avant que Brecht s'en aille à l'université. Quand il a eu huit ans, nous avons souffert ensemble de la mort brutale d'Andrew – ensemble, mais très différemment. Il m'arrive de penser que tout le temps passé à parler, expliquer, réconforter, rassurer (ce qui paraissait faux à l'époque) est ce qui m'a maintenue debout et dans le monde. Je trouve étrange que Brecht se souvienne maintenant de si peu de choses de cette époque-là, en tous cas, aucune de nos intenses conversations, tous mes euphémismes – parce que nous n'étions pas religieux – sur l'endroit où son père était "parti", toutes mes stratégies finalement malhonnêtes pour éviter de dire *jamais*. Bien entendu, les journées étaient interminables dans les mois froids qui ont encadré cette année très longue ; interminables et monotones. Quand tous les jours sont pareils, la mémoire se recroqueville.

Et en réalité, quel souvenir ai-je du temps où j'avais huit ans ? J'ai un album mental de clichés, la plupart d'entre eux flous : mes chaussures rouges favorites portées avec un collant blanc, notre petit jardin herbeux et son portique avec balançoire et toboggan, une institutrice préférée et les voix avec lesquelles elle lisait les livres de Narnia, le cheval en peluche que j'avais toujours sur mon lit (un palomino !). La plupart des souvenirs de cette époque de ma vie sont statiques.

Pour ce qui est de mon propre deuil, je devais faire de mon mieux pour le contenir jusqu'à ce que Brecht soit couché, endormi, parce que toute la journée, pendant des mois, nous étions collés l'un à l'autre. Je me faisais tout livrer, jusqu'aux cendres d'Andrew. Brecht avait passé cinq petits mois dans sa nouvelle école, et je n'avais pas encore consolidé ces "liens de mamans" dont tout le monde avait parlé avec tellement d'entrain quand nous avions visité les lieux. Les e-mails que la principale envoyait pendant le confinement se terminaient par *Restez chez vous, restez en bonne santé, gardez votre calme et soyez bienveillants envers vous-mêmes!* Le premier message est arrivé alors qu'Andrew était encore vivant et en bonne santé (il l'a lu à haute voix dans une imitation chichiteuse parfaite de la femme), le message suivant, alors qu'il était en réanimation, le troisième, juste avant sa mort. Ma mère voulait que Brecht et moi allions nous réfugier dans l'Idaho, où elle s'était installée après le décès de mon père l'année précédente, mais il n'était pas question qu'on monte dans un avion.

Dans le cabinet, je suis considérée comme la gardienne de l'ordre. On me dit toujours que sans moi, l'affaire se déliterait. "Austin sait fabriquer une maison qui résiste à peu près à tout, a dit Filene la semaine dernière, mais vous nous maintenez les pieds sur terre, orientés dans la bonne direction."

Alors, il y a cette conception répandue qu'Austin est le "créatif" de la famille (comme je déteste qu'on transforme cet adjectif en nom), le soleil autour duquel nous tournons en orbite, alors que moi, je suis… quoi, la gardienne du temps? La surveillante? À New York, on me comparait à une concierge: celle qui réparait la plomberie, triait les poubelles, éliminait la vermine. Et oui, je sais y faire. Le sens de l'organisation est un de mes talents, et je ne me sens pas insultée que ce soit l'une des qualités qu'Austin ait d'emblée aimées chez moi. La première fois qu'il est venu dîner (avec Brecht et moi), il a examiné notre cuisine de poche et m'a dit qu'elle ressemblait à un sonnet. Il a brandi une cuillère en bois et un verre à eau. "Voyez comme elles riment!" a-t-il lancé. Je n'avais pas la moindre idée de ce qu'il voulait dire, mais j'ai été immanquablement charmée. Brecht, qui avait onze ans à ce moment-là, m'a dit qu'il était sympa mais clairement fou. (C'est drôle, peut-être, que

Brecht en grandissant se soit lui-même mis à écrire des sonnets, au moins pendant ces deux années de lycée.)

Mais maintenant, alors que ma cuisine (compacte mais luxueuse) peut être vue comme un lieu d'harmonie et de rythme, sous la poésie s'est ouvert un vide souterrain qui menace de déstabiliser les planchers, de provoquer l'écroulement brutal de tout ce que je fais par ailleurs.

C'est une chose que mon fils de vingt-deux ans ait des souvenirs approximatifs d'avoir perdu son père quand il avait huit ans ; c'en est une autre qu'il ne se rappelle pas avoir été dans la ligne de mire d'un cataclysme, il y a moins deux ans, qui a tué le compagnon avec qui il se promenait dans son quartier. Je me fiche que les médecins voient dans cette amnésie "une défense naturelle du système nerveux" ou qu'ils pensent que je suis rassurée que mon fils souffre d'un stress post-traumatique "traitable". Que peuvent-ils prédire ?

Après les informations ce jour-là, j'étais fébrile ; j'ai essayé de le joindre. Pas de chance ; pas même de répondeur. L'attentat a eu lieu un samedi ensoleillé, en début d'après-midi, alors que le marché de Union Square grouillait de clients. Après deux heures passées à envoyer des messages en vain, j'ai dit à Austin que je prenais la voiture et que je partais. Austin m'a fait remarquer que les ponts et les tunnels étaient peut-être fermés. Il a téléphoné à un ancien collègue avec qui il est encore en contact. Il a demandé à Steve, qui vit dans le Village, s'il pouvait se rendre à la résidence universitaire de Brecht.

Une heure plus tard, Steve nous a appelés. J'ai pris le portable de la main d'Austin, et Steve m'a dit :

— Il est avec moi, tout va bien se passer. Mais je l'emmène à l'hôpital.

— Quoi ? Mais pourquoi ?

— Il est un peu sonné, mais tout ira bien, j'en suis sûr.

Quand j'ai demandé à parler à Brecht, Steve a dit :

— Je lui demanderai de vous appeler plus tard. Je crois qu'il a besoin de… d'être examiné par un médecin.

— Je veux entendre sa voix ! ai-je crié, comme si Steve le retenait en otage.

J'ai entendu la voix assourdie de Steve informer Brecht que sa maman était au bout du fil. Les larmes coulaient de mes yeux pendant que j'attendais.

— C'est moi, maman, a dit Brecht.

On aurait cru qu'il était enrhumé.

J'ai à peine eu le temps de lui dire que je l'aimais, et Steve a repris le téléphone.

— Je crois que son audition est touchée. Je vais le faire examiner. Je vous promets, je vous appelle dès qu'on sera dans la salle d'attente. Parce que je suis sûr qu'on ne sera pas seuls. Mais tout va bien se passer, je vous assure.

— Qu'est-ce que vous voulez dire par son audition est touchée ?

Je sanglotais.

— Nous allons tirer ça au clair. Je vous en prie, essayez de ne pas vous inquiéter. Je le ramènerai chez moi après, a dit Steve, très doucement.

Austin se trouvait derrière moi, si près que nos corps s'étreignaient presque. Je l'ai laissé reprendre le portable pour remercier son ami.

Ce n'est qu'après qu'il a eu raccroché que j'ai pensé à Noam Fletcher. Noam était un garçon de Vigil Harbor qui avait pris une année sabbatique après le lycée et envisageait de déposer sa candidature pour des études supérieures. Il n'était pas un ami de Brecht, mais je me rappelais avoir vu sa silhouette dégingandée sillonner la ville à grandes enjambées. Pendant sa dernière année de lycée, il avait acquis une certaine renommée en devenant le meneur qui avait réussi à mettre fin à la domination de Knowles sur notre équipe au basket. C'est moi qui avais suggéré à sa mère, avec qui je bavardais au rayon frais du supermarché, que si Noam s'intéressait à des écoles de New York, Brecht serait heureux de l'accueillir chez lui. Et c'était le cas. Alors Noam y était allé. Cette semaine-là.

Mais probablement, Noam avait son propre emploi du temps ; peut-être qu'il s'était rapproché d'une autre école de Manhattan – ou dans un autre quartier. Et est-ce que sa mère ne m'aurait pas envoyé un message si elle était inquiète ? Noam avait dû l'appeler depuis le lieu où il se trouvait à ce moment-là.

C'était mon idée, voilà tout ce qui m'obsédait quand j'ai découvert, deux jours plus tard, et pas par Brecht, que les garçons étaient ensemble. Noam avait contacté sa mère en vidéo une demi-heure avant l'attentat, juste pour dire que tout était trop génial et New York, c'était super, il s'amusait bien, mais peut-être que ce n'était pas un endroit pour lui. Joan Fletcher avait vu mon fils apparaître par intermittence dans le champ, pendant qu'elle parlait au sien. C'est le père de Noam qui me l'a rapporté.

Et maintenant, qu'est-ce que je veux vraiment ? Qu'est-ce que je devrais vouloir ? Comment cela pourrait-il être un soulagement de renvoyer Brecht à New York, pour qu'il reprenne ses cours comme s'il s'était absenté à cause d'une mononucléose, ou une période de travaux d'intérêt général pour avoir une réduction dans ses frais de scolarité ? Il n'a jamais eu de projet de carrière. Il étudiait l'histoire et la littérature en plus des matières obligatoires : climat, informatique et commerce. D'une certaine manière, le travail qu'il fait semble le recentrer – comme autrefois la course à pied – à moins que ce soit une forme de camouflage psychologique, une simple distraction pour ne pas céder à la panique.

Il était depuis deux semaines à la maison quand on a eu l'impression qu'il était guéri, du moins physiquement. Les endroits où de tous petits éclats d'obus s'étaient incrustés dans le côté gauche de son visage – son corps était resté intouché, protégé par celui de Noam – il avait encore une série de minuscules cicatrices, comme une pluie de pétales de chrysanthèmes. Il m'a dit qu'elles le démangeaient un peu, mais la douleur des terminaisons nerveuses diminuait. Quand il sortait courir, je ne faisais rien d'autre que me faire du mauvais sang jusqu'à son retour. Il montait ensuite dans sa chambre et je me plantais au pied de l'escalier, l'oreille tendue, sans rien entendre. Il aurait pu être en train d'écouter de la musique au casque ou de lire un livre ou de jouer à des jeux sans le son ou, c'était ce que je redoutais, avoir le regard fixé dans le vide.

Bien sûr, j'avais encore du travail à faire au cabinet. Je pouvais le faire quand je voulais, le plus souvent depuis chez moi, mais il y avait des moments où je devais aller au bureau, et laisser Brecht seul.

— Je vais bien, maman, disait-il calmement. Mais il n'allait pas bien – parce qu'où était son objectif quotidien ? S'agissait-il juste d'apprécier d'avoir survécu – ou bien, le revers sombre, de se sentir coupable de la mort de Noam ? J'ignorais complètement si, en fait, il ressentait la même culpabilité que moi. Je l'ai obligé à voir un thérapeute pendant quelques mois, mais je ne pouvais pas l'interroger sur ce dont ils avaient parlé.

L'enterrement de Noam, auquel Austin et moi avons assisté moins d'une semaine après le retour de Brecht à la maison, était effrayant. Joan ne m'en voulait pas, mais elle était visiblement anéantie. Comment aurait-il pu en être autrement ? Et elle, contrairement à moi, avait un deuxième enfant, une fille. J'étais désormais terrifiée à l'idée de ne plus avoir Brecht dans mon champ de vision.

Un soir, Austin a insisté pour m'inviter à dîner dehors.

— Et Brecht reste à la maison, a-t-il ajouté.

Pendant le repas, il m'a dit que Brecht devrait travailler. Travailler dur.

— L'été où j'ai travaillé pour un maçon, a dit Austin, c'est l'été où j'ai compris.

— Compris quoi ? ai-je lancé d'un ton de défi.

— Que je ferais n'importe quoi pour ne pas passer le reste de ma vie à empiler des briques.

— Donc, tu penses quoi, qu'il devrait travailler pour un maçon ? Que ça résoudra tout ?

J'étais devenue susceptible et ergoteuse. Presque tout ce que disait mon mari m'agaçait, même quand il essayait de m'aider à comprendre mon fils – parce que soudain Brecht était *mon* fils. Je détestais ma possessivité mesquine, mais je ne pouvais pas me retenir de la lui jeter au visage.

Austin a ignoré mon sarcasme.

— Pas un maçon, mais pas loin.

Il avait déjà parlé à Celestino, qui avait un employé à plein temps mais qui en aurait besoin d'au moins un autre, vu les demandes des nouveaux clients d'Austin. “Je vois bien qu'il n'est pas emballé, dit Austin, mais je l'ai prié d'essayer. Si Brecht ne tient pas le choc, sans rancune. Et quel que soit le résultat, je lui devrai une fière chandelle. Mon pronostic est qu'après avoir passé deux mois à creuser et à planter, il aura envie de retourner en cours.

— Tu es donc devenu un expert de la santé mentale, tout à coup ?

Austin m'a souri tristement.

— Bien sûr que non. Mais je suis le tuteur d'un jeune homme qui a besoin d'être distrait de ses chagrins. Et de quelque chose qui l'aidera à bien dormir. Qu'est-ce que j'ai d'autre à offrir ?

J'ai eu honte de moi quand Brecht a dit qu'il aimait bien cette idée.

Après le premier jour, il est revenu avec de la terre sous les ongles, des égratignures plein les mains et des traînées de sueur grise sèche sur les bras et le cou. C'était une journée chaude de la fin de l'automne.

— Nous avons planté une rangée d'arbres, m'a-t-il dit. Un coupe-vent à côté du Drome.

Il m'a demandé quand nous étions allés jouer au bowling la dernière fois.

— Peut-être qu'on devrait y retourner, un soir, a-t-il dit.

Après une semaine, pendant laquelle Brecht ne s'est pas plaint une seule fois, j'ai eu l'occasion de parler à Celestino, quand il est venu me voir au bureau.

— C'est un bon ouvrier, dit Celestino. Il a de l'énergie et il apprend vite. Peut-être qu'ignorer ce qui s'est passé, avancer, c'est la meilleure tactique pour lui aujourd'hui. Et peut-être qu'avancer ne veut pas dire retourner en cours.

— Peut-être. Pour l'instant, ai-je dit.

Celestino a souri.

— Je suis content de l'avoir, quel que soit le temps qu'il reste avec moi.

Et voici où nous en sommes, un an et demi plus tard. Est-ce que je suis snob, quand je me dis que Brecht ne devrait pas être satisfait du travail qu'il fait ? Et est-ce que je ne devrais pas vouloir qu'il quitte le deuxième étage de ma maison ? Suis-je impatiente ? Mais comment pourrait-il ne pas se sentir seul ? Comment pourrait-il ne pas désirer être indépendant ?

Austin me demande de retrouver Petra au bureau, de lui montrer certaines de ses réalisations passées.

— Emmène-la déjeuner au yacht-club. Dommage que ce soit trop pluvieux pour la véranda.

On dirait qu'il fera trop mauvais pour quoi que ce soit d'extérieur, cette semaine, mais même ainsi, et bien que nous soyons dimanche, Austin a accepté de rejoindre Thaddy Tyrone pour une nouvelle visite du site, et tant pis pour la boue. Tyrone est désormais convaincu qu'il lui faut un abri anti-bombe et il veut montrer à Austin exactement où il doit être construit. Mon mari fera semblant d'écouter, puis le persuadera de renoncer à son projet. Ou du moins, c'est ce qu'il a prévu. Comme le formule Austin dans une vidéo de promotion : "Je me considère comme un architecte du futur, pas de l'Apocalypse". Il m'a dit en plaisantant qu'il voudrait bien aller s'installer aux Pays-Bas, où gagner du terrain sur l'eau est une chose avec laquelle les citoyens sont aux prises depuis des centaines d'années, et avec une inventivité certaine. Il est impatient d'avoir une commande pour la construction d'une maison au-dessus d'un canal de contrôle des inondations dans une des villes côtières qui a été sélectionnée comme prioritaire. (Houston oui, Galveston non. Charleston a réussi ; Gloucester, non, à la surprise de tous.)

Elle arrive d'un bon pas à dix heures, vêtue d'une autre tenue dans ses tons beiges habituels. Je trouve bizarre qu'une femme avec une personnalité aussi exubérante s'habille dans des couleurs aussi pâles, mais je ne serais pas étonnée qu'il s'agisse d'une ironie esthétique qu'elle s'est mise à cultiver il y a longtemps. Non pas qu'elle me frappe comme étant sournoise. En général, je suis rarement séduite par les femmes du Sud, mais j'aime bien le franc-parler de Petra Coyle.

Quand j'ouvre la porte, elle est en train de secouer un grand parapluie dans l'entrée. Elle s'appuie contre le mur, se penche et après avoir fait un signe de la main pour signaler qu'elle m'a vue, enlève délicatement une paire de jolies surchaussures. Tandis que je la regarde effectuer ces manipulations, puis se redresser avec empressement, je me demande si elle était une athlète autrefois. Pas le moins du monde essoufflée après avoir grimpé trois escaliers, elle me salue en me prenant par les épaules.

— Alors, il m'a dit que vous allez m'emmener faire une visite guidée de ses réalisations ! Je veux remonter jusqu'à ses racines.

Elle entre, et regarde autour d'elle avec intérêt.

— Nous sommes seules ?

— Oui.

— Et quand le chat n'est pas là…

Elle me fait un clin d'œil.

Elle tourne autour de l'espace de réunion, examine les dessins et photographies encadrées des projets les plus impressionnants du cabinet. Dehors, la pluie crépite sur les fenêtres côté port dans le bureau d'Austin. Sa porte est ouverte, comme d'habitude, et lorsque je jette un œil à l'intérieur, le grand panneau de verre ressemble à du marbre, complètement opaque, veiné de rubans tortueux d'eau ruisselante.

— J'adore celle-ci, dit Petra, détournant mon attention du temps qu'il fait.

Je la rejoins. La maison de Knickerson Cove, un des premiers contrats d'Austin après la création du cabinet.

— Je l'aimais bien, moi aussi. C'est triste de se dire qu'elle a disparu.

— Mais qui détruirait une si jolie bâtisse ?

— Je ne vous le fais pas dire. Vous vous souvenez de Ciaran ? Il y a cinq ans, je crois.

Peut-être que le Texas n'a pas vécu cette épreuve.

Mais Petra acquiesce.

— Oh, Chincoteague.

Et je sais que nous pensons toutes les deux, inévitablement, à la photographie qui a dominé les informations le lendemain de la tempête : tous ces chevaux, échoués sur la côte de Virginie, le genre d'images qu'on voudrait effacer de sa rétine à la seconde où on les voit – et exactement le genre qui est récompensé par des prix et qui ne cessera de vous narguer.

— Il l'a construite pour un parolier, sur Cape Ann. Cette maison – enfin, après qu'elle a été détruite – est celle qui l'a conduit à remettre en question ses matériaux. Il est allé à une conférence au Japon. Même si cette maison était restée debout, je ne crois pas qu'il aurait été raisonnable de rester habiter là. La crique a quasiment disparu. Il n'y a plus de plage.

Petra continue à examiner la photo.

— C'est le genre de maison dont on rêve quand on est enfant, une maison enveloppante dans laquelle on peut se lover la nuit comme dans un nid, seul avec les étoiles et la mer.

Elle avance le long du mur, regardant d'autres réalisations, d'autres plans, d'autres esquisses au crayon ; elle murmure, pointe un doigt, hoche la tête.

— Vous savez, dis-je, vous pouvez visiter la plupart d'entre elles. Virtuellement. Est-ce qu'Austin vous a montré ?

— Est-ce qu'il m'a montré... ?

Elle pose son regard sur moi. (Ce regard est-il jamais autre chose que perçant ?)

Je désigne la porte dans un coin au fond qui donne l'impression de cacher un placard. Et c'est le cas – ou c'était le cas. Dans les premières années du cabinet, nous y stockions nos fournitures – jusqu'à ce qu'Austin aille à une autre conférence et revienne avec un immense carton ; il l'a déballé et en a sorti un ensemble d'équipements compact.

— Vous allez voir, a-t-il dit quand nous avons demandé ce que c'était.

Hap, un adepte des jeux électroniques, a reconnu le casque et l'a mis sur sa tête, puis a mimé une action de tir. Nous autres étions totalement perplexes.

— Très drôle, a dit Austin avant de reprendre l'objet.

Il a emmené Hap et Filene vers le placard, a ouvert la porte et a dit :

— Arrachez les étagères. La plupart des fournitures qui sont là-dedans, on ne s'en sert pas beaucoup. Faites du tri et trouvez un autre endroit où les mettre.

Maintenant, à l'intérieur de cet ancien placard encombré, il n'y a plus guère qu'un fauteuil confortable posé sur un morceau de moquette ordinaire. La lumière du plafonnier est rarement allumée.

Je vais au grand tableau de commande dans une alcôve voisine et je fais défiler les choix jusqu'à trouver ce que je cherche. Je prépare le casque pour Petra.

— Vous pouvez encore visiter la maison, bien qu'elle ait disparu depuis longtemps. (Je la conduis dans la V-room.) J'essaie de ne pas être superstitieuse.

— Superstitieuse ?

Elle obéit quand je l'invite d'un geste à s'asseoir dans le fauteuil.

— On a un peu l'impression d'appeler un esprit de l'au-delà. Du spiritisme architectural.

— Oooh, fait-elle. Je veux bien tenter.

Elle tend la main vers le casque ; elle connaît cette technologie. C'est typique des gens de moins de quarante ans, mais je ne présuppose jamais que des clients de mon âge et plus âgés ont déjà vécu cette expérience. Je lui dis de bien s'installer dans le fauteuil, et ensuite, si elle veut, je l'aiderai à se mettre debout et je l'accompagnerai pendant qu'elle se déplace dans les pièces. C'est comme cela qu'on obtient que les clients tombent amoureux des maisons que nous ne leur avons pas encore construites. Filene s'occupe de l'ameublement virtuel, en fonction des résultats d'un questionnaire sur les goûts des gens. Souvent, ils demanderont à acheter tel canapé ou tel tableau, même un assortiment de casseroles imaginaires accrochées au-dessus d'un comptoir de cuisine tout aussi imaginaire.

Petra se penche en avant dans le fauteuil, captivée. Elle descend les marches, creusées dans le granit préexistant, qui vont de la zone de parking à la crique. Ces marches sont le seul élément de l'œuvre d'Austin qui n'a pas été détruit dans la tempête.

Je connais encore cette maison par cœur, et en entendant le petit halètement qu'émet notre visiteuse, je sais qu'elle vient de franchir la porte d'entrée et que son regard est attiré vers la droite, vers l'immense étendue d'eau qu'on voit à travers les larges baies vitrées arrondies qui habillent le mur côté océan et le piano à queue au milieu de la pièce. Tout le rez-de-chaussée était un grand espace d'un seul tenant, soixante-quinze mètres carrés, pourtant, on avait l'impression d'une surface bien plus vaste dans la lumière vive, presque aveuglante du jour – et la nuit au contraire, d'un lieu aussi douillet qu'un terrier. Sous les fenêtres encadrant la vue il y avait un long banc capitonné, qui à une extrémité servait de siège d'un côté de la table à manger. Lors d'une fête, les invités assis là tourneraient le dos à la scène maritime – mais ils verraient, du côté terre de la maison, une étendue d'herbes sauvages des milieux salins qui autrefois bordait un groupe de rochers. Même certaines des grosses pierres ont été emportées.

— Oh là là, s'exclame Petra en se levant du fauteuil.

Je touche doucement son coude, pour lui faire savoir que je suis là, mais elle a le pied sûr, elle avance et elle recule comme si elle dansait, sa tête pivotant à gauche et à droite, comme une chouette. J'imagine qu'elle doit être en train d'explorer le coin cuisine avec ses plans de travail en quartz rose pâle.

— J'emprunte l'escalier incroyablement élégant, me dit-elle.

Le dernier étage de la maison était également ouvert, desservi par un escalier en colimaçon en bois de cerisier (en soi, déjà un chef-d'œuvre, amené en un seul morceau par camion depuis un atelier d'ébénisterie à Brooklyn, dont le patron a depuis déménagé dans le Michigan, soi-disant pour équiper une série de maisons haut de gamme destinées à des Timers). Son mur côté océan, en retrait par rapport à celui du dessous, était doté d'un balcon surmonté d'un auvent rétractable.

La salle de bains à l'étage était la réalisation préférée d'Austin. Cachée derrière le lit encastré (qui était tourné vers le large), elle faisait comme une demi-lune, les fenêtres au-dessus du lavabo et le meuble arrondi en pierre donnant sur la lande et ses herbes, les rochers ressemblant à des îles sur une mer dorée. La grande cabine de douche, d'un côté, avait trois parois en glace sans tain, qui offraient à son occupant trois vues : l'intérieur des terres, la côte, l'océan. Dans le plafond, une écoutille en verre trempé s'ouvrait à la manivelle vers le ciel, pour évacuer la vapeur et laisser entrer l'air salé.

Le propriétaire de la maison a profité des plaisirs de cet écrin pendant deux ans et demi, avant sa destruction. De nouveaux clients ont demandé cette même douche, et si Austin leur dit qu'il ne fait plus confiance à ces matériaux, il m'a avoué à moi que cet endroit particulier, cette crique privée, était trop parfaite pour être recréée.

J'identifie le moment où Petra a atteint la douche par la manière dont elle pivote la tête presque frénétiquement.

— Est-ce que… Oh, mon Dieu, c'est vraiment…

Sans surprise, elle est désorientée et vacille, mais malgré tout, je suis prise de court quand je dois la rattraper.

Elle est grande et quand son corps percute le mien, ce n'est pas assez violent pour me faire tomber, même si j'ai un instant de panique. Chacune de nous s'accroche à l'autre en même temps, mais ce sont ses bras qui m'enlacent.

Pendant un moment, avant qu'elle remonte le casque, elle me tient serrée, et je me rends compte que ce qui m'a saisie, c'est à quel point sa corpulence m'a rappelé mon premier mari.

Elle enlève complètement le casque

— Eh bien. Sacré voyage. Mon Dieu. Est-ce que je peux visiter d'autres maisons comme ça?

— Oui, dis-je, mais j'entends l'hésitation dans ma voix.

— Pas maintenant. (Elle caresse ma manche de sa main libre.) J'ai besoin d'une bonne dose de gravité ennuyeuse, d'abord. Et j'accepterais volontiers la tasse de thé que vous m'avez proposée à mon arrivée.

Pendant que je la prépare, elle demande si elle peut jeter un coup d'œil dans le bureau d'Austin, et je lui dis de faire comme chez elle.

J'écoute la pluie, son battement incessant, et je résiste à la tentation d'aller voir les informations. S'il était seul ici, Austin aurait le téléviseur allumé en bruit de fond, à un volume faible mais impitoyable, ce flot de nouvelles rarement rassurantes venu de l'extérieur. Sur le chemin, quand je me suis arrêtée pour acheter du lait, j'ai entendu qu'il y a des images de caméras de surveillance, que la police et les fédéraux font circuler des photos de trois suspects.

— Quelle vue splendide.

Son apparition sur le seuil du bureau d'Austin me fait sursauter.

— Quand il ne pleut pas à torrents, dis-je.

— C'est cruel, n'est-ce pas?

Dans le silence qu'elle laisse s'installer, je suis troublée.

— Il y a tant de gens qui meurent de soif et nous sommes là, avec de l'eau jusqu'au menton. Ou vous, du moins, ajoute-t-elle. Dieu sait ce qui attend le Texas cet été. J'imagine que le temps me le dira !

Je lui demande si elle veut du lait ou du sucre. Elle prend les deux.

— Ce qui est intéressant ici – et ça me surprend, dit-elle en s'asseyant, c'est qu'il n'y a rien qui montre qu'il ait travaillé à New York.

— C'était très différent. Il n'était pas à son compte. Il travaillait pour de gros cabinets. Des bâtiments qui faisaient des milliers de mètres carrés. Par centaines.

— Alors, quand vous êtes arrivés, il est reparti de zéro. Comme dans un programme de protection des témoins ?

Je ris.

— Pas tout à fait. Il avait fait quelques projets résidentiels à l'époque. Dans le New Jersey, pour des amis de ses parents. Et ici, il a démarré au sein d'un autre cabinet.

— Mais vous l'avez connu à New York. Il était comment, en ce temps-là ? Très ambitieux, sans doute. Cette firme pour laquelle il travaillait – ça ne devait pas être pour les âmes sensibles. Ou les peu diplômés !

— Les horaires étaient délirants. Même maintenant, quand il est occupé sept jours sur sept, ce n'est pas comparable.

— Et aujourd'hui, il rentre pour retrouver une femme et un fils.

— Brecht a perdu son père très tôt, dis-je – comme si c'était important qu'elle comprenne qu'il est mon fils, pas celui d'Austin. Même s'il a connu Austin la moitié de sa vie.

— Il n'a pas d'enfant à lui ?

— Non.

— Il n'a jamais été marié avant ?

Je regarde la pendule.

— Vous savez quoi ? Nous devrions aller au yacht-club. Vous n'avez pas faim ?

Petra m'observe avec un petit sourire.

— Effectivement, j'ai faim.

Le jour où nous avons fait connaissance dans la sculpture de Richard Serra, après le moment d'intimité étrange d'avoir partagé cet orage comme si nous étions seuls dans l'œil du cyclone, Austin m'a posé un certain nombre de questions. Est-ce que je travaillais dans le quartier ? Est-ce que je travaillais dans le milieu de l'art ? Est-ce que j'aimais ou je détestais New York l'été ?

— C'est un extrême ou l'autre, a-t-il dit. Personne ne reste neutre.

Nous sommes sortis ensemble de la galerie et j'ai apprécié son attention courtoise, son badinage sans arrière-pensée.

Quand, au coin de la Huitième avenue, nos chemins se sont séparés, il a dit :

— Nous devrions nous revoir là-bas, ne croyez-vous pas ? Avant qu'elle soit terminée. Nous verrions l'exposition sans tout le théâtre.

Je suis ce que certaines personnes appellent "longue à la détente", et la collision de sa proposition avec ce mot *théâtre*, m'a troublée.

— Le temps, je voulais dire.

Il tenait son portable dans une main et j'ai compris qu'il l'avait sorti parce qu'il supposait que j'allais lui donner mon numéro.

Je le trouvais de fait séduisant. Je redoutais d'être déçue.

— Peut-être que je pourrais amener mon fils la prochaine fois.

Ma voix tremblait-elle ?

— Quel âge a-t-il ?

Pas la moindre hésitation.

— Onze ans.

Déjà je regrettais. Venais-je de demander si je pouvais amener mon fils pour un premier rendez-vous, suggérant imprudemment que je voulais que Brecht rencontre un homme qui, vraisemblablement, ne serait pas présent durablement dans nos vies ?

— Mmm, a fait Austin, comme s'il savourait le nombre, comme si onze avait un sens particulier.

J'ai attendu. Si j'avais tout fichu en l'air, il n'y avait plus rien à faire.

— Bien sûr, a-t-il dit. Alors, quand est-ce qu'il est libre ? À cet âge, ils sont très occupés.

J'ai encore des photos, quelque part dans les profondeurs digitales de ma vie, de Brecht qui explore les tunnels d'acier couleur créosote. C'était un samedi après-midi ensoleillé, et Austin nous a rejoints là-bas. Il s'est montré aimable avec Brecht mais ne l'a pas abordé avec de la flatterie ou des questions condescendantes. La première chose qu'il a dite à Brecht, après s'être présenté, a été :

— Tu aimes l'art ?

Parfois, a dit Brecht.

— Beaucoup de choses dans l'art sont rasoir, voilà la vérité, a dit Austin.

Et ensuite nous avons erré dans la galerie vaste comme un hangar, Brecht se tenant aussi loin de nous que possible. Je me sentais bizarre, rendue silencieuse par le déséquilibre d'en connaître un si bien, et l'autre, pas du tout. Personne n'a parlé pendant un bon moment, jusqu'à ce qu'Austin dise à mi-voix, juste à moi :

— Et si on allait manger des clams ? Avec des frites de patate douce ?

Dans le taxi, je me suis mise entre eux. À notre premier arrêt, Austin a attendu dans le vaste hall glacial pendant que j'escortais Brecht dans l'ascenseur jusqu'à l'appartement d'un copain de classe chez qui il avait prévu de passer la nuit. Il n'y aurait pas de nuit avec Austin, je le savais, mais il y avait un long trajet en train, pendant lequel nous nous sommes raconté des morceaux de notre histoire d'une voix forte pour se faire entendre au milieu du fracas du train et des annonces du conducteur, et nous avons partagé un dîner simple mais charmant (des clams dans des paniers en plastique rouge, assis à une table de pique-nique sur un parking sablonneux de Rockaway, à côté d'une plage), et j'ai compris quelque chose, même s'il ne l'a jamais dit explicitement : cet homme était prêt, voire impatient, de s'installer, de s'attribuer sa propre table de pique-nique métaphorique. Il avait une quarantaine d'années, et comme tant d'hommes de son âge qui travaillent trop sur quelque chose qui exige le bourdonnement de tous leurs synapses, il avait oublié de prendre le temps de bâtir un foyer. Du moins, c'était mon sentiment.

Je lui ai parlé de la perte d'Andrew, mais sous la forme d'un fait, pas d'une histoire. Ensuite, parce que je ne voulais pas qu'il pose de question, tenant à éviter de me décomposer, j'ai dit :

— Est-ce que je peux vous demander si vous avez été marié ?

— Est-ce que vous pouvez ? m'a-t-il taquinée. Vous venez de le faire.

L'espace d'un instant, j'ai réalisé qu'il avait peut-être une ex-femme et trois enfants. Ou trois ex-femmes et pas d'enfants. Ou, pour autant que je le savais, une femme. Mon cœur a bondi. Je ne suis pas douée pour débusquer les mensonges.

— Presque, a-t-il dit. J'ai failli me marier. Mais la vérité, c'est que j'ai longtemps été marié à mon travail. (Il a ri.) Vous n'avez jamais entendu ça, n'est-ce pas ? Je vous dirai ceci. À cause du travail, j'ai beaucoup voyagé. Assez pour une vie entière. Je serais content de ne plus jamais utiliser mon passeport. Et en réalité, qui veut voyager aujourd'hui ?

Nous avons balayé les sujets habituels pour un premier rendez-vous, même s'il ne m'a pas interrogée sur Brecht. Était-ce un symptôme de respect ou d'évitement ? Nous avons appris que nous avions perdu trois de nos quatre parents et que nous avions grandi à une demi-heure de route l'un de l'autre dans le New Jersey. Et aussi, que nous avions tous les deux l'impression que notre temps à New York devait se terminer bientôt.

— J'en suis venu à me dire que cette ville est pour les jeunes et les vieux, a dit Austin. Pas tellement pour ceux qui sont entre les deux.

— Les vieux ?

J'ai pensé aux métros bondés et à Times Square noir de monde tous les soirs d'été où on étouffait ; au fait que la pandémie avait été la plus cruelle pour eux.

— Les vieux qui ont bien préparé leur vieillesse. Vous voyez ce que je veux dire. Ceux qui vont en groupe à des rétrospectives cinématographiques et à des ballets, qui savent quels restaurants ont quel plat du jour à quel moment. Ils habitent dans des immeubles avec portier et ascenseur, ils vont à des cours de yoga pour seniors dans leur quartier, emploient des promeneurs de chiens couverts de tatouages qui les rendent plus indulgents sur les choix de leurs petits-enfants. Ils ont gagné leurs années de loisirs cultivés.

Je me rappelais effectivement d'un promeneur de chiens que Brecht et moi croisions souvent dans notre rue dans le Village. Partout où il allait, il attirait l'attention. Sa chevelure était une explosion d'épaisses tresses teintes dans les trois couleurs du spumone, et une rangée de piercings sur la moitié gauche de son visage traçait une ligne de sa lèvre supérieure à son sourcil. Avec le temps, nous avons pris l'habitude de nous saluer d'un signe de tête et d'un sourire tandis qu'il menait sa troupe canine pour dégager le trottoir. Un jour Brecht a commenté :

— Ça fait beaucoup de chiens. Son appartement doit être gigantesque.

J'ai expliqué qu'ils n'étaient pas tous à lui.

— C'est son travail, ai-je dit.

Brecht s'est retourné pour regarder les queues qui s'éloignaient, toutes s'agitant de plaisir, et a dit :

— Cool, comme travail.

J'ai ouvert la bouche pour le contredire – mais finalement, n'était-ce pas le boulot le plus cool de la terre ? Me sentais-je un peu triste pour le jeune homme, supposais-je qu'il n'avait pas fait beaucoup d'études ? Il gagnait probablement plus d'argent que moi. Je me suis imaginé un Brecht adulte, grand, gracieux comme son père, en train de promener sa meute dans notre rue. (Mais s'il te plaît, me suis-je dit, pas de piercings.)

Par association d'idées, soudain j'ai repensé à Andrew, et essayé de retenir mes larmes, à l'instant où la note a été déposée sur notre table de pique-nique. J'ai été soulagée quand on l'a divisée en deux sans discuter, et je me suis dit qu'on allait retourner à pied jusqu'au métro. Je ne voulais pas que la soirée se termine sur les souvenirs de mon mari décédé.

Mais Austin nous a emmenés jusqu'à l'eau.

— Autrefois, il y avait une rangée de cabanes d'été ici. Il n'en reste plus rien. Elles ont été démolies après Sandy. Aucune compagnie d'assurances ne voulait y toucher. Mais vous savez, j'ai toujours eu envie de construire des maisons au bord de l'eau. Sur la côte. Est-ce que vous voyez quelque chose de plus reposant que de contempler la ligne où l'océan se coupe du ciel ?

J'ai pensé à : regarder un père dormir à côté de son fils bébé, mais je me suis dérobée.

— Non, je ne vois pas.

La nuit était tombée et nous avons observé les lumières clignotantes penchées vers l'horizon ; les avions attendant d'atterrir à JFK. Austin a dit, presque avec tristesse :

— Tant de personnes qui voyagent, (et ensuite, après un long moment, il a repris d'une voix plus gaie :) Allons nous chercher un milk-shake. J'ai quelques idées. Ça dépend si vous aimez le lait malté.

En me préparant à me coucher ce soir-là, j'ai réalisé que je n'avais presque rien appris sur son presque-mariage. Mais il avait été plus loquace sur un sujet plus important : l'avenir dans lequel il se projetait.

Maintenant, devant notre déjeuner au yacht-club, je me retrouve à raconter l'histoire de nos premiers temps à Petra. À mon grand soulagement, elle ne prend pas de notes – en même temps, je réalise qu'elle n'en prend jamais, même quand elle est au bureau. Est-ce qu'elle enregistre notre conversation ? Je suppose que ce ne serait pas grossier de lui demander, mais il n'y a rien de risqué dans la situation. Il ne s'agit pas d'une déposition.

— Il m'a dit qu'il s'était presque marié, un jour, dis-je.

— Laissez-moi deviner. Une autre architecte ? Ç'aurait été voué à l'échec dès le début. Deux perfectionnistes de l'espace ? Cela aurait fait des étincelles !

Ses mains s'agitent frénétiquement au-dessus de son assiette, mimant une explosion.

Je secoue la tête.

— Je ne suis pas certaine qu'elle ait été… engagée dans une profession. Il a dit que c'était une jeune femme au magnétisme tellement puissant qu'on refuse de voir la maladie jusqu'à ce qu'il soit trop tard.

Les mains de Petra retournent se poser sur ses genoux.

— La maladie ?

— L'instabilité.

— L'instabilité mentale ?

— Oui, un genre de comportement maniaque. Brillant, ceci dit – il a dit qu'elle dessinait. De manière compulsive. Mais elle était aussi…

Délirante était le mot employé par Austin. Ce qui n'a rien à voir avec son travail.

Petra se penche en avant, son chemisier en soie beige presque en contact avec sa salade.

— C'est de l'histoire ancienne, dis-je.

— Mais vous disiez qu'elle était aussi… ?

— Très jeune. Trop jeune.

Petra marque une pause.

— Vous ne l'avez jamais rencontrée.

— Oh non. Elle était sortie de la vie d'Austin depuis longtemps. Pas de photos, rien.

— Ils se sont… séparés ?

Tandis qu'il débarrasse la table voisine, le serveur croise mon regard. Mon sandwich a disparu, la salade de Petra a été à peine touchée. Le laisser m'enlever mon assiette serait grossier, mais je voudrais tant que quelque chose, n'importe quoi, change la direction qu'a pris l'interrogatoire de Petra.

— Austin n'est pas du genre à ressasser le passé, dis-je, (et c'est vrai). Votre plat ne vous plaît pas ? Je suis désolée de vous avoir mal conseillée.

— Oh non, ma chère. C'est délicieux. Je me laisse distraire tellement facilement !

Petra plonge sa fourchette dans la verdure et prend deux bouchées coup sur coup.

Je jette un coup d'œil par la fenêtre, qui est tout embuée. La pluie s'est dissoute dans un épais brouillard qui écrase le port comme un énorme oreiller. De rares bateaux de plaisance sont déjà dans l'eau, mais je repère la coque écarlate du homardier de Carl Unger, qui reste au mouillage toute l'année. Il ne l'a pas utilisé pour la pêche au homard depuis des années, mais il le sort quelques fois chaque été, et il dit à tous ceux qui l'interrogent qu'il le garde là pendant l'hiver au cas où il aurait besoin de s'enfuir rapidement de la terra pas-si-firma.

— Austin m'a demandé de vous emmener visiter un de ses projets terminés préférés, après le déjeuner. Un logement au-dessus d'un hangar à bateaux. Les propriétaires nous attendent d'ici une demi-heure, mais je peux les appeler pour les prévenir que nous serons un peu en retard. Voulez-vous un dessert ?

— Oh non, ce repas était parfait, dit Petra, en attaquant sa salade comme si elle venait seulement maintenant de se rendre compte qu'elle avait une faim de loup.

Avec le temps sinistre et la saison de voile pas encore commencée, la salle du restaurant est presque vide, mais par habitude, je regarde autour de moi à la recherche de visages familiers. Je le regrette aussitôt, parce que j'aperçois Margo Tattersall. Elle mange seule, et elle me salue d'un geste plein de gaieté. À mon grand soulagement, dont j'ai un peu honte aussi, elle ne se lève pas ; elle recommence à manger en lisant son livre. Eh bien, tant mieux pour elle, j'imagine qu'elle refuse de disparaître de la circulation. Et pourquoi je pense qu'elle devrait ? L'idiot dans l'histoire est son mari.

Il se trouve que je sais qu'elle a été compliquée, la séparation entre Austin et la femme qu'il a failli épouser. Ce que j'ai dit à Petra est vrai : Austin tourne le dos au passé, dont il considère qu'une fois tirées les leçons il ne peut qu'interférer avec l'élan vers l'avant. Mais quand je l'ai interrogé sur cette femme – cette *fille*, a-t-il insisté, plus adéquat si on en juge par sa maturité, et c'était là que résidait une partie de son erreur – j'ai bien senti que ce qui s'était produit entre eux ne pouvait être écarté aussi facilement. Il m'a dit qu'il n'avait jamais auparavant compris comme il était possible de tomber amoureux d'une personne si mentalement déséquilibrée ; peut-être que cela arrivait quand on se persuadait que le déséquilibre était simplement un genre d'équilibre qu'on n'avait jamais vu avant.

— On se dit, Oh, j'avais tout faux. Quel idiot je faisais ! On se dit que cette nouvelle intensité est la vérité sur l'amour que tu n'as jamais pu approcher. C'est comme être emporté par un courant chaud avant d'être noyé. Eh bien, j'ai été bien secoué.

Il m'a raconté tout cela la troisième fois que nous nous sommes vus. Il me raccompagnait à la maison après une sortie au cinéma. Il se passerait encore quelques soirées avant qu'on couche ensemble, sinon, je lui aurais peut-être demandé si c'était pour le sexe ; était-ce le pouvoir qu'elle avait sur lui ? Mais je ne voulais pas m'approcher de l'endroit vers lequel j'espérais que nous nous dirigions. Alors pensant que c'était une manière facile de l'aider à finir l'histoire, je lui ai simplement demandé :

— Qu'est-ce qui lui est arrivé ? Est-ce que vous… avez encore des contacts ?

— Non, a-t-il dit fermement. (Il a lâché ma main.) Elle s'est suicidée. Elle est partie de mon appartement un soir en pleine hystérie, et je l'ai suivie, mais pas assez vite. Elle a plongé d'un pilier dans l'Hudson.

— Plongé ?

— Plongé. Sauté. C'était la nuit, et j'étais trop loin.

— Est-ce que tu as…

Je me suis arrêtée mais il a fini la phrase à ma place, d'un ton farouche.

— Plongé pour la rattraper ? Non. On était en mars, et je ne suis pas maître-nageur sauveteur. J'ai fait le truc lâche. J'ai appelé la police.

— Et elle est venue ?

— Bien sûr qu'elle est venue. Pas immédiatement, mais assez vite.

Nous étions immobiles sur le trottoir, les gens nous contournaient, nous jetant un regard au passage, se demandant peut-être s'ils étaient en train d'assister à une séparation. La voix d'Austin était tendue, et il faisait de grands gestes.

— Je suis désolée, ai-je dit.

Austin ne bougeait pas, les yeux rivés sur le sol.

— Ç'aurait été plus facile, s'ils l'avaient retrouvée.

MIKE

— Un truc que je peux t'assurer avec certitude, dit Margo qui tour à tour sort d'un carton des affaires m'appartenant et avale de grandes lampées d'un gin tonic sans citron vert, c'est qu'il est hors de question que mon prochain mari – ou jeune amant ou gigolo ou qui sait quel genre de partenaire – vienne de ce coin pourri.

Il me faut un moment pour me sentir vaguement déçu. Est-elle en train de "m'assurer" que nous ne pourrions jamais former un couple viable ? S'agit-il d'une insulte voilée ? Cela fait une heure qu'elle est chez moi et déjà, j'ai trop bu. Le tonic que j'ai sorti est un peu éventé mais le gin est bon et fort. Et sophistiqué. Un héritage de Deeanne : rien que les meilleures marques de tout. (Comment tu te situes par rapport à ça maintenant, Modesta ?)

— Mike, on va te trouver une nouvelle femme. Une épouse tellement mieux que tu vas regretter d'avoir perdu les vingt ou trente dernières années de ta vie avec une autre. Je t'encouragerais volontiers à en profiter pour te lancer dans une joyeuse vengeance, mais j'ai comme l'intuition que tu es plutôt du genre à épouser.

Elle arrache un long morceau de scotch, suspend son geste pour me lancer un regard en coin, puis froisse le scotch pour en faire une boule qu'elle lance en direction de la corbeille à papier que j'ai posée dans un coin. (Elle ne rate pas son tir.)

— Tu sais ce que c'est, ton problème, Mike ? Tu n'as pas pigé, à l'époque, que les geeks dirigent le monde. Que la science peut être – *peut* être – sexy. Mais il faut que tu exploites le truc. (Elle sort du carton une poignée de livres de poche.) Ouah, tu lis toujours des livres en papier ? Je croyais que j'étais la seule.

— Pas beaucoup. Parfois, oui.

— Les livres. (Elle soupire. Presque tendrement, elle les pose sur une étagère, tapotant les dos avec ostentation.) J'ai su que j'étais déjà à moitié partie quand le lycée est passé aux écrans pour tout, sans exception. *Moby-Di-gital.* Ha. (Elle va chercher au fond du carton et sort mon écran digital, noir dans un cadre noir.) Eh ben, dit-elle. Est-ce qu'il va falloir revoir son contenu ?

Je hoche la tête.

— Je pourrais faire ça pour toi.

— Margo, tu n'as pas besoin de me protéger contre elle. Elle a déjà commencé à s'effacer. Ton influence, je pense.

Margo a l'air contente d'elle.

— Je savais que notre alliance serait productive.

— Pour moi.

Elle s'assoit au bord du canapé.

— Mike, tu ne crois pas si bien dire. (Elle secoue la tête.) Tu me donnes le sentiment bienvenu que ton ex a fait un choix très stupide. Quelques choix stupides, plutôt, mais le premier c'est *mon* ex. Dont les choix sont visiblement stupides depuis un moment.

Je sens vibrer mon téléphone.

— Désolé.

— Papa ? Des nouvelles ?

— Non, chérie.

— Mon cœur se serre à nouveau.

— Cela ne fait qu'un jour.

— Deux, Marinda. Comment est-il possible qu'il n'appelle pas – au moins, qu'il ne t'appelle pas, toi – juste pour dire qu'il va bien ?

— Il est juste… accaparé par lui-même. Tu sais bien que ça lui arrive. (Marinda reste silencieuse un moment.) Papa, c'est de la musique ?

Elle me connaît bien, je n'ai jamais été du genre à écouter de la musique seul.

— J'ai de la compagnie.

— Je suis contente. Qui c'est ?

J'hésite, mais après tout, pourquoi pas ?

— Mme Tattersall. Margo.

— Papa ? Tu plaisantes…

— Pas du tout. Elle a une bonne influence sur moi.

— Papa…

— Marinda. Tout va bien. Ne t'inquiète pas. En fait, cesse de t'inquiéter – pour moi.

Margo, qui comprend de quoi il s'agit, se met à rire. Elle dit très fort :

— Marinda, chérie, je suis indigne de ton fabuleux père. Je l'aide juste à mettre de l'ordre dans sa vie matérielle.

— Papa, est-ce que vous êtes en train de boire ?

— Oui. On est obligés. Je suis obligé. (Je sens mon sang-froid diminuer.) Je crois qu'il faut que je raccroche. On se rappellera à la minute où on apprend quelque chose.

Je ne devrais pas le dire, mais je le fais quand même.

— Est-ce que ta mère a pris contact avec toi ?

— Non, répond-elle sèchement. Ils ont délibérément choisi de couper tout contact avec le monde, non ? Les doigts enfoncés dans les oreilles, les yeux bien fermés. Comme les trois singes.

— Je vais me concentrer sur ton bébé, dis-je. Pense à elle, toi aussi. On va... forcément.

— Je vais te dire un secret. Nous avons choisi un nom.

— Un nom, dis-je, un peu perdu.

— Eden. Nous allons l'appeler Eden, papa.

— Eden.

Quel nom plein d'espoir. Mystérieusement, une phrase d'une vieille chanson se faufile dans ma tête : *And we've got to get ourselves back to the ga-a-a-AR-den**. Une chanson datant de la jeunesse de ma mère qui lui faisait toujours monter les larmes aux yeux.

— Ça va aller, papa.

Ou pas. Le "pas", ça me connaît. Mais je lui dis que je l'aime puis au revoir.

Il est arrivé que je n'aie pas de nouvelles de mon fils pendant des semaines – deux, même trois. Depuis qu'il a fini ses études à Wesleyan et s'est installé à New York il y a huit ans, il est incroyablement difficile à joindre ; et pas, prétend-il, parce qu'il veut éviter sa mère ou moi. Il prend tous les emplois qu'il trouve, tenir le bar, décharger des camions, garder des enfants au pied levé pour des amis qui sont retenus pour des auditions. Tout cela pour lui laisser du temps pour en passer lui aussi, et elles lui offrent juste assez de travail pour qu'il s'accroche encore à ce rêve. Pas celui du "vedettariat", insiste-t-il, mais la vie d'un acteur actif, ayant pour but un revenu modeste mais régulier, des avantages syndicaux. Egon a eu trente ans l'année dernière, et j'alterne constamment entre la fierté et le désespoir devant sa persévérance.

Ce que je déteste en ce moment, c'est ma colère contre lui. Plus de quarante-huit heures se sont écoulées depuis l'attentat,

* Chanson de Joni Mitchell intitulée *Woodstock*, datant de 1970.

et même si les risques pour qu'il fasse partie des victimes ou des blessés sont proches de zéro, pourquoi ne peut-il imaginer mon angoisse ? L'empathie n'est-elle pas la marque de fabrique de l'acteur ?

C'était Margo qui avait eu l'idée de venir et de m'obliger à défaire mes cartons, seulement pour que je reste occupé pendant un dimanche sans amarre. Je la vois lorgner vers un autre carton.

— Je crois qu'on va arrêter là, dis-je. Merci.

Elle va dans la cuisine et remplit nos verres.

— En voilà un réfrigérateur antique. Il n'y a plus de glace.

— Comme partout sur la planète. Mais on n'a pas besoin d'un glacier pour un cocktail, si ?

Elle approuve d'un hochement de tête.

— Disproportionné.

Elle me tend mon verre plein, où les dernières bulles de gaz meurent à la surface.

Nous nous asseyons sur des fauteuils différents, tous les deux face à la fenêtre qui donne sur le parc et ses érables agonisants. Seules certaines branches commencent à se parer de leurs atours de printemps, comme prévu. D'autres sont complètement dénudées. Il y a quelques années, la municipalité, qui raclait les fonds de tiroir pour la digue, a licencié le responsable des espaces verts. Les branches mortes ne sont pas coupées, et les arbres dont la taille finit par boucher la vue de gens riches ne sont plus à l'abri de la hache.

— Est-ce que je peux te dire un truc bizarre ? dit-elle.

Je lève mon verre.

— Quoi que tu me dises, il y a peu de chances que je m'en souvienne demain.

Je me tourne vers elle prêt à l'écouter et soudain il me revient une scène où je suis dans le bureau de Margo, en face d'elle, pour parler de Marinda, des notes médiocres de ma fille en anglais en seconde. Aurais-je pu concevoir ce changement de décor ?

— Vas-y, dis-je. Ta bizarrerie restera entre nous.

— Eh bien, ce n'est pas *ma* bizarrerie. Je serais contente d'en avoir un peu plus. Non. C'est juste ce… cet homme qui séjourne dans mon quartier. Qui est hébergé chez Celestino. Tu connais Celestino ? Celui qui a la cabane dans l'arbre.

J'acquiesce. Le magicien des arbres. Je me demande, tiens, si je pourrais l'embaucher pour qu'il jette un œil à ces érables moribonds, bien qu'ils ne m'appartiennent pas. Peut-être qu'ils peuvent être sauvés, récupérés, comme des âmes seulement un peu perdues.

— J'imagine que ce gars est un de ses amis, et il loge chez eux, mais toute la journée d'aujourd'hui, il a marché dans la rue, jusqu'à la pointe puis demi-tour, et il est constamment au téléphone. J'ai essayé d'épier depuis une fenêtre du premier mais je ne suis même pas certaine qu'il parlait anglais.

Je lui souris.

— Et ça, c'est bizarre ?

— OK, ça ne semble pas bizarre, peut-être, mais ça l'est. Et hier soir, il est passé pour demander à voir ma salle de bains.

Je ris.

— Ça, c'est bizarre. Ta salle de bains ?

— Celle que je suis en train de refaire. Il prétend qu'il cherche des "inspirations".

— Tu l'as laissé entrer ?

Margo hausse les épaules.

— Bien sûr. C'est un invité du quartier. Et il était aimable… (Elle rit.) Obséquieux, en fait ! Mais après son départ, je me suis dit… enfin, que c'était bizarre. Voilà ce que je me suis dit. Bizarre.

— Je crois qu'on a bu beaucoup de gin.

— Je sais, oui.

Je lève le doigt comme un élève.

— Alors laisse-moi te dire quelque chose de bizarre.

— OK. À ton tour.

Et puis zut.

— Tu sais qu'une grande partie de mon travail se fait sur l'eau. Prélever des échantillons. Relever des températures. Faire la tournée des stations de sonde dans les marais. Surveiller l'acidité, la salinité, les chiffres des populations.

— De la chimie. (Elle soupire.) Des formules.

— De la chimie. (Je hoche la tête.) Que je pratique surtout seul. Si je sors du laboratoire, parfois je prends un Ensign que le fils de mon patron garde amarré à quai. Juste pour que je puisse partir à la voile. Penser. J'aime le silence en mer.

— Mmm... fait Margo en s'enfonçant dans mon nouveau canapé.

Est-ce qu'elle serait en train de s'endormir ? Peut-être que je n'ai pas besoin qu'elle entende. Peut-être que c'est mieux.

— La semaine dernière, j'étais au nord de Halibut Point, à une bonne distance de la côte, quand le vent tombe brusquement. Je suis en train de virer de bord quand j'aperçois quelqu'un dans l'eau. Comme j'ai dit, je suis assez loin. Je pense que ça doit être un plongeur, et je regarde partout, je cherche un autre bateau – rien. Alors, je crie, je demande s'ils ont besoin de mon aide. Forcément, il faut que je les aide, sinon, c'est qu'ils sont fous ou, Dieu me garde, qu'ils le font exprès. Et le nageur s'arrête. Se tourne vers moi. La tête et les épaules hors de l'eau. Je démarre le moteur, mais quand je me retourne, la tête a disparu. Alors je me rapproche, je crie, plusieurs fois, je décris de grands cercles, plusieurs fois. Rien. Mais je suis sûr de ce que j'ai vu.

— Donc, m'interrompt Margo, qui bâille avant de reprendre, un phoque. Ça se finit toujours comme ça. Connard et moi, on a eu des expériences comme ça quand on sortait en bateau. Surtout dans le brouillard.

Je secoue la tête.

— Ce n'était pas un phoque. Ou alors… un albinos. Ou un phoque arctique très loin de chez lui. La couleur n'était pas bonne. Trop clair pour un phoque gris ou un phoque commun.

— Oh Mikey, tu as besoin de vacances. Ou d'une mutation. Sur les terres. En montagne.

Margo pose son verre sur la table.

— Je suis cuite, dit-elle, mais je t'ai juré que ce garçon allait téléphoner, mon élève préféré, et je ne partirai pas avant qu'il ait appelé. Et si je restais ici, sur ce canapé ? Tout habillée.

— Tu n'es pas obligée de faire ça.

Elle s'appuie contre un coussin et pose ses pieds sur la table basse.

— En fait, si. Je ne pense pas pouvoir marcher droit, et toi non plus. Je tomberais direct dans mon escalier délabré que mon amie Babette décrirait probablement comme "charmant". Ou "authentique". (Elle penche la tête en arrière et ferme les yeux.) Des mots. Est-ce que tu as des mots préférés ? Les miens changent. J'aime bien *calomnie. Vivisection. Charabia.* Cha-ra-bia. Il est super, celui-là, tu ne trouves pas ? C'est le code secret de mon pistolet. Tu savais que j'avais un pistolet, Mike ?

— Non, Margo, je ne savais pas, dis-je doucement.

Je me demande si elle va perdre connaissance. Je vais dans ma chambre et je rapporte un oreiller et une couverture.

— Tu as probablement un pistolet, toi aussi, murmure-t-elle. Tout le monde doit en avoir un.

— Non. Il n'y a pas d'arme à feu ici.

Maintenant elle est étendue de tout son long, elle s'est débarrassée de ses chaussures.

— Tu es un homme classe, largement sous-estimé. Je regrette que mon ex se soit barré avec ta femme. (Elle arrange l'oreiller sous sa tête.) J'aurais dû me barrer avec toi en premier.

Je me penche et je borde la couverture.

— Si je dis "pareil", on pourrait avoir des ennuis, alors je ne le dirai pas.

J'éteins la lampe à côté du canapé. Je vais dans ma chambre avec mon portable et je m'assois sur mon lit froid impeccablement fait. Je ne veux pas être "classe", sans parler de "sous-estimé". Est-ce qu'elle pensait me faire un compliment ?

Je serre le téléphone à deux mains. *Appelle. Un seul mot de toi, rien d'autre ne compte.* La prière de l'amoureux éconduit.

Je suis peut-être ivre, mais je suis désespérément alerte. Je retourne dans le salon, le sinistre coin-cuisine. J'allume la lumière de la hotte, puis je jette un œil en direction du canapé. Margo est profondément endormie, elle ronfle d'une manière douce, apaisante.

Voilà le dernier carton marqué CUISINE. Margo était allée jusqu'à ôter le scotch. Je plonge la main et sors une pile d'assiettes, enveloppées dans des torchons. Je me rappelle les avoir emballées à la hâte, espérant à moitié qu'elles se casseraient pendant le déménagement. La vaisselle "de tous les jours" que Deeanne a choisie pour "raviver" notre table l'année dernière, elles sont en céramique blanche vernissée, chacune ornée d'une créature marine bleu clair au centre : étoile de mer, hippocampe, homard, crabe, oursin en pointillé. Avait-elle pris le temps de penser au fait que le destin de ces créatures est précisément mon travail, et que leur avenir, à long terme – bon sang, même à court terme – n'a pas l'air tellement rose ?

Maintenant, la colère monte de mon ventre jusqu'à mes tempes, me donnant l'envie de soulever haut la pile et de la laisser tomber sur le sol. Peut-être que seule la présence de Margo m'empêche d'aller au bout de mon geste. Finalement, je les prends, une par une, et je les range dans le lave-vaisselle derrière les assiettes en plastique que Margo a apportées pour notre repas à emporter. Au fond du carton, j'aperçois un paquet d'ustensiles divers : une spatule, une pince à salade, un épluche-légumes et quelques pinces à homards. Au moins, j'ai jeté les gadgets des bas de Noël (les accessoires pour dénoyauter les cerises, saler le bord des verres à cocktail, transformer des carottes en boutons de roses). Fouillant la cuisine du regard, je me demande lequel va devenir le Tiroir à fourbi – celui qui contient le fatras d'outils métalliques emmêlés – avant de me rappeler que tous ces tiroirs et placards sont sur le point d'être enlevés. Tout ce déballage, donc, était un exercice totalement futile.

Mais quel est cet objet enroulé dans une serviette de table ?

Le repose-cuillère en céramique. Egon, cours élémentaire. Il est orné d'une fleur primitive du genre pâquerette. Rose vif. Quand Egon l'a donné à sa mère, il avait l'air triste.

— Le rose, c'est une couleur de fille, ils ont dit.

— Qui a dit ça ? a demandé Dee.

— Les garçons en cours d'art.

— Eh bien, je suis une fille. Et il est pour moi !

— Mais c'est moi qui l'ai fait, a-t-il dit d'un ton geignard. C'est moi qui ai choisi la couleur.

Sa mère a ensuite exigé de savoir quel béotien haut comme trois pommes s'était moqué de la couleur choisie par Egon et Egon s'est tu. Même sous la torture il n'aurait pas avoué le nom. L'omerta de l'école primaire.

J'ai cru que je comprenais ce que cela signifiait d'être un Garçon Différent ; j'étais le binoclard fêlé de sciences classique, qui préférait étudier les fourmis qui colonisaient son jardin que d'aller jouer au basket. Alors j'ai eu mal au cœur mais je n'étais pas contrarié, de voir Egon grandir en dehors des clous hormonaux : le chant plutôt que le foot, les livres plutôt que les matchs au stade. Les soirs d'été, quand les garçons du quartier se retrouvaient au cimetière pour des parties de chasse à l'homme qui duraient jusque tard dans la nuit, Egon jouait au Scrabble en ligne ou travaillait sa guitare. Il faisait de la voile – tous les enfants normalement constitués de cette ville pratiquent la voile à un moment ou à un autre – et brièvement, trop brièvement, il a excellé dans un sport. La gymnastique est loin du football, mais elle exige un niveau de discipline physique que les gens respectent (du moins ceux qui n'ont pas eu le cerveau lavé par le football). Quand Egon s'envolait en suivant des trajectoires ambitieuses, alambiquées, son corps décrivant un tourbillon de muscle et de grâce, personne ne riait. Personne ne lui disait que c'était un "sport de fille". Il était parfait.

Le fait qu'il ait dû arrêter a été ma faute, et je m'en veux toujours pour l'accident. Une fois qu'Egon a eu traversé la période de la pire douleur, celle des séances pénibles de kinésithérapie, et qu'il a su qu'il remarcherait normalement, il a affirmé qu'il était véritablement heureux d'être libéré de l'obligation d'honorer ce don. "Ce n'est pas comme si j'avais le niveau pour les Jeux olympiques, papa." Plus tard, il dirait que l'accident l'avait aidé à gagner du temps, à trouver plus rapidement sa voie vers le métier d'acteur. "Voilà la manière dont je suis destiné à utiliser mon corps dans l'espace" nous a-t-il dit, à sa mère et moi, l'été où il a joué Ariel dans un festival Shakespeare de la vallée de l'Hudson.

Ça s'est passé quinze jours avant son entrée au lycée. La semaine précédente, il avait participé à la régate junior en tant que membre de l'équipe du yacht-club, et ils avaient battu

Duxbury, leur rival historique, et rapporté la coupe dans la vitrine du Galleon Lounge. La chaleur de l'été était à son paroxysme, il s'est couché tard et traînait dans le salon, se mettant enfin à ses lectures obligatoires pour son cours de littérature anglaise.

Marinda revenait tout juste d'un stage de lacrosse, et bavardait avec ses copines qu'elle venait de retrouver ; elles étaient dans la chambre climatisée de ma fille, en train de se vernir mutuellement les ongles ou allongées à plat ventre sur le lit, de regarder sur YouTube des vidéos sur la star de cinéma qui les faisait tomber en pâmoison à ce moment-là.

Soudain, j'ai pris une décision et j'ai arpenté la maison en lançant :

— Coupez la clim ! Attrapez vos maillots ! On part pour un dernier pêche-nique !

Grognements et protestations – trop fatigués ; trop en retard sur *Gatsby* ; t'as jamais entendu parler des insolations, papa ? – mais j'ai tapé dans les mains et distribué des ordres : on rassemble le matériel de pêche, on remplit la glacière, on emporte des vêtements chauds, et tu n'as qu'à apporter *Gatsby*. Jay, ai-je dit à Egon, sera tout à fait à l'aise. Marinda a demandé si son amie Fran pouvait venir avec nous. Bien sûr, ai-je dit, elle sera la petite amie de Gatsby. Rires, les yeux au ciel. Fran a plaisanté :

— Je suis genre prise, M. I. Mais Mare est libre.

Les filles se sont donné des coups de coudes, et ont ri plus fort.

Deeanne est partie acheter du vin, du charbon et des salades composées ; elle nous retrouverait au ponton. Elle portait une robe de plage moulante avec des sequins argentés qui soulignaient malicieusement la naissance de ses seins (qui étaient, contrairement aux rumeurs, entièrement authentiques). Ses jambes paraissaient plus longues que d'habitude et luisaient de lait parfumé. Une grande journée de soleil rendait toujours ma femme amoureuse.

Cela remonte à tant d'années, et je me rappelle tant de détails de ce matin-là, et de la journée après, parce que je les ai repassés dans ma tête, du début à la fin, encore et encore, pendant que j'attendais, seul, grelottant, aux urgences, douze heures plus tard.

À cette époque-là, nous avions le grand Mako, vingt-trois pieds ; c'était du temps où la pêche paraissait être un divertissement innocent, avant l'irruption de la politique et de la science. J'adorais pêcher les bars rayés – qui abondaient en ce temps-là – et sur le chemin du retour, j'allais voir mes pièges au large de Doe Island. Avec un peu de chance, nous pouvions avoir des homards pour le déjeuner du lendemain (après une grasse matinée avec mon épouse galvanisée par le soleil). Pour moi, c'était le week-end parfait.

Parfait, il l'a été, jusqu'à ce qu'il ne le soit plus. Marinda et Egon, occupés séparément, ne se sont pas disputés, pas une fois. Fran s'est vraiment intéressée à la pêche, surtout parce que les prises étaient nombreuses. J'ai pris plaisir à jouer les professeurs, et elle apprenait vite. Quand est arrivé le moment de rentrer, nous nous trouvions près d'une de nos criques favorites à Cape Ann, une anse sableuse de dunes protégées qui étaient difficiles d'accès par la terre – à moins de posséder une des vieilles cabanes en bardeaux qui existaient avant la loi d'interdiction de construire dans le parc.

La marée montait, alors nous avons jeté l'ancre près du rivage. Un autre bateau était déjà au mouillage ; sur la plage, un couple lisait, et a probablement été perturbé par notre arrivée. Pendant que les enfants nageaient dans l'océan tranquille, Deeanne est restée à bord pour nettoyer les poissons.

(Lors de notre toute première sortie en mer ensemble, sa dextérité enjouée pour effectuer cette tâche a été une des choses qui m'ont donné, même si c'était absurde, une intuition qu'elle pourrait bien être la femme que je devrais épouser.) J'ai transporté le reste de la nourriture, les serviettes et le matériel pour le grill jusqu'au rivage. Le sable lisse des bas-fonds rendait la marche facile, en tenant les objets en l'air.

Et je ne m'étais pas trompé sur le couple ; moins d'une demi-heure après que les enfants ont pris possession de l'espace avec draps de bain, parasols et boissons, les deux lecteurs ont remballé leurs affaires et sans un mot même vaguement amical, sont partis à bord de leur vedette.

J'ai creusé dans le sable pour poser le grill et j'ai envoyé les filles chercher des pierres pour les disposer autour. J'avais mis au point une procédure d'une précision scientifique ; j'avais même emporté un bocal de marinade pour les filets. Avant d'allumer le charbon, Deeanne et moi avons partagé une petite thermos de vodka dans des gobelets en plastique pleins de glaçons.

— M. I., vous êtes un soutien de famille formidable, murmura-t-elle, en enlevant le fourreau qui couvrait son maillot de bain. Le tissu, comme le sable fin scintillant de quartz, brillait au soleil.

Submergé par la prise de conscience de ma chance, je me suis senti un peu ému.

— Nous formons une bonne équipe, dis-je.

Deeanne s'est tournée vers moi, et passant son verre d'une main à l'autre, a posé une paume fraîche sur l'intérieur de ma cuisse.

— Je vais te montrer ce qu'est l'esprit d'équipe, dit-elle. Incessamment.

Elle avait le chic pour raviver ma passion, mon désir enfantin de plaire à cette femme qui était bien plus belle que je ne pensais le “mériter”, avec un mot décalé au point d’en devenir suggestif. *Incessamment*. Étais-je pitoyable ? Quelle importance. J’étais reconnaissant.

Le temps que nous soyons repus de poissons grillés, de salades de carotte et de pommes de terre, et de cupcakes (le tout arrosé d’une bouteille de pinot gris), le soleil était plus près de l’horizon qu’il n’était idéal. Nous pouvions certainement rentrer sans problème dans la nuit, mais une parfaite sortie en mer se terminait par un retour au couchant. Et les incessantes exclamations de ravissement et d’émerveillement de Fran (“Cette plage, on dirait le bout du monde, on dirait qu’elle est rien qu’à nous !” “Oh, mon Dieu, où est-ce que vous avez trouvé ces cupcakes, ils sont super !”) avaient secrètement attisé une fierté un peu vulgaire de Tarzan chez moi, et je voulais lui faire vivre cette expérience de l’air salé en plein visage tandis que l’eau autour d’elle virait à l’écarlate et au rose, un très léger voile de lune naissant à l’est.

Les trois adolescents jouaient au frisbee, ne cessant de dessiner des triangles sur l’étendue de sable lisse, et je décidai que la manière la plus rapide pour que nous pliions bagage était que je m’en occupe moi-même, plutôt que de me fatiguer à déléguer. Deeanne a rejoint le bateau à la nage, pour le ramener plus près du rivage (la marée avait atteint son point le plus haut). J’ai fourré les assiettes en carton et les gobelets en plastique dans une glacière, après avoir jeté les restes alimentaires dans la boîte des gâteaux (il n’en restait pas une miette !).

Ensuite, refaisant à l’envers les rituels de notre arrivée, j’ai rapporté le matériel au bateau en trois fois (les serviettes, désormais trempées, pesaient plus lourd), pour tout donner à Deanne penchée par-dessus le bastingage. Nous travaillions en silence, béatement, le corps et l’esprit un peu engourdis par l’influence conjuguée du soleil et de l’alcool.

En dernier, il fallait ranger le grill. J'emportais toujours une paire de grosses mitaines argentées, celles qui étaient rangées près de la cheminée tout l'hiver, et – mes chaussures aquatiques aux pieds, en faisant bien attention – j'ai transporté le barbecue jusqu'à l'eau, je suis entré jusqu'à la taille et en me penchant bien, j'ai versé les charbons dans l'eau. Ils ont crépité furieusement en coulant, leur lueur orange résistant seulement quelques secondes à leur immersion. Ensuite, prenant soin de m'éloigner des charbons, j'ai glissé le grill sous la surface en l'agitant doucement jusqu'à ce qu'il cesse de siffler. C'était un rituel que j'adorais, la dernière étape avant de repartir pour longer la côte vers la maison. Normalement, Deeanne et les enfants étaient déjà à bord, en train d'enfiler des peignoirs et des sweat-shirts, agréablement rafraîchis.

Mais je ne les avais pas encore appelés pour interrompre leur jeu ; j'étais content d'entendre leurs voix, les taquineries et les cris de joie. Comme j'avais le dos tourné à la plage, il m'a fallu un moment pour me rendre compte que ce que je percevais depuis quelques secondes était un gémissement de douleur, le son d'une souffrance terrible. Regardant par-dessus mon épaule, j'ai aperçu Egon sur le sable, qui hurlait en se tenant le mollet et les filles, terrifiées, debout à côté de lui ; Fran avait le frisbee.

— Papa ! ai-je entendu, et la peur dans la voix suraiguë de ma fille était aussi affreuse que la vision troublante d'Egon dans le sable.

J'ai jeté le barbecue et j'ai couru vers la plage.

Egon rampait vers l'eau en sanglotant.

Marinda s'est approchée de moi en pleine panique.

— Il reculait pour l'attraper et il a marché… mais c'était encore…

Elle aussi pleurait.

J'ai compris tout de suite ce qui s'était passé ; en courant en marche arrière, pour attraper ce fichu frisbee, Egon avait mis le pied à l'intérieur du cercle de pierres où le barbecue était posé, et son pied nu était entré en contact avec le sable qui avait retenu la chaleur de fournaise héritée de la plaque métallique. Ma dernière tâche, que je n'avais pas eu le temps d'accomplir, était de remplir la cuvette de sable.

J'ai rejoint Egon au moment où il plongeait son pied dans l'eau, hurlant encore plus fort. Quand je me suis penché pour examiner la brûlure, il a crié :

— Ne touche pas, papa, ne touche pas, s'il te plaît, ne touche pas !

J'ai tourné autour des jambes d'Egon pour évaluer les dégâts. À ma grande épouvante, je voyais la plante du pied se couvrir de cloques, à mesure que la brûlure ravageait la peau et les tissus mous, qui en certains endroits passaient du rouge au noir. La transformation ressemblait au refroidissement violent des charbons qui avaient coulé dans l'océan une minute auparavant. Sur l'extérieur du pied, la lésion montait vers la cheville, qui s'était visiblement enfoncée en biais dans le sable brûlant avant qu'il parvienne à l'extraire.

Tout ce qui s'est passé ensuite – la comédie sinistre des téléphones portables dans un endroit sans réseau (comme nous avions savouré, à peine quelques instants avant, d'être "loin de tout") ; la dispute virulente et un peu alcoolisée avec Deeanne sur la question de savoir s'il fallait essayer de ramener Egon d'une façon quelconque sur le bateau ou plutôt courir jusqu'à la maisonnette la plus proche ; la vision des deux filles accroupies, serrées l'une contre l'autre, gémissantes, grelottantes – tous les événements suivants demeurent comme une pièce de théâtre soigneusement mise en scène par ma mémoire comme dans un acte de révérence accidentel.

Il s'est avéré que le pari de choisir la terre a payé. Un homme d'un certain âge était assis sur son porche – lui aussi prêt à admirer un fabuleux coucher de soleil – et il m'a laissé me servir de son téléphone fixe.

L'ambulance est arrivée à la plage vingt minutes plus tard, patinant dans le sable de la piste de plus en plus vague une fois passée la petite maison. Imposant ma volonté à Deeanne avec une force brutale que je n'avais jamais utilisée – manifestant ainsi la fermeté de mon autorité de père – j'ai annoncé que j'allais accompagner notre fils aux urgences; elle ramènerait le bateau avec les filles. J'étais incapable de regarder Marinda et Fran dans les yeux; elles semblaient frappées de mutisme en suivant l'échange cru et méchant entre les adultes pendant que les secouristes attachaient Egon sur une civière au bord de l'eau. ("Tu es putain en train de me dire, alors que *tu* as déconné, que je ne vais pas…" "Oui, je suis putain en train de dire précisément ça, Deeanne. Et je t'appellerai de l'hôpital. Et si tu veux venir nous rejoindre en voiture…" "C'est exactement ce que je vais faire, et tu risques de devoir prendre un taxi pour rentrer." "Très bien, vas-y. Oui… oui, je suis le père. J'arrive. Je suis désolé.")

Un médecin urgentiste qui passait de longues heures au bar du yacht-club avait un jour raconté à quelques-uns d'entre nous que la pire douleur est une brûlure au troisième degré. C'était une de ces conversations viriles idiotes au cours desquelles un avocat très cher et expert en interrogatoires ne pouvait résister à l'envie de questionner le pilote de ligne ou le capitaine au long cours sur les aspects les plus durs ou les plus effrayants de son travail. L'urgentiste nous avait parlé d'une petite fille qui s'était renversé une casserole de spaghetti bouillants sur le ventre et les jambes. "La situation est restée critique pendant des semaines, et elle a survécu, mais grands Dieux, dit-il, il y a eu des moments où on a presque espéré qu'elle n'y parvienne pas. Sa mère nous a demandé, à nous qui avions été présents quand elle était arrivée, d'aller la voir au service des grands brûlés". Quelqu'un lui a commandé un autre stinger, l'a prié de raconter une nouvelle histoire.

Non pas qu'il y eût le moindre danger qu'Egon ne survive pas, mais la douleur – elle était affreuse. Le temps que les pommades et la morphine fassent taire les hurlements déchirants des nerfs dans son pied cautérisé, Egon avait tellement pleuré que ses yeux étaient bouffis au point de ne plus s'ouvrir. Heureusement, on m'a permis de passer la nuit sur un fauteuil dans sa chambre. Au lever du jour, quand sa mère est arrivée, elle a refusé de me parler.

Egon s'escrime à répéter qu'en dehors d'une légère insensibilité, son pied est normal – sauf qu'il a perdu le petit orteil, et que ceux qui restent, ainsi que le bord extérieur du pied, ont l'air cireux, toujours désespérément blancs même en été. Je ne peux m'empêcher d'y jeter un œil chaque fois que je vois mon fils pieds nus ; la surface me rappelle la poterie vernie passée au four.

Dans les années écoulées depuis, chaque fois que Dee et moi nous nous disputions sur une décision ou une autre, pratique ou financière, elle sortait presque systématiquement la carte de la Brûlure au pied. Était-ce juste qu'elle refusait de se voir comme aussi responsable de cette négligence ? Ou qu'elle reprenait le scénario médical en soulignant qu'Egon avait risqué d'être amputé ? Peu importait. "Tu crois ça ? Quand on pense que ça vient de M. Oh-Pas-Grave-Ce-N'est-Qu'un-Pied ?" ou toute variante sur ce modèle réussissait à me faire taire.

Quand je repense à ce jour-là, aux expériences, aux composantes physiques, je suis frappé par la quantité de choses qui ont disparu. Je ne parle pas de Deeanne, dont la désertion commence à me sembler prédestinée. Mais Marinda vit maintenant à l'autre bout du pays – et son amie Fran ? Elle était demoiselle d'honneur au mariage de Marinda, mais elle s'est volatilisée dans une contrée lointaine aussi (à la Banque Mondiale ? au Global FoodBanking Network ? Quelque chose d'à la fois financier et politique, aux dernières nouvelles). Le Mako, je l'ai vendu il y a une douzaine d'années, quand Egon est parti à la fac ; le matériel de pêche, je l'ai donné. L'ère de l'abondance de bars rayés est révolue depuis longtemps – et même le sable immaculé a été enlevé de cette plage autrefois idyllique. Je passe devant parfois lors de mes tournées pour prélever des échantillons ; il n'y reste qu'une étroite bande de galets. Et Egon : où se trouve Egon à cette minute ?

EGON

PEARL s'appuie sur moi en marchant. La pluie tombe, puis ne tombe plus, puis tombe à nouveau. On ne s'en formalise plus. On est des somnambules. Des somnambules trempés jusqu'à la moelle. Mon bras droit, posé sur ses épaules, est engourdi, mais il est là pour l'encourager à avancer.

— On y est presque, je t'assure, je lui dis à tout moment.

— Chéri, t'es vraiment nul, comme menteur, me dit-elle la troisième ou la quatrième fois.

Mais on tient le coup.

Depuis que nous sommes descendus de voiture, nous marchons ; ça fait peut-être une heure, peut-être trois, les chaussures trempées, l'esprit embrumé. C'est une bonne chose que je connaisse les petites routes sur la dernière partie, parce qu'on n'a pas de GPS. Je suis soulagé quand nous croisons les piliers en pierre qui marquent l'entrée du centre de loisirs où je passais mes journées l'été, il y a longtemps, même si la pancarte a disparu.

Nous sommes partis de Jersey alors qu'il faisait encore jour, et au départ, on a eu de la chance de trouver des gens qui nous ont pris dans leur voiture, surtout quand on voit comment tout le monde est à cran, sachant que les terroristes sont en cavale, même si à l'heure qu'il est, ils ont dû quitter le pays, les jaguars sont retournés dans leur forêt. Pearl et moi avons tous les deux notre carte d'auto-stoppeur et ça l'air de rassurer assez les gens pour qu'ils s'arrêtent. Presque toujours, l'autoradio diffuse les informations. Dans une voiture, nous avons entendu le journaliste qualifier Oceloti d'éco-jihadistes, un terme qui, bien que peu approprié, sonne assez bien, je trouve. La nouveauté de l'attentat a mis la ville en alerte maximale, et les balises de sécurité que nous avons croisées sur l'autoroute étaient toutes rouges clignotantes.

On entend parler de menaces d'une “explosion écho”, d'un “attentat en chaîne”. Manhattan est fermé serré comme un sphincter. Après vingt-quatre heures enfermé avec Pearl dans son squat rudimentaire, alors que j'avais bêtement oublié mon portable chez moi en ville, j'en ai eu marre. J'ai décidé qu'il fallait prendre la direction du nord: partir, même pour un certain temps. Je ne l'avais pas fait depuis une éternité. Peut-être que j'arriverais à comprendre ce qui se passe entre mes parents, même si ma vie n'est pas tellement liée à la leur. Je n'ai pas d'auditions prévues dans l'immédiat, et si je ne me pointe pas pour trimballer les décors pour le changement de spectacle au Roach, ils pigeront. Le théâtre pourrait bien rester fermé pendant la semaine qui vient; rien de nouveau de ce côté-là. Mais je n'en ai aucune idée, et le choix de vie de Pearl qui refuse obstinément d'être connectée ne fait qu'aggraver la situation. Au moins, elle a sa carte d'auto-stoppeuse – et elle a aussi un portefeuille. On est tous les deux un peu ringards.

Je lui ai dit, dès qu'on a entendu les informations, qu'on devrait s'assurer que tous les gens qu'on connaît vont bien.

— Les victimes, c'est des clopinettes, a-t-elle dit, se réservant le droit, à cause de sa propre histoire, de minimiser le carnage.

— Mais tu ne veux pas t'en assurer?

— Savoir qui va bien ? Qui ne va pas bien ? a dit Pearl tandis que nous attendions à la gare du PATH avec tous les autres voyageurs angoissés, contrariés. Ça veut dire quoi, aller bien, dans le jeu de roulette que la ville est devenue ? Même si ça n'a rien à voir avec vivre à Bagdad, Beyrouth, Le Caire, ou São Paulo. Et quand on y pense… T'as jamais remarqué comme la plupart des endroits chauds, sont chauds, au sens propre ? Pourquoi c'est jamais Oslo, Anchorage, Gdansk ?

Mais tout ce badinage, c'était il y a des heures. Nous avons épuisé les mots, alors je ne me donne pas la peine de lui dire que nous sommes arrivés, enfin, à Vigil Harbor, tant que nous ne sommes pas à notre destination précise – ou ce que je crois être le bon endroit.

— C'est ici, dis-je à mi-voix, en m'arrêtant devant les marches en pierre.

Comme c'est étrange, que mon père vive ici, maintenant, dans ce bâtiment ordinaire devant lequel je suis passé des centaines de fois quand j'étais gosse. C'est une vieille bâtisse à bardeaux, deux étages, divisée en appartements.

— Non, dit Pearl. Tu es en train de me torturer, hein ?

— Non, je veux dire, si. Viens.

Je passe mon bras dans le sien au niveau du coude, comme si elle était très jeune ou très vieille, pour la faire monter. Il n'y a pas d'interphone, et je me rends compte soudain que la porte n'est pas fermée. Même dans mon état de zombie, je suis secoué : les portes de la ville où j'ai grandi, encore ouvertes, les clés de serrures tombées en désuétude, souvent perdues. Comment une telle innocence pouvait-elle encore exister ?

À l'intérieur, j'examine la liste des locataires. Ils sont trois, le nom de papa est pris en sandwich au milieu.

— Encore un étage. Une douzaine de marches et on est arrivés. Tu pourras t'écrouler. Je te le promets. Je ferai la conversation.

Dans une caisse en bois posée à côté de la porte, je reconnais les bottes en caoutchouc de papa. Ses *clammettes*, comme on les appelait, ma sœur et moi, quand on était petits. Pour Pearl, ce sont des Wellies.

Je frappe doucement. La vieille horloge du temple (elle marche toujours !) m'a dit qu'il est presque quatre heures du matin, ce qui signifie que nous voyageons depuis une douzaine d'heures. J'attends et je recommence. Pearl s'est écroulée sur le sol, le dos contre le mur, les yeux fermés.

Quand la porte s'ouvre, je suis consterné. Je présente mes excuses. Une femme est là, le regard trouble, les cheveux aplatis d'un côté de la tête, furieusement hirsutes de l'autre. À contre-jour, elle me rappelle quelqu'un, mais peut-être est-ce générique ; elle pourrait être n'importe laquelle des mamans que j'ai connues quand j'étais enfant : minces, chaussées de mocassins roses, en train de siroter un cocktail sur la véranda du yacht-club, que je voyais chaque fois que je remontais du ponton à la fin des cours de voile que je n'ai jamais aimés. Même si cette femme n'est ni mince ni chaussée.

— Je suis désolé. Je cherche Mike… (Puis,) Oh merde, dis-je, sous le choc. Mme Tattersall ?

— Mike ! crie-t-elle, presque sous mon nez.

Et avant que je puisse battre en retraite, elle tend les mains et m'attrape par les poignets ; je trébuche sur le bord d'un tapis et je tombe presque dans ses bras. Mais elle me lâche et me laisse retrouver mon équilibre. Appelant à nouveau mon père, elle traverse la pièce en se dirigeant vers une porte close.

Je suis troublé et lentement, la fureur monte. Marinda m'avait juré que la rupture venait de maman, que papa n'était pas celui qui avait fauté. Mais… Mme T., ma prof d'anglais ? Est-ce qu'elle n'est pas l'ex de l'homme qui…

Soudain, papa apparaît, se ruant dans la pièce plongée dans la pénombre. Il sanglote et répète mon nom, puis se cramponne à moi comme si l'un de nous était en train de se noyer.

— Papa… allez… tout va bien. (Ses doigts s'enfoncent dans mes omoplates jusqu'à me faire mal.) Je t'assure, papa. Ça va. Lâche-moi.

— Mais où t'étais passé ?

— Papa.

— Pourquoi tu n'as pas appelé ?

— Papa !

Enfin, il me lâche et je me retourne : Pearl est debout dans le hall. Son visage est vide, catatonique.

Je la fais entrer en douceur. On dirait que je remonte un gros poisson, elle est tellement inerte.

— Papa, je te présente Pearl. Est-ce qu'on peut parler plus tard ? On a besoin de dormir.

— Comment vous avez fait pour venir jusqu'ici ?

— En auto-stop. Papa, plus tard. S'il te plaît.

Mme Tattersall est plantée au milieu de la pièce, gardant ses distances.

— Je vais rentrer.

— Non, Margo, non, dit Papa. Reste. J'ai… je n'ai aucune idée de l'endroit où sont les draps, mais il y a des lits jumeaux dans l'autre pièce.

Il part presque en courant vers la chambre d'où il est sorti et revient avec deux oreillers et des couvertures en vrac.

Il sourit à Pearl comme pour s'excuser et désigne une autre porte.

— Allez. Dormez tant que vous voulez. Je serai là. Là, répète-t-il dans un sanglot.

Mon père : stoïque jusqu'à ce qu'il ne le soit plus, et alors, il ne l'est plus du tout.

Je balaye rapidement du regard le modeste appartement qu'il a choisi alors que certainement il a les moyens (vraiment ?) de louer une maison tout entière, rien que pour lui. Est-ce qu'il a perdu son emploi ? Mais je n'ai aucune énergie pour réfléchir à cela – ni pour m'interroger sur le fait que Mme T. est couchée sur le canapé de papa (le canapé qui se trouvait dans son bureau à la maison – qui n'est plus la maison, je me souviens).

Pearl et moi allons l'un après l'autre à la salle de bains, puis dans la chambre, on s'allonge sur les deux matelas nus, chacun enroulé dans une couverture piquée, la tête sur un oreiller. Dans la taie d'oreiller encore chaude contre mon visage, je reconnais l'odeur du savon à barbe de mon père, toujours le même, plus réconfortant que jamais. Pauvre papa abandonné.

Mon esprit se rebelle contre le sommeil. Il se met à bourdonner comme une ruche, à repartir plein d'inquiétude vers l'endroit où je devrais être, où je serais maintenant endormi si, par hasard, je n'avais pas accepté de venir au cours de Pearl à Newark. Je reste allongé sur le dos et je regarde par la fenêtre inconnue. Le ciel sans couleur, ni étoilé ni éclairé par l'aube, est tout ce que je peux voir. Un vide. Tandis que mes yeux s'accommodent à la pénombre, je repère les frontières de la pièce : des formes sur le mur, peut-être des fleurs, un lacis de motifs ; du papier peint. Pas de rideaux, même pas un store, pas de tableaux aux murs. Mais d'après Marinda, papa est là depuis moins d'une semaine.

Quel hasard extraordinaire que je ne me sois pas trouvé dans la ville que je quitte si rarement. Pearl avait demandé si je voulais bien prendre le train pour venir à Newark et l'aider à animer un atelier d'improvisation pour le programme de théâtre qu'elle dirige dans une école.

— Pour les secouer un peu, a-t-elle dit. Les nouveaux visages, ça fait cet effet-là.

Elle ne pouvait pas me payer mais elle m'a promis de m'offrir un bon dîner.

Les enfants de Pearl ont été vrai choc pour moi, surtout parce que je ne passe pas de temps avec des enfants. Des collégiens, et à en croire l'aspect sinistre, un peu militaire de l'établissement – ça, ça n'a pas été un choc – ils étaient issus de familles plutôt démunies voire très défavorisées. Un seul regard et je me suis préparé à de la résistance, des répliques insolentes, une indifférence délibérée. Mais ils adoraient Pearl, ça se voyait sur leurs mines, et quand je suis entré dans la salle (un petit gymnase improvisé avec du lino gris écaillé, des fenêtres tellement éraflées qu'elles étaient opaques), deux douzaines de frimousses, toutes brunes ou noires, certaines aussi foncées que Pearl, se sont tournées vers moi sans un sifflet, sans un ricanement. Je n'étais pas habitué à être le seul Blanc dans la pièce.

— Alors mon pote que vous voyez là, a dit Pearl à ses élèves, est un grand acteur de New York, ce qui normalement voudrait dire que – là, elle m'a mis un coup de coude dans les côtes – on n'en ferait qu'une bouchée pour notre quatre-heures, hein ?

Les enfants ont ri et hoché la tête.

— Mais laissez-moi vous dire un truc super cool. Ce mec sait faire des doubles saltos arrière. (Là-dessus, Pearl a croisé les bras et m'a lancé un regard de défi.) Faites de la place, mes amis et chers collaborateurs.

Les enfants se sont tous mis debout et ont reculé contre le mur en chuchotant et en gloussant, avec force coups de coude.

J'ai fait un petit sourire à Pearl. Mais elle avait raison. Je savais faire ça. Pendant deux étés au lycée, j'avais gagné mon argent de poche en faisant le pitre dans des fêtes de gosses. Et j'étais un clown acrobate, pas le clown débile de base qui se marre et fait des figurines en ballons. En enlevant mon blouson, j'ai chuchoté à Pearl :

— C'était pas prévu, ça.

— La spontanéité, chéri, m'a-t-elle répondu sur le même ton. J'ai évalué l'espace disponible, le dégagement – bon, il y avait des paniers de basket – et je me suis élancé. Mon corps connaît certains mouvements extravagants par cœur, même si j'ai rarement l'occasion de les exécuter, ces derniers temps. Dans l'atelier où j'ai rencontré Pearl, le professeur a flairé mes talents physiques et les a révélés à tout le monde. Il m'a comparé à Cary Grant, qui avait quitté l'école à treize ans pour jongler et marcher sur des échasses. Pearl ne me laisse jamais entendre la fin de cette histoire. Quand je ne suis pas Chéri, je suis Archie.

Après mon exploit, l'atelier de Pearl a été de la rigolade. On a commencé par demander aux enfants de dire quels surnoms ils avaient chez eux. Petit Malin. Gros Malin. L'Ours des cavernes. L'Opossum. "Trop Chaud Bouillant" a dit un grand gamin impertinent; les filles se sont toutes mises à glousser. Taco Man. Mini Jolie. The Rock. Comme on pouvait s'y attendre, les noms sont devenus de plus en plus délirants. Certains étaient sans aucun doute inventés. Peu importait.

La dernière à parler, une fille maigre et sèche avec de grands yeux enfoncés dans leurs orbites, a dit à Pearl :

— Et vous ? Quel nom on vous donne ?

Pearl a marqué une pause avant de répondre :

— Moi ? Orpheline de la Peste. Ça me va assez bien. (Personne n'a ri.) Mais vrai ! (Elle avait un sourire malicieux.) J'ai survécu à une épidémie. Il y a longtemps. Qui a bien fini pour moi. Et mon ami, si on l'appelait simplement Acrobate ?

C'était Pearl tout craché : la subtilité d'une enclume. Elle était bébé quand ses deux parents moururent lors d'une terrible épidémie d'Ebola qui avait traversé le Congo ; une femme kenyane de Médecins Sans Frontières l'avait adoptée, élevée à Nairobi, puis envoyée à Oxford. "J'ai consommé toute ma chance à ce moment-là, aime-t-elle à dire quand elle raconte son sauvetage. Maintenant, je suis sur mes gardes." Pearl a le plus bel accent Empire britannique que j'ai jamais entendu, et grâce à ça, elle a eu un certain nombre de contrats publicitaires pour des articles et des causes chics et décroché un rôle dans quelques pièces. Malgré tout, comme moi, elle est encore loin d'être implantée dans le monde que nous brûlons tous les deux de conquérir.

Elle a réparti les enfants en groupes de trois et a donné à chaque groupe une situation qu'ils devaient gérer, en fonction de leur surnom : échoués sur une île déserte, assis ensemble dans un train, en train de faire la queue dans une épicerie... J'ai travaillé avec la moitié d'entre eux, Pearl avec l'autre. Le niveau sonore est monté mais ils avaient à cœur de nous faire plaisir. Ils étaient attentifs les uns aux autres. À la fin, j'ai compris pourquoi Pearl faisait quelque chose d'aussi éprouvant pour une rémunération aussi faible.

Elle m'a raccompagné au PATH, et nous étions en train de voir ensemble si je pouvais trouver le temps de revenir – "Elles sont dingues de toi, mes filles, ça se voit comme le nez au milieu de la figure" – quand nous avons vu les informations affichées devant la gare.

Tous les trains étaient annulés dans les deux sens, pour une durée indéterminée. Le PATH passait sous le site de l'attentat.

Soudain, dans cette chambre sombre inconnue – et ça me fait sursauter – Pearl se met à parler.

— Tu sais ce que je me dis ?

Sa voix est étouffée par son oreiller.

Je soupire.

— Pas la moindre idée.

— Réhabilitation, dit-elle.

— On devrait vraiment essayer de dormir. Notre cerveau est en rade.

— Mais je n'y arrive pas. J'ai commencé à réfléchir, pendant qu'on marchait ; peut-être qu'il est temps pour moi de retourner là-bas.

— Retourner là-bas ?

— Là où je suis née. Pas à Nairobi. Dans un village au Congo.

— Tu es folle.

— C'est maintenant que tu t'en rends compte, chéri ?

Elle rit tout doucement. À sa voix je perçois qu'elle s'est allongée sur le dos. Et bien que je n'aie pas envie de parler, encore moins de projets dangereux comme s'enrôler dans l'armée et aller dans une zone de guerre ou un endroit où sévissent la sécheresse et la famine, je suis heureux de reconnaître la Pearl que je connais : espiègle, anti-conformiste, provocatrice. Pendant la dernière phase de notre voyage, elle est restée presque totalement silencieuse. (Voilà donc où elle était partie.)

— Peut-être que j'irai avec toi.

— Tu crois que je te charrie, dit-elle. Je finirai le semestre avec mes gamins, et ensuite, je pars.

— Peut-être que je suis sérieux, moi aussi, dis-je, même si évidemment, je ne le suis pas. (Vraiment ?) Le troubadour vagabond, c'est moi.

— Oh grande folle, dit-elle avec chaleur. Tu ne survivrais pas.

— Tu as probablement raison sur ce point. Mais je ne supporte pas l'idée de te perdre.

J'ai vraiment laissé échapper cette phrase ?

Elle se hisse sur un coude pour me regarder.

— Est-ce que tu serais en train de me demander en mariage ? (Elle rit, tend la main entre nos lits pour me tapoter le bras et chuchote :) T'es bête.

Je crois que Pearl m'aime infiniment. Puis, enfin, nous restons silencieux.

Tandis que je cède avec plaisir à l'épuisement, j'entends les murmures retenus de mon père et Mme Tattersall. Des bruits de pas qui s'approchent de la porte. Est-ce papa qui épie mon souffle, comme il le faisait quand j'étais petit, malade, au fond de mon lit ? Parfois, il me réveillait, sans le faire exprès, au milieu de la nuit. Papa a toujours été le parent tendre, celui qui s'inquiétait le plus. Maman était la démonstrative, aux gestes amples, aux cadeaux extravagants ; aux pertes de sang-froid extravagantes aussi. Mais qu'est-ce qui a bien pu lui arriver ? Elle m'a laissé un message vocal qu'on aurait dit envoyé par un membre d'une secte : la secte de Tom Fucking Tattersall (mon premier instructeur de voile ; pas étonnant que j'aie jamais aimé ça). Mais même cette pensée bouleversante – la nouvelle vie lointaine, ridicule, de ma mère – ne parvient pas à m'extraire des profondeurs saumâtres du sommeil.

Je me réveille pour découvrir le visage de Pearl à quelques centimètres du mien.

— Où est-ce qu'on est ? chuchote-t-elle. C'est *quoi*, cet endroit ?

Quelque chose me chatouille le menton. Quand je me redresse brusquement, manquant cogner ma tête contre la sienne, je vois qu'elle tient une minuscule plume blanche, probablement échappée de l'un de nos antiques oreillers. Je cale mon dos contre le mur et elle me tend une tasse de café. Elle porte mon gros sweatshirt long, lourd, par-dessus ses vêtements. Quelqu'un a dû le passer dans le sèche-linge, il est tout chaud.

— Ton papa fait des pancakes, chuchote-t-elle encore. Il a dit qu'il n'allait pas au boulot. Je ne le connais pas mais il a l'air… décidé.

Je lui demande l'heure qu'il est ; dix heures.

— Oh là là, et qu'est-ce qu'on va faire ? dis-je.

— Prendre des vacances, je suppose. Grâce à ton père, j'ai appelé en prétextant une urgence familiale qui me donne quelques jours de congé de l'école, mais oui, c'était quoi, le plan ? Je n'arrive pas à m'en souvenir du tout.

Maintenant je sens l'odeur des pancakes et je réalise que je suis affamé. Il faut que je mange d'abord, et je penserai ensuite. Je nous ai amenés ici pour qu'on s'échappe, qu'on s'enfuie, mais de quoi, précisément ? Ce n'était pas comme si les explosions dans la ville où j'ai choisi d'habiter étaient une première.

Je me lève et j'enfile mon jean, qui a également été passé au sèche-linge. La sensation est formidable, mais le T-shirt que je porte est mince et j'ai encore froid. Tout ce que j'ai – moins le sweat que m'a piqué Pearl – c'est une des couvertures, que j'enroule autour de mes épaules. J'ai dû perdre une épaisseur en route.

L'appartement de papa est étonnamment clair de jour, même lors d'un jour gris, ce qui le rend plus agréable et pourtant, avec ses planchers et autres détails usés apparents, il est aussi plus triste qu'il ne m'a semblé au milieu de la nuit.

Mme T. est apparemment partie, sa literie est soigneusement pliée près d'un accoudoir du canapé. (Est-ce que mon ancienne prof d'anglais serait devenue la confidente de mon père ? C'est tout bonnement hallucinant.)

— Tu m'as fait tellement peur, en ne donnant pas de nouvelles, dit papa.

Il retourne les pancakes.

Les excuses étant inutiles, je lui dis que je suis désolé, mais il sourit à Pearl, et la presse de s'asseoir, non merci, pas besoin d'aide. Je vous en prie ! Tout ce qu'il veut, c'est nous nourrir, nous trouver ce dont nous avons besoin. Il suffit de lui dire. Je le regarde avec insistance à la dérobée. Il a perdu du poids – ce n'est pas mal en soi – mais il est plus gris aussi, non ?

Trois sets sont posés sur la petite table que je reconnais comme celle de notre porche à l'étage. Je me sens un peu nostalgique de cette vue : le jardin de ma mère, et au-delà, le port au loin, des bandes brillantes entre les arbres d'un voisin. Je me demande si je suis plus sensible à la perte de cette vue, de cette maison, que je ne veux bien l'admettre. Vigil Harbor est une ville pour laquelle je prétends n'avoir aucun regret, aucune attirance. J'ai toujours juré que je ne serais pas du genre à revenir dans la ville où je suis né. Je suis parti pour de bon.

Une fois que nous sommes assis tous les trois, mon père dit à Pearl :

— Je suis content que vous soyez venue avec lui. Ça me manque, de ne pas rencontrer les amis de mon fils.

— Mes copains *pauvres types artistes*, il veut dire.

— Parle pour toi, dit Pearl. Il aime bien se lamenter sur son sort, n'est-ce pas ?

Son petit sourire en coin est taquin. Elle verse un litre de sirop sur une haute pile de pancakes. Pearl est une de ces femmes qui mange de bon cœur mais reste fine et délicate. (“Mon âme d'orpheline, a-t-elle dit la première fois que j'en ai fait la remarque. Dotée d'une faim insatiable.”)

Je décide de ne pas mordre à l'hameçon.

— Alors, papa, *Mme Tattersall* ? C'est quand même un peu fraterniser avec l'ennemi…

— Oh, mais elle est l'ennemie de l'ennemi, non, chéri ? dit Pearl.

Je ne lui ai pas révélé beaucoup de détails sur la séparation de mes parents, alors je me demande juste sur combien de sujets elle a échangé avec papa pendant que je dormais. Je soupçonne qu'il n'y aura pas d'échappatoires sur l'absence de contrats ou les maigres revenus qui sont mon quotidien.

— Elle m'a sortie de mon enfer d'auto-apitoiement, dit papa. (Il s'apprête à continuer mais s'interrompt.) Pearl, pouvez-vous rester quelque temps ? Ici, avec Egon ? Chez moi ? Je vous laisserai ma chambre.

— Papa, on ne peut vraiment pas rester. Nous avons tous les deux abandonné notre boulot, et ce n'est pas franchement comme si la situation était…

— Comme si elle était "grave" ? C'est ça que tu t'apprêtes à dire ? (Papa pose ses couverts sur son assiette.) Je veux que tu restes. Que tu ne repartes pas. Et si je te disais que j'ai besoin de toi ?

— Pour quoi ?

Je me force à ne pas élever la voix.

— Il a besoin que tu sois un bon fils, dit Pearl, jamais du genre à se censurer. De ta complicité virile ; unissez vos forces. Pourquoi pas ? Tu es entre deux contrats, là, en fait.

Je la fusille du regard. Je me tourne vers papa.

— Qu'est-ce que je ferais ici, papa ? Qu'est-ce que tu as en tête ? Que je sois barman au Jetty ? Que je serve des bières à mes copains de lycée voileux quand ils se pointent pour s'encanailler en jouant aux fléchettes ?

Papa semble blessé.

— Reprends tes études. Tu pourrais devenir enseignant. Peu importe comment évolue notre monde, il y aura toujours des professeurs.

Devant Pearl, je n'ose rien dire sur le fait que l'enseignement – je suppose qu'il veut dire enseigner le théâtre, à des enfants – est pour moi une régression, un abandon à la médiocrité. Traitez-moi de prétentieux, de vaniteux. Et je pourrais ajouter qu'il y a très peu de postes de professeurs enviables dans les domaines artistiques aujourd'hui, et aucun d'entre eux ne va à des hommes blancs. Ou peut-être, puisque je demeure quelqu'un qui lit beaucoup – des livres – je pourrais me former et passer le diplôme pour enseigner la littérature mondiale. Je pourrais suivre la voie de Mme Tattersall.

Maintenant, tous les deux, mon père et ma meilleure amie, me regardent comme si je participais à un jeu télévisé et que ma réponse allait déterminer si la sirène allait retentir, si j'allais marquer le bonus.

Puis papa dit :

— Ou alors… (il fait une longue pause), toi et moi, on pourrait se lancer dans les affaires.

— Hein ?

— J'ai entendu dire que le Drome sera bientôt sur le marché.

— Le bowling ? Tu veux gérer un bowling, papa ?

Pearl intervient :

— Je n'ai jamais essayé ! Il est toujours ouvert ? J'adorerais. Allons-y, chéri !

J'ai les yeux rivés dans ceux de mon père, me demandant juste à quel point il a perdu les pédales. Ou est-ce qu'il s'est mis à boire dès le matin ?

— Non, bien sûr que non, pas un bowling. Margo suggérait, voyons, un dîner-spectacle. Un genre de…

— Un *cabaret*, papa ?

S'il n'est pas ivre, il a officiellement perdu la boule.

— Tu te souviens comme les gens adoraient le vieux Pocket Theatre ? Tu te souviens quand ta mère a fait partie de la Sondheim Review ?

— Oh, papa… (Je formule une prière silencieuse à l'intention de Pearl, mais elle est concentrée sur ses pancakes.) Papa, cet endroit a fermé.

— Pas parce que les gens ne l'aimaient pas. La ville avait besoin de plus de bureaux.

— Alors peut-être que Margo et toi, vous devriez vous lancer, si vous pensez vraiment… Mais papa, tu es un scientifique !

— Et peut-être que j'en ai fini avec la science. Peut-être que tout ça – il balaie l'espace d'un grand geste – toute cette *réorganisation* est un message du cosmos malade.

Il a le visage un peu désespéré, et je pense à la dernière vraie conversation que j'ai eue avec ma mère, il y a deux ou trois mois, quand elle s'est plainte qu'il était évident que papa avait perdu la foi en son travail. "Être avec ton père en ce moment, c'est comme tenir compagnie à un grand nuage noir. Ce n'est pas marrant. Pas du tout."

Je me suis demandé si c'était ça, la base de leur mariage, le fait d'être marrant. Après toutes ces années ensemble ? Je n'avais aucune idée de ce que je devais dire. Je n'en ai pas plus aujourd'hui.

Pearl me regarde fixement, mais je n'arrive pas à déchiffrer son expression.

— En voilà une idée audacieuse, Archie, tu ne trouves pas ?

— Pour quelqu'un d'autre, sûrement.

Je porte mon assiette jusqu'à l'évier. Posé à côté, je vois le téléphone de mon père. L'écran est noir, probablement la batterie vide – papa mettait un point d'honneur à ne pas le recharger pendant des jours d'affilée – mais j'imagine qu'il contient encore des dizaines de photos de mon enfance ici dans cette ville, dans laquelle, on ne peut le nier, tant de personnes viennent rebondir après s'être promis de bâtir leur vie dans le monde plus vaste, moins protégé. Les revenants.

— Pas pour moi, dis-je.

Je repense, sans véritable raison, à ma première année au lycée, que j'ai commencée sur des béquilles, mon pied dans un épais pansement après la terrible brûlure que je me suis faite lors d'un pique-nique en famille. Les filles que je connaissais étaient aux petits soins, portaient mes livres, m'ouvraient les portes, tenaient l'ascenseur. Mais cette blessure a également provoqué d'autres réactions. "Hé, Œdipe, comment va le pied-bot ? Maman vient te chercher aujourd'hui ?" a ricané un dernière année quelconque dans le couloir un matin. J'étais ahuri.

La fille qui m'escortait, bien que tout aussi étonnée devant sa remarque, me dit qu'il était le capitaine de l'équipe de lacrosse. En moins d'une semaine, j'ai compris qu'il était un salopard royal qui esquivait les accusations d'insultes homophobes en les déguisant. Il m'avait visiblement percé à jour (alors que je cherchais encore désespérément à garder ma particularité pour moi).

Assez vite, les amis de Captain Salopard me lançaient d'une voix de fausset : "Hé, Œdipe, comment ça va ? T'es allé voir l'Oracle récemment ?"

Je connaissais le mythe, mais tout cela n'a eu de sens qu'une fois que j'ai compris qu'ils suivaient tous le cours de Mme Tattersall, celui qu'elle commençait avec Sophocle. Depuis, j'évite soigneusement cette pièce.

Je m'applique aussi à ne pas croiser toutes les personnes que je connaissais à cette époque-là ; je crains par conséquent de les rencontrer involontairement chaque fois que je reviens dans cette ville.

Papa me dévisage maintenant, Pearl aussi.

— Écoute, papa, dis-je. Tu crois vraiment que je pourrais revenir m'installer ici et être heureux ? Réfléchis. Je pourrais finir par quitter New York, mais si ça arrive, ce sera pour aller ailleurs, complètement ailleurs. Dans un endroit nouveau.

— C'est juste que je…

Il ferme sa bouche, se censure.

— Tu t'inquiètes pour moi ? Je le sais, papa. Je ne peux pas t'en empêcher, même si j'aimerais bien.

Pearl regarde mon père avec une empathie évidente. Il se tourne vers elle et dit :

— Vos parents – ils doivent s'inquiéter, sachant que vous êtes là-bas, à New York. Votre accent – clairement, vous n'avez pas grandi ici.

— Ma mère vit à l'autre bout du monde, dit Pearl, et elle a un boulot à côté duquel le mien ressemble au contrôle qualité dans une usine d'oreillers.

Papa a l'air complètement perdu.

— Médecins sans Frontières, dis-je. Le danger est totalement banal.

Pearl tapote l'épaule de papa.

— Pensez à toutes les insomnies qui n'existeraient pas si les gens n'avaient pas d'enfants.

Poliment, papa rit.

— Un monde sans enfants ? Non merci.

Pearl me regarde.

— Parle à ton père de mes gamins. Raconte-lui comment tu as maintenu leur attention. Et tu n'as pas tout vu, crois-moi.

CONNIE

Le lundi, je suis de garde. Nous faisons des collages et tout le rez-de-chaussée sent la colle. Je garde des cartons entiers de vieux magazines que j'ai récupérés de la déchetterie. Ils apparaissent chaque fois qu'une nouvelle génération débarrasse la maison d'un grand-parent qui a stocké des numéros de *National Geographic*, du *New Yorker*, de *Vogue* et de *Time* du temps où les gens lisaient des vrais magazines.

Créez la maison de vos rêves, dis-je aux enfants. Ils sont en ce moment dans la phase de concentration intense, dans le cliquetis des ciseaux, le visage crispé par la tension de travaux de mécanique au centimètre. À l'exception de brefs bruits de frustration tandis qu'ils bataillent pour disposer les pièces *parfaitement bien*, ils sont immergés dans un temps de silence harmonieux, alors je m'éclipse. Il y a une demi-heure, pendant que je regardais les enfants installer leurs tables, j'ai entendu un ping-ping provenant de quelque part au-delà de notre jardin, probablement grâce à une fenêtre ouverte dans une autre maison. La pluie tombe toujours, mais elle descend droit et doucement, et l'air étant chaud, j'ai ouvert nos fenêtres aussi.

Je vais dans le salon et je fais ce qui est interdit : je sors mon portable. Confirmant mes peurs, une autre bombe. Mais cette fois, et mon ventre se serre, c'est à Cambridge, à moins d'une heure de route d'ici. Sans le son, je dois me contenter des images. Sur le film du drone, je reconnais la Charles River, puis, à quelques rues à l'intérieur des terres de Memorial Drive, le lieu sombre du chaos : des panaches de fumée, les gyrophares orange et bleus des véhicules d'urgence arrivant de toutes les directions. J'aurais tant voulu en parler à Celestino, qui est parti plus tôt que d'habitude pour la deuxième fois consécutive. Nous avons eu une dispute féroce mais silencieuse hier soir, à propos d'Ernesto – dont le vrai nom est Arturo, ai-je appris. Celestino me dit que cet homme est un menteur talentueux et il ne sait toujours pas pourquoi il a débarqué chez nous. Il est tout sauf un ami, comme j'aurais pu le soupçonner à la seconde où j'ai vu le visage de mon mari quand il est entré dans notre cuisine vendredi après-midi. Pourtant Celestino aurait pu me dire ça le premier soir, il aurait même pu trouver un moyen d'avoir un tête-à-tête avec moi avant qu'on partage un repas. Au lieu de ça, il s'est renfermé sur lui-même dans une réaction de peur instinctive – une peur qui semble, sans que je comprenne comment, plus puissante que sa confiance en moi, malgré toutes les années que nous avons passées ensemble.

— Connie ! s'écrie un des enfants. J'ai fini !

Je retourne dans la véranda. Il y a une différence entre les enfants qui ont découpé de grands morceaux de papier coloré et ont réalisé un assemblage rustique et ceux qui, la langue coincée entre les dents, les épaules voûtées, ont approché la tâche avec une précision chirurgicale, les ciseaux sculptant le papier glacé comme des scalpels, leur imaginaire fait d'enjolivures, de miniatures, d'étroites bandes de papier dans des variations subtiles de couleurs dont les contextes originaux sont impossibles à retrouver.

Je tends de nouvelles feuilles aux deux garçons qui ont terminé leur maison (équipée de portes et de fenêtres prélevées sur des photos de vraies maisons).

— Maintenant, le jardin de vos rêves, dis-je. Et ne vous contentez pas de chercher des images de fleurs et d'arbres. Composez vos fleurs avec… des voitures, des bateaux, des robes de dames…

Avec des explosions, fabriquez des tournesols, me dis-je. Avec des débris d'acier violets qui tombent du ciel, faites des lilas.

Donc je suis abandonnée. Mais si les informations sont vraiment mauvaises (est-ce que ça existe, les nouvelles "genre pas bonnes"), d'autres parents vont débarquer pour récupérer leurs enfants, les ramener à la maison… et comme les autorités aiment le dire, se mettre à l'abri.

Si la journée se déroule comme prévu, Axel, qui donne le cours d'histoire après le déjeuner, arrivera dans une heure. Peut-être qu'il me prendra à part et me communiquera les dernières informations. Parfois je suis réconfortée par le cocon que nous parvenons à créer dans cette maison. D'autres fois, je suffoque, terrifiée à l'idée de ce que je manque, honteuse d'avoir eu le cerveau lavé par l'envie irrépressible de la soi-disant *connectivité*. Sommes-nous hypocrites de penser que nous pouvons épargner à nos enfants les compulsions high-tech que nous affirmons mépriser – ou, au mieux, les retarder ? Quel bien cela leur fera-t-il s'ils sont "en retard" sur leurs pairs, tous connectés d'instinct ?

Je vais voir chaque élève et je pose des questions, je distribue des compliments. Raul, qui a fait des réserves de pages de magazines chargées de bleus et de verts, me dit qu'il fait une cabane de jungle.

— Une maison faite EN jungle, déclare-t-il. En jungle de papa. Les murs sont des feuilles.

Les jungles sont un des sujets dont nous avons parlé samedi soir, quand Ernesto, comme promis, nous a préparé à dîner : des poireaux, des poivrons et des courges grillés avec une riche sauce au chili et du riz brun avec des noix. C'était bon mais trop épicé pour moi. Il nous a dit qu'il n'a pas mangé de viande ou de poisson depuis dix ans, alors il se concentre sur ses sauces. (Avons-nous conscience que si le bétail était un pays, il représenterait le troisième plus gros émetteur de gaz à effets de serre ?)

Nous étions tous les trois autour du feu dans le jardin. Nous cuisinons souvent sur un foyer en pierre que Celestino a construit derrière, plus loin que l'arbre. Il l'a équipé d'une cheminée qui récupère les étincelles et envoie la fumée vers le ciel.

— J'ai adopté la vie nomade qu'exige mon travail, a dit Ernesto au milieu du crépitement du grill, mais je dois admettre que celle-ci est une vie que tout le monde pourrait raisonnablement embrasser. La vôtre.

— Raisonnablement ? ai-je relevé en riant, bien que j'aie senti son ton condescendant.

— Tout le monde n'est pas capable de prendre la voie de la raison, dit-il. Ou peut-être, ce que je veux dire, c'est qu'il y a un autre genre de raison, qui vous oblige à affronter toute la déraison. S'y confronter. Se battre.

Il a brandi la spatule sous le nez de Celestino comme si c'était un sabre. Sa boucle d'oreille a étincelé dans la lumière du feu.

— Quoi, comme ce groupe qui a commis un attentat à New York, les Oceloti ? ai-je dit.

L'escalade dans la tactique de ce groupe était presque le seul sujet des informations ce jour-là ; comment une organisation quasi secrète connue pour des manifestations, des violations de propriétés et des actions de sabotage coûteuses mais pas létales, était devenue terroriste.

— Eh bien, pourquoi pas ? a demandé Ernesto.

— Parce que tuer des gens ne prouve rien, n'accomplit rien ! ai-je dit. L'extrémisme conduit toujours à l'aliénation. La violence, à plus de violence. Si "louable" que soit la cause.

— L'action extrême est la seule réponse à l'urgence extrême, celle de la survie. Vous avez un enfant. Ne s'agit-il pas d'une urgence pour vous ?

Il s'est tourné vers le feu et à l'aide d'une pince, a retourné et rangé les légumes.

Je ne savais pas quoi dire, mais quand l'attention d'Ernesto est revenue à moi, il souriait avec chaleur.

— Et en parlant de l'enfant, où est le jeune Raul ?

— Il fait une pause dans sa vie très raisonnable avec nous, a dit Celestino.

J'ai été surprise de le voir arriver sans Raul. Il m'a dit que lorsqu'ils étaient rentrés en ville et qu'ils avaient déposé Brecht chez lui, Miriam avait invité Raul à rester.

— Brecht en avait envie ? Il a mieux à faire que distraire un petit garçon, un petit singe, toute la nuit.

J'avais appris à aimer Brecht et à avoir confiance en lui, même si quand Celestino avait accepté de l'embaucher, une faveur à Austin, j'étais contrariée. Je connaissais son histoire. Comment quelqu'un qui avait souffert d'un tel traumatisme pouvait encore être capable d'effectuer un travail dur, fiable ? Tout ce que je veux, c'est que Celestino demeure aussi admiré et demandé que c'est le cas depuis quelques années. Au-dessus de tout reproche. Parce que même moi, je m'inquiète parfois que la chance qui lui a permis de ne pas se faire expulser avant notre mariage cesse de lui sourire. Il était parrainé – le vieux monsieur chez qui il habitait et dont il s'occupait, avant que j'arrive – mais nous avons tous lu des histoires de couples brisés par le durcissement des lois sur l'immigration. Pour devenir citoyen américain, Celestino doit attendre son tour dans une queue toujours plus longue.

— Peut-être que les forêts tropicales qu'on éradique paraissent trop lointaines pour que vous y voyiez un sujet urgent, dit Ernesto. Mais la montée du niveau de la mer, ça vous inquiète certainement. Bien entendu, votre petite ville a de la chance, d'être ainsi placée au sommet de falaises. Vous allez de ce fait bénéficier d'un siècle supplémentaire, n'est-ce pas ? Avant que les vagues ne viennent lécher votre seuil.

— Les inquiétudes de tout le monde sont aussi les nôtres, dis-je. C'est ce que nous apprenons à nos enfants. Nous ne considérons pas que notre vie s'arrête à nos frontières. Aux limites de notre ville.

— Je crois que si. Voyons. Vous êtes une bulle dans une bulle dans une autre bulle. Votre ville, votre État, votre pays – pour l'instant, vous occupez une position privilégiée. Vous avez gagné à la loterie géopolitique. Et c'est dans la nature humaine de protéger ses acquis, qu'on les mérite ou non.

— Gloucester n'a pas gagné à la loterie, ai-je dit, tout en me demandant si Ernesto serait au courant de cette mauvaise nouvelle, datant seulement du mois dernier.

— Le triage côtier est une des mesures les plus intelligentes que votre gouvernement ait prise. Pour tenir compte de la réalité. À une conférence à laquelle j'ai assisté le mois dernier, il y a eu une communication intitulée "À l'écoute des ouragans". Salle comble.

— Pourquoi dites-vous "mon" gouvernement ? C'est le vôtre aussi, non ?

— Touché, a-t-il dit. Oui. Je suis citoyen américain. Même si comme je l'ai expliqué, mon cœur appartient à un autre lieu. Je suis un expatrié spirituel partout où je vais. Mais je n'ai pas le droit de me plaindre.

À tout moment, j'entendais la sonnerie en sourdine de son portable rangé dans la poche arrière de son jean. Quelqu'un essayait de le joindre depuis une bonne demi-heure.

J'ai jeté un coup d'œil à Celestino. Il n'est jamais bavard, mais il ne manque pas d'opinions tranchées sur les sujets liés à la nature. Ses bras étaient croisés, son expression difficile à déchiffrer. Je me suis approchée de lui et j'ai passé une main sur ses omoplates. Il n'a pas réagi. Soudain, il a dit à Ernesto :

— Tu pars demain ?

Ernesto n'a pas quitté le barbecue des yeux.

— Est-ce qu'un jour de plus serait problématique ? Je ne m'imposerai pas, surtout pendant les heures de classe. (Il m'a fait un petit sourire.) Je ne saurais pas chanter pour mériter mon dîner, mais je peux vous préparer le vôtre. Et je pourrais donner une leçon !

— C'est effectivement problématique. Cette semaine est très chargée pour moi, a dit Celestino. (Il a ajouté un laconique :) Désolé.

— Mais on annonce de la pluie presque tous les jours, ai-je dit.

Pourquoi ai-je discuté ? Appréciais-je la manière dont cet invité dénigrait tranquillement ma vie ? Même si ce n'est pas ainsi que je la voyais, je crois que je voulais qu'on me demande des comptes. J'avais été complice dans la création de la plus petite des bulles qu'il tournait en dérision.

Celestino m'a regardée en fronçant les sourcils.

— La pluie ne m'empêche pas de travailler.

Ernesto s'est interposé.

— Alors, mets-moi au travail. Tu connais mes talents.

— Effectivement, oui, a dit Celestino à mi-voix.

S'adressant à moi, Ernesto a dit :

— Il sait que je ne suis plus le travailleur que j'ai été et il a raison. (Il a tendu ses paumes.) Pas de callosités.

Une fois que les légumes ont été cuits, Ernesto s'est excusé pour aller répondre au téléphone ; il a contourné la maison et s'est dirigé vers la rue. J'ai emporté la nourriture dans la cuisine et j'ai mis la table. Celestino s'est occupé d'éteindre le barbecue. Il faisait nuit et il travaillait à la lumière d'une lampe portable ; je suis restée près de la baie vitrée pour le regarder, contempler la danse de son ombre.

Mon mari est venu dans ce pays, tout jeune adolescent, d'un village du département du Petén – un endroit de son passé que je ne verrai jamais, c'est certain – mais la façon dont il est arrivé n'était pas classique. Son père était contremaître sur un site de fouilles archéologiques, et il s'est rendu indispensable auprès du professeur de Harvard qui supervisait les travaux. Cela remonte à plus de quarante ans, quand les frontières entre les pays, du moins dans cet hémisphère, étaient plus faciles à franchir ; alors le jour où l'archéologue a proposé d'emmener Celestino pour qu'il passe une année scolaire aux États-Unis, son père était fou de joie.

Inscrit dans un programme pour les élèves internationaux, Celestino était un genre de trophée pour le professeur – c'est ce que j'imagine, sans jamais oser le dire. Ce n'est pas ainsi que Celestino voit les choses : le professeur était comme un deuxième père pour lui, et il n'a pour lui que de la reconnaissance. Pourtant je m'imagine ce respectable intellectuel (un Français, en plus !) montrant une fierté magnanime, secrètement égoïste dans les dîners à chaque fois qu'il présentait à ses confrères ce garçon sorti de la jungle, qu'il avait choisi de ramener dans sa grande demeure près de Brattle Street, pour le faire profiter de ses privilèges, lui donner la chance de pouvoir accéder à une vie bien plus civilisée et prospère. Et voyez comme ses propres enfants prendraient conscience du monde qui s'étendait au-delà de leur haie de troènes ! Une autre bouche à nourrir, un autre cartable de livres et d'autres chaussures à acheter n'étaient pas grand-chose.

Néanmoins, à l'exception des quelques années d'études qu'il a faites, ainsi que son bon anglais (c'est loin d'être trivial), quelques mots de français sont tout ce que Celestino semble avoir gardé de l'époque où il vivait avec cette famille. Le professeur est mort soudain pendant la troisième année que Celestino passait chez lui – et finalement, le garçon n'est pas retourné dans la jungle, où son village avait été envahi par des soldats brutaux et d'où son père avait disparu. Après un conflit avec la veuve du professeur – qui ne pouvait pas gérer cet enfant supplémentaire – Celestino a été pris de panique et il est parti à New York se réfugier chez des parents qu'il connaissait à peine.

Quand Celestino m'a raconté cette histoire – de sa manière succincte, sans fioritures – nous commencions tout juste à nous connaître, sortant d'une fièvre sexuelle presque muette qui nous avait possédés pendant plusieurs semaines, nos rencontres nocturnes contraintes, de son côté, par le travail qu'il faisait toute la journée, sept jours sur sept, et de mon côté, par ma mère dont la chimiothérapie intensifiait ses attaques sur son corps, ses effets secondaires indésirables m'envoyant avec elle aux urgences au moins une fois par semaine. Mon vieil ami Harold m'avait appelée, un mois après mon arrivée ici, pour me demander si je faisais partie d'un programme de protection de témoins. Je lui ai répondu que je ne savais pas quand je reviendrais. Je n'ai pas parlé de Celestino. Pouvais-je dire, au beau milieu de cette vie-en-dehors-de-ma-vie, que j'étais en train de tomber amoureuse ? Était-ce vrai ?

En comparaison avec les circonstances de ma vie jusque-là – peut-être avec l'exception de la perte de mon frère dans une guerre insensée – celles de Celestino, ou celles qu'il choisissait de partager avec moi, étaient dangereuses et instables, du moins jusqu'à ce qu'il arrive à Vigil Harbor. Mais il a fallu que je le persécute de questions pour apprendre tout cela, parce que Celestino n'est pas un homme qui pense que la connaissance profonde du passé d'une personne, et encore moins celle de son "voyage" émotionnel, donne nécessairement une plus grande confiance ou un amour plus absolu. Il ne dissèque pas les sentiments, ne s'y attarde pas, alors je me retrouve à interpréter, à remplir les blancs – au point que parfois, je me demande si je n'ai pas simplement imaginé des tranches de son passé.

Il y a quelques années, quand je lui ai posé sur sa mère des questions auxquelles il était réticent à fournir des réponses, il m'a dit qu'il avait commencé à mener une vie avec un véritable but le jour où nous avons décidé que nous allions devenir parents ensemble. Il avait son affaire, mais ça, a-t-il précisé, c'était seulement une forme de survie. Même son arrivée dans cette ville relevait de la survie, pas d'un choix.

Je me suis dit que les années dont il m'avait le moins parlé était celles qu'il avait passées à New York, après avoir fui Cambridge d'une manière aussi irréfléchie. De la fin de son adolescence à ses vingt ans, il avait vécu avec des parents et occupé, d'abord, les emplois les moins qualifiés : concierge, aide-serveur, apprenti-plombier. Son premier emploi à Wave Hill ne payait pas bien, mais il était tombé sur un patron qui est devenu son mentor, le genre qui s'entiche de ceux de ses employés qui veulent apprendre. Sur Internet, j'avais trouvé des photos de Wave Hill : ses parterres de fleurs bien ordonnés et la vue sur le fleuve, ses allées avec ses treilles de grimpants en boutons. Celestino m'a dit que c'était le plus grand bonheur au travail qu'il ait connu avant de trouver un moyen d'être à son compte.

Mais sur un coup de poker, il était reparti dans le Massachusetts, où il avait entendu dire qu'il était plus facile de vivre et travailler en restant sous les radars, à condition de choisir des emplois où les papiers en règle n'étaient pas requis, voire pas voulus. Les qualifications étaient la capacité à travailler dur, ne jamais se plaindre quand on exigeait des horaires longs, déraisonnables, ne pas accorder d'importance à des luxes comme l'assurance ou le paiement des heures supplémentaires. Se trouver chanceux et donc être reconnaissant. Celestino avait pris un emploi régulier au sein d'une équipe de jardiniers dans une banlieue privilégiée de Boston, gagnant assez d'argent pour s'offrir des cours du soir en arboriculture. Là, il a rencontré le vieux monsieur qui a acheté notre maison et a invité Celestino à venir pour s'occuper de lui – et construire la cabane dans l'arbre que je voyais depuis ma chambre d'enfant.

Je savais tout cela quand j'ai emménagé avec lui, alors qu'il louait encore la maison à la fille du vieux monsieur, qui était décédé. Mais sur Ernesto – Arturo – je ne savais rien. Il s'avérait que c'était un chapitre que mon mari avait laissé de côté dans son récit. Bien entendu, très peu de temps après que je me suis installée avec lui, ma grossesse non préméditée a instantanément détourné notre attention du passé vers l'avenir. Comme si quelqu'un avait brusquement remonté un store dans une pièce sombre, nous devions nous confronter soudain à ce que nous faisions, nos intentions et nos sentiments, à la lumière du jour. Nous devions prendre des décisions, et la première – parce que je savais que je garderais ce bébé, quoi qu'il arrivât – était de s'accorder sur les promesses que nous étions prêts à avancer.

Une fois que nous avons été assis pour manger le dîner qu'Ernesto avait préparé, il a porté son attention sur moi. Il voulait apprendre des choses sur les années que j'avais passées dans le Michigan – un endroit où il était allé en colonie de vacances l'été, au temps où il vivait à Chicago.

Néanmoins, une fois de plus, tandis que nous discutions de hauts lieux comme l'Art Institute et les scènes de théâtre à Chicago – ceci dit, a-t-il fait remarquer, qui pouvait ignorer les canicules record là-bas ? – j'ai été frappée par le gouffre qui séparait les manières dont les deux hommes à table avaient passé leur enfance. Et quand Ernesto a fait allusion à ses études à Harvard, j'ai regardé le visage de mon mari. Y avait-il un lien, qui remontait à avant leur période à Wave Hill ? Celestino avait vécu dans le foyer d'un professeur de Harvard et peut-être qu'Ernesto avait été un étudiant de ce professeur. Non, bien sûr que non ; la chronologie ne collait pas. Ernesto était plus jeune que Celestino et il aurait été encore écolier.

Il a demandé comment nous avions créé notre petite école, et je lui ai parlé des inconvénients des établissements publics : la réduction du temps de jeu et de la place des arts, la difficulté de s'approvisionner en livres, la dépendance extrême à la technologie. Plus que de la dépendance, une véritable immersion.

— Aha ! Voilà que vous parlez de *votre* rébellion contre les extrêmes.

— Oui, mais cela ne signifie pas pour autant que nous voulons faire sauter l'école primaire.

— D'accord. Les écoles, même d'une qualité inférieure, devraient être des endroits sacrés.

— Effectivement.

J'ai pensé à l'arbre de mon frère au lycée. Cette terre était probablement aussi sacrée que n'importe quel bout de terrain pour une hérétique comme moi.

Lorsqu'Ernesto a présenté le flan qu'il avait préparé pour le dessert, Celestino a annoncé qu'il devait aller se coucher. Il voulait visiter un site tôt le lendemain matin, quand les prévisions promettaient une pause dans la pluie. J'avais appris depuis longtemps à ne jamais me plaindre s'il choisissait de travailler le dimanche. Après tout, nous n'allions pas à l'église. Depuis la cérémonie pour la mort de ma mère, je n'avais pas mis les pieds dans l'endroit où elle avait été une paroissienne dévouée et où elle avait essayé de faire les bonnes actions qui correspondaient aux besoins urgents du vaste monde, comme Ernesto le prêchait. Que répondrait maman devant le sens de la mission si radical d'Ernesto ? J'ai éprouvé un pincement de regret : elles me manquaient, les certitudes sur le mode parce-qu'on-le-sait et les valeurs progressistes-mais-pas-trop de mes parents. Et ensuite, j'ai pensé à Caleb, et j'ai ressenti un accès de rage face à ce qu'Ernesto voyait comme "mon" gouvernement et ses a priori et principes de plus en plus paranoïaques, déguisés en lois.

Restée seule avec Ernesto, j'ai regretté de ne pas pouvoir me retirer moi aussi. Ma journée avait été longue, j'avais fait mes heures à la ferme, désherbé dans la boue, mais comment pouvais-je refuser de goûter le flan ? Il était réconfortant, le point d'orgue parfait à un repas épicé, et j'ai parlé avec légèreté des ingrédients (sa "réserve secrète" de grains de vanille, dont il emportait toujours une partie). Mais dès le premier silence, il a dit :

— Je partirai lundi matin, et je vous remercie de me supporter. Demain, je promets que je me ferai discret.

— Je vous en prie, ai-je dit.

J'ai été tentée de présenter des excuses pour l'attitude boudeuse de Celestino, mais j'avais comme l'impression que c'était ce qu'il espérait et mon enthousiasme pour ses charmes avait disparu. Les anarchistes de salon n'ont guère de valeur.

Mais il a cherché à accrocher mon regard tout en disant :

— Votre mari a des sentiments contradictoires sur notre passé.

— Il est préoccupé par son travail. C'est une période chargée. (Et j'ai ajouté :) Ce qui est une bonne chose.

— Il n'est pas étonnant qu'il m'en veuille de tout ce qui m'a été accordé par les circonstances du destin, a dit Ernesto avec emphase.

Je me suis demandé si c'était une affirmation qu'il lançait régulièrement pour se protéger.

— Mais dans mon travail, j'offre des dividendes sur cette bonne fortune – à d'autres.

— À Celestino ? ai-je dit avant de pouvoir m'en empêcher.

— Oh, il fut un temps… (Il a bougé un peu sur sa chaise.) Est-ce qu'il vous a dit que nous avions construit ensemble sa première cabane ? Avant celle-ci.

Un mouvement de tête en direction de la fenêtre.

— Non. Où était-ce ? Wave Hill ? Vous en avez construit une là-bas ?

— Non. C'était des années après. À Matlock.

Matlock était la ville à l'extérieur de Boston où Celestino avait trouvé un travail sans risque mais physiquement exigeant quand il était retourné dans le Massachusetts, une ville assez riche pour que ses résidents puissent avoir les moyens d'être progressistes dans leur conception de la fiscalité. De nos jours, ils sont les plus idéalistes des Timers, ceux qui ont signé des chèques de montants exorbitants pour la campagne présidentielle de Kittredge.

— Il vous connaissait en ce temps-là aussi ?

J'étais troublée ; quelque chose ne collait pas. Ernesto n'avait jamais été, j'en étais certaine, un journalier, attendant au bord de la route qu'un patron l'embauche presque au hasard.

— Le sujet est sensible pour lui. C'est la raison pour laquelle je n'en ai pas parlé.

Tout ce que Celestino avait dit sur ces quelques années dans cette équipe de jardiniers à Matlock était que le travail était monotone, épuisant et plus solitaire que ses années à New York, mais il était mieux payé.

Je savais qu'il avait eu un patron dur, raciste. Il s'était senti impuissant, parfois en colère. Mais c'est en passant par là-bas qu'il était arrivé ici, n'est-ce pas ?

— Ce n'était pas une bonne période pour lui, ai-je dit à Ernesto.

— Certainement pas. Il a failli se retrouver en prison.

Avais-je bien entendu ? Mais cet homme avait une diction parfaite.

— En prison ?

— J'en ai trop dit. Ce n'est pas à moi d'en parler, et je ne suis pas surprise qu'il ait choisi de taire cette partie de l'histoire. Mais elle appartient au passé, et aujourd'hui, tout va bien pour lui !

— *En prison ?* Mais de quoi parlez-vous ?

— Connie, je suis désolé. Parfois j'ouvre la bouche et… en sortent des choses que je ne devrais pas révéler. C'était idiot de penser qu'il serait content de me voir. Les souvenirs malheureux ont, je crois, éclipsé ce temps plus ancien où nous étions liés par la camaraderie.

Je n'avais bu qu'un verre de vin, ou j'aurais pu être sûre que ma capacité de réfléchir, ma perception, étaient déformées par l'alcool.

— Vous m'avez dit cela pour une raison précise. Vous saviez que je l'ignorais.

— Non, Connie, ce n'est pas vrai. Pas du tout. Pardonnez-moi.

J'ai porté mon assiette vide jusqu'à l'évier. Mais que se passait-il ? Pendant que j'étais là, faisant semblant de m'affairer à rincer la vaisselle, Ernesto s'est approché, a tendu le bras et a posé son assiette sur la mienne. Sa main a effleuré mon poignet.

J'ai coupé l'eau et je suis retournée à la table mais sans m'asseoir.

— Je ne sais pas pourquoi vous êtes ici. (Ma voix tremblait.) Je crois que vous devriez partir demain. Trouver un autre endroit pour vous loger, même si votre ami est encore retardé ailleurs.

— Je suis tellement désolé. Je ne voulais pas…

— Peu importe ce que vous vouliez. Ou ne vouliez pas. Je suis…

J'étais sur le point de dire que j'étais troublée, mais je refusais de reconnaître mes doutes. Tout à coup, les peurs de Celestino, qui parfois s'infiltraient dans ses rêves – des peurs de perdre son droit à vivre ici, d'être "emmené", des peurs que j'essayais de dissiper avec un sourire et autant de gentillesse que possible – me submergeaient aussi. Je me suis sentie honteuse d'avoir été trompée par cet homme ; il n'en fallait donc pas plus que son physique, son éloquence et ses flatteries pour me charmer ? Moi, la femme blanche avec ses idéaux bien-pensants de tolérance multiculturelle, est-ce que je le voyais comme un "modèle" intelligent pour Raul, mon fils à la peau foncée ?

Il me regardait avec ce que j'identifiais désormais comme un chagrin feint. Quelles que soient ses motivations, il était bon acteur. J'ai essayé de soutenir son regard mais je me suis retrouvée à contempler sa boucle d'oreille, la pierre rouge que j'avais remarquée quand il était apparu sur le pas de ma porte. Elle ressemblait très exactement à une goutte de sang.

— Dans ce cas, a-t-il dit, oui, je partirai demain matin. Je regretterai de n'avoir pas dit au revoir à Raul.

Avait-il lu dans mes pensées ?

— Je vous souhaite le meilleur, à tous, a-t-il dit.

— Merci. Je vais me coucher. Laissez la vaisselle. Laissez tout. Si j'entends l'eau couler, je redescendrai pour vous arrêter.

Sans attendre de réponse, je suis montée quatre à quatre, tellement vite que j'ai failli trébucher. Je me sentais rougir si violemment que mon visage me brûlait. La honte et la colère ensemble font un mélange puissant. Je me suis assise sur le lit, dans le noir, à côté de Celestino. Il m'a fallu un moment pour me rendre compte qu'il ne dormait pas.

— Qui est cet homme ? ai-je chuchoté. Pourquoi tu m'as laissée avec lui ?

— Je suis désolé.

Celestino s'est assis et m'a prise dans ses bras.

— Tu as peur de lui. (J'ai allumé ma veilleuse pour voir son visage.) C'est ça, hein ? Il part demain matin. Je lui ai demandé de partir.

Celestino a tendu le bras et a éteint la lumière.

— Je te dirai tout quand il sera parti.

— À propos de la fois où tu as failli aller en prison ? ai-je chuchoté sèchement.

— Oui. Je te dirai.

Je voulais le choquer, mais bien entendu, il avait écouté tout ce que j'avais échangé avec l'homme qui maintenant avait tout le rez-de-chaussée de ma maison pour lui. Il n'y avait pas grand-chose qu'il pouvait détruire ou voler. Jamais je n'avais été aussi rassurée de savoir mon enfant ailleurs. S'il avait été ici, j'aurais été obligée de quitter la maison, avec lui.

Par la fenêtre de la chambre, j'ai vu s'éteindre la lumière de la cuisine, ou plutôt son reflet sur le grand arbre. J'ai entendu les pas d'Ernesto qui allaient du hall à notre salon.

À ma grande surprise, j'ai dormi. Nous avons tous les deux dormi. Et hier matin, quand je suis descendue, il était parti. Pas de petit mot, rien. Seule la vaisselle dans l'évier prouvait ce qui s'était passé la veille. J'ai remonté les manches de ma chemise de nuit et je l'ai lavée.

Nous sommes en train d'épingler les collages sur le panneau de liège, en reculant pour les admirer, quand j'entends frapper à la porte. Axel n'a pas besoin de frapper quand il vient, mais peut-être qu'il a besoin d'aide pour porter quelque chose. Si par hasard c'est "Ernesto" à nouveau, je refuserai de le laisser entrer.

C'est Brecht.

— Vous êtes revenus déjeuner ? je demande.

Celestino doit être dans l'allée.

— Celestino n'avait pas besoin de moi aujourd'hui. Il est avec Austin. Est-ce que vous… (Il regarde derrière moi.) Vous êtes occupée avec les enfants ?

— C'est la journée arts plastiques, alors je travaille, mais entre. Tu es trempé.

Brecht porte un jean et un T-shirt uni bleu marine, pas de blouson pour le protéger de la pluie. Il tient un paquet plat enveloppé dans du plastique, et il grelotte.

— S'il te plaît, entre, dis-je quand je le vois hésiter. Laisse-moi te trouver des vêtements secs.

Je l'emmène dans la cuisine, et Raul se jette sur lui. J'ordonne à Brecht de s'asseoir et à Raul de retourner en classe.

— Tout le monde, dis-je aux enfants, assurez-vous que votre maison est épinglée sur le tableau et ramassez tous les morceaux de papier qui sont tombés par terre. Je veux dire, tous, même les tout petits petits.

Je dis à Raul de sortir la corbeille à papier, car nous les réduirons en pâte pour un futur projet artistique. Un des objectifs affichés de l'école est de générer peu de déchets, si ce n'est pas du tout. Les restes de nourriture vont au compost, les vêtements usés au recyclage, les crayons cassés, à la déchiqueteuse qui se trouve à la déchetterie, pour être transformés en contreplaqué.

En haut, je prends un T-shirt propre dans la commode de mon mari, une chemise en flanelle dans notre placard et une serviette. De retour dans la cuisine, je tends le tout à Brecht, qui a l'air frigorifié. Je lui dis d'aller dans la salle de bains et de se sécher les cheveux, de réchauffer ses mains sous l'eau chaude.

J'entends Axel entrer et lancer : "L'histoire est là, que ça vous plaise ou non !" Quelques enfants simulent des grognements. Axel est le papa le plus populaire, un colosse exubérant, grand et large, doté d'une chevelure noire rebelle, à la fois infatigablement drôle et incroyablement patient. Il est un consultant en efficacité manufacturière et, d'après sa femme, fait l'essentiel de son travail avec des clients à l'autre bout du monde, en pleine nuit. Elle a appris à dormir au milieu de conférences pendant lesquelles son mari ne fait aucun effort pour retenir son rire tonitruant.

Axel enseigne à nos enfants la Renaissance en Europe – et en même temps, la colonisation et la brutale conquête du Nouveau Monde. Le Yin et le Yang de la Civ Occidentale, il l'appelle. En fait, il débat de la notion même de civilisation, ce que cela signifie non seulement d'être civilisé mais d'être civil, d'être un *bon civil* ou citoyen. Pas les mêmes choses, mais elles devraient l'être !

Je me rends compte que nous n'aurons pas le temps d'un aparté sur ce qu'Axel a récupéré comme informations, surtout avec Brecht dans la maison.

Tandis que je supervise le nettoyage, et qu'Axel sort des livres et des cartes de son cartable, j'entends parler dans la salle de bains. Je m'approche de la porte. J'entends Brecht :

— Ne discute pas. Elle saura quoi en faire. C'est une artiste. Ou c'était...

— Brecht ? Tu as besoin de quelque chose ?

— Ça va, dit-il.

Quelques instants plus tard, il réapparaît, la chemise en flanelle de Celestino pendant sur ses épaules osseuses. Je résiste à ma pulsion maternelle d'ajuster le vêtement. Il tient son T-shirt humide dans une main, le paquet plastifié dans l'autre. La serviette que je lui ai donnée est pliée soigneusement et posée sur le bord du lavabo ; je ne sais pas pourquoi, cela me rassure.

— Axel, les sandwichs sont prêts, dans le réfrigérateur, dis-je. Tu veux bien leur distribuer leur déjeuner ?

— Vas-y, exploite-moi ! s'écrie-t-il, provoquant une fois de plus les rires des enfants.

Je prends le T-shirt de Brecht, l'étends sur le dossier d'une chaise et je lui dis de me suivre.

— Enlève tes chaussures. Non, ne t'inquiète pas de l'humidité. Les enfants laissent des traces partout, quand il pleut. Je crains juste que tu aies froid aux pieds.

Il s'assoit sur une des chaises sans tissu dans le salon et fait ce que je lui ai dit. Il range ses baskets, qu'il porte sans chaussettes, côte à côte par terre près de lui. Ses pieds nus sont rouges de froid. Il se tient tout droit, son paquet posé sur ses genoux. Il a dû le sécher avec la serviette. Au début, il se contente de me regarder, comme si je m'apprêtais à lui faire passer un entretien pour un emploi.

— Qu'est-ce que tu as là ?

— Ceci appartient à Austin, ou je le suppose, et peut-être que je ne devrais pas le sortir de la maison, mais est-ce que je peux vous le montrer ?

— De quoi s'agit-il ?

— Est-ce qu'on peut aller en haut ? demande-t-il.

— Pourquoi en haut ?

— C'est grand. Je vais devoir le déplier quelque part, pas sur le sol. Genre, sur un lit.

J'entends Axel parler de sa voix théâtrale de professeur. Il raconte des histoires sur Florence et les Borgias, sur Léonard de Vinci. Je m'interroge vaguement sur le caractère approprié des Borgias pour des enfants aussi jeunes, mais notre philosophie est de ne pas réfléchir en termes d'éducation conventionnelle. Un autre de nos objectifs : protéger mais sans jamais se montrer condescendant.

Brecht me dévisage, sérieux, silencieux, plein d'espoir.

— OK. Montons.

Je ne crois pas que les étoiles influencent notre destin, je ne suis pas du tout superstitieuse, pourtant, en pensant aux derniers jours, je suis mal à l'aise. J'ai l'impression que quelque chose de mystérieux couve, comme certaines personnes sentent l'approche d'une tempête dans leurs articulations.

J'emmène Brecht dans ma chambre, contente d'être devenue grâce à mon mari quelqu'un qui fait son lit tous les matins.

Brecht se tient au pied du lit et le regarde fixement.

— Brecht, tu es sûr que ça va ?

Cette question est idiote, je m'en rends compte, à poser à quelqu'un qui est peut-être bien, en général, loin d'aller, mais il semble ignorer ma question, ou peut-être qu'elle lui rappelle d'agir. Il pose le paquet sur le lit et doucement enlève un sac en plastique qui en recouvre un autre. De celui-là, il sort ce qui ressemble à un épais paquet de tissu taché de peinture. On dirait une toile de protection usée. Je recule tandis qu'il la déplie, révélant petit à petit une œuvre aux couleurs éclatantes.

Elle recouvre presque tout le matelas. Il fait un pas en arrière et me regarde.

— Brecht, d'où est-ce que ça vient ?

— C'était dans ma chambre. Des vieux trucs. D'avant. Dans un tiroir.

Je ne comprends pas bien mais je ne creuse pas. Je me penche et j'examine la peinture. C'est un paysage sous-marin compliqué, méticuleusement décrit, à l'encre et... la gouache ou la tempera. Le tissu qui sert de support est épais mais non-traité, alors les couleurs ont imbibé les fibres tressées, comme de la teinture. Je repère des lignes de craquelures ici et là, mais autrement, il est en très bon état.

— C'est Austin qui a fait ce tableau ?

— Non, dit-il. Non, je crois que quelqu'une lui a donné. Quelqu'une qui voulait, genre, le hanter.

— Pourquoi penses-tu cela, Brecht ? (Je remarque qu'il tremble un peu.) À mon avis, ça ne va pas. Tu as froid.

Je vais jusqu'au placard et je prends un vieux pull sur l'étagère. Quand je me retourne, je trouve Brecht assis en tailleur par terre.

— Je vais appeler ta mère.

— Ne faites pas ça, s'il vous plaît. Elle travaille. C'est sa grosse journée. Il y a seulement Noam et moi à la maison, et on va bien. Ce que je veux juste, c'est… c'est que vous me disiez si j'ai raison sur cette peinture. Qu'elle est magnifique. Géniale un max, si on ne lit pas la malédiction. Genre, elle devrait se trouver dans un musée.

Je n'ai aucune idée de ce qu'il entend par une malédiction, mais dans la longue pause silencieuse pendant laquelle je prétends examiner la peinture plus en détail, je réfléchis : j'ai bien reconnu le nom du garçon de Vigil Harbor qui a été tué dans l'attentat, celui auquel Brecht a survécu.

— Mais vous avez raison, je ne vais pas parfaitement bien. Celui-ci était trop proche.

En bas, des rires. La voix d'Axel retentit ; une citation de Shakespeare ?

Je mets le pull sur les épaules de Brecht. Je m'assois par terre en face de lui. Au moins, il a cessé de trembler.

— OK, dis-je doucement. D'abord, oui, cette peinture est absolument magnifique. Tu as raison. Je ne sais pas pourquoi elle était rangée dans un coin. Est-ce que tu as interrogé Austin ?

Je me fiche un peu de l'objet, mais il faut que j'obtienne de Brecht qu'il me laisse appeler sa mère.

Là, il dit :

— C'est Raul qui l'a trouvée. Il ne faisait pas exprès de fouiller. Et je suis content qu'il l'ait trouvée.

Il a l'air tout sauf content. Il a l'air incapable d'être content.

Je regrette que Celestino ne soit pas là et je me demande où il est parti, pourquoi il n'avait pas besoin de Brecht aujourd'hui. J'aurais bien voulu être seule aussi, juste pour réfléchir à ce qu'il m'a dit sur Arturo, notre invité malhonnête, sur la manière inconsidérée dont il a autrefois mis Celestino en danger. D'autres ont subi des retombées, mais aucun d'entre eux n'avait autant à perdre que Celestino. Tout paraît biaisé, obscurci, teinté de menace. Je me rappelle avoir vu sur le calendrier ce matin que c'est la pleine lune.

— Comment se fait-il que Raul l'ait trouvée ?

— Nous étions en train de dessiner, dit Brecht. Samedi soir… mais c'est pas grave. Je veux dire, pas du tout. Oubliez ce détail. Sur Raul.

À nouveau, je contemple la peinture, dans l'espoir qu'elle m'aide à comprendre. En réalité, il est difficile d'en détourner le regard. Elle est vraiment remarquable. Elle a le brio primitif, désinhibé de ce qu'on appelait "l'art brut". Certains érudits le qualifiaient d'anti-institutionnel. Rebelle. Comme si faire de l'art en dehors des traditions de la vieille école, en dehors d'un studio ou d'une académie, était un acte de défi.

— Chéri, dis-je, je ne sais pas ce que je peux te dire d'autre que : tu as raison. Il est magnifique. Qu'est-ce que tu veux en faire ? Comment puis-je t'aider ?

Nous sommes toujours assis par terre. Les épaules de Brecht sont voûtées, comme s'il allait se mettre en boule. Il regarde ses jambes, pas moi. Celestino m'a appris à être à l'aise dans le silence, mais celui-ci semble chargé.

— Ils positionnent des flics aux portes de la ville, dit-il. Comme partout.

Je réfléchis. Cela ne paraît pas hors de propos.

— Où est-ce que tu as entendu ça ?

— Maman. Maman qui parlait à Petra Coyle ce matin.

Je n'ai aucune idée de ce qu'il veut dire, mais je m'inquiète qu'en lui posant une question, je crée chez lui une fébrilité accrue. Je lui demande s'il a faim et je lui dis que j'ai ce qu'il faut.

— Je devrais y aller, dit-il.

— Je pense que tu devrais rester. Et je vais te chercher un sandwich. Je te le monte, reste ici et attends-moi.

J'essaie de penser à un projet pour lequel je pourrais solliciter son aide. Je sais à quel point il admire mon mari, et je soupçonne qu'il fera tout ce que je lui demanderai.

Mais mon véritable but est d'appeler Celestino. S'il y a des flics à l'entrée de la ville, il sera déjà au courant – et il connaît la plupart de nos agents de police par leur nom – mais j'ai besoin de savoir où il se trouve.

Il ne décroche pas – c'est typique, et ça me rend folle. Depuis la cuisine, je jette un coup d'œil dans la classe et je fais un petit signe à Axel avant de préparer un plateau de nourriture pour Brecht. Je me répète que si un événement plus grave s'était produit dans notre environnement proche, des parents seraient venus.

Juste au moment où je m'apprête à remonter l'escalier, je sens vibrer dans ma poche. Je me précipite dans le salon ; c'est Harold. Je lui envoie un SMS lui disant que je ne peux pas parler mais que nous allons tous bien. Oui, c'est terrible. C'est pire que terrible. Il me vient à l'esprit que je connais quelques personnes qui travaillent à Cambridge.

Dans la chambre, Brecht n'a pas bougé. Je pose le plateau devant lui et je décide que la meilleure chose que je puisse faire, c'est gagner du temps. Je dis :

— Alors, Celestino m'a envoyé un SMS disant qu'il va avoir besoin de ton aide pour décharger le camion dans deux ou trois heures. Pourquoi tu ne restes pas dans le coin ? Dis à ta mère que tu dîneras ici.

Il hoche la tête et – cela me remplit d'un soulagement illogique – il attrape le sandwich.

Je me tourne vers la peinture. Elle me rappelle une exposition que j'ai vue à Boston il y a longtemps – avant la mort de papa et celle de Caleb – avec des tableaux faits par une religieuse dans le Mississippi des années 1950. Il y avait des paysages urbains, furieusement détaillés, en couleurs saturées. On n'aurait pas pu compter tant il y en avait les fenêtres, les portes, même les briques sur les bâtiments, les contours fins à l'encre noire qui s'entrecroisaient sur les scènes comme des problèmes mathématiques complexes, des formules qu'on verrait gribouillées au tableau dans de vieux films sur des astronautes et des scientifiques. La communauté du couvent, avais-je lu dans une des légendes, avait protégé la nonne à son insu des pires effets de ce qui était à l'évidence – rétrospectivement – une obsession mentale dévorante. L'art qu'elle produisait était l'obsession trouvant une expression. Elle a vécu jusqu'à plus de quatre-vingts ans et a fait plus de mille tableaux, que les autres sœurs accrochaient dans leurs chambres. Après que la nonne artiste est décédée, quelqu'un a révélé à un marchand d'art l'existence de ce trésor étrange, fabuleux, précieux mais enfermé dans le couvent. Il l'a "découvert" et a passé avec la mère supérieure un accord grâce auquel le couvent a bénéficié d'un nouveau toit et d'une restauration des façades.

La folie transformée, par l'intermédiaire de l'art, en argent au service de la religion. Certains y verraient un cercle qui se referme sur lui-même. Pas étonnant que le monde implose.

Hier matin, dans la cuisine, j'ai enfin réussi à faire parler Celestino. Il avait récupéré Raul chez Brecht, et quand ils sont rentrés, nous avons autorisé Raul à passer une heure avec son jeu bruyant pour nous assurer d'avoir un moment de tranquillité. Comme nous parlions à voix basse, nous l'entendions diriger ses manœuvres militaires, toutes virtuelles, au-dessus de notre tête. Pendant nos silences, qui étaient fréquents, il nous arrivait de l'entendre crier "Oui!" ou "Cible atteinte, ennemi désarmé et prisonniers à l'abri!" Il lit souvent à haute voix les messages de dénouement qui apparaissent à l'écran.

— Dis-moi juste que ce qui s'est passé à l'époque n'était pas violent et que personne n'est mort, ai-je dit à la minute où nous nous sommes assis. Ça s'est passé à Matlock, n'est-ce pas? Quand tu travaillais pour l'autre salaud sectaire?

— Personne n'est mort. Il y a eu un incendie qui a détruit une maison, a dit Celestino. C'était un accident. Mais je te raconterai cet épisode plus tard.

Celestino m'a dit qu'Arturo n'avait jamais, à sa connaissance, été à Wave Hill, ou du moins, ils ne s'y trouvaient pas en même temps. Cette partie de l'histoire était un mensonge éhonté.

— Merde alors! Comment as-tu pu…

— Mais c'est vrai que je le connais, a dit Celestino sèchement.

Il avait rencontré Arturo Cabrera il y a trente ans, pas à New York, mais quand Celestino travaillait comme jardinier à Matlock. Ils se sont rencontrés quand Arturo, étudiant à Harvard, a été embauché pour construire une cabane – l'ancêtre de celle qui se trouve dans notre jardin – avec un camarade. Le grand-père du camarade possédait l'arbre et Celestino travaillait dans les jardins et terrains voisins.

— Alors ce menteur est bien allé à Harvard?

J'ai ri doucement. J'aurais mis ma main à couper que cette affirmation était un mensonge, pourtant.

L'expression de Celestino m'a avertie que je devais écouter.

— Percy était le grand-père de l'ami d'Arturo. Percy possédait l'arbre. Voilà comment j'ai rencontré Percy. J'ai fait leur connaissance en même temps, celle d'Arturo et de Percy. En construisant cette cabane. (Il a soupiré.) Nous nous entendions bien, tous. Et oui, avec Arturo, il y avait ce point commun… Le Guatemala.

— Attends une seconde. Percy?

Voilà qui était un choc. Percy était l'homme qui avait amené Celestino ici, pour s'occuper de lui, avant que j'arrive dans le paysage. Sa vaisselle est celle dans laquelle nous mangeons tous les jours; certains de ses meubles sont encore présents dans la maison. Quand j'ai fait la connaissance de Celestino, Percy était parti vivre avec sa fille. Ma mère l'avait rencontré, moi jamais. Après le décès de maman, j'ai vendu sa maison et j'ai acheté celle-ci à la fille. Nous aurions pu nous installer dans celle où j'avais grandi – mais c'était aussi celle où Caleb avait grandi. Et nous n'aurions pas pu emporter la cabane avec nous.

— Pourquoi je ne savais pas, je ne savais rien de tout ça? ai-je demandé.

— Pas besoin.

— Pas besoin que quoi?

— Que tu saches.

— Mais tu… tu aurais pu avoir un casier, pour… quoi? Destruction irréfléchie d'une propriété? Incendie criminel? Que s'est-il passé?

— Arturo et ses amis appartenaient à un groupe d'étudiants qui avait un message politique. Ils voulaient organiser une manifestation lors d'une grande fête donnée par des gens riches, pour les humilier publiquement. C'est devenu incontrôlable.

— Tu veux dire qu'ils ont délibérément détruit la vie de personnes, la maison de quelqu'un, pour une cause politique mineure.

— La cause n'était pas puérile, a dit Celestino.

Je me suis rappelé, du temps de mes propres études, tous les prospectus sur les panneaux d'affichage, toutes les manifestations contre les investissements dans les combustibles fossiles, contre les nouvelles guerres, contre le renouveau du KKK, contre les discriminations de tous ordres. Toute la colère légitime qui débordait et se transformait en vapeur, soit parce qu'elle finissait par paraître futile, soit parce que nous étions distraits par la pression de devenir adulte. J'ai ressenti *ma* colère légitime contre Celestino qui avait été un complice involontaire de cette mauvaise conduite juvénile.

Est-ce que Percy avait été embarqué là-dedans aussi ?

— Est-ce ainsi que tu en es venu à habiter avec Percy ? Parce que cette maison – sa maison à Matlock – a brûlé ?

Lentement, Celestino a acquiescé.

— Et après ? Bon sang, tu peux détailler ?

— Ce n'était pas sa maison, celle qui a brûlé. Mais…

Celestino était assis en face de moi à la table et maintenant, il levait les yeux au plafond.

— Mais quoi ?

— C'était celle d'à côté. On m'avait confié la tâche de veiller sur la maison pendant l'absence du propriétaire. Sur les plantes et le chat. Elle était plus vieille que celle-ci. Elle était comme un musée. (Il a marqué une pause.) Arturo a obtenu de moi, par la ruse, que je la lui fasse visiter, que je l'emmène à l'intérieur. J'étais bête.

— Alors Arturo a brûlé la maison ?

— Oui. Mais il ne l'a pas fait exprès.

— Et ils ne l'ont pas arrêté ?

Comme si la réponse n'était pas évidence.

— Il a disparu. Il a quitté le pays. (Celestino a balayé l'air d'un grand geste.) Et le petit-fils de Percy, l'ami d'Arturo, et moi, on a eu des ennuis. On était tous les deux impliqués.

Je pouvais reconstituer l'histoire à présent. Mais je ris à l'idée qu'un riche étudiant de Harvard puisse avoir de véritables soucis. Non, mon mari – "l'immigré sans papier", comme les généreux habitants de Matlock l'auraient appelé, si justement – était forcément celui qui allait payer pour tout le monde.

Mais ce que je ressentais à ce moment précis n'était pas de l'empathie.

— Qu'est-ce qu'il y a d'autre ? Qu'est-ce que j'ai raté d'autre ? (Je ne me donnais plus la peine de baisser la voix.) Ou est-ce que tu as *effectivement* un casier, qui risque de sortir au grand jour ? Qu'est-ce qui t'a amené ici, *en réalité* ?

Mon mari était-il un fugitif ? Comme une voiture sans freins, mon esprit s'emballait dans une série de questions hystériques : les peurs de Celestino de perdre notre vie étaient-elles légitimes, en fait ? Le nom que je connaissais était-il son vrai nom ? Et Percy et sa fille ? Je ne l'avais jamais rencontrée, elle non plus, elle qui avait signé les documents de transfert de propriété. Peut-être qu'elle n'était pas le médecin reconnu que Celestino m'avait dit qu'elle était.

— Percy, a dit Celestino doucement. C'est Percy qui m'a amené ici. Avec son petit-fils.

— Comme s'il te possédait ? (En entendant mes paroles, j'ai ajouté :) Mon Dieu.

Il m'a lancé le même regard noir qu'à Arturo.

— Mon Dieu, ai-je répété, mais cette fois c'était parce que Raul se tenait sur le seuil, probablement tiré de son jeu par mes éclats de voix.

— Je suis descendu chercher mon chargeur.

Il avait dû l'emporter chez Brecht et le chargeur était resté dans son sac à dos accroché à une patère dans l'entrée.

Celestino a quitté la pièce, et en passant a posé une main sur l'épaule de son fils.

— Il faut que j'aille vérifier quelque chose, a-t-il dit, et il est sorti de la maison.

Un peu hébétée, j'ai regardé Raul fouiller dans son sac et remuer son contenu jusqu'à trouver ce qu'il cherchait.

J'étais certaine que Celestino resterait absent des heures, mais il est revenu cinq minutes plus tard.

— Il fallait que j'aille voir à la cave, dit-il. Arturo s'est caché dans une cave. À Matlock.

Je l'ai dévisagé.

— Il est parti. J'espère, pour de bon.

Il a soutenu mon regard, mais ses yeux étaient plus doux.

— Tout ce que je t'ai dit est vrai. Et la plupart des choses qu'il t'a dites ne le sont pas.

— Pourquoi a-t-il débarqué ici ?

— Je ne sais pas, dit Celestino. Mais j'ai agi comme je croyais devoir le faire pour l'empêcher de nous faire du mal. Je suis désolé si tu n'es pas d'accord.

Il n'allait pas me prendre dans ses bras ou me dire qu'il m'aimait, et je savais que ce qui venait de se passer dans notre maison, le fait que j'avais laissé cet homme entrer dans nos vies, était autant ma faute que celle de Celestino. Peut-être plus.

— Je suis tellement désolée, ai-je dit, mais Celestino repartait déjà.

C'est pendant que j'aide Axel et les enfants à nettoyer la salle de classe et ranger les fournitures que Brecht s'en va en douce ; lorsque je remonte à l'étage, là où je l'ai laissé sur le petit canapé à côté de la fenêtre dans ma chambre, il n'y est plus. Je vois le plateau par terre, la moitié du sandwich. La grande peinture de la vie sous-marine est toujours étalée sur mon lit, mais Brecht, comme Arturo, a disparu. Et où est donc mon mari ?

PETRA

VOILÀ qui est risqué. Non, plutôt carrément dément. Mais si cet homme choisit de me cacher son passé – je me demande même s'il a vu clair en moi, ou du moins dans mon numéro d'imposteur – alors il est temps d'agir avec audace. J'entends Carly m'interroger sur le résultat auquel j'espère parvenir. Elle questionnera peut-être le fait que ce que je veux vraiment, plus que toute autre chose, c'est le défier et l'humilier, ce chacal au cœur de pierre – et est-ce que cela m'apporterait de la satisfaction ? Mais non, dirais-je à Carly, à son avatar posthume, ce que je veux c'est juste *découvrir la vérité.* Découvrir ce qui lui est vraiment arrivé. L'histoire d'Issa est en partie la mienne, et je ne supporte pas les histoires qui n'ont pas de fin.

Ils ne ferment pas leur porte de derrière à clé. Miriam a mentionné ce fait quand j'étais avec elle dans la cuisine après le dîner et qu'elle a laissé sortir le chien.

— Je ne crois pas avoir vu la clé depuis des années, a-t-elle dit.

Quelle confiance !

Mais le chien. J'ai oublié qu'il y avait un chien.

Je suis au milieu du trottoir, sous mon parapluie ridicule, quand je me rappelle le chien. Bon, très bien, si le cabot aboie, je m'enfuirai. C'est une bête gentille, je doute qu'elle me croque les chevilles.

Comme je l'ai dit, je suis en terrain miné. En terrain mouillé aussi, avec la nappe phréatique qui monte, même si au moins, je porte mes bottes de pluie (un cadeau d'anniversaire de Carly, où elle avait glissé, dans chacune, une toute petite boîte contenant une boucle d'oreille en perle). Au petit déjeuner, en regardant par la fenêtre de l'hôtel, j'ai pu voir des flaques d'humidité se former dans l'herbe.

Les arbres et les buissons autour de la maison d'Austin se courbent, battus par ce déluge fatigant. Je passe devant la porte et je franchis le portail qui me conduit dans le jardin, bordé de lilas qui déversent de l'eau froide sur ma tête à mon passage. Délicatement, j'ouvre le loquet – et voilà que la chienne se met à aboyer.

— Clio, Clio, Clio… ma jolie…, je roucoule, espérant la calmer.

Est-ce que je continue ? Je crois que oui.

Elle saute et se jette contre la porte de la cuisine, qui comporte une vitre, alors je peux la voir et elle peut me voir, et je note que sa queue s'agite frénétiquement.

— Bon chien, bon chien ! je murmure en m'empressant de fermer mon parapluie avant de le poser par terre.

J'ouvre la porte et je me glisse à l'intérieur en refermant derrière moi, au cas où le chien choisirait de filer à l'extérieur.

Elle saute sur mon imperméable, puis elle va fourrer sa truffe mouillée sous l'ourlet et se met à lécher mes genoux nus. Je me penche et je lui fais des gratouilles derrière les oreilles. Je réalise que je n'ai pas pris le temps d'être attentive pour savoir s'il y a quelqu'un dans la maison. Que dirai-je si on me surprend ? Mais Miriam a mentionné, quand elle m'a fait visiter le bureau hier matin, que lundi est son jour le plus chargé, celui qu'elle consacre à la comptabilité et à l'emploi du temps d'Austin pour la semaine, combien de temps il passera sur chaque projet, comment il déléguera des tâches inférieures aux sous-fifres. Elle m'a dit qu'elle viendrait directement du bureau en fin de journée me retrouver à l'hôtel pour qu'on prenne un verre de vin.

Il faut que je me préoccupe du beau-fils, mais il travaille. Je n'arrive pas bien à le cerner, qu'est-ce qu'il fait à habiter à la maison alors qu'il a clairement l'âge de vivre seul ? Cela paraît être de plus en plus la norme, de nos jours. Plus toutes ces normes se délitent, plus je suis soulagée de ne jamais avoir eu d'enfants. Carly a abordé le sujet une fois, nous étions ensemble depuis un an, mais quand je lui ai fait remarquer que ses horaires impossibles plus ma réticence ne militaient pas pour la parentalité, elle a été d'accord. Elle ne lèverait jamais le pied dans sa vie professionnelle.

Clio finit par cesser de se préoccuper de mes genoux. Elle va tranquillement rejoindre un gros coussin rouge posé contre le mur.

La cuisine, chaque surface, émet une lueur subtile dans la lumière froide qui entre par les fenêtres. L'écran du téléviseur est noir, l'évier, vide, les verres à vin sont tapis derrière une porte de placard vitrée. Je regarde partout : pas de livres de cuisine, pas de bouquet vieillot d'ustensiles variés, pas même un moulin à poivre. Pas de photos collées sur le réfrigérateur, pas de magnets souvenirs. Pure et inviolée, cette pièce.

Je me rends compte que je dégoutte sur le sol, alors j'enlève mon manteau et mes bottes. Il y a, bien sûr, une rangée de crochets au mur et un plateau en cuivre en dessous pour les chaussures d'extérieur. Est-ce qu'un cambrioleur profite de ce genre d'aménagements ? Eh bien, moi, oui. Appelez-moi une intruse délicate. Même si le cambriolage n'est pas au programme. Tout ce que je cherche, ce sont des informations.

En trois pas, je suis dans la salle à manger, en prenant garde de ne pas glisser en chaussettes. Austin et Miriam ne semblent pas affectionner les tapis, même si je me souviens avoir remarqué le petit kilim antique dans le salon.

Et maintenant, je sais pourquoi. À travers les lattes du vieux plancher, je sens le réconfort subtil d'une chaleur diffuse. Un péché de la laisser dans une maison vide. À moins qu'on tienne compte du chien. Mais qui suis-je pour juger que les propriétaires ne se refusent rien ?

Je doute que je trouve quoi que ce soit d'utile dans la salle à manger, mais je ne peux pas résister à l'envie de caresser la baleine posée au centre de la table, sa peau de pierre polie. C'est un objet que je convoiterais si j'avais la moindre idée de l'endroit où sera ma vie après la fin de cette mission. New York recule de plus en plus dans le rétroviseur. Le nombre de messages que j'ignore diminue chaque jour. Je sais parfaitement bien que la plupart de nos amis étaient en réalité ceux de Carly. Le fait que je lui survive est peut-être plus inconfortable socialement que je ne l'ai supposé.

En dehors du mobilier sobre et élégant (et des œuvres d'art d'inspiration marine captivantes qui n'incluent rien d'Issa), c'est une salle à manger comme n'importe quelle autre. Le buffet en érable tigré contient trois services – l'un d'eux est une collection d'assiettes aux décorations exotiques tape-à-l'œil provenant d'un pays méditerranéen coloré – et une pile de plats et de saladiers. Des serviettes en coton moderniste et en lin ancien ; une boîte de bougies ivoire ; des allumettes d'un restaurant à Portland, dans le Maine ; une louche à punch en argent… pourquoi je m'attarde ici ?

Je tends l'oreille à nouveau – rien d'autre que le crépitement agressif de la pluie – et je traverse le salon assez dépouillé sans m'arrêter. (Pas un meuble muni d'étagères ou de tiroirs.)

C'est en haut que j'ai la meilleure chance de trouver quelque chose.

On penserait qu'un architecte choisirait ou construirait une grande maison pour lui, même s'il a une petite famille, mais Austin Kepner semble être un homme d'économie, un trait que je lui reproche, avec un peu d'admiration. À l'étage, je découvre une grande chambre, une autre plus petite qui semble être un bureau multi-usages et une salle de bains – bien que celle-ci soit d'une taille tout à fait disproportionnée pour une maison comme celle-ci, contenant une longue baignoire profonde et une douche spacieuse habillée d'une pierre qui ressemble à un ciel orageux où le soleil percerait les nuages.

Ce serait peut-être une bonne idée de faire pipi tant que j'en ai l'occasion. Je soulève ma robe et je m'assois sur les toilettes. Le sol dans cette pièce est chaud aussi.

Je vais au lavabo et je me regarde dans la glace. Je souris de mon sourire sudiste plein de soleil, remarquant avec consternation comment la chair sous ma mâchoire commence à être chiffonnée. Je ne me fatigue pas à explorer le contenu de l'armoire à pharmacie. Je ne suis pas ce genre de fouineuse. Je n'ai aucun désir d'examiner les onguents ou de disséquer leurs méthodes pour réguler leur humeur.

La chambre, puis le bureau (si c'est bien un bureau ; on n'a pas l'impression qu'on y travaille beaucoup).

Le lit est un queen size. Je suppose qu'ils couchent toujours ensemble. Coucher. Carly, ses tétons de la couleur de ces tomates foncées qu'on trouvait autrefois sur le marché pendant les jours d'août les plus chauds. De la variété Black Prince, je crois. On pouvait les manger comme des pommes. Je résiste à l'envie de m'asseoir sur le lit. La couverture en patchwork est aussi tendue sur le lit que dans une chambre d'hôtel, les oreillers symétriques et hauts. Au-dessus du lit, le seul objet d'art, une grande photographie en noir et blanc de Venise dans la brume.

Les tables de nuit, les premières antiquités conventionnelles que je vois dans la maison, du genre qu'on hérite et qu'on a la flemme de vendre.

Je m'approche de celle qui n'a pas de boîte à bijoux. Dessus, une petite coupelle blanche bordée d'or – un porte-savon dérobé au Plaza Athénée ; ha ! Je ne suis pas la seule contrevenante ici ! Le genre de coupelle qui devait être utilisée autrefois pour y mettre les pièces qu'on sort de sa poche à la fin de la journée, les clés, les épingles à nourrice. Mais celle-ci est vide. À côté, une photographie encadrée d'Austin et Miriam, littéralement joue contre joue, les yeux plissés dans le soleil de midi. Vu le décor géométrique blanc et bleu à l'arrière-plan, je déduis qu'ils sont sur un voilier. Ils ont quelques années de moins.

Le premier tiroir.

Bon sang, est-ce que cet homme était dans les marines ? Les contenus sont répartis dans une série de boîtes rectangulaires : montres, boutons de manchettes, lunettes de soleil, baume à lèvre, un passeport périmé, un gros couteau suisse. Des masques aux couleurs passées, noirs unis. Des mouchoirs en tissu gris clair ! Le gentleman architecte parfaitement accessoirisé, *bien sûr**. J'ouvre le passeport, qui correspond à la décennie au cours de laquelle nous avons connu Issa. Oui, voilà le bel homme du restaurant, le fiancé. Ah, les endroits où il est allé ! Tu n'as qu'à bien te tenir, Dr Seuss.

Quand je remets le passeport à sa place, je repère un tout petit morceau de papier coincé sous une montre. Avec deux doigts, je l'extrais de sa cachette. C'est un message sorti d'un biscuit chinois.

* En français dans le texte.

Votre vie rêvée commence aujourd'hui.

Je le range et je referme le tiroir. Je me demande quand il a reçu ce message et pourquoi il l'a gardé. Les hommes ne conservent pas ce genre de choses, pas les hommes qui vivent comme ceci.

Est-ce tiré par les cheveux d'imaginer que ce message a été laissé par Issa ?

Depuis la mort de Carly, le fait de m'abîmer dans des souvenirs d'Issa a progressivement perdu son aura de traîtrise.

Quelques semaines après avoir servi les amoureux à table ce soir douloureux, j'avais renoncé à elle (je n'étais pas totalement idiote), pourtant, je pensais souvent à elle. Chaque fois que je m'emmitouflais pour aller marcher au bord de l'Hudson, je ne pouvais pas m'empêcher de la chercher, même quand l'hiver commença à se faire écarter par le printemps. Et soudain, un dimanche soir, elle apparut. Je m'étais par chance endormie d'un sommeil profond après avoir joué *Notre petite ville* dans une église désacralisée à Brooklyn Heights ; j'avais joué le rôle de Mme Gibbs dans quatre représentations sur un week-end. Près de la moitié des bancs étaient restés vides, malgré une annonce tape-à-l'œil dans le magazine *New York*, et après avoir décliné la proposition d'un dernier verre avec quelques-uns de mes collègues, j'avais dû attendre un temps fou sur le quai à Clark Street, évitant les zigzags alcoolisés d'un vieux bonhomme qui racontait n'importe quoi. Le Roi Lear attendant le train du soir.

Je me suis réveillée en entendant des coups frappés à ma porte, légers mais staccato et persistants. J'ai failli les ignorer ; trop souvent, c'était la femme triste et grincheuse de l'étage en dessous qui voulait faire fermer le restaurant au rez-de-chaussée. Bien que ce ne fût pas l'heure des pétitions, je me suis levée et j'ai collé mon œil au judas.

Issa, déformée dans l'œilleton.

Trempée et en pleurs.

— Entre, dis-je en fermant la porte avant de la prendre dans mes bras.

Elle s'est abandonnée contre moi, pleurant plus fort. Je lui ai enlevé son imperméable, que j'ai accroché à une patère. Elle portait une fine chemise de nuit blanche et une paire de sandales en plastique transparent qu'on pouvait acheter pour quelques dollars à Chinatown. Nous étions début avril, mais il ne faisait pas encore chaud. Je l'ai emmenée vers mon canapé et je l'ai fait asseoir à côté de moi.

— Chut… Qu'est-ce qu'il y a ? ai-je demandé (et pas *Mais qu'est-ce que tu fous là ?*) pour interrompre ses excuses répétées.

— Oh, c'est lui, je suis désolée, c'est juste qu'il ne…

Les sanglots avalaient ses mots.

Bien sûr que c'était lui. Et bien sûr qu'il ne… Quelle femme court dans les rues de New York en chemise de nuit, en pleurs, à moins que ce soit à cause de "lui" ?

Je lui ai préparé du thé et je lui ai sorti une couverture, et j'ai écouté les manières dont cet homme ne la comprenait pas, refusait de la voir pour ce qu'elle était, d'accepter sa "différence" – qu'elle ne voulait pas aller à des soirées, ne voulait pas chercher un travail autre que celui de modèle (qui maintenant le rendait jaloux ; pourquoi d'autres devraient-ils continuer à la voir nue ?).

J'aurais volontiers méprisé le bonhomme, peu importait le niveau de ses crimes, mais rien de ce qu'elle a dit ne m'a frappée comme justifiant cette situation : sortir en courant sous la pluie froide de la fin d'hiver, pour venir chez moi, en plus. J'étais évidemment certaine qu'il y avait eu quelque chose entre nous, quelque chose dans la manière dont nous nous regardions longuement, chaque fois, mais cela remontait à des mois. Pourquoi pensait-elle que je l'écouterais avec bienveillance ?

— Je pense à toi tellement, a-t-elle dit, comme pour m'empêcher de retrouver mes esprits au sujet de cette invasion.

Pareil pour moi, avais-je envie de dire, mais il n'était pas question que je cède à mon désir. Aussi difficile que cela fût, j'ai attendu qu'elle en dise davantage. Elle s'est appuyée contre moi, nichée sous mon bras gauche, de sorte que je n'aie pas à la regarder dans les yeux.

— Je peins beaucoup, a-t-elle dit. Je sens bien qu'il n'apprécie pas. Il ne croit pas que je peins ce que je connais. Il dit qu'il aime ce que je fais, mais il pense que je dois “voir quelqu'un”. Comme si je ne savais pas exactement qui je suis et d'où je viens. Pourtant, je sais.

— J'en suis sûre, l'ai-je rassurée.

Je lui ai demandé qui il était, et elle m'a dit son nom. Elle m'a parlé de son travail, des longues journées qu'il passait au bureau, des voyages qui le faisaient s'absenter pendant des jours.

— Tu dois te sentir seule, ai-je dit. Tu sais, les architectes sont fous. Je veux dire, j'ai lu que c'est la profession où il y a le plus fort taux de divorces. Cela en dit long.

Elle a froncé les sourcils.

— Je ne me sens pas seule. Je veux juste qu'il comprenne ce que je suis venue faire. Dire.

— C'est-à-dire ?

— Montrer à quel point la situation est terrible, ce avec quoi nous vivons, comment nos vies, toutes les vies qui nous entourent, sont menacées. C'est ce qui est arrivé à l'endroit où je suis née.

— Qu'est-ce qui s'est passé ? ai-je dit.

Elle a secoué la tête, comme si ce n'était pas pertinent.

— La mer l'a pris.

J'ai pensé à toutes les villes, le long de la Côte du Golfe, abandonnées après Cunégonde. Était-ce là qu'elle était née ?

N'avait-elle pas dit quelque chose à propos de la France ? Ou qu'elle avait vécu "un peu partout" ?

— Le monde peut sembler épouvantable, ai-je dit, mais le milieu de la nuit est le pire moment pour réfléchir à toutes ces questions existentielles. Ce type... Je regrette de le dire, mais il a un peu raison sur le fait de voir quelqu'un. Ça ne peut pas faire de mal. Peut-être voir quelqu'un à deux ? (Quelle noblesse de ma part. Mais j'ai ajouté :) Et ensuite, si vous n'arrivez pas à reconstruire ensemble, si tu es obligée de partir de chez lui...

M'écoutait-elle ? Je ne pouvais pas le dire.

Après un silence, je lui ai demandé si elle avait un endroit à elle, un autre endroit où aller, autre que son appartement à lui. Comme je le craignais, elle a dit non.

— OK, bon, voyons, dis-je en cherchant à gagner du temps. Je suis lessivée. Et si tu dormais ici et on avisera demain matin ? Je n'ai pas d'obligation à l'extérieur avant midi.

Elle a hoché la tête sans parler, sans même me remercier. Quand je me suis levée, elle s'est mise en boule sur le canapé, sous la couverture. Je l'ai observée un moment, et voyant qu'elle ne disait toujours rien, qu'elle fermait les yeux, je suis retournée dans ma chambre. Je me suis rendormie rapidement et j'ai été réveillée par la lueur nacrée du ciel à l'extérieur de ma fenêtre à côté de mon lit. J'ai réalisé que ce qui m'avait tiré du sommeil était le bruit de la porte de l'appartement qu'on fermait soigneusement.

Couverture pliée, pas de mot.

— Tu ne peux pas me faire ça, ai-je marmonné.

Mais elle pouvait, et elle l'avait fait.

La fenêtre de la chambre d'Austin et Miriam donne sur le jardin derrière et une maison à un étage, puis, au-delà, sur le port. Personne nulle part. Quelques bateaux oscillent en grinçant sur la surface de l'océan piquetée de gouttes de pluie. Je ressens soudain la solitude si douloureusement que j'ai envie de pleurer. Où irai-je en partant d'ici ? Même de cet endroit dans cette chambre où je n'ai pas ma place ?

Je m'oblige à aller jusqu'au placard. Il est énorme – à l'évidence, pas d'origine dans cette vieille maison ; probablement autrefois une chambre d'enfant – et à l'intérieur, ses vêtements à lui sont plus nombreux que ceux de sa femme. Des costumes, en abondance. Représentent-ils son ancienne vie à New York ou les porte-t-il au quotidien dans cette petite ville ? Pendant quelques instants intenses, je repense au dernier emploi que j'ai occupé – celui que j'ai eu grâce à un de nos amis, où j'ai bien travaillé, parfois même avec plaisir – après avoir cessé de jouer. Je guidais, avec persuasion, des hommes riches dans l'achat de vêtements très chers dans un magasin très sélect sur une rue bordée d'arbres près du Met. Je les amadouais pour qu'ils apprennent à distinguer les tissus au toucher (et là, ma main effleure les costumes d'Austin ; effectivement, une de ses vestes est en cachemire haut de gamme). Mon employeur adorait que je sois lesbienne : pas de fraternisation collatérale, pas d'excitation mutuelle quand je mesurais des coutures intérieures ou que je passais mes paumes, d'un geste purement professionnel, le long du torse d'un homme pour lisser les plis sur une chemise en batiste. Mais combien d'heures avais-je perdues dans ce travail, dont Carly m'avait assurée que je n'étais pas obligée de le faire, même si par fierté, j'insistais ?

Mon Dieu, je suis en train de me laisser entraîner dans une spirale d'autoapitoiement.

Je force mes mains à s'écarter des chemises en douce flanelle d'Austin et je lève les yeux. Sur les étagères au-dessus de la penderie, des boîtes transparentes contenant du linge de lit et des couvertures, des chapeaux d'été.

Je cherche en vain une boîte à chaussures pleine de souvenirs secrets, une planque avec des cahiers de croquis. Ce que je découvre de plus intéressant, c'est une grande enveloppe contenant des photos d'une Miriam beaucoup plus jeune avec un homme qui doit être le père de Brecht.

Je vais dans le couloir et je tends l'oreille : rien que la pluie.

Dans le bureau, je me dirige vers les tiroirs du secrétaire, où je trouve de la papeterie dépassée à en-tête du cabinet de Kepner (l'adresse est différente), un clavier d'ordinateur esseulé, divers câbles, des cartes avec des reproductions de paysages japonais, une boîte à bonbons pleine de marijuana, du papier à rouler, des allumettes de restaurants… rien d'intéressant, rien de terriblement personnel en dehors d'un paquet de vieilles lettres qui semblent venir de la mère d'Austin dans le New Jersey, envoyées à son adresse à New York. (Mon Dieu : il vivait à cinq rues de moi. Pas un long trajet à parcourir pour Issa.) Un portrait d'école encadré du beau-fils, un adolescent avec des bagues sur les dents.

Après avoir passé en revue le placard sans intérêt (minuscule celui-là), je sors du bureau et je monte l'escalier raide vers le grenier.

Une chambre sous le toit de chaque côté, dans chacune un lit, une table de chevet, une petite commode. La plus grande est visiblement celle où dort le beau-fils. Elle n'est pas en désordre mais il y règne une odeur de vécu – un mélange de lessive, de cuir mouillé, des effluves piquants d'herbe. Une paire de chaussures de travail sous une table envahie de livres. Quand j'entre, j'aperçois à droite, coincée sous la pente du toit, une table à dessin avec une lampe d'architecte, et en dessous, un meuble à tiroirs et un tabouret. Sur la table, il y a deux dessins faits par un enfant : des extraterrestres devant leur vaisseau spatial, une série de pins très hauts qui dominent une maison (un vaisseau spatial dans le ciel).

Un des tiroirs du bas est grand ouvert. Une invitation, n'est-ce pas ?

J'en sors un carton à dessins ancien, un dossier noir attaché par des liens très fins. Je le pose sur la table. Il contient une série de plans pour une cuisine. Le travail est celui d'Austin, bien entendu, mais c'est la date qui me fait battre le cœur. C'est l'année où Issa s'est détournée de lui, quoique brièvement, pour se rapprocher de moi.

Je porte le carton jusqu'au lit et j'y prends un autre dossier. Celui-ci regroupe des dessins d'une petite maison anguleuse, pleine de fenêtres. Spring Lake, New Jersey, me dit la légende stylisée ; et à nouveau, l'année que j'essaie de tirer du passé. Un par un, je sors la demi-douzaine de folios, tous des projets sur une période de deux ans, tous d'envergure modeste. Ceci correspond probablement au moment où Austin avait un deuxième travail, pour se préparer à quitter le monde de l'entreprise.

Rien de la main d'Issa. Je remets les dossiers dans le tiroir, je le ferme et en ouvre un autre. Des fournitures de dessin : des blocs, de grandes feuilles de papier fin dentelé, des crayons de couleur, une boîte plate contenant des tubes de gouache, racornis, presque secs. Les portes closes d'une vie passée.

Je m'assois sur le lit (celui-ci a été fait dans la hâte, pas d'inquiétude sur le fait que Boucle d'or pourrait laisser sa trace), entourée par les dessins d'Austin Kepner, architecte débutant et goujat professionnel.

Elle est revenue, à nouveau au milieu de la nuit, quelques jours après sa première visite hystérique. J'ai essayé de ne pas ouvrir la porte, mais ma résolution a duré moins d'une minute.

— Tu sais, ai-je dit quand j'ai ouvert, tu ne peux pas débarquer comme ça en plein désarroi, puis disparaître.

Elle m'a attrapée par le cou en pleurant.

— Je suis désolée, je suis désolée, désolée.

Elle n'était pas avare d'excuses ; je l'avais appris.

Je l'ai laissée s'accrocher à moi pendant quelques minutes, puis je l'ai emmenée à l'intérieur.

— J'ai assez de défis, Issa. Un de plus, ça pourrait m'achever.

Elle s'est assise sur le canapé, retrouvant son calme, et son souffle.

— Je ne veux pas t'achever, a-t-elle dit d'une voix triste, défaite.

Je me suis installée à côté d'elle.

— Je le sais. Alors est-ce que tu peux me dire simplement ce qui se passe ?

— Il dit que ça ne va pas marcher. Il faut que je déménage. Il faut que je parte.

— Alors écoute, écoute bien ce que je vais dire. On l'emmerde. Il a raison. Ça ne marchera pas. Mais c'est son problème. C'est lui qui y perd.

— Ça marcherait s'il acceptait.

J'ai marqué une pause avant de poser la question qui allait de soi.

— S'il acceptait quoi ?

— Qui je suis. Et que je dois te dire si je veux rester. Si tu me laisses rester.

Soudain, elle paraissait calme. Ses yeux étaient rouges tant elle avait pleuré, mais elle me regardait avec fermeté. Sa voix était posée.

— OK. Je me suis un peu demandé… qui tu es. (J'ai ri, même si maintenant, j'étais tendue.) Alors, qui es-tu ?

Elle a continué à me dévisager, comme si elle venait de prendre une décision. Elle a secoué la tête et s'est levée, s'est approchée de la fenêtre qui donnait sur le puits de lumière. Le restaurant avait fermé une heure plus tôt, alors la nuit était relativement calme. Les lumières étaient éteintes dans l'appartement de l'Homme-larve.

— Je n'aurais jamais dû vouloir ça, a-t-elle dit contemplant toujours la vue sans vue. Nous sommes avertis que c'est inutile, que ça ne marche jamais, mais que peut-on faire quand se présente la chance d'essayer une nouvelle vie, de remonter à la surface, retourner vers la lumière d'où on vient ? Qui dit non à ça ? Un lâche !

— Attends, ralentis, ai-je dit. Dire non à quoi ?

— À vivre sur terre. (À nouveau, ce regard enflammé de défi.) Tu ne me crois pas, toi non plus.

— Je suis juste troublée, Issa.

Mais je me sentais abattue. Elle était folle. Non ?

Elle s'est levée et elle s'est mise à faire les cent pas sur le petit tapis. Ses pieds, dans la lumière de la ville qui entrait par la fenêtre, étaient si beaux.

— L'endroit où je suis née, tu l'as peut-être vu sur une carte sous le nom d'Ys. Ce que vous appelez un ouragan l'a emporté. Nous a emportés tous sous l'océan. Nous voyons tout maintenant, de là. Nous comprenons ce qui est en train de se passer.

Ce qui est en train de se passer, me suis-je dit, c'est que je suis en train de perdre la tête, moi aussi. Parce que je voulais la croire.

— Est-ce que je peux te poser une question bizarre ? ai-je dit. Est-ce que tu es en train de me dire que tu n'es pas humaine ?

Ma question a eu l'air de lui faire plaisir. Elle s'est arrêtée devant moi, face à moi et m'a dit :

— Je l'étais et je le suis maintenant. Avec toi. (Et ensuite est venu son refrain, si séduisant.) Viens voir.

Elle a pris mes mains dans les siennes et m'a fait lever. Elle m'a emmenée dans ma chambre, m'a poussée doucement pour que je m'assoie sur le lit. Quand j'ai tendu le bras pour allumer la lampe, elle a dit :

— Non.

Elle a fermé la porte, et le seul éclairage provenait de la petite fenêtre. Je l'ai entendue plus que je ne l'ai vue enlever son manteau et ce qu'elle portait ce soir-là en dessous.

Elle était nue quand elle s'est assise au bord du lit, mais elle n'avait pas lâché le fameux trench verdâtre qu'elle ne quittait jamais, comme une Mata Hari postmoderne. Pendant quelques instants, elle est restée parfaitement immobile, le serrant contre sa poitrine.

Je savais que je n'avais pas affaire seulement à une fille triste, désillusionnée, une amoureuse éconduite, mais dans ma vie, la curiosité a tellement souvent pris le pas sur le bon sens (et je pourrais ajouter que la curiosité ne m'a pas encore tuée).

— Tiens.

Elle a pivoté pour s'asseoir à côté de moi, le dos contre les oreillers. Elle a étendu l'imperméable, à l'envers, sur nos jambes. Dans la faible lueur de la nuit, je me suis demandé ce que j'étais censée voir d'autre que la doublure blanche ordinaire d'un faux Burberry, une contrefaçon de T.J. Maxx.

— Tâte-le.

— Le manteau ?

Issa a pris ma main droite et l'a posée à plat sur la doublure. Ce que j'ai senti sous mes doigts n'était pas la surface que je croyais voir, et d'emblée, j'ai retiré ma main.

— Non, a dit Issa d'une voix étonnamment autoritaire. *Tâte*-le.

Le tissu ressemblait à de la soie, mais sous mes doigts il paraissait plus doux, pas fluide, mais presque comme de la fourrure. Et en déplaçant ma main, j'ai eu l'impression que le lustre de la surface s'éclairait, devenait presque phosphorescent à son contact. Était-ce un effet du clair de lune ? Il y avait des nuits où je me réveillais, surprise de voir un carré penché de luminosité, de la forme de ma fenêtre, projeté sur mon corps.

— C'est à moi, a-t-elle dit. Ce que j'étais avant, dans l'eau et ce que je redeviendrai peut-être.

Je me suis focalisée sur le manteau, évitant son visage jusqu'à ce qu'elle prenne mon menton et tourne ma tête.

— Je peux avoir confiance en toi, a-t-elle dit, même si le doute était perceptible dans sa voix.

— Bien sûr que tu peux, ai-je dit, parce que je ne pouvais rien dire d'autre.

— Il ne me croira jamais.

J'ai vu les larmes dans ses yeux.

Dieu, à nouveau lui.

— Les hommes ont tendance à ne pas croire les femmes, ai-je dit, quand on leur montre qui on est vraiment. Ou simplement, ils n'aiment pas ce qu'ils voient.

— Les femmes, a-t-elle dit doucement. Mais nous en savons davantage, n'est-ce pas ?

Je ne pouvais plus éviter son regard, et j'ignorais si je voulais qu'elle m'embrasse ou pas. Je n'allais pas bouger.

— Je veux devenir une femme qui sait tout, a-t-elle dit, qui peut dire ce qu'elle sait et qui elle est, et qu'on croira.

Je ne croyais pas aux créatures d'un autre monde – aux vampires, aux zombies, aux trolls ni aux hobbits – pourtant, peut-être, j'ai ressenti à ce moment chargé d'électricité que peut-être Issa n'était pas une femme. Était-elle trans ? Étais-je au milieu d'une histoire qui comportait de la surprise sexuelle ? J'ai pensé à la pièce *M. Butterfly*. J'ai pensé à David Bowie dans *L'Homme qui venait d'ailleurs*. Objectivement, cette scène aurait pu être une farce, mais je n'ai pas trouvé matière à rire. Quelque chose chez Issa était différent, extraterrestre, autre.

Quand ma main s'est posée sur le manteau à nouveau, je l'ai senti bouger – spontanément, j'en étais sûre – s'élever, comme pour me caresser.

— C'est fou, ai-je dit.

— Là, ce qui parle, c'est ta connaissance ordinaire du monde de la surface, a dit Issa. Tu n'es pas obligée d'écouter. Écoute-moi plutôt.

Elle a poussé le manteau jusqu'au pied du lit, et elle a saisi ma chemise de nuit pour me l'enlever.

Nous étions toutes les deux nues, Issa se collait contre moi, de la tête aux pieds. Tout son corps était tellement soyeux qu'il en était presque glissant, et j'ai passé mes bras autour d'elle pour la tenir bien serrée. Au début, elle a eu l'air de résister à mes baisers, mais quand elle a cédé, j'ai eu l'impression que chaque nerf de chaque cellule sur la surface de ma peau se reliait à chacune de ses cellules.

Tandis que nous emmêlions nos corps pour nous accorder, j'ai eu le sentiment de retrouver ma virginité, peu habituée à la manière dont mes membres luttaient avec les siens, dont ils se rencontraient. Ma maladresse m'a surprise. Elle ne disait rien, alors je ne disais rien, et à un moment, je l'ai simplement laissée montrer le chemin, comme un danseur qui connaît déjà les pas.

Son corps était celui d'une femme, mais son profond silence et le contact de sa peau étaient étranges. Comment quelqu'un qui est si captivé – et je savais qu'elle ressentait autour de passion que moi – peut ne pas haleter, chuchoter, soupirer ?

C'était comme si nous avions fait l'amour ensemble pendant des heures, pourtant il faisait encore nuit quand elle s'est redressée et m'a dit qu'elle devait partir.

— Retourner auprès de lui ? ai-je dit. Pourquoi ?

— J'ai des obligations, a-t-elle dit doucement. Des choses à faire. Mais je reviendrai. Je te le promets.

J'ai ri.

— Des obligations ? Quoi, genre faire des courses au milieu de la nuit ?

Debout à côté du lit, elle s'est penchée pour effleurer ma joue.

— Dors.

J'ai dormi. Profondément. Et j'ai fait des rêves délirants. J'étais sur la berge de l'Hudson, avec Issa, à l'endroit où nous nous étions rencontrées. Elle m'a invitée à nager avec elle, et j'en étais très heureuse. Immédiatement, nous étions dans l'eau ; elle était chaude, même claire, et le phoque, celui qu'elle m'avait montré, s'est joint à nous. Tout à coup sont apparus plusieurs des acteurs de l'atelier, y compris celle qui jouait Ondine, celui qui avait incarné Hans dans *Ondine* et Petruchio face à mon personnage de Kate, et notre professeur. J'étais bouleversée mais Issa ne semblait pas remarquer leur présence. Quelqu'un a suggéré de jouer à un jeu ; tout ce que je voulais, c'était être seule, nue dans l'eau, avec Issa et le phoque.

Je me suis réveillée, trempée de sueur, les draps enroulés autour de mes hanches, en entendant un camion-poubelle engloutir les déchets du restaurant en bas. Je me suis levée pour aller aux toilettes, et en sortant, je me suis arrêtée pour me regarder dans le miroir en pied fixé sur la porte. Je m'attendais à voir des hématomes ou au moins une vague preuve physique de ce qui s'était passé la nuit précédente, mais en l'occurrence, ma peau paraissait plus parfaite que jamais.

En retournant au lit, j'ai aperçu un vêtement blanc jeté sur le dos de ma chaise de bureau. La chemise de nuit d'Issa. Impulsivement, je l'ai enfilée. Le tissu froid contre ma peau m'a fait frissonner, alors je l'ai enlevée. Je l'ai examiné de près, toutes les coutures, les plis à l'empiècement où était attaché le jupon en coton fin qui descendait jusqu'au niveau des chevilles. Pas d'étiquette; pas de trace d'une étiquette qu'on aurait arrachée ou coupée. Peut-être qu'elle l'avait confectionnée elle-même.

Dans mon esprit, souvenirs et rêves se télescopaient, et j'étais dans la plus grande confusion. Elle avait bien été avec moi, je le savais, et n'avait-elle pas promis de revenir? Si elle n'était pas tout à fait humaine (pouvais-je véritablement le croire?), elle était mieux qu'humaine: plus aimante, plus séduisante, plus innocente et plus généreuse. Si, pour le moment, je devais la partager, soit.

D'abord le chien aboie, puis immédiatement, une porte s'ouvre à grand bruit.

— Brecht? Brecht, tu es là?

Miriam. Miriam en panique. Oh Dieu, si seulement il y avait une sortie de secours. Où sont les codes de prévention des incendies de New York quand on en a besoin?

Si elle est à la recherche de Brecht – et je suis certaine qu'il ne se trouve pas dans la maison – elle montera directement dans cette pièce. J'envisage, une nanoseconde, d'essayer de me cacher dans la petite chambre en face. Peut-être qu'elle comporte un placard et…

Des pas rapides dans l'escalier. Mes seules options sont m'asseoir ou rester debout.

En l'entendant approcher (on dirait qu'elle pleure), d'une voix forte et aussi calme que possible, je dis son nom.

Elle laisse échapper un cri perçant quand, en franchissant l'étroit seuil, elle me voit debout à côté du lit (qui est jonché de dossiers appartenant à Austin).

— Miriam, je suis désolée. Je vous dirais volontiers que je peux tout expliquer, et c'est le cas, mais je sais que vous êtes bouleversée, que vous cherchez votre fils, et je…

— Où est-il ? Où est Brecht ? demande-t-elle.

On dirait qu'elle s'est précipitée ici pour m'affronter.

— Je l'ignore, dis-je, cherchant toujours à retrouver mon calme.

— Mais qu'est-ce que vous fichez ici ? Dans la chambre de mon fils ?

Elle remarque le lit, les tiroirs ouverts du meuble de rangement, et immédiatement, elle file dans l'autre chambre, qu'elle fouille fébrilement du regard. Ensuite, elle va sur le palier, entre les deux chambres et crie :

— Brecht ! Brecht !

— Il n'est pas là. (Je m'assois sur le lit.) Cela fait une heure que je suis ici. J'en suis certaine.

Soudain, je me rends compte que j'ai omis mon faux accent texan. Je me demande si Miriam le remarque, dans l'état fiévreux où se trouve une mère qui a égaré son enfant. (Soudain, j'ai une vision de la mère d'Iphigénie, après qu'il est trop tard ; oui, j'ai joué ce rôle dans une pièce en un acte assez mauvaise dans un festival monté dans une ancienne caserne de pompiers à Yonkers.)

Miriam prend peut-être cinq secondes pour se concentrer, silencieusement, sur ma présence.

— Je n'ai pas le temps de comprendre pourquoi vous êtes entrée par effraction dans ma maison. Mais il vaudrait mieux pour vous que vous m'ayez dit la vérité. À savoir, que vous ne l'avez pas vu.

— Je ne l'ai pas vu dis-je, me sentant étrangement soulagée de m'être débarrassée de tout le faux-semblant ridicule que j'ai concocté pour… quoi faire ?

Pendant un moment, je ne parviens pas à me souvenir pourquoi je me trouve dans cette chambre en soupente étouffante.

— Descendez. Maintenant.

Et quand elle surprend mon coup d'œil du côté du désordre que j'ai mis dans les archives de son mari, elle ajoute :

— Ne touchez à rien.

Je commence à descendre et elle m'emboîte le pas. Même si elle pourrait me frapper à mort avec un objet lourd ou me pousser pour que je chute dans cet escalier raide et sans moquette, je ne me presse pas. Au rez-de-chaussée, je me dirige vers la cuisine, mon manteau et mes bottes, mais elle m'ordonne de m'arrêter.

— Vous allez m'aider à le trouver. Pas la peine d'appeler la police parce que c'est un homme adulte. En plus, ils sont très occupés avec le confinement.

— Le confinement ?

— L'attentat, fait-elle impatiemment. Les barrages.

Il serait sans gêne que je pose davantage de questions, alors j'attends simplement qu'elle me dise de quoi elle a besoin – ou, je l'espère, qu'elle change d'avis et me mette à la porte. Quand je ne parviens pas à croiser son regard, je me surprends à contempler le chien, qui est assis à côté de Miriam, sa tête à la fois inquiète et perplexe.

— Vous allez rester ici, au cas où il reviendrait. (Elle note mon expression de surprise.) Je me fiche que vous ayez ramassé un sac plein de butin. Vous êtes quoi, une voleuse qui se fait passer pour un écrivain ? Ou un genre de détective privé ? (Elle essaie de rire, sans succès.) Peu importe. Il n'y a pas une chose dans cette maison qui me manquerait. Prenez le chien, tant que vous y êtes.

Comme s'il comprenait l'insulte, l'animal a un mouvement de recul et bat en retraite jusqu'à son coussin.

— Pouvez-vous faire ce que je vous demande? Rester ici et m'appeler s'il rentre? Ou vous pouvez seulement vous carapater?

— Miriam, je peux le faire. Je vous promets que je ne partirai pas. Je ne suis pas une voleuse, je…

— Vous pouvez même être l'anarchiste qui a placé ces putains de bombes.

Dans la cuisine, elle récupère sa tenue de pluie (son manteau est tombé de la chaise) et elle part par la porte de derrière, me laissant avec le chien, qui me contemple avec une expression de déception affligée, celle qui conduit les amoureux des chiens à croire que non seulement ces créatures comprennent tout ce qu'on dit, tout ce qu'on fait, mais qu'elles regrettent de ne pas pouvoir nous empêcher de commettre de nombreux actes de folie.

— Clio, dis-je, choquée de me rappeler son nom au milieu de ce fiasco, ce dont j'ai besoin, c'est que tu m'ignores totalement.

Et je vous jure, comme ça, elle baisse les yeux, soupire et se tourne face au mur.

Et maintenant? Est-ce que je vais remonter à l'étage et reprendre le cours de mon intrusion?

Bien sûr que non.

Je m'assois à la table de la salle à manger, devant la baleine en pierre, une épitaphe à son extinction certaine, et j'attends. Je ne prends même pas la peine de sortir mon portable.

La pluie redouble de violence, et elle est tellement sonore, tombant sur les rues et les arbres et les voitures et les toits, que je décide que ce doit être le bruit de la justice quand elle fait une de ses apparitions honteusement rares: droite, déterminée, traînant dans son sillage tonnant des conséquences dont les échos se répercutent sur des kilomètres.

Un jour, pendant plus de cent ans, les cieux au-dessus de Vigil Harbor ont grouillé d'oiseaux marins voraces et bruyants, chassés des grands séchoirs couverts de cabillaud par des garçons armés de bâtons. Dans les rues les pâturages et les cimetières quand ils n'étaient pas en cours ou occupés à des corvées couraient des bandes d'enfants, aussi bruyants et indisciplinés que ces oiseaux. Le port lui-même était aussi peuplé que les rues et les cieux, le théâtre de manœuvres élaborées de bateaux grands et petits, des skiffs, des barques, des canots et des doris ; des goélettes et des sloops quand les coffres étaient pleins et que la pêche était bonne. Les mâts craquaient, les voiles et les drisses claquaient et crépitaient dans le vent, les pêcheurs et les marins marchands sifflaient, chantaient, juraient et braillaient leurs ordres. Les tonneaux roulant vers la rive le long de quai bouffés aux vers et constellés de crottin imitaient le grondement d'une bourrasque.

Maintenant, les cieux sont essentiellement vides, à l'exception d'avions qui passent, les pâturages sont des pelouses bien entretenues – même si des enfants y jouent toujours, des garçons avec des bâtons qu'ils lancent à leur chien – et les rues, la plupart mais pas toutes, plus larges, sont parcourues par des voitures et des bicyclettes, des voiliers sur des remorques. Le trafic dans le port change tout aussi radicalement d'une saison à la suivante : regorgeant d'embarcations pour la plaisance et la course de mai à octobre, presque vide en décembre à l'exception du hors-bord du capitaine du port et parfois du patrouilleur des Garde-Côtes. Vigil Harbor est équidistant entre les deux postes des Garde-Côtes les plus proches, un vers le nord près de la frontière du New Hampshire, l'autre au sud de Boston. Quelques mouettes et quelques canards rasent la surface, à la recherche des rares vestiges de vie marine dans les hauts-fonds. Même les bernard-l'ermite sont rares, leur coquille n'est plus assez robuste pour leur servir de refuge. Les phoques ont appris à se nourrir de méduses et de calamars.

À plusieurs kilomètres de la côte, cependant, tout au long de l'année, les courants de l'Atlantique assistent à une circulation nocturne furtive. Les équipages sur ces bateaux, des navires corsaires bourrés de technologie, sont plus malins et plus nombreux que les garde-côtes. Ils transportent des marchandises allant des réfugiés culturels aux produits pharmaceutiques de contrebande, de fruits de mer du marché noir aux armes non enregistrées.

Quand le soir, avec encore plus de pluie, tombe sur Harrow Point, un jeune homme frigorifié, désorienté, se recroqueville et les bras autour des genoux, colle son torse contre ses cuisses, dans l'abri fourni par une maison magnifique – ou son squelette inachevé mais bien bâti – grelottant dans des vêtements mouillés qui appartiennent à quelqu'un d'autre, sachant qu'il devrait rentrer chez lui mais inquiet, parce que là où il y a des gens, il peut très bien y avoir de nouvelles explosions. Et oh, il y aura des questions. Il ne regarde pas son portable, il l'a coupé. Il est à l'abri des informations, mais il ne recevra pas non plus les messages des deux femmes qui se demandent désespérément où il se trouve. Il en a conscience, mais pour l'instant, elles devront continuer à s'interroger. Il a besoin d'être seul pour démêler cette situation confuse. S'il y parvient, peut-être qu'il pourra retrouver le calme intérieur qui était le sien avant d'entendre le bruit de cette explosion retransmise dans la cuisine de sa mère.

À cause de la pluie, le parc sur le promontoire est désert. Seul le jeune homme verra un des bateaux, à la nuit tombante, s'approcher tout près de la côte, sans un bruit, s'arrêter au pied des falaises quand la marée est basse et qu'une petite bande de galets apparaît. Il observera trois hommes qui débarquent, tous vêtus de noir, et il se demandera, n'a-t-il pas déjà vu cela? Mais il n'a personne à qui poser la question, parce que son ami et compagnon le plus fréquent – ou la connaissance qui venait juste de devenir un ami – l'a abandonné. Noam est mort, n'est-ce pas? Pourquoi Brecht a-t-il pensé que ce n'était pas le cas?

Il essaie de se convaincre d'aller retrouver sa mère, mais il sait comment elle réagira: sa panique, son chagrin, sa pitié. Assez, avec cette pitié. Il pourrait retourner chez Celestino, mais il y a trop de gens là-bas – et attends, se dit-il tandis que son rythme cardiaque s'accélère, il a laissé la peinture auprès de Connie. Non, il n'est pas prêt à se trouver en face d'elle non plus.

Dans son esprit, il se promène dans la ville, comme sur un vélo, pour trouver un refuge qui soit plus sec et plus chaud que celui-ci, et ensuite, il pense à une autre femme, quelqu'un qu'il n'aurait jamais rêvé de chercher il y a un an ou deux, mais maintenant – peut-être que maintenant, c'est elle. Peut-être qu'elle détient plus de réponses que de questions.

MARGO

Je m'inquiète déjà à l'idée de ne pas avoir acheté assez de nourriture ; les deux poulets (oh, excusez-moi : les *pullets*) hors de prix en direct de chez le producteur ont l'air maigrichons quand je les ouvre et que je les aplatis, et bien que les cébettes débordent de ma plus grande passoire, elles vont probablement réduire d'un facteur quatre dans la poêle. En revanche, j'ai beaucoup de pommes de terre, et peut-être que je les ferai rôtir avec quelques patates douces. Une touche orange de gaieté dans ce que je vois maintenant comme un repas pour un refuge pour sans-abri digne de Dickens. Mais j'ai acheté un gâteau pour le dessert. Acheté ! Fini les grandes entreprises de pâtisserie. Que d'autres graissent les moules et fouettent le beurre.

Dans cette ancienne vie pas-si-ancienne, j'étais rarement une hôtesse stressée – mais si talentueuse et organisée que je fusse dans la cuisine, cela faisait une différence d'avoir mon co-hôte masculin. Nous n'avons jamais exécuté le fameux pas de deux il-grille-elle-braise ; j'ai toujours été la chef de tout, de la soupe aux soufflés. Je surveillais les repas qui cuisaient sur le feu. Si par hasard, je prenais du retard ou que je risquais d'être engloutie par une recette compliquée, byzantine, Tom s'assurait que les verres soient pleins, que la conversation demeure spirituelle, et les blagues, affûtées. Et pour quel résultat, en réalité ? (Sauf à y inclure le sexe alcoolisé et désarticulé de fin de soirée, nos sentiments pour l'autre galvanisés par le fait que nous venions de réaffirmer que d'autres nous aimaient aussi.) Pendant les deux années où il a glandouillé avec son titre de président du yacht-club, j'ai cru que je serais obligée de m'inscrire aux Canapés Anonymes. J'avais l'impression que tous les soirs où nous n'étions pas dans le Galleon Lounge, au buffet, ou sur le porche qui ressemblait à un terrain de football, je balançais des steaks d'espadon sur des charbons brûlants, je confectionnais de la pâte feuilletée, j'éminçais des échalotes. Le grondement du lave-vaisselle après minuit annonçait le grondement (le mien) qui suivrait huit heures plus tard : non, plus jamais. De fait comment déroger aux coutumes locales ? Des âmes plus courageuses que moi avaient refusé de le faire.

À ma grande surprise, Mike a convaincu Egon et son amie de venir. Ou, à entendre sa version, l'amie a harcelé Egon pour qu'il "se comporte en adulte et dise oui". Je comprends ; dîner avec son ancien professeur d'anglais dont le mari s'est barré avec sa mère n'est pas exactement la soirée idéale, pour personne. Mike a promis que nous ne parlerions pas *d'eux*.

J'ai les informations en boucle sur l'écran accroché au mur tandis que je prépare ; des jours comme celui-ci – où on parle de terrorisme à tout instant – il est difficile de détourner le regard. Il est clair pour les autorités, un jour et demi après les explosions à Harvard Yard, que c'est un écho, une réplique de l'attentat à la bombe de la marina de New York, la semaine dernière, et que les coupables sont vivants et en bonne santé – ils utilisent cette expression particulière "en cavale" – et qu'il y a parmi eux deux hommes avec une queue-de-cheval, et dont le profil a été saisi par une caméra vidéo devant le musée d'Art de Harvard, et dont on estime qu'ils n'ont pas trente ans. Pas d'identification par reconnaissance faciale probante. Oceloti a maintenant revendiqué les deux attentats sur une chaîne satellite. Sur le bandeau en bas de mon écran, l'extrait suivant passe : *Que les penseurs fassent davantage que penser. Qu'ils agissent. Obligeons-les à agir. À décapiter les entreprises de pillage avec qui ils collaborent en ne parvenant pas à résister. Si vous tournez le dos, vous deviendrez la cible.*

Je trouve la métaphore de la décapitation malheureuse (même si j'apprécie le niveau d'élaboration syntaxique). Qui peut oublier la vague de décapitations réelles mises en scène et enregistrées par des terroristes antérieurs, plus nihilistes (fanatiquement sadiques) ? Notre aînée était à la maternelle quand j'ai demandé à Tom de renoncer à écouter NPR au petit déjeuner. "Ça suffit, la décapitation du jour, lui ai-je dit. Ça ne va pas bien avec les gaufres."

Les dégâts sont superficiels et pourtant lourds de sens : la façade de la Widener Library est arrachée, l'intérieur calciné est exposé comme une maison de poupée zombiesque. En face de la bibliothèque, le devant de la chapelle de l'université est aussi fichue. Les tronçons de maçonnerie qui ont volé sont responsables d'un tiers des victimes.

Tandis que la nuit tombe, des projecteurs baignent la scène d'une lumière blafarde, comme si une troupe de Theatro Goth était sur le point de descendre et présenter un autre de ses drames qui vous transperce l'âme. (Pendant quelques saisons, Doro était folle de leurs représentations, qui avaient des titres prétentieux comme *Trépas intime/ultime*, *Cerbère déchaîné*, et *Auto Da Catastrofé*. Elle était obsédée par des sites où des billets pouvaient soudain apparaître à trois heures du matin, et se vendre en quelques minutes.) Quand j'ai refusé de m'intéresser à ces spectacles, Doro m'a dit :

— Tu n'as donc pas envie de te confronter à l'avenir, Maman ? De voir ce qu'il sera si nous ne *faisons pas quelque chose* ? Ils sont en train de nous montrer ce qu'il sera si on est passifs. Les manières dont on va *plonger*.

— Chérie, ai-je dit, je préfère assister à l'autodestruction de notre espèce, la voir se dérouler en temps réel.

C'était peut-être dur, mais elle était loin, elle vivait seule et je n'ai jamais été le genre de mère qui couve ses filles (ou ses étudiants) en emballant la vérité dans du tulle rose.

Je pense à Egon dans son spectacle de fin d'année au Lycée. Il a joué le mari cocu dans *Trahisons*, de Pinter, et bien que la psychologie de cette pièce soit comiquement hors de portée d'un garçon de dix-huit ans issu d'une banlieue américaine favorisée, Egon réussit à exprimer avec une remarquable profondeur un chagrin authentique qui m'a tellement touchée que j'ai vu les quatre représentations – et versé des larmes les quatre fois. Il y avait inéluctablement une pointe de sentiment maternel dans les relations que j'entretenais avec tous mes élèves, autant ceux qui avaient "des difficultés" et les délinquants que les flatteurs et les prodiges. Mais de temps en temps, exceptionnellement, je faisais preuve d'une tendresse sur le mode "si j'avais eu un fils" envers un élève, un genre de béguin non érotique. Egon était un de ceux-là. Dans ce qui m'a rapprochée de Mike après notre cataclysme commun, il y avait, je l'avoue, son lien à Egon.

Voir Egon émerger de la pluie hier soir a été étrange : l'espace d'un instant, dans la pénombre, il était son père il y a une trentaine d'années. Je n'avais jamais perçu la ressemblance, alors que Mike était quelqu'un que j'avais vu dans de nombreux contextes en ville pendant des années : pas seulement au yacht-club mais avec des responsabilités au lycée, lors de régates, et pendant une période intense de nos années de jeunes parents, au bowling les week-ends, quand les fêtes d'anniversaire des enfants remplissaient l'endroit de cris perçants et de taches de soda à l'orange. Je ne me souviens pas avoir accordé la moindre pensée à la question de savoir si Mike était le genre de mari qui puisse tenter un œil volage – mais la beauté d'Egon est cohérente avec ses aspirations d'acteur : ces yeux tchekoviens d'un bleu profond, ce menton bien dessiné – et indéniablement, les magnifiques cheveux châtains de sa mère.

Des patates douces : j'étais sûre d'en avoir. Il n'y en a pas dans le saladier en bois, ni dans le réfrigérateur. Au sous-sol ? J'ai entreposé des légumes racines en bas après mon accès de fièvre acheteuse, l'autre jour.

J'allume et je descends l'escalier raide avec précaution. J'ai une vision macabre de moi-même, dans dix ans, moins solide, tombant tête la première dans ce caveau avant de mourir après une longue agonie sans que personne ne me trouve. Mais bon, je ne serai plus ici dans dix ans. Du moins, plus dans cette maison. Soudain, j'envie à Mike son nouveau quoique miteux petit appartement de célibataire, son austérité affichée sur le mode "libre d'être moi". Je sais parfaitement bien que derrière la mission que j'embrasse de *l'égayer*, de lui faire *voir la joie dans sa liberté*, de *jeter de l'huile sur son indignation*... il n'est question que de moi et de mon apitoiement sur mon propre sort, ma paralysie recroquevillée.

OK, arrête (mon commandement numéro 1 ces derniers temps). Et oui, les patates douces sont là. Sur la table à côté du congélateur. J'ouvre la porte, juste au cas où il y aurait quelque chose que je voudrais monter. De la glace, pour accompagner le gâteau ?

Quelque chose qui est glissé entre le flanc du congélateur et le mur en pierres attire mon regard, une bande écarlate. J'imagine que c'est une pancarte ou une affiche. Je repose les patates douces et j'extrais l'objet. Il est couvert de toiles d'araignée et je m'interromps pour tousser.

— Oh là là, dis-je en allant jusqu'au tas de chiffons.

J'en sors un vieux T-shirt rose annonçant un des concerts a cappella de Doro : les High Seas, c'était le nom de son groupe. Ce T-shirt, qui fait partie d'une série, lui a été donné lors d'un concours de chant régional appelé Voices With a View, qui a eu lieu dans un parc qui surplombait le port. Je le rapproche de mon visage, mais il n'a que l'odeur de ce sous-sol froid et humide, de la terre et de moisissure naissante.

Je résiste aux larmes qui montent. D'un geste brusque, j'essuie ce qui s'avère être un poster encadré à la va-vite pour – et j'ai un choc – *Trahisons*, la pièce où Egon tenait le premier rôle. Et soudain je me rappelle que Becca a dessiné l'affiche et a travaillé dans l'équipe. Ma vie, ou la portion de ma vie qui prédomine, dans cette perspective, commence à ressembler à la somme des réussites de mes enfants. Je doute que Tom la ressente ainsi.

OK, stop.

Forcément, je dois le monter et le montrer à Egon à son arrivée. Cela amusera sa charmante amie, qui le taquinera joyeusement et fera rougir Mike. (J'ai bien remarqué sa réaction instinctive devant la beauté enivrante de cette jeune femme. Grands Dieux, rien que ses cheveux : entortillés pour former un gros chignon de tresses compliquées dans un entrelacement de rouges et de bruns. Des cheveux que nos salons de coiffure locaux ne risquent pas de voir.)

Tenant le sac de patates douces d'une main, je réussis à soulever l'affiche pour la porter devant moi et je monte l'escalier péniblement jusqu'à la cuisine. Deux fois, je me cogne le menton sur le dessus du cadre quand le bas heurte une marche plus haute. Je retourne dans la cuisine en maudissant ma maladresse, et tandis que je cale délicatement l'affiche contre la table, je réussis à lâcher le sac de patates douces sur mon pied. Maintenant j'en ris, heureuse qu'il n'y ait pas de témoins, heureuse aussi de m'être distraite de mon quart d'heure larmoyant après avoir vu ce T-shirt, lorsque je lève les yeux et vois quelqu'un devant la porte du jardin.

Je regarde la pendule : mes invités ne sont pas censés arriver avant une heure.

La silhouette frappe doucement sur un des carreaux.

Essuyant une toile d'araignée qui me chatouille le visage, je me penche pour ramasser les patates douces avant d'aller à la porte.

C'est l'ami de Celestino. Il a l'air trempé jusqu'aux os. (Ah, les hommes et leur aversion congénitale pour les parapluies.)

— Bon sang, mais entrez ! dis-je tandis qu'il s'excuse, s'essuie les pieds sur le paillasson, et me dit qu'il a égaré la clé de la maison qu'ils lui ont donnée, qu'il n'y a personne pour lui ouvrir, et que bien entendu, il se sent idiot.

Idiot et très mouillé.

Il rit d'un air penaud.

— J'ai failli casser un carreau.

La pensée que Celestino et Connie, avec toutes les allées et venues liées à l'école à la maison, ne ferment vraisemblablement pas leurs portes à clé, me traverse l'esprit. Mais les temps changent, et la confiance s'érode. Les événements de cette semaine sont peut-être le point de bascule.

— Laissez-moi aller vous chercher une serviette, dis-je et je me précipite au premier.

— Sincèrement désolé de m'imposer comme ça, crie-t-il dans mon dos. Je vois que vous êtes en pleins préparatifs pour le dîner.

Quand je reviens, il est en train de regarder les informations.

— Mon Dieu, je vais éteindre ça, dis-je en lui tendant la serviette. On se laisse prendre, n'est-ce pas ? On s'enfonce dans le terrier du lapin pour y chercher quoi ? La pagaille ?

— Non, n'éteignez pas, dit-il. Les événements sont assez proches pour être importants.

En guise de compromis, je coupe le son ; j'essaie de me rappeler son nom, et il semble lire dans mes pensées.

— Ernesto. Et vous êtes Margo.

— Oui, enfin je crois ! Parfois, je me demande.

Je le regarde essuyer sa tête racée, frotter sa chemise et son pantalon trempés. Est-ce que je suis censée lui proposer des vêtements de rechange ? Non qu'il y ait encore un seul vêtement de Tom sous ce toit. Je m'en suis assurée.

— Savez-vous quand ils rentrent ? dis-je.

Il s'excuse à nouveau ; on dirait un duo bien rodé.

— En fait, je devrais aller à ce café que j'ai vu sur la rue principale...

— Ne soyez pas ridicule.

— Vous êtes gentille, dit-il.

Son sourire est un atout de séduction qu'il maîtrise parfaitement, et cette pierre précieuse incrustée dans son oreille en dit long sur son assurance – mais bon, en ce moment, je suppose que je ne suis pas très charitable envers la plupart des hommes.

Je lui offre la tasse de thé prévisible, et il accepte. Tandis que j'enchaîne les tâches mineures de la préparation du thé, je remarque qu'il examine les ingrédients de mon dîner. Il doit être évident que je ne serai pas seule, et je me demande si je vais devoir l'inclure. Vas-y, bavarde, m'ordonné-je. Continue sur les banalités !

— Vous venez d'où, exactement ? je demande (mais peut-être que je lui ai déjà posé cette question quand il est passé voir ma nouvelle salle de bains).

— De partout, d'une certaine façon, mais la réponse simple est Chicago.

— Oh, j'adore le musée d'art de cette ville, dis-je. Et le parc avec l'espace de concert en plein air. Mais la dernière fois que je suis allée à Chicago… eh bien, je n'avais pas d'enfants, à cette époque-là. C'était il y a longtemps.

— J'ai grandi là-bas. Enfin, essentiellement là-bas. Maintenant je suis… nomade.

Il se tient à côté de la table, comme si nous étions sur le point d'aller quelque part ensemble. Il regarde l'affiche mais ne fait aucun commentaire.

— Je vous en prie, asseyez-vous.

Je déplace le poster contre les placards du fond. Au passage, je jette un œil : les portraits des trois jeunes acteurs, en noir et blanc, le visage solennel et marqué par la souffrance, en surimpression par-dessus la peinture d'un lit défait, œuvre de ma fille. Le couvre-lit froissé est la tache rouge qui a attiré mon attention au sous-sol. J'entends la bouilloire commencer à ronronner. Je lui propose quelques variétés de thés ; il choisit menthe, je trouve une tasse.

— Du miel ?

Il secoue la tête.

— C'est tellement gentil de me laisser attendre ici.

— La gentillesse n'est pas ma vertu cardinale. Demandez à mes élèves. Même à ceux qui ont de bonnes notes. Surtout à ceux-là.

Encore un rire poli. Il ne m'interroge pas sur mon enseignement. Par-dessus sa tête, par la fenêtre, je vois que l'allée devant la maison de Celestino est déserte.

— Excusez-moi si je reprends mes activités culinaires…

Je désigne la nourriture.

— Des cébettes, dit-il. C'est vous qui les avez fait pousser ?

— Non, pas de main verte dans cette maison. (D'un pouce levé, je souligne la précision qui suit.) Nous… enfin, j'appartiens à une coopérative. Des fermes de la région – dans la mesure où il en reste.

Dans la mesure où. Comme si je passais une audition pour une pièce de théâtre du 18e.

— C'est bien. C'est à vous de les maintenir en vie.

— Dans notre coin, il s'agit plus de garder les apparences. (Je lui donne son thé et je le regarde prendre une première gorgée.) Je n'imagine pas nos petites fermes au charme suranné avoir les moyens de se faire une place à côté de l'agriculture industrielle.

— Les apparences, c'est un point de départ, dit-il.

Je trouve la remarque bizarre. Je décide de ne pas creuser, un point de départ pour quoi ? Est-il en train de dire *Fais comme si jusqu'à ce que tu y arrives pour de vrai ?* Ce qui résonne assez fortement chez moi, tout de suite. Tout en coupant les pommes de terre et les patates douces, le dos tourné à ce visiteur inattendu, quelque chose me revient.

— Alors, si vous êtes nomade, où est-ce que vous rénovez une salle de bains ?

N'a-t-il pas mentionné une maison dans le New Hampshire ? Le Maine ? Je dois être en train de mélanger mes cartes à jouer mentales.

— Oh, c'est pour ma mère. Je ne l'avais pas dit ? Elle vit encore dans l'appartement où j'ai grandi. Tout tombe en ruine. Je lui ai dit qu'il était temps de faire des travaux de rénovation. Surtout si elle veut vendre.

Oui, me dis-je, c'est la solution quand on tombe en ruine. Les travaux de rénovation ! Fastoche.

— Les cuisines et les salles de bains continuent à faire toute la différence dans le prix de vente, reprend-il. C'est idiot, mais vrai.

Je jette un coup d'œil par la fenêtre : toujours rien.

— Peut-être que vous devriez les appeler, Connie ou Celestino ? Leur demander s'ils ont une clé quelque part, cachée. Sous un pot de fleurs par exemple.

— J'ai appelé. Ils ne rentrent pas tout de suite. Il n'y a rien à faire.

Je remplis un saladier d'eau froide, pour empêcher les pommes de terre de noircir.

Plus que d'élever ses propres adolescents, ce sont des années à enseigner aux enfants d'autres personnes, à les forcer à faire un travail qu'ils dédaignent, qui vous sensibilisent à leurs mensonges ; personne ne ment avec autant d'intelligence ou de créativité qu'un gamin de dix-sept ans qui cherche à éviter un devoir noté sur un de ces ivrognes morts depuis longtemps. Parfois on oublie que les adultes aussi sont souvent des fabulateurs.

J'ai envie de me retourner, mais je m'abstiens. Je me force à poursuivre le travail en cours. Déjà l'eau dans le saladier est brouillée avec tout l'amidon relâché par les pommes de terre. Je me demande ce que je vais dire ensuite – si je vais continuer à jouer le jeu, quel qu'il soit – quand j'entends le pas décidé d'Ernesto. La porte s'ouvre : il part, comme ça ? Mais quand je me retourne, mon cœur fait un bond.

Voici trois invités supplémentaires, et il ne s'agit pas de Mike, Egon et Pearl.

Quatre hommes en tout, Ernesto compris, se trouvent maintenant dans ma cuisine. Non : il y a une femme. La dernière à entrer, elle ferme la porte derrière elle.

Ces nouveaux étrangers portent leur attention à Ernesto, pas à moi. Dans les quelques pulsations de silence que nous partageons, ce que je ressens plus que toute autre chose, c'est la honte. Pourquoi ai-je été si lente à écouter mon instinct ? Qu'est-ce qui m'a rendue si crédule, si légère ?

— Margo, dit Ernesto, sa voix et son sourire plus agréables que jamais, bien que maintenant l'expression sur son visage intelligent me remplisse de peur, ce sont des amis à moi.

Les amis se tournent vers moi. Un des deux hommes – qui sont bien plus jeunes qu'Ernesto – me sourit également, mais ses deux compagnons respirent une lassitude de bureaucrates, leurs visages le portrait craché du blasé, sans émotion. Quand aucune présentation ne vient, je sens la menace de larmes au fond de mes sinus. Je réalise aussi que je tiens dans ma main un petit couteau et le doute soudain selon lequel je suis peut-être devenue une victime pendant que j'épluchais et que je coupais des pommes de terre me fait émettre un bruit qui ressemble à un rire retenu.

Et c'est bien un rire – parce que le terme recherché d'épiphanie m'a traversé l'esprit. Serai-je une professeur de littérature jusqu'à ce que je touche le fond, au sens propre ? Oh, et la fin est-elle pour bientôt ?

— Margo, fait mon visiteur devenu preneur d'otage, sans la moindre note de froideur ou de menace dans la voix, nous allons devoir rester ici pendant quelques heures, si ça ne vous fait rien. Nous risquons de devoir consommer de la nourriture et d'utiliser votre téléphone, mais autrement, nous nous engageons à ne pas créer de dérangement.

J'ai des doutes sur le fait que mon opinion puisse avoir une quelconque importance, mais je me garde bien de le formuler. Et "pas de dérangement" ? Peut-être qu'ils aimeraient tous participer : ouvrir le vin, choisir la musique, mettre la table, allumer les bougies. Plus on est nombreux, plus la tâche s'allège !

Les deux hommes plus jeunes regardent les informations muettes sur l'écran de ma cuisine. La femme m'observe. Pas un n'a dit un mot.

— Je devrais appeler mes amis et annuler le dîner.

Ma voix est blanche mais elle ne tremble pas.

— Ce n'est pas nécessaire.

Ernesto semble chercher quelque chose, jusqu'à ce qu'il trouve mon téléphone, sur le comptoir à côté du plat de volaille crue. Il le prend.

Je tiens toujours le couteau. Si j'étais dans un film, est-ce que je me jetterais sur lui ?

Clairvoyant, Ernesto s'approche de moi et doucement m'enlève le couteau et le met dans l'évier à côté de moi.

— Allons nous asseoir, dit-il.

Il m'emmène poliment vers le salon, exactement comme Tom m'emmenait sur la piste de danse, les doigts de sa main droite nichés entre mes omoplates, avec autant d'aisance qu'ils se posaient sur la barre de notre bateau pour le diriger vers la ligne de départ de la course.

Sur le piano abandonné, mes trois filles, séparément et dans un éventail de constellations sociales (celles qui comportent Tom ont déjà été enlevées pour toujours), me regardent avec une gaieté inconsciente tandis que je prends place dans un des fauteuils près de la cheminée. Toutes les promesses qui sortent de la bouche de ce salopard menteur et enjôleur étant clairement sujettes à discussion, je me concentre sur le tapis aux motifs chinois, ses pagodes et ses paons verts et (comme les appelait ma mère) ses *bidules orientalisants*, et je me demande si c'est la dernière œuvre d'art que je verrai. (Le tableau ancien d'une goélette en mer sous un ciel d'orage appartenant à Tom, qui occupait la place terriblement conventionnelle au-dessus de la cheminée, je l'ai banni à jamais aussi.)

Ernesto examine la pièce, le regard posé sur la porte donnant dans l'entrée, l'entrée principale de la maison que presque personne n'utilise. Il va dans le hall et insère l'antique verrou dans son logement. Quand il revient, il dit :

— Honnêtement, Margo, vous n'avez aucun souci à vous faire. Restez assise, c'est tout. Nous vous utilisons comme une espèce d'aire de repos. Considérez-nous simplement comme un groupe de voyageurs.

— Des voyageurs ?

Mon mépris, hélas, s'entend sans équivoque possible. Oh tant mieux, me dis-je, tant mieux si je l'ai contrarié. À nouveau, je suis dans un film : cette fois, je vais me prendre un coup de crosse pour apprendre à ma bouche en sang à se taire.

Mais Ernesto ne me flatte plus avec son attention.

— Pia ! lance-t-il soudain.

La comparse entre et ils ont une brève conversation dans un espagnol saccadé.

— Pia va vous tenir compagnie, me dit-il.

Pia me rappelle un petit chien dressé pour combattre, peut-être un terrier de Boston : fort, alerte, avec des articulations épaisses et une mâchoire dure résistante à la joie. Ses cheveux sont aussi courts que ceux d'Ernesto. Des boucles fines d'un tatouage d'inspiration botanique semblent se tendre vers la lumière autour des poignets et du cou de son coupe-vent noir.

— Alors Margo, dit Ernesto, la dernière fois que je suis venu, j'ai remarqué quelque chose sur le comptoir de votre cuisine, quelque chose sur lequel je m'interroge.

Je le toise, avec le plus de mépris possible.

— Une mallette noire. Où est-elle passée ?

Oh là là, mais pourquoi je ne l'ai pas emportée à la police ? Pourquoi l'ai-je redescendue au sous-sol, comme s'il suffisait qu'elle soit loin des yeux pour être loin de l'esprit, hors d'atteinte ?

— En bas, dans la cave, dis-je, parce que cela ne sert à rien d'essayer de cacher quelque chose à cet homme.

Je comprends qu'il obtiendra tout ce qu'il voudra, d'une façon ou d'une autre.

Il ne me demande pas où ça se trouve. Il n'est pas du genre à dépenser de l'énergie inutilement ; ce garçon est autosuffisant.

— Je vais la chercher et vous me montrerez comment elle fonctionne. Merci.

Après quelques minutes seulement – j'entends ses pas descendre l'escalier ; un silence ; la remontée de l'escalier – la lourde mallette est posée sur mes genoux et j'énonce mon mot de passe, honteuse de sa fantaisie ridicule, et le méchant prend possession du cadeau d'anniversaire que j'aurais dû simplement refuser, il y a toutes ces années.

Ernesto, le pistolet à la main, est presque sorti de la pièce quand il se retourne pour me lancer :

— Est-ce que vous aimeriez un livre ?

Il a sans doute remarqué les bibliothèques, pleines de vrais livres, qui occupent deux murs du salon, et je ne peux m'empêcher de me demander si la question est moqueuse.

— Sérieusement ? Un bouquin ?

Il hausse les épaules.

— Pour passer le temps. Comme vous voulez.

Pia arpente la pièce, le terrier en patrouille. Elle regarde le ciel par la fenêtre. Elle feuillette une partition posée sur le piano et l'espace d'un moment, je me dis qu'elle va peut-être se mettre à jouer. Elle me lance un regard glacial puis s'assoit dans le fauteuil de l'autre côté de la cheminée. Nous ressemblons vaguement à un couple d'époux mariés depuis longtemps qui n'ont plus rien à se dire.

Je regrette qu'il n'y ait pas de pendule dans cette pièce.

Je regrette aussi, terriblement, que Tom ne soit pas là, et ce regret, l'humiliation cuisante qui l'accompagne, me brise. Mais si je ne peux pas réprimer mes larmes, je peux me forcer à pleurer en silence.

Le terrier regarde vers moi quand mes mains se posent sur mes joues. Elle ne dit rien. Si elle était mon invitée, que lui demanderais-je ? Pas qui elle est, parce que je le sais ; il est évident que ses deux compagnons muets ont coupé leurs longs cheveux. Pas ce qu'elle fait, parce que ça aussi, c'est évident : elle attend. Je ne veux pas savoir quoi.

Lentement, pour ne pas surprendre ma gardienne, je remonte le bas de mon T-shirt et je me mouche dedans. Cette fois, elle ne se donne pas la peine de me regarder.

Le nom de Tom s'échappe presque de mes lèvres : une prière, une protestation, une injure. Cependant, s'il était ici, nous serions tous les deux ligotés, peut-être bien l'un à l'autre. Il serait considéré comme un danger rien qu'à cause de sa taille. Sans lui, je ne suis pas à craindre, n'est-ce pas ? Je suis une divorcée pathétique, destinée à finir au cimetière.

AUSTIN

C'EST un stéréotype répandu, que les architectes ont un ego surdimensionné, et je ne le conteste pas. Pourquoi pas ? Nous mettons les toits au-dessus de votre tête : celui de votre maison, de votre école, de votre bureau. Chien assis, coupole, belvédère, dôme ; mansarde, atrium, voûte. Les oiseaux bâtissent des nids, les abeilles construisent des ruches, et les ours sont habiles pour trouver des endroits retirés où creuser leur tanière. Alors les toits ne font pas de nous une espèce exceptionnelle, si ? Mais ceux qui existent dans une variété aussi astucieuse et frivole à la fois de formes et de styles ? Cette habileté nous met, nous les praticiens, dans une catégorie d'être différente, supra-instinctive.

Autre cliché : le foyer d'un homme est son château. L'endroit où il peut le plus librement être lui-même, allonger ses jambes, exercer sa volonté… monter le volume de la musique et danser. Le foyer d'un homme est son night-club. Celle-là, je l'aime bien.

Alors je ne sais pas quoi faire de cette invasion, de cette… infiltration ?

La voix de Miriam, dès que je l'ai entendue, avant même qu'elle ait prononcé trois mots, m'a dit qu'il se passait quelque chose de grave, quelque chose qui dépassait les inquiétudes croissantes qu'elle a et que je partage, mais dans une moindre mesure, concernant Brecht. Elle a dit que Connie l'a appelée, affolée. Brecht était venu la voir dans un état étrange, très agité, et ensuite, il avait disparu. Il n'était pas avec Celestino.

Elle m'a appelé et m'a dit : "Il faut que tu rentres", comme un barman vous ficherait à la porte après l'annonce de la fermeture imminente. Je me trouvais sur le site d'un contrat potentiel, en train de contempler un autre lieu de culte défunt, désacralisé, celui-ci destiné à être converti en une maison individuelle. Une église du XIXe à bardeaux blancs, ses deux longs côtés définis par des rangées de fenêtres d'un mètre de large, et sept de haut. Comment diviser l'espace en pièces sans violer toute cette verticalité vénérable : voilà le défi auquel je suis confronté.

— Où es-tu ?

— Dehors, je le cherche. Il faut que tu rentres. Maintenant. Je ne sais pas pourquoi elle était là, mais cette femme écrivain que tu as ramenée, Petra, je l'ai découverte dans la maison quand je suis passée voir s'il était chez nous.

— Il lui a ouvert ?

— Non, il n'est pas à la maison ; il n'y avait qu'elle. Chez nous. Je te l'ai dit, je n'ai pas d'explication. S'il te plaît, vas-y. Débrouille-toi pour démêler cette histoire. Il faut que je trouve Brecht. (Après une pause, elle ajoute :) Tu ne te rappelles peut-être pas quel jour on est.

Mon esprit bondit ; est-ce que j'ai oublié une occasion particulière ? Avril…

— Andrew, je dis.

Et je ne lui en veux pas, à cause de Brecht : c'est l'anniversaire de la mort de son père.

Mes bottes délogent des mottes de gazon trempé tandis que je retourne à ma voiture.

Je la vois avant qu'elle me voie. Elle est dans ma cuisine, penchée sur le long plan de travail, courbée et immobile, comme si une enclume était posée sur ses épaules, l'immobilisant sur place.

J'entre sans bruit, espérant lui faire peur. Je réussis.

— Oh mon Dieu, lâche-t-elle.

Frénétiquement, elle s'essuie les yeux.

Je la dévisage pendant un moment, pendant que Clio exprime bruyamment son ravissement devant mon retour inattendu en pleine journée. Parfois, son excitation est telle que ses dents claquent, et seule une paire de mains humaines réussissent à la calmer. Alors, avant de dire quoi que ce soit à Petra, je me penche et je comble ma chienne de caresses, attentif à ses oreilles, et à sa zone de plaisir suprême, la base de sa gorge duveteuse.

— Bonjour ma fille. Oui ma fille. T'es une bonne chienne. Oui ma grande.

J'entends Petra essayer de contrôler sa respiration.

Je prends mon temps pour me redresser.

— Vous m'avez bien eu, dis-je comme si cela me faisait plaisir. Enfin, presque.

Le calme au milieu d'une tempête peut être miséricordieux ou impitoyable. Elle n'a qu'à choisir.

Pendant plusieurs secondes, je la laisse chercher désespérément une réponse, la mettant au défi d'en trouver une. Elle finit par dire :

— Je ne m'excuserai pas. Pas devant vous. Jamais devant vous.

Je m'assois sur un des tabourets.

— Reprenons. Je suis peut-être un peu lent, mais j'ai compris que votre apparition n'avait rien à voir avec moi. Ni avec mon travail. Tout ce discours sur une femme qui peignait des œuvres magnifiques, confidentielles, sur le milieu marin, du temps où j'étais à New York ? Vous connaissiez Issa. C'est drôle. Je croyais que personne d'autre que moi ne la connaissait. Ou je n'avais aucune idée de qui la connaissait. Ridicule, n'est-ce pas ?

La vérité douloureuse est qu'Issa me faisait sentir que j'étais le centre de son univers – et, comme dirait Brecht, ça me faisait triper. Oui : voilà la preuve de mon ego surdimensionné.

Je garde une main sur mon portable, espérant avoir des nouvelles de Miriam. Elle veut que je sois ici, au cas où Brecht reviendrait, mais ce que je fais de notre visiteuse soudain importune m'appartient. Je pourrais juste dire quelque chose du genre *Quittez la ville et ne vous montrez plus jamais ici, espèce de mégère*, mais comment ne pas être curieux, même si elle est venue uniquement pour créer des ennuis ?

Quand elle ne répond pas à ma question rhétorique, je dis :

— Qu'est-ce que vous attendez de moi ? Ou tout ceci n'était-il qu'une entreprise visant à... quoi ? m'humilier ? Me ridiculiser parce que vous pensez que je vous ai ridiculisée – il y a des siècles ?

— Peut-être que j'attends, pour commencer, l'expression d'un remords... de regrets. De la tristesse.

— Du remords pour quoi ? Je n'ai rien eu à voir avec son geste, c'est évident. Pourquoi moi ? Qui êtes-vous ?

Soudain je réalise : elle pourrait être une sœur perdue de vue depuis longtemps. Celle-ci aussi paraît à moitié dérangée.

Petra a visiblement du mal à garder une sorte d'équilibre. J'ai l'impression que je maîtrise la situation, jusqu'à ce qu'elle dise :

— Où est-elle ? Vous l'avez laissée partir. Est-ce que vous avez fait juste ça – la laisser partir – sans vous inquiéter de l'endroit où elle est allée ?

— Comment pouvez-vous savoir de quoi je m'inquiétais à cette époque-là – ou maintenant ? Je vais vous dire, je l'ai pleurée pendant longtemps.

Je me souviens avoir couru après Issa quand elle s'est sauvée de l'appartement après la dernière de nos trop nombreuses et étranges disputes. "J'en ai assez" a-t-elle dit ce soir-là, et il y avait quelque chose dans sa voix, profonde et calme, qui m'a affolé plus que lorsque, inconsolable, elle pleurait pendant des heures. Alors je l'ai suivie. Et après ce soir-là, après que la police (qui, finalement, était vraiment sceptique devant ce que je prétendais avoir vu), j'ai attendu longtemps – des mois, même – que quelqu'un d'autre qui l'avait connue débarque et exprime des demandes, peut-être des accusations. Mais elle avait semblé disparaître, engloutie dans le vide d'où elle était apparue. Elle ne m'avait présenté à personne, et je l'avais crue quand elle avait dit qu'elle n'avait pas de famille – du moins jusqu'à ce qu'elle commence à faire vaguement allusion à une vie qu'elle avait vécue en mer, une vie qu'elle avait quittée pour devenir une espèce d'évangéliste de la mer. Elle m'avait choisi pour l'aider – pour l'aider à "tirer la sonnette d'alarme", selon son expression. Peu lui importait que je n'en aie ni le temps ni l'envie ; j'avais été "choisi", point final.

— Comment avez-vous fait sa connaissance ? dis-je.

— Dites-moi seulement ce qui lui est arrivé. Dites-moi.

— Elle s'est tuée. Vous ne le saviez pas ?

J'essaie en vain de ne pas paraître furieux. Ce n'est pas une chose à laquelle je souhaite retourner. Pendant un temps, je suis allé voir un thérapeute pour pouvoir encaisser le choc et la confusion, la peur d'avoir passé ces quelques mois intenses sous la coupe d'un fantôme.

— C'est ce que ces idiots de policiers ont conclu, dit Petra avec colère. Mais personne n'a retrouvé son corps. J'ai fait appel à un détective.

— Son corps a été emporté vers l'océan, dis-je. Je l'ai vue entrer dans le fleuve. Savez-vous à quel point cette eau devait être froide ?

— Est-ce que vous l'avez *écoutée*, quand elle vous a expliqué d'où elle venait ?

J'ouvre la bouche, prêt à répondre avec les théories de mon thérapeute sur les délires d'Issa, sur le fait qu'il semblait tellement évident, rétrospectivement, qu'elle avait été maltraitée dans l'enfance et qu'elle avait rejeté tout ce qui avait trait à ses origines. À la recherche d'origines biologiques, géographiques, existentielles, elle s'était inventé une histoire liée à une ville mythique sous l'océan – et elle avait essayé de m'y entraîner comme son compagnon. Ce que Petra dit ensuite confirme mon intuition sage de ne pas partager ces idées avec elle.

— Eh bien, je l'ai écoutée. Je n'ai pas de preuve, et vous non plus, qu'elle n'est pas retournée dans l'océan. Et si elle l'a fait, il est exclu qu'elle y soit retournée pour toujours.

Oublions la théorie de la sœur. Peut-être les deux femmes étaient-elles membres d'une secte avant qu'Issa entre dans ma vie. Cela serait logique. Accidentellement, j'émets un son qui doit résonner comme un rire.

— Elle avait raison. Vous êtes aussi cruel qu'elle l'a dit.

Que devrais-je répondre à cette insulte, venant d'une femme qui est une simulatrice, peut-être même une psychopathe, qui est entrée par effraction chez moi ? Qui apparemment me traque depuis un certain temps.

— Je ne pense pas que c'est d'elle que nous devrions parler, dis-je.

— J'ai besoin d'un verre d'eau.

Je désigne le placard.

— Servez-vous. Vous faites déjà comme chez vous. Je suis sûre que vous savez où tout est rangé.

Sans prendre un verre, elle se penche vers moi et dit :

— Vous me devez des réponses.

— Je ne vois pas pourquoi ni comment je vous dois quoi que ce soit – rien de plus qu'un appel à la police, et je vous mettrais volontiers à la porte sans ménagement si je ne brûlais pas de curiosité sur ce qui pousse quelqu'un, après... combien de temps, Petra ? Est-ce votre nom, d'ailleurs ? Après quoi, vingt, vingt-cinq ans, vous êtes ici pour déterrer une histoire tragique sur une femme qui avait besoin d'une aide sérieuse et ne l'a pas reçue – et n'hésitez pas, allez-y, rendez-moi responsable du fait qu'elle n'a pas eu l'aide dont elle avait visiblement besoin. OK, je n'ai pas assez insisté là-dessus, je le reconnais. Mais vous pensez vraiment qu'elle n'est pas morte en sautant dans cette eau glaciale ? Ce n'est pas comme si elle était allée à la nage jusqu'au New Jersey et était sortie du fleuve pour trouver une nouvelle identité, une nouvelle vie. (Cependant, pour la première fois, il m'apparaît que, vu le peu que je savais d'elle, peut-être était-ce exactement ce qui était arrivé.) Peut-être, dis-je, peut-être est-elle devenue une femme au foyer vieillissante, avec des petits-enfants et un prêt immobilier presque payé, vivant à Weehawken ou Saddle River. Peut-être a-t-elle trouvé la félicité. Elle la voulait, assurément. Quoi qu'elle ait voulu, ce n'était pas logique. Alors peut-être que vous vous dites juste qu'elle n'était pas liée au monde tel que nous le connaissons, à la raison, ou à la réalité. Mais pour ma part, j'ai dépassé depuis longtemps l'âge d'avoir besoin de croire en la magie.

Le silence qui règne dans ma cuisine est brisé par les gémissements de Clio. Couchée sur son coussin, elle lève vers moi des yeux inquiets. Elle n'aime pas mon ton. Je vais la voir et je la rassure, prenant dans mes mains sa tête douce ; je lui répète qu'elle n'a rien à craindre, que tout va bien, et qu'elle est une gentille fille, une très gentille fille. Soudain me vient la pensée étrange que l'amour que ce chien me porte est aussi réel que celui d'Issa ne l'était pas.

— Vous êtes un monstre, dit Petra. Et vous avez raison. Je ne sais pas pourquoi je suis venue ici, ce que je pensais réussir à faire.

Petra essaie de me contourner mais je tends les bras pour bloquer le passage. Je ne la touche pas, et pourtant elle s'arrête.

— Comment vous la connaissiez ? dis-je. Parce que je ne peux pas le nier, elle ne ressemblait à aucune femme que j'ai rencontrée. Et je l'aimais. Vraiment.

Sur le visage de Petra se peint une expression déterminée, au bord de la rage.

— Je l'aimais plus que vous n'auriez jamais pu l'aimer. Qu'est-ce que vous savez ? Vous êtes un homme, bordel. Elle est venue auprès de moi quand vous lui avez tourné le dos, quand vous avez refusé de la comprendre. Je suppose que vous n'aviez pas l'imagination nécessaire pour la voir, pour voir qu'elle venait d'un autre monde. Je ne veux pas dire dans un sens métaphorique. Je suis triste pour vous, qui pensez qu'à un certain âge on doit cesser de croire à la magie.

Que dire à cela ? Je choisis :

— Donc. Tout le numéro de la veuve du Sud est une comédie.

Je n'ai pas besoin de poser la question. Il y a peut-être dix minutes que j'ai remarqué qu'elle n'a plus l'accent, pas la moindre trace.

— Vous m'avez eu, vous savez. Ma vanité, je suppose. Mais vraiment, vous êtes venue me chercher après toutes ces années ? Pourquoi pas à l'époque ? Pourquoi maintenant ?

— Parce que le cosmos m'a rappelé votre existence. Je n'étais pas assez courageuse, en ce temps-là. Et vous savez quoi ? Contrairement à vous, j'ai eu le cœur brisé. J'étais tétanisée par le chagrin.

— Eh bien, j'espère que vous vous en êtes remise et que vous avez eu une vie ; parce que c'est mon cas. C'est ce que les gens font après un événement tragique qu'ils ne peuvent pas changer, n'est-ce pas ? Ils continuent. Vivent leur vie.

Elle me dévisage, comme si je venais d'avouer un crime capital.

— Vous auriez pu changer les choses. Vous auriez pu la laisser partir quand vous auriez dû le faire. Elle serait venue auprès de moi. Elle est venue quand vous l'avez blessée. J'étais son refuge. Mais c'était trop tard.

Je suppose que si cette femme s'était manifestée dans les mois, voire l'année ou les deux années après la disparition d'Issa, cette révélation (si elle était vraie !) m'aurait blessé. Mais aujourd'hui, cela paraît absurde, d'entendre quelqu'un me dire que mon souvenir sur la fin d'un classique du cinéma que je n'ai pas vu depuis des dizaines d'années est inexact. Vais-je lui dire à quel point elle était délirante, essayer de la convaincre qu'Issa était à l'évidence déséquilibrée, peut-être bien schizophrène ? Mais si c'était si évident, pourquoi ai-je continué à espérer qu'elle soit simplement excentrique, que c'était même un peu charmant ? Ai-je été à ce point aveuglé par l'attirance physique ? Et son art – lui aussi m'a séduit. Les dessins et peintures d'une complexité folle qu'elle faisait quand j'étais absent – pour une longue journée de travail ou un voyage au Moyen-Orient. Chaque fois que je rentrais, j'arrivais dans un appartement qui donnait l'impression d'avoir été parcouru d'un vent violent qui l'avait rempli de feuilles aux couleurs délirantes, sur le sol, les tables, le lit où elle m'avait ensorcelé. (Elle n'était donc jamais sortie ?) Et elle était au milieu de tout ça, penchée sur un dessin d'une pieuvre ou d'un cœlacanthe ou un tableau à l'aquarelle de la surface jonchée d'embarcations de l'océan vue d'en dessous, très loin en dessous. Elle levait les yeux vers moi quand je franchissais le seuil, son joli visage à la peau parfaite portant des traces de couleurs cobalt, alizarine, bleu outremer, et elle m'accueillait avec son grand sourire chaleureux, ardent même… puis ses bras chaleureux, ardents. Si je lui disais qu'elle devait me laisser emporter ses œuvres pour les montrer à un galeriste, elle me regardait avec désarroi et tristesse et me répondait que non, ce n'était pas le but de ce qu'elle faisait. Elle se préparait à prendre la beauté de son monde comme une arme, l'apporter aux "puissants", leur montrer ce qu'ils allaient perdre – ce qu'ils avaient besoin de comprendre dans le détail et qu'ils détruisaient.

— C'est mon sacrifice, a-t-elle fini par me dire. C'est la raison pour laquelle je suis ici. Pour laquelle je suis avec toi. Tu seras ma voix. Tu parcours le monde. Tu construis d'importants bâtiments. Tu connais des gens importants. Je suis… Je ne suis pas tout ça.

— Alors, qu'est-ce que tu es ? ai-je dit avec légèreté, essayant de la calmer. Une sirène ? Ai-je cette chance – je ne suis même pas marin et j'ai cette chance ?

Instantanément, j'ai regretté d'avoir plaisanté avec ça.

— Ne te moque pas de moi, a-t-elle répondu en s'écartant.

— Je ne me moque pas de toi. J'essaie juste de comprendre ce que tu me dis. Est-ce que tu vois pourquoi je suis troublé ? Parfois j'ai l'impression que tu parles en langage codé.

— Je croyais que je n'aurais pas besoin de te dire d'où je venais. Je pensais que tu comprendrais.

Elle a gesticulé d'un air fâché en montrant ses dessins.

— Issa, je suis un type rationnel. Je crois en la physique, pas au folklore. Tu ne peux pas sérieusement me dire que tu…

— Je ne suis pas un conte de fées. "Sirène" ? (Elle a ri sans joie.) Il n'y a pas de *mot* pour moi, ce que je suis ou ce que je signifie. J'ai fait un long voyage pour te trouver – je t'ai dit que je t'aimerais aussi longtemps que tu le voudrais, et je le ferai !

Mais il faut que tu m'aides ! (Sa prière a désamorcé ma peur.) Tu ne cesses de me demander qui je suis. Je suis une réfugiée d'une ville engloutie par la mer. Par une mer furieuse, assourdissante, empoisonnée. Et je porte cette colère avec moi ! Je *suis* cette colère !

J'ai essayé de la prendre dans mes bras. Elle était sur le tabouret, devant ma table, sur laquelle était posé un grand dessin de phoques sur un rivage de rochers entassés.

— Je vais t'aider, ai-je dit. Je trouverai quelqu'un à qui tu pourras parler, quelqu'un qui comprend.

Elle s'est écartée pour me dévisager.

— Quelqu'un qui a du pouvoir, quelqu'un qui écoutera ?

— Qui écoutera, oui. Qui écoutera tout ce que tu auras à dire.

— Qui ? Dis-moi qui !

J'ai hésité.

— Quelqu'un qui t'aidera à comprendre d'où vient ce talent artistique extraordinaire, à l'intérieur de toi, comment parler de l'endroit d'où tu viens vraiment. Parce que si nous… si nous continuons…

— Tout ceci ne sert à rien, a-t-elle dit.

Elle s'est levée violemment, faisant tomber une boîte de pastels et m'a poussé pour passer. C'est la première fois qu'elle est partie de l'appartement et qu'elle n'est pas revenue avant le matin.

Mais elle est revenue, et à son retour, elle m'a dit qu'elle avait un plan : je devais trouver les noms et adresses des bonnes personnes, des personnes qui avaient le pouvoir, et nous allions écrire une lettre à chacune, et envoyer à chacune un de ses dessins. Cette fois je l'ai laissée parler.

Nous étions ensemble depuis cinq mois quand j'ai commencé à réaliser la précipitation dont j'avais fait preuve, à me rendre compte que la démesure qui m'avait tant séduit pouvait être vue comme la partie apparente d'un chaos enraciné chez elle. Avant de lui avoir passé cette bague au doigt, je l'avais emmenée avec moi à deux ou trois soirées – des fêtes avec des collègues, puisque la vie que je menais alors ne me permettait pas d'autre espace pour une vie sociale – et là, elle paraissait parfaitement ordinaire à tout le monde (ou du moins, c'est ce que j'observais) ; j'ai été amené à faire taire les signaux d'alarme qui commençaient à sonner, me disant que quelque chose chez elle "clochait". Avec d'autres, y compris mes parents, elle était timide mais d'une manière chaleureuse, presque en s'excusant, la tête légèrement penchée d'un côté quand elle conversait avec des étrangers – ou, bien plus souvent, qu'elle les écoutait parler. Ma mère m'a dit, après l'unique dîner que nous avons partagé, qu'elle adorait la retenue d'Issa ; quelle vertu rare et sous-estimée dans le monde moderne. Lorsqu'Issa m'a dit qu'elle n'avait rien à porter à ces soirées, je ne m'en suis guère inquiété ; j'ai trouvé son absence d'intérêt pour la mode charmant, même synonyme de frugalité. Je lui ai acheté une robe violette, courte mais à manches longues, qui faisait tourner la tête aux hommes dans toutes les pièces où nous entrions. (Et, oui, voir cette réaction me donnait une assurance ridicule aussi.) Une de ces soirées a été organisée pour célébrer l'achèvement d'un petit musée d'Art à Asheville dans un restaurant sur une péniche, pas loin de l'endroit où j'avais suivi ce fameux cours de dessin où je l'avais rencontrée. Saul m'a pris à part après les discours pour me murmurer : "Celle-là, tu ne la laisses pas filer – si elle te rend heureux au plumard." Ce qui était le cas, Dieu m'en soit témoin.

Elle n'était donc pas un produit de ma psyché surmenée, éreintée. Même la police, après que je leur ai montré la quantité d'œuvres d'art dans mon appartement, la photo encadrée de nous que j'avais posée sur ma commode (Issa dans cette robe violette), la bague qu'elle avait jetée sur la table avant de s'enfuir, a convenu qu'apparemment, il y avait bien quelqu'un qui avait disparu. Et ce satané imperméable ; le lendemain matin, ils l'ont trouvé enroulé autour de la base d'un pilier en bois sous l'appontement d'où je l'avais vue sauter.

— Où sont tous ses dessins ? dit Petra. Si elle s'est tuée, alors elle vous a tout laissé.

— Elle a tout détruit. Déchiré en mille morceaux.

— Je ne vous crois pas.

— À votre guise.

Je pense à la seule peinture qu'Issa m'a laissée – pliée, glissée dans un tiroir dans la commode de ma chambre, que je n'ai retrouvée que cet été-là, quand j'y ai rangé mes couvertures pour la saison estivale. Sur la peinture elle avait écrit un poème sommaire dont le but était de m'humilier. C'est là que j'ai su que j'avais besoin de parler à quelqu'un.

Cette peinture, d'une beauté si opulente, si cruelle, était mon fardeau. Je la garde depuis toutes ces années, et quand j'y réfléchis, elle me rappelle un de ces ossements de saint qu'on voit dans les églises médiévales, quelque chose de bizarre mais de sacré dont on n'oserait jamais se séparer. Sauf que je ne l'expose pas. Je la garde dans un endroit sombre. Je ne peux pas plus la regarder que la jeter. Je ne l'ai pas ouverte depuis le jour où je l'ai trouvée.

— Allez au diable, dit Petra et elle se dirige vers la porte menant à mon jardin, mais elle s'arrête quand nos portables vibrent simultanément, comme une paire d'abeilles rageuses.

Nous ne résisterons pas, ni l'un ni l'autre, parce que c'est le son d'une nouvelle dont tout le monde est censé se préoccuper.

Nous nous figeons, comme des personnages dans une pièce, les yeux rivés sur nos gadgets, qui nous annoncent que les trois suspects dans l'attentat du Harvard Yard ont été repérés par une caméra de surveillance sur un trottoir à Boston – et que deux d'entre eux ont été identifiés comme des étudiants tout juste sortis de Harvard. Ils sont en cavale et considérés comme dangereux. La photo typique, granuleuse, est jointe à l'alerte.

— En cavale, dis-je à haute voix.

Pour la première fois je m'interroge sur l'origine de cette étrange expression. Elle devait venir de "cheval".

— Allez-y, dit Petra en rangeant son portable dans son sac et en prenant son imperméable sur ma patère. Allez-y, continuez à mener votre petite vie satisfaite, protégée. Les hommes comme vous – blancs, riches, mariés, avec une carrière – vous vous en tirez toujours.

Après sa sortie théâtrale, il me faut quelques minutes pour retrouver mon calme, pas à cause de l'insulte (qui prétendrait qu'elle a tort ?) mais parce que je suis désespérément empêtré dans une rêverie sur le passé. Je fais les trois pas qui me mènent à la salle à manger et je contemple la baleine. Je possédais cette sculpture depuis environ un mois – c'était une folie après une petite augmentation – quand Issa est venue pour la première fois dans mon appartement. Je la gardais posée sur un guéridon dans mon salon (ma salle à manger alors n'était qu'un recoin de ma cuisine), et dès qu'elle est entrée, elle s'est dirigée d'emblée vers elle, comme si elle s'était attendue à la trouver là. Elle l'a enveloppée de ses mains délicates et s'est penchée pour coller sa joue contre la proue émoussée de son nez. Elle avait l'air tellement heureuse quand elle s'est redressée et qu'elle a regardé autour d'elle.

— Voici mon chez-moi, ai-je dit avec un geste maladroit.

Elle a acquiescé d'un hochement de tête et a dit :

— Je suis contente.

Quoi qu'elle ait voulu dire par là, j'étais content aussi.

Alors que je reste là, sachant que je devrais réagir et appeler Miriam, Clio s'approche de moi, comme pour me protéger. Je me penche et je lui dis, parce qu'elle ne l'entend jamais assez, qu'elle est vraiment une gentille fille.

EGON

— TÔT ou tard, chéri, dit Pearl, les anarchistes allaient forcément prendre d'assaut la tour d'ivoire. Et quand ça vient de l'intérieur, ça paraît d'autant plus séditieux.

— Pearl, dis-je, personne ne parle plus de tours d'ivoire. Harvard, Yale – ton ancien bastion, Oxford – ont été vandalisés, regenrés, libéralisés…

— Et maintenant, apparemment, utilisés comme arme.

Elle enfonce son index dans mon bras et rit.

— C'est pas drôle, dis-je.

— Mike, fait-elle en interpellant mon père, est-ce qu'il reste de la place pour l'humour dans la violence, de nos jours? Dites-moi.

— Oui, répond papa, mais avec un profond soupir.

Nous nous dirigeons vers chez Mme Tattersall pour dîner, et nous essayons de comprendre comment deux étudiants de Harvard ont pu rejoindre, ou du moins rendre possible, cette croisade intensifiée engagée par Oceloti. Aux nouvelles de ce matin, un éditorial titrait: “Quand des activistes adoptent la terreur”.

— La culpabilité coloniale plane encore sur nous tous, dit Pearl. (Elle s'arrête.) Cas d'école, non?

— Que veux-tu dire?

— Chéri, parlons de couleurs. Ces étudiants sont blancs. Oceloti est brun. Ils essaient de racheter leurs péchés génétiques en incendiant la plantation. En faisant exploser la main qui les a élevés. Rien de compliqué.

— Es-tu en train de dire qu'ils ne croient pas vraiment à une cause ? dit papa.

— Non, répond Pearl, mais ils affirment leur identité.

— Je crois que nous sommes arrivés au point où aucune source de colère juste n'est à l'abri de la violence.

— De colère légitime, tu veux dire, dit Pearl.

Il se trouve que nous nous sommes arrêtés devant la vieille Première Église Congrégationaliste. Le panneau sur la façade ne comporte ni homélie ni annonce de réunions, la porte est fermée par un cadenas. J'imagine qu'elle est destinée à devenir la maison d'une autre personne riche, avide et insouciante qui se fichera de son empreinte carbone.

Pearl continue à avancer, ses longues jambes lui donnant un avantage certain, comme si elle savait exactement où elle allait. Une des raisons pour lesquelles je ne me lasse pas de sa compagnie : sa conviction est réconfortante, parfois presque contagieuse.

Papa ne parle pas beaucoup depuis notre départ. Ce n'est pas inhabituel – maman a toujours été celle qui parlait, dans leur couple, souvent inutilement *pour* lui – mais aujourd'hui, je me rends compte qu'il fait plus que nous écouter ; il boit nos paroles. Il aimerait que ce genre de scène fasse partie de sa nouvelle vie : moi, peut-être même Pearl et moi (papa sait forcément que nous ne serons jamais un couple) nous installant ici.

Il a renoncé à revenir sur le sujet délirant de nous lançant une entreprise – pour le moment, du moins – mais je sais qu'il réfléchit à une façon de me retenir. Nous avons appelé Marinda ensemble, après le petit déjeuner, et pendant que papa lui parlait, il me jetait des coups d'œil avec le visage tellement heureux, comme si en réalité nous étions tous les trois présents, physiquement unis dans sa nouvelle maison, prêts à sortir un vieux jeu de société.

J'ai dit à papa que Pearl et moi allions rester encore deux nuits, mais ensuite, nous retournerions là où est notre place, aux obligations des vies que nous avons choisies. Oublions la culpabilité coloniale ; je ressens, tout en essayant de la repousser, une certaine culpabilité filiale. Je ne peux pas lui donner ce qu'il désire le plus : ma sécurité selon ses termes – ou, pour être juste, selon les termes de sa génération – et pourtant, quelle ironie que je me trouve ici maintenant, littéralement habillé comme mon père, vêtu d'une chemise qu'il m'a prêtée pour la soirée.

Pearl a passé son sarrau coloré et son jean dans la machine et le séchoir de papa, et a enroulé ses tresses en une sorte de choucroute régalienne qui la fait paraître d'une taille intimidante. Du fond de son sac à dos, elle a sorti un rouge à lèvres foncé, et maintenant, quand elle parle, sa bouche scintille dans la lumière du crépuscule. Jour après jour, j'ai regardé des hommes tomber amoureux d'elle, mais elle demeure résolument indépendante. Je ne demande jamais pourquoi, reconnaissant de ma relation privilégiée avec elle.

Mme Tattersall vit à l'autre extrémité de la ville. Nous ne passons pas devant notre ancienne maison, pas directement, mais nous pourrions si nous nous écartions de notre chemin d'une seule rue. Tout en me chamaillant avec Pearl sur l'état du monde, je sens ma boussole intérieure qui me pousse à aller à droite au coin de Market et Gage.

Cet après-midi, pendant que Pearl faisait une sieste, j'ai cuisiné papa sur Margo Tattersall. Ils sont soudés par une alliance, peut-être même une amitié, dit-il, mais rien de plus. J'ai envie de lui avouer à quel point cela me contrarierait si quelque chose devait “se passer” entre eux, mais j’ai trente et un ans, et ce ne sont pas mes affaires. J’ai aussi réalisé, en le regardant lutter contre l’envie de diaboliser ma mère (et qui pourrait lui en vouloir ?) que j’ai enfin atteint un point dans ma vie où rien de ce que font mes parents ne peut me gêner. Alors, qu’est-ce que ça peut bien faire qu’ils échangent leur conjoint ? Si papa tombe amoureux de la prof d’anglais qui a compris mes tourments d’adolescent – et le plus extraordinaire : qui m’a fait comprendre qu’elle avait compris, sans jamais dire un mot – est-ce que ça ne serait pas un bel alignement des planètes, quelque part une forme de justice ?

Parmi mes amis queer de tous bords, la plupart affirment que les mères sont les premières à savoir. Il se peut qu’on ignore qu’elle a su la première tant qu’on n’est pas libéré de ses liens familiaux, qu’on n’est pas ouvert à soi-même ainsi qu’à ceux qui nous entourent, mais un jour on percute. Sauf que je suis persuadé que ma mère n’a pas été la première à voir que j’étais gay. Jusqu’au bout de ma scolarité au lycée, maman m’a harcelé et a fait la mouche du coche à cause de mon manque d’enthousiasme pour le bal de fin d’année. Il y avait toujours des filles qui se mettaient ensemble pour supporter cette forme particulière de souffrance, mais je me rappelle une seule paire de garçons qui y sont allés en tant que couple (en smokings assortis !) Ils avaient eu la chance de se trouver très tôt, et l’un d’eux était le capitaine de l’équipe de natation. Dans notre ville, les exploits sportifs dans quelque domaine que ce soit vous rendent intouchable.

Quand j’étais en première, nous avons perdu notre professeur de théâtre ; elle est partie dans un autre lycée qui accordait plus d’importance aux arts qu’aux sports, et Mme T. a pris sa place pour la mise en scène de la pièce d’automne. Elle a choisi *Pygmalion*, une pièce qu’elle enseignait chaque année dans un de ses cours, et, provoquant mon ahurissement et ma panique, m'a sélectionné pour le rôle du Professeur Higgins. Une fois qu'on a eu étudié le texte, elle a rencontré chacun des acteurs principaux pour nous parler individuellement de notre personnage. Je suis sûr qu'il n'y avait pas que moi qui étais un peu angoissé à l'idée de me trouver seul en face d'elle ; dans un autre contexte, nous le savions tous, ce genre de convocation signifiait qu'on avait des ennuis.

Elle était assise non pas à son bureau mais à l'un des petits pupitres des élèves. Elle m'a invité à m'asseoir à celui qu'elle avait installé en face d'elle. Elle m'a dit qu'elle était satisfaite de mon travail jusqu'à maintenant et qu'elle était contente de m'avoir choisi ; c'était la première fois que j'avais le premier rôle et elle m'avait préféré à Sven, le type qui était le chouchou de l'ancienne professeur de théâtre et avait eu le premier rôle masculin dans trois des quatre pièces précédentes.

Nous avons parlé de la pièce en général, de la société contemporaine de Shaw et de ses différences avec la nôtre. Nous avons parlé de classe, de langue, et de la nécessité de la jouer avec les accents appropriés. Et ensuite elle a dit :

— Alors, voici la question la plus importante que tu dois te poser : est-ce que tu aimes Eliza ? Autrement dit, est-ce que tu es, à la fin, amoureux ? Si c'est le cas, comment le sais-tu ? Sinon, pourquoi ?

J'ai dû rougir affreusement. Ma première pensée a été : est-ce qu'elle est en train de me demander à moi, Egon, si je suis amoureux de Marie, la jolie rousse de terminale qu'elle avait choisie pour le rôle d'Eliza ? Mais bien sûr, quelle idée débile. Elle parlait au Professeur Higgins. (En réalité, j'éprouvais un amour malheureux, désespéré et silencieux pour Freddy Eynsford-Hill – dans la vraie vie, Jesse Moore, un étudiant noir qui venait en car scolaire de Boston et dont le saut en hauteur lui avait déjà assuré une bourse à Yale.)

— Non, ai-je répondu, ébahi par ma propre audace.

(En étais-je aussi certain? Je prenais mon rôle au sérieux et j'avais longuement réfléchi à la question de savoir si le professeur était misogyne, ou même, fondamentalement, misanthrope.)

— Bien, a dit Mme Tattersall. Alors, pourquoi? Ou pourquoi pas?

Je suis resté silencieux un moment, pendant lequel elle m'a regardé et j'ai regardé par la fenêtre, vers les cours de tennis, leur surface vert vif dessinée et quadrillée si distinctement en blanc.

— Je crois qu'il n'aime pas beaucoup les femmes. Enfin, je suppose que c'est évident.

— Il ne les aime pas? C'est un peu vague.

— Il ne se sent pas à l'aise avec elles? ai-je tenté, un peu moins sûr.

— Egon, est-ce qu'à ton avis il a déjà été amoureux?

Elle m'a regardé d'un œil perçant mais gentil.

— Non, ai-je dit à nouveau.

— Est-ce que tu crois qu'il le sera un jour?

— Non.

— Est-ce qu'il a peur de l'amour, selon toi?

Honnêtement, je n'avais aucune réponse à cela, mais je savais aussi que Mme Tattersall n'allait pas accepter d'indécision de ma part, alors j'ai réfléchi, tout en contemplant les cours de tennis déserts. Elle a attendu.

— Je crois qu'il est peut-être homo, ai-je dit.

— Peut-être?

— OK, il l'est.

— Est-ce qu'il le sait? dit-elle. Ou, désolée, c'est une question stupide, n'est-ce pas? Je veux dire, à quel point a-t-il peur d'être découvert?

— Eh bien, je suppose que vu l'époque... probablement très peur. Genre, il doit être terrifié.

— C'est intéressant, s'il vivait à notre époque, ici en tous cas, la situation serait très différente. Même s'il ne se sentirait probablement pas totalement en sécurité. Surtout au début, quand c'est un secret, ou du moins, qu'on n'en parle pas. C'est le moment difficile, où on essaie de savoir à qui on peut faire confiance. Et même si on peut se faire confiance à soi-même.

Elle a dit cela avec tellement de douceur, et ensuite, elle s'est tue. J'avais presque envie qu'elle fasse le truc inapproprié, totalement contre les règles, qu'elle ose et qu'elle me pose la question. D'autres garçons étaient sortis du placard et tout allait bien pour eux, alors je me suis forcément demandé si elle savait quel lâche je croyais être.

Elle s'est appuyée contre son dossier et a plaqué ses deux mains sur le bureau, prête à se lever et à mettre un terme à notre entretien.

— Alors, appuie-toi là-dessus, a-t-elle dit. Appuie-toi sur cette partie très vulnérable de ton personnage. C'est là que tu trouveras la plus grande source d'empathie, je crois.

J'ai hoché la tête, incapable de parler.

— Tu fais du très bon travail, Egon. J'ai comme l'impression que je vais être très fière de cette pièce. Et ça ne va pas me plaire du tout, de redevenir une ennuyeuse prof d'anglais !

Je me suis levé moi aussi, et Mme Tattersall a eu un geste bizarre. Elle m'a serré la main. Presque plus personne ne se serrait la main, et nous n'échangions certainement pas de poignée de main avec nos enseignants. Venions-nous de faire un pacte ?

— Merci, ai-je dit avant de m'enfuir en courant.

Mais une fois dans le couloir, j'ai éclaté de rire. J'étais, d'une certaine façon, enfin sorti de mon placard. Ou la porte s'était entrouverte, et la lumière du jour y entrait.

Lorsqu'on arrive à destination, papa me rappelle que les Tattersall n'utilisent jamais la porte de devant. Ils sont (ou étaient) une famille chez qui on entre par la cuisine. La porte de derrière est en fait sur le côté, et tandis que nous approchons, j'essaie de me rappeler quand j'ai franchi cette porte la dernière fois; je devais être au collège, me dis-je, quand je me suis retrouvé en binôme avec Doro pour un projet en sciences.

— Tu as le vin, alors entre la première, dis-je, taquin, à Pearl en la poussant devant moi.

Elle frappe à l'un des carreaux et nous attendons un moment. Je la vois regarder à l'intérieur, collée à la vitre avec une main plaquée contre sa joue.

Au bout de plusieurs secondes, la porte s'ouvre et j'entends une voix d'homme qui nous invite à entrer. Un par un nous entrons dans la cuisine, mais la personne qui nous accueille n'est pas Mme T. C'est un étranger, d'une quarantaine d'années, habillé tout en noir – plus New York que Vigil Harbor.

— Je vous en prie, dit-il et il prend la bouteille de vin des mains de Pearl. (Son sourire est détendu et encourageant.) Margo m'a demandé de vous accueillir.

Sur le comptoir de la cuisine, les préparatifs d'un repas – des légumes, certains coupés, d'autres pas; du poulet, assaisonné mais encore cru, dans un plat en verre – et l'écran du téléviseur est allumé, sur une chaîne d'informations, mais sans le son. Et à mon grand étonnement, appuyée contre un placard, l'affiche encadrée de *Trahisons*, la dernière pièce que j'ai jouée pendant ma scolarité. Clairement, Mme T. l'a sortie de quelque part pour m'en faire la surprise. Je traverse la pièce pour aller la voir de plus près, en riant. Comme nous étions sérieux, adolescents jouant des rôles tellement écrasants que c'en était absurde! Maintenant, en fait, je serais deux fois plus humble si je devais jouer le rôle de Robert.

Je suis sur le point d'appeler Pearl pour qu'elle me rejoigne quand j'entends le verrou coulisser sur la porte. En me retournant, je vois un autre étranger, celui-ci bien plus jeune, entrer dans la cuisine. Il n'a pas l'air inamical, mais il tient un pistolet contre sa cuisse. Bien visible, le pistolet.

— Chéri, chuchote Pearl et elle me prend la main.

— Ne vous faites aucun souci. Je vous assure, dit l'homme qui nous a ouvert. (Il se présente : Ernesto.) Je vais vous garder ici pendant un court moment, ensuite, je vous laisserai en paix. Mais je vais peut-être avoir besoin d'un service. (Il regarde papa.) Vous devez être Mike.

Mon père ne bouge pas, et il ne quitte pas des yeux l'homme qui lui parle.

Cela ne semble pas énerver ou offenser Ernesto, qui poursuit :

— Pourquoi vous n'iriez pas rejoindre Margo dans le salon ?

En file indienne, moi devant, nous obéissons. Mme Tattersall est assise sur une bergère à côté de la cheminée. Je vois qu'elle a pleuré, mais elle a cessé. Quand elle croise mon regard, ses larmes se remettent à couler.

— Je suis désolée.

Je lui souris et je secoue la tête. Je n'ose pas parler, mais bien sûr, je ne lui en veux pas pour le drame mystérieux dans lequel nous venons de faire irruption, les rôles qu'on nous obligera à jouer. Je découvre qu'étonnamment, je n'ai pas peur. Pearl me tient toujours la main, fort, et nous nous asseyons sur un petit canapé en brocard – une causeuse. Nous sommes un couple, pour le moment, finalement. Et on peut certainement dire que nous nous aimons, Pearl et moi.

— Mike, lance Ernesto, vous retournez à la cuisine avec moi.

Je note que nous avons une gardienne : une femme aux cheveux noirs très courts, qui n'a pas l'air du tout aimable, plantée sur le chemin de la porte d'entrée (qui ne doit plus s'ouvrir, inutilisée depuis des années). Et ensuite, l'homme avec le pistolet – le très jeune homme tenant l'arme, qui pend d'une manière si décontractée – sort de la cuisine et lui donne le pistolet. Il s'approche de moi et Pearl et tend les mains.

— Donnez-nous vos portables, dit-il, (et il ajoute :) s'il vous plaît, comme s'il fallait cela pour qu'on obéisse.

— Je n'ai pas le mien, dis-je, et elle n'en a pas.

Son visage se durcit.

— C'est la vérité, dis-je.

Il m'ordonne de me lever, de me retourner et il fouille toutes mes poches, même la poche de la chemise de papa, sous mon pull. J'ai été obligé de lâcher la main de Pearl.

Quand je me rassois, il demande à Pearl de se lever et il lui impose la même fouille, en lui faisant faire un tour complet. Elle se rassoit et s'appuie sur moi, je sens des tresses rebelles de sa somptueuse coiffure chatouiller le haut de mon oreille droite. Elle prend ma main à nouveau et la serre fort.

— Merci, dit l'homme qui nous a fouillés.

Il va jusqu'à la porte fermée de la cuisine et dit :

— Ils n'ont pas leurs portables.

J'entends Ernesto répondre que ce n'est pas grave, qu'ils ont déjà deux téléphones utilisables. "Mike", l'entends-je dire, mais ensuite, il baisse la voix et les mots sont incompréhensibles. Ce que je sais c'est que mon père fera tout ce qu'il demandera, à cause de moi. Parce qu'il se trouve que je suis là.

Je deviens précisément conscient des points où le corps de Pearl et le mien sont en contact et j'y puise un certain réconfort, mais je me sens mal pour Mme Tattersall, qui est assise seule dans cet antique fauteuil inconfortable. Elle a les yeux baissés vers ses mains, jointes sur ses genoux. Nous sommes tous silencieux et très immobiles, comme si nous assistions à un diaporama dans un musée ou une pièce absurde dans laquelle le temps se traîne interminablement.

Dans le cours de théâtre où j'ai rencontré Pearl, nous adorions être en binôme pour des pièces à deux. Ça collait tellement bien entre nous. Après avoir vu la facilité de notre relation au bout d'un mois, notre professeur a pris soin de nous faire travailler avec d'autres acteurs, pour nous inciter à nous dépasser. Pearl et moi avons pris l'habitude de partir ensemble, à la fin du cours, pour aller dans un bar proche sur Rivington. On gloussait en sortant du bâtiment où notre cours avait lieu. "Nous avons failli nous retrouver en retenue, aujourd'hui" disais-je parfois, et Pearl répondait : "Écrivez au tableau cent fois : je n'échangerai pas de regards complices avec Pearl Kinoro. Je n'échangerai pas de regards complices avec Pearl Kinoro..." Pearl m'a accompagné, avec une indulgence qui confinait à l'absence de jugement critique, pendant trois relations désastreuses.

Ernesto revient dans le salon, sans papa. Il se met à parler, et oubliant la situation, je l'interromps.

— Où est mon père ?

— Nous allons partir faire une course, dit Ernesto, très neutre. Nous reviendrons. Je veux que vous sachiez qu'il n'arrivera rien à aucun d'entre vous. Très bientôt, vous aurez tous la liberté de reprendre le cours de votre vie. Je n'ai pas pour habitude de...

Il s'arrête brusquement. Il semble être en train de réfléchir à quelque chose. Puis il se tourne vers Mme Tattersall.

— Je veux que vous sachiez aussi que ça ne faisait pas partie de ce que j'avais prévu.

Il n'a pas l'air de se formaliser qu'on le regarde tous, et maintenant, je comprends exactement qui il est, qui sont ses acolytes, et je sens un spasme violent me traverser le corps, je me rends soudain compte que Pearl, papa, mon ancienne professeur de lettres et moi, sommes en train de croiser l'Histoire. Nous deviendrons peut-être les survivants d'un drame politique, ou nous risquons d'en être victimes. Nous allons peut-être augmenter le nombre de victimes de la radicalisation d'Oceloti.

Ernesto quitte la pièce. J'entends la porte de la cuisine s'ouvrir et se refermer.

À nouveau nous sommes tous silencieux, et dans le silence, j'entends une voiture emprunter une allée voisine, une portière claquer, et je regrette de ne pas avoir le courage de bondir et de hurler. Mais je veux sauver ma peau, alors je m'appuie plus lourdement sur Pearl. Je me demande d'où vient le parfum particulier de ses cheveux. C'est une odeur qui m'est familière, une épice ou un parfum que je n'ai jamais pris la peine d'analyser, mais je me concentre sur lui maintenant, un mystère que je peux m'attacher à percer pendant que j'attends des nouvelles de mon sort. Et de celui de mon père.

REGARDEZ depuis le sommet de la cabane de Celestino, l'écorce imbibée par la pluie de plusieurs jours, les nouvelles feuilles récurées et dégoulinantes mais tenant bon, et vous verrez peut-être, au-delà des toits, à l'entrée du port, les phoques sur Ruby Rock serrés les uns contre les autres, tous répertoriés, l'eau encore trop froide pour les requins. Trois des phoques sont d'un gris bien plus clair que leurs compagnons, une mutation visible qui se répand dans les populations mélangées au nord de Boston. Plus loin, si votre vision était d'une acuité supernaturelle, vous pourriez repérer un vieux bateau de pêche, sans filets à bord, apparemment hésitant sur le cap à prendre. Il attend, il attend un signal qui viendra après la tombée de la nuit, lui ordonnant d'accoster pour récupérer des passagers et les emmener, les éloigner d'un danger dont ils sont à l'origine.

Plus près, à terre, regardez la clairière sur le promontoire de Harrow Point, où un petit éclat de rayons de soleil, accroché par quelque chose de brillant, se reflète en esquilles prismatiques et une silhouette solitaire marche en décrivant des cercles et des tangentes : il demeure agité et confus, pourtant également en plein processus volontaire de dissipation du trouble, sauf que sa lucidité est effrayante. Il ne sait pas quoi faire et ne parvient pas à décider où aller. Il sait que sa mère va s'inquiéter, qu'il devrait simplement rentrer à la maison, mais il n'est pas prêt à ce qu'elle sache ce qu'il sait. Sauf que bien sûr, elle sait déjà ; ce qu'il n'arrive pas à déterminer, c'est comment lui faire face en sachant qu'elle a protégé ses délires. Devrait-il être reconnaissant ou fâché ? Est-ce qu'un médecin lui aurait dit de "se prêter à son jeu", de le "protéger" de la vérité ? Il n'est pas un enfant. Du coup, il est furieux et agité.

Sauf qu'il est un enfant, ou il est le sien. Alors elle décrit en voiture des boucles incessantes, va au fond de toutes les impasses, ressort et fouille parmi les flottilles de bateaux en cale sèche, attendant d'être mis à l'eau quand le printemps deviendra été ; elle suit les sentiers de la seule portion de terrain encore en friche dans cette ville, un bois d'une quinzaine d'hectares où quelques cerfs parviennent à survivre dans la nature et où les adolescents se réfugient pour échapper aux caméras qu'ils soupçonnent de se cacher sous les auvents de tous les bâtiments qu'ils croisent. Non pas qu'ils aient des crimes graves à dissimuler. Ils veulent juste qu'on les laisse tranquilles.

La plupart des jeunes gens, ce soir, sont chez eux, même s'ils sont nombreux encore au collège ou au lycée, à l'entraînement, ou en examen blanc, ou sur leur écoprojet ou en répétition de théâtre. Les professeurs rangent après une journée dont ils auraient préféré qu'elle soit décrétée sans cours, parce que qui pouvait enseigner quoi que ce soit quand tout le monde savait que Vigil Harbor, comme toutes les villes dans un large rayon autour de Harvard Square, est en alerte maximale ?

Depuis la cabane, vous remarquerez peut-être, en fait, que tous les véhicules de patrouille, au nombre de douze, ainsi que le van du chef des pompiers, sont en train de circuler dans la ville, même s'ils arpentent les rues avec moins de détermination que la voiture dans laquelle Miriam Kepner cherche son fils. Là-bas, près du ponton, Barry Unwin, le capitaine du port, est dans son bateau et parle dans la radio sur une fréquence protégée avec son pote Walt au poste des garde-côtes, juste au sud de Boston. Y a-t-il des raisons de croire que les personnes recherchées vont fuir par la mer? Pas de preuve jusqu'ici, lui dit Walt, mais on reste à l'écoute.

Alerte à toutes les patrouilles: c'est l'expression ancienne tirée des vieux films dans lesquels des criminels sont en cavale. Les représentants de la loi les plus âgés dans des petites villes normalement tranquilles connaissent la sensation intime d'être plus importants, plus remarqués, qu'ils ne l'ont été depuis les descentes des services de l'immigration. Même les pires tempêtes ne leur donnent pas autant d'autorité, une telle stature, l'impression que pour une fois, les gens leur sont reconnaissants de leur présence et de leur protection.

Ça, vous ne pouvez pas le voir depuis la cabane, mais June Smithson, dans ses fonctions de membre du conseil, se sent utile tandis qu'elle apporte quatre plateaux de muffins à la carotte, tous chauds sortis du four, jusqu'au commissariat. Là, elle s'attarde avec l'agent à la réception, Mink Taylor, qui a récemment fait sa transition d'homme à femme. Peu importe le choc qu'elle ressent dans sa communauté, June veut être au cœur de l'action, la première à apprendre si les coupables ont été capturés, même si elle sait que ça ne sera pas ici. Elle est assez âgée pour se rappeler assez clairement la chasse à l'homme qui a suivi l'attentat au Marathon de Boston, ces frères démoniaques, le meurtre, le vol de voiture, le citoyen qui a vu du sang sur la bâche qui recouvrait le bateau qu'il avait dans son allée. C'était à Watertown, une ville aussi respectueuse de la loi en ce temps-là que Vigil Harbor aujourd'hui.

Le mari de June, qui adore son rôle d'acteur de la reconstitution de la révolution bien plus que son emploi de chef des ventes dans les produits de nettoyage, lui a tenu compagnie pendant que les muffins cuisaient et lui a fait remarquer, tandis que les nouvelles défilaient, que c'est l'impression qui avait dû prédominer en 1775 lorsque la rébellion dans la ville est passée de rencontres clandestines à défiance ouverte, quand tous les regards étaient braqués sur les grandes routes et les ports, attendant que la Couronne envoie les torches pour brûler Vigil Harbor jusqu'à ce qu'il n'en reste rien.

June lui a dit de ne pas se laisser emporter. Ce n'était pas une révolution.

Qu'était une révolution, objecta son mari, si ce n'étaient des terroristes faisant ce qu'ils voulaient ?

Immédiatement en dessous de la cabane, si près que les branches de l'arbre vous empêcheraient de voir, Celestino est assis dans son pick-up, devant chez lui, en sachant soudain davantage que n'importe qui d'autre en ville, parce qu'il a fait un lien que personne d'autre ne peut faire. Est-ce qu'il va aller à l'intérieur, voir Connie et Raul, et volontairement, choisir la défensive, faire comme s'il ne savait pas ce qu'il sait, ou utilisera-t-il son nouveau et périlleux savoir pour se confronter aux risques nécessaires et s'assurer, s'il le peut (et il le doit), qu'il ne se trouvera plus jamais sur le chemin de cet homme ?

Aussi silencieusement que possible, il passe la marche arrière, recule dans la rue, et se dirige vers le quartier commerçant de la ville. Sur Washington Street, il croise Miriam. Ils sont si absorbés dans leurs missions respectives qu'ils ne se reconnaissent pas.

PETRA

Au diable *tout le monde*. TOUT LE MONDE. Y compris moi. Mais tout récemment, au diable cette femme au comptoir en bas, qui m'a informée que la raison pour laquelle ma voiture n'est pas arrivée, n'arrivera pas, est que les flics ont fermé les frontières de la ville à tous sauf les résidents, qui sont facilement identifiables par l'autocollant sur leur plaque d'immatriculation. Ce qui signifie que si je veux aller à l'aéroport ou à la gare, soit je dois m'y rendre à pied, soit je vais devoir voler une voiture. Ensuite, imaginez seulement les contrôles de sécurité dans n'importe quel centre de transit des environs.

Je m'assois sur mon lit à baldaquin qui grince, avec le verre de vin local que l'hôtelière m'a donné pour me consoler, et j'enrage. Je décide de reporter à plus tard la colère que j'éprouve contre moi-même.

Elle me dit qu'elle me fera payer la chambre moitié prix pour la nuit supplémentaire à laquelle je suis probablement condamnée.

— Et demain, eh bien, on verra demain pour demain, a-t-elle dit.

Et gaiement !

Je finis mon verre de mauvais vin gratuit rapidement.

Ma valise, prête, est posée à côté de la porte. Je vais devoir la défaire, du moins en partie. Je vais dans la salle de bains et je me regarde dans la glace. Il se trouve que c'est un miroir flatteur, et je fais ce que je fais parfois dans un geste de vanité solitaire : j'étire mon cou au maximum, je tourne la tête légèrement sur la gauche et je souris d'une manière qui est à la fois séductrice (ou qui l'était) et tendue. J'essaie de recréer le portait que j'ai envoyé partout pendant presque une décennie, au dos duquel j'ai ajouté mon CV gonflé.

— Merde, dis-je en observant ce que la gravité a fait à la ligne de ma mâchoire.

La chirurgie esthétique est devenue de la rigolade aujourd'hui, c'est plus une question de lasers que de scalpels, mais Carly et moi avions passé un accord : nous n'allions jamais succomber, nous allions nous aimer toujours autant malgré l'accumulation de plis et de rides et des zones à la pigmentation anarchique. Bien sûr, c'était après que j'avais renoncé à la scène – et avant qu'elle me quitte en mourant. Non, me rappelé-je, ne lui mets pas ça sur le dos. Ce n'était pas comme si elle avait une pathologie évolutive menaçante à laquelle elle faisait un doigt d'honneur. Une attaque mérite bien son nom, parce qu'elle arrive sans prévenir, sans y être invitée, comme un camion qui passe au rouge, une avalanche déclenchée par un troupeau de cerfs, un drone armé descendant à travers un nuage.

Est-ce que je crois Kepner quand il dit qu'elle a détruit toutes ses œuvres d'art ? Le truc drôle, c'est que je n'ai vu que les pages d'un petit carnet de dessins qu'elle a laissé contre ma porte le jour où elle est venue et où je n'étais pas là. J'en conçois toujours de terribles regrets, de penser au fait que je l'ai manquée ce jour-là. Je continue à me demander si, si j'avais été à la maison et pas à une stupide audition pour une pub stupide que je n'ai même pas eue, les choses auraient pu se passer différemment.

C'était sa première visite de jour, sans compter la toute première fois, il y avait des mois, quand je l'avais ramenée à la maison, et que j'avais préparé des œufs. Je ne me suis pas demandé un instant qui avait laissé le carnet à dessins, et je l'ai tenu bien serré contre moi en enfonçant fébrilement les clés dans les serrures. Pleine d'espoir, j'ai eu la faiblesse de croire qu'elle m'attendait peut-être à l'intérieur. Peut-être que le côté surnaturel que j'avais vue en elle comprenait la capacité à traverser les murs.

Le bloc-notes contenait une douzaine de pages de dessins colorés délicats : différentes espèces de poissons si parfaitement rendues que je savais qu'ils étaient probablement impeccables de précision ; une loutre ; des hippocampes ; une méduse incroyable. Était-elle retournée à l'aquarium sans moi, pour essayer de retrouver ce que nous avions éprouvé cet après-midi-là ? Je me souviens m'être assise sur mon lit avec le bloc, le parcourant encore et encore ; j'aurais tant voulu la voir à cet instant-là. Je suis restée éveillée longtemps cette nuit-là, guettant des coups frappés à ma porte. (Cette fois, je lui donnerais un trousseau de clés.) Si j'avais su que je ne la reverrais jamais, je serais devenue folle.

Pourquoi, après que j'ai compris qu'elle ne reviendrait jamais, après que j'ai payé ce bouffon de détective amateur, n'ai-je pas cherché Kepner pour exiger qu'il me rende des comptes ?

Il faut que je sorte de cette chambre ou je vais me faire des nœuds dans tout le corps. Au moins, ils n'ont pas interdit les rues aux piétons.

Je remets mon manteau et je redescends.

— Excusez-moi, mais où est-ce que les gens du coin vont quand ils cherchent un endroit un peu animé pour boire un verre ? je demande à l'hôtelière imperturbable. À une distance raisonnable à pied.

— Un endroit animé ? (Elle rit comme un glockenspiel.) J'en recommanderais deux : le Jetty, le troquet minable de base – vous voyez le genre, où les gens friqués vont s'encanailler – et le bowling.

— Le bowling ?

— Le Drome. Il comprend un bar et on y trouve aussi des falafels potables. Évitez les faux bâtonnets de poisson.

Je me retiens de lui répondre qu'à mon avis, les falafels potables n'existent pas. Je lui demande de m'indiquer le chemin de l'un et de l'autre. Le premier suppose que je tourne à gauche en sortant ; l'autre, à droite. Je décide d'opter pour l'endroit le plus bizarre et je prends à droite.

La pluie a cessé, du moins pour l'instant, mais je suis quand même la seule personne dehors. Des voitures passent à côté de moi de temps en temps, et je longe des maisons d'où sortent, étouffés mais perceptibles, des bulletins d'informations qui braillent en toile de fond à l'heure du dîner. À un moment, j'entends un hélicoptère passer très haut au-dessus de ma tête, en direction de la mer. Les hélicoptères me rappellent les recherches et les recherches me rappellent Brecht, ce pauvre jeune homme chétif, recherché désespérément par sa mère. Je n'ai rien contre elle, j'espère qu'elle l'a trouvé.

Le ciel obscur est barré de traits d'un orange morne, le soleil est en train de descendre, hors de ma vue. Je suis la courbe de Market Street, comme on me l'a indiqué. Elle est parallèle à Cove Road, la rue qui longe la digue et les gros rochers qui délimitent le port, alors j'aperçois de temps en temps la mer mais je reste protégée des rafales. Je passe à côté d'écoliers assez grands, pour qui je suis invisible, puis un homme en pardessus portant une serviette démodée. Nous échangeons un salut guindé avant qu'il traverse la rue pour me laisser l'étroit trottoir.

J'entends ma destination avant de la voir : l'écho des boules de bowling qui font voler des quilles, des cris de joie. C'est bien ma veine, je vais débarquer au beau milieu d'une fête d'anniversaire pour enfants de neuf ans, me retrouver happée dans une partie de Queue de l'âne. Est-ce que les gamins jouent encore à ça ? Le Drome est un long bâtiment bas en parpaings séparé du rivage par un grand parking encombré de voiliers qu'on dirait emballés sous vide dans du plastique blanc criard. Je suis arrivée dans un lieu à la laideur choquante dans cette petite ville par ailleurs pittoresque.

J'hésite, comme si une fois que j'entrais, j'avais une chance de ne jamais ressortir. Ou peut-être est-ce juste que me revient l'époque, un an après la disparition d'Issa, après que j'ai renoncé à la chercher, où j'ai trouvé le courage d'entrer seule dans des bars dont j'avais appris qu'ils étaient spécifiques aux femmes qui préfèrent les femmes. Au départ, je me sentais autant à mon aise que dans des bars à motards costauds et tatoués. Il fallait que j'identifie si j'avais "un type", si je voulais inviter ou être invitée. La première femme que j'ai raccompagnée était une dingue de puzzles, la deuxième une fervente adepte du yoga au petit jour. Je n'étais jamais complètement détendue dans ces endroits, et pourtant j'y retournais, souvent – jusqu'à cette soirée au théâtre ; jusqu'à Carly.

Une fois à l'intérieur du bowling, la première chose dont je suis reconnaissante est la chaleur ; la deuxième est le brouhaha. Il y a un groupe de jeunes adolescents chahuteurs à une piste, qui s'exclament, se taquinent, dansent sur la musique d'ambiance diffusée en continu. Mais le long bar est occupé par des adultes, sur deux rangs derrière les tabourets, tous concentrés sur les écrans, qui montrent non pas des événements sportifs mais les progrès (peu significatifs, à ce que je comprends) faits sur la poursuite des hommes – et la femme – qu'on soupçonne d'avoir posé les bombes à Cambridge, et avant cela, à Lower Manhattan.

Personne ne fait tellement attention à moi ; c'est une foule de gens qui souvent se connaissent, des gens du coin qui cherchent d'autres gens du coin à un moment sensationnel où le conjoint et les enfants n'offrent pas assez d'opposition pour entretenir l'effervescence.

L'épaule en avant, je me fraye un chemin dans la cohue et j'arrive à avoir un gin tonic, moins risqué que n'importe quel vin qu'ils pourraient me servir. Comme il n'y a plus de sièges au bar, je m'éloigne vers les pistes. Il y en a sept, trois occupées, alors je cherche un endroit aussi distant que possible de l'action et je m'assois sur un banc en face d'une rangée de boules marbrées. Je n'ai pas pensé au bowling, pas réfléchi si c'est une activité que l'on pratique encore, depuis des dizaines d'années. Je me retrouve dans une capsule temporelle, et je suis catapultée à ces fêtes d'anniversaire au collège : les soirées pyjama, où on parle des garçons en mangeant de la pizza froide et molle.

Je devrais appeler ma mère, briser mon silence. Je sors mon portable de mon sac. La plupart de mes amis de New York ont compris et ont pris leurs distances. Est-ce que je vais y retourner ? Qu'est-ce que je suis en train de faire de ma vie ?

C'est là que je l'aperçois, assis encore plus à l'écart de l'agitation que moi, dans un petit box aménagé dans une drôle d'alcôve à côté de la piste la plus éloignée du bar, sans rien à manger ni à boire sur la table devant lui. Et bien que je ne sois pas mère, ma première réaction est un soupir de soulagement dans ma poitrine : il ne lui est rien arrivé. Peut-être qu'il se cache mais il ne lui est rien arrivé. J'envisage un instant d'appeler Austin. Ha. Tu parles.

Tandis que je dévisage Brecht, peut-être *parce que* je le dévisage, il lève la tête et visiblement, me reconnaît. L'expression de son visage épuisé, de son regard doux, est tellement dévastée que je comprends que je n'ai pas d'autre choix que d'aller le rejoindre. Je prends mon verre et je traverse deux pistes désertes, sur le parquet blond brillant. Quand je m'assois face à lui, il ne sourit pas, mais dit :

— Je connais certaines des personnes qui sont au bar mais elles ne me calculent pas.

— Eh bien, en ce qui me concerne, vous êtes l'unique visage familier, dis-je. Est-ce que votre mère vous a retrouvé ?

— Non. Elle n'imaginerait pas que je suis ici.

— Donc, vous vous cachez.

— Non.

Le mot résonne plus comme une question qu'une protestation.

Je me penche sur la table.

— Alors, pourquoi aller dans un endroit où vous n'allez jamais ?

Ses mains sont étalées bien à plat devant lui et il pose un regard intense sur la bande de formica bleu craquelé entre elles.

— Je ne sais pas.

Je fixe le sommet de son crâne, ses cheveux noirs humides, qui retombent en mèches fines, désordonnées sur ses joues. La raie au milieu est très bronzée.

Les odeurs nauséabondes qui règnent ici – bière et viande bon marché grillée qui cohabitent avec la puanteur de la vieille basket – me font réaliser, d'une manière perverse, que j'ai faim.

— Est-ce que vous avez faim ? je demande à mon compagnon mélancolique.

Sa tignasse se balance quand il acquiesce. Puis il lève les yeux.

La seule chose vraiment bonne ici, ce sont les beignets. Les beignets d'oignons.

— Très bien. Nous ferons un festin d'oignons frits.

Je lui dis de ne pas bouger, mais pendant que je fais la queue pour commander, je ne cesse de jeter des coups d'œil en arrière, inquiète à l'idée qu'il essaie de filer. Je ris quand je le vois voler une gorgée de mon verre. Je décide de prendre le risque de lui rapporter une bière. Il est impossible, pendant que j'attends, de ne pas regarder les informations. Au-dessus des commentateurs, trois photos rectangulaires. L'une montre une femme, sa tête et ses épaules saisies par la caméra de surveillance de rue typique : un crâne sombre, mais un profil assez distinct. Elle a été identifiée, une photo d'identité judiciaire apparaît : elle est un "lieutenant" connu d'Oceloti. Elle est brésilienne et elle a fait un séjour en prison, à Manaus, pour destruction de bien public.

Les photos des deux autres suspects les montrent en train de poser, souriant obligeamment pour l'occasion : deux jeunes hommes, d'environ l'âge de Brecht, mais avec en plus l'air de se croire tout permis. Un cliché est visiblement extrait d'une photo d'une équipe sportive (l'uniforme ; les épaules alignées) ; l'autre pourrait être un portrait tiré d'un album universitaire. Grands Dieux – c'est vrai ; ce sont de vrais étudiants d'Harvard.

— Putain de merde, je marmonne en prenant le panier de beignets et le grand verre de bière. La mousse dégouline par-dessus le bord et atterrit sur ma jupe.

— Le monde fait ce qu'il sait le mieux faire : partir en vrille, dis-je en posant tout sur la table.

Juste après, je me demande jusqu'où va ma stupidité, de dire ça à un garçon si visiblement bouleversé. Comme si je n'avais pas déjà prouvé que j'étais une crétine de stature olympique ces derniers jours.

— Ouais, dit-il. La vérité vraie.

Il me remercie pour la bière et boit une grande gorgée.

— Et si j'appelais votre mère ? dis-je en sortant mon portable.

Il ne donne aucune indication qu'il a entendu ma question, mais il me dévisage.

— Genre, vous êtes qui ? Pourquoi vous êtes ici ?

Son ton est respectueux, comme s'il était un peu impressionné par moi. Ou peut-être qu'il essaie simplement de me distraire.

— Je suis venue ici parce que j'avais le cœur brisé et une grande colère, lui dis-je après quelques battements silencieux. Pendant ce silence quelqu'un fait un strike (à ne pas confondre avec un *stroke*, une attaque). Des lumières roses clignotent, une cloche sonne et les cris nous submergent comme une vague.

— Ce que je commence à voir s'apparente à du regret.

Il hoche la tête, comme si c'était la réponse à laquelle il s'attendait.

— Ouais, du regret, dit-il.

Et pourtant, je n'ai pas été honnête avec lui, n'est-ce pas ? Je suis venue ici avec la volonté d'obtenir un genre de vengeance rétroactive, le paiement d'une dette. Qu'est-ce qui m'a laissée croire que je pouvais faire une chose pareille ?

— Je méprise votre beau-père depuis trente ans, sans le connaître, dis-je.

Un autre hochement de tête.

— Est-ce que ça va ? je reprends.

À nouveau, il me dévisage avant de parler.

— Je ne crois pas.

Oh génial. Et je sais qu'il serait vraiment facile pour moi de me lever, dire que je vais aux toilettes, puis m'éclipser et téléphoner à Miriam.

— Aujourd'hui, c'est le jour où mon père est mort.

— Oh, Brecht.

Il s'empresse de continuer, m'épargnant les platitudes prévisibles.

— C'est pas comme si j'étais pas habitué. On en fait pas une affaire, maman et moi. Je veux dire, ce serait super maladroit, avec Austin. Mais on n'oublie pas non plus. (Il me regarde droit dans les yeux.) Vous n'êtes pas obligée de dire quoi que ce soit. Genre, je voulais juste le dire à quelqu'un. Et c'est tombé sur vous.

Il contemple l'espace qui nous entoure, même le plafond industriel, un enchevêtrement de tuyaux et de poutres métalliques.

— Pendant la Seconde Guerre mondiale, cet endroit était une usine de munitions. Ensuite, elle est restée vide pendant vingt ans.

— Tout dans cette ville a une histoire importante, on dirait.

— Dans cette ville il n'est question que de guerre, dit Brecht. Genre, partout où on regarde.

— Dans le monde il n'est question que de guerre, dis-je. Ou parfois, c'est l'impression qu'on a.

— Non, je ne crois pas. Ne laissez pas les gens vous le faire voir comme ça.

Serait-il en train de pleurer ? Sa tête est baissée, son nez touchant presque le bord de son verre. Qu'est-ce qui se passerait si je posais une main sur son épaule ?

— Je veux retrouver mon esprit, dit-il.

Maintenant, je suis paralysée. Bon sang. Ma Carly intérieure est en train de me dire que c'est ce que je gagne à m'être mal comportée.

— Et si je vous ramenais chez vous.

Je fais un grand geste englobant les toxicos du désastre collés au comptoir, les trois groupes de personnes qui jouent avec insouciance, s'amusant avec un air de défi.

— Tout le monde devrait rentrer, en fait.

— Je ne peux pas.

— Pourquoi ?

Je me demande s'il s'est passé quelque chose de l'ordre de la maltraitance. Est-ce qu'Austin serait un beau-père malfaisant après tout ?

— Il ne sera plus là.

— Austin ?

Si ce garçon ne cesse pas de me dévisager, je vais peut-être devenir un peu folle. On dirait qu'il est envoûté. Et ensuite je me demande s'il est sous l'influence d'une drogue quelconque. Pas de l'herbe mais… un tranquillisant, peut-être ?

— Noam.

Je suis tellement dépassée que j'ai l'impression de ne pas avoir le choix.

— Brecht, dis-je, je vais appeler Austin et est-ce que vous pourriez lui parler ?

— Je ne lui parlerai pas. Je vais partir.

— OK, OK. Qu'est-ce que tu veux faire ? Parce que je ne vais pas te laisser. Et je ne peux pas rester ici toute la nuit. Ni jouer au bowling. Tu sais jouer au bowling ?

Ma question lui tire un sourire.

— Ouais. Enfin, avant. Genre tout le monde dans cette ville pourrie sait jouer au bowling. Mais je ne vais pas jouer maintenant.

— Est-ce qu'Austin joue ?

— Il est assez bon.

— Oh.

— Il amène ses clients extérieurs ici. Il dit que c'est une "nouveauté".

J'examine l'endroit à nouveau, mais il n'a pas l'air plus séduisant qu'il y a une demi-heure. Je pourrais aussi bien être à

Paramus, dans le New Jersey. Il n'y a pas de fenêtres, pas de décorations au mur, et l'éclairage est un halogène démodé, dur et impitoyable sur les pistes en bois verni – et j'imagine, sur mon visage.

— Partons d'ici. Laissez-moi vous raccompagner chez vous, dis-je.

Il se lève si brusquement que je laisse échapper un petit cri de surprise.

— OK, allons-y. Il faut que j'aille quelque part. Vous pouvez venir avec moi, ou pas.

Je finis le fond de mon verre, croque les glaçons, et attrape un des derniers beignets d'oignon (qui sont, comme annoncé, super bons).

— Je vous accompagne.

Et j'ai une autre mission, me dis-je. Tant qu'à être coincée ici, pourquoi pas ?

MIKE

Il a l'air de penser que j'ai envie d'entendre l'histoire de son parcours de pauvre petit héritier riche d'une plantation de café à ancien étudiant de Harvard puis défenseur de la forêt amazonienne puis poseur de bombe nihiliste (bien qu'il se qualifie de "militant écologiste"). Est-il simplement drogué à la parole, au son de sa propre voix ?

Au moins, il ne s'attend pas à du dialogue. C'est comme si ma mâchoire était cousue au fil de fer. Je regrette presque de ne pas avoir envoyé Egon avec lui – cet homme n'aurait pas le cran de tuer quelqu'un à mains nues – mais Egon ne sait plus où je range les clés du bateau, et le nouveau en est un qu'il n'a jamais conduit, qui est à la fois plus long et plus large que le Mako que je lui ai appris à piloter quand il était adolescent.

La nuit est sur le point de tomber et la fraîcheur humide glace les os. Le trajet à pied jusqu'à mon appartement semble interminable alors que tout ce que je veux, c'est retourner chez Margo, où cette femme au regard farouche et ces deux gamins dangereux sont responsables des opérations. Ce sont eux qui m'inquiètent. Et le pistolet.

— Nous serons partis, sans laisser de trace, une fois que nous aurons retrouvé nos amis, me dit Ernesto pour la deuxième fois. Nous allons vous faciliter la tâche.

Que ferai-je, me dis-je, si nous croisons le chemin de quelqu'un que je connais ? Est-ce que je serai obligé de m'arrêter pour échanger des amabilités entre voisins, est-ce qu'il faudra que j'aille jusqu'à simuler des présentations ? Est-ce que la personne sera capable de voir que quelque chose ne va pas du tout – que je suis retenu en otage ? Ernesto a le téléphone de Margo désormais, il peut passer des appels impunément – à moins que je trouve un moyen d'informer quelqu'un. Nous croisons quelques personnes, toutes des étrangers, toutes les yeux rivés sur leur satané gadget, sans un regard pour moi et mon ravisseur. Ça n'aurait pas été le cas, me dis-je un peu inutilement, si Ernesto avait fait marcher Deeanne de force dans les rues de Vigil Harbor. Je ris presque tout fort rien qu'en y pensant. Ma femme aurait signifié son désarroi d'une manière codée, avec les hanches ou un battement de cils ; les voitures de flics auraient afflué… Mais même si une voiture de patrouille passait à côté de nous, qu'est-ce que je pourrais faire ?

Je ressens plus de mépris que de peur, autant à mon égard qu'à celui d'Ernesto, et j'ai l'envie enfantine de me moquer de lui, de le qualifier de terroriste incompétent : non pas qu'il ait échoué à semer la terreur – franchement, ce n'est pas vraiment difficile – mais d'après les informations, dans les deux attentats la cible a survécu, même si la dernière, à Harvard, souffre de blessures superficielles. C'était un professeur d'économie qui donnait un séminaire de recherche à la bibliothèque. Par ailleurs, il était consultant dans une grande entreprise japonaise d'importation, principalement de bois de construction.

— Ici, dis-je.

Je monte l'escalier, Ernesto sur mes talons.

Comme mon appartement me semble différent maintenant, comparé à il y a une heure. Le plafonnier illumine une pièce dans laquelle on n'a pas encore vécu, des cartons dans un coin, deux tapis roulés calés debout contre un mur. J'essaie de m'imaginer me retournant d'un mouvement rapide, flanquant Ernesto par terre avant de l'assommer, pour ensuite l'enrouler dans un de ces tapis que je maintiendrais avec du scotch – pas pour le tuer, non, juste l'immobiliser.

Je vais jusqu'au tiroir où je range les clés : de ma voiture que j'utilise rarement, de mon labo, du box de stockage à Knowles que j'ai loué pour les meubles dont les enfants ne voudraient pas que je me sépare – et du bateau. Un autre scénario imaginé : les clés du bateau ne sont pas là ; j'offre celle de la voiture en guise de consolation – sauf qu'il n'y a aucun moyen de quitter la ville par la route. J'ai vu les informations avant qu'Egon, Pearl et moi partions pour ce qui allait être, pensions-nous, un agréable dîner.

Mon Dieu, Pearl. J'ai entendu une partie de son histoire ce matin au petit déjeuner – c'était bien ce matin ? – et je me demande qui, sur cette terre, s'inquiète en ce moment pour elle. Tout ce que je sais, c'est qu'elle a une mère à l'autre bout du monde.

Oh, et moi qui m'inquiétais pour le bien-être de mon enfant à New York. Parce qu'ici, dans cette petite ville ambitieuse, élitiste mais tellement progressiste, sur notre promontoire de granit, nous sommes totalement en sécurité ! Que l'océan monte au-dessus de Hull et Duxbury et mes pauvres marais de l'Essex tourmentés ; qu'il reprenne Back Bay et fasse déborder la Charles River ; nous sommes assez haut pour qu'encore deux voire quatre générations soient épargnées. Nous pourrions nous nourrir de germes du jardin, d'algues d'eau douce et de méduses sorties du port quand les fleurs auront été portées jusqu'ici par des tempêtes. Ces Timers n'ont rien à nous apprendre !

Je prends les clés du bateau, accrochées à leur porte-clés flottant de couleur vive. Comme les fausses étoiles sur le plafond de la chambre d'Egon, il brille dans le noir.

— Excellent, dit Ernesto.

Il me pousse vers la porte, puis s'arrête.

— Les portables. Ceux qu'ils avaient laissés ici ?

Je sais ce qu'il veut dire mais je ne bouge pas.

— Je vais avoir besoin de les emprunter.

— Il n'y a que le mien, dis-je.

Il a l'air sceptique.

— Mon fils a oublié le sien… chez lui. Il ne vit pas ici.

Il me suit dans ma chambre. Le portable est posé sur la table de nuit. Je tends la main pour le prendre mais Ernesto touche mon bras pour que j'interrompe mon geste. Tandis qu'il s'apprête à le mettre dans sa poche, l'écran s'allume un instant et il y a la photo de mes enfants que je préfère : ils ont dix et douze ans, des sourires gorgés de soleil, sur une plage qui a été balayée depuis. Et hop, ils disparaissent dans la veste noire d'Ernesto.

Il m'oblige à l'emmener dans l'autre chambre, où Pearl a soigneusement fait son lit et Egon a laissé un tas de couvertures sur le sien. Il examine les surfaces, s'accroupit avec souplesse et jette un coup d'œil sous les meubles. Quand il se remet debout, il regarde par la fenêtre, puis se tourne vers moi et hoche la tête.

— OK, fait-il.

Avant de repartir, je marque une pause pour contempler le salon triste qui continue à me paraître nouveau.

— Ce n'est pas la dernière fois que vous le voyez, Mike, dit Ernesto, qui redouble ma rage à la fois en énonçant mon nom et en lisant dans mes pensées.

Une fois de plus, je m'imagine en train de le jeter au sol, contre un mur. Je dois peser vingt-cinq kilos de plus que lui. Mais je n'ai pas le choix, et je le précède dans la rue à nouveau, vers le bateau.

Ma qualité de biologiste marin me permet de mouiller au ponton du capitaine du port. Alors, à nouveau, je nourris l'espoir anémique que les autorités vont intervenir. Barry sera là, et il cernera la situation au premier coup d'œil (même si aux dernières nouvelles, le visage d'Ernesto n'était pas parmi ceux affichés sur tous les écrans). Peu importe : Barry est un type fin. Il est le meilleur joueur de billard au Jetty. Et le capitaine du port n'a-t-il pas une arme ? Il a un pistolet lance-fusées, ça, c'est vrai. Un souvenir étrange s'impose, celui d'un thriller épouvantable que j'ai regardé un jour avec Egon, dont la fin est une scène de jeu du chat et de la souris sur un énorme cargo ; les gentils savent que l'un des centaines de containers contient une arme nucléaire. Les combattants finissent par n'être plus que le super méchant et le über-héros, le premier équipé d'un genre de fusil d'assaut, le deuxième ayant peut-être un canif de scout. Soudain, ils s'aperçoivent d'un bout à l'autre du pont. Et là, à côté du héros, se trouve un pistolet à fusées sur un établi qu'on utilise en cas d'urgence. Tandis que le méchant installe son lance-grenades, on voit une torche grésillante lui traverser la poitrine. Une mort épouvantable. Le triomphe du bien sur le mal.

Je me repasse la scène tandis que nous descendons Wharf Street et entrons dans l'impasse qui se termine sur le ponton de Barry. Son bureau, qui donne sur le ponton, est plongé dans le noir, l'emplacement du bateau du capitaine du port est vide. Mon bateau danse doucement là où je l'ai laissé, m'attendant comme un chien fidèle.

Je monte à bord, et immédiatement, en aidant Ernesto, je constate qu'il n'a pas du tout le pied marin. Mais une fois qu'il est sur le bateau, il ne perd pas de temps à examiner ce qu'il contient.

— Combien de passagers peut-il transporter ? demande-t-il.

La question me paraît stupide, puisque clairement il peut accueillir confortablement quatre personnes, et il restera de la place. Et ensuite, je comprends. Bien sûr, il faut qu'il emmène ses otages. Évidemment, je serai à la barre. Quatre ravisseurs, quatre otages.

— Dix.

Je serais prêt à mentir mais les capacités en nombre de passagers et en poids sont notées sur le tableau de bord.

— Bien.

Il m'ordonne d'ouvrir les différents compartiments et soutes. Des lignes, des gilets de sauvetage, des couvertures, des coupe-vent, une boîte de premier secours dont je n'ai pas examiné le contenu depuis quelques années. Un compas de rechange, un paquet de piles, des outils, de la crème solaire, une thermos, plusieurs litres d'eau distillée. Des tendeurs avec lesquels nous ligoter tous avant de nous jeter par-dessus bord.

Dans la cabine, un évier miniature et un petit plan de travail occupent un coin, mais le peu de place qui reste est rempli surtout par des casiers que j'utilise pour ranger et transporter mes échantillons. Une grande boîte à outils – qu'Ernesto ouvre avec avidité – contient du matériel de chimie : des tubes à essai stériles, des bandes pH et différentes solutions colorées. Dans une vieille caisse à vin vissée dans la cloison, une demi-douzaine de livres pleins de graphiques et de formules.

— Pas vraiment douillet, dit Ernesto.

Je ne dis rien.

— La batterie ?

Je lui réponds qu'elle est chargée à bloc (malheureusement, c'est vrai) et je le vois décider s'il doit me croire sur parole. Je lui demande s'il veut attirer l'attention en démarrant le moteur tout de suite. Il hoche la tête et rit un peu, sous l'impression fausse que j'ai un embryon de sympathie pour lui. À ma grande surprise, il m'annonce ce qu'il a en tête : un point de rendez-vous derrière une île au large de Knowles dont j'estime qu'il nous faudra moins de quarante minutes pour l'atteindre.

— Ensuite, vous serez libres, m'assure-t-il.

Je lève les yeux et regarde le long de la côte, vers le chantier maritime au débarcadère, les quelques maisons perchées sur leur piédestal de granit. Des lumières sont allumées à de nombreuses fenêtres, et bien qu'il y ait très peu de vent, j'entends des bribes de musique provenant du juke-box du Jetty. Parfois, quand je rentre en fin d'après-midi, il m'arrive même de sentir l'odeur des frites.

— Allons-y, dit Ernesto. Et dépêchons-nous de vous rendre vos vies.

En remontant sur le ponton avant de donner la main à l'homme (je pourrais l'attraper fermement par son mince poignet et le projeter, comme un partenaire de danse, de l'autre côté de la passerelle), je pense à cela : ma vie. Est-ce que j'ai des regrets ? À quel sujet ?

Je vais devenir grand-père. Le nom du bébé est Eden, et je vais faire sa connaissance. Assurément.

BRECHT

C'EST à la maison que j'aurais dû aller. On dirait que j'ai le chic pour me fourrer au mauvais endroit au mauvais moment, parce que cette décision bizarre – d'aller voir mon ancienne prof d'anglais, la seule personne en dehors de maman qui avait vraiment foi en moi avant que ma vie se détraque – est peut-être bien la pire que j'aie prise dans ma vie, pire que d'emmener Noam voir cette acrobate que j'aimais bien à Union Square. Je ne saurai jamais si elle était là, l'acrobate, ou pas, si elle a été pulvérisée en mille morceaux ou pas. Pendant des mois j'ai mis des dollars dans son panier, mais je ne lui ai jamais demandé son nom. Elle portait toujours un justaucorps rayé fluo, et lorsqu'elle faisait ses pirouettes et ses sauts, elle ressemblait à la version humaine des moulins à vent d'autrefois qu'on trouvait dans les fêtes de rue à New York quand j'étais enfant.

L'endroit où je suis maintenant n'est pas un festival de rue, ce n'est pas un festival du tout.

Y a-t-il une consolation dans le fait que ces terroristes ne sont pas "mes" terroristes, ne sont pas ceux qui ont soustrait Noam au monde ? Ils sont trois et les deux gars ont à peu près mon âge. Ce sont les étudiants de Harvard : enfin, des ex-étudiants de Harvard, aujourd'hui. Dans les moments super gênés où on croise leur regard, ces deux-là ne cessent d'oublier d'afficher un sourire factice, puis ils se souviennent et leurs visages se ferment comme des huîtres. La femme est la pro, celle qui a le pistolet. Son expression est taillée dans un bloc de glace.

Nous sommes tous dans le salon de Mme Tattersall, un endroit où je ne suis entré qu'une fois, quand elle a invité le Club des petits déjeuners poétiques à se rencontrer là un week-end. Elle nous a fait des gaufres dans sa cuisine, mais d'abord, elle nous a demandé de lire nos poèmes aux autres dans cette pièce, appuyés debout contre le piano comme si nous étions des chanteurs de night-clubs. J'imagine qu'on aurait pu appeler ça un honneur, mais j'étais mal à l'aise en écoutant Rosa lire une composition sur ses tétons, plantée devant toutes ces photos des filles de Mme T.

L'un de nous a été ligoté avec du scotch épais, le seul autre gars à part moi. Ils n'ont pas scotché sa bouche, ni la bouche de personne, parce qu'ils savent que nous savons que si nous essayons de crier, ils nous feront du mal. Les rideaux sont tirés, alors on ne voit même pas si quelqu'un passe dans la rue, et probablement, personne ne circule. De temps en temps, le portable de la femme vibre (sauf que c'est le portable de Petra) et elle donne le pistolet à Type n° 1 avant d'aller dans la cuisine pour répondre. Tous les échanges verbaux ont lieu là-bas.

Mme Tattersall et Petra sont dans les fauteuils à côté de la cheminée. On voit que Mme T. a pleuré ; maintenant c'est Petra qui pleure, qui s'essuie les yeux sur sa manche. Cette femme appelée Pearl (clairement pas d'ici) et moi partageons un minuscule canapé. Impossible de parler, mais tout à l'heure, lorsque la pro est partie dans la cuisine, cette femme a chuchoté son nom et j'ai chuchoté le mien.

— Comme le dramaturge ? a-t-elle ajouté.

Quand j'ai acquiescé, elle a levé les sourcils et m'a donné un petit coup de coude.

La pro nous a dit qu'on n'avait pas le droit de se tenir par la main, ce que Pearl a fait au début avec moi.

— Restez sans bouger, nous a-t-elle dit. On attend.

Ce qu'on attend, je l'ignore et je ne vais certainement pas poser la question.

J'essaie de me rappeler ce que je pensais, en venant ici. Peut-être que je voulais parler de Noam. Mme T. le connaissait, ou devait le connaître, au moins un peu. Tout le monde savait qui il était, parce qu'il était le capitaine de l'équipe de basket, ces deux dernières années. Dans les couloirs, entre les cours, il se déplaçait en zigzags, comme s'il était encore sur le terrain, esquivant d'un côté, de l'autre. Il faisait rire les gens. On aurait dit un grand cheval apprivoisé, maladroit. Peut-être qu'il n'était pas un super élève – je ne sais pas vraiment parce que je ne traînais pas avec lui, je ne le connaissais pas vraiment, en tous cas, pas directement, jusqu'à ce que nos mères décident de l'envoyer chez moi à New York, pour qu'il pense à des études puisqu'il avait passé ces deux dernières années à travailler sur un des chantiers maritimes. (Il m'a dit qu'il savait tout sur les moteurs, qu'en solution de repli, il pourrait toujours prendre un boulot de mécanicien. De repli ? ai-je dit. Ça me paraît être un super plan. Il a dit que c'était trop répétitif. Il voulait un boulot avec des surprises.) Et soudain, pendant ces deux jours, on a été spontanément meilleurs amis. On ne s'est pas couchés la première nuit, on a marché tout le temps, jusqu'à la digue sous les ponts, puis jusqu'à Battery, avant de remonter vers le nord depuis Christopher Street. Nous avons jeté des galets dans l'Hudson, ceux de Noam volaient deux fois plus loin que les miens.

De retour dans ma chambre, nous avons dormi un peu – Noam occupait tout le sol entre mon lit et mon bureau – et je l'ai emmené à mon cours "La poésie comme politique", qu'il a été choqué d'aimer tellement, et ensuite, c'était vendredi soir, alors on est sortis manger des burgers et boire des bières, et on a claqué du fric pour s'acheter de l'herbe (juste un peu) et on est allés voir un film sur des fantômes de samourais qui sauvent le Japon d'un énorme tsunami : ils se mettent en rang et tendent leurs boucliers et l'eau monte dans le cosmos, s'écrase contre les étoiles, bouleversant totalement les constellations. On avait l'impression que l'animation était faite de couleurs qu'on n'avait jamais vues. Nous sommes sortis dans la nuit et nous avons immédiatement levé les yeux vers le ciel. Ensuite, on a échangé un regard et on a ri aux éclats. "Ouais bon, on est carrément à l'ouest, j'ai dit. Dans les villes, y a pas d'étoiles." Et je me suis demandé si nous pensions tous les deux à chez nous, à Vigil Harbor, à ces nuits où on voit les étoiles pointues comme des talons aiguilles au-dessus de Harrow Point ou Emmons Head.

Tout cela, je m'en souvenais sans problème, de cette nuit-là jusqu'à maintenant. C'est le samedi, le jour suivant ce moment passé ensemble, que j'ai tout déformé dans mon esprit ; nous étions dans ma chambre et pas en train de traverser la place, pas en train de chercher l'acrobate, pas en train d'effrayer les pigeons pour les regarder s'enfuir en volées bruyantes, pas en train de s'éclater en mangeant des bretzels géants, quand tout a explosé, comme ça, dans un instant atomique. Je n'ai pas vu, pas vraiment vu, jusqu'à après, quand ça repassait encore et encore sur des millions d'écrans. Je ne m'en souviens pas comme de quelque chose qui m'est arrivé. Je m'en souviens comme quelque chose que j'ai vu, que nous avons vu, Noam et moi, depuis la fenêtre de ma chambre d'internat. Sauf que l'image imprimée dans ma tête, comme une photo dans un bulletin d'informations, est trop en hauteur pour être ma chambre. Mais elle ne pouvait pas venir d'ailleurs, n'est-ce pas ?

Et maintenant, je me rappelle l'hôpital, où j'ai attendu avec l'ami d'Austin, Steve (et vu les explosions sur les écrans même là-bas). Sauf que Steve n'est pas fixé dans ma mémoire non plus. Il disparaît régulièrement de mes souvenirs. Mes oreilles sont totalement ravagées, ma tête est comme un tunnel dans lequel fond un train interminable à tout vitesse. Je porte un T-shirt qui n'est pas à moi, et même si le pantalon m'appartient, je ne me rappelle pas avoir choisi de le mettre ce matin-là. Mes baskets sont noires comme d'habitude, mais quand même, on voit qu'elles ont des taches de sang. Steve me traite comme si j'étais un vieux monsieur fragile. Il ne cesse de me répéter que tout va bien se passer lorsque je pense que je vais presque bien, sauf pour le train que j'ai dans la tête. Pourquoi suis-je aux urgences alors qu'il y a des gens dans un état bien pire? Finalement, un médecin m'examine les oreilles pendant un long moment, puis mon nez, mes yeux, ma gorge. Je me rappelle son accent indien. Je retiens mieux les voix que les visages.

Mais Noam. J'ai passé la journée assis dans le gros œuvre inachevé du palais en construction en train de contraindre mon cerveau, avec toute la puissance possible, pour faire revenir Noam. Je me sentais comme un chasse-neige en train de forcer contre un mur de glace. Ensuite les mots ont émergé comme des étincelles: *Un cheval au milieu des pigeons, riant et piétinant l'asphalte, la langue salée, les cheveux semblables à un nid d'écureuil dans un arbre haut, il me dit que c'est une idée folle, mais tiens: on fait ça ensemble. On vit comme des marins en permission à terre. On se trouve deux selkies, on garde leurs peaux bien huilées et roulées bien serrées comme des tapisseries, des stores, des tapis volants, on les cache au fond d'une cave. Mieux: on vit. Tu vis. Je vis. T'es d'accord? Je dis: d'accord.*

Et j'ai réalisé que je le fais alors que je ne veux pas: reprendre l'écriture de poèmes. Un retour en arrière, mais… quelle importance? Et c'est là que j'ai pensé à mon ancienne prof d'anglais. Je savais qu'elle serait contente de me voir. Parfois elle me fait signe depuis l'autre côté de la rue si je suis garé devant chez Celestino au moment où elle sort de chez elle. Elle vit juste là, en face. Alors je savais qu'elle serait contente. Et ensuite, peut-être qu'on pourrait aller ensemble voir Connie, qui doit penser que je suis timbré. Je lui présenterais mes excuses pour l'avoir effrayée et je montrerais la peinture à Mme T. Voilà ce que j'avais imaginé.

Et maintenant, il se passe ça. Je devrais faire une espèce d'attaque de panique à cause du stress post-traumatique, je n'arrête pas de me dire, mais ce n'est pas le cas. Peut-être est-ce un réconfort d'être simplement assis à côté de cette femme, Pearl, et de me concentrer sur sa grande main brune qui est posée exprès contre la mienne, entre nos deux cuisses. Sur ses longs doigts elle porte trois bagues épaisses avec des pierres grossièrement taillées. Des bijoux vikings. Peut-être que leur pouvoir magique nous sortira d'ici. Je suis vraiment cinglé!

Un long silence pendant lequel personne ne parle, cette femme paramilitaire et un de ses apprentis soldats nous gardent, un posté à chaque porte. Le troisième doit être dans la cuisine. Je jette un coup d'œil à Mme T, cherchant à être rassuré, mais elle a l'air totalement malheureuse. Je dévide une suite de mots en T; *tempo, temporel, tempera, tempura, tempête. Torrent, torride, tornade, torte (viennoise), tarte, tendu, tiré.*

Puis on entend des pas à l'extérieur de la maison, la porte de la cuisine s'ouvre et une voix d'homme dit:

— On est prêts. Une heure. Mangeons un morceau, d'accord?

Est-ce que je connais cette voix? Je m'apprête à me mettre debout, je ne sais pas pourquoi, mais la main bijoutée de Pearl me retient.

— Hé, fait-elle dans un souffle.

Je surprends son regard en biais vers l'homme qui est ligoté. Ils sont ensemble, ces deux-là. Parfois je vois Mme T le regarder aussi, ses yeux pleins de regret et de chagrin. Ils doivent être ses invités, ces gens, et je ne peux pas m'empêcher d'imaginer un reportage aux informations, diffusé sur tous les écrans si les terroristes nous tuent en partant. Nous descendent l'un après l'autre. Ou nous tranchent la gorge parce que les coups de feu seraient trop bruyants.

Ne pense pas, me dis-je. Non, ne pense pas à ces choses-là.

Et là, il entre dans la pièce, l'homme qui était dans la cuisine de Celestino avec toutes les mères vendredi soir, le vieil ami de Celestino. Il apparaît comme s'il rejoignait une fête entre amis.

— Bonne nouvelle, dit-il, les mains jointes comme s'il s'apprêtait à nous applaudir. Nous partons dans environ quinze minutes. Ensemble. Nous irons au port à pied.

Sa voix est claire et bizarrement rassurante, mais évidemment, c'est ce qu'il cherche. Il veut que nous nous sentions comme des enfants en route pour une sortie éducative. J'ai eu un boulot d'été une année dans une colonie de vacances artistique. Certains jours, on emmenait les enfants au port à marée basse pour ramasser des "trésors" dans de petits seaux, qu'on rapportait dans la classe pour les coller en mosaïque sur des panneaux. La plupart des gamins choisissaient d'écrire leur nom – en galets, morceaux de verre, coquilles d'escargot, vieilles brisures de poteries rendues lisses par le roulis. Parfois une capsule de bouteille ou un clou rouillé ou un éclat de plexiglas.

Ernesto, voilà son nom. Il tient le pistolet pendant que la pro défait les liens de l'homme dont je sais qu'il est venu avec Pearl. Personne ni dit un mot.

Maintenant, à la porte de la cuisine, cet autre homme apparaît. C'est quelqu'un que j'ai déjà vu en ville. Il a l'air plus triste que nous autres tous réunis ; il est peut-être le plus âgé d'entre nous, genre, il doit avoir soixante ans, le paternel typique, et je me demande s'il sait quelque chose que nous ignorons. Si c'est le cas, ce n'est pas une bonne nouvelle.

Le pistolet, qui me subjugue complètement, est à nouveau dans la main de la femme. Elle le tient dans sa main droite, au niveau de la taille, le canon soutenu par sa main gauche. Un pistolet : un pistolet. Tautologie du pouvoir. Chargé ou pas chargé : qui court le risque ? Si elle avait un gilet bourré d'explosifs – et le saurions-nous si c'était le cas ? – est-ce que l'un d'entre nous tenterait de la neutraliser ?

Nous, les prisonniers, sommes trois hommes et trois femmes. Nous sommes plus nombreux qu'eux – ou du moins, je le crois. Je ne sais pas s'il y en a d'autres dehors, en train d'attendre, de garder, d'épier dans les buissons d'hortensia. S'ils n'avaient pas fermé les rideaux, je verrais la maison de Celestino, en face. Et je pense à cette peinture étrange. Je regrette de ne pas être télépathe : je pourrais emmener mes pensées de l'autre côté de la rue, les faire monter les marches, comme un troupeau de petits chevaux, et les faire frapper à la porte. “Au secours !” crieraient mes pensées en arrivant dans cette maison chaude, en pétard, pleine de petits canards. Quand ai-je demandé de l'aide pour la dernière fois ? C'est tout ce que maman voulait, me dis-je : que je dise “au secours !” J'aimerais lui en vouloir de ne pas me dire, tout simplement, cette chose qu'elle sait forcément, mais est-ce qu'on peut demander à quelqu'un d'autre de vous demander si vous avez besoin d'aide ? Et comment pouvez-vous savoir que vous en avez besoin ?

CONNIE

RAUL est en haut, en train de jouer à son affreux jeu guerrier. J'essaie de ne pas me laisser gagner par l'hystérie. J'aurais juré avoir entendu le pick-up de Celestino dans l'allée il y a une heure, mais il n'est pas là. Je n'aime pas le persécuter avec des messages et des appels, et quand il est parti, il m'a dit qu'il rentrerait peut-être tard… mais bon, j'en ai assez d'attendre.

Je lui laisse un message vocal en lui disant que je veux juste savoir si je dois donner son dîner à Raul maintenant et mettre de côté une assiette pour lui. Partager le repas avec nous est important pour mon mari. Il aime poser les questions rituelles à Raul sur les meilleures et les pires choses qui lui sont arrivées ce jour-là. Ensuite, c'est mon tour. Puis celui de Celestino.

Il répond immédiatement, mais sans appeler. Le message éclaire mon écran : *Ne m'attends pas. Je suis désolé.*

Je note la gravité qui émane de la dernière phrase. Elle est courte, mais un mot aurait suffi. Celestino n'a jamais considéré que nos téléphones pouvaient devenir un moyen de remplir le vide de l'absence par du bavardage. Il n'est pas plus sociable par message qu'en personne. Je respecte cela.

À tout à l'heure, je réponds, en toutes lettres moi aussi. Je sors des œufs, des légumes verts, des pommes, des pommes de terre, du fromage. Le plat signature de ma mère : les restes, moins la viande. Elle graissait le plat à four avec du gras de bacon qu'elle gardait dans une boîte à côté de la cuisinière, et y ajoutait des restes de jambon ou de poulet.

Je suis hantée par ce qui nous est arrivé ce week-end, pas seulement l'intrusion et la tromperie, mais l'étrange collusion de Celestino avec ce menteur. Je ne comprends toujours pas complètement, et j'avoue qu'aujourd'hui, après le départ d'Axel et des enfants, après que j'ai installé Raul avec son devoir de lecture pour une heure, j'ai approché un tabouret de notre placard et j'ai descendu le carton dans lequel Celestino stocke ses quelques papiers. Des lettres de sa mère, d'il y a des années, dictées à l'une de ses sœurs. Quelques photographies de ses murs et projets d'aménagements de jardins, des impressions des images que je l'ai aidé à rassembler pour son premier site Internet. Une poignée de documents officiels : son ancienne carte verte, une transcription du cours sur les petites entreprises qu'il a suivi dans une fac locale, sa certification durement obtenue de la Massachusetts Arborists Association, et ses lettres de parrainage. Maintenant, je comprends le sens de ce parrainage d'une manière nouvelle, plus juste. Je vivais dans mon cocon dans le Michigan quand les descentes ont eu lieu. Elles se sont déroulées surtout dans de grandes villes, bien loin de mon regard.

Percy Darling, le monsieur âgé avec qui il partageait cette maison avant notre rencontre – et qui a continué à la louer à Ceslestino après sa mort – était, je le sais aujourd'hui, bien plus qu'un sponsor. C'était un homme qui, bien que ce fût seulement par accident, a causé à Celestino des ennuis quand il l'a embauché pour construire cette première cabane – avec Arturo. (Je pense au déballage de paroles flatteuses d'"Ernesto" sur notre cabane et la fureur m'envahit.)

Quand Celestino m'a raconté toute l'histoire d'Arturo, j'ai été en colère, pourtant, ce n'est pas comme s'il m'avait menti ; il avait juste omis des choses. Il insiste sur le fait que Percy et lui, comme il l'a toujours affirmé, étaient très proches, même que les soins prodigués à ce vieil homme à mesure qu'il était de plus en plus faible étaient une expiation pour lui qui avait abandonné sa mère ; néanmoins, j'ai comme l'impression que chez mon mari, le sentiment d'avoir une dette à racheter était plus compliqué. Peut-être que Percy a pris à Celestino autant qu'il a donné. Ce n'est pas l'histoire simple du sauveur blanc que Celestino sert quand on demande par quelle chance il a pu rester, même avant que nous soyons mariés. Oui, Percy l'a amené ici après les événements à Matlock déclenchés par l'action politique foireuse d'Arturo. Oui, Percy s'est assuré que Celestino puisse démarrer son affaire et vivre dans cette maison modeste mais confortable – même qu'il puisse y habiter une fois qu'il eut emménagé avec sa fille. Mais d'une certaine façon, il n'a pas laissé le choix à mon mari réticent, apeuré. C'est lui, l'homme plus âgé et en sécurité, qui a décidé ce qui était le mieux. Peut-être qu'à cause de cette décision, Celestino a commencé à se sentir moins sûr de lui. Peut-être qu'il éprouvait moins de gratitude qu'il l'aurait voulu. Pourquoi me parlerait-il de tout cela, le mettrait-il en mots ? Et est-ce que ça a aidé que je sois celle qui, après avoir vendu la maison de ma mère, a acheté celle-ci à la fille de Percy ?

Celestino ne me doit rien pour ces avantages que j'ai, et j'imagine que Percy (comme je regrette de ne pas avoir pu le rencontrer !) ressentait la même chose, mais le déséquilibre demeure, et je trouve qu'il est insupportable d'y penser.

Raul arrête de jouer à son jeu quand le minuteur sonne en haut. Il descend en courant et demande où est son père. Je lui répond que papa arrivera tard. Raul jette un œil aux collages du matin affichés sur le panneau de liège qui couvre un mur de notre cuisine.

— J'aime bien celui d'Anya, dit-il en le désignant du doigt.

Anya est celle que les autres enfants considèrent comme le génie artistique.

Elle a fait la maison de ses rêves avec des fragments de papier, tous bleus, qu'elle a déchirés plutôt que découpés. Il y a un effet duveteux dans la superposition des morceaux aux textures glacées, seuls quelques-uns sont identifiables comme du ciel, de l'eau ou du jean. Les fenêtres de la maison sont des yeux, de vraies photos d'yeux, la plupart humains, et l'effet produit, si je suis honnête, donne la chair de poule. Ou peut-être que c'est mon humeur du moment.

— Anya a beaucoup d'imagination, dis-je. Toi aussi.

Il hausse les épaules.

— Ça va. Mais ça m'est égal, en fait.

— Pourquoi ?

— Je ne vais pas devenir artiste. Je vais devenir un guerrier des arbres.

— Oh, fais-je. Voilà qui semble audacieux.

— Oui. Et dangereux. Je te préviens.

J'ai une hésitation. Arturo a imprimé sa marque sur mon fils en une seule soirée. Je suis tentée de dire quelque chose pour discréditer l'aura que cet homme a créée autour de lui (et qui m'a séduite presque aussi sûrement que Raul) mais je résiste.

— Je n'ai pas peur du danger si c'est un danger noble, dit Raul.

Il est assis à la table de la cuisine et me regarde avec gravité. L'entendre répéter les mots d'Arturo, prononcer le mot noble, avec ses connotations snobs, m'inquiète et m'agace.

— Et si tu râpais ce fromage.

Je lui tends une planche et une râpe. Il se met à genoux sur la chaise et remonte ses manches le long de ses petits avant-bras.

— Papa et toi, vous ne m'en empêcherez pas, si ?

— Quand tu seras assez grand pour prendre tes décisions, nous ne cesserons pas de te donner notre avis, mais les décisions t'appartiendront.

— Tu dis toujours ça, maman.

— Parce que c'est vrai.

— Mais tu ne peux pas prévoir à quel point le monde sera dangereux quand je serai plus grand.

J'hésite. Ce n'est pas le genre de choses qu'on enseigne dans notre école. Quand Caitlin et Trina ont insisté pour qu'on rédige une charte, avec des idéaux philosophiques explicites, l'un d'entre eux était *Pas d'intégrité sans vérité. Pas de vérité sans gravité. Pas de gravité sans foi dans notre monde.*

Même si je me suis sentie coupable après coup, j'ai lu certains des idéaux à Harold au téléphone, sachant qu'ils provoqueraient des rires malicieux.

— Pas d'amour sans sexe. Pas de sexe sans désir. Pas de désir – non réciproque, je veux dire ! – sans de très nombreuses séances à la salle de sport, m'a-t-il rétorqué.

Je lui ai dit à quel point il me manquait. Il m'a dit à quel point je manquais à mes anciens clients, qui se promenaient en ville en pardessus pendouillants avec les cheveux mal coupés et les barbes mal taillées.

— Nous sommes une ville de trolls. Des trolls qui jouent dans les dunes. Sauf qu'on n'a plus le droit de jouer dans les dunes.

Je n'y étais jamais retournée. Pas depuis que j'étais allée chercher mes affaires, après être tombée si scandaleusement amoureuse.

— Raul, dis-je, pourquoi tu parles autant de danger ?

Il hausse les épaules à nouveau, une nouvelle manie qui visiblement lui donne l'impression d'être plus grand.

— La situation devient dangereuse pas seulement dans des endroits loin. T'as qu'à voir les attentats.

— Oh, chéri.

— Je ne suis pas un bébé, maman.

Bien sûr que les enfants connaissent l'existence de la violence – et ils en parlent entre eux, probablement. Pourtant, je continue à avoir l'illusion qu'il y a un moyen de les protéger. Au prix de gros efforts, je me suis tenue éloignée des informations pendant la plus grande partie de la journée. J'ai conscience que toutes les forces de police et tous les vigiles dans les villes du Massachusetts sont mobilisés, que les aéroports et les gares sont en alerte rouge, que l'utilisation de cartes d'auto-stop est suspendue. Mais nous n'avons pas le projet d'aller où que ce soit.

Ce qui me fait à nouveau m'interroger sur l'endroit où se trouve Celestino.

— Tu sais, dit Raul, le fait de planter tous ces arbres au Canada ne compense pas toutes les forêts brûlées sur d'autres continents.

Je le regarde, m'efforçant de garder une expression neutre.

— Les arbres de l'hémisphère Nord ne font pas le même travail que les arbres de l'hémisphère Sud. Et la neige et la glace dans le nord repoussent les rayons chauds du soleil.

— C'est ce que tu es en train d'apprendre en science ?

— Non. Mais c'est ce qu'on devrait apprendre.

— Eh bien, parlons-en à Caitlin.

Raul m'apporte la planche avec le monticule de fromage râpé.

— Tu fais le plat de restes ?

Il sourit plein d'espoir.

— Oui, lui dis-je, soulagé qu'il ait abandonné le sujet du danger et de l'état désastreux des deux hémisphères.

— On est lundi, dit-il, jour du compost.

Il a raison et je suis contente que, pour une fois, il se souvienne d'une des corvées dont il est chargé à la maison. Je lui tends le petit seau d'épluchures, pépins et coquilles d'œuf que nous avons sur le plan de travail.

— Fais attention que le couvercle soit bien fermé avant de laisser le seau, dis-je. Les sconces sont de sortie à nouveau.

Il me regarde et dit :

— Je n'ai pas besoin qu'on me rappelle tout, maman, et je me détends.

Ce ton autoritaire n'a rien à voir avec notre visiteur du week-end, mais plutôt, j'en suis certaine, avec une nouvelle phase de détachement. Je n'en suis pas ravie pour autant.

Il laisse claquer la porte à moustiquaire en sortant, et je me retiens de lui en faire le reproche. Je retourne à mon découpage. Je pense aux fois où je regardais ma mère improviser des variations sur ce plat pendant que mon père et moi faisions nos devoirs ensemble sur la table de la cuisine : moi qui écrivais ceux que j'allais rendre, papa qui notait les siens. Caleb était dehors quelque part, parce qu'il aimait bien être dehors. S'il pouvait tirer des paniers ou patiner sur Little Pond dans l'après-midi, il veillait bien trop tard pour finir ses devoirs. Cela rendait ma mère folle, mais papa était indulgent avec lui, disant qu'apprendre à gérer son temps était une des principales leçons pour devenir adulte. Peut-être que mes amies mères et moi régimentons trop la vie de nos enfants.

Mais Raul a raison : le monde est dangereux. Il y a des raisons d'avoir peur. Mais est-ce que ça n'a pas toujours été vrai ? Je pense à Caleb quand il est rentré après son premier déploiement, déjà impatient qu'arrive le suivant. Si tu t'habitues à vivre avec un certain degré de peur, disait-il, ça devient ta marée haute, le point auquel tu te sens le plus en alerte. Être moins en alerte, c'est être inattentif, vivre sans motivation constante, se sentir échoué comme un bateau quand la marée redescend.

— Je n'ai pas besoin de vivre avec une motivation constante, lui disais-je, tout en sachant qu'il était trop tard pour le faire changer d'avis sur son prochain départ – ignorant même où il serait envoyé.

— Cet endroit, m'a-t-il dit, on y reste, par définition. Sans bouger. Je ne m'en rendais pas compte avant. Si j'étais toi, je m'en irais aussi.

Ensuite, parce qu'il est mort, je l'ai fait. Et pourtant, des années après, je suis de retour. Est-ce que je reste sans bouger ? Est-ce mal de rester sans bouger si le monde au-delà de votre territoire donne l'impression d'être un bourbier prêt à vous engloutir ?

Je sais, même si je ne le dirais jamais à personne, et certainement pas à Celestino, que ce qui m'a attiré chez lui, avec force, a été la mutation de mon chagrin en un désir presque violent. Je me suis jetée dans le lit de Celestino, cédant à ce que je ressentais comme une impulsion adolescente. Quand nous avons remplacé cet arbre mort à côté de cette plaque absurde au lycée, j'ai compris, pour la première fois, que je ne récupérerais jamais celui qui m'était le plus proche, le plus fiable. Au fond de mes tripes, n'était-il pas totalement sensé de choisir quelqu'un qui était aussi différent de moi ? Cet homme silencieux, réservé, a accepté d'être le puits dans lequel j'ai déversé ma rage contre le destin, mon sentiment juste d'avoir été lésée. La première fois que je me suis réveillée à côté d'un Celestino endormi – nous n'avons pas réellement dormi ensemble les premières semaines – j'ai senti une vague de honte. Est-ce que je me servais de lui ? Mais en même temps, peut-être se servait-il aussi de moi ? Nous n'avons pas beaucoup parlé ces premières semaines, et ma mère, qui vivait une réédition de son chagrin (la manière dont son épreuve médicale rappelait si injustement les derniers mois de papa), ne me posait pas de questions, même si parfois, pendant le petit déjeuner ou le repas de midi, nous nous enfoncions dans un silence lourd, pendant lequel il lui arrivait de me lancer un regard signifiant *J'ai du mal à te reconnaître* entre deux bouchées si difficiles à avaler. Je savais, sans qu'elle le dise, qu'elle savait ce qui se passait la nuit, entre le moment où je l'installais aussi confortablement que possible dans son lit en bas et celui où je lui préparais son thé le matin.

C'est Celestino qui, peu de temps après qu'on a commencé à s'endormir ensemble, a brisé la magie, a posé la question :

— Qu'est-ce que c'est, ce truc entre nous ?

Je m'étais réveillée dangereusement tard (même si je ne savais pas trop ce que je craignais si ma mère se réveillait et constatait qu'il n'y avait personne dans la cuisine). Tout en enfilant rapidement mes vêtements, j'ai dit :

— Je promets de ne pas tomber amoureuse. J'ignorais alors à quel point c'était un mensonge. À ma grande surprise, l'expression sur le visage de Celestino a révélé qu'il était blessé. L'avais-je offensé en sous-entendant qu'en fait, je me servais de lui ? Ou aurait-il pu conclure que sa couleur de peau ou sa position sociale le rendait moins important à mes yeux ? J'étais mortifiée.

— Je suis désolée, me suis-je empressée de dire, et je me suis rassise au bord de son lit. Ce n'est pas ce que je voulais dire.

— Qu'est-ce que tu voulais dire ?

Je me vois encore assise là, le jean à moitié remonté sur mes cuisses et me demandant quelle avait été mon intention.

— Ça ne va pas devenir compliqué, ai-je dit. Ne t'inquiète pas pour moi.

— Mais si c'est le cas ?

— Que tu t'inquiètes pour moi ? ai-je répété trop fort.

Il a répondu d'un ton solennel.

— Pourquoi tu ris ?

J'ai vu à quel point mon rire idiot pouvait être insultant. J'avais seulement voulu l'assurer que je n'étais pas là pour compliquer la vie de qui que ce soit (après tout, il avait quinze ans de plus que moi). Mais peut-être que je n'étais tout simplement pas assez courageuse pour compliquer la mienne.

À cet instant il m'est apparu clairement que nous avions franchi un cap – et qu'il savait déjà que c'était le cas. Ou peut-être que nous avions atteint une fourche sur le chemin. Je lui ai dit qu'il fallait que je rentre, que j'aille retrouver ma mère, mais peut-être pourrions-nous nous rejoindre pour dîner, une chose que nous n'avions pas faite depuis le soir où nous avions fini au lit.

— Je te préparerai à dîner ce soir, a-t-il dit. Mais tard. Je travaille tard aujourd'hui.

C'est pendant ce dîner, composé d'un plat de riz avec des bananes plantains et des poivrons, un plat qu'il cuisine encore pour Raul et moi, que j'ai décidé d'essayer de rester (dans son lit ; dans cette ville) d'une manière moins hésitante – d'essayer. Je louerais une chambre, et je trouverais un moyen de gagner de l'argent seule à nouveau : je couperais des cheveux, ou peut-être que je pourrais tirer des ficelles pour dénicher un emploi de serveuse au Jetty ou, si je pouvais le supporter, au yacht-club. Je ne me réapproprierais pas mes racines et je ne lâcherais pas mon appartement à Traverse City (dans lequel un stagiaire au journal de Harold vivait au mois, Harold payant le loyer).

Un accident de préservatif et je me suis retrouvée enceinte, six mois après ce dîner. J'avais continué à prétendre que maman était la raison pour laquelle j'étais restée et la nouvelle m'est tombée dessus comme un arbre qu'on abat. J'ai envisagé de ne pas le lui dire ; bien que cela impliquerait beaucoup de paperasses, je vivais dans un État où avorter était encore possible. Cela aurait signifié la fin de notre relation, néanmoins, et même si je regrettais un peu la simplicité de mon ancienne vie de fugitive, je m'étais attachée à la complexité, voire aux risques, de celle-ci. Il fallait commencer par le lui dire.

Nous étions en train de manger dans sa cuisine, comme cela arrivait souvent désormais. Il a posé sa fourchette, presque délicatement et a regardé son assiette de pâtes pendant un moment, puis moi, pendant un moment plus long. Je n'avais pas la moindre idée de ce qu'il pensait. Puis il a dit :

— Si je t'épouse, les gens vont penser que je me sers de toi. Mais si je t'épouse, je serai heureux.

— M'épouser ?

Les larmes qui me remplissaient déjà les yeux, des larmes d'angoisse, se sont mises à couler sur mes joues. Je ne m'attendais pas à cela. L'"honneur" n'était pas vraiment le sujet. Bien qu'elle fût croyante, ma mère aurait accueilli un petit-enfant même s'il n'avait pas de père.

— Oui. (Il avait l'air si sérieux.) Épouse-moi.

Il a souri.

— Ce n'est pas…

Pas quoi ? me suis-je dit. Pas ce que j'espérais ? Pas ce que je voulais ? Est-ce que je le voulais ? Il attendait.

Oh là là, ai-je pensé, puis je me suis réprimandée. Est-ce que le fait de penser que j'avais été trompée par la vie me donnait le droit d'être perpétuellement cynique ?

— Comment est-ce que tu te servirais de moi ? ai-je dit. Ce n'est pas comme si j'étais riche.

— Connie, a-t-il dit. Tu es plus intelligente que ça. Tu es riche par le fait que tu es chez toi dans cette ville.

— Chez moi ? (J'ai ri.) En voilà une richesse.

— Ne plaisante pas quand je te demande de m'épouser. C'est ce que je viens de faire, Connie. Si tu dis non, je n'essaierai pas de te convaincre.

Lorsqu'il m'a regardée, je me suis sentie encore plus jeune que je ne l'étais.

Maladroitement, j'ai écarté nos assiettes pour pouvoir prendre ses mains dans les miennes. C'était sérieux. Il ne plaisantait pas. Je ne m'étais pas assise à table en m'attendant à une demande en mariage, mais elle était là.

— Oui, ai-je dit. Parce que, et tu dois reconnaître que c'est fou – je veux dire, selon les critères d'aujourd'hui, quels qu'ils soient – je ne me pardonnerais jamais si je disais non. Alors oui. Oui, parce que c'est toi, Celestino. C'est juste que je n'avais jamais pensé… bref, oui.

Il aurait pu sourire largement ou mettre un genou en terre, mais il a continué à me regarder fixement. Je voyais bien qu'il était content – peut-être voulait-il déjà cet aboutissement ? – mais progressivement, son visage s'est assombri, juste un peu.

— Il faut que tu comprennes quelque chose, a-t-il dit. Je crois que je ne… me sentirai jamais chez moi. Avec toi, si. Ici, non.

— Que veux-tu dire ? (J'ai fait l'effort de ne pas rire.) Tu es plus chez toi dans cette ville que moi. Des tas de gens dépendent de toi.

Il a secoué la tête.

— Ils peuvent me remplacer.

— Ne sois pas bête. Tu as trop de talent.

Et ensuite, j'ai compris ma naïveté : comment saurais-je ce que c'était de vivre dans sa peau ? Et il y vivait depuis presque un demi-siècle.

— Tu seras en sécurité avec moi, ai-je dit.

Il a secoué la tête à nouveau.

— Tu es en sécurité seule. Mais peut-être moins avec moi.

Je l'ai vu remettre sa proposition en question.

— Ne sois pas bête, ai-je répété. (J'ai posé sa main carrée pleine de callosités sur mon ventre.) Nous serons en sécurité ensemble. Tous ensemble. Je vais choisir de le croire et je veux que tu me croies. Tu peux ?

Il n'a pas répondu à ma question mais il a décrit un cercle caressant avec sa main, éveillant mon désir. Et depuis, je m'attache à être vigilante aux moments où je vois sa peur revenir, et je l'en écarte en changeant de sujet ou en éteignant les informations quand commencent des récits de reconduites à la frontière surprise ou de “rapatriements”. Et pourtant ce week-end, après avoir vu la réaction de Celestino devant Arturo, cet homme fourbe qui a débarqué d'une époque bien moins sûre de la vie de mon mari, je n'ai pas réussi à voir la peur. Je l'ai délibérément ignorée. J'ai été idiote.

Penser à la peur me rappelle Brecht, sa visite troublante ce matin. Mon Dieu, cette peinture étrange, magnifique, est toujours là-haut, sur mon lit. Je réalise que même si j'ai appelé Miriam dès que j'ai compris qu'il était parti, je ne l'ai pas recontactée pour m'assurer qu'il allait bien. Je vais dans le salon, où j'ai laissé mon portable. Je me dis que si je n'ai pas eu de nouvelles d'elle, il doit être rentré.

Tandis que je reviens dans la cuisine, Raul entre.

— Chéri, s'il te plaît, ne claque pas la porte, dis-je quand il recommence.

— Désolé.

Il pose le petit seau à compost à côté de l'évier. Je lui rappelle de le rincer.

Il va jusqu'au réfrigérateur et se sert un verre d'eau, s'assoit à table à nouveau.

— Alors, l'ami de papa, tu as dit qu'il était parti, mais il est toujours là.

Je me retourne, et je pose mon téléphone.

— Non, chéri, il a quitté la ville.

— Non. (L'expression de Raul est assurée, presque rebelle.) Il est chez Mme Tattersall. Je l'ai vu dans sa cuisine. Il est là-bas avec d'autres gens. Peut-être qu'elle fait une fête. Peut-être que papa y est ? Pourquoi papa rentre si tard ?

Je ne veux pas discuter avec lui. Clairement, il se trompe de personne, bien que je commence à me demander où est passé Celestino sans m'avoir fourni d'explication. S'il travaille tard avec Austin, très bien. Pourquoi ne pas me l'avoir dit ?

Je donne les pommes à mon fils, ainsi que le couteau à éplucher.

— Tu veux bien finir ça pour moi, s'il te plaît ?

Dans le salon, j'éteins la lampe que j'avais laissée allumée, pour ne pas avoir de reflets dans les vitres. Ce que je vois est bizarre, déconcertant. Un groupe de gens, peut-être une douzaine, sort de chez Margo Tattersall et se dirige vers Gage Street. Ils avancent, en rangs serrés, le long du trottoir, et les lampadaires ne me permettent pas vraiment de reconnaître quiconque. Ils ont tous l'air de regarder par terre, comme s'ils cherchaient un objet perdu. Les mains dans les poches. Au début, je me demande s'ils vont faire une soirée quelque part, mais on n'a pas l'impression qu'ils bavardent, encore moins qu'ils rient ou partagent un moment festif. Une dernière lumière s'éteint dans la maison et une dernière silhouette va rejoindre le groupe. Ils tournent au coin et disparaissent.

Je retourne dans la cuisine.

— Tu l'as vu ? demande Raul.

— Je ne crois pas que c'était lui. Mais tu dois avoir raison. Il y a une soirée quelconque.

Sauf que je n'y crois pas. Je ne sais pas quoi penser.

Je prends mon téléphone et j'appelle Miriam. Maintenant, je m'inquiète non seulement pour son fils mais aussi pour mon mari.

MARGO

TOUT ça, c'est ma faute. Ma putain de faute. Et comment se fait-il que ce putain de pistolet soit encore chargé ? Je ne me rappelle même pas l'avoir rangé – Tom a dû le faire – après ma troisième et dernière séance au stand de tir. Pia, une femme de main tout droit sortie de Central Casting, sait tout sur les armes à feu : elle a ouvert la chambre aussi adroitement que j'ouvrirais un mascara, et aussitôt un grand sourire de salope est apparu sur son visage – le seul que j'aie vu chez cette vipère. Je ne pige pas comment il se fait qu'Ernesto, qui a plus l'air d'un dandy que d'un terroriste dans sa veste en cuir stylée et ses cheveux gominés, soit le patron. Là-bas à la maison, il semblait heureux de laisser ses trois acolytes se passer le pistolet comme un talisman magique, en fonction de celui qui s'absentait pour une pause pipi ou une descente dans mon réfrigérateur. Pour parler, ils avaient l'intelligence de sortir de la pièce où nous, les prisonniers apeurés, étions rassemblés ainsi qu'un troupeau de moutons attendant docilement d'être tondus. Ils semblent avoir catalogué ce pauvre, ce cher Egon comme l'électron libre potentiel (comme il est devenu beau depuis la dernière fois que je l'ai vu, mais aussi tellement mince !), celui qui serait capable de se sacrifier pour sauver ne serait-ce que quelques-uns d'entre nous, pour nous donner le temps de nous enfuir. La femme de main lui a attaché les poignets avec du scotch, les jambes au tabouret du piano – avant de tout arracher avant notre départ.

Tandis que nous étions conduits dehors par la porte de la cuisine, j'ai remarqué que les préparatifs du dîner étaient encore sur le plan de travail – la volaille, les oignons hachés, les cébettes en train de se flétrir dans une passoire – mais d'autres denrées plus pratiques avaient été chapardées dans les placards et les tiroirs, des paquets de confiseries ouverts et abandonnés sur le siège près de la fenêtre, des verres laissés imprudemment ici et là. Tiens, et là : une pomme, à moitié croquée, posée à côté de l'évier. Les métaphores finissent par se révéler ! Je n'ai pas vu d'alcool ; ils sont trop malins pour ça.

Quand nous partons, après avoir reçu l'ordre de garder la tête baissée, je glisse un regard du côté de la maison de Celestino ; les lumières, du moins sur le devant, sont éteintes. Aurais-je osé lancer un cri ? J'en doute. Je suis aussi concentrée sur notre survie que tous les autres.

La soirée est froide et terriblement humide, un brouillard chargé de restes de pluie ne veut pas se dissiper. La lune, nette et pleine, apparaît par intermittence dans les brèches de la couverture nuageuse. Si le temps était différent, les gens pourraient être dehors, pour voir cette lune.

Le pistolet sort en dernier, juste derrière Egon et Brecht. Mike est devant, à côté d'Ernesto, et les trois femmes sont ensemble, entre les hommes – comme si c'était pour nous protéger. Un des deux jeunes fugitifs est parti en éclaireur. Il nous précède d'à peu près une rue ; à chaque coin, il se retourne pour faire un signe à Ernesto.

On connaît le plan – ou du moins, le plan prévu. Le bateau de Mike servira à s'enfuir. Si nous survivons, je m'assurerai qu'il en entende parler jusqu'à la fin de ses jours. Cela suppose que nous pourrons plaisanter sur le sujet, même si je me dis que si nous arrivons à plaisanter sur le fait que nos conjoints sont partis s'installer ensemble dans les bois, Adam et Eve d'Armageddon (cf. la pomme à moitié mangée!), nous pourrons rire de tout. Ceci dit, là tout de suite, je n'imagine pas pouvoir rire à nouveau.

Une fois que nous nous engageons dans l'impasse menant au bureau et au ponton du capitaine du port, tous les espoirs que j'avais d'une intervention soudaine disparaissent (même si je ne savais pas trop ce que j'espérais, vu la présence de ce pistolet infernal). Les bâtiments qui bordent l'impasse sont des édifices en bois à un étage qui hébergent quelques bureaux, certains vides, tous plongés dans le noir. La lumière est allumée dans celui de Barry et son pick-up de service est garé à sa place : son Whaler est attaché au ponton, mais le plus gros bateau de patrouille est absent. Et il y a le bateau de Mike, avec son fanion ORCA et son drapeau américain, tous deux pendant mollement à la hampe à l'arrière.

Une fois que nous sommes tous sur le ponton, Ernesto se tourne face à nous et dit doucement :

— Les hommes d'abord.

Les femmes et les enfants après ! Comme c'est féministe de sa part !

Je lance un regard plein d'espoir à la fenêtre de Barry, me demandant si un de ses assistants ne serait pas là en train de glander – mais aux dernières nouvelles, juste avant que cette équipe de démolisseurs soit entrée chez moi, personne portant un uniforme ne glande aujourd'hui, pas dans cette région du monde. Je me surprends à me demander si peut-être les méchants ont déjà été arrêtés – puis je me rappelle, moi la crétine de l'année, que non, les *personnes d'intérêt* sont là, bordel, sous mon nez, et leurs personnes d'intérêt, c'est nous, six pauvres individus qui se sont réunis pour passer une soirée conviviale et... mais je n'ai aucune idée de la raison pour laquelle Brecht a débarqué, le pauvre Brecht et cette parfaite étrangère. Ce n'est pas comme si nos ravisseurs avaient organisé une réunion dans laquelle nous mentionnions notre petit déjeuner préféré, notre premier animal de compagnie ou une habitude dont nous n'arrivons pas à nous débarrasser. Sans cérémonie, Brecht et l'étrangère (une grande femme saisissante dans un manteau qui rivalise de style avec la tenue d'Ernesto) ont été amenés dans mon salon, se sont vu attribuer une place et ont reçu l'ordre (poli !) de ne pas ouvrir leur gueule.

Mike et Egon montent à bord comme s'ils passaient le seuil d'une porte. Voir leur aisance me donne un faux réconfort. L'éclaireur monte avec eux et se tient entre eux deux, mais juste avant, je vois Mike toucher furtivement le dos de son fils.

Mes filles. Et si je ne devais jamais les revoir ? Je vois Tom et cette sale pute – peut-être trimbalant son arc et son carquois (la saloperesse !) – affichant un chagrin bidon tandis que mes filles pleurent sur l'urne contenant mes cendres. Bien sûr, ce serait le cas si quelqu'un récupérait mon corps dans les profondeurs saumâtres...

Maintenant, on me presse d'embarquer, à la suite de Pearl et de l'étrangère. *Dernier arrivé, premier parti*, l'expression me traverse l'esprit, mais la dernière à monter est la femme de main, le pistolet – *mon* pistolet – prêt à servir. (Si on nous sauve, est-ce que j'aurai des ennuis à ce sujet, pour avoir possédé l'arme qui nous a tous fichu une trouille bleue ?) Sortant d'un ancien exercice de vocabulaire, le mot *poltron* apparaît à la surface de ma peur.

Des instructions supplémentaires. Brecht et Egon, deux des garçons les plus doux, les plus sensibles que j'aie jamais eus dans mes classes, s'assoient sur les bancs de part et d'autre de la cabine. Ils prendront le plus fort du vent de face quand on partira. Egon regarde droit devant lui, au-delà de Brecht, qui regarde ses chaussures. Mike est à la barre, accroché au gouvernail. Je remarque seulement maintenant qu'il a soigné sa tenue pour venir dîner chez moi : une chemise bleue repassée sous sa veste polaire, un pantalon en coton à la place de son pantalon de treillis souvent moqué (qui aurait pu contenir dans une de ses poches un couteau). Il est tête nue, ce qui est également inhabituel, et je suppose que la casquette qu'il portait, ornée de l'écusson d'une quelconque organisation écologiste (jamais de celui du yacht-club), a dû rester chez moi.

Pearl et l'étrangère, et moi, nous allons partager un banc à l'arrière. Personne ne nous distribue de coussins, bien entendu, et nos postérieurs sont immédiatement trempés quand on s'assoit. Puis la pluie recommence à tomber, pas fort mais constante. Je regarde Ernesto sortir une casquette de sa poche – et je réalise que c'est celle de Mike. *Cogswell Wind, Power from the Pacific*, lis-je sur le devant. Une casquette qui vient du gendre de Mike. Il la portait quand je suis allée le voir pour lui tenir compagnie… Quand était-ce ? Hier soir ?

Ernesto et sa femme de main tournent tous deux la tête vers moi ; j'ai dû émettre un bruit. C'est ainsi que les otages se font remarquer, me dis-je. Je baisse les yeux.

— Allons-y, dit Ernesto à Mike.

Le bateau, sans aucun doute bien entretenu, démarre sans une plainte, sans bruit même. Mike regarde par-dessus son épaule, s'écarte lentement du ponton en marche arrière, en prenant soin de ne pas heurter le Whaler de Barry, quand je vois des phares se rapprocher, descendant la ruelle qui finit sur le ponton. La portière du conducteur claque, le moteur tourne encore et les phares sont toujours allumés, une silhouette accourt. Mike, qui a la tête penchée, ne le voit pas, mais Ernesto si.

— *Alto!* crie l'homme sur le ponton.

Celestino. Il se tient tout au bord et l'espace d'un instant, je me dis qu'il va plonger.

— Non, je chuchote. (J'agite les bras frénétiquement.) Non! je crie.

Ernesto crie des choses, en espagnol, je ne comprends pas un mot. Puis il se tourne rapidement vers Pia et lui lance un ordre.

Nous sommes à une dizaine de mètres du ponton, et Mike a orienté la proue vers le bassin, en gros une voie libre vers l'océan ; il n'y a que peu de bateaux dans l'eau qui pourraient compliquer notre passage. Mais quand il voit Celestino, il coupe le moteur.

— Redémarrez tout de suite, dit l'un des jeunes hors-la-loi.

Mais ce n'est pas Mike que j'observe. C'est Pia, qui s'est rapprochée du bord du côté de la terre et qui vise Celestino. Voyant le pistolet, il repart en direction de son pick-up, mais la balle qu'elle tire le fait tomber à genoux.

— Oh, mon Dieu, PUTAIN! je m'écrie, et avant que quiconque puisse m'attraper, je suis par-dessus bord, je m'enfonce dans une eau tellement glaciale que je sens mes poumons se ratatiner instantanément, et le poids de ma jupe qui serre mes jambes.

Au moment où je me débarrasse de mes chaussures, les réflexes que j'ai acquis lors de mes cours de sauvetage il y a longtemps reviennent. Je me mets à nager dans les profondeurs sombres, denses, essayant de rester sous l'eau. Si j'arrive à atteindre le ponton, je pourrais sortir derrière le Whaler de Barry. Si je ne me pétrifie pas sous l'effet du choc. Si je ne m'assomme pas sur un pilier.

J'entends un bruit fracassant qui est probablement un autre tir, et je suis forcée de croire qu'il me visait mais tout ce que je peux faire, c'est continuer, aveugle, frigorifiée. Si on excepte cette fichue pleine lune, la nuit joue en ma faveur. Et là, ma main gauche, quand je la lance vers l'avant, percute quelque chose de dur comme la pierre. Je remonte à la surface, une douleur cuisante dans la main : c'est le Whaler.

Je longe la coque à tâtons avec ma main valide, haletante, et je me hisse à l'arrière. Une fois à bord, je reste couchée, craignant de me redresser ; j'entends toujours Ernesto crier, pas loin, et le ronronnement du moteur de Mike.

J'ai froid comme jamais de ma vie, mais n'est-ce pas ce pour quoi je m'entraînais, ces exercices au large de Race Point ? Cependant en ce temps-là, j'étais une adolescente robuste. Je sais que Barry a forcément des couvertures accessibles, et tout en restant aussi cachée que possible, je fouille dans deux compartiments, avec ma main droite, jusqu'à trouver ce que je cherche. Je tremble sans pouvoir me retenir, et ma main gauche, qui me lance et ne répond plus, me semble déjà enflée. Oh mon Dieu, Celestino, me dis-je. Celestino.

J'enlève mon cardigan et je m'enroule dans la couverture en polaire. La mauvaise nouvelle, qui est aussi la bonne (je ne serai plus la cible de mon propre pistolet, bordel), est que le bateau de Mike se dirige vers la sortie du port. Je me force à me mettre debout et à descendre sur le ponton. Mais où est-il ?

Je lance un regard fiévreux et je l'entends crier quelque chose d'incohérent. Il est dans la cabine de son pick-up. Quand j'arrive près de lui, je lui demande où il a reçu la balle.

— Épaule.

Je vais du côté passager et je monte. Il tient une veste ou un sweat-shirt en boule contre son épaule droite.

— Je vais conduire, dit-il.

— Non, lui dis-je. C'est moi.

Mais je me rends compte qu'alors qu'il a perdu l'usage d'un bras, j'ai perdu celui d'une main. Je me mets à rire, un rire grelottant, et les yeux de Celestino s'écarquillent, sous l'effet d'une peur évidente. À mes propres oreilles engourdies, j'entends bien qu'on dirait une mouette.

— Ça va ! dis-je. Je vais bien ! Il faut juste... juste qu'on... téléphone. Tu peux ? Bon sang, mais appelle. Les secours. Appelle.

Ma voix tremble encore plus violemment quand je sors et que je contourne le pick-up. Je n'aurais pas la force de pousser Celestino pour prendre sa place au volant mais il comprend et bouge de lui-même.

Il faut que je conduise avec ma seule main droite, et je ne peux le faire que lentement. Celestino téléphone, il parle à quelqu'un, sa voix aussi est brisée. Ma peau me donne la sensation de bourdonner, chaude et froide en même temps. Mon visage est un masque de feu, ma poitrine un bloc de glace.

En quelques manœuvres saccadées d'avant en arrière, je parviens à nous mettre sur la route.

— Ramène-moi à la maison, dit-il.

— Non, je t'emmène à la police. Je *nous* emmène.

— À la maison, me supplie-t-il.

— À moins que Connie soit infirmière, et je ne crois pas qu'elle le soit, c'est non. Je devrais t'emmener aux urgences à Knowles mais je ne sais pas si je peux y arriver.

— J'y suis déjà allé, lâche-t-il.

— Aux urgences ?

— À la police.

Nous sommes sur Cove Road, le long de la digue qui jouxte le port, quand je vois la fusée éclairante. Un arc de lumière magenta étincelant monte en flèche d'un endroit au-delà de l'entrée du port, projetant sur tout en dessous une lueur étrangement joyeuse. Je m'arrête brièvement, pour regarder. Mais je rate le moment de l'illumination maximale, et je n'arrive pas à savoir si le bateau de Mike est là-bas. Est-ce que la fusée a été tirée du bateau de Mike ? Est-elle venue d'un bateau des garde-côtes qui réagissent aux fragments d'informations que Celestino a communiqués ? Il y a combien de temps qu'il a passé cet appel ? Une minute ? Dix minutes ?

Je vois Celestino essayer d'attraper la poignée de la portière.

— Non, pas question, dis-je et j'accélère. (Il se retrouve plaqué contre son dossier.) Appelle Connie. Dis-lui d'aller au commissariat.

Il secoue la tête.

— Quoi ? dis-je.

— Je veux qu'elle reste à la maison, avec Raul. Qu'elle ne bouge pas de là.

J'ai du mal à tourner à gauche sur Beecham. Je jette un coup d'œil à ma main gauche, qui est posée sur mes genoux. Dans la lumière venant du tableau de bord, je vois qu'un énorme hématome est en train de s'étendre comme une tache d'encre vers le poignet.

— Merde, dis-je.

Celestino me lance un regard. Je ne peux pas le lui rendre.

— Excuse mon langage, dis-je. (Je m'efforce de rire.) Hé ! On est là. Et vivants.

— Merci, dit-il à mi-voix.

Ensuite je l'entends respirer fort, avec application, peut-être pour essayer de ne pas perdre connaissance. Il ne nous faut que cinq minutes pour rejoindre le commissariat, mais que ferai-je s'il perd connaissance ? Ça ne doit pas arriver.

Je m'entends dire :

— Autrefois, j'avais un gros béguin pour toi.

Il continue à respirer fort mais maintenant il me regarde, et si je voulais qu'il reste vigilant, j'ai réussi. Il ne dit rien. Même dans des circonstances normales, que pourrait-il dire ?

— Oh merde. (Mon refrain éloquent.) Je ne voulais pas dire ça. Je voulais dire… que je ne peux pas te perdre. J'ai déjà assez d'ennuis comme ça.

Quand je jette un regard vers lui, il esquisse un sourire, mais il sait qu'il ne réussit qu'à faire une grimace et détourne la tête rapidement, pour regarder dehors, dans la nuit. Nous passons devant des maisons où les familles sont au sec et au chaud, du moins pour l'instant, en train de suivre les informations ou préférant les ignorer, se demandant s'il est temps pour nous tous de commencer à fermer nos portes à clé.

PLUS l'événement est ahurissant, plus la nouvelle voyage vite et haut dans l'atmosphère. Et quand les petites villes sont le théâtre de grands événements, pendant un moment, tout change.

D'abord, la ville grouille d'étrangers. Certains sont des enquêteurs, certains des scribes, certains sont des artistes résolus à saisir une description de l'actualité, des lieux-gens-choses qui font l'événement ; certains enfin ne sont rien d'autre que des fouineurs. On assiste à tout un ballet de drones, d'hélicoptères, de voitures et de camionnettes avec des plaques d'ailleurs. (Qui a déjà vu une plaque d'un des Dakota à Vigil Harbor ? Qu'est-ce que cela signifie ?)

Ensuite, les personnalités officielles de la ville deviennent beaucoup plus importantes. Accoutumées à se voir sur de petits écrans mais pas sur des grands, elles sont de plus en plus préoccupées par l'image qu'elles donnent tout en étant contentes de constater à quel point leur avis et leur temps ont pris du poids. Quelques notables finissent par se laisser gagner par l'ivresse ou la bêtise, ainsi gavés d'un pouvoir pourtant éphémère.

Barry Unwin et June Smithson sont là depuis assez longtemps pour avoir vu ceci arriver une fois dans le passé, il y a vingt et quelques années, quand un prêtre scandaleusement défroqué originaire d'une ville voisine a choisi Harrow Point pour y finir sa vie. Le capitaine du port a rapporté le corps du père Gregory jusqu'au rivage; l'élue locale a parlé face aux caméras de la télévision – après qu'ils l'ont guidée pour qu'elle se place devant l'arrière-plan le plus photogénique: le port baigné de soleil.

Mais ceci est plus grand. Des maisons sont retournées pour y chercher des indices, des déclarations de résidents aussi jeunes que des enfants de huit ans sont rassemblées, et des policiers venus de New York et de Washington colonisent le bar au Jetty et occupent toutes les chambres au Twin Chimneys Inn de la même manière que les officiers de Washington auraient peut-être réquisitionné une ferme de sympathisants conservateurs au bord du fleuve Delaware.

L'occupation dure dix jours, pour la plupart lugubres et mouillés, après quoi personne n'est totalement certain que les envahisseurs sont partis pour de bon. Le délégué du service Parks and Recreation attend encore deux jours avant de trouver le courage de monter en voiture à Emmons Head et constater de ses propres yeux les ravages commis ici: les officiels en visite et des équipes des médias ont utilisé l'endroit, sans avoir demandé la permission, comme un parking ouvert à tous. La pelouse bien entretenue que les pique-niqueurs du 4-Juillet traitent avec tant de respect, année après année, ressemble à un pré à vaches traversé par un énorme hachoir à viande. L'homme prend la décision de ne pas se représenter pour un nouveau mandat; June essaiera de l'en dissuader, mais hors de question.

La journée est ensoleillée et déjà trop chaude pour être agréable. En contrebas, la vue fiable, consolatrice, étincelle: des bateaux sur une eau bleue scintillante, des mâts comme des traits de craie sur un vieux tableau noir. Il marque une pause pour observer une grue, de l'autre côté du port au yacht-club, qui descend doucement un voilier en bois tout frais récuré et verni pour la nouvelle saison, et le rend à son élément naturel. Le bateau est suspendu dans un grand hamac, comme un bébé endormi dans les bras de sa mère qui le dépose dans son berceau.

La situation va revenir à la normale, se dit le délégué. Elle le doit, et elle l'a toujours fait, n'est-ce pas ? Quel genre de normal ce sera, voilà le mystère, l'énigme qui demeure toujours.

MIRIAM

On dirait que ma vie s'est arrêtée. Je suis épuisée. Austin prend désormais en charge la préparation de tous nos repas. Tout en cuisinant, il écoute sa musique dans ses écouteurs et danse tout seul, parfois en sifflotant ou en fredonnant. Il ne m'a pas demandé si ça me disait d'écouter, et je répondrais non, mais peu importe. Hier soir je me suis assise à la table en face de la cuisine pour le regarder danser et couper des légumes. Il glissait en chaussettes et j'ai attendu de trouver la scène attachante, comme toujours. Clio le regardait aussi, depuis son lit. Je me suis détestée de le trouver terriblement prétentieux, terriblement inconscient. Le monde s'était-il retourné seulement pour moi ?

Le travail au bureau s'est arrêté presque complètement pendant une semaine. J'entends Austin prendre des appels, toujours dans une autre pièce, mais personne ne vient au bureau, personne – à ma connaissance – ne rend visite à des clients. Nous ne sommes pas les seuls à être en suspens. Quand je sors, j'ai l'impression que la ville tout entière est encore en train de retenir son souffle. Je pense aux confinements, aux rues désertes et aux boutiques silencieuses, mais à ce moment-là, je vivais à New York. Là, c'est différent. Le suspense est plus précis. Personne ne croit que la femme – Pia Suarez, nous savons maintenant que c'est son nom – reviendra. Pourquoi le ferait-elle ? Non, elle est loin, très loin ; cela nous a été confirmé par des agences qui ont trouvé des preuves de son passage à Halifax. Vigil Harbor a eu ses vagues de contagion, sa part dans le tribut en décès et deuils induit par la maladie comme la guerre, mais nous avons oublié que nous ne sommes pas à l'abri des menaces créées par la politique. Si nous nous sentons légitimes à nous exprimer sur une cause, une injustice, nous faisons des dons plutôt que des manifestations. Je pense que ce qui effraie le plus les gens, maintenant que des morceaux de l'histoire ont été recollés, c'est que la menace est passée en plein dans nos rues, nos maisons, elle est même restée quelques nuits, pendant que la plupart d'entre nous continuaient à mener nos petites vies tranquilles. N'importe lequel d'entre nous aurait pu avoir été pris en otage, été abattu – peut-être jeté par-dessus bord trop loin pour pouvoir rentrer à la nage.

J'ai demandé à la mère de Noam de venir ce matin pendant qu'Austin fait un tour en voiture pour passer voir ses projets en cours, garder un œil sur eux même s'ils sont en sommeil. Il finira sa journée par une visite à Celestino.

Nous nous installons dans la salle à manger, la baleine de pierre transperçant la surface de la table entre nous. Joan me parle de sa fille, Rachel, qui va se marier l'été prochain. Elle a à peine vingt-deux ans mais la perte de son frère semble lui avoir donné la volonté d'accélérer dans sa propre vie, de faire tout plus tôt.

— Je suis contente, dit Joan, et nous l'aimons bien, son fiancé, ils sont mignons tous les deux, mais je suis également un peu triste. Je veux dire, pour elle. Qu'elle se sente plus fragile, forcément, que des gens aussi jeunes devraient se sentir.

Tu seras toujours triste, pourrais-je dire. Je m'abstiens. Ce n'est pas comme perdre un mari, je pense sans le dire. Perdre un mari, c'est quelque chose dont on peut se remettre. Les éclats de chagrin plantés dans notre chair se dissolvent ou finissent par sortir. Un jour, ils ont disparu, même s'ils laissent de minuscules cicatrices fines comme un murmure.

— Eh bien, c'est quelque chose qu'ils partagent tous. Ils sont dans le même bateau, dis-je.

— Je sais. Mais c'est difficile aussi parce qu'ils nous rendent responsables. Leurs parents. D'avoir eu une vie tellement facile, avant de tout ficher en l'air.

Je pense : c'est bien ce qu'on a fait, oui. Mais je dis :

— C'est le rôle de chaque nouvelle génération qui arrive, tu ne crois pas ?

— Je ne sais pas.

Les mains de Joan sont posées à plat sur la table. Elle replie les doigts et sa fine alliance étincelle brièvement.

— Je ne me rappelle pas avoir méprisé mes parents et leurs amis, en bloc, comme Rachel et ses amis nous méprisent. Et certaines générations n'ont pas de chance, voilà tout. Peut-être que la leur aura la vie plus dure.

— *Mépriser* est un mot très fort.

Je regrette que Joan ait décliné mon offre de quelque chose à boire, parce que j'aurais eu une tasse ou un verre pour m'occuper les mains. Elle est assise toute droite, le dos contre sa chaise.

— En tous cas, nous organiserons un joli mariage – petit, parce qu'elle insiste là-dessus – dans notre jardin. Nous ferons tout nous-mêmes. Le repas, les fleurs. Rachel a des amis musiciens.

— Ça a l'air parfait. Trop de gens en font trop.

Je pense à mon mariage avec le père de Brecht : l'église, le traiteur, le quartet de blues, une calèche avec un cheval louée. Joan se contente de sourire, une expression factice, en regardant ses mains, la baleine.

— Comment va Brecht ? s'enquiert-elle, parce qu'elle sait qu'elle est obligée.

Après l'enterrement de Noam, son mari nous a demandé s'ils pouvaient parler à Brecht, puisqu'il était la dernière personne à avoir passé un peu de temps avec leur fils, et j'ai été soulagée lorsque le thérapeute de Brecht a dit que ce ne serait pas une bonne idée, pas tout de suite ; que peut-être nous pourrions tous "refaire le point" d'ici quelques mois. Et comme l'idée d'une rencontre n'a plus jamais été évoquée, j'ai été à nouveau soulagée. Maintenant, je pense que c'était une erreur, d'éviter cet obstacle.

— Il va bien, lui dis-je. Mais il y a quelque chose que je devrais peut-être te dire. J'espère que ce n'est pas une mauvaise idée.

Déjà je pense que c'est une mauvaise idée. Est-ce que je lui en parle parce que je ne supporte pas de garder ça pour moi ? C'est trop tard pour changer d'avis.

— Brecht semblait croire que Noam vivait avec lui. En haut. Il est au deuxième étage, seul, mais il y a une chambre d'amis que nous n'utilisons jamais et… j'entendais parfois la voix de Brecht. Je supposais qu'il parlait tout seul, ou qu'il écoutait de la musique et je ne voulais pas l'épier. Mais je comprends maintenant qu'il imaginait que Noam avait sa propre vie là-haut. Dans l'autre pièce.

J'ai l'impression de trahir mon fils avec ce mot, *imaginer*. Cela minimise la nécessité, pour sa santé mentale, de garder Noam près de lui, de s'assurer qu'il était en réalité en vie. Brecht a mis fin à son suivi thérapeutique très vite, sans doute pour pouvoir protéger cette illusion.

Je m'interromps, espérant que la mère de Noam va dire quelque chose, mais elle reste silencieuse ; je ne sais même pas si elle comprend ce que je raconte.

— Je ne savais rien de tout cela avant la semaine dernière, quoique j'aurais dû comprendre, dis-je. Tout ce qui s'est passé – l'épisode sur le bateau, la police – a en fait, d'une certaine façon, dissous l'illusion.

— Et tu m'as demandé de venir parce que tu croyais que je devais être au courant, moi aussi?

Elle n'a pas l'air reconnaissante du tout.

Je bredouille:

— Joan, si seulement...

Je suis sur le point de dire que j'aimerais que nous soyons amies, mais c'est un mensonge. Il n'y a pas de bonne chose à lui dire maintenant. J'ai dit toute ma compassion. Le bilan est que mon fils est vivant, le sien non. Peut-être qu'elle se répète que le mien est un fils "unique", alors qu'elle a encore un autre enfant à aimer et pour lequel s'inquiéter. Peu probable. Je me précipite avec la suite:

— Il y a autre chose; quelque chose que Brecht m'a demandé de te donner. Tu ne le sais certainement pas, mais Brecht écrivait des poèmes, au lycée. Je crois qu'il a continué après. (J'évite d'ajouter *à New York.*) Peut-être que la poésie était pour lui ce que le basket était pour Noam. Pas quelque chose dont il n'aurait jamais pu faire une profession, mais...

— Une passion.

Joan hoche la tête. Elle retrouve son sang-froid. Elle est impatiente de partir, mais elle va se montrer polie et aller jusqu'au bout.

— Eh bien, c'est formidable. Est-ce qu'il écrit toujours des poèmes?

— Il ne l'a pas fait, pendant un temps. Mais il m'a dit qu'il avait recommencé. Il essaie. Et il a écrit quelque chose pour Noam avant son départ.

— Son départ?

Joan fronce les sourcils.

— Il est reparti à New York, pour un petit moment, du moins.

— Il retourne à la fac.

— Non.

Est-elle au bord des larmes ? Pourquoi ne le serait-elle pas ? J'ajoute :

— Disons qu'il se réadapte. Le fait d'être ici ne l'aide pas, en réalité. Il est parti il y a quelques jours.

Je me lève et je vais prendre la feuille de papier sur le buffet. Je la tends à la mère de Noam. Je me demande si elle va le lire maintenant ou le plier pour le lire plus tard, une fois seule.

Elle lit en silence. Je le connais presque par cœur. *Mme Fletcher, cela va peut-être vous paraître bizarre, mais c'est quelque chose que j'ai écrit pour Noam. C'est juste un premier jet, mais je tiens à ce que vous l'ayez. S'il vous plaît*, a écrit Brecht en haut. Le poème est manuscrit. Brecht m'a dit que je pouvais le lire. En fait, est-ce que je pouvais lui dire s'il était lisible ?

— C'est cucul, je te préviens, a-t-il dit. Genre, sentimental.

Je lui ai dit que sentimental n'était pas un mauvais début.

— Pas de conseil, maman, a-t-il dit. Pas maintenant.

C'était dit sans méchanceté. Il a intitulé le poème *Timon*.

Nous étions attelés comme des chevaux :
De grands chevaux à la robe épaisse et à la crinière ébouriffée
Qui tiraient, draguaient ou traînaient le foin.
Sous le harnais, dans un rythme maîtrisé,
La robe constellée de fléole des prés,
Nous prenions plaisir à notre route en lacets,
Une logique en tandem dans cette longue journée.

Une fois dételé, tu faisais une danse,
Tapant des sabots, secouant la crinière, faisant gicler la boue
Près de la mare à l'ombre du mélèze.

Tes ébats étaient une extase qui s'est élevée comme un anneau
Et j'ai plongé directement dans son sillage en flèche,
Visant les bas-fonds sur la rive opposée.
C'était le temps de liberté que nous avions gagné.

Nous avions été attelés comme des chevaux pendant une longue journée,
Un long jour de fin d'été éclatant comme une rose et baigné de soleil.

Je ne peux pas rester là à dévisager Joan tandis que son regard parcourt les lignes que mon fils a écrites pour le sien. Je vais dans la cuisine, qu'Austin a laissée dans un état de propreté immaculée, pas une cuillère dans l'évier. Je fais semblant de repositionner les pots de farine, sucre et café, de chercher quelque chose dans un placard. Je garde le dos tourné à la salle à manger, attendant qu'elle parle. Il lui faut un moment.

Je me retourne quand j'entends le bruit de sa chaise racler sur le sol. Elle plie la feuille de papier et la range dans son sac.

— Dis-lui merci. Et bonne chance.

Il y a ce sourire, si bien répété.

J'entre dans la pièce, m'apprêtant à la raccompagner à la porte, mais elle me demande une faveur. Elle me demande si je veux bien lui montrer la chambre où Brecht pensait que son fils vivait.

Je l'emmène au deuxième, non sans l'avertir de baisser la tête pour passer la poutre en haut de l'escalier. C'est la première fois que je monte depuis quelques jours. Brecht a défait son lit, comme il s'y était engagé, laissant les draps en tas au centre du matelas. Ses chaussures de travail couvertes de boue sont à leur place contre le mur, ce qui paraît rassurant, comme si elles promettaient son retour imminent.

— Là-bas.

Je lui désigne la chambre plus petite en face de celle de Brecht.

Elle entre et s'assoit sur le lit étroit. C'est un vieux lit en laiton, un des rares meubles laissés dans la maison quand nous l'avons achetée. Austin dit que le matelas est en crin de cheval, qu'on le sent lorsqu'il y a de l'humidité dans l'air ; nous ne mettrions jamais quelqu'un dans cette chambre.

Joan penche la tête pour lire les tranches des livres empilés sur la table de nuit. Elle fait un bruit qui indique la surprise ou la révélation.

— Qu'y a-t-il ? je demande.

— Eh bien… (Et maintenant, elle sourit franchement.) Une histoire des Celtes. La navigation astronomique. Une histoire de la pêche au cabillaud en Nouvelle-Angleterre – elle extrait un des livres du milieu de la pile – *Traditions nautiques des pays lointains.* (Elle lève les yeux vers moi.) Ton fils connaissait Noam vraiment bien. Il avait une obsession pour les récits anciens de visions de sirènes et de monstres marins. Il voulait aller voir le Loch Ness un jour. Il avait dit que même avec tous les progrès de la science sous-marine, les gens qui sont allés à des kilomètres de profondeur dans l'océan, même les plus sceptiques n'ont pas encore réfuté l'existence de cette créature.

Elle pose le livre sur ses genoux.

— Prends-le, je t'en prie, dis-je.

— Je n'en ai pas besoin. (Elle range le volume sur la pile qu'elle remet bien droite.) Je ne lis pas beaucoup.

Elle passe ses mains sur le couvre-lit avant de se lever. Voyant l'anxiété irrépressible sur mon visage, elle dit :

— Je ne crois pas aux fantômes. Ni aux monstres marins. Mais je te remercie pour ça. Mon fils a hanté le tien, sous la forme d'un vœu. (Elle soupire.) Le plus beau vœu. Qui est le mien aussi.

J'ai un dossier contenant des poèmes que Brecht a écrits quand il était plus jeune. Il contient un haïku qu'il a composé à l'âge de onze ans et que j'ai gardé collé sur la porte du réfrigérateur, jusqu'à ce qu'à son entrée au lycée, il me demande de l'enlever.

— C'est genre super embarrassant quand quelqu'un de nouveau vient chez nous. C'est pas comme si je pouvais prétendre que c'est ma petite sœur.

Le haïku était le suivant : *Disons que la lune est du lait. / Disons que le lait s'est renversé sur l'aurore. / Quel délice que ce nouveau jour.* Son professeur et moi avions trouvé qu'il était précoce, mais peut-être pas. Peut-être que nous étions seulement enchantées qu'un garçon se soit orienté vers la poésie à un âge où une telle affinité pouvait lui donner la réputation d'être un cinglé pour toujours. Au lycée, il a eu la chance d'avoir deux fois Margo Tattersall comme professeur. Bien que l'écriture créative fût désapprouvée comme étant une distraction malvenue par rapport à des connaissances plus dignes d'être évaluées, elle l'intégrait toujours dans les devoirs qu'elle donnait – ou l'ajoutait aux tâches qu'exigeaient aussi ses pairs. Parce qu'ils composaient et envoyaient leurs textes en ligne, cependant, la plupart des poèmes de Brecht pendant ces cours-là se sont évaporés dans les airs à la fin de l'année. Je l'ai entendu en lire quelques-uns lors d'un récital à l'école, mais j'ai regretté tous ceux que je n'avais jamais entendus ni lus. J'ai été contrariée d'apprendre que Brecht n'avait rien fait pour les sauvegarder avant que les professeurs n'effacent les archives en ligne en prévision de l'année suivante.

Margo m'a appelée le matin suivant ce qui avait dû être le deuxième pire jour de ma vie. Elle a dit qu'elle n'avait pas le temps de parler, mais elle pensait à moi, et à Brecht, et elle reprendrait contact avec moi quand la situation serait un peu plus calme. Elle était sur le point d'aller livrer son témoignage à un agent fédéral en charge de l'affaire. Elle a présenté ses excuses, et bien sûr, je lui ai répondu que rien de tout ça n'était sa faute. Elle a ri amèrement.

— Et le pistolet ?

Je ne serais pas surprise d'apprendre que des pistolets sont planqués dans deux tiers des foyers progressistes de cette ville. Il y a beaucoup de Timers non avoués. Je ne serais même pas étonnée qu'Austin garde secrètement une arme à feu.

Il est difficile de croire à quel point les choses ont changé en une semaine, comme la vie de nombreuses personnes a changé. Brecht a insisté pour aller seul au commissariat donner sa version des faits.

— Je ne suis pas un bébé, maman.

Il est resté absent cinq heures, et j'ai eu toutes les peines du monde à me retenir d'appeler pour voir comment il allait, m'assurer qu'il ne s'était pas sauvé une nouvelle fois. Pour me distraire, j'ai préparé un dîner compliqué avec de nombreux légumes et plein d'herbes. Quand il a franchi la porte – je savais que c'était lui, pas Austin, d'après les aboiements de Clio – je me suis forcée de continuer à couper une aubergine. J'ai senti qu'il entrait dans la cuisine derrière moi, avant de l'entendre.

— Est-ce que je peux te demander comment ça s'est passé ? ai-je dit lorsqu'il n'a pas rompu le silence.

— Ça s'est bien passé.

Il avait l'air fatigué. Je n'ai pas insisté. Il avait probablement utilisé tous ses mots disponibles ce jour-là pour répondre à leurs questions.

Je me suis retournée pour le voir assis sur la dernière marche menant à la salle à manger. Mes mains se sont plaquées sur ma poitrine, sous l'effet du choc, quand j'ai constaté qu'il s'était fait couper les cheveux.

— Qu'est-ce qu'ils ont…

— Je me suis arrêté chez Jamie. Sur le chemin du retour.

Ses cheveux étaient coupés très courts. Je voyais la peau de son crâne luisante en dessous. Ça lui donnait l'air austère, mais je ne dis rien.

— Je repars en ville. Avec Egon et Pearl quand ils s'en iront. Ils prennent la voiture de Mike.

Ne fais pas ça, me suis-je intimée en sentant monter la panique. C'est peut-être une bonne nouvelle.

— Où est-ce que tu vas loger ?

— Chez Pearl, pour commencer. Elle dit qu'il y a de la place si je ne suis pas trop difficile. Je trouverai un boulot quelconque.

— Chéri…

— Tu veux que je sois indépendant.

— Et Celestino ?

— J'ai rendez-vous avec lui demain. Je suis loin d'être irremplaçable.

— Oh, Brecht.

Il a fait un geste d'impatience.

— Je ne voulais pas dire ça. Genre "Pauvre de moi". Je veux dire, il y a des gens qui ont besoin de travailler. C'est un bon pédagogue.

— Mais il va avoir besoin de toi. Je ne crois pas que son bras…

— Est-ce qu'on pourrait parler de moi ? a-t-il dit d'une voix un peu plaintive. Juste une minute ?

Il n'a pas abordé le sujet de Noam. Nous avions eu cette conversation, ou en réalité, un échange fiévreux et bégayant tandis que j'essayais de le sécher et de le réchauffer, très tard, cette fameuse nuit. C'est Austin qui l'a ramené à la maison du ponton, qui l'a sorti de la bousculade frénétique entre la police, les hélicoptères des garde-côtes, les drones des médias, une fois que les secouristes lui ont donné l'autorisation de s'en aller, et qu'il a pris congé des agents de la police locale en promettant de se présenter le lendemain pour être interrogé. L'agent du FBI n'était pas encore arrivé.

Brecht est entré par la porte de devant en tremblant violemment, enroulé dans une de ces couvertures de survie en papier brillant qu'on voit à l'arrivée des marathons. Même quand je l'ai serré fort contre moi, les frissons n'ont pas cessé. Austin m'a dit de lui faire mettre des vêtements chauds et de l'envelopper dans de vraies couvertures.

Nous avons lancé un feu dans la cheminée, même si bien sûr c'est interdit sauf en cas de coupure de courant. Personne à Vigil Harbor ne se donne la peine de faire respecter la loi. De la fumée sort des cheminées pendant tout l'hiver. J'ai aidé Brecht à mettre un caleçon long et un survêtement, je l'ai conduit jusqu'au canapé du salon et je l'ai bordé dans l'édredon que j'avais ôté de mon lit. Je me suis assise par terre à côté de lui et j'ai simplement attendu qu'il parle ou qu'il s'endorme. J'avais convaincu Austin de monter.

Quinze minutes plus tard il avait cessé de grelotter. Une demi-heure plus tard, j'ai cru entendre la respiration régulière du sommeil profond. J'ai tendu le bras pour éteindre la lampe que j'avais laissée allumée. Mais j'étais tout à fait éveillée, réticente à le laisser. Doucement, j'ai placé un bras le long de sa jambe la plus proche. Je me sentais étrangement calme – bien que la nuit fût très animée. Des hélicoptères tournant au-dessus du port transperçaient la maison avec de brusques faisceaux d'une lumière aveuglante ; les véhicules ne cessaient de passer sur des rues normalement désertes ; parfois, j'entendais des bribes de conversations, curieusement proches, troublantes à cette heure dans notre quartier si calme d'habitude.

À un certain moment, Petra Coyle m'est revenue à l'esprit, et j'ai ressenti un accès de colère. Était-elle liée aux terroristes ? Tout ce qu'Austin m'avait dit, c'était qu'il m'expliquerait. Non, il ne pensait pas qu'elle soit dangereuse.

À un moment avant l'aube, Brecht s'est réveillé – ou du moins, il a parlé. Il a dit qu'il était désolé. Je me suis levée avant de m'asseoir sur le bord du canapé. Dans la pénombre de la pièce, je ne pouvais pas vraiment voir son visage. Le feu n'était plus qu'un tas de braises. Je ne savais même pas s'il présentait des excuses à moi ou à lui-même ou au monde en général. Ensuite, il a prononcé le nom de Noam.

J'ai attendu sans broncher.

— Alors, si tu étais là, a dit Brecht calmement, ce qui n'est pas le cas, c'est de moi qu'on se fout, carrément, genre je me demande si tout ceci serait arrivé. Ou alors, OK, je n'aurais pas été ici, hein ? J'aurais été… peut-être en dernière année ? Et toi, voyons, tu aurais été peut-être dans cette école de construction navale dont tu m'as parlé. Ouais, je te vois tellement là-bas. Je serais allé te voir.

Il a soupiré, un long soupir sonore, avant de poursuivre d'une voix cassée.

— Mais mec, t'es nulle part. Et nos paris sur la grande vague, c'est mort.

Je l'ai écouté respirer pendant quelques secondes. Il a ajouté :

— Hé, je pige. C'était *toi*, la grande vague.

Je n'ai pas pu résister à l'envie de me pencher tout près du visage de mon fils. Ses yeux étaient fermés, mais je n'avais pas l'impression qu'il parlait dans son sommeil. J'ai attendu un long moment pour voir s'il allait en dire davantage. J'ai réalisé que le bruit des hélicos et des voitures de patrouille avait cessé. Quand la lumière du jour a commencé à s'infiltrer dans le ciel – quand le lait de la lune s'est renversé sur l'aurore – je suis montée, et sans enlever mes vêtements, j'ai soulevé les couvertures et je me suis collée contre Austin. Il s'est réveillé, mais n'a rien dit, m'a juste serrée contre lui. Le jour à venir ne serait pas doux.

MARGO

QUAND le prince Escalus, comme l'a dit l'un de mes élèves avec tant de panache, passe un savon aux familles bourgeoises de Vérone, il prend un ton féroce pour énoncer : *Nous sommes tous punis.* Dans la version au classicisme désuet de Zeffirelli, le metteur en scène lui fait dire la phrase deux fois, la première fois doucement, puis sauvagement, juste au cas où les Véroniens ou les Véronites ou les Veronini, quel que soit le nom qu'on leur donne, n'auraient pas entendu. Comme si leurs têtes étaient tellement loin de leurs culottes qu'ils sont sourds à toutes les réprimandes.

Eh bien, on est bien punis, nous aussi, tous. Non pas que je ne le mérite pas. Je suis sûre que je ne suis pas la seule qui se repasse chaque moment timide de notre captivité dans mon salon et qui se demande pourquoi nous avons tous été un tel ramassis de couards. Mais c'est de ma faute – pardon, *c'est ma faute* – si tout le monde s'est jeté dans la gueule du loup et a profité de l'ambiance carcérale.

Je peux vous dire une chose : je ne vais pas aller sur l'eau, que ce soit sur un Sunfish ou un pétrolier, avant longtemps. Terra firma, ne me lâche pas.

Quand je suis arrivée à la maison, même mes sous-vêtements trempés avaient séché, mais je me sentais comme une dinde saumurée, enveloppée des pieds à la tête dans une fragile croûte de sel. Et à propos de volaille, j'ai été accueillie en rentrant dans ma cuisine par la puanteur de poulet cru en train de rancir et d'oignons crus. Je suis néanmoins montée directement à l'étage et j'ai enlevé les vêtements que je ne porterais plus jamais, avant de les fourrer dans la poubelle de la salle de bains. Contrariée par les travaux en cours dans la mienne, je suis allée au bout du couloir dans celle de mes filles, où j'ai décidé de remplir la baignoire sabot au lieu de prendre une douche. J'y ai trempé tellement longtemps que j'ai failli m'endormir.

Ensuite, une fois au lit, malgré mon poignet douloureux, je me suis endormie rapidement et profondément. J'ai rêvé de Mike, rêvé qu'il était un des méchants, un membre de la bande d'Ernesto, depuis le début. Il avait emmené le bateau vers la haute mer avec nous tous à bord, annonçant que nous allions jusqu'au Guatemala. Dans le rêve, je pleurais, pleurais, pleurais. Il s'en fichait.

Comme mon portable m'avait été confisqué par un des écoterroristes puis par les policiers qui les avaient arrêtés (du moins certains d'entre eux), j'ai eu du mal à identifier la sonnerie qui me réveillait ; c'était le fixe que personne n'utilisait plus (sauf parfois mes filles), mais que je ne me résolvais pas à couper. Mes motivations relèvent en partie de la nostalgie, en partie de la paranoïa. (Et si les Chinois dézinguent toutes les tours ?) J'ai laissé sonner jusqu'à ce que ça s'arrête – mais une minute plus tard, ça a recommencé.

Je me suis redressée dans le lit et j'ai décroché.

J'ai entendu mon nom, énoncé dans un beuglement presque hystérique.

Tom.

Je n'ai rien dit, il a hurlé :

— Tu es là ? Tu es là ?

— Ouaip.

Je me suis adossée à mes oreillers. Mon poignet me faisait un mal de chien, enflé sous le bandage que les secouristes m'avaient mis. Ah oui, c'est vrai : il fallait que j'aille faire une radio. Et que je retourne au commissariat. Chouette journée en perspective.

— Est-ce que ça va ? a demandé Tom.

— Ça dépend.

— Margo ! Tu es partout aux infos !

Oui, bon, c'était pas surprenant, ai-je réalisé en reprenant un peu mes esprits. J'ai dû grogner.

— Parle-moi, Margo. Les filles sont dans une de ces paniques.

— Est-ce que les infos précisent que je suis toujours vivante ?

— Oui ! Bien sûr ! Mais...

— Alors, dis aux filles que je vais bien. (Quelque chose m'a traversé l'esprit.) Vous avez des téléphones à Paleo Paradise ? Je croyais que tu avais renoncé à la civilisation et tous ses... comment tu les as appelés ? Ses attributs superficiels et voraces en énergie ?

Ça a bien mouché son indignation absurde.

— Tom, tu es la dernière personne dont j'ai envie d'entendre parler. Ça te surprend ? Les filles peuvent me contacter directement.

J'entendais un téléviseur à l'arrière-plan.

— Nous avons changé de projet, a-t-il dit, sentant peut-être que j'étais prête à lui tomber dessus. Nous sommes en train de voir où nous allons nous installer. Plutôt.

Je me suis redressée à nouveau. Voilà qui était fort de café.

— Oh ? Quoi, ils ne servent pas des Negronis ou des Bellinis en Arcadie ? Pas de room service ?

Il a fait un bruit que j'ai reconnu. Comme je connais bien la grimace qui va avec.

— Vas-y, lève les yeux au ciel, ai-je dit. Mais devine qui va avoir droit au dernier et plus savoureux éclat de rire ? Je me fiche pas mal de l'endroit où toi et Lady D décidez de vous installer. Au fait, tu n'aurais pas envie de m'acheter cette maison ? Je crois que l'enthousiasme est bien retombé.

— Margo, il y a beaucoup de choses qui sont restées dans le non-dit. Je voudrais…

— Je ne voudrais pas, ai-je dit.

J'avais chaud au visage et j'étais sur le point de fondre en larmes.

— S'il te plaît, comprends-moi. Je ne suis pas en train de dire que je veux qu'on se remette ensemble…

Oh, la vitesse à laquelle les larmes ont disparu !

— Quant à moi, je n'ai plus rien à dire. À te dire. Tout ce que je n'ai pas dit n'a plus besoin d'être dit.

J'ai raccroché. J'adore le téléphone fixe pour ça : quand on raccroche, on raccroche comme un boxeur ou un criminel.

Ça, c'était il y a plus d'une semaine. J'ai parlé avec mes trois filles en même temps, le soir du jour où leur père a appelé, leurs visages un triptyque d'expressions angoissées. J'étais à la table de la cuisine et je me sentais étrangement acculée par leur apparition plus grande que nature sur mon écran. J'avais l'impression d'être convoquée devant un comité. Pour répondre à leur réprimande sur mon inaccessibilité ce jour-là, j'ai expliqué, avec lassitude, que j'avais été convoquée pour donner mon témoignage aux "autorités", que j'avais dû supporter pendant des heures qu'ils fouillent toute ma maison. Je n'ai pas parlé aux filles du pistolet, que je m'étais fait un plaisir de livrer dans sa mallette, demandant à ne jamais la revoir, ni son ancien contenu.

Elles m'ont dit qu'elles voulaient me rendre visite – ou Doro et Becca l'ont dit.

— Non, ai-je rétorqué un peu trop vivement. Je vais peut-être m'en aller quelque temps. Voir où j'aimerais peut-être déménager.

Leurs visages sont à nouveau devenus tourmentés, comme si je n'avais nulle part où aller sur cette terre, nulle part où je serais capable de m'installer. Je leur ai dit que j'envisageais de quitter Vigil Harbor pour de bon. Si l'une d'elles avait voulu un jour hériter de la maison, c'était le moment de le signaler. Cette remarque m'a valu une cacophonie de protestations.

Je voulais leur dire que dans de nombreux divorces, la vente du manoir marital est logique. Mais cela ne ferait que donner du crédit à Tom et le faire passer pour quelqu'un de bienveillant.

Je leur ai dit que je leur verserais à chacune une partie du produit de la vente.

"Mais pour nous, elle n'a pas de prix!" a dit Cynthia, ma fille juriste, celle qui a la plus grande sécurité financière bien qu'elle soit aussi la plus jeune.

Je leur ai répondu que je n'avais pas la force d'en discuter. J'ai promis que je ne ferais rien d'irréfléchi.

Éviter les appels de fouineurs de tous poils m'a pris une énergie considérable cette dernière semaine, et je crains tellement de sortir que j'ai des flash-back qui me ramènent au temps du COVID, sauf que ma maison est vide ; pas de cours par Zoom depuis la chambre d'amis parce que la voix pompeuse de l'avocat Tom remplit la totalité du rez-de-chaussée ; pas d'enfants à tous les stades de l'adolescence fébrile me jurant sur toutes les têtes que si, ça existe, une soirée pyjama où on respecte la distanciation sociale !

Toute ma vie est devenue une soirée pyjama avec distanciation sociale.

Maintenant, j'attends la journaliste du podcast branchouille *Folkflow*. C'est la seule interview que j'ai décidé d'accorder, et j'ai cédé à sa demande de la faire ici. Ce que je porte a peu d'importance – on m'entendra sans me voir – pourtant, je me suis changée trois fois, pour finalement m'arrêter sur une robe bleue dans laquelle je me sens judicieusement à mon avantage, comme si ses fronces et ses plis me donnaient la forme de l'intégrité. Mon poignet bousillé est bien calé dans une attelle moulée, dont je me suis même imaginé qu'elle ferait une bonne arme improvisée, si d'aventure je croisais le chemin d'autres scélérats : hop, un grand coup dans la gueule. Je portais une matraque intégrée.

Lydia Vaz, la journaliste stylée de *Folkflow*, arrive avec un technicien audio, qui examine mon rez-de-chaussée d'une manière qui devrait provoquer un stress post-traumatique chez moi. Lydia me fait parler de Vigil Harbor et de toute cette nouvelle attention que notre ville attire sur elle : les hauts lieux du crime. Un jeune journaliste, qu'on n'a pas laissé couvrir l'Affaire avec un grand A, a écrit un article complaisant sur le Jetty et le Drome qualifiés de “perles rétro méconnues”.

Lydia a une trentaine d'années, elle est ronde là où il faut et elle porte une robe courte sans manches qui dévoile un archipel de tatouages, essentiellement animaliers, et ses cheveux turquoise sont rassemblés en chignon banane – qui n'est guère en harmonie avec les autres éléments de son style, mais l'ironie fonctionne. Même Becca, ma fille bohème, ne pourrait pas réussir un look pareil.

Le technicien son, une fois qu'il a fini son exploration féline, décide que ça se déroulera dans le salon, et nous ordonne de tourner les fauteuils face à face. Je m'attendais à me retrouver avec un micro accroché sur ma personne, mais quand je lui pose la question, il rit.

— Tout est sans fil, dit-il. Je voulais juste trouver le meilleur endroit pour neutraliser le bruit de la rue.

Qui est toujours plus dense que d'habitude : des voitures qui passent, des badauds, des photographes qui se baladent. J'ai déjà viré une douzaine de personnes de mon jardin.

— Alors, dit Lydia après m'avoir présentée, nous sommes à l'endroit où tout a commencé – où vous avez été prise en otage par Arturo Cabrera, un des premiers lieutenants d'Oceloti. Dans ce salon confortable, mais élégant, avec son piano, ses meubles anciens, ses photos de famille. Un havre de sérénité bourgeoise.

— On peut le dire comme ça.

Je me demande si mon sourire figé est bien audible.

— Des livres en abondance, ajoute-t-elle avec un mouvement de tête en direction de ma bibliothèque. Impressionnant, à l'époque du tout-virtuel. Vous êtes professeur d'anglais à la retraite. Du secondaire.

— C'est exact.

— J'ai compris que deux des autres otages avaient été vos élèves.

— C'est également exact, dis-je. Tous les deux très doués.

Je déteste ce mot, je n'arrive pas à croire que je l'aie utilisé. Mais même *intelligents* et *talentueux* sont des termes pédagogiques à la mode, ces temps-ci. Le choix de *exceptionnel* vous vaudrait une période d'essai.

— Et le père d'un de ces anciens élèves s'est récemment séparé d'une femme qui vit aujourd'hui avec votre ex-mari. Ça crée des liens.

Son sourire est carnassier. J'aurais dû deviner qu'elle irait déterrer ce mets de choix. Peut-être que sa syntaxe est trop noueuse pour que les auditeurs puissent suivre.

— Mike est celui dont le bateau a été réquisitionné, dis-je, essayant de réquisitionner le discours à mon tour. Mike était celui qu'on a forcé à piloter. Et c'est moi qui, comme vous le savez, ai sauté dans l'eau alors que nous venions à peine de nous éloigner du ponton. D'une certaine façon, je suis celle qui a le moins souffert.

— Mais vous avez sauté pour aider à sauver une vie. Allons directement à cette partie de l'histoire, parce que c'est le moment où la situation est devenue violente la première fois. Et si vous ne l'aviez pas fait, ils se seraient peut-être échappés – les trois qui ont été capturés. Qui sont aujourd'hui en détention provisoire. À l'heure qu'il est, Pia Suarez court toujours.

Je la regarde jeter un rapide coup d'œil à son gadget, pour lire le fil des actualités. (Est-ce bien un pangolin qui est gravé sur le côté de son cou ?)

Tandis que je raconte la partie sur Celestino, je m'attends presque à ce que la super enquêtrice Lydia dise : *précisons qu'il s'agit du voisin sur lequel vous faisiez autrefois des rêves érotiques chauds bouillants, quand votre mari avait commencé à vous paraître moins séduisant.*

Bien entendu, je ne peux pas parler de ce qui s'est passé sur le bateau après que j'ai sauté, mais Lydia dit :

— Alors, je suis sûre que vous avez parlé avec certains des otages dans les jours qui ont suivi l'incident. J'imagine que vous avez psychologiquement ressenti le besoin, comme ce serait le cas de n'importe qui, d'aller chercher le réconfort auprès de ceux qui ont vécu cette expérience éprouvante avec vous, qui ont survécu.

Quand je me contente d'un hochement de tête, Lydia m'encourage d'un moulinet de la main.

— Effectivement, dis-je en obéissant à son ordre mimé. Ces deux jeunes gens que j'avais eus comme élèves, on s'est retrouvés cette semaine.

— Vous serez probablement prêts à vous protéger mutuellement jusqu'à la fin de vos jours, même si je suppose que c'est dans la nature d'une ville comme celle-ci, en général, n'est-ce pas ? Ça vous a fait quel effet, de revoir ces garçons pour la première fois ?

Je ne lui dis pas à quel point nous étions gênés, que nous sommes restés pétrifiés dans un box au Jetty et qu'on a surtout gardé le nez dans notre verre. Je ne parle pas de Pearl, bien qu'elle soit celle qui a entretenu la conversation. Je ne pouvais pas cesser de la dévisager pendant la première moitié de cette étrange rencontre. Cette femme qui était restée assise en face de moi dans mon salon pendant deux heures ne m'avait pas dit un mot (ni à moi, ni à personne), et réciproquement – comme si nous avions vécu cette soirée dans des dimensions différentes – et soudain, elle était là, avec son esprit pétillant, sa verve, son badinage léger, amusant, avec les deux hommes, tous les deux encore un peu blêmes à cause de l'épuisement émotionnel du grand danger suivi d'un déluge d'attention. En regardant les deux garçons assis côte à côte dans le box, j'ai réalisé que mes élèves préférés étaient presque toujours les introvertis, ceux que je faisais sortir de leur coquille. Il n'est pas vrai que les meilleurs acteurs sont tous extravertis, sociables. J'ai interrogé Egon sur sa vie à New York ; j'ai entendu à quel point c'est dur, mais que de temps en temps un beau rôle se présente et il retrouve la fièvre. "Le plus dur, c'est de jeter l'éponge. Ce que font beaucoup de gens quand ils arrivent à la trentaine. Ils rompent avec l'art." Je savais qu'il avait passé ce cap récemment. Je lui ai dit : "Alors, tu n'es pas un de ceux-là. C'est décidé."

— Ça doit vous secouer au plus haut point, dit Lydia, qu'une telle chose arrive ici, en particulier ici. D'après certaines personnes, vous l'avez bien cherché.

— Moi, je l'ai bien cherché ? Qui a dit ça ?

Je m'efforce de paraître cool et cynique. J'échoue.

— Pas vous personnellement. Vous en tant que communauté. Vigil Harbor est connu comme étant un endroit dans lequel il est difficile de pénétrer – presque littéralement. Dans lequel on n'arrive pas par hasard. C'est même difficile d'acheter une maison ici si vous n'avez pas déjà, genre, des connexions.

Elle a en partie raison. Ça a commencé avec la volonté d'exclure les gens qui se prononçaient contre la vaccination. Mais je ne vais certainement pas parler de ce que certains appellent "la confiance", le pacte tacite entre les élus et les agents immobiliers locaux.

— Il est facile, continue-t-elle, dans un endroit comme celui-ci, d'ignorer les questions de justice sociale. Déjà, c'est une ville avec une majorité blanche stupéfiante. Vous ne pensez pas que ça vous relie à une période disons *sombre* de l'histoire? Le terme n'est pas très heureux; désolée.

Je ne sais pas où elle va. Lydia vient d'un milieu ouvrier portugais, une identité génétique qu'elle exhibe dans des contextes où il est question d'égalité ou de classisme invétéré.

— Nous ne sommes pas apolitiques, dis-je. Nous connaissons notre bonne fortune, mais nous avons fait des sacrifices. Allez voir le monument aux morts, lisez tous les noms. J'ai eu des étudiants qui sont allés volontairement à la guerre. Parce qu'ils pensaient que c'était ce qu'il fallait faire. S'engager. Ils ne sont pas tous revenus.

— *S'engager* est un terme intéressant, dit Lydia. Je suis sûre qu'Arturo Cabrera et Pia Suarez pensent qu'ils s'engagent et rendent un grand service au monde, quels que soient les moyens, quel que soit le prix à payer.

— Le terrorisme n'est pas de l'engagement.

Je parais à la fois guindée et suffisante.

— Selon la cause, ça pourrait être vu comme une escalade nécessaire, un noble sacrifice.

— Non, là je ne suis pas d'accord avec vous.

— Mais la cause d'Oceloti – la nécessité urgente de faire cesser la destruction par le feu et l'exploitation du bois des dernières forêts tropicales, même si ça peut paraître trop tard – vous seriez d'accord avec elle, non ?

— Bien sûr que oui.

— Si sauver l'écosystème permettant la survie des humains n'est pas essentiel, qu'est-ce qui l'est ?

— Eh bien, comme mes étudiants le disaient autrefois, c'est imparable.

Rôdant près du piano, le technicien son de Lydia tient sa petite boîte noire en l'air, la déplaçant ici et là, sans la quitter des yeux.

Lydia se penche de plus en plus près de moi.

— Alors vous ne pensez pas que Cabrera a choisi cette ville comme quartier général pour donner plus d'emphase à sa déclaration, que vous et les autres qu'il a choisis – et cette maison littéralement *coloniale* avec ses aménagements soignés – servaient à représenter une communauté qui pense qu'elle est à l'abri des effets immédiats de l'apocalypse mondiale ? Qu'elle peut se dispenser des *vrais* sacrifices ?

— Oh, mais ce n'est pas du tout…

Je prends une grande inspiration, parce que je me souviens, peut-être trop tard, que j'ai promis à Celestino de ne parler à personne de ce qu'il m'a dit sur Arturo, leur lien autrefois, le fait qu'Arturo l'avait choisi, lui, pas la ville, comme refuge.

— Écoutez. Si ce que vous essayez de dire, c'est que juste parce que nous sommes privilégiés, nous n'avons aucune conscience ni sens de la responsabilité, vous parlez à la mauvaise personne.

Devant son sourire carnassier genre je-t'ai-eue, je dis :

— Qu'est-ce que vous avez lu, récemment ?

— Lu ? (Elle gagne du temps en riant.) Je me suis documentée sur la destruction apparemment inarrêtable des forêts tropicales. Ou ce qu'il en reste. Je fais toujours des lectures en amont de ma mission.

— De la poésie ? De la fiction ? Il y a beaucoup de poèmes et des romans en lien avec votre "mission".

— Pas de répit à consacrer à ça.

Mon tour de rire.

— Répit. C'est comme ça que vous appelleriez la seule occasion de lire de la littérature ?

— Nous parlions de…

— Mais maintenant nous parlons d'autre chose. (J'espère que la boîte noire du technicien du son n'enregistrera pas ma respiration heurtée.) Mes étudiants lisaient toujours beaucoup de textes sur la ruine et la destruction. Ils lisaient Dante, ils lisaient *Hiroshima*, ils lisaient des pièces sur des révolutions et des poèmes sur des crimes haineux. Ils ont eu une formation sur les ombres planant sur la civilisation, plus menaçantes que celles qui sont projetées par la frondaison de n'importe quelle forêt tropicale. Vous pouvez grandir ignorant et égoïste dans la frugalité la plus pieuse. Et vous pouvez grandir en évoluant vers l'obligation morale, vers… l'humilité, ou même… le sens de la mission. Oui, vous pouvez évoluer vers cette lumière y compris dans un endroit comme celui-ci. Voyez ça comme décadent si vous le souhaitez, mais ce n'est pas si simple.

J'ai le plus grand mal à ne pas finir par un *jeune dame*.

— En voilà un beau discours, dit Lydia, paraissant moins décontenancée qu'elle ne l'est réellement. Sur ses genoux, sur un de ses poignets, un papillon jaune frémit avec la pulsation de sa veine.

— Et je vais vous dire : sans la littérature, nous serions bien plus pauvres.

Le silence se répand entre nous comme une odeur : remarquée, mais invisible.

— Alors, j'ai encore une question pour vous, dit-elle. Si vous pouviez dire une chose à Arturo Cabrera et les autres qui vous ont retenue prisonnière ici, chez vous, qu'est-ce que ce serait ?

Pendant la brève pause, je note la présence de l'hippocampe juste au-dessus de son genou gauche et il me fait penser à Mike.

— Nous sommes tous punis.

AUSTIN

— Je ne m'attendais pas à vous revoir, dit-elle en entrant dans le salon.

Son ton est d'une neutralité travaillée ; en entendant sa voix sans travestissement, je n'arrive pas à croire que j'ai été berné par ses intonations artificielles.

— Vu les circonstances récentes, je ne me formaliserai pas.

J'essaie de mettre de la légèreté dans ma réponse, mais elle ne la prend pas légèrement.

— Nous ne parlerons pas de culpabilité ou de mauvais comportements. Je ne ressens aucune culpabilité.

Voilà une entrée en matière peu productive. À ce moment-là, Jess, l'hôtelière qui est presque toujours présente, arrive dans la pièce et propose de nous apporter une "boisson" qu'elle irait chercher au petit bar au coin de la rue. Nous déclinons tous les deux. Jess n'essaie pas de meubler la conversation (nous saurons faire). Elle nous laisse.

Petra est toujours plantée au milieu du vieux tapis usé aux motifs élaborés. Autrefois, c'était un très beau tapis très cher, et quand je regarde le papier peint orné de fleurs criardes dont quelqu'un a pensé qu'il irait bien avec le tapis, j'ai mal aux dents.

Je lui dis que je lui ai apporté quelque chose, et je prends le paquet sur mes genoux pour le poser sur la table basse laquée, au-dessus d'une pile de livres décolorés par le soleil sur la Nouvelle-Angleterre coloniale.

— Vous feriez aussi bien de vous asseoir, dis-je, et elle obtempère, prenant place sur un fauteuil qui la positionne à moitié de profil.

Elle regarde le paquet, mais ne le prend pas.

— C'est ce que vous cherchiez, dis-je. En partie. Et honnêtement, vous ne me croirez peut-être pas, mais je n'ai pas saisi vos allusions l'autre soir, pendant le dîner. J'ai compris plus tard, mais vous auriez pu tout simplement dire son nom.

— Est-ce que vous m'auriez répondu franchement ?

— Pourquoi pas ?

Même si, parce que Miriam était présente, j'imagine très bien pourquoi pas. Miriam connaît son nom, mais pas toute l'histoire.

Quand elle ne prend toujours pas le paquet posé sur la table, je lui dis que c'est la seule peinture d'Issa que j'ai gardée.

— Elle est grande, dis-je. Vous ne pourrez pas la déplier entièrement ici.

J'espère qu'elle ne va pas l'ouvrir maintenant, parce que je ne veux pas la voir.

Elle pose ses mains immédiatement dessus, comme si elle craignait que je change d'avis. Elle la prend sur ses genoux, et elle lève vers moi des yeux sans reconnaissance, mais plein de mépris ouvert.

— Où la gardiez-vous ?

— Ne m'interrogez pas. Prenez-la, c'est tout.

Miriam l'a emballée dans une vieille taie d'oreiller, que Petra enlève avec un certain empressement. Je l'avertis qu'elle est fragile. Elle l'emporte à l'autre bout de la pièce, vers un long canapé calé contre le mur, et commence à la déplier. Elle l'ouvre jusqu'à pouvoir contempler un quart environ de sa surface totale, en l'étalant maladroitement sur le canapé. Ce faisant, elle garde le dos tourné vers moi. Je suppose qu'elle a le droit de se demander pourquoi je l'ai maintenue cachée toutes ces années. Qu'elle ait de la "valeur" ou pas n'est pas pertinent. Elle mérite simplement d'être vue – contrairement aux souvenirs qui lui sont associés et que je ne peux pas oublier.

Petra se redresse et regarde la peinture, ce qu'elle peut en voir, pendant deux ou trois minutes. Nous sommes silencieux et à un moment, Jess vient à l'entrée de la pièce, se demandant probablement si nous sommes partis. Elle me lance un bref sourire d'excuse et retourne dans son bureau. En dehors de Petra, il n'y a pas de clients pour l'instant. Les agents du FBI qui occupaient les autres chambres sont repartis. Ce qu'ils ont découvert en fouinant dans tous les coins de la ville, qui sait ? Ils ont dû se demander s'ils pouvaient dénicher des complices, des taupes.

Petra replie le tissu, le glisse dans la taie d'oreiller et se tourne vers moi. Elle ne me remercie pas, et ses bras sont croisés sur sa poitrine.

— Vous l'avez fait fuir.

— J'ignore d'où vous vient cette idée. Elle est morte. Elle n'a pas été retrouvée, mais je suis sûre qu'elle serait réapparue si elle était encore vivante.

— Je ne comprends pas ce qu'elle a vu en vous, pourquoi elle vous a laissé la maltraiter.

Je garde une voix calme pour répondre :

— Je ne l'ai pas maltraitée.

En l'occurrence, ce serait plutôt Issa qui m'a maltraité – même si finalement je ne lui en ai pas voulu.

— Elle était malade ; tout le monde pouvait le voir.

Petra secoue la tête avec violence.

— Vous refusiez de la croire. Votre imagination est tellement étriquée.

La deuxième remarque a bien entendu pour but de blesser l'artiste en moi.

— Asseyez-vous, dis-je. Et écoutez-moi, voulez-vous ?

Tout le monde a un tiroir mental contenant des jours précis qu'il a mis de côté pour les revivre, les reconstituer, les regretter peut-être, d'une manière irrépressible, avec tous les détails. Mon dernier jour avec Issa est l'un d'eux. J'ai su d'emblée que ce serait le dernier – il ne pouvait en être autrement – mais je n'aurais jamais pu savoir la fin terrible de ce jour.

Je savais que ce serait le dernier à cause de la nuit précédente. J'étais arrivé du bureau pour découvrir qu'elle avait disposé ses peintures et ses dessins en douzaines de petits tas sur toutes les surfaces possibles de l'appartement, du plan de travail de la cuisine aux assises des chaises et au canapé. Sur le dessus de chaque pile, une feuille blanche.

Elle m'a accueilli avec une déclaration :

— J'ai tout préparé pour toi. Tout ce que tu as à faire, c'est écrire les lettres !

C'était un plan qu'elle avait commencé à monter, apparemment spontanément, deux ou trois semaines auparavant. Elle voulait que je l'aide à écrire à une longue liste d'agences gouvernementales et d'entreprises commerciales pour les presser de mettre en œuvre des mesures nécessaires pour contrer l'empoisonnement et le pillage de la vie des océans, les appelant à s'élever contre les cruautés répandues et ineptes des pétroliers, des cargos, des entreprises de forage, des bateaux de pêche, compagnies de croisières, marchands de déchets, même les embarcations de pêche à la baleine des peuples indigènes qui vivaient sur les plaques de glace de plus en plus petites du cercle arctique. Arrêter, arrêter ; ils devaient tous arrêter.

Ses dessins retiendraient leur attention, peut-être même qu'ils réussiraient à les convaincre !

— Et tu as un pouvoir que je n'ai pas : le pouvoir du langage. Et ton réseau – tu connais des gens partout dans le monde.

— Tes beaux dessins s'égareraient, lui dis-je.

— Ne me dis pas ça. N'aie pas si peu de foi. Je te l'interdis.

J'ai constaté à nouveau à quelle vitesse elle pouvait passer de la joie mouvementée à l'impatience colérique. Comme elle adoptait facilement l'attitude de celle à qui on cause du tort ou qu'on ne comprend pas.

Je lui ai dit (et ce n'était pas la première fois) que ce n'était pas le genre de travail que je faisais et elle le savait. Mon prétendu réseau était inutile. Elle se trompait de personne pour ce travail. Elle m'a dit que j'étais *sa personne* ; d'autres auraient pu être choisis, mais j'étais la sienne. J'étais celui qui pouvait faire en sorte que cela arrive, que mon monde change et que le sien soit sauvé. Je serais un héros.

— Dans mon monde, tu en es déjà un, m'a-t-elle dit, rayonnante. Une fois qu'on a pris la décision.

— Qui ça, on ? Décidé quoi ?

Elle a eu l'air blessée.

— Décidé que tu serais le premier à te battre pour nous.

— Qui est nous ?

Ce n'était pas la première fois que je posais la question.

— N'essaie pas de trouver des mots pour nous, m'a-t-elle dit, d'une voix basse, mais extasiée, comme si elle était porteuse d'un secret précieux.

Je ne pouvais plus esquiver la conclusion qu'elle était folle. Personne n'utilisait plus ce mot, mais on pouvait le penser. Ce dont elle souffrait allait au-delà de la dépression ou du délire ; la cartographie de sa folie était déployée devant moi, bien visible. *Regarde, abruti*, disait la carte. Est-ce que je travaillais si dur au bureau que j'avais perdu tout discernement dans les autres pans de ma vie ? Peu importait. L'essentiel était de vivre le reste de cette soirée, d'une façon ou d'une autre, de nous amener aux premières lueurs du lendemain.

Sachant que c'était un pari, mais ne voyant aucun autre moyen d'en sortir, je suis resté là, entouré des débris de sa pathologie, et j'ai suggéré, d'une voix enthousiaste, qu'elle s'engage peut-être, qu'elle trouve un emploi, auprès d'une organisation qui œuvrait à une plus grande propreté des océans. Je l'aiderais à choisir. Nature Conservancy ? Greenpeace ? Trident ? Save Our Seas ?

— Il y a tellement de possibilités ! ai-je dit avec conviction.

Elle m'a accusé de tromperie, de cruauté. Ces organisations étaient des bureaucraties impuissantes ! J'étais un lâche ! Ensuite, elle a attrapé son manteau et elle est partie, comme elle l'avait fait quelques fois dans les dernières semaines, chaque fois qu'elle s'emballait avec passion jusqu'au désespoir violent. Précédemment, j'avais rationalisé, quoique d'une manière pitoyable, en me disant que le désespoir sur l'état du monde était loin de relever de la folie. Certains d'entre nous étaient plus doués que d'autres pour vivre dans le déni.

Chaque fois qu'elle s'était sauvée, elle était revenue au milieu de la nuit, collant son corps nu frais et lisse contre le mien. Je ne demandais pas où elle allait ; je ne lui disais pas qu'il était dangereux d'errer seule dans la ville à n'importe quelle heure. Je ne voulais pas créer d'autres causes de disputes. Je voulais croire que j'étais, en fait, “sa personne” et qu'elle était la mienne. L'alternative me semblait tellement trop douloureuse.

Mais cette douleur-là, j'y ai été confronté quand, à nouveau, elle s'est enfuie au milieu de la nuit et que je me suis retrouvé seul avec sa folie en Technicolor étalée autour de moi en petits tas bien propres, chacun surmonté d'un rectangle d'espace blanc et vierge. Chacun me contemplait d'un air moqueur : *Et maintenant ?*

Je suis allé me coucher sans manger ni boire, et j'ai bien dormi. N'avais-je pas tout tenté ? Je l'avais pressée de se faire accompagner, ce qu'elle avait refusé, et ce soir, j'avais proposé de l'aider à trouver un boulot. En échange de quoi elle m'accusait d'être cruel et déloyal !

Je me suis réveillé en l'entendant revenir : la porte de l'appartement qui se fermait, le verrou qu'on tirait. J'ai entendu le froissement de son imperméable, j'ai entendu ses clés tinter dans le bol en porcelaine, à côté des miennes. J'ai vu sa silhouette tandis qu'elle s'approchait du lit, sa forme découpée dans la lumière de l'aube provenant du salon, une forme que j'avais au départ connue comme quelque chose d'agréable à saisir dans ses lignes et ses couleurs sur le papier. Mais qu'est-ce que contenait ce corps ?

Me calant sur mes coudes, je lui ai annoncé que je devais me lever, aller au bureau, supposant qu'elle projetait de m'enchanter, comme elle savait si bien le faire, de me faire oublier avec adresse la dispute qui nous avait opposés la veille.

Je me suis habillé sans prendre de douche et je suis parti sans boire de café. Je lui ai dit que nous nous parlerions quand je rentrerais. J'avais un dîner avec un client, mais je serais de retour à neuf heures. Je savais que je devais arrêter ça, me libérer – qu'elle vende la bague de ma mère ; elle valait quelques mois de loyer dans le Queens – et je suis parti au bureau, honteux de m'inquiéter plus de la culpabilité que je ressentirais que de ce qu'il adviendrait d'elle une fois que je lui annoncerais que je ne pouvais plus endurer cela.

La journée m'a paru distante, comme une scène d'un film que j'étais en train de regarder. J'ai enchaîné les réunions, les appels téléphoniques, les e-mails. J'ai aidé à organiser la présentation, dans une salle de conférences plongée dans le noir, de la ventilation budgétaire détaillée pour un nouveau centre de sciences de la biologie dans une université catholique dont les directeurs avaient, jusqu'à récemment, interdit d'enseigner Darwin. J'ai confirmé la réservation du dîner visant à dorloter le père Thomas, le président de l'université catholique. J'ai remarqué, en regardant à travers la cloison de verre de mon boss avec sa vue partielle de l'Hudson, que le soleil se couchait de plus en plus tard à mesure que le printemps avançait furtivement. J'ai décidé de remonter à pied les vingt rues jusqu'au restaurant, que mon patron emmène le père Thomas dans la berline de location.

Habitez à New York pendant plus d'un an et vous comprendrez que c'est un endroit où tant l'amour que le chagrin sont amplifiés par la géographie. La même vue d'une certaine hauteur qui peut vous donner littéralement l'impression d'être sur le toit du monde – où vous imaginiez faire votre demande en mariage à votre amoureuse – peut vous faire regretter de ne pas avoir le cran de sauter et d'en finir. Les pavés préservés dans certaines rues apparemment choisies au hasard vont peut-être vous laisser penser que vous vivez dans un endroit magique ou que l'histoire renaît pour vous engloutir, que vous êtes minuscule et condamné à échouer. Un bar dont vous êtes un habitué est un refuge spirituel ou le rappel que, même dans un lieu où vous vous sentez en sécurité, vous pouvez être confronté à la trahison.

Je me suis concentré sur les devantures des boutiques, les monuments et les premiers bourgeons en marchant vers le sud, d'abord dans les rues transversales de West Chelsea, où des œuvres d'art flamboyantes étaient exposées dans de grandes vitrines (pourquoi Issa ne voulait-elle pas cela ?) ; puis j'ai remonté la 14ᵉ où la circulation était à l'arrêt ; puis négocié ma route dans des rues arborées pleines de maisons en brique, de bistros bondés et de parfumeries étincelantes, avant d'enfin pousser la porte du restaurant choisi, protégée de la fraîcheur par de lourdes tentures en velours, avec un quart d'heure d'avance.

Je me suis assis à la table réservée avec une carte et un verre d'eau, essayant de décider ce que j'allais manger ; et tout en endurant le bonheur des couples voisins devant leur repas et leur vin, j'ai cherché à graver un discours dans mon cerveau. *Je te dois des excuses... J'ai été égoïstement impulsif... Je ne suis pas l'homme que tu... Je vais t'aider à trouver un logement et je t'aiderai à payer la caution... Il y a certainement un ami ou un membre de ta famille qui pourrait...*

Le dîner s'est passé à échanger des amabilités et des considérations gastronomiques. Le corpulent père Thomas nous a parlé de ses incroyables vacances en Thaïlande, où il s'était offert la folie d'une formation dans une école de cuisine. Il était devenu un expert en fleurs comestibles et en œufs de poisson ; il savait comment fabriquer quatre sortes de nouilles différentes. J'ai maintenu ma consommation d'alcool sous contrôle et j'ai été heureux de constater que personne ne voulait de dessert.

Je suis retourné à l'appartement à neuf heures et quart, et j'ai pris une grande inspiration en glissant ma clé dans la serrure, avant de réciter mon discours dans ma tête. *J'ai entendu dire qu'il y avait des ateliers d'artistes bon marché à Hell's Kitchen...* (Sans parler de budget, était-elle capable de vivre seule ? Je ne devais pas m'en préoccuper.)

Comme je l'avais subodoré, le salon était encore plein de ses créations – mais elles étaient en morceaux, déchiquetées pour n'être plus qu'une tempête de fragments, un blizzard d'accusations. Elle était assise sur une chaise à la table de la salle à manger, en manteau, dans ce vêtement étrange qu'elle portait, par tous les temps, chaque fois qu'elle sortait de l'appartement, et elle m'a lancé un regard noir. Elle ne s'est pas levée.

— Je sais déjà ce que tu veux me dire. C'est écrit sur ton visage. Ça l'était ce matin. Tout ce que je veux dire, c'est que si tu renonces à moi, je renonce à toi. Et je te maudis.

J'ai envisagé d'exprimer ma consternation devant toute la beauté qu'elle avait détruite dans ce qui à l'évidence était un accès de colère gigantesque. J'ai envisagé de la prendre dans mes bras, et juste pour la calmer, de lui dire que je comprenais sa souffrance. J'ai même envisagé de l'amener dans un hôpital, de la convaincre de se faire admettre pour recevoir des soins psychiatriques.

Mais j'ai dit :

— Issa, je suis désolé, c'est terminé. Je vais t'aider à déménager et trouver un logement.

Elle s'est levée d'un bond, et a enlevé brusquement son manteau, dévoilant son corps nu.

— Est-ce que tu vois ce que tu m'as fait ?

Elle était face à moi, la poitrine en avant, les bras étendus comme des ailes. J'ai pensé à la statue classique : un ange de marbre surmontant une tombe.

Qu'étais-je censé voir ? Je me suis assis sur un tabouret près du comptoir de la cuisine, démoralisé.

— Non, Issa, je ne vois pas. Je suis aveugle. Toutes les choses que tu vois, pour nous, je ne les vois pas. Je suis désolé.

Elle a attrapé son imperméable avec une telle précipitation, une telle violence, que j'ai cru qu'elle allait m'agresser, l'a remis et a dit :

— Tu ne me reverras jamais.

Elle s'est enfuie. Je suis allé à pas lents jusqu'à la porte pour la refermer, et j'ai constaté qu'elle avait laissé ses clés dans le vide-poche.

Il m'a fallu un long moment pour émerger de ma torpeur et commencer à m'inquiéter. Je suis sorti de l'appartement, et sans attendre l'ascenseur, j'ai dévalé l'escalier. Une fois dans la rue, je l'ai repérée côté ouest, en train de courir. Il n'y avait personne dans la rue, sinon, je l'aurais manquée. Je me suis mis à courir aussi. N'ayant jamais été sportif, je me sentais gauche, ridicule. Quand j'ai atteint l'avenue, le feu était passé au rouge pour moi. J'ai crié son nom. Le pâté de maisons suivant se finissait au West Side Highway, à la promenade.

Quand je suis arrivé au Highway, j'aurais pu la rattraper, car le feu n'était pas en faveur des piétons. Mais de loin, je l'ai regardée se faufiler au pas de course entre les voitures, atteindre la promenade et prendre la direction du sud. Quelques propriétaires de chiens ont tourné la tête pour la regarder, mais brièvement. On pouvait les imaginer en train de penser : *Encore une folle. Allez, Fido, dépêche-toi de faire ce que tu as à faire.*

Le temps que j'aie traversé, après le changement de feu, elle avait pris beaucoup d'avance et j'avais un point de côté. Tout en sachant que c'était inutile, j'ai crié son nom à nouveau.

Je l'ai vue tourner à droite et monter sur l'un des quais récemment restaurés. Depuis que j'étais arrivé dans le quartier, j'avais observé la transformation de cette ruine de planches pourrissantes, dangereuses, en un terrain de foot bien soigné, bordé d'une allée piétonne. La clôture qui l'entourait était minimale, en minces câbles d'acier, à faible hauteur pour ne pas entacher le panorama sur le fleuve.

J'étais à deux rues quand je l'ai vue escalader la clôture, vaciller une seconde sur le plus haut câble et plonger, son manteau se déployant brièvement derrière elle comme des ailes. J'ai repris ma course. Le temps que j'atteigne le bout du quai, l'eau était presque redevenue immobile. Presque – et s'il n'y avait pas eu cela, j'aurais douté de ce dont je venais d'être témoin.

Je n'ai pas répondu par un acte héroïque. Non, je n'ai jamais prétendu à ce statut de héros. Et je ne suis pas non plus un grand nageur. J'ai appelé le 911.

L'expression de Petra change à peine pendant mon récit. Elle ressemble à quelqu'un assis seul dans une voiture, attendant que le feu passe au vert. Je pourrais être l'animateur d'une émission de radio pédagogique démodée, en train de meubler le silence.

Je lui dis comment j'ai trouvé la peinture, celle que je viens de lui donner, pliée en haut de mon placard ; je n'avais jamais vu Issa travailler sur quelque chose d'aussi grand. Cette œuvre la fait paraître à la fois plus tragique et encore moins saine d'esprit.

Je décide de ne pas parler à Petra de la police, que j'ai emmenée à l'appartement, que j'ai regardée inspecter le champ de bataille qu'il était devenu.

Quand elle voit que j'attends qu'elle s'exprime, elle dit :

— Ces nuits où elle est partie de chez vous, elle est venue me voir. J'aurais dû la convaincre de rester. Je n'aurais pas dû être si passive.

— Vous pensez que vous auriez réussi à la guérir ?

— Elle n'avait pas besoin d'être guérie. Elle avait besoin d'être reconnue.

— Comme quoi, une sorte de créature surnaturelle ? Une sirène ?

— Eh bien, vous savez quoi, connard ? dit Petra, et peut-être que je le méritais. Peut-être. Peut-être un phoque. Ou peut-être quelque chose, un esprit, dont nous ne savons rien. Il y avait de la magie chez Issa. Je n'ai aucune honte à admettre que je l'ai vue. Vous vivez dans un monde sacrément petit, vous ne savez même pas à quel point.

Elle étend les bras, comme pour signifier que je vis exclusivement dans l'enceinte des murs de ce salon à la décoration surchargée.

La porte de l'hôtel s'ouvre, nous interrompant, et une jeune femme entre. Elle s'arrête pour nous dire bonjour, et voyant notre expression, se dépêche de filer. Je l'entends parler à Jess dans le bureau. Je me demande si l'hôtelière nous a épiés attentivement. Moi je l'aurais fait.

— Eh bien, rien ne vous empêche de retourner dans votre monde si grand, dis-je. Et je vous y encourage.

Petra me dévisage d'une manière qui révèle qu'elle se retient d'exprimer de nombreuses, très nombreuses pensées qui lui traversent la tête. Je n'ai rien à perdre en disant :

— Qu'est-ce qui vous a pris de vous focaliser sur cette relation bizarre remontant à si longtemps – si c'était bien une relation – et de venir me traquer comme si j'étais un meurtrier en fuite ? Comme s'il y avait un genre de prime sur ma tête ?

— Tout ce que je voulais, dit-elle d'une voix hésitante, c'était une réponse. Certaines personnes traitent les amours passées comme des déchets, qu'il faut sortir sur le trottoir, comme on se débarrassait autrefois d'objets encombrants qu'on ne voulait plus ou dont on n'avait plus besoin. Certains d'entre nous les gardent tout près, comme des questions qu'on doit se poser pour avoir une vie meilleure.

Mon Dieu, elle pleure. Pourquoi ça me touche ?

— Écoutez…

— J'ai écouté, j'ai cherché. Je l'ai cherchée partout.

J'essaie de mettre de la douceur dans ma voix.

— Pourtant, vous semblez croire que j'en savais davantage que vous. Vous ne pouvez pas me reprocher tout et son contraire, Petra. Soit j'ai gardé ses secrets, soit j'étais un mufle ignorant.

Elle désigne la peinture pliée à côté d'elle.

— Vous avez gardé ses secrets ! Vous aviez ceci ! Vous l'avez caché !

— En quoi est-ce une réponse ? dis-je. Est-ce que cette peinture vous dit quelque chose de ce que vous vouliez savoir ?

Elle va la ressortir et la déployer entièrement après mon départ, une fois remontée dans sa chambre, je le sais. Et elle verra la "malédiction" qu'Issa m'a laissée. J'espère qu'elle est satisfaite de savoir qu'Issa a fini sa vie en voyant en moi la lie de l'humanité. Je consacre beaucoup d'énergie dans cette ville à essayer simplement d'être... comment dire... bien considéré ? *De bonne réputation* ? Comme les habitants d'origine de ma vieille maison auraient pu dire ?

Elle tient mon cadeau serré contre son corps.

— Il vaut bien le merdier que j'ai traversé, c'est tout ce que je peux dire. (Elle se lève.) Il faut que je finisse de préparer mes bagages. Nous ne nous reverrons jamais. Du moins, je l'espère.

J'ai envie de lui envoyer *Vous avez obtenu réparation, vous êtes contente ?* Mais cela ne lui donnerait que de la satisfaction. En même temps, pourquoi ne devrait-elle pas en avoir ? Il me revient que certains cœurs brisés le restent à jamais. J'ai eu de la chance. Jusqu'à maintenant.

Je me lève moi aussi et je lui souhaite un bon voyage ; je ne demande pas où elle va. Je doute que ce soit au Texas. Ou à New York. Pas si elle est intelligente. Et derrière toute sa rage et son sens palpable de l'injustice – qui me rappellent assez bien Issa, en fait – j'ai l'intuition qu'elle l'est.

Ce dont j'aurais pu lui parler, c'est de la visite que j'ai faite au cours de dessin où j'avais rencontré Issa. J'avais cessé d'y aller une fois que nous nous étions liés, mais bien sûr, elle avait continué, deux soirs par semaine. Elle revenait à l'appartement, le corps douloureux et raide, pour s'allonger dans ma baignoire. Souvent je la trouvais là à mon retour, dans l'eau jusqu'au cou, somnolente.

La police n'avait rien découvert et j'ai vécu quelques jours effrayants lorsqu'ils ont dirigé leurs soupçons sur moi, bien que discrètement. Ils ont même parlé à Saul et quelques autres collègues qui avaient rencontré Issa à une des soirées où je l'avais emmenée. Le fait que quelqu'un puisse habiter dans cette grande ville hyper civilisée sans une origine et une histoire traçables défiait toute logique. Je me demande si, finalement, la police a pensé que c'était moi qui étais déséquilibré, bercé d'illusions – comme Saul aimait le dire, moi qui battais la campagne. Même Saul a changé d'attitude envers moi : plus de remarques lubriques ou de propositions de contacts dans des bordels à l'étranger. J'étais soulagé mais également déprimé. Je savais que mes jours au cabinet étaient comptés. Une fois de plus, j'étais le cas particulier que j'avais été au lycée.

Le plongeur de la police avait trouvé le manteau d'Issa, qui n'a révélé aucune preuve d'un acte criminel. J'étais libre, mais je ne ressentais aucune libération. Sa mort avait donné lieu à quelques petits articles dans le *Times* et le *Post* ; j'espérais et redoutais en même temps que quelqu'un qui l'avait connue à une plus ancienne période de sa vie retrouve ma trace via la police.

En allant vers le bâtiment où se déroulait le cours de dessin, j'ai commencé à craindre qu'il n'existe pas – que le cours lui-même ait été un rêve. Mais des gens sortaient, empêtrés par leurs blocs et leur chevalet, au moment où je suis arrivé. La même personne qui recueillait l'argent était là, et partageait la recette avec un homme que j'ai supposé être le modèle. Une fois celui-ci parti, je me suis approché de la femme, qui m'a reconnu bien que je ne sois pas venu depuis quelques mois. (Il est probable que ce soir-là où j'étais venu avec ma brassée de roses ridicules s'était gravé dans sa mémoire. Peut-être étais-je même devenu une “histoire”.)

— Bonsoir, a-t-elle dit sans s'interrompre. (Elle a ramassé des papiers de bonbons, des croquis froissés, des bouts de charbon, avant de les jeter dans un sac-poubelle.) Qu'est-ce qui vous amène ?

— Issa.

— Ouais. (Elle a marqué une pause.) Qu'est-ce qui se passe ?

— Quand l'avez-vous vue pour la dernière fois ?

— Elle n'a pas posé pour moi depuis plus d'un mois.

J'ai pris le temps de réfléchir. Ce n'était pas comme si Issa me parlait de son travail, en tous cas, elle en parlait peu, mais quand même j'étais surpris.

— Les gens l'aimaient bien. La demandaient. (Elle m'a souri.) Vous n'étiez pas le seul à avoir des fantasmes périscolaires, mon pote.

— Est-ce que vous avez… vous devez avoir un moyen de la joindre.

— Hooo.

L'expiration de la femme exprimait beaucoup de choses. Une d'elles était *T'es pas le premier à me demander ça, mec.*

— Elle s'est pointée au début. Je me suis dit qu'elle avait vu les annonces que j'avais mises dans des bars. Je la payais en liquide. Elle me disait oui ou non pour la semaine suivante. Elle était fiable. Jamais absente. Je ne peux pas en dire autant de mes autres modèles.

— Vous pensiez qu'elle reviendrait ?

— Ici, je prends une semaine après l'autre.

Elle a ajouté que l'endroit était condamné à la démolition dans un avenir proche. Elle allait déplacer son activité à Long

Island City. Elle guettait mon expression tout en parlant, cherchant une autre histoire à ajouter à celle de mes roses d'amoureux transi.

Après un silence gêné, elle a dit :

— Est-ce que je peux faire un commentaire que vous ne m'avez pas demandé ?

— Allez-y.

— Je ne courrais pas après une fille que la police cherche aussi. Vous voyez ce que je veux dire ? Parce qu'au cas où vous ne le sauriez pas, j'ai eu la visite d'un flic. Enfin, je ne comptais pas la dénoncer aux impôts.

Bien sûr que la police était déjà venue. Je ne l'ignorais pas, mais j'avais oublié.

— Merci du conseil, lui ai-je dit avant de disparaître dans l'air vif de la nuit printanière.

C'est le même genre de soirée printanière que je traverse en rentrant des Twin Chimneys.

À ma grande surprise, Miriam prépare le dîner pour la première fois depuis plus d'une semaine. Peut-être qu'elle est sortie de son anxiété hypnotique, dans laquelle elle est plongée depuis que Brecht est parti avec le fils d'Iliescu. Ça m'a étonné, moi aussi, cette décision soudaine, mais quelque chose devait bouger. Je lui ai dit de revenir, qu'on ne lui poserait pas de questions, si ce qu'il avait en tête (qu'est-ce qu'il a en tête ?) ne se concrétise pas.

Une odeur de champignons remplit la cuisine. Miriam porte un tablier rouge et elle hache du persil. L'écran dans la cuisine est noir et il n'y a pas de musique. Clio réclame mon attention bruyamment et je lui donne le minimum requis pour qu'elle retourne sur son coussin.

— Tu es resté absent un bon moment.

Miriam me jette un coup d'œil par-dessus son épaule, mais poursuit sa tâche. Elle sait où j'étais.

— Désolé, dis-je, en réalisant à quel point je suis épuisé après cette longue conversation.

— Quand est-ce qu'elle part ?

— Demain.

— Bien.

Je sais que la froideur dans sa voix nous est destinée à tous les deux, Petra et moi.

— Est-ce que je peux dire une seule chose sur toute cette affaire tellement bizarre ?

— Qui a dit que tu ne pouvais pas t'exprimer ?

Je regarde Miriam pousser le persil de la planche dans un saladier. Quand elle commence à couper un oignon, je le sens à la seconde où elle le fend en deux.

— Je lui ai dit l'histoire qu'elle voulait entendre. Ou qu'elle avait besoin d'entendre. Mais ça m'a rappelé la manière dont cette femme, je veux dire Issa, pouvait envoûter les gens.

— Tu veux dire, toi.

— Pas seulement moi.

Elle hache rapidement, efficacement, verse l'oignon dans le saladier. De derrière, je la vois s'essuyer les yeux avec le tablier. L'oignon est puissant ; mes yeux me piquent aussi alors que je suis à l'autre bout de la pièce.

— Je ne comprends toujours pas vraiment pourquoi tu ne m'as dit presque rien sur cette période si intense de ta vie. Sur elle.

— À l'évidence, j'étais gêné, gêné aussi d'avoir passé des mois avec elle. De lui avoir demandé de m'épouser.

Mais aussi, et je ne le dis pas, pendant un temps long après, je me suis langui d'elle. Je rentrais du bureau en espérant presque la trouver dans ma baignoire. Après avoir découvert la peinture, il m'arrivait de la déplier et de l'étendre sur le sol de mon salon. Je m'installais dans un fauteuil, un verre à la main, et je la contemplais. Ce que je n'ai pas dit à Petra, c'est que moi aussi, j'ai commencé à me demander si Issa était encore vivante quelque part. Je l'ai cherchée – pas activement, comme Petra, mais parmi les visages que je croisais partout ; pas seulement à New York, mais à Dubaï, Cleveland, Fresno, Miami Beach, tous les endroits où mon métier me conduisait. Et ces recherches incontrôlables me mettaient les nerfs à vif. Cela a peut-être contribué, je le comprends maintenant, à mon désir de trouver un genre de terrier, où je m'installerais et travaillerais, un endroit où j'en arriverais à connaître tous les visages autour de moi.

Miriam fouille dans un tiroir, entrechoque les poêles. M'a-t-elle entendu ou est-ce qu'elle m'ignore ?

— Avant que j'oublie… Tyrone veut un rendez-vous.

Elle n'oublierait jamais une chose pareille. Je sais que notre conversation sur Issa est terminée, mais seulement pour l'instant.

Elle pose la cocotte qu'elle cherchait sur un feu, se retourne.

— Tu ne vas pas le convaincre de renoncer à un bunker, pas maintenant. Il est allé voir le site hier et il dit qu'il est visible que quelqu'un a campé là-bas.

— Campé ?

— Il n'y a pas de dégâts. Mais il a trouvé des emballages. Des emballages de nourriture. Un vêtement. Il se fiche de ce que ça va coûter.

Un bunker, un abri anti-catastrophe : si j'en construis un, j'en construirai d'autres. Je veux croire que nous pourrons tous continuer à vivre au grand jour, quel que soit l'avenir qui nous est réservé.

— J'ai dit que tu le verrais demain. J'ai pris rendez-vous.

Clio, qui parfois semble tout savoir, s'approche de moi, se presse contre mes jambes. Je lui gratte le poitrail.

— OK? fait Miriam.

— Bien sûr que je le verrai. Évidemment.

— Bien.

Elle allume le téléviseur. Pia Suarez est toujours en fuite. J'imagine qu'elle se trouve sur un chalutier qui traverse l'équateur en ce moment même. Un côté de l'écran montre son visage carré, obstiné, comme si nous ne l'avions pas mémorisé, et sur l'autre on a une vue aérienne d'une forêt en flammes.

Dehors, il fait nuit, mais le ciel est d'une clarté rafraîchissante. La lune décroissante projette sa lumière sur la bande de port que nous parvenons à voir derrière la maison de notre voisin.

Miriam annonce que le dîner sera prêt dans moins de vingt minutes. Avant, elle aimerait essayer de parler avec Brecht. Elle dénoue son tablier, l'accroche et passe devant moi sans me toucher. J'entends son pas dans l'escalier. Clio lève les yeux vers moi ; je jurerais que son regard exprime non seulement de l'amour, mais de la pitié.

CONNIE

RAUL est impatient que l'école reprenne.

— Pourquoi on ne fait pas l'école chez Jordie ? Sa maison est plus grande que la nôtre. (Puis :) Nous ne faisons pas l'école ici à cause des agents ?

Les maisons de presque tous les autres enfants sont plus grandes que la nôtre, mais je ne ferais jamais la remarque à haute voix. Et les agents du FBI ont fini leur travail ici. Ils ont même passé au peigne fin la chambre de Raul et emporté tous nos gadgets électroniques pendant quelques jours. J'ai trouvé que c'était un soulagement de n'avoir rien que mon propre téléphone pour me connecter au monde extérieur. Je ne me suis pas permis d'allumer le téléviseur au mur. Et si Arturo avait installé un mouchard ou un virus dans nos vies, je voulais qu'il soit définitivement arraché. S'ils ont découvert une preuve quelconque d'intrusion, les agents ne nous en ont pas informés. Ils ont posé un millier de questions, mais nous ont donné très peu de réponses. Cependant ils étaient courtois et leur présence est devenue une étrange consolation.

Je dis à Raul que nous faisons une pause, des vacances avant l'été. Nous reprendrons lundi et nous ajouterons une semaine en juin pour être d'équerre avec les jours de scolarité exigés par les autorités. Les écoles publiques de la ville ont rouvert – elles ne se sont arrêtées que deux jours – mais les autres parents ont jugé qu'on devait laisser Celestino rentrer à la maison et avoir quelques jours de repos.

Son bras est dans une écharpe et il prend des antidouleur. Os brisés, muscle déchiré, dégâts neurologiques importants. Depuis l'opération, la douleur des nerfs qui se régénèrent l'empêche de dormir. Et quand il parvient à s'endormir, il fait des cauchemars et se réveille inondé d'une sueur qui sent la peur brute, pas du tout le genre de sueur qui trempe ses vêtements après une longue journée de travail à l'extérieur en juillet. Je me lève et je l'aide à se sécher dans la salle de bains. Ça contribue à l'ancrer dans la réalité aussi. Je lui répète :

— Tout va revenir à la normale. Je t'assure. Il faut juste que tu te remettes.

Parfois je colle une joue contre son dos humide, en prenant garde de ne pas bousculer son bras douloureux. Nous restons comme ça, silencieux, pendant quelques minutes avant que je le ramène au lit.

Pendant quelques jours, alors qu'il était encore à l'hôpital, il a souffert d'accès de panique pendant lesquels il était certain qu'Arturo, depuis le lieu de détention où il a été emmené, peu importe à quelle distance, trouverait un moyen de détruire nos vies.

Je lui ai dit qu'il me semblait assez clair qu'Arturo s'était servi de lui (et m'avait trompée), mais n'avait aucun grief caché et aucun désir de détruire nos vies.

— Je crois qu'il aimait bien Raul, ai-je dit. Et moi, aussi, ai-je ajouté en affectant bêtement un ton badin.

— Mais qu'est-ce que tu racontes ? m'a lancé Celestino, du fond de sa léthargie de douleur et de substances chimiques. Cet homme est un assassin.

Il avait raison, mais je veux malgré tout croire que nous sommes hors de danger. Selon moi, le défaut d'Arturo est le fanatisme, pas la méchanceté. Le monde est plein de fanatiques aujourd'hui, ils sont pléthore, et nombre d'entre eux se sentent légitimés dans leur volonté de détruire les destructeurs. Ils deviennent des tueurs malgré eux. Ou un tueur est-il impitoyable et malveillant par nature ? "Sortez les bombes et les bombardiers !" disait Harold en réaction aux gros titres sur les décisions conservatrices de la Cour suprême, les élections remportées par des bigots, les programmes immobiliers hideux qui poussaient dans les pâturages. Certaines personnes lui rétorquaient que ce n'était pas drôle à une époque où la violence proliférait, en grande partie provoquée par de vraies bombes. On ne plaisante pas avec les bombes, disaient-ils. Jamais.

Pendant la plus grande partie de ce fameux lundi trempé, Celestino a disparu dans la nature. Il a dit à Brecht de prendre sa journée, et il a roulé de manière obsessionnelle dans la ville, à la recherche d'Arturo. Il avait l'impression étrange que, comme l'homme plus jeune l'avait fait à Matlock, il se planquait quelque part. (Si seulement il avait regardé juste de l'autre côté de la rue !) Le soir, il s'est avoué vaincu et il est rentré à la maison, mais pendant qu'il restait garé, dans sa voiture, tétanisé par les informations locales, il a entendu la dernière déclaration d'Oceloti, qui affirmait avec obstination que les attentats étaient justifiés. La langue, sa cadence hautaine, lui a rappelé des annonces similaires du groupe d'étudiants dont les actes irresponsables avaient conduit à l'incendie de cette vieille maison à Matlock. (Il était facile d'adhérer au mépris d'Arturo pour des institutions comme Harvard, pourtant je ne pouvais m'empêcher de me demander si le temps qu'il avait passé là-bas ne lui avait pas également donné accès à des gens qui avaient les moyens de soutenir ce genre d'actions.)

La déclaration contenait l'ordre de "dénoncer la cupidité de notre société", *denounce our greedy society.* Celestino m'a dit que ces mots l'ont frappé avec une telle violence que s'il avait été sur la route, il aurait été obligé de se garer tant il était choqué – parce que ces mots exacts avaient formé le nom de ce groupe d'étudiants défunt, son acronyme débile : les DOGS. *We will unleash the DOGS!* Nous allons lâcher les chiens, avaient scandé ses dirigeants enfantins en mettant en œuvre leurs canulars destructeurs.

Presque sans réfléchir, Celestino est allé directement au commissariat de Vigil Harbor, sa peur instinctive de l'autorité en uniforme éclipsée par la prise de conscience que nous avions hébergé un meurtrier. Il m'a dit qu'il était prêt à se faire arrêter, enfermer, renvoyer ; il en avait fini pour toujours avec Arturo Carbrera et il voulait que le monde en finisse avec lui aussi.

Ce n'est qu'après mon dîner avec Raul que j'avais jeté un coup d'œil à mon portable et trouvé son message : *Ferme toutes les portes à clé et n'ouvre à personne.*

La police l'a écouté, ils l'ont cru, et ensuite, trop occupés par l'urgence d'agir après ce qu'ils avaient appris, ils l'ont laissé partir. Ils lui ont dit de rentrer, de s'enfermer chez lui et d'attendre leur appel. Mais sur le trajet du retour, il est passé à côté du ponton et il a vu quelque chose qui l'a frappé : un bateau plein de passagers à quai. En ouvrant sa vitre, il a entendu la voix d'Arturo.

Une des raisons pour lesquelles une grande partie de cette ville est restée fermée pendant les jours suivants est qu'une brigade antiterroriste, des camions transportant des hommes et des femmes en combinaisons de protection, des chiens au flair aiguisé et des drones armés de capteurs, sont venus inspecter tous les bâtiments publics, les parcs et la côte, et même notre quartier – en particulier notre maison et celle de Margo

Tattersall. Nos appareils électroménagers ont été démontés, notre grenier et notre cave nettoyés de toutes leurs toiles d'araignées et nos tapis retournés. Le plus étrange, quelque chose que je regrettais presque de ne pas avoir photographié, a été de voir la cabane dans l'arbre être fouillée par deux femmes vêtues de larges combinaisons blanches. Tout en haut, dans les branches couvertes de jeunes feuilles, elles ont déployé un minuscule drone qui vrombissait comme un monstrueux moustique. Raul voulait regarder depuis la véranda, mais nous avons été priés de rester à l'intérieur et loin des fenêtres. Ils cherchaient des explosifs, bien sûr.

La seule chose qu'ils ont trouvée, au niveau le plus haut, accrochée à une branche fine, c'est une paire de jumelles puissantes qui ne nous appartenait pas.

Ce jour-là, j'étais contente que Celestino soit à l'hôpital. La vue de ces femmes dans notre arbre, que je ne lui ai pas décrites, aurait ajouté à ses cauchemars. Ou il aurait insisté pour rentrer trop tôt.

Maintenant son cauchemar, c'est comment continuer à travailler. Le chirurgien lui interdit de surmener son bras pendant au moins un mois – des tâches légères seulement, ne rien soulever. Brecht est parti (et Celestino ne le lui reproche pas), et Finn reste uniquement parce que Celestino n'a pas le courage de le renvoyer. Austin affirme qu'il peut reporter la plupart des travaux sur les espaces verts pendant un mois. La plupart. Certains contrats, Celestino les perdra.

Je passe mes soirées à suivre une formation en ligne rapide. D'après Margo Tattersall, il va y avoir une opportunité au lycée plus tard cette année pour un poste à temps partiel de professeur d'art (qui sera le seul de l'établissement). J'ai dit à Celestino que je prévois de candidater – Margo, qui impressionne toujours les gens là-bas, me recommandera – et si j'obtiens le poste, Raul ira à ce que ses amis et lui appellent avec dédain l'école “normale”. Bien sûr, c'est la faute de leurs parents, y compris moi, s'ils ont cette attitude méprisante à l'égard de la manière dont la plupart de leurs pairs vont suivre le chemin qui les amènera à l'âge adulte. Cette dernière semaine, à regarder le monde “normal” faire intrusion – ses hors-la-loi puis ses représentants de la loi – et à le faire surtout seule (Raul est chez Axel, avec Jordie, pour que je puisse faire les allers-retours à l'hôpital), je me demande ce qui me donne l'impression que notre enfant et nous sommes en marge des normes. À la fin de la journée où Margo m'a parlé du poste, j'étais sur la route pour rentrer de l'hôpital, dans le pick-up, quand j'ai décidé, sur un coup de tête, de tourner à droite au moment d'entrer dans la ville et de prendre l'allée qui passait devant le lycée. Je sais que Celestino fait ce petit détour de temps en temps, juste pour jeter un coup d'œil à l'arbre de Caleb, mais je n'y étais quant à moi pas allée depuis quelques années.

Il faisait nuit quand j'ai fait ce crochet, mais avant que mes phares ne l'éclairent, j'ai vu la floraison explosive. C'est la saison des cornouillers et j'en ai parfaitement conscience tant je circule en ville, où même les pluies persistantes de la semaine dernière n'ont pas pu déloger ces fleurs robustes, pourtant, j'ai été abasourdie devant la scène.

Je n'avais pas l'intention de m'arrêter – j'étais déjà en retard pour aller chercher Raul et le mettre au lit – néanmoins, j'ai fait le tour pour rejoindre l'entrée et j'ai coupé le moteur. Je suis sortie et je suis allée sur le terre-plein où se trouvaient l'arbre et la plaque. J'ai posé mes deux mains sur le nom de mon frère en étalant mes doigts pour couvrir la plus grande surface possible. J'ai appuyé fort pour réchauffer le bronze.

L'arbre a tellement poussé que je peux presque tenir debout sous ses branches les plus basses. Dans l'éclairage autour du lycée, déclenché par les détecteurs de mouvement à mon arrivée, la dentelle de fleurs blanches au-dessus s'est teintée d'une nuance verdâtre. Certaines étaient tombées, et gisaient sur l'herbe comme des étoiles décrochées du ciel.

À ma grande surprise, mes yeux sont restés secs. Peut-être que j'avais consommé toute l'émotion disponible pour survivre au drame des derniers jours. Ou peut-être que j'avais, comme la frondaison de cet arbre, grandi assez pour me distancier de la racine de mon deuil et avoir une vue dégagée qui le dépassait? J'ai regardé la façade du lycée, un endroit et une communauté à qui j'en avais voulu d'avoir amené Caleb à choisir la voie qu'il avait choisie, la voie sur laquelle il s'était fait tuer. Je n'étais allée à aucune réunion d'anciens élèves, j'avais perdu le contact avec les quelques camarades qui auraient pu devenir des amis de toute une vie.

Et pourtant, j'étais là: je vivais ici, j'élevais même un enfant dans cette ville à laquelle je continuais à en vouloir d'une manière bizarrement adolescente. Si Raul avait suivi le chemin habituel de l'école à Vigil Harbor, il entrerait en dernière année de primaire à l'automne prochain, et au lycée cinq ans plus tard. Ma décision de ne pas le laisser suivre mes traces résultait-elle seulement d'une envie de le surprotéger pour m'assurer qu'il ne suive pas celles de Caleb? Eh bien, en voilà une pensée magique.

Je me suis demandé ce que ça ferait de passer à côté de cet arbre peut-être une douzaine de fois par semaine, d'innombrables fois chaque année, en entrant et en sortant par cette porte trop familière (qui maintenant conduisait à une antichambre en vitres blindées avant de permettre d'accéder aux bureaux des agents administratifs, puis ensuite aux couloirs). Est-ce qu'après quelques semaines, je n'accorderais même plus un regard à l'arbre et à la minuscule plaque qu'il marquait pour honorer l'oncle que mon fils ne connaîtrait jamais ? Et serait-ce pire que d'éviter complètement cet endroit, comme je le faisais avant ?

J'ai remonté l'allée jusqu'à me trouver devant le bâtiment. J'ai collé mon visage à une fenêtre, les mains en coupe autour de mes joues, pour voir l'intérieur. Je parvenais juste à distinguer la courbure de la longue vitrine toujours présente dans le hall. De mon temps, la vitrine abritait les travaux artistiques des élèves. Pendant les quatre années que j'ai passées là, beaucoup de mes dessins, photos, xylographies, même un autoportrait maladroit, mais saisissant, y avaient été placés. Si les choses n'avaient pas changé, et si je postulais à ce poste et que je l'avais, est-ce que j'exposerais les œuvres de mes élèves là, plutôt que sur le tableau en liège dans ma cuisine transformée en salle de classe ?

Brecht est venu me voir le lendemain matin. J'étais sur le point de partir à l'hôpital ; Raul mettait un long moment à rassembler ses affaires pour que je puisse l'emmener passer une nouvelle journée chez Jordie. Brecht m'avait envoyé un message pour me dire qu'il voulait récupérer la peinture qu'il avait laissée, mais j'avais oublié, et l'espace d'un instant, j'ai été à la fois surprise et inquiète de le voir sur le pas de ma porte.

— Comment va-t-il ? a-t-il demandé avant même que je puisse l'inviter à entrer.

— Il se remet. L'opération a pris plus de temps qu'ils ne l'auraient cru, et ils veulent s'assurer qu'il n'y a pas d'infection avant de le laisser rentrer.

Raul est arrivé en dégringolant l'escalier en entendant la voix de Brecht. Il a demandé si Brecht allait le garder ce jour-là.

— Non, ai-je dit, il est juste venu chercher quelque chose. Ensuite, il faut qu'on parte.

Raul est resté figé un moment et Brecht lui a souri d'une manière qui m'a fait ralentir. Peut-être que je n'étais pas obligée de les presser.

— Est-ce que je peux lui montrer quelque chose sur mon jeu, en haut ? a demandé Raul.

— Une minute, alors.

Je les ai laissés monter ensemble. Je me suis assise à la table de la cuisine et je me suis plongée dans la contemplation du jardin, de l'arbre, de la rangée de maisons pour les oiseaux désertes au fond.

Jusqu'à il y a une semaine, nous avions, je m'en rends compte seulement maintenant, un cercle d'amis et des connaissances très restreint. Contrairement à Austin Kepner, Celestino n'entretient pas de relations avec les gens pour qui il travaille. Il arrive qu'ils l'arrêtent dans un magasin ou dans la rue, pour dire à quel point ils sont contents de telle ou telle plantation ou de telle allée – et comment va-t-il, et où travaille-t-il en ce moment, et comment va sa famille ? Puis ils poursuivent leur chemin, et ça lui convient. Il ne se donne même pas la peine de me rapporter ces échanges ; je m'en rends compte quand nous sommes dehors ensemble, et si ça ne le dérange pas, cela ne devrait pas me déranger. Mais je ne peux m'empêcher d'être consciente du fait que je suis mariée à un des rares "ouvriers" qui vivent ici.

Un jour, je lui ai demandé s'il avait conscience de cette… j'ai hésité sur le mot… distance ? Différence ? Au départ, j'ai cru qu'il n'allait pas me répondre, et j'ai ajouté : "Peu importe." Mais ensuite, il a répondu. Il m'a dit qu'il avait passé toute sa vie d'adulte à l'intérieur d'un espace occupé par personne d'autre. L'étrange coup du sort qui l'avait sorti de son village et l'avait amené dans ce pays – et il le verrait toujours comme un coup de chance, malgré ce qu'il avait perdu en chemin – signifiait qu'il serait toujours isolé. J'ai dû avoir l'air triste ou même offensé, parce qu'il est sorti de la pièce et il est revenu avec un de ses classeurs très usés, couverts de traces de terre.

Il l'a ouvert sur une carte extrêmement détaillée de zones de microvégétation dans le Massachusetts. La carte ressemblait à un puzzle coloré.

Celestino a dit : "Ici" et a mis le doigt sur une minuscule bande de violet au nord de Vigil Harbor, sur la partie de notre côte où les derniers marais salants de l'État continuent à se ratatiner, une zone liminaire rare.

— Là, c'est moi, a-t-il dit, avec gaieté, avant de déplacer sa main de la carte à mon épaule. Tu es là avec moi. Raul sera plus dans le monde.

De la main, il a balayé vers l'ouest, des carrés de couleurs où les températures sont, du moins pour l'instant, un peu plus fiables.

Si nous avons des amis, ce sont les parents à qui nous ouvrons notre maison la plupart des jours de la semaine – tous dans le partage et la confiance pour nos enfants. C'est une immense confiance, et peut-être qu'elle est synonyme d'amitié, mais si c'est le cas, c'est une amitié conditionnelle. Cette dernière semaine m'a montré ses limites, ou peut-être seulement sa nature particulière, depuis que ces quelques autres mères ont réalisé qu'elles avaient passé deux heures dans ma cuisine captivées ("embobinées" a dit Caitlin) par un terroriste.

— Est-ce que ça existe, un gentleman terroriste ? a dit Trina quand elle m'a appelée, même si aussitôt elle s'est excusée d'en parler avec autant de légèreté.

Le matin suivant l'opération de Celestino, trois d'entre elles ont apporté des plats qu'elles avaient confectionnés, et une fois que je les ai assurées qu'il s'en sortirait, même si la convalescence ne serait pas facile, elles ont voulu savourer la sensation commune d'avoir vu de si près la mort et la pagaille. Comme j'avais été chanceuse de ne pas avoir été prise en otage ! Elles voulaient connaître la *vraie* histoire du passé que cet homme avait en commun avec mon mari. Après tout, Celestino n'avait pas sonné l'alarme, n'avait pas vu clair dans son jeu, et n'aurait-il pas dû ? Le faux nom n'aurait-il pas dû l'alerter, lui faire soupçonner qu'un danger les guettait tous ? Je ne pouvais pas – ou je n'ai pas eu envie de leur parler des dangers que Celestino redoutait le plus, qui expliquaient sa passivité. Je me sentais prise entre la loyauté et la honte.

Tout ce que je leur ai dit, c'est que les gens changent radicalement – deviennent radicalisés, comme nous le savons tous – et l'homme que Celestino avait connu des dizaines d'années plus tôt n'était pas celui qui avait ordonné la fabrication et la pose de bombes. (Parce que désormais, nous savions, ainsi que tous ceux qui suivaient les informations, qu'Arturo était ce que nos enfants appelleraient un "cerveau". Comme tout dirigeant d'entreprise, il était plus un manager qu'un exécutant. On ignorait s'il aurait même été capable de se servir de ce pistolet.)

Ce qui m'a le plus dérangée ce matin-là – en dehors du retard avec lequel j'allais arriver à l'hôpital – c'était que j'étais devenue l'objet d'une intense curiosité au lieu de provoquer de l'inquiétude et de l'attachement. Est-ce la raison pour laquelle j'étais si réservée avec mes amis ? Pour la première fois, je me suis demandé si mon alliance avec ces femmes durerait au-delà de l'entrée de nos enfants dans le monde, une chose à laquelle je ne m'imaginais pas survivre, pour le moment.

En parallèle de ce déplacement subtil dans ma perception de la place que j'occupe parmi ces femmes, il y a eu le choc d'une nouvelle et soudaine proximité à la fois avec Brecht, qui avec confiance s'était dévoilé devant moi, et avec Margo, qui avait nagé – en réalité, sauté dans une eau glaciale et noire comme la nuit – pour venir au secours de mon mari. Elle insiste, et techniquement elle a probablement raison, sur le fait qu'elle ne lui a pas "sauvé la vie", mais je lui ai affirmé que nous ne le saurons jamais. Et pour répondre à son insistance sur le fait que c'était sa faute si le pistolet avait été utilisé, parce que c'était sa faute si ce pistolet existait, j'ai répondu que les gens désespérés trouvent toujours des moyens d'obtenir ce qu'ils veulent. Je l'ai assurée que si j'avais été une des otages, j'aurais été tout aussi docile qu'elle. Je me serais dit que c'était pour Raul, que si je me comportais avec précipitation ou courage, il risquerait de perdre sa mère.

— Mais toi, ai-je dit, tu as *sauté*.

Je ne prétends pas que Margo Tattersall et moi allons devenir les meilleures amies du monde, multipliant les allers-retours entre nos deux maisons pour la compagnie, le réconfort et les cancans, mais je la vois maintenant en trois dimensions, je vois bien plus que la blonde entre deux âges typique, l'ancienne championne de voile, le professeur sévère que j'ai réussi à éviter (contrairement à Caleb) ; la mère de trois jolies filles qui ont aujourd'hui quitté le nid, l'ex-femme d'un homme pontifiant et poseur, dont la voix sonore m'a souvent obligée à fermer mes fenêtres les soirs d'été. Elle est drôle, intelligente et a toujours le courage de dire ce qu'elle pense – par exemple, qu'en créant cette école idyllique, nous les mères devrions bien réfléchir à ce que nous souhaitons.

— Qu'on le veuille ou non, le monde a ses propres idées sur ce que nos enfants devraient apprendre, et le monde n'est pas un lieu généreux, m'a-t-elle dit hier soir quand je lui ai demandé de passer et de me parler du lycée.

Je suis restée silencieuse un moment, bien en sécurité dans mon petit salon et j'ai réfléchi. Personne, bien entendu, n'a besoin de me parler du manque de générosité du monde.

— Tu sais, ai-je dit, je n'arrête pas de penser aux choses enjôleuses et flatteuses qu'Arturo m'a dites le jour où il a débarqué, pendant qu'il faisait salon dans ma cuisine avec les enfants et leurs mères. Quand je lui ai montré les enfants qui travaillaient, qui écrivaient dans leur journal, il a dit quelque chose comme : “Comme vous devez être fière, d’avoir créé cette structure et de la faire exister !” et j’ai répondu quelque chose qui était probablement plein d’autodérision, je ne sais plus trop quoi, mais il a enchaîné par : “Vous avez le choix. Ce n’est pas le cas de la plupart des gens. Prenez garde de ne pas le tenir pour acquis. Quand on a trop de choix, il y a beaucoup plus de chances qu’on fasse les mauvais. Et beaucoup plus de chances d’avoir des regrets.”

J’avais réfléchi à l’avertissement contenu dans cette remarque qu’il avait pourtant énoncée avec légèreté, et j’espérais que Margo fasse un commentaire, mais elle a dit, presque en m’interrompant.

— Ce salopard – désolé, mais c’est un salopard, vraiment – qu’il aille pourrir dans le cachot le plus secret du pays. Qu’il gratifie de sa philosophie de gros rats affamés.

— Mais le truc, c’est qu’il n’avait pas pour projet de se lancer dans la traite des humains, l’extorsion ou la torture.

Margo a secoué la tête avec véhémence.

— Le meurtre, c’est le meurtre. Même par procuration. Et il avait l’intention de tuer. Il avait l’intention de faire sauter des bombes. Il a failli nous faire sauter. Non pas qu’on ne le mérite pas, mais laisse-nous creuser nos propres tombes, mec.

Je regarde les garçons – enfin, Brecht n’est pas vraiment un “garçon” – descendre l’escalier en cavalant, en riant. Raul saute les marches trois par trois, en se hissant sur les rambardes le long de l’escalier – un vestige du temps où Celestino vivait ici pour veiller sur un vieux monsieur. J’observe avec plaisir la manière dont ils se meuvent dans l’espace, sans se soucier d’une possible anicroche, s’ils trébuchent, ou tombent.

Je pense à quelque chose que Trina a dite aux élèves quand elle leur enseignait la danse dehors sur la pelouse pendant l'automne dernier. Elle parlait de proprioception, expliquant pourquoi certaines personnes semblent bouger plus instinctivement que d'autres ou maîtriser certains sports avec très peu d'entraînement. "On peut appeler ça notre sixième sens, a-t-elle dit. Nous sommes tous conçus pour avoir une certaine conscience de l'endroit où notre corps – nos membres, chaque partie de nous – est localisé dans l'espace autour de nous. C'est comme ça que nous trouvons notre équilibre sur un vélo ou que nous sautons à la corde. Nous ne pourrions pas nous déplacer sans ça ! Et ça se travaille, c'est ce qu'on fait dans le yoga et la danse, mais il est également vrai que certaines personnes sont nées plus proprioceptives que d'autres. Vous avez déjà entendu l'expression 'athlètes naturels' ? C'est exactement ça."

Je ne me compterais pas parmi ces gens ; aucun sport ne m'est jamais venu instinctivement, et une chose que j'ai aimée quand j'ai fini mes études, c'est la fin de la prétendue éducation physique. Mais peut-être que j'ai eu le sentiment d'être émotionnellement proprioceptive, que je connais ma place spirituelle parmi les autres – et soudain, d'un coup, je me dis que j'ai été idiote de croire une chose pareille. Soudain, mon orientation par rapport à l'espace autour de moi n'est pas ce que je croyais. Mon équilibre émotionnel est flingué.

— Brecht, dis-je, tu es allé au lycée.

— Ouais.

Je lui demande s'il aimait bien – je veux dire, on sait bien que le lycée n'a pas grand-chose à voir avec le paradis, pour personne – et il hausse les épaules.

— Si vous m'aviez posé la question pendant que j'y étais, j'aurais dit que c'était une prison. Voilà ce que j'aurais dit. On le disait tous. Mais ce n'aurait pas été complètement la vérité.

Est-ce que j'en ai la nostalgie ? Non. Est-ce que j'aime rencontrer par hasard des gens que je connaissais en ce temps-là ? Presque jamais. Mais il y a les profs qui m'ont empêché de devenir fou, qui m'ont aiguillé dans certaines directions. Mme Tattersall, par exemple.

Raul ne le quitte pas des yeux et l'écoute. Il sait comment Mme Tattersall a sauvé son père.

— Mais je ne vais pas y aller, au lycée.

Cette phrase, il me l'adresse à moi.

— Je posais la question par curiosité, dis-je.

— La curiosité, dit Brecht, c'est peut-être ce que les meilleurs profs vous apprennent. Ou ils vous aident à la garder. Ils ne… (Je le vois reformuler dans sa tête ce qu'il veut dire pour Raul)… ils ne t'embrouillent pas trop la tête. Pas *trop*.

Il pose une main sur la tête de Raul et lui ébouriffe les cheveux.

MIKE

Je vais faire ces rêves pendant longtemps, j'en suis sûr. Peut-être que j'arriverai au point où, au moins, dans le rêve, je saurai que c'en est un. Si je n'avais pas ressenti le besoin de partir si vite, peut-être que j'aurais bataillé pour me frayer un chemin dans ces rêves et en sortir, mais depuis cette maison sur une colline boisée de Californie, entourée de verdure, pas d'océan, Vigil Harbor elle-même semble être un rêve.

Dans la version de la nuit dernière, le bateau file comme d'habitude vers le large, mais cette fois Pia Suarez contrôle la situation, en tenant le pistolet collé contre ma tête, me poussant en arrière contre le bastingage à la proue, tandis qu'Arturo met les gaz. La vedette des garde-côtes nous poursuit, mais ne peut pas nous rattraper, et ligotée à la poupe se trouve Marinda, ma fille enceinte. Je n'ai aucun moyen de la rejoindre sans me faire tirer dessus, et si je passe par-dessus bord, elle sera sans défense, livrée à ces dingues qui pourront faire d'elle ce qu'ils veulent. Tandis que nous sortons du port, je jette un œil vers le yacht-club, perché sur son piédestal de granit. Une soirée bat son plein, les invités de la fête dansent sur la grande terrasse, et je crie dans leur direction, espérant sans y croire que quelqu'un m'entendra, mais les musiciens – pour une raison inconnue, c'est tout un orchestre symphonique qui joue là-haut – engloutissent ma voix.

J'aimerais dire que mes souvenirs de cette nuit-là, de ce qui s'est vraiment passé, sont flous, mais c'est le contraire qui est vrai. Je me rappelle chaque moment, comme en panorama 360, comme la visite virtuelle que j'ai faite de la maison que j'ai mise en vente il y a un mois maintenant. (Malgré la mise en scène experte de Courtney la Courtière, elle n'est pas encore vendue.) Si Barry n'avait pas été dans le coin, si les garde-côtes n'étaient pas arrivés si rapidement, si nous n'avions pas été si près de Ruby Rock, et si la température de l'eau n'avait pas été incroyablement élevée pour un mois d'avril – si l'une de ces choses ou toutes n'avaient pas été en notre faveur, je suis presque sûr que certains d'entre nous seraient morts. Et ensuite, il y a eu le risque insensé que j'ai pris, pas parce que je suis tellement "courageux", mais parce que je ne pouvais plus contrôler ma fureur.

À mi-chemin de la sortie du port, en naviguant entre les quelques bateaux amarrés çà et là, aussi vite que je le pouvais, non seulement pour obéir à notre preneur d'otages mais dans l'espoir infime que nous serions arrêtés pour vitesse excessive, et tout en me demandant si mon cœur n'allait pas exploser tant il battait vite, j'ai réalisé que la femme qui tenait le pistolet était plus concentrée sur notre progression que sur ses prisonniers. Elle présumait sans aucun doute qu'Arturo et les jeunes hommes crédules qu'ils avaient attirés dans leur projet scélérat constitueraient une intimidation suffisante pour que nous restions à nos places. Je savais, parce que j'avais entendu les deux novices en parler en anglais, que nous étions en route pour rejoindre le chalutier qui les emmènerait tous les quatre vers le nord. J'avais comme l'intuition que si notre sort demeurait entre les mains des trois hommes, ils nous laisseraient retourner à terre seuls, mais après avoir vu la femme tirer sur quelqu'un, je doutais qu'elle soit aussi clémente. Elle préférerait probablement nous jeter par-dessus bord et nous livrer aux méduses, avant de saborder mon bateau.

Mais ce qui m'a mis en rage, c'est ma peur que sa deuxième balle ait touché Margo – après son plongeon d'une audace délirante – et ma honte de ne pas avoir trouvé un moyen de court-circuiter le moteur, de nous laisser en rade. Du temps où on dépendait du carburant, pas de l'électricité, il aurait été facile de noyer le moteur, mais est-ce que je l'aurais fait ? Déjà, pour commencer, comment ces hors-la-loi avaient-ils choisi Margo pour organiser leur fuite ? Ou avais-je été celui sur lequel ils avaient des vues depuis le début ? Quelle importance, maintenant ? Pourquoi diable mon esprit, plus fastidieusement que jamais, traitait-il la situation comme une énigme logique et pas une incitation à agir ?

Nous étions à la hauteur de Ruby Rock quand j'ai fait trois choses simultanément ; j'ai crié "Egon, la fusée !" ; j'ai lâché la barre ; et je me suis jeté sur la femme par-derrière. Sa force et ses réflexes m'ont surpris – c'est moi qui ai perdu l'équilibre lorsque le bateau a soudain viré en direction de l'île. Arturo a repris le gouvernail et a corrigé notre trajectoire, mais à ce moment précis, le bateau du capitaine du port arrivait vers nous, côté bâbord, après avoir contourné Harrow Point. J'essayais désespérément de me servir de mon poids pour immobiliser Suarez sur le pont quand j'ai entendu la voix de Barry dans son porte-voix qui nous ordonnait de ralentir et nous arrêter – un ordre auquel Arturo n'avait aucune intention d'obéir. Une vedette est relativement facile à manier et il a viré sèchement à tribord. Pia Suarez et moi, en pleine lutte du côté bâbord, avons basculé par-dessus bord. Nous avons été projetés dans des directions différentes par l'élan.

Quand je suis remonté à la surface, j'ai vu mon bateau filer devant l'embarcation de Barry, plus grande, mais moins agile, et j'ai entendu la détonation d'une fusée ; la scène a été baignée dans un énorme halo rouge. Sous la lueur de la fusée éclairante – était-ce la mienne ? Egon m'avait-il entendu ? – j'ai pu distinguer l'île, à moins d'une centaine de mètres, et j'ai nagé dans cette direction de toutes mes forces. Je me suis hissé sur une grosse dalle plate ; j'avais le vague souvenir d'une plage plus large, du temps où mes enfants avaient passé une partie de l'été au centre de vacances qui était autrefois installé sur l'île. Une fois que je me suis mis debout et que j'ai atteint le sommet, où les vestiges aplatis des bâtiments du centre s'enfonçaient dans un champ envahi d'herbes folles, je me suis retrouvé entouré par des groupes de phoques, les occupants actuels de l'île. Jusqu'à ce que commence tout ce remue-ménage, ils devaient être profondément endormis. Depuis l'endroit où je me trouvais, j'ai vu un bateau des garde-côtes apparaître, décrire une large courbe depuis le sud pour couper la route d'Arturo vers la haute mer. Je connais ces bateaux, ils sont bien armés.

Ne tirez pas ! avais-je envie de hurler.

Ma seule préoccupation alors était Egon. Je savais qu'en éjectant cette horrible femme du bateau, j'avais également fait disparaître le pistolet, ou du moins, je l'espérais, mais le désespoir est une arme en soi. Les trois hors-la-loi encore à bord pouvaient tenter n'importe quoi, et provoquer une riposte armée de la part des agents qui voulaient les capturer. Je me suis obligé à me rappeler que l'amie d'Egon, Pearl, était encore à bord elle aussi, ainsi que les deux otages restants – le jeune homme qui travaillait pour le paysagiste et la femme avec laquelle il était arrivé, quelqu'un que je n'avais jamais vu de ma vie – mais tout ce qui me préoccupait était la survie de mon fils. N'était-ce pas exactement ce que je pensais quelques jours auparavant, quand j'attendais avec angoisse qu'il quitte New York pour se réfugier à Vigil Harbor, un lieu "sûr" ?

Planté au milieu des bandes de phoques, j'ai regardé Barry et le bateau de la sécurité manœuvrer pour prendre en tenaille mon voilier, plus petit, et j'ai entendu le sifflement puissant produit par le grappin que lançait le garde-côte pour contraindre le mien à s'arrêter. Autour de moi, les phoques ont commencé à murmurer, baragouiner, et aboyer doucement, probablement plus alarmés par ma présence fébrile que par le drame humain qui se déroulait sur l'eau. "Chut, rendormez-vous" les ai-je rassurés, comme un parent pourrait le dire à un enfant affolé au milieu de la nuit. Je savais qu'il me faudrait attendre pour attirer l'attention sur moi. Je savais aussi que quelqu'un avait déjà demandé qu'on lance des recherches pour me retrouver ainsi que Pia Suarez, surtout elle. J'avais beau avoir très froid, je ne mourrais pas congelé. La pluie s'était arrêtée et une brise sèche soufflait du sud, découvrant la lune et les étoiles.

La lune était d'une beauté à couper le souffle, un disque de platine étincelant comme un bouclier, aussi clair qu'un œil attentif, écarquillé. J'ai contemplé sa surface marbrée intemporelle et lui ai demandé silencieusement de calmer mon cœur battant. Je n'avais rien d'autre à faire qu'espérer et attendre. Ma rage était consumée.

Je me suis assis sur une barrière en ciment basse, à moitié écroulée, qui faisait partie des fondations de ce qui avait été le logement des animateurs, leur seul refuge pour s'isoler des constantes interpellations d'enfants de six ans ivres de soleil. À l'intérieur du bâtiment une douzaine de phoques gris étaient serrés les uns contre les autres, et en les regardant de près, j'ai remarqué que l'un d'eux se distinguait par sa peau de couleur pâle ; pas le gris tourterelle pommelé d'un jeune phoque, mais un blanc argenté lumineux – la couleur de la lune. Elle – j'avais la certitude inexplicable qu'il s'agissait d'une femelle – paraissait plus délicate que ses compagnons, et sa fourrure semblait luire. Peut-être que c'était, en fait, un effet d'optique du clair de lune. Elle a levé la tête vers moi avec les yeux ronds et implorants d'un phoque qu'on verrait sur un vieux calendrier mural, un de ces cadeaux sur papier glacé que les groupes écologistes envoyaient avec une demande de don pour contribuer à sauver une espèce en voie de disparition. Ses moustaches et sa truffe semblable à celle d'un chien étincelaient dans les faisceaux des projecteurs provenant d'une demi-douzaine de bateaux, tous convergeant sur le site de l'arrestation. Comme il était facile de plonger son regard dans ses yeux noirs et de calquer des interrogations humaines sur son expression. J'ai soutenu son regard pendant plusieurs secondes avant que ses compères, plus gros, la bousculent pour qu'elle renonce à cette toquade ; elle s'est mise à s'éloigner de moi, à partir en direction d'une ouverture à l'autre extrémité de la mêlée.

J'avais peut-être attendu une demi-heure ; le temps importait peu. Même quand des hélicoptères ont commencé à sillonner le ciel au-dessus, les phoques sont restés calmes. J'ai regardé le bateau des garde-côtes filer en direction de Boston, un autre bateau des autorités partir vers le nord, et quelques embarcations du coin, y compris celle du capitaine du port, passer en retournant au ponton. J'ai fait de grands gestes avec mes bras, puis j'ai entendu la voix de Barry, amplifiée, me dire qu'il reviendrait me chercher.

Dix minutes plus tard, tout en m'aidant à monter à bord et en me donnant une vieille couverture militaire, il m'a annoncé que personne n'avait été blessé lors de l'arrestation, mais ils n'avaient pas retrouvé Suarez.

Nous savions tous les deux que si elle était une nageuse correcte, il était plausible qu'elle ait atteint la côte. Elle n'aurait jamais franchi les barrages routiers, mais les frontières de notre ville étaient loin d'être impénétrables. Elle pouvait aisément et discrètement traverser une série de jardins ou la zone de marécage broussailleux qui se trouve entre Knowles et nous. J'ai dit à Barry qu'il fallait que je retrouve mon fils, et nous sommes arrivés au ponton. Devant l'effervescence chaotique des véhicules d'urgence, des agents vêtus d'uniformes variés, dans le bourdonnement des drones des médias qui sillonnaient le ciel, j'ai compris que personne, ou aucun de ceux qui avaient été sur ce bateau, n'allait rentrer tout de suite chez lui.

Avant que nous débarquions, Barry m'a dit que mon bateau avait été mis sous scellés par les garde-côtes. Il avait l'air de s'en excuser, mais j'étais soulagé. Ils pouvaient le garder pendant des semaines, s'ils voulaient. Je lui ai demandé si mes compagnons d'infortune avaient été blessés avant l'arrestation. Je pensais à Margo ; je n'osais pas poser la question directement, parce que j'étais consterné par mon incapacité à la protéger. Mais Barry a dit :

— Mme T. est déjà au commissariat. T comme dans T. Rex, on disait. Plutôt T comme dans titanium. Wouah.

Pour la première fois depuis des heures, j'ai souri. Barry avait presque dix ans de plus qu'Egon, mais je suppose qu'il avait subi ces récitals de poésie comme tout le monde.

Deux heures plus tard, Egon et Pearl et moi sommes retournés à mon appartement. Egon et moi avons envoyé Pearl directement sous la douche et nous avons mis une pizza surgelée dans le four. Les secouristes nous avaient donné un café fade et tiède, que nous avions bu en trop grande quantité, et des barres protéinées rances. J'avais dans la bouche un goût de vieilles noix.

Nos échanges se sont concentrés exclusivement sur des détails pratiques (*Là-haut les assiettes. Je bois de l'eau. Tu as assez chaud ?*) tout en ouvrant des bières avant de nous écrouler sur le canapé et les fauteuils. Une fois la pizza terminée, nous sommes allés nous coucher. Nous avons pris les tranquillisants que les ambulanciers avaient distribués et nous nous sommes allongés pour récupérer du choc par le sommeil.

J'ai été le premier levé le lendemain matin. Je faisais du café quand j'ai entendu un bourdonnement assourdi : mon téléphone professionnel, qui se trouve généralement dans mon sac à dos. Ouvrant la porte du placard, j'ai vu que l'appareil s'allumait avec outrecuidance à travers la peau en nylon du sac. J'ai failli refermer la porte et le laisser s'épuiser, certain de tourner le dos à rien de plus que des invasions de reporters et des appels inquiets de la part de collègues que je connaissais à peine, mais heureusement, je l'ai sorti du sac pour regarder le numéro ; j'ai répondu instantanément.

— Papa, je suis désolée de t'appeler au travail, mais je croyais que tu avais promis de cesser d'ignorer ton portable, a dit Marinda. (C'est seulement à ce moment-là que je me suis rappelé que la police avait mon téléphone, qu'ils avaient confisqué à Cabrera.) La première chose que je veux dire c'est que je vais bien, tout va bien se passer, mais j'ai quelques… soucis. Le bébé va bien, elle fait un poids correct et ils m'ont donné des hormones, mais je vais devoir rester couchée pendant deux ou trois mois.

Je n'ai pas su quoi dire, parce que parler aurait signifié fondre en larmes. Les deux grossesses de sa mère avaient été d'une normalité totale, à peu près aucun effet secondaire, mes enfants arrivant aussi ponctuels et sans histoires que des invités bien élevés.

— Vraiment, ça va bien se passer, j'ai toute confiance en ma sage-femme, mais je voulais que tu sois au courant. Ils peuvent me déclencher plus tôt, elle a dit… mais d'ici là, jusqu'à ce que je sois plus avancée dans ma grossesse, je vais devoir apprendre à aimer la vie à l'horizontale.

— Je vais venir, ai-je balbutié dans le téléphone.

— Oh, papa, je ne voulais pas…

— Laisse-moi finir deux trois choses ici, donne-moi un jour ou deux, et je serai-là. (Soudain mon cœur s'est serré.) À moins que tu préfères avoir ta mère.

Marinda a éclaté de rire.

— Maman ? Tu rigoles ? Tu sais où ils sont, maman et ce… (Elle a soupiré.) Ils sont dans un club sur le lac Michigan qui a un partenariat privilégié avec le yacht-club de chez nous. Comme si… Non. Maman n'est pas la personne que j'ai envie de voir.

Elle a insisté sur le fait qu'elle n'avait pas besoin de moi. Ils étaient déjà en train d'envisager d'embaucher quelqu'un qui serait là pour l'aider quand Harkney partirait faire des inspections offshore. L'entreprise allait installer un nouveau parc éolien dans les eaux à l'ouest de Crescent City.

— Laisse-moi venir, dis-je. S'il te plaît ?

Est-ce que je suppliais ma fille de me fournir une excuse pour mettre ma vie, comme mes affaires, dans un box de stockage ?

Dans le fond, Harkney a énoncé un avis que je n'ai pas entendu.

— Si tu veux venir, a-t-elle dit enfin, on serait contents. Mais tu ne seras pas obligé de rester.

Mais rester, ça me fait plaisir. La maison est une de ces boîtes en verre dans lesquelles on ne se sent jamais complètement dans son intimité, même avec les stores en chanvre tirés. Les vues sont fascinantes – des forêts subtropicales bien cachées au fond d'un canyon fertile, ponctué de seulement quelques autres habitations lointaines – en particulier depuis la chambre principale, où ma fille est allongée toute la journée dans un grand lit, avec une quantité de coussins disposés en face non pas d'un écran (comme tant de lits aujourd'hui), mais d'une vaste baie vitrée diffusant la joie cinématique de toute cette biomasse verdoyante. La plupart des matins, après que je lui ai apporté un plateau d'œufs, de fruits et une tisane d'une couleur rouge vif, nous nous asseyons côte à côte et regardons dehors, cherchant les oiseaux insaisissables ou observant les nuages qui se reforment incessamment ; qui dérivent, bougent, se dissipent et cèdent la place à ceux qui les suivent. Peut-être parce que notre seule manière de rester en contact ces dernières années était l'échange de mots à distance, je suis surpris de découvrir que cette fille adulte, comme moi, tolère parfaitement bien les périodes de silence. De temps en temps, elle tend le bras, prend ma main, et la place contre son ventre pour que je sente le corps du bébé qui bouge, aussi imprévisible que les nuages. Il peut nous arriver de ne pas dire grand-chose pendant une heure, voire plus.

Les premiers jours, j'éprouvais une certaine gêne, ainsi assis sur le lit de Marinda avec elle, mais c'est ce qu'elle préfère, même si nous sommes absorbés dans des passe-temps différents. Elle porte ce qu'elle appelle son yogajama, je porte mon jean et ma chemise habituels. Elle aurait pu trouver un moyen de continuer avec le torse incliné en arrière à 45°, mais elle a quitté son boulot de graphiste et plaisante sur le fait que c'est “le confinement qui recommence” ! Il y a une douzaine d'années, elle était encore au collège et Egon entrait au lycée lorsque nous avons enduré la première année d'assignation à résidence. Quand les écoles ont renvoyé les étudiants à la maison, Egon venait juste d'émerger de la pire période de douleur à la suite de la terrible brûlure de l'été précédent, et il avait espéré trouver un nouveau sport auquel il pourrait se mettre, quelque chose qui remplacerait la gymnastique. Au moins mon travail, dans la prétendue nature, m'a permis de sortir de la maison une fois venu le printemps. À ce moment-là, je menais un projet d'assainissement de fossés, une tentative pour contrecarrer la capitulation des marais à Ipswich et Essex devant la salinisation croissante. J'animais des réunions de levée de fonds sur Zoom, parlant en termes ambitieux de "bilans de vulnérabilité" et "rachat côtier", décrivant la situation dramatique de notre "littoral vivant" et comment notre dépendance cachée à l'océan nous engageait tous dans une "économie bleue". Mais soudain, et pendant un bon moment, toutes les informations scientifiques ont convergé sur les épidémiologistes. Les écologistes, les océanographes, les défenseurs de l'environnement… qui étions-nous ? L'économie était peut-être bleue, mais l'eau n'avait rien à voir avec cette couleur, c'était plutôt qu'elle avait le blues.

La nuit, après avoir détaché nos enfants de leurs écrans – la zone qui était devenue la salle de classe, le bureau, le marché et la fontaine à eau de toutes nos vies – Dee et moi, nous nous plantions ensemble devant les sinistres informations, avec une bouteille de vin, en maintenant le volume très bas. Comme si nos adolescents ne plongeaient pas dans les bulletins apocalyptiques tout seuls comme des grands.

Si les devoirs étaient finis, nous sortions les jeux de leur enfance : le crib, Bananagrams, Risk et les deux intrus appelés Tantrix et Rummikub. Nous jouions avec de la géométrie, de la géographie, des mots et des nombres. Nous tenions un journal des scores. Je me rappelle avoir regretté que nous ne soyons pas musiciens dans la famille, comme les von Trapp ou les Marsalis, que nous ne nous divertissions pas comme le faisaient les familles des siècles précédents, pas de sitcoms, de réseaux sociaux ou de shopping en ligne pour remplir les heures de confinement. Mais nous avions ces jeux, et certains matins, après avoir préparé mon café, je venais m'asseoir sur une chaise à la cuisine et je sentais un objet dur sous mes fesses. En me relevant, je trouvais un petit carré de plastique portant un 3 ou un Q ou un entrelacs de lignes colorées. Je rangeais la pièce dans le sac ou la boîte prévus à cet effet et me sentais reconnaissant, pendant quelques instants, pour le fait que nous avions le luxe des jeux.

Finalement nous sommes retournés dans le monde et avons repris la plupart si ce n'est la totalité de nos anciennes habitudes, les mauvaises avec les bonnes. Il y a eu périodiquement des confinements, mais nous avons tenu bon. Maintenant, nous guettions dans les nouvelles l'annonce de maladies émergentes, des mutations de celles que nous connaissions déjà, et nous avons acquis un respect plus grand et plus pessimiste pour le moustique mortel. Bien trop tôt, ceux qui juraient qu'ils ne se sentiraient jamais bien dans un dîner ou une soirée ont abandonné leurs craintes de faire la bringue. Je suis retourné au labo et dans les marais. Je me souviens comme ma peau a brûlé ce premier été ; je quittais la maison avec mes masques, mes gants et mes désinfectants, oubliant trop souvent ma crème solaire.

Ces années-là faisaient partie des souvenirs que Marinda et moi avons partagés et comparés pendant les premiers jours de notre confinement intime à deux. Au début, nous ne mentionnions que les meilleurs de ces souvenirs – comme si sa mère n'avait pas projeté une ombre sur tout en faisant éclater notre mariage. (Je ne dis pas à Marinda que je n'étais peut-être pas totalement heureux, moi non plus. Cela ne lui apporterait aucun réconfort.) Mais maintenant, quelques semaines après mon arrivée, nous passons le temps parfois en écoutant un audiolivre que Marinda a choisi, un roman moderne qui n'aurait jamais retenu mon attention d'abord, mais dans lequel peut-être des familles assez ressemblantes à la nôtre vivent leurs drames, dénouent et enterrent leurs peines de cœur, leurs griefs, leurs scandales et leurs joies. Je commence à comprendre que les livres d'histoires ne sont pas que pour les enfants. Je propose de lire les livres à Marinda moi-même. Elle est touchée, mais refuse mon offre.

— Papa, ne le prends pas mal, mais les gènes d'acteur d'Egon ne viennent pas de toi.

La maison est presque vertigineusement verticale, ses escaliers en bambou brillant couleur beurre-frais relient cinq étroits niveaux, descendant de ma chambre d'amis compacte agrémentée d'une terrasse tout en haut jusqu'au bureau de Harkney tout en bas. Harkney est un homme d'affaires, mais ses affaires sont proches de la science et nous sommes tous les deux des geeks. Le lendemain de mon arrivée, il m'a montré tous les équipements visant à diminuer l'empreinte carbone de la maison, qui avaient fait l'objet de recherches poussées et qu'il avait installés lui-même sur une période de deux ans. Je l'écoute avec un intérêt réel, un intérêt dont je me rends compte qu'il vient de l'amitié que j'ai pour mon gendre, et qui l'approfondit, ce gendre avec qui j'avais à peine échangé plus d'une amabilité de vacances. Si Marinda entend nos plaisanteries de scientifiques fous, elle rira et dira à Harkney de faire attention, sinon je l'obligerai à démonter et remonter un moteur hors-bord. Sauf que, Dieu merci, il n'y a pas de moteurs hors-bords en vue. Il n'y a pas d'océan en vue – même si je sais que le Pacifique est à moins d'une heure de route d'ici. Après être venu me chercher à l'aéroport, Harkney a pris la route "touristique" qui suivait la côte avant de tourner brusquement vers l'intérieur des terres, me désignant au loin quelques-unes des éoliennes colossales de son entreprise. Pas mon océan, pas mes problèmes, je me suis dit avec soulagement. Et ensuite, il m'est venu une pensée étrange : et si mon océan était devenu, pour moi, comme une épouse ? Et si le problème que j'avais avec mon travail était que je m'attendais à en tirer du réconfort, de la loyauté, un corps chaud pour m'accueillir chaque jour avec une affection fiable ? Une idée idiote et grandiose...

Je m'habitue à la machine à laver qui semble utiliser un dé à coudre d'eau, aux microzones thermostatiques qui se réveillent en réaction à ma proximité, aux lumières dont l'intensité augmente et diminue en fonction des ordres donnés par gestes, aux stores qui descendent tout seuls, selon la chaleur du soleil.

Comme j'ai de la chance de pouvoir fuir ma vie ordinaire pendant des mois d'affilée, même de mettre mon emploi entre parenthèses. Sans le dire, je laisse mes collègues croire que mon chômage technique auto-infligé a été provoqué autant par le traumatisme d'avoir été pris en otage que par une urgence familiale. Je suppose que mes rêves récurrents manifestent un autre avis, mais j'ai l'impression d'en avoir terminé avec les événements de cette nuit horrible, avec le récit de la chose à un énième ami ou un étranger, avec le "processus émotionnel" quel qu'il soit qui était attendu de moi. Deeanne m'a envoyé trois messages vocaux pendant la semaine suivante, et j'ai fini par lui écrire un court message pour dire que j'allais bien. Je n'ai pas ajouté que j'espérais qu'elle aille bien aussi, parce qu'en réalité, j'espérais le contraire. Marinda lui parle à peu près une fois par semaine, et Dee sait que je suis là, alors peut-être qu'elle évite de s'épancher sur les détails de sa vie avec le Commodore Giraffe. Il s'avère qu'ils ont échoué à Boston, décidant que ce qu'ils voulaient depuis le début était une vie urbaine dans une ville moderne. *Vive la différence*[*], et bonne chance à eux quand Boston sera submergé par les flots, ce qui, malgré les milliards de dollars dépensés pour consolider le port, pourrait bien arriver avant la fin de leur vie.

Dans d'autres récits urbains, Egon est reparti à New York, apparemment sans se démonter. Pourquoi est-ce que je m'inquiète moins, en particulier maintenant qu'il est si loin, et si inaccessible ? Marinda prétend que c'est parce que nous avons traversé quelque chose de dangereux ensemble et que nous avons survécu. Depuis notre poste de commandement moelleux, elle lui parle tous les trois ou quatre jours, ce qui me donne l'assurance de sa survie sans être obligé d'envahir sa messagerie. Et si je suis assis à côté d'elle, peut-être en train d'essayer de lire un article aride, bourré de chiffres, elle conclut parfois sa conversation par “Je t'embrasse, tiens, je te passe papa” et elle me tend le téléphone.

Quand je l'interroge sur Pearl, il me répond qu'elle se prépare à quitter le pays. Elle a rejoint les Restitution Corps. C'est un peu comme l'armée : on ne sait pas où ils vont vous envoyer ; elle a accepté d'aller n'importe où en Afrique, et probablement, vu son histoire, son vœu sera exaucé. En plus de la tâche difficile d'aider des gens à survivre, tout simplement, elle veut apporter le théâtre à des enfants qui ne le connaissent pas.

— Oh, quels jeunes idéalistes vous faites, dis-je.

Cela n'amuse pas Egon.

— Est-ce qu'on a vraiment le choix ? Sauf si se trancher la gorge en est un. Les époques extrêmes exigent des croyances extrêmes.

Je me dis : Est-ce que toutes les époques ne sont pas extrêmes pour ceux qui les vivent ? Je lui demande :

* En français dans le texte.

— Est-ce que tu es toujours heureux là-bas ?

— Heureux ? J'entends ce que tu penses, tu sais. *Pourquoi ne renonce-t-il pas à son rêve et ne fait-il pas sa vie ?* Mais est-ce que je vous ai demandé, à maman ou toi, de l'argent pendant ces dix dernières années ?

— Je suis désolé, dis-je. Je n'ai aucunement l'intention de t'insulter.

Sa voix se radoucit.

— Je le sais. (Il marque une pause.) Papa, si je me rappelle bien, autrefois tu nous disais, à Mare et moi, que parfois il faut continuer à faire ce qui est important pour nous même quand la cause semble perdue. Et je ne cherche pas à t'insulter non plus, parce que je pense que tu es un gentil, mais est-ce que ça ne décrit pas ton travail, aujourd'hui ?

À côté de moi je sens que Marinda perçoit que la conversation est tendue. Elle me regarde avec inquiétude. Je lui souris, et je réponds à Egon :

— Parfois, oui.

Nous restons silencieux tous les deux un moment, pour se reposer du travail que j'espère être celui d'un rapprochement entre nous, mais peut-être que je me trompe. Nous nous disons de faire attention à nous, de bien nous porter et de nous rappeler bientôt.

Je sais qu'il vaut mieux ne pas lui demander s'il a un contrat. Il me le dira (ou le dira à sa sœur) si c'est le cas. Quand Marinda m'annonce qu'on dirait qu'il a "rencontré quelqu'un", je réponds :

— Ne me dis rien encore. Ce que les enfants ne réalisent pas, c'est que ce genre de nouvelle s'accompagne d'une longue traîne d'espoirs de toutes les couleurs pour les parents.

— Papa, tu deviens poète.

— C'est ce qui arrive quand on m'éloigne de ma paillasse et de ma centrifugeuse.

Un matin elle me demande :

— Tu ne te sens pas seul ici ? J'ai l'impression d'être égoïste en te retenant prisonnier. Tu sais, je ne souffrirai pas de la solitude si tu repars. (Elle pose une main sur son ventre rond.) J'ai une compagnie intégrée.

— Chérie, c'est précisément le remède contre ma solitude, l'opposé de la solitude. (Mais quand je vois son expression, j'ajoute :) Ne t'inquiète pas, je ne m'installe pas. Je ne fais que passer. Quand on n'aura plus besoin de moi, je mettrai mes bouteilles et je me confronterai aux conséquences.

C'est une expression que les plongeurs utilisent au labo quand ils n'aiment pas les résultats qu'on obtient, et elle fait naître un sourire soulagé sur le visage privé de soleil de Marinda.

Harkney est le plus souvent avec nous au dîner, même parfois au déjeuner. J'ai installé une petite table à abattant et deux chaises pliantes dans un coin de la chambre ; chaque soir, une fois que j'ai disposé la table, Marinda s'assoit sur le bord de son lit. Une chose dont je me rends compte quand nous sommes ensemble tous les trois à bavarder, c'est que ma fille a épousé un optimiste – et pour autant que je puisse le voir, un homme sans sautes d'humeur. Cela me rend plus heureux que je ne l'ai été depuis très longtemps.

Après le dîner, je laisse toujours Marinda et Harkney seuls. Je monte dans ma chambre. Elle donne sur une petite terrasse qui m'offre une vue plongeante sur le canyon. Vu des airs, les environs sont un paradis, mais quand je m'aventure en bas pour arpenter les chemins qui serpentent au milieu des arbres, je remarque la pénurie de chants d'oiseaux, je n'aperçois jamais un serpent ou un lézard qui file sous ma semelle. Il y a beaucoup d'insectes, évidemment ; il y aura toujours des insectes.

Depuis mon perchoir, je suis au-dessus du monde – cela me rappelle la fois où j'ai visité une tour de guet d'incendie dans les White Mountains, du temps de mes études – et j'aimerais tant avoir l'impression de dominer la traction de ma vie en suspens, car cette retraite ne durera pas éternellement. La petite Eden naîtra d'ici un mois environ, et même si Harkney dit que je peux rester après, je sais qu'ils ont engagé une nounou, et si haute que soit cette maison, elle n'est pas large. Quatre personnes, plus l'exigeante nouvelle-venue, ce serait trop.

En dehors d'Egon et quelques-uns de mes collègues, la personne avec qui je parle assez souvent est Margo. C'est généralement elle qui téléphone, mais quand je rate son appel et qu'elle me laisse un message, je ne manque pas de la rappeler. Elle me fait rire.

Elle suit les nouvelles (les accusations contre Arturo et les deux étudiants malavisés dont la vie est détruite, les tentatives d'extrader Suarez du Venezuela et bien sûr, le battage de moins en moins sonore en ville) et je la laisse vider son sac, sans rien suivre de tout cela moi-même.

— Le Taj Mahal de Tyrone avance du tonnerre, maintenant que la saison de la mousson semble être passée. Il a installé une grande palissade autour du site pour que personne ne puisse surveiller les progrès de la construction, me dit-elle. Malheureusement, elle n'arrête pas le bruit des énormes machines qui pulvérisent la roche. Genre, ils ne l'ont pas déjà finie, cette partie-là ? Eh bien, tu sais quoi ? Il construit un putain de bunker souterrain. Ici, à Trusty Town, USA.

— Je dirais que notre ville a perdu beaucoup de son charme.

— Eh bien, nous ne pouvons plus nous vanter de notre côté obscur. Je me dis que peut-être, c'est surfait.

— L'obscurité ?

— L'anonymat.

— J'apprends beaucoup sur l'anonymat. L'effacement.

Je suis sur la terrasse, dans le noir, je contemple les lumières qui apparaissent par intermittence dans les maisons de l'autre côté de la vallée qui normalement sont cachées par des arbres. De jour, je ne peux en voir que deux. Dans le noir, les lumières trahissent la présence discrète de cinq maisons supplémentaires. De temps en temps, une mélodie me parvient. Pas du classique ou du jazz ou le genre de musique sur lequel mon goût s'est fossilisé il y a des dizaines d'années ; la musique est décidément jeune, en grande partie discordante et geignarde, les voix des chanteurs plaintives ou rudes. Les habitants de ces maisons isolées sont membres de la génération qui porte sur ses épaules la responsabilité de nous sauver tous, ou le destin d'y passer pour avoir joué avec le feu.

— Quand est-ce que tu reviens ? demande Margo.

— Le bébé viendra au monde d'ici mi-juillet. Je devrais rentrer une semaine après.

Ce que je ne lui dis pas, c'est que je risque de rester sur la côte Ouest un peu plus longtemps, aller voir deux biologistes marins avec qui j'ai collaboré à distance, un à Seattle, l'autre à Vancouver.

— Mais comment peux-tu manquer le 4-Juillet sous stéroïdes ?

— Ça ne m'avait pas effleuré. Mon Dieu, quel soulagement.

— Ouais, dit-elle. Peut-être que je n'aime pas vraiment regarder le feu d'artifice entassée avec des dizaines de personnes qui m'accueillent avec un enthousiasme bidon tout en pensant au C- que je leur ai mis à leur devoir sur *Beloved* ou *Winesburg, Ohio*. Je n'ai jamais surnoté. Je ne le fais toujours pas. À mon avis, la majorité du monde mérite un D, aujourd'hui.

— Applique-moi l'évaluation binaire, réussite/échec, lui dis-je. S'il te plaît.

— En réalité – elle soupire profondément – la raison pour laquelle j'espérais que tu rentrerais plus tôt, c'est pour me sauver de mes filles autoritaires. Je n'arrive pas à me débarrasser d'elles. Quand l'une part, l'autre arrive. Du harcèlement psychologique en meute. Elles sont déterminées à me faire prendre en charge par une espèce de bureau d'aide aux victimes local. Elles me disent aussi que je bois trop, que je ne suis pas consciente de tous les "facteurs de stress" dans ma vie. Excuse-moi, mais ce sont elles qui n'ont pas conscience de tous ces putain de facteurs de stress, et elles devraient me remercier de ne pas leur en parler.

— Margo, tous nos enfants pensent que nous buvons trop. Ce qui est le cas. Le truc, c'est que la plupart d'entre eux ne boivent pas assez.

À mon tour de faire rire Margo.

— Autre nouvelle, dit-elle. J'ai enfin vendu le bateau. À quelqu'un dans le Maine, comme ça, je n'aurais plus à l'avoir sous les yeux. Et j'ai quitté le yacht-club. Ce qui devrait réduire mon budget cocktails, si ce n'est pas ma consommation. Attends. Mike ? Est-ce que j'entends un piano ? C'est chez toi, un vrai piano ?

Eh oui, en bas, les gammes ont commencé, les notes égrenées montant rapidement l'escalier en bois.

— Mon gendre, à l'âge de trente-quatre ans, se met à apprendre un instrument.

Elle rit à nouveau.

— Eh bien, il faut un sacré cran.

— Je dirais qu'il en faut plus pour avoir un bébé.

Margo soupire.

— Tout ce que je peux dire, c'est que tu seras devenu grand-parent avant moi.

— Pas encore.

Mais je pense au bébé dans le ventre de ma fille – la fille de ma fille, un concept qui me stupéfie chaque fois – qui vient se nicher au creux de ma paume. Elle est si proche du monde, et parfois, je me demande si je peux supporter le poids supplémentaire de son arrivée, le poids de cet amour.

— C'est bientôt, mon ami, dit Margo. Bientôt. Et il y a intérêt à ce que je voie des photos dans les vingt-quatre heures qui suivent la naissance.

— Je me garderais bien d'oublier.

Après un silence, elle dit qu'elle aime tellement sa nouvelle salle de bains qu'elle envisage de laisser les juniors du cabinet de Kepner s'attaquer à sa cuisine – surtout que mon projet est en suspens. Elle a tiré un bon prix du bateau.

— Ça veut dire que tu as décidé de rester ?

— Ou que je veux vendre. Ça pourrait aller dans un sens ou dans l'autre, n'est-ce pas ? Le Drome est toujours à vendre, Mike. On pourrait s'associer et le transformer en club de strip-tease. Avec des artistes de tous les genres. Ils seraient en costumes historiques célèbres qu'ils effeuilleraient. Je crois que je viens d'avoir un éclair de génie. Qui tu paierais le plus cher pour le voir se déshabiller, Thomas Jefferson ou Sappho ? Mahatma Gandhi ou Sojourner Truth ? On ne devrait laisser aucune icône culturelle vêtue. Gandhi ne portait pas grand-chose à la base, alors mettons-le de côté. Et qu'est-ce que tu dirais de... oh, des juges de la Cour suprême ? des papes ? Ça fait tellement de couches à faire valser ! De quoi jouer.

Ce n'est pas la première conversation que j'ai avec Margo, allongé sur une chaise longue sur la terrasse, au cours de laquelle je me rends compte que nous continuons à parler même quand nous n'avons rien d'important à nous dire. C'est comme si on foulait l'eau d'un lac chaud, sans vagues, sans vent ; peut-être, si c'était il y a dix ans, des chauves-souris seraient en train de tournoyer au-dessus de nos têtes.

On finit par se dire au revoir et je reste là un moment, les yeux fermés, écoutant Harkney s'escrimer à produire une mélodie qu'on donnerait à apprendre à un enfant de six ans. Ça devrait me taper sur les nerfs, mais ce n'est pas le cas. Est-ce qu'on peut considérer comme un signe d'espoir que même si les chauves-souris ont disparu, des gens continuent à apprendre à jouer au piano ? Harkney veut être capable de jouer des berceuses pour sa petite fille. (Je lui ai demandé pourquoi pas la guitare. Il m'a répondu qu'il avait hérité le piano et qu'il ne pouvait se faire à l'idée de le laisser partir. Parfois, me dit-il, c'est l'instrument qui te choisit.)

Quand Harkney cesse de jouer, je rentre dans ma chambre, toute petite, mais aux proportions parfaites, énergétiquement sobre, mais élégante. De nombreuses nuits ici, après avoir éteint la lumière, je revois cet étrange petit phoque à la peau argentée, celui qui m'a tenu compagnie pendant que j'attendais que quelqu'un vienne me chercher sur mon rocher. Il est facile de comprendre pourquoi des gens, surtout les marins et les pêcheurs esseulés qui sont trop souvent loin de chez eux, croient aux selkies. Son regard était tellement celui d'une fille.

Je pense à Marinda petite, qui aimait sortir sur le Mako seulement avec moi, sans maman ni frère, juste moi. Je lui ai appris à pêcher. On rapportait notre butin à la maison et sa mère préparait et cuisinait les poissons. C'était lors de ces sorties qu'elle posait son regard sur moi, tandis que nous attendions que ça morde, et que soudain il lui venait des questions importantes : pourquoi est-ce qu'on trouve normal de manger des poissons ? Pourquoi on ne peut pas voir le fond de l'océan ? Comment est-ce que cet énorme bateau en acier peut flotter ? Pourquoi est-ce qu'on peut parfois voir la lune – mais pas toujours – au milieu d'une journée ensoleillée ?

— Qu'est-ce que tu ferais si je mourais ?

Elle avait sept ans quand elle m'a demandé cela.

— Et ne dis pas que ça ne va pas arriver avant longtemps, très longtemps. Ça, c'est la réponse débile.

Jamais je ne m'étais senti aussi seul dans mon rôle de parent. La réponse que j'avais au bout de la langue (si improbable qu'elle fût) était que si elle devait mourir, je mourrais aussi. Mais je lui ai dit que son esprit serait à l'intérieur du mien, vivant avec moi, toujours, comme un trésor chéri qu'on promène partout dans sa poche. “Pas à l'intérieur de celui de maman ?” s'est-elle demandé, le sourcil froncé. Si, lui ai-je dit, à l'intérieur de celui de maman – et de son frère aussi. (Sans surprise, c'était Egon qui lui avait parlé de la mort, pour commencer, les grands frères étant toujours la source fiable des nouvelles les plus sensationnelles et des pires.)

— Et si nous devenions tous une espèce disparue ? dit-elle. Où est-ce qu'iraient nos esprits ? Les esprits de tout le monde ?

Je ne savais pas qu'elle était informée de l'extinction des espèces – mais en même temps, elle avait étudié les baleines à l'entrée au collège et ses camarades et elle étaient allés à Boston pour voir le film sur IMAX à l'aquarium.

— Peut-être dans l'océan, ai-je dit. L'océan, c'est immortel.

— Peut-être que maman et moi on sera des sirènes et Egon et toi, vous serez des tritons.

— Peut-être bien. Pas mal, comme vie.

— Oh, papa, c'est n'importe quoi. (Sa voix était soudain identique à celle de sa mère et j'en ai été déstabilisé.) Papa, je plaisantais.

BRECHT

MON boulot sollicite mon corps jusqu'à la moelle, engage toutes mes articulations et la moindre charnière de ma colonne vertébrale, et mes trajets quotidiens me bouffent un temps incroyable, surtout lorsque le niveau du fleuve monte et que les ferries ont du mal à accoster. Mais certains jours sur le chemin du retour, et certains week-ends, s'il fait assez bon pour rester dehors, je vais à l'endroit où on vivait dans le Village quand j'étais gosse, je m'assois en face de l'immeuble et je le regarde. C'est un bâtiment ordinaire en brique de quatre étages : style immeuble d'habitation, l'appelle maman, et il ressemble carrément exactement à ce que je me rappelle, même si on lui a donné un coup de jeune dans les coins – les briques ont été récurées et rejointées, les fenêtres lavées, les grilles repeintes en noir limousine, pas le plus petit point de rouille.

— Tu peux être sûr qu'il n'y a plus que des gens riches – enfin, relativement riches – qui habitent là-bas, maintenant, a dit maman quand je lui ai dit que j'étais passé devant. Plus de contrôle des loyers, j'imagine. Nous n'aurions jamais pu y habiter aujourd'hui.

Un truc bizarre m'est venu à l'esprit, un genre de bretzel mental : la dernière maison de mon père a été ma première. Ce bretzel, je le tords pour en faire un poème.

J'observe les gens qui entrent et qui sortent, pendant un temps qui peut durer jusqu'à deux heures si personne ne me chasse du perron où j'aime bien m'asseoir. Je comprends totalement ces soupçons courants en ville. Comment ne pas les respecter ? Surtout moi : comment ne le pourrais-je pas ?

Grâce à une relation d'Austin, j'ai trouvé un boulot dans une équipe d'ouvriers de la ville. Nous rebâtissons une section des digues de l'East River, alors pour y arriver depuis Jersey, il faut que je traverse l'Hudson puis que je traverse toute l'île aussi, mais c'est un vrai boulot réglementé, et j'économise pour me trouver un logement à moi, même s'il faudra que ce soit plus loin de la ville. Le patron est sympa (il m'a dit qu'il avait dû suivre une formation en droit social pour avoir ce poste, alors je suppose qu'on pourrait le qualifier de "juste"), mais il n'est pas le genre de patron qui va vous apprendre grand-chose au-delà des compétences pour bâtir la structure en béton flexible qui servira à retenir le fleuve quand il monte ou se déchaîne. Rien à voir avec Celestino.

Le chantier est une fournaise – que du goudron et des pavés, pas d'ombre, et maintenant le soleil d'août – mais par moments on a un peu de brise qui vient du fleuve et on a une vue géniale des ponts vers le nord et le sud. J'écris sur ces ponts aussi. Je me rappelle quand Mme T. un jour nous a parlé de regarder les poèmes comme des ponts : qui relient, qui vous emmènent de l'autre côté, qui défient la gravité de la prose. Ce qui les rend si forts est rarement clair à l'œil nu. Avec la prose, a-t-elle dit, tu t'accroupis ; avec la poésie, tu t'élèves et tu t'envoles. Cela ne signifie pas qu'ils ne peuvent pas t'entraîner dans des lieux souterrains. Elle nous a montré un diaporama de différents ponts, depuis la structure à tréteaux ordinaire, avec plein de boulons, de corrosion et de graffitis, au délicat pont suspendu comme un oiseau, en Chine, qui donnait l'impression d'être fait de fil de pêche translucide, et à côté de chaque pont, elle a affiché un poème et chacun à notre tour nous les avons lus. Elle a apparié le Zakim à Boston (éclairé la nuit, une colossale cage thoracique) avec un sonnet amoureux moderne, le pont de Brooklyn avec un poème beat, le pont à tréteaux avec un texte de Jericho Brown. Alors maintenant je pense à ces ponts, et je me demande si je pourrais écrire un poème pour aller avec chacun d'eux. Peut-être que je surprendrai Mme T. avec une carte postale, juste pour le lui dire.

Il y a un mois, quand j'ai parlé à Celestino, il m'a dit que sa maison était à vendre. Où va-t-elle? ai-je demandé. J'ai découvert avec surprise que j'étais inquiet à l'idée qu'elle parte ailleurs, dans un endroit inatteignable. Après tout, je suis bien ailleurs, moi aussi.

Elle a dit à Celestino qu'elle "sonde le marché". Ou peut-être, pense Celestino, qu'elle essaie de pousser une de ses filles à la récupérer.

Il a appelé un jour pour me demander une faveur, m'a taquiné sur le mode je lui devais bien ça pour l'avoir planté là. Je ne me sens pas coupable, surtout maintenant qu'il dit que les affaires ont retrouvé un rythme normal. Il a encore mal à l'épaule, mais elle guérit et pour l'instant, il a embauché des jeunes grâce aux petites annonces d'été au lycée. Connie va commencer à enseigner là-bas en janvier, il a dit, et cette nouvelle m'a fait un coup. Je pensais que cette petite école de canetons humains était une micro-utopie.

La faveur (et en réalité, c'est l'idée de Connie), c'est que je devienne un correspondant à l'ancienne mode pour Raul, que je lui écrive des cartes et des lettres. Bizarre, mais je comprends. Ce que je fais d'habitude, c'est que je lui envoie un poème, avec quelques mots. Je lui ai demandé de m'envoyer des poèmes aussi, mais jusqu'à maintenant, ça n'a pas trop marché.

Il m'a répondu, *je suis pas du tout poète, mais ne le dis pas à maman.* À la place, il réagit à mes compositions. Il est mon critique-par-correspondance.

Le seul problème avec cette faveur, c'est que l'endroit où j'habite ne bénéficie d'aucun service. Chez Pearl, les gens vivent en cachette; sous les radars, dirait ma mère. Alors Raul envoie ses cartes et ses mots à l'adresse d'Egon, et ça ne me dérange pas d'avoir un prétexte pour voir Egon. S'il est disponible, on mange une pizza ensemble. Ou je passe au théâtre où il construit des décors. Pour l'instant, on est tous les deux dans la construction. Il est aussi la doublure du rôle principal dans une pièce qui fait du bruit sur un futur holocauste nucléaire. Quand il m'a offert un billet, j'ai demandé que ce soit pour un autre spectacle.

— Les bombes, c'est pas trop mon truc, ai-je dit.

Et j'ai ri pour qu'il ne se répande pas en excuses.

Pendant une heure, je me suis posté sur mon perron, ce matin. Ce n'est pas tellement logique, parce que je dois être en ville ce soir pour dîner, et je ne vais pas passer toute la journée à me balader. En réalité, ça ne me dérange pas de faire deux fois le tour en ferry. À moins que le temps soit orageux, le ferry est un bon endroit pour écrire. Aujourd'hui, il fait beau, un de ces samedis où on regrette de ne pas avoir embarqué quelques heures plus tôt, juste pour faire durer la traversée, et pendant le retour, je m'installe dehors à l'arrière, où je trouve un petit coin d'ombre pour m'abriter du soleil de midi. Je jette un œil à la première version de mon poème en gestation.

D'ouest en est, comme une rivière de chrome,
Le flot scintillant des voitures défile devant mon poste d'observation.
Le dernier foyer de mon père, la maison que j'épie

Était aussi, avant, mon premier foyer.
J'ai eu huit ans le mois où il est mort.

D'un auvent au suivant, un garçon
Qui doit avoir l'âge que j'avais à ce moment-là
Court pour garder son avance sur sa mère.
"Attends !" crie-t-elle mais elle rit.
Il la laisse le rattraper, puis file.

Étage sur étage, briques et corniches, escaliers et seuils,
Le long bâtiment est un gouffre continu d'ombre.
Les arbres petits, comme des prisonniers,
Survivent grâce à la brève libation quotidienne de soleil.
Midi inonde de joie, c'est l'heure du cocktail.

De la cave au toit, notre ancien bâtiment
Est une ville entière, un empilement de vies qui se dévident.
Ils vont et viennent, le pas pressé ou la pause bavarde,
Tous me sont étrangers.
Qui sait qui a pris notre place à notre départ.

De la naissance à la mort, l'hôpital au coin
S'active ; c'est là que le garçon s'arrête, renonce à la poursuite.
De là, ma mère a ramené à pied son bébé emmailloté,
Mais Papa a été ramené en voiture.
L'ambulance, étincelante, s'est hâtée en silence.

Je dois prétendre que l'hôpital est toujours là, au bout du pâté de maisons. Il ne l'est plus, et ça a été un choc, la première fois que j'ai fait mon pèlerinage. Il a totalement disparu, remplacé par un cube en verre qui abrite des appartements chics.

En descendant du ferry, je pense à des titres. Le titre d'un poème est son seuil, a dit un jour Mme T. La manière dont on entre dans une pièce est toujours importante. D'une démarche chaloupée ? En dansant ? Peut-être que vous marquerez une pause sur le seuil jusqu'à ce que vous ayez l'attention de tous.

Je pense à "Revenant". Trop prétentieux. "Voyeur". Trop vicelard. Ou peut-être juste "Saint-Joseph sur la 12e".

"La 12e".

Cette recherche m'occupe pendant le trajet du bus qui me ramène chez Pearl. Elle est partie il y a un mois, mais je continue à penser "chez Pearl". Je me dis que ça ferait un titre. Je pourrais écrire sur les choses qu'elle a laissées : le futon, la table, deux chaises, de la vaisselle, un ventilateur qui peut faire chauffage, un tapis poilu coloré et une espèce de grosse plante qu'elle a trouvée dans la rue. Pearl dit qu'elle la considère comme un bâtard gentil ; elle se fiche pas mal de ce qu'elle "est". Par curiosité, j'ai fait une photo que j'ai envoyée à Celestino. C'est une aspidistra, dit-il, une plante d'intérieur qui pousse à peu près n'importe où chez n'importe qui. J'ai décidé que la plante méritait d'avoir un nom ; j'ai opté pour Celia.

Je ne suis pas aussi robuste que Pearl, à mon avis, ou même que Celia, parce que je n'imagine pas survivre à l'hiver ici. Je veux trouver un logement à moi avant ça. J'ai encore quelques mois. J'ai demandé à Pearl si elle avait besoin que j'occupe la place en attendant qu'elle revienne, parce que si on quitte un de ces espaces, en un clin d'œil quelqu'un d'autre vient s'y installer. Elle a dit qu'elle serait partie pendant quelques années si son engagement dans le Corps se concrétise comme elle l'espère. Elle saura d'ici à l'automne. Si elle tient jusque-là sans se faire virer, dit-elle, tout ira bien et je serai libre d'aller où bon me semble.

Nous avons passé quelques jours ensemble pour que Pearl m'explique les bizarreries et les règles tacites de cet endroit, qu'on soit sûrs que je sache dans quoi je m'embarquais.

— D'une certaine façon, dit-elle, c'est un polar qui n'a pas encore d'intrigue. D'une autre façon, tu es un prince dans un palais.

Mon nouveau logement, c'est un vieux bâtiment industriel dans un pâté de maisons qui se trouve tellement bas qu'il est dans la zone inondable, donc en gros, sans valeur. Pour le moment, personne ne veut y toucher pour le rénover ou le démolir. Le rez-de-chaussée est vide, parce qu'il suffit d'une ou deux semaines de pluie et on peut se retrouver à patauger dans de l'eau jusqu'aux chevilles. Mais Pearl est au troisième étage, où elle a un des trois grands espaces ouverts. Les autres squatteurs à cet étage sont deux célibataires. Je m'entends bien avec celui qui est peintre (c'est aussi lui qui nourrit le chat, un habitant essentiel) ; l'autre est insaisissable et selon Pearl, il vaut mieux juste l'ignorer. Dans ma tête, je l'ai surnommé l'Énigme. Il a des horaires bizarres et si je le croise dans le hall, il ne parle pas. Ce qui me va bien, puisque ça veut dire pas de questions – et personne n'a jamais dit qu'on était dans un club. Je vis ma vie dans mon coin. Nous partageons des toilettes antiques, et un étage plus bas, il y a une station de recharge, installée par Sergei, le type qui sait pirater l'électricité.

Nous sommes au bout d'une impasse, du coup, il n'y a pas d'air. Le mois d'août est super dur, surtout quand on n'a rien d'autre que la douche commune bricolée derrière le bâtiment, et le canal en béton qu'on appelle la douve. L'eau s'accumule là lorsqu'on se prend en pleine figure un de ces orages apocalyptiques. Ce qui signifie davantage de moustiques. Je suis content que Pearl ait installé de bonnes moustiquaires.

Maman s'inquiète que ce soit dangereux de vivre là, ou qu'il y ait un jour une descente pour nous expulser et que certains d'entre nous soient blessés. J'aurais pu mentir et lui dire que j'avais un "vrai" appartement, mais alors elle aurait voulu venir me voir et je n'aurais pas pu l'en empêcher. Elle paraît pleine d'une nouvelle détermination, maintenant qu'elle ne travaille plus au cabinet. Elle m'a dit qu'elle envisageait de déménager pour "faire une pause et réfléchir à la suite".

— La suite ? (J'ai senti mon cœur s'accélérer.) La suite de quoi, maman ?

— Tout, a-t-elle dit, comme si c'était évident pour tout le monde.

— Mais Austin et toi…

J'ai réalisé à quel point j'étais inquiet – pour moi autant que pour ma mère.

— Oh, Austin et moi, ça va, probablement.

À en croire le ton de sa voix, c'était l'inverse qui était vrai.

— Mais… déménager ? Tu déménages ?

— Chéri, il s'agit plus de cette ville que d'Austin.

Est-ce que je dois la croire ?

— Bon, d'accord, tu vas quitter Vigil Harbor ?

Elle m'a dit qu'elle était partie à Gloucester s'occuper des plantes chez une amie de Filene, pour une durée d'un mois.

— Un changement d'air, exactement ce qu'il me faut. Et Brecht, si quelqu'un peut comprendre ça, c'est bien toi, non ?

Sa voix, même si elle est impatiente et un peu blessante, implique que peut-être elle voit en moi un adulte, et pas le gamin qu'il a fallu couver pour l'aider à traverser une crise. Elle me dit que je lui manque, et quand est-ce que je peux venir ? (Pas "rentrer".)

Je ne suis pas retourné à Vigil Harbor depuis mon départ en avril, mais je lui rappelle que j'ai promis de revenir pour Thanksgiving. Elle remarque que c'est dans trois mois. Egon a promis qu'il me montrerait comment obtenir une carte d'autostop, mais j'ai entendu dire que le programme risquait d'être suspendu.

Il n'y a pas eu d'autres événements ici, du moins, dans la catégorie terroriste, mais il y a eu des mesures répressives et des contrôles intempestifs après ce qu'ils appellent maintenant le Bombardement de la marina. À tout moment on me réclame mon permis sur le ferry; de temps en temps, l'agent qui fait les contrôles remarque de quelle ville je viens et demande si j'y étais quand ils ont arrêté les terroristes d'Oceloti. Je marmonne une réponse vague.

Même si je ne vis pas en ville, je m'y promène beaucoup. Après avoir vécu autant de temps planqué sous mon caillou personnel, ça me démange soudain d'explorer autant que je peux. Pas voyager, juste marcher partout et observer. Le cœur de l'été est un bon moment pour passer des week-ends dans des jardins botaniques et des parcs. Comme Wave Hill dans le Bronx, où Celestino a commencé à s'intéresser aux arbres. Je lui ai envoyé des photos, mais il n'a pas répondu. J'ai demandé par la suite s'il les avait reçues et il me l'a confirmé par message; il a été trop occupé pour me répondre. Je lui dis que c'est une bonne chose. Il me répond oui, et que je ne devrais jamais considérer le boulot comme allant de soi.

Il y a un endroit où je ne suis pas allé, que j'ai totalement et délibérément évité. C'est Union Square (comme si vous n'aviez pas deviné). Je passe en dessous en métro, et parfois je dois y faire un changement. Mais en surface: non.

Aujourd'hui, c'est un genre de défi que je dois relever, parce que j'ai accepté de dîner avec l'ami d'Austin, Steve, qui vit à quelques pas de là. Steve est le gars qui s'est occupé de moi le jour dont ma mémoire n'a gardé que quelques bribes dérisoires. Je lui suis reconnaissant, bien sûr, mais d'une manière assez abstraite, et même s'il comprend que j'ai été super traumatisé, de quoi il pense qu'on va pouvoir parler d'autre, du moins au début, que de ce jour-là? Mais Austin serait vexé si je n'y allais pas, et ce serait grossier.

Je passe l'après-midi sur le futon, à écrire. Le problème avec mes poèmes, c'est que j'essaie trop de raconter des histoires. Ce qui veut peut-être dire que je devrais tout simplement me rabattre sur la prose. Mais le truc, c'est que je le ressentirais comme une défaite. Alors je réfléchis à tenter de composer des poèmes comme des portraits. J'ai envie d'écrire sur les objets empruntés qui m'entourent, les possessions de Pearl, non pas la collection, mais l'une après l'autre ; à chacune son poème. La plante est un bon point de départ, parce que c'est celle dont je ressens le plus la propriété. Où que j'aille après, c'est la seule chose que j'emporterai avec moi.

Certains jours Celia a la tête basse
Jusqu'à ce que quelqu'un fonde sur elle
Pour étancher sa soif et tailler ses jupes.
Alors elle tend ses feuilles
Comme des baguettes qui distribuent des sorts
À travers le plafond vers le soleil.
Elle se laisse caresser par le moindre rai de lumière qui passe,
Se délecte de sa chance imméritée :
Trouvée, sauvée, la mariée portée
Dans l'escalier, jusqu'à un logis.
Place de choix, parfum de terre,
Arrosée jusqu'à étinceler de fièvre.

Parfois, écrire me rend somnolent, alors je m'abandonne au rare luxe d'une sieste. Je tape un rapide message à maman (*tout va bien, dîner en ville*) et je pose mon téléphone pour qu'il fasse une sieste lui aussi. Quand je me réveille, je vais au bout du couloir et je me passe de l'eau pour enlever la transpiration du sommeil, et j'enfile un T-shirt propre. Et je repars : marche, bus, ferry, marche. L'air rafraîchit dans la lente approche de la soirée, et la surface de l'Hudson est aussi lisse qu'une patinoire.

Je me tourne vers l'ouest et je contemple le sillage du ferry. Ce mot, *wake* : comment peut-il avoir autant de significations, pas seulement cette eau qui tourbillonne, mais le verbe se réveiller, émerger à la conscience, et aussi, d'une étrangeté totalement illogique, le rituel de veiller un défunt. Si la vérité est plus étrange que la fiction, les mots sont plus étranges que la vérité.

Ce matin, j'ai pensé au mot *sentence* : une phrase, donc une chaîne cohérente de mots – ou alors, une condamnation, une peine de prison. Délirant, non ?

Pour aller chez Steve, je remonte quelques pâtés de maisons vers le nord de l'embarcadère, ensuite plein est jusqu'à la 3e, puis je marche encore un peu jusqu'à son adresse. Je me concentre sur mes pieds en progressant vers le nord, ne voulant pas apercevoir l'endroit où je ne vais pas. Il se profile un peu plus loin.

L'immeuble de Steve est haut et tout simple, une tour ordinaire avec un hall exigu et un ascenseur. J'envisage de prendre l'escalier, mais Steve est au dernier étage. Ce n'est pas un appartement en terrasse, néanmoins j'imagine qu'il est beau, et c'est le cas.

Quand Steve ouvre la porte, il me semble un peu familier comme ces gens qu'on croise dans la rue en se disant qu'on sait qu'on les connaît de quelque part, mais sans contexte on n'a aucune chance. C'est un Blanc qui a l'air super en forme, d'une beauté de pierre polie. Son pantalon est assorti à sa chevelure d'un blanc immaculé et il porte une chemise élégante du vert innocent du melon, les boutons comme des perles aplaties sur une route.

Il me serre contre lui, ce qui est un choc, et il me dit qu'il est super content que je sois venu. Je sens la caresse douce de l'air climatisé tandis que je lui tends la bouteille de vin que j'ai achetée et au même moment, je sens un bouquet d'épices, un repas qui pourrait être marocain, grec, ou israélien, et je suis heureux d'avoir aiguisé mon appétit en marchant. En musique de fond, de la flûte en doux solo. Je ressens soudain une montée irrationnelle de panique – peut-être qu'il pense que c'est un rendez-vous. Mais non, c'est naze. C'est juste un gars sympa et il me connaît d'une manière dont je ne le connais pas et ne voudrais pas le connaître. Détends-toi, je m'ordonne.

— Si ça se trouve, tu ne te souviens même pas de moi.

— Ouais, c'est à peu près ça, dis-je. Désolé.

— Ne sois pas désolé ! C'est ridicule. Je réalise aussi que ce n'est peut-être pas facile de me voir, mais je voulais t'accueillir ici. T'offrir toute l'aide que je peux. Je t'aurais invité plus tôt, mais j'étais sur un projet à Toronto. C'est assurément le nouveau New York.

— C'est ce qu'on dit.

La nervosité rend ma voix desséchée.

Il me fait entrer au salon, où se trouvent plusieurs endroits blancs et moelleux où s'asseoir. Pendant qu'il va me chercher un verre d'eau à la cuisine, je regarde autour de moi. Contrairement au canapé et aux fauteuils, tout le reste – le tapis, les objets qui semblent sortis d'un musée sur les étagères, et les tableaux au mur – est de couleurs vives. Mais ça fonctionne. Par la fenêtre, je vois le soleil plonger vers les toits juxtaposés de l'autre côté de l'avenue. Sur la table en verre devant moi est posée une assiette noire contenant des crackers couverts de graines, des olives et de minuscules tomates qui ont dû coûter une fortune. Une pile de serviettes brodées à la main. Tout dans la pièce semble provenir d'un pays différent : les serviettes d'Espagne, le vase du Danemark, la mosaïque de Tunisie ou de Grèce. Le clou est une peinture à l'huile représentant une montagne enneigée sur fond de draperie d'aurore boréale, un paysage d'arêtes glacées et tranchantes.

Quand Steve revient, il s'assoit en face de moi et prend des nouvelles d'Austin. Je sais qu'il veut entendre parler de son travail, alors je lui raconte le palais et certains autres projets dont je suis au courant. Lorsqu'il m'interroge sur maman, je ne mentionne pas le fait qu'elle semble vouloir faire une pause dans leur couple.

— Austin a été malin de monter son propre bureau, dit Steve. Je ne sais pas trop combien d'années je vais pouvoir continuer à me promener d'un bout à l'autre de la planète. Ça devient de plus en plus difficile, pas seulement à cause de mon âge. On dit oui à un projet à Johannesburg ou Saigon, et ensuite, on est obligés de croiser les doigts pour que les frontières ne se ferment pas.

Avant que je puisse réagir, peut-être lui demander quels sont ses endroits préférés, il fait l'hôte parfait et se concentre sur moi. Comment je passe mes journées ? Où est-ce que j'habite exactement ? Est-ce vrai que j'écris de la poésie ? (Au moins, il ne me dit pas que je suis super courageux. Quand est-ce que *courageux* est devenu un synonyme de *naze* ?)

Je ne sais pas trop pourquoi, mais je lui dis tout d'emblée, sans les omissions que j'opère quand je parle à maman et à Austin. Alors bien sûr, il n'aime pas trop ce que je raconte sur l'endroit où je vis.

— Je sais à quel point il est difficile de trouver quoi que ce soit d'un peu abordable en ville, fait-il. Je me débrouille assez bien, mais est-ce que j'aurais pu m'offrir cet endroit si je ne l'avais pas découvert il y a plusieurs dizaines d'années ? J'ai des doutes !

J'admire sa façon de gesticuler avec son verre de vin rouge sans jamais faire tomber une goutte sur son pantalon impeccable.

Je lui dis que je vais devoir trouver autre chose dans quelques mois, et il me dit qu'il a un ancien petit ami qui gère une résidence collaborative d'artistes sur Staten Island. Il y a une liste d'attente, mais si je pose ma candidature maintenant, et si le petit ami traite ma candidature…

— C'est pas comme si j'étais publié, dis-je. J'ai pas franchement de références. Je suis en gros en train de m'entraîner.

— Ils regardent le résultat, dit-il. Ne te sous-estime pas ! Ils ont des places pour des gens qui commencent à se mettre dans le bain de leur art. Et tu rencontreras du monde là-bas. C'est très collégial. Les résidents partagent des cuisines et des salles de réunion, mais tu as ton espace à toi.

Regardent le résultat. Cette phrase se promène dans ma tête pendant quelques secondes comme une grande feuille colorée. Je pense à regarder un mur que j'ai contribué à monter, un arbre que j'ai planté, une haie que j'ai taillée. Je pense à reculer pour contempler un à un les travaux que j'ai faits, qu'ils soient faits de mots ou de pierres, pour apprivoiser la sensation d'achèvement. Je sens comme une esquille de chagrin, en me rappelant la sensation de rouler dans le pick-up de Celestino, en passager, attendant d'arriver au chantier suivant, de faire la tâche suivante. Planter. Fertiliser. Pailler. Arroser. Mettre en œuvre les souhaits d'autres personnes peut être un réconfort. Tant que ces souhaits sont normaux.

Le dîner est presque prêt, me dit Steve, allons nous installer dans la cuisine. Je prends mon verre d'eau et suivant mon hôte, je passe sous une étroite arche pour arriver dans une pièce dont on sent qu'elle est baignée de lumière avant même d'entrer. Elle est plus grande que beaucoup de cuisines en ville, et il m'explique que c'est le grand changement qu'il a effectué dans l'appartement quand il l'a acheté – supprimer la deuxième chambre, plus petite, dont il n'avait pas vraiment besoin – parce qu'il adore cuisiner et recevoir. Nous mangeons un ragoût de légumes qui est *divin* à cette époque de l'année parce que les ingrédients sont ultra-frais, surtout quand on les achète sur le marché le jour même, sachant qu'ils ont peut-être été cueillis *le matin même...*

C'est ce qu'il est en train de dire quand je vois la source de la lumière du soir qui se répand sur la table avec ses serviettes importées d'Espagne ou peut-être de Suède...

L'unique grande fenêtre, à côté de la table, donne surtout sur du ciel parce que ce bâtiment est un des plus hauts du quartier, mais aussi parce qu'elle est orientée plein nord, et au centre, il y a une vue sur Union Square, une vue dans laquelle l'écart est visible entre les vieux arbres survivants le long du côté est du parc, et vers l'ouest, les jeunes arbres tout neufs qui ont dû être plantés pour remplacer ceux qui sont morts à la suite de l'explosion.

Steve met un peu de temps à remarquer mon attention rivée sur la fenêtre, et je n'entends plus ce qu'il me dit à propos du repas ou de l'appartement. Puis, tout à coup, il se tait et vient se poster à côté de moi.

— Je suis un idiot. Je suis désolé.

— Est-ce que je suis venu ici ce jour-là ? je lui demande. Je veux dire, dans cet appartement ?

Je sens son envie de poser une main sur mon épaule, mais peut-être qu'il a remarqué ma réticence quand il m'a serré contre lui à la porte.

— Tu ne te rappelles pas être venu.

— Je crois que je me suis tenu exactement ici et que j'ai vu la fumée.

— C'est exact. C'était stupide de ma part. De te confronter à nouveau à cette vue. Idiot.

— Ce n'est pas grave, dis-je. En fait j'avais ce souvenir, genre je le promenais avec moi, de moi debout devant une fenêtre et voyant la fumée. Je ne savais pas où se trouvait cette fenêtre. Je pensais qu'elle était dans ma chambre d'étudiant, ce qui était insensé. On aurait dit une pièce qui avait perdu son puzzle. (Je regarde la table, la panière à pain.) J'ai faim et ça sent vraiment bon ici.

Une fois que nous sommes assis, la peur disparaît du visage de Steve, et il commence à parler du vin que nous allons boire avec son ragoût. Il n'a certainement rien à voir avec le truc pas cher que j'ai apporté, mais je n'ai pas vraiment de honte. Je sais que quand je partirai, il voudra que j'emporte les restes, et je ne lui dirai pas que je n'ai pas de réfrigérateur et qu'ils ne se garderont pas. Le vin de Steve, un élixir sublime, touche ma langue, et je m'autorise à jeter de temps en temps un œil sur la vue. La lumière change rapidement à cette heure, le rosé hortensia du ciel oblitéré, comme tous les jours, par le chatoiement cuivré des lumières de la ville, les phares des vélos et des voitures sillonnant les rues comme des lucioles.

J'interroge Steve sur Toronto. Je l'interroge sur les objets colorés dans son salon. Je lui demande comment il a décidé de devenir architecte. J'écoute toutes ses réponses, et soit il oublie de me poser des questions, soit il a peur que ça nous mène à un endroit où on ne devrait pas aller. Il ne m'interroge pas, évidemment, sur ce qui s'est passé au printemps. J'apprécie, et en même temps, sans grande logique, je lui en veux.

Par deux fois, j'ai pris la foudre. Et j'en suis ressorti vivant. (Enfin, la deuxième fois, tout le monde a survécu. Même l'infâme Pia Suarez, qui fait un pied de nez aux imbéciles du gouvernement qui essaient, sans résultats, d'obtenir qu'elle soit réexpédiée dans notre pays comme un bidule convoité commandé sur un de ces sites web singapouriens à deux balles.) Mais la foudre est toujours présente en moi, frémissant dans mes veines, secouant les cellules de mon cerveau. Peut-être qu'elle se calme un peu.

Au début quand je suis revenu en ville, parfois je me surprenais encore à parler à Noam. C'est bizarre, je ne le connaissais que depuis deux ou trois jours, mais on était max *simpáticos*. Nous avions le lycée en commun, bien sûr, mais nous avons de loin dépassé ce sujet-là. Il avait des micro-obsessions qui rappelaient les miennes : je notais les incohérences de la langue, Noam cherchait à percer le mystère de pourquoi les voitures et les autobus ont la forme qu'ils ont. Je m'interrogeais sur notre acceptation passive des sens attribués aux couleurs. (Pourquoi le rouge, la couleur du sang, ne serait-elle pas la couleur portée par les gens aux enterrements ? C'est l'envie, la jalousie, qui est noire.) Il s'interrogeait sur la possibilité très réelle que des créatures mythiques ne soient en fait pas mythiques.

Ce matin-là, nous avons plaisanté sur le fait que nous devrions organiser un road trip pour l'été, peu importe ce qu'il choisissait de faire ou où il allait atterrir. Avec un thème, ai-je ajouté. Des villes fantômes côtières, a-t-il dit. Trop de moustiques, j'ai répondu. Des musées sur des bateaux, j'ai dit. Ce n'est pas une mauvaise idée, a dit Noam. Ajoutons un sous-marin dans la liste.

Il a dit qu'il n'était jamais monté dans un sous-marin. J'ai répondu : Comme tout le monde.

Il est facile d'aimer quelqu'un qu'on a fréquenté seulement deux ou trois jours, je le sais. Voire de tomber un peu amoureux, même si je ne suis pas gay. Mais si cette personne disparaît, surtout alors qu'elle était juste à côté de vous, vous serez hanté. C'est sûr. Surtout parce que personne ne comprend ce que vous avez perdu. Tu ne connaissais pas vraiment le gars. Qui tu es pour que ce gars te manque ?

Après le repas, Steve refuse que je l'aide à débarrasser. Il le fait, et pendant ce temps-là, je regarde par la fenêtre. Sur Union Square, les réverbères illuminent les jeunes arbres par le dessus, les vieux arbres par en dessous. Les contours des frondaisons sont acérés, comme ils apparaîtraient si vous étiez un rapace en train d'examiner les feuillages à la recherche de votre dîner. Le tableau entier me rappelle un diorama avant-après ou une simulation qu'Austin pourrait montrer à un client dans la V-room, une représentation de ce à quoi ressemblera votre nouvelle maison d'ici un an, puis d'ici vingt ans.

Nous nous disons au revoir maladroitement, Steve et moi, quoique cette fois il n'essaie pas de me serrer dans ses bras. Il me laisse refuser les restes – je me lance et lui avoue que je n'ai pas de réfrigérateur – et il me rappelle son ami sur Staten Island. Je promets de garder le contact avec lui à ce sujet, et je décide que je le ferai.

Une fois dans la rue, j'hésite pendant une minute ; je pourrais peut-être tourner à droite et traverser Union Square. Non, je décide, pas encore. Le ferry ne fonctionnera pas à cette heure – il va falloir que je prenne le PATH – mais c'est la soirée d'été parfaite qui était autrefois une chose ordinaire. Ton corps bouge dans l'air comme ta tête se pose sur ton oreiller favori. Tu continues à marcher, sans t'arrêter.

Je me dirige vers le sud et l'ouest, dans le but de faire un détour pour traverser Washington Square. C'est l'endroit où j'ai les meilleurs souvenirs de mon père, parce qu'il y a l'aire de jeux où il m'amenait, et c'est là qu'on marchait avec maman les week-ends d'été, où je mangeais une glace au citron et que je regardais les chiens dans le parc à chiens et les vieux qui jouaient aux échecs et les skateurs qui passaient comme des éclairs comme s'ils roulaient sur des câbles invisibles. Leur vitesse me semblait être une source de joie pure.

C'est bondé, les gens voulant savourer cette nuit, un cadeau rare, si plein de douceur. Les forces de l'ordre sont présentes en force, sauf que l'autorité qu'elles sont censées projeter est intégralement effacée par leur bonheur visible d'être là. Trois ou quatre groupes de musiciens jouent près de la vieille fontaine. Des couples occupent tous les bancs. Des chiens sont couchés sur les dalles, haletants, attendant que leurs propriétaires se décident à rentrer. (Ces dalles qui sont encore chaudes.) Je suis une diagonale, écoutant les guitares et les tambours, même un violon, mais aussi les feuilles qui bruissent. Je ralentis mon pas, de vif à tranquille.

La violoniste, une femme dont les cheveux courts sont teints aux couleurs de l'arc-en-ciel, a un public impressionnant, peut-être trente personnes. Quand je passe derrière elle, je remarque le demi-cercle de visages appréciateurs. Et pendant un instant, mon attention est retenue par une femme grande portant une robe sans manche beige.

Je m'arrête, et si elle n'était pas fascinée par la violoniste, elle me verrait probablement, mais ensuite, je réalise, non, ce n'est pas elle. Les ombres flottantes créées par le réverbère qui joue dans les feuilles brouillent tout.

Le jour suivant mon retour à la maison, une fois que, grâce à une bonne nuit de sommeil, j'ai été remis de cette épreuve sur le bateau, du sauvetage, de la police, ma mère m'a raconté l'histoire à cause de laquelle cette femme pourchassait Austin. Elle filait les jetons à maman, ce qui n'est pas surprenant, mais j'ai été étonné en voyant à quel point elle était contrariée par le fait de n'avoir pas été au courant de tout sur la petite amie triste et troublée d'Austin, celle qui pensait qu'elle était une sirène ou une selkie ou une créature marine quelconque dont la mission était de sauver l'océan.

Et maman a dit que Petra la croyait.

— Alors, ai-je dit, tu ne trouves pas que la folie neutralise la folie ?

Maman m'a demandé ce que j'entendais par là.

— Eh bien, il y a cette ligne qui traverse le temps et qui va de cette autre femme à celle-ci, qui relie l'ancienne vie d'Austin à ce qu'il pensait être une nouvelle vie totalement séparée de la première – genre, la vie est un gâteau et tu peux le couper en morceaux. Mais non. Donc il doit lutter avec ça. Il doit te l'expliquer. Il n'a jamais pensé qu'il serait obligé de le faire et je me sens un peu triste pour lui, parce qu'en vrai, pourquoi l'aurait-il fait ? Alors ce que je veux dire, c'est que sans cette femme folle, celle qui a débarqué à Vigil Harbor, tu ne saurais rien de l'autre. Si tu peux sortir de ta tête celle-ci, Petra – et elle est partie, alors tu devrais y arriver – pourquoi tu ne réussirais pas à laisser partir l'autre ?

Maman m'a regardé pendant une minute (peut-être que ce que je racontais n'avait pas de sens), et ensuite elle a dit :

— Mais c'est elle qui t'a emmené chez Margo, qui t'a mis en danger…

— Non. C'est moi qui l'ai emmenée là-bas.

— Mais pourquoi ? Tu ne savais pas que je te cherchais partout ?

— Non, je l'ignorais. Tout ce que je savais, c'est que quelque chose était en train de se briser à l'intérieur de moi. J'essayais de me fuir. Ici – cette maison – était un endroit où je ne pouvais pas être.

Je crois que ma mère m'en veut encore de ne pas être allée la voir tout de suite. Je lui ai dit que j'étais désolé, que tout ce à quoi j'arrivais vraiment à penser, c'était moi. Et je ne me sentais vraiment pas capable d'affronter avec elle un autre anniversaire de la mort de mon père.

Si je devais décider de retourner à Vigil Harbor – disons, dans un an, si je me lasse de la ville ou si un événement violent me fait fuir – une chose que je sais, c'est que je ne pourrai pas me planquer dans un grenier. Je connais trop de gens maintenant, et trop de gens me connaissent. Ou croient me connaître. Ou simplement, savent qui je suis – peuvent m'identifier dans la rue. Je suppose que c'est ce qu'on appelle la notoriété. À laquelle je ne prends aucun plaisir. Et même si je sais que je pourrais toujours travailler pour Celestino, est-ce que ce serait une bonne idée ? Ce chapitre de ma vie est terminé, la strophe est complète.

Dans cette maison, et ensuite dans ce bateau, j'avais peur. Nous avions tous peur. Mais il y a eu une espèce d'exaltation bizarre quand Mike nous a emmenés droit vers la haute mer, comme une flèche pointée vers un continent lointain – vers l'Espagne – et j'ai pensé au tsunami dont Noam et moi avons parlé lorsque nous étions ensemble la veille de sa mort. On mangeait de gros bretzels pleins de moutarde épicée, et pour une raison quelconque, on était obnubilés par les tragédies causées par la nature : les ouragans, les tornades, les glissements de terrain, les feux de forêt. Nous nous sommes rappelés où nous étions pendant Cunégonde ; le moment où nous avons entendu la nouvelle du tremblement de terre de Seattle. Noam, que l'océan faisait triper, avait une passion pour les raz-de-marée.

J'étais donc là, un otage à bord d'un bateau qui filait, en train de penser aux tsunamis et à mon tout nouvel ami mort, sans parler du fait que je me demandais si j'allais mourir le même jour que mon père. Et là, on a vu un autre bateau qui s'approchait à toute allure, puis deux, et on ne savait absolument pas si c'étaient des méchants ou des gentils, si nous étions fichus ou sur le point d'être sauvés. Ensuite les voix dans les mégaphones, et tout à coup, Mike et cette femme qui passent par-dessus bord, tellement rapidement qu'on n'a pas le temps de percuter la réalité. Bim, ils ont disparu. Et le menteur que j'avais vu dans la cuisine de Celestino attrape la barre et Egon tient ce qui ressemble à un autre pistolet, et boum, le ciel s'embrase.

Dans cette lueur rouge cerise, un garde-côte a bondi de son bateau sur le nôtre, et même si on savait que c'était sur le point de se terminer, c'est là que j'ai eu plus peur que jamais dans ma vie, à mon souvenir. *À mon souvenir*. Les cris, la lutte, le flash des armes, l'odeur soufrée de la fusée. Surcharge sensorielle. Qui a ouvert grand un filon de peur que j'avais oublié, apparemment, même si ce n'est que plus tard, au milieu de la nuit, que j'ai véritablement éprouvé la sensation : comme un plancher qui s'écroule sous mes pieds.

C'est là que j'en suis dans la reprise de tout cela quand, à l'instant où je m'apprête à quitter le parc, à me diriger vers l'est vers la 6e avenue, je la vois : l'acrobate dans son justaucorps rayé, qui court sur place sur une grosse balle en caoutchouc rouge. Elle est aussi vivante qu'on puisse l'être, et soulagé, je laisse échapper un rire tout haut. Se trouvait-elle à Union Square ce jour-là et elle a survécu – ou avait-elle pris sa journée ? Est-ce qu'elle évite ce parc désormais, comme je le fais ? Des gens applaudissent à l'instant où elle descend du ballon d'un bond et dès qu'elle atterrit sur le sol, elle soulève le ballon du pied gauche, l'envoie en l'air et le rattrape sur sa tête. Maintenant elle tourne comme une toupie sur un orteil et fait rebondir le ballon haut au-dessus de sa tête, dix fois de suite.

— Il faut que tu voies cette femme, j'ai dit à Noam ce matin-là. Elle est toujours au même endroit et elle est fantastique.

— Je suis pas trop branché par les clowns ou les magiciens, a-t-il dit.

— Non non, c'est quelqu'un qui fait faire à son corps des trucs fantastiques.

— Une acrobate.

— Ouais, mais sans trapèze ni anneaux.

— C'est toi le guide, mec, a dit Noam. Je te suis.

C'est la raison pour laquelle on est allés là à ce moment-là.

Le banc en face d'elle est plein, sinon, je m'assoirais. Je la regarde pendant cinq minutes, je la vois se retourner et danser et onduler et étendre ses membres avec la grâce d'une ballerine. J'ai une pensée idiote, malveillante. Et si je pouvais la distraire assez pour lui voler sa peau en acrylique aux belles rayures ? Est-ce qu'elle serait à moi ? Je ris tout fort à nouveau, et quelques personnes me dévisagent, se demandant si je suis fou gentil ou fou dangereux. Je les soulage de leur inquiétude en poursuivant mon chemin, en sortant du parc.

Quand j'arrive à Greenwich Street, le fleuve se dévoile quelques rues plus loin, une bande verticale d'une lueur scintillante entre deux hauts immeubles d'habitation. En traversant la voie rapide, j'entends l'eau qui clapote contre les piliers. Quelques coureurs nocturnes sillonnent le paysage. Il n'y a pas d'artistes ici et les bancs sont libres. J'en trouve un où je suis seul sur un carré d'herbe brunie.

Je sors mon carnet de ma poche et je l'ouvre à une page blanche. J'écris *ce que nous avons parié sur une vague*. J'écris *pari mutuel sur un tsunami*. J'écris *le jour où tu as disparu*. Et *le jour où tu as coulé*. Et aussi, hors champ, *la jolie fourrure de notre selkie dans un tiroir*.

Mon portable vibre.

— Je n'arrive pas à dormir et tu me manques, dit maman. Et je savais que tu serais encore réveillé.

— Je suis là, dis-je.

— À la maison ?

— Non, assis au bord de l'Hudson. Avec plein de gens autour.

Maman croit fermement que le nombre garantit la sécurité, alors j'essaie d'abonder dans son sens.

— Comment c'était, le dîner ?

— Bon. Il a beaucoup de talent comme cuisinier, le repas était génial.

— Je suis toujours contente d'apprendre que tu es bien nourri.

— Pourquoi tu n'arrives pas à dormir ?

Elle hésite.

— Je suppose qu'Austin commence à me manquer.

— Ben oui.

Une bouffée d'espoir.

— Je suis encore furieuse contre lui.

— Ben oui aussi.

— Mais ça commence à passer.

— Tu ne me demandes pas un conseil, là, maman ? Ce serait super bizarre.

— Non, Brecht.

Elle soupire.

— Et tu ne me demandes pas de rentrer à la maison.

— Non, chéri. Non. Tu es bien là où tu es. N'est-ce pas ?

Je lui dis que c'est vrai, et je n'ajoute rien. Si je détaillais, je dirais ceci : je suis sur une île dont la côte est menacée, il y a des gardes, des flics, des rangers et toutes sortes de gens en uniforme qui surveillent, il y a des bassins écrêteurs là où il y avait autrefois des terrains de basket, il y a des périodes estivales où les températures atteignent 38 °C cinq jours d'affilée, et on est peut-être menacés de tempêtes, de bombes, de contagion, de pandémies et de pagaille, mais je vais bien. Je fais travailler mon esprit, je fais travailler mon corps. Je mange – parfois très bien.

— Est-ce que je peux te demander quelque chose ?

— Bien sûr ! s'exclame-t-elle, heureuse de prolonger notre conversation.

— Je ne me souviens pas de mon retour à la maison, après. De New York.

Elle réfléchit.

— Après Union Square, dit-elle avec précaution.

— Ouais.

J'arrive presque à entendre son angoisse à l'idée qu'elle puisse dire quelque chose qu'il ne faut pas.

— Tu me demandes de m'en souvenir à ta place ? demande-t-elle.

— Oui, enfin, si tu veux.

Je ris, pour la rassurer.

— On est venus te chercher. Austin a emprunté une grosse voiture, pour qu'on rapporte tes affaires. Tu es resté silencieux tout le voyage. On a écouté de la musique.

— La musique d'Austin, dis-je.

Je le revois en train de danser, avec le buste, tout en conduisant pendant les quatre ou cinq heures jusqu'à Vigil Harbor.

— Tu te rappelles l'arrivée à la maison ?

— Non. Mais peut-être que j'ai un souvenir d'avoir déchargé mes affaires.

— OK, dit-elle.

Ce qui signifie *Bien*.

— Alors je ne t'ai pas dit des trucs, genre des trucs que je ne me rappelle pas maintenant ? Sur ce jour-là ?

— Non, mon chéri.

— Si je t'avais dit des trucs, tu me les répéterais. Hein ?

— Mon grand, bien sûr qu'on te les dirait.

— Merci.

Après un silence que je choisis de ne pas interrompre, elle reprend :

— Est-ce que je peux te demander quelque chose ?

— Hé, je te dois bien ça.

— Tu m'enverras un poème pour le frigo ?

Je suis tellement surpris que mon rire fait tourner la tête à un joggeur qui passe.

— Maman, j'écrirai un poème *au* frigo. Ode au fabuleux frigo, par moi, Brecht, poète amateur et bâtisseur professionnel de murs.

Elle me répond que ce sera parfait, et nous reprenons le chemin de nos vies, séparées, mais toujours connectées. Je m'imagine le réfrigérateur, la cuisine – sauf que je me rappelle que ce soir, elle n'est pas dans la maison qui contient notre cuisine, celle d'Austin. Mais je peux faire des paris, avec moi-même, sur le fait qu'elle y retournera. Je vais parier qu'elle le fera.

Il est temps pour moi de reprendre ma route, de monter dans le train, passer sous le fleuve, et rentrer chez Pearl ; dans le palais dont je suis le prince. Vérifier l'état de Celia. Griffonner une carte pour Raul, y glisser un poème. Penser au long dimanche qui m'attend et à la manière dont je vais l'occuper. Écrire sur la fumée, sur le sillage des bateaux, les veillées funèbres, le réveil après un rêve ; écrire sur le repas parfait. Écrire sur l'acrobate : célébrer le fait qu'elle soit vivante.

Un garçon se tient dans la frondaison du plus grand arbre à des kilomètres à la ronde. Une fois de plus, il a résisté à l'assaut d'une tempête. (Qui pourrait compter combien de fois l'arbre a résisté ? Un jour, comme toutes les créatures vivantes, il n'y parviendra pas.) À travers les feuilles clairsemées, mais toujours chatoyantes, le garçon voit jusqu'au chemin nu que les vents violents de la semaine dernière ont creusé en travers du promontoire, ponctué d'arbres abattus ou cassés. Des hommes et des femmes s'activent à tronçonner du bois et à le transporter dans des camions ; la technologie n'a pas fait grand-chose pour alléger le travail éreintant de la réparation après un épisode météorologique violent.

Personne n'a été tué, ni même gravement blessé, mais des toits se sont enfoncés, des fenêtres se sont brisées, des clôtures ont été couchées. Hier soir, le garçon a entendu ses parents dire que des gens signent une pétition pour que les arbres les plus vieux et les plus hauts de la ville soient coupés par précaution. Ils ne peuvent pas nous obliger, pense le garçon, et pour l'instant il a raison. Comme June Smithson l'a dit à la réunion de crise des élus : "Nos vieux arbres doivent être conservés précieusement, comme nos vieilles maisons." Mais June est bien au-delà de l'âge habituel où on prend sa retraite ; de nombreux habitants portent le même jugement sur ses opinions.

Il a toujours été fier de cette cabane construite par son père, et il se souvient quand, il y a deux ans, il a enfin eu la permission de monter jusqu'à ce niveau, le plus haut. On lui a également rappelé (comme s'il risquait de l'oublier !) que ses amis et lui n'ont pas l'autorisation de graver des initiales ou quelque mot que ce soit dans l'écorce. Quand il a entendu parler des jumelles laissées là-haut par le terroriste – ou le guerrier des arbres, comme il préfère s'en souvenir – il s'est demandé si l'homme avait également gravé ses initiales ou un message secret ici. Non, il ne l'a pas fait – et quelque part, c'est une déception. Peut-être que le garçon espérait que cet homme s'adresse à lui personnellement. Dans ce qu'il disait, il y avait tant de choses qui paraissaient sensées et justes, mais il est hors de question que Raul l'avoue à ses parents.

Il ne comprend toujours pas complètement comment son père a reçu une balle ni qui l'a tirée. Mais ce n'était pas l'homme ; ça, il le sait. Pourtant, maintenant l'homme est en prison – enfin, oui, pour avoir posé les bombes ou ordonné à d'autres de le faire. Même s'il va y avoir un procès, disent les parents de Raul, l'homme restera en prison pendant une longue période. Ils semblent penser que c'est rassurant.

Hier il est allé visiter l'école qu'il commencera à fréquenter la semaine prochaine. Il était accompagné de sa mère et de Mme Tattersall. Sa mère n'arrêtait pas de dire des choses comme "Oh, mon Dieu, je me rappelle cette salle !" et "Ils ont gardé le potager et le verger !" C'était elle qui se comportait comme l'enfant, comme si elle allait y aller tous les jours. Elle parlait beaucoup plus que d'habitude, et le professeur qui leur a fait faire la visite a dit qu'il avait de très bons souvenirs de la grand-mère de Raul et son engagement à l'église. Raul a bien aimé le gymnase. Brecht dirait qu'il est génial.

Il doit répondre au nouveau poème de Brecht, sur la couleur de la fumée. Bizarre, mais Raul adore la bizarrerie de Brecht. Ça lui manque, de ne plus avoir cette bizarrerie ici, en personne. Il doit se contenter de l'avoir sur papier. Il aimerait bien pouvoir aller voir Brecht à New York. (Aucune chance que ce soit possible, et il le sait.)

Sa mère promet qu'il pourra toujours passer du temps avec ses amis de l'école à la maison – qui déménage chez Jordie. La raison pour laquelle Raul va désormais aller à cette école-là, il ne la comprend pas plus qu'il ne comprend pourquoi son père a été pris pour cible, mais il est assez grand pour savoir que tôt ou tard, des changements se produisent. Certains sont soudains : il n'y a qu'à voir comment la tempête a ravagé toute une rangée d'arbres, en une minute ou deux ; ils ont entendu, et on aurait dit que la ville était traversée par un train – ou une créature sauvage et féroce sortie d'une légende. D'autres changements sont graduels, comme grandir, qu'on soit un enfant ou un plant de tomates ou une maison en construction – une maison qui pousse, comme dirait son père. Il en parlera à Brecht.

Il faut faire attention aux choses qu'on aime, et il faut se battre pour celles qui sont le plus importantes : voilà ce que le guerrier des arbres a dit aux mamans ce soir-là, dans la cuisine. Il parlait de leur école, n'est-ce pas ?

La maman de Raul l'appelle pour qu'il descende. Ils vont retrouver Jordie et sa maman au Drome pour déjeuner et un dernier après-midi de bowling. Le Drome va fermer. Un autre changement brutal auquel il ne voit aucune explication logique.

Voilà ce qui s'est passé : une inspection de la structure du bâtiment par un acheteur potentiel a révélé qu'elle se situe dans la zone inondable récemment mise à jour. Il sera démoli, et, au moins pour le moment, le chantier naval adjacent louera le terrain pour s'agrandir. Les bateaux de toutes sortes sont de plus en plus populaires.

Raul s'apprête à rejoindre l'échelle, mais entend la sirène d'un bateau puis une autre et une autre. Il retourne un moment à la rambarde. Un très grand navire ancien passe l'embouchure de la rade, lentement, les voiles gonflées par une brise. Les sirènes proviennent d'un groupe de petits bateaux qui saluent le navire. Elles peuvent être des avertissements, mais elles peuvent aussi être des applaudissements, comme après le feu d'artifice du 4-Juillet. Raul regarde le grand bateau glisser sur l'eau jusqu'à ce que sa mère l'appelle une seconde fois.

Les passagers sont sur le pont et profitent de la vue : la côte qui défile. Deux douzaines d'entre eux, qui paient une toute petite somme pour le voyage de New York à Terre-Neuve, participeront aux basses besognes du projet de recensement des mammifères marins mené par une équipe de scientifiques originaires de Woods Hole, Cape May, Halifax et St John's. Le bateau emmène les passagers seulement à l'aller, ils devront trouver leur propre moyen de transport pour retourner à l'endroit d'où ils viennent – ou pour aller où ils veulent ensuite.

Une femme à bord reconnaît cette portion de la côte du Massachusetts, et à cet instant précis, se sent parcourue par des courants opposés d'émotions violentes. Elle s'y attendait, néanmoins elle est incapable de résister. Tous les passagers doivent avoir des jumelles constamment, pour aider aux recherches, et maintenant, elle les colle à son visage, en partie pour cacher ces émotions, mais aussi pour voir la côte tandis que le navire arrive à la hauteur du port.

Il y a le yacht-club où elle a déjeuné avec Miriam, suintant la fausseté. Il y a le promontoire avec son parc public – à peine plus qu'un bourbier gorgé d'eau pendant son séjour à Vigil Harbor. Quelle horreur, toute cette pluie. Mais aujourd'hui, la ville est baignée d'éclat.

Et il y a l'île peuplée de phoques. Souvent cet été-là, elle a rêvé de phoques. Un jour, alors qu'elle séjournait chez des amis en ville, elle a loué une voiture pour aller jusqu'à Coney Island, à l'aquarium. Elle n'y était pas allée depuis des dizaines d'années, pas depuis Issa. L'endroit était méconnaissable : surélevé sur des pylônes en acier, comme une forteresse, plus grand, plus étincelant. Il n'y avait plus de bassin avec des bélugas (quel soulagement). Elle s'y était rendue, cependant, pour voir seulement les phoques. Une fois qu'elle les a trouvés, elle les a regardés et écoutés pendant une heure : leurs facéties, leurs vocalises variées, qui ressemblent tant à une conversation. Comme s'ils faisaient valoir un argument auquel ils ne renonceraient pas, même si personne ne pouvait les comprendre.

Oh, et il y a le ponton à l'embarcadère, qui l'espace d'un instant terrifiant, quand elle est montée à bord de ce bateau, lui a semblé être le dernier endroit de terre ferme sur lequel ses pieds se poseraient jamais – et sur lequel elle est revenue une heure plus tard, reconnaissante d'avoir été sauvée, mais aussi couverte de honte : à cause du vent mordant, du retour brutal de son bon sens, et de Carly, le témoin spectral de chaque acte de Petra.

Cette croisière est peut-être une folie aussi, mais c'est une folie honnête. Retourner à New York était, comme elle s'en doutait, une erreur. Elle n'y retrouvera jamais sa place. Ici, sur ce bateau, elle retrouve un sens. Les tâches qu'on leur donne sont fatigantes, l'observation attentive de l'océan est prenante, et ses compagnons de voyage sont plus que distrayants. Les scientifiques font des conférences le soir – l'une d'elles est une femme d'une cinquantaine d'années avec une mèche argentée dans ses cheveux coupés très court, un charme militaire racé, et un regard qui s'attarde. Même sur son étroite couchette, Petra dort profondément toute la nuit, et chaque matin, elle se réveille impatiente de retrouver les petits déjeuners abondants qu'on leur sert avant qu'ils montent sur le pont travailler. Tout en dégustant café et œufs à la florentine, Petra et ses nouveaux amis parlent des choses étonnantes qu'ils apprennent sur l'océan et la vie en perpétuelle régression qu'il contient.

Mais d'où viennent toute cette agitation et ce bruit ? On dirait un embouteillage à Times Square.

Une flottille de bateaux, certains équipés de voiles, d'autres à moteur, voguent autour d'eux comme un groupe de grands cygnes (une troupe de cygnes? Une bande de cygnes?), accueillant le Galatea *à grands coups de sirènes, comme des sujets émerveillés par leur reine. Autour d'elle, tout le monde fait des signes aux bateaux, alors Petra les imite, et le capitaine fait sonner la cloche du bord.*

Elle se surprend à rougir, comme si l'hommage lui était destiné. Comme c'est ridicule.

Et ils poursuivent leur route.

Cet attroupement de matelots amateurs qui viennent flatter le grand navire – bien qu'on ne puisse ignorer sa majesté – contrarie l'homme sur le bateau dont le drapeau représente un épaulard, la mascotte de son organisation, tourmentée, mais vaillante. C'est le dernier jour d'août, et il doit restituer le bateau, pour de bon, à ses collègues à Gloucester.

D'ici à la fin de l'année, l'organisation aura déménagé à Portland, dans le Maine, mais ce n'est pas pour cette raison que l'homme démissionne. Il se dit qu'il ne cède pas à son pessimisme; il repose son âme. Il vient de prendre de longues vacances, c'est vrai, et quelques semaines passées à réapprendre ce qu'est tenir dans ses bras un bébé, la fille de sa fille. Ce geste en soi lui a fait retrouver le moral, a éloigné son désespoir. Mais il est temps de prendre un peu le large, de manière à ce que, s'il revient, s'il décide de rester, il sache avec plus de certitude pourquoi.

Une femme que Mike en est venu à apprécier, et c'est très surprenant, contre toute raison, tout bon sens, viendra le chercher à Gloucester et le ramènera à Vigil Harbor, où ils prépareront chacun une valise avant de remonter dans sa voiture pour partir vers l'ouest, tournant le dos à l'océan. Ils n'ont pas encore décidé jusqu'où ils iront – ils ont regardé des cartes et discuté avec légèreté sur ce qu'ils n'ont pas vu, ce qu'ils veulent voir, ce qu'ils doivent voir – mais pour commencer, ils passeront la frontière du Massachusetts et iront dans la vallée de l'Hudson.

Margo veut voir des maisons-musées, des endroits qui commémorent la vie d'artistes et de poètes qui étaient aussi fascinés par le fleuve que Mike l'était autrefois par l'océan. Mike est heureux de suivre le mouvement sur cette partie de leur voyage. Après cela, c'est lui qui décidera de leur destination. Margo a proposé qu'ils improvisent.

— On a de la chance, a-t-elle dit, d'aller où on en a envie.

— Pour l'instant, a-t-il dit, comme si la nature temporaire de leur liberté n'allait pas de soi.

Il n'aurait pas dit qu'il avait de la chance, il y a quelques mois. Maintenant, il ne le conteste pas.

Enfin, le navire s'éloigne de l'entrée de la rade et les bateaux se dispersent, quelques-uns suivant le navire vers le nord, dans son sillage, comme la femme imposante, chic qu'il serait s'il était de chair et de sang. Mike va devoir décrire une large courbe respectueuse à tribord, le contourner et le dépasser. Il veut atteindre Gloucester avant lui ; il causera encore plus d'effervescence dans un port plus grand. Il y aura probablement un comité d'accueil.

Juste avant d'avoir terminé sa manœuvre, il repère le phoque argenté. La voilà, en train de prendre le soleil sur sa dalle préférée de granit, en bordure de Ruby Rock. Il l'a vue quelques fois depuis qu'il est revenu de l'ouest ; une fois, il a coupé le moteur et a essayé de manœuvrer discrètement pour s'approcher, l'observer de plus près, comme il l'avait fait cette nuit-là, sur l'île. Mais non ; elle s'est laissée glisser dans l'eau et s'est éloignée à la nage. Il ne peut pas s'empêcher de la voir comme un flirt, comme si elle l'avait choisi, mais refusait de lui donner la satisfaction de la connaître, en tous cas pour le moment.

Je vais jouer les difficiles, pense-t-il en accélérant vers la haute mer, au large du grand navire. Il rit de lui-même, tout fort, dans le vent, parce qu'il ne peut ni le réprimer ni le nier. C'est dans cet endroit qu'il se sent chez lui, et qu'il le veuille ou non, cet endroit est aussi sa raison de vivre, son fardeau, son travail. Comment c'est dit, dans la vieille chanson de la ville ?

Ah oui : son destin est porté par ses lames.

REMERCIEMENTS

CE livre est sur mon bureau par intermittence depuis près de dix ans : je l'ai commencé et recommencé, abandonné, maudit, cajolé, remanié, et même mis de côté pour en écrire un autre. À un moment donné, je disais pour rire que nous, ce roman et moi, étions en thérapie de couple. Eh bien, nous nous en sommes sortis.

Au cours de cette période, parmi d'autres changements dans ma vie, je suis devenue enseignante dans un master littéraire. Tout comme être parent, l'enseignement exige de ma part beaucoup de temps et d'énergie, mais j'accueille presque toutes les contraintes avec joie, parce qu'elles élargissent mes horizons et remettent en question mes hypothèses, me plongeant dans des discussions passionnées sur les livres, les récits et ce que les auteurs de fiction ont à offrir au monde dans une période de turbulences. Mes dévoués collègues d'Emerson et mes jeunes étudiants iconoclastes et tout aussi dévoués, merci d'avoir enrichi ma vie, de m'avoir maintenue sur le qui-vive, d'avoir fait de moi une lectrice plus attentive… et, je l'espère, une autrice plus aventureuse.

Par deux fois, lorsque j'ai eu besoin de m'absenter de la maison pour me concentrer sur ce livre, on m'a offert des endroits magnifiques où m'installer et travailler. Stephen Coy et Jim McGuire, merci pour ma sublime résidence en solo aux Willows à Provincetown ; j'y ai trouvé un regain de motivation crucial. Connie Biewald, Laura Brown, Brooks Phillips, et Samantha Schoech, merci de m'avoir invitée au Rowland Writers Retreat, où j'ai pu apprécier la compagnie d'une douzaine d'autrices talentueuses et attachantes qui m'ont inspirée dans le virage vers la dernière ligne droite. (C'était à la fin du mois de février 2020, et je m'en souviens non seulement comme d'un moment précieux et idyllique, mais aussi comme d'une leçon essentielle : ne jamais tenir le soutien de nos communautés essentielles pour acquis.)

J'ai la chance d'avoir de nombreux écrivains merveilleux parmi mes amis fidèles. Pouvoir partager nos angoisses, nos pertes et nos espoirs résilients pendant les deux dernières années a été essentiel pour rester à flot. Tobin Anderson, Mark Danielewski, David Ebershoff, Kate Howe, Gregory Maguire, Kerri Maher, Cheryl Tan, Jessica Treadway, Katherine Vaz, Katie Williams, Steve Yarbrough et Mako Yoshikawa, merci pour la correspondance et les conversations qui m'ont évité de perdre la foi dans ce que nous faisons. Patty Hanlon, merci pour ton livre extraordinaire, *Swimming to the Top of the Tide*, qui a inspiré quelques-unes des touches finales à ce manuscrit.

Gail Hochman et Deb Garrison, comment trouver les mots, après presque vingt-deux ans et sept livres, pour exprimer ma gratitude toujours plus grande ? Vous êtes les meilleures et je suis bénie.

Enfin, je veux dire combien je serai toujours redevable au très regretté Dan Franck, qui a si longtemps été mon guide chez Pantheon. Tu as été le premier éditeur qui, contrairement à tous ceux qui l'avaient lu et rejeté, a cru en mon premier roman. Je n'oublierai jamais notre première conversation au téléphone, quand tu m'as dit que tu aimerais me rencontrer pour parler de mon livre. Je devais accoucher le jour où tu étais disponible et tu as dit que tu comprendrais si j'étais obligée d'annuler notre rendez-vous – mais est-ce que je pouvais glisser ton numéro dans mon sac de maternité ? "Comment se fait-il que vous soyez au courant de ce que sont les sacs de maternité ?" ai-je demandé. "Oh, trois fils" tu as répondu gaiement. Dès que j'ai raccroché, j'ai mis le numéro dans mon sac, et j'ai eu le sentiment que mes planètes venaient de s'aligner. (Le bébé, très gentiment, a retardé son arrivée à trois jours après notre rendez-vous.)

Où que tu sois, Dan, puisses-tu être pour toujours entouré de bons livres et d'amis encore meilleurs.

DERNIÈRES PARUTIONS

Edward Hoagland, *Journal d'un siècle disparu*
Ted Flanagan, *Tout ce qui est secret*
Corrado Fortuna, *Le Dernier Loup*
Erin Swan, *Parcourir la Terre disparue*
Dennis Lehane, *Le Silence*
Kim Zupan, *Trop loin de Dieu*
Maren Uthaug, *Une fin heureuse*
Tess Gunty, *Écoutez-moi jusqu'à la fin*
Doug Peacock, *Itinéraire d'un éco-guerrier*
Peter Farris, *Le Présage*
Henning Ahrens, *Les Péchés des pères*
Andy Davidson, *La Fille du batelier*
Jennifer Haigh, *Mercy Street*
William Boyle, *Éteindre la Lune*
Cedar Bowers, *Astra*
John Gierach, *Debout dans la rivière*
James Crumley, *La Contrée finale*
Craig Johnson, *Le Cœur de l'hiver*
Paul Tremblay, *Le Chant des survivants*
Barry Lopez, *À ciel ouvert*
Lizzie Pook, *La Fille du pêcheur de perles*
Andrew J. Graff, *Le Radeau des étoiles*
Piergiorgio Pulixi, *L'Illusion du mal*
Joe Wilkins, *La Montagne et les pères*
Tiffany McDaniel, *L'été où tout a fondu*
Larry McMurtry, *Adieu Cheyenne*
Peter Swanson, *Chaque serment que tu brises*
Jake Hinkson, *Rattrape-le !*
Gregory Brown, *Les Jours sombres*
Jenny Lund Madsen, *Trente Jours d'obscurité*
Aldo Leopold, *Almanach d'un comté des sables*
Chris Offutt, *Les Gens des collines*
Giulia Caminito, *L'eau du lac n'est jamais douce*